COLLECTION FOLIO

Pierre Bordage

L'Évangile du Serpent

Gallimard

Né en Vendée en janvier 1955, Pierre Bordage publie en 1993 *Les Guerriers du silence*, immense succès récompensé par le Grand Prix de l'Imaginaire. Il obtient ensuite le prix Cosmos 2000 pour *La citadelle Hyponeros* en 1996, le prix Tour Eiffel 1997 pour *Wang* et le prix Paul-Féval décerné par la SGDL en 2002 pour *Les Fables de l'Humpur*. En 1998, il publie *Atlantis*, un livre fondé sur le jeu du même nom, puis *Abzalon*, le premier roman d'un nouveau cycle.

Pierre Bordage, longtemps considéré comme l'un des auteurs les plus importants de la S. F. française, s'impose comme un conteur hors pair et un écrivain visionnaire avec *L'Évangile du Serpent*.

Pour Hamama

Mathias 1

Mathias n'en avait plus pour longtemps à vivre, un pressentiment qui n'était pas seulement lié aux risques de son métier : la mort rôdait dans les ténèbres, si noires qu'elles étouffaient les halos des lampadaires et semblaient préluder à l'extinction de toute vie sur Terre. Fils et amant de la nuit, nourri à son sein d'encre, Mathias percevait ses souffles comme des chuchotements, il ressentait dans sa chair ses chagrins, ses joies, ses colères, et jamais il n'avait respiré une telle tristesse, une telle détresse, dans les entrailles moites de sa mère et maîtresse. Elle portait en son ventre un bouleversement violent qui n'emporterait pas seulement ses enfants perdus, mais l'ensemble des hommes et leurs rêves insensés.

Les paroles de *Fin d'immonde*, le dernier hit de Taj Ma Rage, moururent sur les lèvres de Mathias :

Terre des hommes, terre des gnomes,
Ton seul futur : néant, liquidation,
Pas de donnant mal an, pas de rédemption.
L'eau nous attend, destination le fond,
Déluge, déluge, déluge,
Les savants et les prophètes le clament,
Baby, tu m'enflammes,
Feu sur la calotte, feu dans les culottes, ouais,
Les glaces fondent, je t'inonde, bébé,
Fin d'immonde, ouais...

Il palpa instinctivement la crosse de son flingue sous son blouson de cuir. Son Glock, un modèle ultraléger en fibre de carbone, ne lui serait probablement d'aucun secours dans les jours à venir, mais, comme certains sportifs se signent ou embrassent leur médaille avant de pénétrer sur le terrain, il lui fallait d'urgence se rassurer en touchant son ange gardien. Il ralentit le pas en vue du Smalto, la boîte minable où Roman avait l'habitude de lui fixer rendez-vous. L'enseigne rouge sang était le dernier vestige de lumière dans la ruelle déserte.

Depuis la bouche de métro, il n'avait pas croisé un seul piéton ni une seule voiture dans Pantin engourdie, seulement des chats en maraude, des papiers gras, des corps enfouis sous des cartons et des couvertures.

La même odeur régnait dans toutes les villes du monde. Misère et pourriture se tendaient sur les continents avec davantage d'efficacité que la toile informatique. En vrai prédateur,

Mathias se fiait à son odorat plutôt qu'aux milliards de signes échangés chaque seconde sur les réseaux. Il ne supportait pas l'idée d'être livré pieds et poings liés à des machines interconnectées, à la fois intelligentes et esclaves du plus formidable outil de surveillance jamais mis en place dans l'histoire de l'humanité. Son métier enseignait la méfiance, et les sillages informatiques lui apparaissaient comme les plus perverses, les plus durables des traces. Il laissait les portables, ordinateurs ou téléphones, aux enragés de la connexion, englués par milliards sur la Toile, gavés de mots, d'images, de bits.

Il hésita devant l'entrée du Smalto. La nuit d'automne était à ce point malade que tout lui paraissait vicié, l'air, son sang, ses pensées, le rendez-vous avec Roman. Se servant d'une vitre sale comme d'un miroir, il tenta de discipliner, du plat de la main, sa chevelure bouclée d'un blond cendré presque blanc.

La porte capitonnée s'ouvrit avec fracas, un homme roula sur le trottoir, se releva en grommelant au bout du rectangle aveuglant de lumière, essaya tout à la fois de rester debout, de rajuster ses vêtements et de se draper dans ses lambeaux de dignité. Sans doute un pauvre type qui avait manqué de respect à une fille. Le manque de respect, au Smalto, variait selon les humeurs des filles, selon, surtout, le fric qu'elles réussissaient à soutirer aux clients. Et celui-ci s'était montré trop regardant pour être autorisé à cueillir les fruits défendus agités à quelques centimètres de son nez. Les regardants étaient condamnés à rester de simples voyeurs. Mathias remarqua l'alliance à l'annulaire de la main gauche de l'homme : les quadragénaires mariés formaient l'essentiel de la clientèle du Smalto. Il portait, comme la plupart de ses frères en maigre débauche, un ventre débordant, un début de calvitie, une culpabilité rentrée, des tempes grisonnantes et un costume croisé anthracite. Tuer quelqu'un dans son genre ne devait procurer qu'un vague sentiment de honte et de dégoût.

« Eh, Mat ! Roman t'attend. »

Jem, l'un des videurs, se tenait dans l'entrebâillement de la porte, montagne d'ébène de deux mètres, manches de chemise retroussées sur des avant-bras aussi épais que des troncs d'arbre, crâne rasé et luisant, joue barrée d'une cicatrice, force de bœuf. Cependant, si les roulements tumultueux de ses muscles suffisaient à terroriser les pères de famille échoués dans ce trou-à-sueur qu'était le Smalto, le videur n'impressionnait pas les véritables oiseaux de nuit. L'esprit était plus fort que le corps, Mathias l'avait expérimenté à maintes reprises lors de ses dix années de formation sauvage dans le dédale des rues. Il avait vu des mecs enflés comme des moineaux — c'était son cas — mettre des raclées saignantes à des adversaires deux ou trois fois plus lourds qu'eux, il avait appris à lire la détermination, la rage, la folie ou la défaite dans les yeux et, le premier jour où ils s'étaient rencontrés, il avait pris le dessus sur Jem dans le défi préliminaire des regards.

« Longtemps qu'on t'avait vu, mec... »

Jem s'effaça pour laisser entrer Mathias et adressa un dernier geste de mépris au client expulsé avant d'ordonner, d'un mouvement du menton, à Tonino, un autre cerbère, un dingue du couteau, de refermer la porte.

« Ce connard s'est mis en tête d'arracher le string de Merryl. Se croient tout permis maintenant, monteront bientôt sur la scène, la queue à l'air, voudront baiser les filles, crois pas ?... »

Mathias ne prêtait qu'une oreille distraite aux marmonnements de Jem. Son odorat le mobilisait tout entier : odeurs d'alcool et de sueur sous la puanteur écrasante de cigarette, parfums agressifs des filles, senteurs des sexes à fleur, relents pénétrants, écœurants, des désirs refoulés. Une trentaine de clients, répartis entre les scènes étroites, regardaient deux filles se livrer à de savantes contorsions le long de barres verticales, *Las Vegas style*, comme l'annonçait fièrement le panneau électronique hideux pendu au-dessus du comptoir. Elles se trémoussaient avec frénésie pour essayer de réchauffer une atmosphère gelée par l'expulsion *manu militari* de l'arracheur de string quelques instants plus tôt, mais les visages des spectateurs, ramenés brutalement à leur condition d'exclus de l'Éden charnel, ressemblaient maintenant à des masques figés par l'alcool bas de gamme et la mauvaise conscience.

« Bois quelque chose, Mat ? demanda Jem en s'éloignant vers le comptoir.

— Comme d'hab. »

Mathias longea le mur et s'assit en face de Roman à l'une des tables du fond de la salle, dans une pénombre effleurée par des lampes de style vaguement chinois. Il se demanda une nouvelle fois pourquoi le « Lynx » s'obstinait à recevoir ses interlocuteurs dans ce rade merdique du fin fond de Pantin. Sa clientèle se recrutait pourtant dans les quartiers les plus huppés de Paris, Marais, septième, huitième et seizième arrondissements, banlieues opposées, banlieues forteresses, côté ouest, de Neuilly à Bougival.

« Quoi de neuf, cosaque ? » demanda Roman en reposant avec délicatesse son verre de cognac obèse et embué.

Dans tout autre bouche que celle du Lynx, ce genre de vanne sur ses origines russes aurait déclenché en Mathias une colère meurtrière, une envie sèche de tirer son flingue de son holster et de vider son chargeur à bout portant.

« Rien de spécial. »

Les deux hommes s'observèrent en silence pendant quelques instants. Mathias n'avait jamais réussi à plonger tout entier dans les yeux jaunes et fendus de Roman. Ils lui valaient, avec ses oreilles pointues et les taches sombres qui lui maculaient les joues, son surnom de

Lynx. Toujours tiré à quatre épingles, le cheveux rare et ras, l'ourlet de moustache sur la lèvre supérieure, Roman était de la race des charognards en dépit de sa ressemblance avec les félins : planqué quand il s'agissait de répandre le sang, aux premières loges au moment de dépecer les cadavres. Il trimait pour le compte d'une pieuvre qui régnait sur un empire d'ombre dont nul ne cernait les limites : prostitution classique, ramifications internationales, virtuelles, réseaux souterrains capables de satisfaire n'importe quelle exigence tordue. D'origine roumaine, il avait été chargé quelques années plus tôt de superviser les réseaux de prostitution enfantine mis en place dans certains pays de l'Est, Roumanie, Hongrie, Bulgarie, Balkans... La demande, de plus en plus forte, provenait des pays industrialisés ou des émirats du Golfe, mais pas seulement. C'était, pour employer un jargon économique, un marché en pleine expansion, grâce, selon Roman, au Net qui avait engendré de nouveaux besoins, en exhumant à l'échelle planétaire des images autrefois cachées. Le monde est malade, avait-il coutume de dire. Il va crever, autant en profiter...

Pas de meilleure définition du mot charognard.

« Du boulot, ces temps-ci, Mat ?

— C'est calme. »

Les lèvres fines de Roman se retroussèrent en un rictus qui dévoilait ses canines acérées, sans doute limées à la mode des yakusas pour accentuer son aspect cruel.

« J'aurais peut-être quelque chose pour toi… »

En arrière-plan, Mathias voyait les filles onduler comme des flammes blêmes et froides devant des rangées d'yeux éteints. La musique, inepte, lui tapait sur les nerfs. Il attendit que Roman veuille bien continuer. Discrétion et patience, deux compagnes avisées qui, si on prenait le temps de les écouter, évitaient bien des emmerdes.

« Une meuf. Quarante balais. Paris quatorze. »

Roman sortit une enveloppe jaune de format demi-commercial de la poche intérieure de sa veste en alpaga.

« Le nom, l'adresse et la photo. Attention : viande ultraprotégée, terrain miné. »

Mathias laissa passer un moment de silence avant de demander, d'une voix neutre :

« Combien ?

— Cinquante tout de suite, cent une fois le boulot terminé.

— Euros ou francs ?

— Des bons vieux francs bien usagés que tu pourras changer dans n'importe quelle bonne vieille banque de ce bon vieux putain de pays ! Merde, Mat, t'as beau être un vrai pro, tu déconnes ! Cent cinquante mille euros, à ce tarif-là, j'embaucherais carrément la force PRONU ! »

Le rire aigu de Roman, un rire de hyène, resta un petit moment suspendu dans la brume asphyxiante qui submergeait la salle. Une serveuse au regard mort, vêtue d'un improbable bout de tissu échancré, posa sur la table un plateau argenté où s'entrechoquaient une bouteille d'eau gazeuse et un verre vide.

Cent cinquante mille bons vieux francs, bien payé malgré tout, donc dangereux, songea Mathias, qui se garda bien d'interroger son vis-à-vis sur les motifs du contrat. La curiosité, elle, était une vraie petite salope, une source intarissable d'embrouilles. L'adresse et la photo lui suffisaient. Moins il nouait de liens avec ses cibles, mieux il se portait. Roman, de toute façon, ne lui aurait fourni aucune explication et aurait sifflé un autre oiseau de nuit pour les contrats suivants.

« Réponse ? »

Mathias tendit la main, saisit l'enveloppe entre le pouce et l'index, comprit, en palpant le papier épais, que le Lynx y avait déjà glissé les premiers cinquante mille francs.

« Je savais que je pouvais compter sur toi, dit Roman avec un sourire mi-narquois mi-chaleureux qui dévoilait à présent deux prémolaires en métal, vestiges sentimentaux d'années de galère dans une Roumanie en lambeaux. C'est une putain d'emmerdeuse. La rate surtout pas, hein ?

— Est-ce que je t'ai déjà foiré un contrat ? » murmura Mathias.

Il eut, en même temps qu'il prononçait ces mots, la vision fugitive d'un crâne au sourire grimaçant et partiellement édenté. Il l'interpréta comme un nouveau signe du bouleversement qui se préparait dans les trames obscures.

« Non, mais on remet à chaque fois les compteurs à zéro, se justifia Roman en écartant les mains. Enfin, dans ton cas, le compteur indique cinq zéros après le premier chiffre... »

Mathias ne commit pas non plus l'erreur de sortir et de compter les billets : le Lynx était un charognard fier, d'autant plus intransigeant sur l'honneur que son existence était frappée de la malédiction du sordide. Mathias aurait parié qu'il se frictionnait les mains, la bouche et le cul plusieurs fois par jour mais qu'il ne parvenait pas à se débarrasser de son odeur intérieure, celle-là même qui le harcelait, sans doute, lorsqu'il se vautrait sur les filles mineures ou majeures prises dans les filets de ses réseaux.

« J'ai un joli petit lot en réserve, ajouta Roman en se penchant par-dessus la table. Du frais. Jamais servi. Provenance directe d'Albanie. Si tu veux, je te la mets de côté. C'est ma tournée. »

Mathias se servit un verre d'eau gazeuse et l'avala d'une traite. Comme à chaque fois, les bulles lui picotèrent les yeux. Il étouffa un renvoi avant de décliner l'offre d'un mouvement de tête.

« Ah oui, j'oubliais : pas de vice, lâcha le Lynx. Pas d'alcool, pas de cigarette, pas de femme, pas de fille. Même pas pédé. »

Mathias eut un petit sourire et ajouta mentalement : pas de désir, pas de prise, seulement la passion du métier, les sensations enivrantes, voluptueuses, vertigineuses, offertes par les virées solitaires dans les mystères de la nuit, dans le mystère de la vie. Roman n'achèterait pas son amitié, ni même sa gratitude, avec une petite vierge bradée par ses parents pour une misérable poignée d'euros : les anges, surtout les anges de la mort, ne sont pas censés avoir de sexe.

« Je t'appellerai quand le boulot sera fini », murmura-t-il en se levant.

Il lança un dernier regard aux clients figés devant les scènes où les filles s'écartelaient avec conscience, à défaut d'enthousiasme, et songea qu'il n'y aurait personne sur terre pour regretter les hommes.

Marc 1

La beauté de la fille, qu'il apercevait par-dessus l'épaule de la mère, stupéfia Marc. Il ne s'était pas attendu à trouver un tel joyau dans cette sinistre bâtisse en pierre noire du fin fond du plateau de l'Aubrac. Rien à voir avec la plastique osseuse des créatures anorexiques qui hantaient les pages glaciales des magazines, dont l'EDV, l'hebdo pour lequel il bossait. Il se demanda tout à coup si le vent, ce crétin de vent, ne dévoilait pas trop son crâne que, chaque matin, il mettait un temps fou à planquer sous une chevelure de plus en plus clairsemée.

« Qu'est-ce que vous voulez ? répéta la mère d'une voix rocailleuse où traînait une pointe d'accent méditerranéen.

— Ben, parler du petit Jésus ! »

Marc regretta aussitôt la flèche qui avait jailli instantanément de sa gorge. Il ne pouvait pas s'empêcher de balancer des vannes destinées, en principe, à détendre l'atmosphère —

en fait de détente, ses sarcasmes lui avaient valu un divorce sanglant et une pluie de difficultés relationnelles avec ses deux filles et le genre humain dans son ensemble. Les yeux de la femme se plissèrent de méfiance et son visage, de renfrogné, devint franchement hostile. Sa tête hachurée, usée, encadrée de cheveux blancs et filasses, semblait être le prolongement naturel de sa blouse d'un autre âge, tellement lavée et ravaudée qu'elle ne tenait plus par endroits que par les fils ajourés de la trame.

Marc avait l'impression d'avoir franchi le seuil d'un lointain passé en frappant à la lourde porte de bois. Un coup d'œil au 806 de location qui l'attendait à l'entrée de la cour intérieure, seule concession au modernisme dans ce paysage d'herbe rase, de calvaires et de rochers rossés par les bourrasques, le rassura. On n'était qu'au début de l'après-midi et, pourtant, il avait l'impression que la nuit était déjà tombée, ou plutôt que le jour ne s'était jamais levé sur la grisaille minérale du plateau. L'automne maladivement chaud qui avait maintenu une grande partie du pays dans une serre moite, étouffante, avait épargné l'Aubrac où soufflait un vrai vent de novembre, une vacherie lugubre et blessante.

« Parler de celui que certains présentent comme le nouveau Messie », ajouta-t-il avec un sourire qui se voulait à la fois rassurant — la mère — et ravageur — la fille.

La femme se recula d'un pas, la main sur la poignée de la porte.

« Y s'dit déjà tant qu'assez de mal sur son compte !

— Justement ! rétorqua Marc en se lissant machinalement les cheveux. Si je suis venu vous voir, c'est pour essayer de rétablir la vérité. »

Participer à la curée, rectifia-t-il en son for intérieur avec le brin de cynisme qui lui donnait encore l'illusion de faire partie des manipulateurs, des amants de l'histoire. Chaque semaine, BJH, le patron-fondateur de l'EDV, le monarque, le père, l'homme au crâne brillant, à l'haleine méphitique, aux intuitions fulgurantes et aux colères légendaires, lâchait ses molosses sur une proie. Il s'agissait le plus souvent d'un homme — femme — politique ou d'un roi — reine — de l'audience télévisée, mais il les avait lancés cette fois-ci sur les mollets d'un prophète-guérisseur qui avait eu l'intolérable audace de rassembler une poignée de fidèles autour de lui.

Aucun chien de l'EDV n'avait entendu parler de ce charlatan minuscule, signe que sa notoriété ne dépassait probablement pas le cercle squelettique de ses adorateurs, mais, puisque l'ordre venait de BJH, le prophète négligeable avait été promu au rang d'ennemi public Numéro Un dans les salles de rédaction et les couloirs de l'EDV, le fleuron de la presse indépendante, le joyau des hebdos. Pour une fois, le dossier annuel consacré aux sectes — les sectes, le cul, les tueurs en série, les régimes de printemps, des valeurs sûres lorsque l'actualité ne propose rien de folichon — ne viserait pas la plus redoutable d'entre elles, la Scientologie, l'église fondée par R.L. Hubbard, écrivain de science-fiction de son état, désormais assez riche et influente pour traiter sur un pied d'égalité avec n'importe quelle confession officielle, avec n'importe quelle pieuvre multinationale, avec n'importe quel gouvernement.

« Comment avez-vous eu notre adresse ? demanda la femme.

— Par mon patron. J'ignore d'où lui viennent ses sources. »

Marc ne mentait pas sur ce point : les sources de BJH étaient secrètes, troubles, mais le plus souvent exactes. Le patron-fondateur de l'hebdo lui avait remis en main propre un petit dossier sur la famille du prophète ainsi qu'un billet de train, *deuxième classe*, signe ostentatoire de disgrâce dans la convention collective tacite de l'EDV : « Déniche-moi deux ou trois anecdotes croustillantes pour étoffer le cahier, hhhmmm... » Sous le verre épais des lunettes, les yeux glacés de BJH avaient étincelé comme des promesses de licenciement, le « hhhmmm » avait retenti comme un ultimatum, comme le grincement d'une porte s'entrebâillant sur l'ANPE. Des rumeurs insistantes évoquaient une nouvelle compression de personnel depuis que l'audit d'une boîte américaine — américaine, donc élevée au lait du libéralisme, donc impitoyable — avait préconisé des coupes sombres — ou claires, selon qu'on fût du côté du manche ou de la lame — dans l'effectif grassouillet de l'EDV : en philanthrope tapageur, BJH avait longtemps résisté au raz-de-marée numérique, aux gains de temps et d'argent offerts par les nouvelles technologies, mais son bataillon d'hommes de finance et de loi étaient parvenus à lui graver dans le crâne qu'il lui fallait désormais choisir entre les réalités économiques et la nostalgie paternaliste, entre le futur et la disparition, entre l'humanisme et la survie. « Entre enculer et se faire enculer », selon la formule délicate de J.J. Frélion, l'un des trois rédacteurs en chef adjoints.

Marc n'avait jamais vraiment fait partie des chiens de BJH, des prédateurs de l'information, des chasseurs purs et durs qui, avec une audace magnifique, s'étaient autoproclamés les « quarante violeurs ». Il n'avait jamais vraiment trempé sa plume dans l'encre maison, moitié arsenic moitié vitriol, il n'avait jamais vraiment participé aux curées orchestrées contre des proies isolées, traquées, déchues, dépecées. Déplacé de rubrique en rubrique, de la politique au sport, du sport à la culture, de la culture au multimédia puis aux programmes TV, vilain corbeau dans la couvée d'aigles de la plume, il serait sans doute l'un des premiers à être fauché lorsque les coupes sombres ou claires atteindraient le carré jusqu'alors préservé des journalistes.

« Vous voulez quoi au juste ? »

Marc soutint sans ciller le regard inquisiteur de la femme. Cette ferme sinistre de l'Aubrac représentait sa dernière chance. À bientôt cinquante ans, il ne retrouverait pas d'emploi équivalent, à la fois planqué et grassement rétribué, dans le marigot de la presse écrite : les jeunes déferlaient sur le marché du travail avec des cheveux drus, des côtes saillantes, un talent insolent, des salaires de misère et la bave aux lèvres. Les épées de Damoclès s'accumulaient au-dessus de sa tête, pension alimentaire à son ex, rapacité des deux adolescentes qui lui servaient de filles (deux, la moyenne nationale), tyrannie d'une maîtresse forcément plus jeune, gourmande et harassante, loyer, bagnole, ronde infernale des factures, crédits, découverts... Il lui fallait maintenant entrer dans le cercle des quarante violeurs, déployer les qualités qu'il avait négligées avec une rare constance durant ses quinze années de présence — d'absence — à l'hebdo, se bouger les fesses, faire ses preuves, enfin.

Il se regarda dans l'unique vitre ronde de la porte, un miroir vague donc conciliant, puis il décrocha son sourire dévastateur qui, avec son regard pénétrant, était censé lui donner le charme irrésistible du mâle dominant.

« Vous permettez ? »

Il s'avança d'un pas de félin dans l'entrebâillement, obligeant les deux femmes à reculer. Il ne détecta aucune trace de peur sur les traits incroyablement purs de la fille, seulement une curiosité distanciée, amusée, comme si elle n'était dupe ni de son personnage ni de ses intentions. Il accueillit comme une caresse bienfaisante la chaleur des flammes qui se dandinaient dans une cheminée presque aussi grande que son studio de l'Île-Saint-Louis. La pièce, immense, mal éclairée, habillée d'une tommette usée et d'un papier peint pisseux, servait à la fois de cuisine et de salle à manger. Un vieux poste de télévision, posé en travers sur un antique buffet, diffusait des images crachotantes aux formes et aux couleurs incertaines.

Marc se serait cru projeté dans les années 1960 et dans la défunte Union soviétique s'il n'avait remarqué le PC dernier cri — écran 21 pouces ultraplat en ADN de synthèse, netcam, clavier ergonomique, tour en forme de cube, imprimante laser — qui trônait sur l'un de ces bureaux anonymes que bradent les magasins de meubles bon marché.

« Vous avez une carte de journaliste ou, euh, quelque chose comme ça ? » demanda la femme.

Marc sourit tout en plongeant la main dans la poche intérieure de sa parka. Elle ne réagissait pas en citoyenne consciente de ses droits, mais en téléspectatrice gavée de Navarro, de madame la commissaire et autres flics de prime time. Il lui présenta la carte rayée du bleu-blanc-rouge officiel, la trinité à la fois rassurante et intimidante de la sacro-sainte République.

« C'est la première fois que nous recevons la visite d'un journaliste, vous comprenez… »

Il hocha la tête. Le tuyau de BJH n'était pas percé, il était le premier à se glisser dans l'intimité de ces femmes, il explorait un territoire que pas un autre prédateur n'avait encore marqué de son urine, de sa pestilence. Il ne voyait pas très bien où le patron de l'EDV voulait en venir en sonnant l'hallali contre un obscur illuminé originaire d'un trou perdu de Lozère, mais, s'il savait faire preuve d'un minimum de psychologie, il pourrait soutirer des informations exploitables, sinon croustillantes, à la mère et la sœur adoptives de l'homme que des internautes allumés présentaient sur leurs sites comme le nouveau Messie, ou encore comme le Christ réincarné, ou encore comme le Maître-esprit des temps nouveaux, et, par conséquent, reconquérir l'estime de BJH, conserver salaire, convention collective, abattement fiscal et autres artifices indispensables à son train de vie et à son âge.

« Vous voulez un café ? demanda la mère.

— Avec plaisir. »

La fille se dirigea aussitôt vers le coin cuisine et s'affaira devant l'antique cuisinière aux formes rondes, aux plaques rouges et circulaires. Bien qu'attifée de nippes informes et incolores dont Charlotte, la maîtresse de Marc, n'aurait même pas voulu pour son chien, un labrador au poil sable aussi encombrant que stupide, elle accomplissait chacun de ses gestes, y compris les plus anonymes, avec une grâce déconcertante. Elle se retournait de temps à autre pour jeter au visiteur un regard insondable par-dessus son épaule. Charlotte, la rutilante, Charlotte, qui gaspillait une grande partie de son temps dans les instituts de beauté et les temples de la remise en forme, qui surveillait son tour de taille, la fermeté de ses seins et le galbe de ses fesses avec une férocité de tigresse, qui dépensait des fortunes en masques, poudres, lotions, huiles, vitamines, régimes et autres tartes à la crème, qui dilapidait ses découverts autorisés chez les stylistes d'avant-garde, Charlotte, donc, aurait sans doute ressenti comme une injure personnelle la beauté rayonnante, humiliante, économique, de cette paysanne mal fagotée de l'Aubrac.

« Asseyez-vous », proposa la mère en tirant l'une des chaises disposées autour de la grande table rustique.

Marc frissonna de la tête aux pieds lorsque la fille vint déposer un plateau sur la table. Il ne put s'empêcher de l'imaginer dans ses bras, dans son lit, une vision qu'il s'efforça de chasser avec autorité, mais qui, comme une mouche obstinée, revint instantanément le harceler. L'odeur délicieuse du café dominait à présent celle, plus âpre mais agréable, du bois brûlé. La mère poussa une tasse en direction de Marc, puis le sucrier de style cadeau-de-mariage et enfin une boîte en fer colorée qui paraissait tout droit sortie, elle aussi, d'une pub des années 1950. Il y puisa un gâteau sec qu'il faillit tremper dans son café avant de se souvenir que ces choses-là ne se pratiquaient que dans la plus stricte intimité (Charlotte ne supportait pas qu'il plonge sa baguette dans son bol, ça n'avait vraiment aucune classe, Charlotte l'obligeait à se doucher, à se raser, à s'habiller avant le petit déjeuner, Charlotte lui faisait payer très cher leurs vingt-quatre ans de différence...)

Assise en face de lui, la fille le fixait par-dessus sa tasse en buvant à petites gorgées silencieuses. Ses grands yeux brillaient comme des lunes sombres et pleines dans le blanc de son visage encadré de mèches flamboyantes.

« Pas d'homme dans cette maison ? »

Marc n'avait posé cette question que pour dissiper son trouble. Le dossier de BJH mentionnait la disparition du père, tué dans un accident de la route une dizaine d'années plus tôt, ainsi que la mort du fils aîné en 1978, retrouvé noyé dans un puits à l'âge de six ans.

« Mon mari est décédé dans un accident d'auto. Je ne pouvais plus exploiter les terres toute seule. Je les ai vendues l'une après l'autre. Je n'ai gardé que la maison. En viager. »

Elle passa la mort de son fils sous silence, comme si elle l'avait occultée de sa mémoire.

« Et... Jésus est parti de la maison ça fait trois ans. »

Elle avait marqué une légère hésitation avant de prononcer le nom de Jésus. Un nom qui avait l'avantage d'établir un lien direct avec le sujet du reportage et l'inconvénient de sonner totalement ridicule. Marc se souvint des franches parties de rigolade qui avaient ponctué la conférence de rédaction menée par un BJH en grande forme. Les vannes et les rires avaient volé gras, et les femmes elles-mêmes, particulièrement excitées, n'avaient pas donné leur part aux chiennes.

« Et il sort d'où, l'enfant Jésus ? »

Marc se mordit la lèvre inférieure lorsqu'il vit un voile de désapprobation glisser sur les yeux noirs de la fille : il ne savait pas garder ses conneries dans sa bouche, pas davantage que certains de ses confrères n'étaient capables de garder leur bite dans leur pantalon, les deux aboutissant au même résultat, divorce et autres misères relationnelles. Une bûche craqua et projeta une nuée de braises ardentes devant la cheminée. La femme les regarda un petit moment agoniser sur les tommettes avant de répondre, d'une voix lasse :

« C'est mon frère qui nous l'a amené. »

Marc but une gorgée de café pour masquer sa surprise. Le dossier ne faisait allusion à aucun frère, ni, d'ailleurs, aux modalités de l'adoption, comme si elle s'était effectuée en dehors de toute voie administrative, comme si elle n'avait laissé aucune trace. À vrai dire, il planait sur la naissance et l'enfance de ce Jésus-ci un mystère aussi épais que celui qui entourait l'autre, l'ancien, l'original.

« Votre frère ?

— Il était missionnaire en Colombie. Il est revenu un jour avec un enfant de cinq mois qu'il avait rebaptisé Jésus. Il nous a demandé de le garder et de l'élever jusqu'à sa majorité. Il nous a dit qu'un jour l'enfant ferait parler de lui ; que son passage sur terre marquerait le début des temps nouveaux.

— Votre frère était prêtre et racontait ce genre de... tenait ce genre de discours ? »

Elle reposa sa tasse sur la soucoupe avec brutalité. C'était une femme de la terre, une femme rude qui se sentait aussi à l'aise avec la porcelaine cadeau-de-mariage qu'une secrétaire en minijupe coincée dans l'ascenseur entre BJH et un rédacteur en chef adjoint. Elle rappelait à Marc certaines de ses tantes, plantées toute leur vie dans leur terreau natal comme des arbres à l'écorce rugueuse, elle le renvoyait, lui le coq cynique et déplumé de basse-cour parisienne, à ses origines rurales, à un monde très ancien, vibrant de pureté, qui semblait n'avoir existé que dans son imaginaire d'enfant.

« Mon frère était... bizarre, comme fou. Robert — mon mari — et moi, on a pensé qu'il avait une crise de paludisme. Il est parti en pleine nuit en nous laissant Jésus et, depuis, il ne nous a plus jamais donné de nouvelles. »

Marc vida à son tour sa tasse et piocha un autre gâteau dans la boîte en fer.

« Jésus était un enfant... ordinaire ? »

La mère consulta la fille du regard avant de répondre. Le journaliste en Marc se tendit, mais il n'osa pas sortir le dictaphone de la poche de sa parka, de peur de geler le climat propice aux confidences entretenu par la chaleur de la cheminée. Ne lui restait plus qu'à se fier à sa mémoire, qui restait fonctionnelle en dépit des oublis fréquents jalonnant ses interminables journées, dates anniversaire, listes des courses, réunions de parents d'élève, rendez-vous divers avec Charlotte et sa foule de relations... Il fouina dans les poches de sa parka à la recherche de son paquet de Camel.

« Ça vous dérange si je fume ?

— Non, non, Robert fumait des Gauloises. Sans filtre. Le tabac l'aurait tué si cette fichue fourgonnette ne s'en était pas chargée. Le matin, il toussait pire qu'un tuberculeux. »

La fille se leva et alla chercher un cendrier dans le coin-cuisine. Marc se demanda pourquoi elle ne parlait pas, puis il se souvint que, selon le dossier, un mystérieux virus avait endommagé une grande partie de son cerveau et l'avait rendue muette à sa naissance. Il lui semblait pourtant discerner dans ses yeux noirs une profondeur et une attention révélatrices d'une forme d'intelligence, et même d'une très grande intelligence. Non, c'était autre chose que de l'intelligence, du moins celle qu'on célébrait dans les cocktails et autres occasions de croiser les sourires vénéneux : cette fille — quel était son prénom, déjà ? — jetait un regard perpétuellement neuf sur les êtres et les événements, un regard qui n'était pollué par aucune intention, aucun jugement. Il alluma une cigarette à l'aide du briquet-tempête offert récemment aux journalistes culture de l'EDV par une édition à bout d'idées publicitaires — à court de bons manuscrits, surtout. L'afflux brutal de nicotine provoqua une légère euphorie suivie presque aussitôt d'un sentiment de culpabilité. Il avait arrêté pendant pratiquement huit ans, puis il avait replongé quand il avait rencontré Charlotte qui, elle, réduisait consciencieusement en cendres ses deux paquets par jour. Elle préférait, disait-elle, mourir d'un cancer du poumon plutôt que d'être exposée au moindre risque de « faire de la graisse ». Charlotte ne se gênait pas pour lui balancer sa fumée à la figure chaque matin avant la fin du petit déjeuner, et pourtant, ça non plus, ça n'avait aucune classe.

« Oh, bien sûr, il aimait les bonbons et faisait des bêtises », reprit la femme, qui, comme toutes les mères, y compris les mères adoptives, adorait parler de son enfant.

Du regard, Marc l'encouragea à poursuivre.

« Mais, pour répondre à votre question, non, ce n'était pas un enfant ordinaire. Il s'est passé de drôles de choses, ici, après qu'il a eu ses dix ans. Son institutrice pourrait vous en parler aussi bien que moi.

— Quel genre de choses ? »

La femme se leva, s'accroupit devant la cheminée et remua les bûches à l'aide d'un tisonnier. Son visage et ses cheveux rougeoyèrent à la lueur des braises réveillées en sursaut. D'une main rageuse, Marc écrasa son mégot dans le cendrier. Il se jurait d'arrêter à la fin de chaque cigarette, une résolution qui se diluait dans la paresse des habitudes, et il peinait désormais à grimper quatre à quatre l'escalier tournant qui montait à son studio perché au sixième étage d'un immeuble sans ascenseur. Son cœur commençait à battre la démesure, et il gardait à l'esprit que la crise cardiaque avait guetté quelques hommes de sa famille au tournant de la cinquantaine. La femme se releva, reposa le tisonnier contre un montant de la cheminée, tira sur sa robe et revint s'asseoir à sa place.

« Des personnes ont été guéries de maladies que les médecins disaient incurables, reprit-elle. Des paralytiques, des gens condamnés à la chaise roulante, ont remarché.

— Nous y voilà, fit Marc en se renversant sur sa chaise et écartant les bras. Les miracles, hein ? »

Il huma une bouffée de sa propre haleine, café plus tabac plus petits-beurre, un mélange redoutable pour l'entourage. Son mouvement avait entrouvert sa parka et révélé la bouée légère, mais réelle, qui gonflait son pull à hauteur de sa taille. Ni les régimes impitoyables concoctés par Charlotte, ni les velléités de sport, ni la reprise de la cigarette, ni la folie récurrente du bouclage de l'EDV n'étaient parvenus à déloger cette ceinture de graisse aussi tenace qu'une couche de pétrole sur les plumes d'un cormoran. La fille continuait de l'observer avec une compassion de grande sœur pour un petit frère à la maladresse attendrissante.

« Vous ne croyez pas aux miracles, hein ? lança la femme, rendue tout à coup à sa méfiance.

— C'est-à-dire, tant que je n'en ai pas vu, de mes yeux vu...

— Vous êtes comme tous les autres : vous pensez que notre Jésus est un charlatan !

— Je ne pense rien. Je suis simplement venu ici pour faire mon boulot de journaliste. »

Au dossier figuraient les prétendus miracles qui avaient jalonné l'enfance du petit Jésus de l'Aubrac. Le correspondant local du quotidien régional avait rédigé un papier mi-intrigué mi-goguenard, se fendant pour conclure d'une comparaison hardie entre cette prétendue vague de guérisons et les controverses soulevées par la bête du Gévaudan.

Marc se rendit compte, soudain, que le vent s'était tu au-dehors, qu'un silence cotonneux enveloppait la maison. Comme si elle avait lu dans ses pensées, la fille se rendit d'une démarche aérienne près de la porte et l'ouvrit en grand.

« Merde, mais... »

Il neigeait en effet, à gros flocons. Le vert pomme du 806, les rochers ronds, les collines lointaines, les arbres, les pierres plates des toits, les murets et la terre battue de la cour s'escamotaient déjà sous une épaisse couche de blanc.

« Rien de bien étonnant, fit la mère. On est en novembre.

— Qu'est-ce que je vais faire, moi, putain ? grogna Marc. Je dois être à Paris ce soir... »

La fille se retourna et lui adressa un sourire énigmatique. Son prénom lui revint en mémoire tout à coup, aussi ridicule, mais pour d'autres raisons, que celui de Jésus : Pierrette.

La mère rejoignit la fille, se pencha vers l'extérieur et consulta le ciel en plissant le front et le nez.

« Tel que c'est parti, ça ne se lèvera pas avant demain matin. Pas question que vous preniez la route avec un temps pareil. Vous n'avez pas d'autre choix que de rester coucher ici. Comme ça, si vous voulez, on pourra continuer à parler. »

Marc alluma une cigarette sans même s'en apercevoir. Il ne savait pas pourquoi, mais la perspective de passer la nuit avec ces deux femmes le glaçait d'épouvante. Non qu'il eût peur d'elles, ou de l'extrême isolement de leur ferme, mais il avait le sentiment que le contrôle de sa vie lui échapperait définitivement si cette foutue tempête de neige le coinçait jusqu'au lendemain sur le plateau de l'Aubrac. Que ses dernières certitudes s'effriteraient de la même manière que ses rêves de jeunesse s'étaient fracassés sur les récifs familiaux et les écueils professionnels.

Il dégagea son téléphone portable d'une poche de sa parka et composa le numéro de Charlotte.

Occupé, évidemment.

Lucie 1

Lucie regarda les lettres s'afficher sur son écran avec une lenteur révélatrice du manque d'habitude ou de l'émotion de son correspondant :

Salut ; je m'appèle Barthélemy, je teetrouve vacjh... vachement mignonneM

Elle fixa l'œil rond et scintillant de la netcam en esquissant un sourire mécanique. L'horloge s'était affichée sur un coin de l'écran : le dénommé Barthélemy — son vrai prénom sans doute ; les hommes, quand ils prenaient des pseudos, les choisissaient plus fantasmatiques, plus valorisants, Conan, James, Tom, Michael, Minos... — s'était allégé de cent cinquante euros pour passer soixante minutes en tête-à-tête avec elle. Cent cinquante euros, dont trente pour cent pour elle, soit environ trois cents francs (elle était, comme la plupart des Européens, obligée de convertir en ancienne monnaie pour se faire une idée approximative de la valeur des choses). Comme elle passait en moyenne cinq heures sur la Toile, ses journées lui rapportaient mille cinq cents francs. Elle n'avait jamais aussi bien gagné sa vie.

Mignonne ? Ça avait sûrement été le cas une dizaine d'années plus tôt. Si elle avait gardé un corps de vingt-cinq ans, les ridules au coin de ses yeux et les cercles précoces autour de son cou dénonçaient avec cruauté ses trente-deux ans. Elle se contentait pour l'instant de camoufler les cicatrices du temps sous un maquillage savant, mais elle prévoyait de recourir à la chirurgie esthétique dès qu'elle aurait mis un peu d'argent de côté, un investissement indispensable dans sa profession.

Bonjour, moi, c'est Manuella, tapa-t-elle sur le clavier. *Je suis ravie de faire ta connaissance.*

Le stage informatique qu'elle avait suivi sans conviction quelques années plus tôt — c'était ça, ou les ASSEDIC lui coupaient les vivres — s'était avéré d'une très grande utilité quand, après sept ans de vie commune, Jérémy l'avait mise à la porte sans un traître mot d'explication. Une de ses vieilles copines, Mado, rencontrée par hasard dans un troquet, lui avait parlé du nouvel Eldorado représenté par Internet et avait griffonné sur un bout de nappe une adresse dans le quinzième où l'on auditionnait des filles. « Tout ce qui compte, en plus de savoir taper sur un clavier, c'est d'être bien foutue, tu vois. Et t'es drôlement bien foutue. Y a un gros avantage par rapport aux putes, tu vois, c'est que jamais les mecs te touchent, ça reste du voyeurisme, du strip, un truc propre, sans danger, et ça gagne bien, tu vois... »

Lucie avait vu.

C'est ainsi que, après deux semaines de lutte intense pour démanteler les vestiges de son conditionnement catholique, elle s'était retrouvée à poil, tremblante et un peu conne dans le bureau de deux hommes qui l'avaient examinée d'un œil froid, professionnel, entre gynéco et maquignon.

; Mqnuella ? Je veut voir teqs s... sein ! ?

Tout de suite ? Comme tu veux. Je te rappelle qu'on en a pour une heure, mon loup.

Elle avait piqué le coup du loup — tigre, lion... — à Martha, une fille qui sévissait depuis près de huit ans sur le réseau. Les hommes affluaient sur le site comme des moutons apeurés mais adoraient être traités en grands fauves. Elle dénoua sa ceinture et écarta avec la lenteur de circonstance les pans de sa courte robe de chambre en satin rouge. S'habillant le plus souvent en écolière, jupe plissée à carreaux, chemisier, couettes, sous-vêtements de coton blanc — un franc succès —, elle essayait d'attirer un autre genre de clientèle en alternant avec des tenues exotiques, suggestives ou vulgaires, comme cet ensemble de satin rouge déniché dans un sex-shop minable de la rue Saint-Denis. Elle marqua un temps de pause, face à la netcam, quand elle eut dénudé ses épaules et une partie de son buste. Le jeu consistait à retarder le moment où elle n'aurait plus rien à retirer, ce moment pénible où elle devrait passer des préliminaires ludiques, érotiques, à l'exhibition crue, anatomique, à la séance d'écartèlement.

oyOte ton soutiff =

Elle contint un soupir, sourit, dégrafa son soutien-gorge et libéra ses seins avec le minimum de sensualité requis. De jolis seins, d'ailleurs. De taille moyenne, mais hauts, fermes et naturels. Des aréoles discrètes, d'un rose délicat, soyeux, pas ces cercles larges, rugueux et foncés qui ressemblaient à des ronds usés de ballons de cuir (mais qu'appréciaient certains clients à en croire les statistiques).

Ikl ; ss sont ssupeR ; lmignon : jje lesaime beaoucooup ? Carèse --k... les÷ s'il te plè/

Lucie dut se concentrer pour déchiffrer le message de son correspondant. Il tremblait sans doute, raison pour laquelle il multipliait, en plus des fautes d'orthographe, les erreurs de frappe. Les clients demandaient presque toujours à voir les seins en premier et, à de rares exceptions près, les claviers se mettaient à divaguer dès que les filles retiraient leur soutien-gorge. Entre elles, elles appelaient cette réaction la « tremblote Robert », un syndrome qui disparaîtrait sans doute avec l'avènement des techniques de reconnaissance vocale, bien au point désormais. Encore que l'étranglement et autre altération de la voix risquaient d'aboutir à des résultats surprenants. Par bonheur, les clients n'utilisaient presque jamais les fenêtres visuelles interactives. Le système, inspiré des vidéoconférences, leur aurait permis d'établir un véritable dialogue, d'être plus précis, de gagner du temps, mais, en contrepartie, il les aurait obligés à sortir du bois, à montrer leur bobine. Or les rôdeurs de la Toile ne souhaitaient laisser aucune autre trace d'eux-mêmes que le numéro de leur carte bancaire, une formalité qui, déjà, en rebutait un grand nombre.

Lucie commanda un zoom sur sa poitrine, vérifia l'image sur l'écran de contrôle et se caressa les seins avec application, en gros plan. Le plaisir qu'elle avait éprouvé à ses début, le plaisir trouble de l'exhibition, s'était estompé au bout d'une poignée de séances, et elle avait rapidement recouru aux expédients utilisés par ses consœurs. Ses mamelons, au préalable enduits d'une substance congestionnante, se dressaient de douleur et de colère dès qu'elle les pinçait, et leur érection s'associait aux mines et aux soupirs extatiques pour entretenir le client dans l'illusion qu'elle jouissait à sa seule intention. Elle se demandait à quel point ses voyeurs étaient dupes, mais, pour cent cinquante euros ou dollars ou l'équivalent en yens (la Toile acceptait toutes les couleurs de l'argent), elle se devait de jouer avec conviction son rôle de téléjouisseuse. Ses employeurs — un grand mot pour des types qui ne délivraient aucun bulletin de salaire, ne cotisaient à aucune caisse, lui filaient chaque soir son fric en espèce et de la main à la main — n'avaient pas encore exigé des filles qu'elles s'enfilent des objets variés dans tous les orifices, mais, étant donné que le SFS, le self-fist-sex, se pratiquait sur la plupart des sites et que les demandes se faisaient de plus en plus pressantes, ils ne tarderaient sans doute pas à le leur imposer.

Lucie ne savait pas encore comment elle réagirait : elle ne se voyait pas passer ses journées à se fourrer des trucs insensés dans le corps, mais elle ne s'imaginait pas non plus renoncer à ses six ou sept mille cinq cents euros de revenus par mois (de trente-cinq à quarante mille francs, une paie d'ingénieur). Perplexe, voulant en avoir le cœur net, elle s'était connectée sur un site de SFS, avait claqué deux cents euros — plus cher, donc, davantage de revenus en théorie — pour se glisser dans l'intimité d'une fille dont la jeunesse l'avait épouvantée. Tamara, ou un nom approchant à la mode russe, n'avait probablement pas atteint ses seize ans. Le site était sans doute localisé dans une région du monde à la législation tolérante, voire incitative, l'un de ces nouveaux paradis légaux du village mondial. La pseudo-Tamara avait exécuté tous ses désirs, tous ses ordres, avec une docilité et une souplesse effarantes, et un désespoir dans le regard que ne réussissaient pas à cacher ses moues boudeuses ni ses poses aguichantes.

Le *sex-aaa-strip//cyberlive* pour lequel bossait Lucie (*sex* parce ce que c'était le mot le plus fréquemment confié aux moteurs de recherche, *aaa* parce ce que, par le simple jeu de l'ordre alphabétique, il s'affichait dans les premières pages des résultats, *strip//cyberlive*, parce que l'internaute était immédiatement avisé de la nature de l'activité) avait enregistré une baisse des connexions ces derniers temps, oh ! pas dramatique, mais suffisamment alarmante pour inciter ses patrons, eux-mêmes soumis à la pression de leurs « employeurs », des types qui n'avaient pas l'air de plaisantins, à relancer d'anciens sites où s'ébattaient en direct des couples, hétéros et homos. L'activité de Lucie et de ses consœurs n'était pas appelée à disparaître, du moins tant que les clients seraient prêts à débourser cent cinquante euros pour disposer d'une fille seule pendant une heure : bon nombre d'entre eux ressentaient la présence d'une tierce personne comme une intrusion, comme une violation de la relation « intime » qui se nouait de chaque côté de la connexion. Elles seraient seulement priées de se montrer plus performantes, moins regardantes, de satisfaire sans aucune réticence tous les fantasmes de leurs correspondants.

Je bq-ande/

Lucie appuya sur la touche zoom de la netcam pour faire un gros plan sur l'un de ses mamelons. Les réactions de Barthélemy étaient si prévisibles qu'elles en devenaient touchantes. Comme tous les autres, il se croyait obligé de proclamer son érection, de glorifier sa virilité. Comme tous les autres, il finirait par se masturber, ou bien, si elle avait de la chance, il éjaculerait par mégarde et se déconnecterait avant la fin de la séance.

Tu as une belle queue, mon loup. Tu veux que je continue ?

Martha lui avait également enseigné qu'une bonne flatterie équivalait à une caresse appuyée et suffisait parfois à « terminer » le correspondant retranché dans son anonymat. Aucun mot ne s'afficha sur l'écran. Lucie en profita pour détendre les jambes sur le matelas recouvert d'un drap de soie, fixa le témoin lumineux de connexion et le supplia intérieurement de s'éteindre.

Je veu Te voir toute nii nu : mintenant

Lucie rangea son dépit derrière un sourire crispé : pas aujourd'hui qu'elle couperait à la séance d'écartèlement. La lumière des rampes disposées tout autour du studio commençait à l'irriter. Elle retira sa culotte avec une précipitation mécanique, sans la moindre once de sensualité, puis s'assit face à l'œil impavide de la netcam. Martha répétait à l'envi qu'on ne devait jamais montrer son agacement ou sa fatigue aux clients, mais toujours leur paraître fraîche, dispose, souriante, à trois heures du matin comme à neuf heures du soir, à sa première connexion comme à sa septième. « Ces tarés sont capables d'envoyer un mail de protestation s'ils ne sont pas contents. Et devine ce qui se passera au bout de trois ou quatre mails.

Y a un max de filles qui demandent qu'à nous piquer la place... »

Lucie se ressaisit et adopta une position un peu plus lascive. Parfois lui prenait une bouffée de remords lorsqu'elle voyait s'afficher sur l'écran de contrôle sa vulve entièrement rasée, sa chatte glabre et crue de petite fille, d'écolière. Parfois, également, lui revenait l'image d'un homme au visage bouleversé, au regard exorbité, tapi dans la pénombre de sa chambre d'enfant, un homme qu'on avait un jour retrouvé pendu dans le sous-sol de sa maison et dont elle avait appris très récemment qu'il était son oncle.

bouge ! bOouge

Elle s'exécuta en tâchant de mettre un minimum de conscience professionnelle dans ses roulades et autres acrobaties, toujours dans le champ de la netcam, écartement progressif des jambes, offrande de la croupe à l'objectif, ondulation des hanches, des fesses, tête enfouie dans les bras, attitude de soumission... L'horloge indiquait qu'elle en avait encore pour quarante minutes, quarante minutes à se contorsionner dans tous les sens, à se plier aux ordres d'un inconnu qui avait acheté une heure de sa vie.

L'écran resta à nouveau silencieux pendant quelques instants, mais le témoin de connexion refusa de s'éteindre. Elle commençait à transpirer dans la moiteur du studio, son parfum, aigri par son odeur, virait au rance. Elle avait bu pratiquement un litre d'eau avant la séance et son envie de pisser se faisait de plus en plus pressante. Les clients étaient en droit d'exiger des filles qu'elles urinent devant eux : la pratique de la « douche dorée » était mentionnée en toutes lettres, en français et en anglais, sur la page d'accueil du site. Lucie se débrouillait d'habitude pour esquiver cette corvée, qu'elle jugeait particulièrement dégradante, mais, là, elle ne tiendrait pas quarante minutes, et puis, la séance pipi aurait peut-être un tel effet sur son correspondant qu'il se déconnecterait avant la fin du temps imparti — à moins encore qu'ils ne fussent plusieurs à l'autre bout du modem.

Elle rapprocha ses doigts du clavier.

J'ai une énorme envie de pipi, mon gros loup. Est-ce que tu permets ?

L'absence de réponse équivalant à un accord, elle se leva et alla s'asseoir sur la cuvette dressée dans un coin du studio. La deuxième netcam, fixée sur une cloison, prit automatiquement le relais. Le cercle blanc de la cuvette, légèrement basculée vers l'arrière afin d'accentuer l'effet de contre-plongée, l'intérieur écrasé de ses cuisses et sa vulve apparurent en gros plan sur l'écran. Elle ne comprenait pas ce que les clients trouvaient d'érotique à cet épanchement organique. Elle se trouvait grotesque, assise sur cette cuvette, en train de se vider dans un bruit de cataracte. Tracassée par un vague sentiment de honte et de gâchis. Restituée à sa solitude. Elle avait l'impression que c'était sa vie qui s'écoulait d'elle, qui s'enfuyait d'elle. Personne ne l'attendrait lorsqu'elle rentrerait dans son petit appartement, aucun message sur son répondeur ni dans sa boîte email, seulement une ronde morne d'annonces publicitaires. Elle mangerait devant la télévision et zapperait sur les quarante chaînes du câble jusqu'à ce que ses yeux se ferment, jusqu'à ce qu'elle glisse dans un sommeil sans relief. Presque deux ans maintenant que Jérémy, ce salopard, l'avait mise à la porte et, si elle avait rapidement oublié son sale caractère, elle regrettait la chaleur odorante et rassurante de son corps. Après leur rupture, d'autres hommes s'étaient retrouvés dans son lit, jeunes et moins jeunes, osseux ou gras, mariés ou célibataires, mais ces liaisons sporadiques ne lui avaient laissé que des souvenirs poisseux. Ceux qu'elle aurait souhaité garder l'avaient abandonnée comme un mouchoir sale ; ceux dont elle avait voulu se débarrasser à l'issue d'une nuit pitoyable avaient cherché à s'incruster comme des poux. Finalement, elle n'avait plus que ses exhibitions sur le réseau, cette relation pourtant abstraite avec les clients du sex-aaa-strip//cyberlive, pour se donner l'illusion de vivre.

Sa miction achevée, elle s'essuya en veillant à rester dans le champ de la netcam, tira la chasse puis retourna sur le lit.

jai joui ; mercoi/ cétait sUuper !

Enfin.

Lucie consulta la pendule : encore trente-cinq minutes. Si Barthélemy était seul, la séance finirait peut-être plus tôt que prévu. Elle le soupçonnait d'être très jeune, sans doute en dessous de l'âge légal. Les gosses, plus malins que les parents, trouvaient sans cesse des parades pour déjouer les écrans de vérification d'âge et les systèmes de sécurité.

C'était bon, mon loup ?

Ouai. super : avant/avant j

L'alignement des lettres se suspendit pendant quelques secondes.

e pouvais pas

Pouvais pas... quoi ?

bander/jétai paralusé ; je snetais rien. Parapklégique.

Sur une chaise roulante ?

Ouai : un axident : une bagnole m'est rentrer dedand quand je fgaisais du skate

Lucie s'installa confortablement devant son clavier. Barthélemy était de ceux qui ressentaient le besoin de s'épancher et qui se confiaient plus volontiers à une femme nue qu'à un psychanalyste ou un prêtre. Elle préférait, et de loin, épuiser une partie de l'heure à jouer les confesseurs plutôt que de continuer à écarter les jambes devant la netcam.

Je croyais qu'on ne pouvait pas guérir de ce truc là ?

mOi non plus/ jai passer quatre ans sur la chaise. pUis mes parnts m'ont offer un système de reconnaissance vocale ; je sui aller sur le Net et je sui tomber siur le site de Vahi-Kahi

Lucie avait vaguement entendu parler d'un certain guérisseur appelé Vahi-Kahi, ou Vaï-Ka'i, mais n'y avait jamais prêté attention. Depuis qu'elle avait fait une croix sur la religion de son enfance, elle ne croyait plus en rien ni en personne, même si, parfois, elle se surprenait à murmurer une supplique à la Vierge Marie, la seule figure qui demeurât à peu près intacte dans sa débâcle spirituelle.

Et alors ?

sur le site il étaoi écrit que Vahi-Kahi passait ptout près de chezmoI ? Jai demander à mes parents de my emmené

C'est où, chez toi ?

Sur ton site il est écrit qyu'on pose pas de questiuons au xclients. ?

Excuse-moi.

je déconne, jem'en fou, jai pas de secret : chez mio-oi ; c'est vers Chartres, mes parnents ne voulait pas au début, ils disait que s'était que des conneris : jai insister ils ont fini par m'emmené. S'étai dans une grange, Yy avait plain de monde ; jai réussi à me mettre devant ; Vahi-Kahi était juste devant moi. Il ma regarder ; il ma souri÷ je le croyai pas si jeune, il a parlé, jai pas tout compris mais sa ma fait tout bizare

Lucie vit, à la façon dont les lettres s'affichaient, avec une lenteur appliquée, que Barthélemy gardait de cette rencontre un souvenir à la fois ému et solennel. Elle jeta un nouveau coup d'œil à la pendule : vingt-deux minutes. Le temps s'était accéléré de manière vertigineuse, comme s'il tentait de les prendre de vitesse, maintenant que leur échange devenait intéressant. Elle avait vérifié à maintes reprises que les secondes ne s'égrenaient jamais au même rythme, qu'elles se consumaient avec une vitesse effarante lorsque l'esprit était captivé par une activité plaisante, qu'elles se gelaient dans les moments de souffrance de solitude ou d'ennui. Sa façon à elle d'illustrer la relativité, une théorie qu'elle n'avait jamais réussi à piger en cours de physique. Une série de frissons la parcoururent, qui hérissèrent sa peau et durcirent ses mamelons déjà douloureux.

à la fin de son discour : il sest approcher de moi ; a poser les main sur mon front ; il ma dit : » parce qu'il ma ét » donné de délivrer les miens de la souffrnace, te voici maintenan délivrer de ton mal ;, te voici restitué à la plénitude de ton ëtre. ? » alkors jai senti une grande chaleur en moi ; et une force qui ma pousser a me lever. jai fait deux pas puis, comme javais plus de muscle, je suis tomber. après sa, les jours suivant, tout m'ai revenu, mes jambes, et aussi ; le reste ; et aussi le sexe, mes parents était sié.

Il avait mis près de dix minutes à taper son texte.

Pourquoi tu n'utilises pas la reconnaiss&nce vocale ? Ça irait plus vite.

Mes parnets m'entendrai : il son dans la pièce d'a coté

Mineur ?

Légère hésitation.

presque plus. jaurai dux-huit ans dans trois jour. mAIs j'qi déjà ma carte bleu

On pourrait continuer à se parler ? Après ?

comman ?

Je te donne mon adresse email.

sa te pose pas de ptoblème... ?

Ça m'arrive de donner rendez-vous à des clients.

Elle mentait. Aucune règle ne lui interdisait cependant de rencontrer ses correspondants. Plusieurs filles s'y étaient d'ailleurs essayées, croyant sans doute avoir trouvé l'amour de leur vie après un échange de messages enflammés. La réalité s'était chargée de dissiper le mystère et le rêve entretenus par la nébuleuse virtuelle. Lucie avait jusqu'alors renoncé à la tentation, se disant qu'il n'y avait pas grand-chose de bon à attendre d'un voyeur embusqué derrière son écran.

Ok donnele moi : ton imail. je tenverrer un message, comme sa tu auras mon adresse :

lucielegal@free_mail.fr

Tu t'appelle pas ManuellAa ?

C'est mon nom d'artiste

pourquoi sa tintéresse Vahi-Kahi ? t'Es malade ?

Non, mais tu m'as donné envie de le connaître. Écris-moi. Promis ?

$Promi. tu sais comman on lappèle autrement VK ? le nouveauCHrist...

Les mots se bloquèrent sur l'écran, s'effacèrent, le témoin de connexion s'éteignit, et Lucie fut soudain envahie d'un grand vide, comme plongée subitement dans un silence de cathédrale après avoir traversé une ville agitée. Son cœur s'était emballé, son souffle précipité, elle transpirait à grosses gouttes, pas seulement sous les aisselles, mais entre les seins et dans les plis du ventre.

Elle ne prit pas le temps de griller une cigarette avec les autres filles ni de compter les billets glissés dans l'enveloppe jaune marquée à son nom et posée sur sa table de maquillage. Elle se rhabilla et fila après avoir marmonné quelques mots parfaitement inaudibles. Quatorze stations de métro la séparaient de son studio du douzième arrondissement, soit environ vingt minutes de trajet. Elle n'ouvrit pas le livre qu'elle lisait depuis maintenant trois jours et qui, pourtant, la passionnait, un roman médiéval sur les amours follement tragiques d'une reine dont elle oubliait régulièrement le nom. Elle ne répondit pas aux frôlements insistants du genou de son voisin de banquette, un homme sans âge et marié à en croire l'annulaire de sa main gauche. Elle se faisait régulièrement draguer dans le métro, et parfois même, quand l'affluence l'obligeait à rester debout, des minables exploitaient la promiscuité pour se serrer contre elle et lui coller leur truc dur dans les reins.

La nuit était tombée depuis bien longtemps, et avec elle, un crachin tenace, lorsqu'elle sortit dans la rue Montgallet. Elle courut vers l'entrée de son immeuble, située une cinquantaine de mètres plus loin. La pluie ne parvenait pas à rafraîchir l'automne moite, poisseux, qui avait succédé à un été maussade, glacial par moments. Elle gravit l'escalier tournant quatre à quatre, faillit renverser, au deuxième étage, une mémère et son chien emberlificotés dans leurs plis, arriva essoufflée au cinquième, mit un temps fou à trouver ses clefs dans le fouillis de son sac, s'engouffra enfin dans l'étroit couloir qui donnait dans la pièce unique, se débarrassa de ses tennis sans dénouer les lacets, retira dans la foulée son tee-shirt mouillé par la pluie et la transpiration, se rua, nue jusqu'à la taille, devant son ordinateur portable, l'alluma et attendit avec impatience que s'affichent les icônes sur son écran. La connexion Internet, dont la lenteur l'agaçait déjà en temps ordinaire, lui parut désespérément longue. Elle plongea l'extrémité d'une cigarette dans la flamme tremblante de son briquet, aspira puis rejeta une bouffée nerveuse, se promit de prendre un abonnement chez un fournisseur d'accès qui utilisait le câble. Vingt ou trente fois plus rapide. Elle avait les moyens de se l'offrir, merde !

Sa boîte à lettres contenait une dizaine de courriers non lus. L'index posé sur le pavé tactile, elle les passa fébrilement en revue, pub, pub, pub, pub... puis, l'intitulé d'un message : *comme promi*. Le cœur battant, elle cliqua sur la ligne. L'adresse de l'expéditeur s'afficha sur la colonne de droite : *barthelemy.forgeat@hawabou.fr*.

Elle poussa un cri de joie. Une réaction stupide, sans doute, mais c'était la première fois depuis que ce connard de Jérémy l'avait flanquée dehors, la première fois, peut-être, depuis qu'elle avait perdu ses illusions d'adolescente, qu'elle se réchauffait à nouveau au feu de la vie.

Yann 1

Yann s'avança sur le coin de la scène et laissa errer son regard sur les travées, déjà remplies aux trois quarts bien qu'il restât plus de deux heures avant le début de la conférence. Pas une affiche, pas un prospectus, pas un encart, pas un article n'avait annoncé le passage de Vaï-Ka'i à Bordeaux, mais la salle, un ancien théâtre désaffecté, serait comble, comme d'habitude. Une assistance hétéroclite, familiale, avait peu à peu supplanté le public marginal des assemblées du début, organisées dans les maisons de sympathisants, dans les granges, dans les hangars ou dans les salles des fêtes de villages perdus.

Les premières interventions publiques de Vaï-Ka'i, Maître-esprit dans la langue des Desanas de Colombie, avaient d'abord attiré les fragments épars des tribus techno qui erraient de rave en rave comme des bateaux ivres, sans doute parce que le fondement de l'enseignement, le renoncement à l'attachement matériel, le retour au temps circulaire, la proclamation du pacte tacite liant les espèces, avaient rencontré un écho favorable chez ces nomades des temps nouveaux.

Yann avait entendu la parole de Vaï-Ka'i dans un mas perdu du sud de la France alors qu'il était étudiant en troisième année de Sciences-Po à Aix-en-Provence. Là où les apôtres du temps linéaire auraient parlé de coïncidence, de pur hasard, il avait vu dans cette rencontre la révélation d'une trame cohérente, d'une unité sous-jacente, celle-là même qu'il effleurait lorsque le son, la danse et la chimie s'associaient pour le maintenir pendant des heures au bord de la transe. Cette sensation, persistante, puissante, avait engourdi son intellect et occulté pendant quelques temps son éternel besoin de comprendre.

Le moteur de sa voiture s'était mis à cracher une épaisse fumée blanche tandis qu'il se rendait sur les lieux d'une rave par une route de Provence paumée et écrasée de chaleur...

En attendant que le moteur refroidisse, Yann et sa copine du moment s'aiment paresseusement sur une couverture à l'ombre d'un grand pin parasol et à proximité d'une fourmilière. Puis, après un petit somme, il se lève, passe son short, ouvre le capot, constate que le réservoir du radiateur est vide, part en quête d'une habitation parmi les garrigues, les rochers et les chants de cigales. Après un bon quart d'heure de marche, il repère une grande bâtisse en pierre bordée de cyprès, un de ces mas rénovés par les Hollandais, les Anglais ou les citadins en mal d'authentique. Il escalade un mur d'enceinte, en pierre lui aussi, et saute dans un jardin ombragé où fredonnent quatre fontaines, un luxe inouï dans cette région aride.

Il atterrit au milieu d'une étrange assemblée : un orateur au physique d'Amérindien, assis en tailleur dans un fauteuil blanc, s'adresse à des hommes et des femmes qui lui prêtent une oreille tantôt distraite, tantôt attentive, et qui, vêtus de maillot de bain ou entièrement nus, vont de temps à autre se rafraîchir dans l'eau bleu-vert d'une immense piscine avant de revenir s'allonger, perlés de gouttes d'eau, sur des chaises longues. Comme personne ne paraît remarquer sa présence, Yann se dévêt tranquillement, retire ses lunettes et, nu puisqu'il n'a pas de maillot, pique une tête dans la piscine.

Après quelques longueurs délassantes, son attention se tourne vers l'orateur. La finesse de son visage encadré de cheveux longs, noirs et lisses, la profondeur de ses yeux en amande, la lumière de sa peau cuivrée, l'élégance de ses gestes, la douceur de son sourire l'intriguent, puis l'attirent, comme un noyau capture une particule. D'une voix posée, musicale, l'Amérindien invite ses auditeurs à quitter le monde fragmenté, le monde des biens, des propriétés, des clôtures, des frontières, des comptes en banque, des assurances, à réapprendre la dimension sacrée de la Création, à réinvestir la maison de toutes les lois, à redécouvrir la richesse fabuleuse du serpent double.

« Vous le connaissez ? demande Yann à une fille brune d'une vingtaine d'années, accoudée à ses côtés sur le rebord de la piscine.

— Vaï-Ka'i, répond-elle. Je crois que ça veut dire Maître-esprit. Il a guéri le fils des propriétaires de ce mas d'une leucémie que les médecins jugeaient incurable. Ils l'ont invité ici pour le remercier. »

Elle secoue la tête, des gouttes s'échappent de ses mèches détrempées, tracent des arabesques scintillantes sur ses épaules, ses bras et ses seins.

« Il a guéri leur gosse, mais ce n'est pas pour autant qu'ils sont prêts à renoncer à tout ça, ajoute-t-elle, les mâchoires serrées, en montrant le jardin et les bâtiments.

— Vous y seriez prête, vous ? »

La question de Yann a sur elle le même effet qu'une piqûre de frelon. Elle se raidit et le fixe avec une colère mêlée de détresse.

« La seule chose que je possède, c'est ça ! »

Elle désigne son corps doré d'un mouvement de menton.

« Je suis ici parce que je suis la maîtresse d'un de leurs amis, et ce connard a cru malin de venir avec sa femme.

— Rien ne vous oblige à…

— Coucher avec lui ? Rester ici ? Je n'ai pas encore trouvé d'autre source de revenus.

— Donc vous n'êtes pas prête, vous non plus, à renoncer à tout ça. »

Elle lui décoche un regard venimeux, presque haineux, puis ses lèvres se plissent en un sourire amer.

« Est-ce qu'on peut vraiment renoncer à quelque chose qu'on n'a pas encore gagné ? »

À moitié immergés dans l'eau, ils se taisent afin d'écouter Vaï-Ka'i. Plusieurs auditeurs, la mine chiffonnée, le regard sombre, se lèvent et s'éloignent dans les allées de terre battue. Yann croit distinguer des têtes connues parmi elles, des célébrités du grand ou du petit écran, des lettres, de la mode et de la presse, dans une tenue, ou une absence de tenue, qui ferait le bonheur de tous les paparazzi de la terre.

Bientôt, Vaï-Ka'i ne s'exprime plus que devant une assistance clairsemée, dont les propriétaires du mas selon la voisine de Yann, un couple d'une quarantaine d'années visiblement écartelé entre ses obligations mondaines et la gratitude qu'il doit à son invité. Le mari, un homme guetté par les bourrelets, se lève à son tour et passe de petit groupe en petit groupe afin de rassurer les uns et les autres ; la femme, une fausse blonde platine coincée entre deux régimes, reste allongée sur sa chaise longue, un drap de bain étalé sur son corps, nu et bronzé comme de juste, un sourire crispé sur les lèvres, remplissant avec application ses devoirs de mère éperdue de reconnaissance. Elle préférerait visiblement que le Maître-esprit se cantonne à son rôle de guérisseur. Elle a sans doute espéré qu'il ferait une distribution de miracles devant les invités ébahis, dont certains très importants pour la carrière de son producteur de mari, mais il s'est contenté de parler depuis qu'il est arrivé, utilisant des termes très durs, voire extrémistes, contre les marchands du temple, les lois du marché et les profits. Ce discours, qui tient davantage du manifeste écolo-politique que de l'enseignement spirituel, irrite ses prestigieux convives et fout sa réception en l'air. Puisqu'elle ne peut pas décemment flanquer à la porte le guérisseur de son fils, elle n'a plus qu'à attendre avec impatience qu'il veuille bien la fermer et prendre congé, en espérant que son mari trouvera les mots justes pour retenir au mas les invités indispensables à sa carrière et à leur train de vie.

Lorsqu'il ne lui reste plus que trois auditeurs, la mère de l'enfant guéri, Yann et sa voisine de piscine, Vaï-Ka'i se tait puis, sans un mot ni un regard pour son hôtesse, il se lève et se dirige de sa démarche aérienne vers la sortie du domaine.

Yann se tourne vers sa voisine :

« C'est le moment ou jamais. De renoncer à tout ça. »

Il bondit hors de la piscine, récupère son short, ses lunettes, ses chaussures et deux bouteilles d'eau minérale sur une table, et se lance sur les traces de Vaï-Ka'i. Il n'a pas encore rattrapé le guérisseur que des éclats de voix retentissent dans son dos :

« Tu devras te dégotter une autre pétasse, Gérald ! Je me casse ! Oui, oui, madame, je parle bien à votre mari, Gérald Messelier ! Je m'appelle Myriam Azerlé ! Ça fait huit mois que votre cher grand homme me baise ! Ce salaud m'avait promis une émission sur le câble ! Je vous laisse entre vous : vous avez certainement un tas de choses à vous dire ! »

Yann voit la fille brune courir dans sa direction, échevelée, sa robe et ses sandales à la main, la maîtresse du mas se pétrifier près d'une fontaine, son mari penaud se tripoter le menton, puis le nez, puis les testicules, Gérald Messelier, le présentateur TV reconnaissable à sa haute silhouette et à ses cheveux gris, se liquéfier aux côtés d'une femme assez corpulente, les autres, tous les autres, se transformer en statues, bref, la réception virer franchement au désastre.

Yann offre à Vaï-Ka'i et à Myriam de les conduire là où ils le souhaitent. Ils retournent à la voiture en coupant par la garrigue, mais Yann a beau vider les deux bouteilles d'eau minérale dans le réservoir du radiateur, elle refuse de démarrer. Ils n'ont donc pas d'autre choix que de parcourir à pied les six ou sept kilomètres de route sinueuse jusqu'au premier village. Bien qu'il marche d'un pas soutenu, Vaï-Ka'i ne semble pas souffrir de la chaleur, pourtant écrasante, son visage reste sec, aucune auréole de transpiration ne macule ses vêtements, une sorte de pagne de tissu et un tee-shirt blanc.

Myriam et la copine du moment s'installent en sa compagnie à la terrasse ombragée d'un troquet tandis que Yann se met en quête d'un dépanneur. Il revient trois heures plus tard après avoir fait changer le thermostat du radiateur, renouvelle sa proposition à Vaï-Ka'i et à Myriam, ce qui déplaît fortement à la copine du moment, qui trépigne et exige de se rendre à la rave comme prévu. À leur grande surprise, le Maître-esprit lui-même exprime le souhait d'entendre de la musique et de danser.

« Mais, c'est… euh, de la techno, prévient Yann.

— Ça ira s'il y a un bon DJ », dit Myriam.

La copine du moment examine la nouvelle venue d'un air soupçonneux : elle a d'abord supposé qu'elle était la meuf de l'espèce d'Indien au nom imprononçable et au regard bizarre, mais quelque chose ne cadre pas avec cette hypothèse, l'aspect androgyne de l'Indien peut-être, ou encore la façon dont cette pétasse, belle de surcroît, couve son Yann des yeux.

Ils s'étaient rendus à la rave par des chemins poussiéreux en suivant les indications de la copie de la carte d'état-major remise avec l'invitation. Les phares des autres voitures, stationnées sur un plateau hérissé de grands rochers, les avaient guidés dans la nuit tombante. Ils s'étaient précipités sur une glacière remplie de canettes de soda et avaient ingurgité des pilules d'une curieuse couleur fuchsia vendues dix euros l'unité, hormis Vaï-Ka'i qui s'était contenté d'une gorgée d'eau. Un orage de décibels était tombé sur les lieux et les avait quasiment soulevés de terre. Ils s'étaient étourdis dans la danse, dans la transe, au milieu de silhouettes hurlantes, gesticulantes, peinturlurées, déguisées, dévêtues, extravagantes, luisantes, transpirantes, ils s'étaient agités jusqu'à l'aube, portés par les systoles frénétiques d'un cœur géant.

Comme à chaque rave, Yann avait fermé les yeux, roulé dans le torrent des basses et coupé les ponts avec la réalité. Il les avait rouverts, le lendemain matin, sur une fille échouée à ses côtés qui n'était pas la copine du moment, sans doute partie avec un autre, mais Myriam. Il avait couché contre elle, pas avec elle, ou il ne s'en souvenait plus. Ils étaient tous les deux restés habillés en tout cas. Le jour révélait alentour la désolation habituelle des lendemains de rave, corps inertes au milieu d'une multitude de canettes, de gobelets et de détritus divers.

Vaï-Ka'i attendait, assis sur le capot de la voiture, les yeux levés sur un ciel déjà chauffé à blanc. Un petit groupe s'était assemblé autour de lui bien qu'il n'eût pas prononcé un seul mot. C'est à partir de ce matin-là que Yann et Myriam avaient décidé de lui consacrer leur existence. Ils avaient encore patienté cinq jours avant de devenir amants.

D'autres disciples étaient venus se joindre à eux, des marginaux mais aussi des hommes et des femmes qui étaient passés d'un enseignement à l'autre sans jamais trouver leur vérité. L'association comptait désormais une trentaine de permanents, basés en Lozère, qui organisaient les tournées de conférences de Vaï-Ka'i et les séminaires à la Méhaignerie, un château en cours de rénovation offert par un miraculé reconnaissant. Plus sept autres, dont Yann et Myriam, qui accompagnaient le Maître-esprit dans chacun de ses déplacements. Bien sûr, l'association *Sagesse Desana* avait son propre site Internet où elle diffusait ses informations, mais la vitesse à laquelle les internautes s'étaient emparés du phénomène Vaï-Ka'i avait surpris Yann et les autres : des sites et des listes de discussion lui étaient consacrés dans une trentaine de langues, le plus souvent initiés par des personnes qu'il avait guéries ; les dates et les lieux des conférences circulaient à une vitesse affolante selon le principe des chaînes, chaque internaute convaincu se chargeant d'expédier le message à dix de ses relations. Les surnoms et les déformations se multipliaient autant que les pages Web, Vahi-Kahi, Viké, le Messie des temps nouveaux, le Christ de l'Aubrac...

Yann jugeait ces débordements excessifs, voire dangereux, car ils risquaient de déchaîner des forces incontrôlables, mais il n'existait aucune possibilité de les endiguer. Au contraire même ils risquaient de s'amplifier à chacun des miracles de Vaï-Ka'i. Déjà des journaux avaient publié des articles assassins ou simplement ironiques, accusant le « Jésus de l'Aubrac » de charlatanisme malgré les preuves vivantes représentées par les miraculés. Déjà l'Ordre des médecins, dans l'éditorial de sa revue, parlait de traîner en justice les prétendus guérisseurs qui abusaient de la crédulité des masses, tout comme les manipulateurs philippins une vingtaine d'années plus tôt. Ayant fréquenté assidûment le petit monde de la politique, Yann devinait que ces oppositions de principe, ces idées, ces jugements n'étaient que des préambules, des manœuvres destinées à préparer l'opinion. Et l'association, soumise à un contrôle fiscal, devrait gérer avec une extrême rigueur les sommes d'argent de plus en plus importantes qui rentraient dans ses caisses.

« À quoi rêves-tu, Yann ? »

Perdu dans ses pensées, il n'avait pas entendu Myriam s'approcher dans son dos. Derrière eux, les techniciens installaient les micros et vérifiaient les rampes d'éclairage. Le petit théâtre était pratiquement comble désormais, et la foule prenait d'assaut les balcons que le propriétaire avait pourtant condamnés par mesure de sécurité.

« À nous, répondit Yann. À notre rencontre. »

L'espace de quelques secondes, il la revit à ses côtés dans la piscine du mas de Provence, les cheveux mouillés, les joues et les épaules rondes, d'une sensualité à couper le souffle.

« J'ai une question à te poser. »

Myriam avait rassemblé ses cheveux bruns en queue-de-cheval, une coiffure qui dégageait son visage et soulignait le vert pailleté d'or de ses yeux. Elle avait maigri au cours de ces deux années passées à suivre le Maître-esprit dans chacun de ses déplacements, mais, bien qu'elle eût perdu son aspect de brioche tout juste sortie du four, Yann trouvait qu'elle avait encore grandi en beauté. Elle ne parlait presque jamais de ses anciennes existences, de ses fugues d'adolescente, de ses démêlés avec la justice, de son séjour dans un foyer de délinquants, de ses flirts avec la cocaïne, avec l'héroïne, avec le suicide, de ses tentatives de se ménager une place dans le monde en vendant son corps aux plus offrants, de ses liaisons avec des célébrités des deux sexes, des trocs sordides auxquels elle avait dû se plier dans l'espoir de se vêtir d'un pan de leur lumière.

Elle désigna d'un ample geste du bras le théâtre maintenant plein à craquer.

« Si je te le demandais, est-ce que tu serais prêt à... renoncer à tout ça ? »

Yann rajusta ses lunettes pour se donner le temps de la réflexion. La question n'avait aucun sens : lorsqu'on a la chance inouïe de vivre dans l'intimité du plus grand esprit que la terre ait porté depuis deux mille ans, on ne songe pas, pas même une fraction de seconde, à s'en éloigner, on boit ses paroles jusqu'à plus soif, on se nourrit de sa présence, de son rire, de sa colère, on reste dans son ombre jusqu'à ce que sa lumière vous frappe, jusqu'à ce que son feu vous brûle.

« Pourquoi... pourquoi tu me demandes ça ? dit Yann.

— Tu m'as posé cette question un jour. Je t'ai répondu qu'on ne peut pas renoncer à ce qu'on n'a pas encore gagné.

— Ça n'avait rien à...

— Réponds. »

Il ne réussit pas à plonger dans le vert assombri des yeux de Myriam. Le brouhaha les contraignait à hausser le ton de leur voix, et il craignait que les spectateurs des premiers rangs n'entendent leur conversation. Il évitait de donner au public une image brouillée de la garde rapprochée de Vaï-Ka'i, estimant que ce n'était pas un service à rendre au Maître-esprit, que les gens le jugeaient aussi à la qualité de ses proches.

« Nous apprenons justement le renoncement avec...

— Fais pas chier avec ce genre de connerie ! coupa Myriam. L'instinct de possession ne se manifeste pas nécessairement par l'acquisition de biens matériels. Les murs les moins visibles sont les plus difficiles à abattre.

— Qu'est-ce que tu veux dire ? »

Elle soupira, haussa les épaules, pivota sur elle-même et disparut dans les coulisses. Il faillit se lancer à sa poursuite pour la rassurer d'un baiser, d'une étreinte, mais il resta cloué sur la scène à contempler la foule qui attendait le Maître-esprit.

La réponse à la question de Myriam se détacha soudain du tumulte de ses pensées : s'il était vraiment mis en demeure de faire un choix, c'est à elle qu'il renoncerait, sans l'ombre d'une hésitation.

Mathias 2

La femme habitait dans le quatorzième arrondissement, rue d'Alésia, et faisait l'objet d'une surveillance continue. Il n'avait fallu à Mathias qu'une poignée de minutes pour repérer les quatre flics, toujours aussi discrets, répartis dans les deux bagnoles stationnant de chaque côté de l'immeuble.

Il avait vu sortir sa proie du grand porche, coiffée d'un ample bonnet jamaïcain qui comprimait tant bien que mal la masse de ses cheveux blonds, flanquée de deux malabars qui appartenaient sans doute à une agence de gardes du corps privée. Elle faisait dix ans de plus que sur la photo avec son visage creusé, ridé, durci. Si ses deux gorilles restaient avec elle vingt-quatre heures sur vingt-quatre, comme c'était probable, il serait peut-être obligé d'en éliminer un, voire les deux, et, dans ce cas, les cent cinquante mille balles offerts par Roman ne seraient pas une aussi bonne affaire que prévu.

Elle habitait un bâtiment situé au fond d'une cour intérieure, qui donnait à l'arrière sur une sorte de jardin clos d'où jaillissaient, comme des fontaines pétrifiées, une dizaine de grands arbres. Une brève inspection des boîtes à lettres lui avait appris qu'elle occupait un appartement du cinquième étage. Un parcours de reconnaissance, un seul pour ne pas éveiller l'attention, lui avait montré un escalier ample et tournant garni d'un chemin moelleux, des paliers longilignes, des portes blindées pour la plupart, des affichettes bleutées indiquant la présence de systèmes d'alarme.

Il avait grimpé au sixième, le niveau des chambres de bonnes, et repéré la trappe qui donnait sur les toits. Un rayon de lumière tombait sur le couloir, enflammait les particules en suspension, révélait les portes écaillées, sinistres dans leur alignement, un lavabo verdâtre dans un coin surmonté d'un robinet rouillé. Suffocant dans la chaleur d'étuve, il s'était hâté de vérifier que la trappe, d'une saleté repoussante, s'ouvrait sans difficulté, puis il était redescendu au cinquième et avait pris l'ascenseur étroit et grillagé pour regagner le rez-de-chaussée.

Il avait croisé sa cible sous le porche d'entrée, toujours flanquée de ses deux malabars. Non seulement ils étaient payés pour la protéger, mais ils se croyaient obligés, ces crétins, de porter ses courses. Une erreur : si Mathias avait dégainé son Glock, là, tout de suite, ils n'auraient pas eu le temps de riposter. La profession de garde du corps requérait la même vigilance que le métier de tueur, on se devait de garder les mains libres à tout moment, d'être en anticipation constante, de se tenir en permanence dans l'intervalle qui précédait le temps. Avec leurs faces de brutes et leurs poignes épaisses, avec leur serviabilité de garçons bien éduqués, ces deux-là n'auraient pas vu la mort arriver si un couple de personnes âgées n'était pas sorti à cet instant de l'escalier A et ne s'était pas dirigé vers la femme pour la saluer à grand renfort d'exclamations et de hochements de tête.

Le regard de sa cible avait heurté celui de Mathias dans l'ombre du porche, pas longtemps, une fraction de seconde, mais suffisamment pour qu'il décèle la terreur dans ses yeux gris-bleu. Une expression de bête traquée, qui voyait un prédateur, un exécuteur, en chaque individu, en chaque inconnu. « Eh oui, ma vieille, avait marmonné Mathias en s'éloignant, ce coup-là c'est pour de vrai, tu viens de le voir, le mec qui te logera cette balle dans le crâne... » Il ignorait les raisons pour lesquelles les chefs de Roman avaient résolu de l'éliminer. Elle s'était débrouillée en tout cas pour les contrarier d'une manière ou d'une autre, une juge d'instruction peut-être, ou une avocate, ou une fouineuse, ou une ancienne pute repentie, quelqu'un en tout cas qui en savait assez long pour faire trembler quelques gros bonnets.

Il passa le reste de l'après-midi à flâner dans les environs, traîna dans les rayons d'une librairie, acheta deux mangas et une BD, dîna à la tombée de la nuit dans un petit restaurant chinois imprégné d'une sourde odeur de soja. Il n'avait aucun plan, ni même aucune idée sur la manière de procéder, il avait seulement décidé d'agir au cours de la nuit, ou plus exactement à cette heure incertaine où la nuit mourante et le jour naissant se fondent dans une étreinte grise et sale, où l'attention des plus résistants se relâche, où chaque pensée se désagrège en rêve. Lui était un véritable enfant de la nuit, un être qui se nourrissait de ténèbres ; la solution jaillirait de l'obscurité comme une évidence, comme un présent de sa mère et maîtresse. Elle ne l'avait encore jamais trahi, elle avait toujours rattrapé ses imprudences folles, elle l'avait toujours soustrait aux yeux et aux faisceaux lumineux des hommes. Elle le préviendrait quand le temps serait venu du grand bouleversement, quand elle aurait décidé de s'abattre comme un gigantesque éteignoir sur les flammes humaines.

Il s'installa dans un café, commanda de l'eau gazeuse, lut les mangas et la BD, s'essaya à quelques jeux d'arcade, vit que les deux bagnoles de flics avaient disparu — ils se figuraient sans doute que, comme eux, les anges de la mort ne bossaient qu'aux heures ouvrables —, puis, à onze heures, abandonnant albums et monnaie sur la table, il se glissa dans la cour intérieure de l'immeuble et se posta dans l'obscurité non loin de la porte de l'escalier D maintenue fermée par un digicode. Il n'eut pas longtemps à patienter, un peu moins d'une heure, avant qu'un couple de résidents de l'immeuble, passablement éméchés, se présentent devant la porte. Se croyant seuls, ils s'embrassèrent et commencèrent à se tripoter, à s'arracher leurs vêtements. Incroyable le tapage nocturne que peuvent faire des soupirs, des froissements d'étoffe, des chuintements de bouches et des frottements de mains sur la peau humide ! Mathias crut que l'homme, surexcité, haletant comme un chien assoiffé, allait prendre sa compagne contre le mur, mais elle émit des gloussements de protestation, rabattit sa jupe, resserra les pans de son chemisier et pressa une succession de touches sur le digicode. La maladresse de ses gestes n'empêcha pas Mathias de visualiser la combinaison. Une habitude : visualiser et mémoriser les codes des entrées des immeubles, c'était la tâche qu'on lui avait confiée lorsqu'il avait intégré sa première bande à l'âge de onze ans. Il attendit encore une demi-heure après que la lumière du minuteur se fut éteinte, puis, alors qu'un vent chaud fendait les nuages à la pointe du croissant de lune, il se faufila à son tour dans le bâtiment.

Il emprunta l'escalier dont le chemin étouffait le bruit de ses pas. Le vacarme métallique de l'ascenseur aurait risqué de donner l'alerte aux deux gorilles veillant dans l'appartement de la femme blonde. Il atteignit le cinquième sans encombre, parfaitement silencieux, maître de son souffle. Il savait maintenant qu'il n'avait plus la possibilité de revenir en arrière, que les dés étaient jetés. Sa proie, folle de peur, paranoïaque, le reconnaîtrait immédiatement lors de leur prochaine rencontre et comprendrait qu'il rôdait dans ses parages afin de l'exécuter. Il perdrait le bénéfice de la surprise et risquerait de foirer le contrat. Cela ne devait pas arriver : il interpréterait le moindre raté comme un signe de disgrâce, comme un désaveu, et puis, dans son métier, une bonne réputation était l'assurance d'un travail régulier et bien rémunéré.

Il glissa la main par l'échancrure de son tee-shirt et extirpa la médaille de la Vierge glissée dans une antique chaînette en argent. Elle avait appartenu à sa grand-mère, une Russe, une ancienne danseuse qui, du temps du rideau de fer, avait profité d'une tournée du Bolchoï en France pour demander l'asile politique. C'était tout ce qui lui restait de sa famille, son père et ses deux grandes sœurs ayant fini sous les balles d'une bande de dingues qui mitraillaient pour le compte de la mafia russe — d'un tentacule quelconque de la mafia russe, concurrent de celui qui avait recruté son père. Âgé de treize ans quand le déluge de feu s'était abattu sur la maison, il avait eu le temps de sauter par la fenêtre de sa chambre, aménagée dans les combles, et, malgré une cheville tordue, de se dissoudre dans la nuit, sa protectrice.

Il aimait sentir sous ses lèvres le visage rond et doux de la Vierge. Il avait l'impression de retrouver sa mère, russe elle aussi, une femme d'une blondeur et d'une blancheur bouleversantes qui, un beau jour, avait disparu de la maison alors qu'il n'avait pas encore atteint ses sept ans. « Elle est partie au ciel », avait bredouillé son père, les joues ruisselantes de larmes. Ah bon ? Et depuis quand les mères abandonnent-elles leurs enfants ? Et depuis quand les pères se donnent-ils le droit de pleurer ?

Mathias embrassa la médaille avec ferveur avant de la remiser sous son tee-shirt, puis il tira le Glock de son holster, vissa le silencieux, glissa le canon dans la ceinture de son pantalon, grimpa quelques marches et se plaqua contre le mur, l'œil rivé sur la porte. L'attente dans les ténèbres ne lui pesait pas, elle creusait en lui un silence apaisant, elle l'emplissait d'un vide magnifique où se dispersaient les pensées et les sensations parasites. Elles se tenaient là, les solutions, dans cette vigilance pure qui effaçait le temps. L'attente était sans aucun doute l'aspect le plus captivant de son métier.

Vers quatre heures du matin, Mathias entendit une sonnerie de téléphone, puis des bruits dans l'appartement, comme un branle-bas de combat. Il déverrouilla le cran de sûreté de son Glock et garda un œil sur la cage d'escalier, craignant que les occupants des étages inférieurs, tirés brutalement de leur sommeil, ne montent manifester leur mécontentement. Le silence redescendit sur l'immeuble après une série de rumeurs étouffées, comme des répliques décroissantes de la brève explosion de vacarme.

Quelques secondes plus tard, Mathias discerna avec une netteté coupante le grincement caractéristique d'une porte pivotant sur ses gonds. L'alerte avait sans doute été donnée dans l'appartement de sa cible, et le coup de téléphone, passé pour signaler la présence d'un suspect dans l'immeuble.

Mathias vit émerger une silhouette épaisse et claire sur le palier, l'un des deux gorilles vêtu d'un pantalon et d'un tee-shirt blancs. Pieds nus, il brandissait devant lui, les bras tendus et à deux mains comme dans les mauvaises séries TV, un énorme automatique avec lequel il paraissait écarter les ténèbres. Mathias ressentit sa fébrilité, la fébrilité des hommes qu'on a réveillés en sursaut et dont le sommeil agace encore le cerveau, le système nerveux et les muscles. Il resta immobile pour ne pas révéler sa présence, puis, quand le gorille vint se placer de lui-même dans sa ligne de tir, il pressa la détente. Une lueur rageuse déchira l'obscurité et faucha le garde du corps qui s'affaissa avec la légèreté d'une feuille morte, en silence, sans battre des bras, comme traversé par la dernière volonté de ne pas troubler le sommeil des occupants de l'immeuble. Un vrai trou-du-cul. Jamais un professionnel digne de ce nom ne se serait ainsi risqué à sortir en pleine nuit de l'appartement.

Mathias dévala les marches et se rua vers la porte restée entrouverte. L'autre gorille et la femme se tenaient désormais sur leurs gardes. Il ne lui restait que peu de temps, environ cinq minutes, avant que les flics, certainement prévenus, ne déboulent dans l'immeuble. Pourtant, malgré l'étroitesse de sa marge de manœuvre, il n'avait pas d'autre choix que de s'engager dans la brèche ouverte par la nuit. Le ressort s'était détendu, l'avait projeté dans le mouvement, dans l'action. Les circonstances idéales, de toute façon, n'existaient pas. Il franchit le seuil de l'appartement sans la moindre hésitation, s'immobilisa dans le vestibule, attentif aux bruits, les narines emplies de l'odeur de poudre.

Un gémissement étouffé sur sa droite. Il longea le couloir, le Glock contre la hanche, déboucha sur une première pièce où se devinaient une table circulaire, des chaises, un canapé d'angle, une bibliothèque murale, une télévision à coins carrés. Le deuxième gorille s'était probablement précipité dans la chambre de la femme pendant que son collègue vérifiait le palier.

Mathias se rendit près de la porte qui donnait apparemment sur l'unique chambre de l'appartement, colla l'oreille sur le panneau de bois, perçut à nouveau les gémissements étouffés de la femme, incapable de contenir sa terreur. Le garde du corps n'avait pas allumé et, de ce fait, commis une faute impardonnable : l'obscurité avantage toujours l'agresseur, celui des deux qui prend l'initiative.

Supposant qu'ils avaient tiré le verrou, Mathias n'essaya même pas de tourner la poignée. Il dégagea sa torche, noire, minuscule, d'une puissance étonnante, prit son élan et fracassa la porte d'un coup d'épaules. Elle céda du premier coup dans un craquement. Il se laissa immédiatement tomber au sol et roula sur la moquette épaisse. Deux détonations accompagnèrent son intrusion, les balles miaulèrent au-dessus de lui. Toujours allongé, il pressa l'interrupteur de la torche dont le faisceau emplit toute la pièce, captura le gorille accroupi devant le lit et la femme plaquée sur le matelas, exploita le bref éblouissement engendré par le brutal afflux de lumière pour lever son pistolet, atteignit le garde du corps sous la mâchoire puis, corrigeant aussitôt le tir, au front.

Vêtue d'un tee-shirt court, la femme bondit hors du lit avec un geignement d'épouvante et se précipita vers la salle de bains. Elle s'y engouffra, tenta de s'y enfermer, mais Mathias, déjà relevé, bloqua la porte de l'épaule et du genou. Il lui suffit ensuite de pousser d'un coup sec pour s'introduire à son tour dans la petite pièce. La lumière de la torche ricocha sur la faïence blanche et lisse des murs, débusqua le corps de la femme qui s'était reculée contre la baignoire, le tee-shirt remonté sur le ventre. Sa toison pubienne noire et bouclée bouffait entre ses cuisses comme un buisson tropical inattendu sur un corps aussi aride. Ses yeux écarquillés restaient fixés sur le pistolet de Mathias, des plaintes sourdes mouraient dans son souffle court. Elle ne songeait même pas à hurler, à la fois tremblante et fascinée, comme un petit rongeur face à un serpent.

Il lui sourit avant de presser la détente. Autant qu'elle emporte une bonne image de lui de l'autre côté. Elle n'eut aucune réaction lorsque la balle lui perfora le cœur, elle resta un moment figée, pétrifiée par l'impact, puis une tache pourpre s'épanouit sur son tee-shirt, elle bascula en arrière et s'effondra dans la baignoire. Son crâne en heurtant le bord métallique produisit un son gracieux de gong. L'une de ses jambes resta coincée contre une tablette et dressée en l'air, à demi pliée, à la façon d'une publicité pour les bas.

Mathias n'eut pas besoin d'aller vérifier qu'elle était étendue pour le compte, tout comme les deux gardes du corps d'ailleurs. Il n'avait décelé aucune fausse note dans sa partition. Il lui fallait maintenant se fondre dans l'obscurité de la ville, puis, après deux ou trois jours au calme, relancer Roman pour recevoir le reste de son salaire. Quelque chose le tracassait cependant, une sensation d'inachevé, l'impression détestable d'avoir été manipulé depuis le début par des entités plus puissantes et mieux cachées que le Lynx. Il récupéra sa torche et retraversa l'appartement aussi vite que possible, sans se soucier du bruit. Il devina que les flics avaient déjà envahi la cour intérieure, l'escalier et l'ascenseur, décida de filer par les toits, franchit le vestibule et se précipita sur le palier.

Une succession de déclics. Une dizaine de torches s'allumèrent en même temps, leurs rayons aveuglants convergèrent vers lui et l'éclaboussèrent de lumière.

« Bouge surtout pas, petit enculé ! »

Ébloui, interdit, il admit que sa mère et maîtresse l'avait désavoué, posa son pistolet sur le plancher avec la lenteur voulue pour ne pas donner l'occasion aux flics de l'abattre comme un chien, se redressa et leva les bras. Tandis que deux torches vacillantes s'approchaient de lui, il songea qu'il récolterait vraisemblablement la perpétuité avec une peine incompressible de trente ans, la sentence maximale en France. Il détesterait le monde carcéral avec sa promiscuité, sa misère morale et sexuelle. Il tuerait à coups d'ongles et de dents le premier qui essaierait de poser ses sales pattes sur lui. L'espace de quelques secondes, il faillit foncer vers les faisceaux éblouissants et se jeter sur les balles des flics. Mais ceux qui, comme lui, avaient grandi dans les rues avaient l'instinct de survie trop chevillé au corps pour perdre définitivement l'espoir.

Marc 2

Le brouillard bas et givrant qui recouvrait l'épaisse couche de neige ne se lèverait probablement pas de la journée. Marc avait dû conduire avec une extrême prudence sur les routes étroites et sinueuses de l'Aubrac, rattrapant de justesse les dérapages du 806 sur les plaques de neige tassée ou de verglas.

Dire qu'à Paris il régnait en ce moment même une chaleur tropicale, anormale certes, mais plutôt agréable pour quelqu'un qui, comme lui, détestait les automnes brumeux et froids. Les différentes stations de radio nationales n'avaient fait aucune allusion à la tempête de neige de l'Aubrac, comme si la région ne revêtait aucune importance, aucun intérêt, pour le reste du pays.

Les infos du matin revenaient en long, en large et en travers sur la serre chaude et humide posée comme une chape sur une grande partie de la France, de Lille jusqu'à l'axe Lyon/Bordeaux. Cette « cloche tropicale » coiffait également une partie de l'Europe du Nord — Belgique, Pays-Bas, Danemark, Allemagne, pays baltes —, où l'on commençait à constater des phénomènes alarmants, inondations, formation de tornades, apparition de nouvelles variétés végétales, de nouveaux virus, disparition d'espèces animales… Les spécialistes, c'est-à-dire des gens qui n'en savaient pas beaucoup plus que la moyenne mais qui s'autorisaient à en débattre sur les ondes, établissaient la relation avec les tempêtes qui avaient déferlé sur la France plusieurs années de suite, avec la montée des eaux, la fonte des glaces polaires, le réchauffement climatique, bref, les symptômes connus depuis des lustres et qu'était capable d'énumérer n'importe quel quidam pris au hasard dans la rue. Tout le monde savait que la Terre se réchauffait, tout le monde se doutait qu'elle préparait sa mue, qu'elle n'avait pas d'autre choix que de s'adapter pour survivre, comme n'importe quel organisme vivant, mais tout le monde s'en contrefoutait, tout le monde ne songeait qu'à jouir de ses privilèges, qu'à étendre ses possessions, qu'à s'étourdir en danses macabres sur des scènes de plus en plus branlantes.

L'eau nous attend, destination le fond,
Déluge, déluge, déluge…

France Info avait jugé opportun de passer le rap de Taj Ma Rage pour illustrer un dossier spécial changement de climat. Marc détestait le rap, cette scansion échevelée et dissonante qui évoquait un staccato de fusil-mitrailleur. Il n'avait jamais consacré une réelle écoute, non plus, à l'avenir de sa planète. Trop à penser avec son ex, avec ses filles (par chance, elles n'aimaient pas trop le rap non plus), avec Charlotte, BJH, ses collègues, son compte en banque, ses cheveux, son cœur, sa tendance au gras, ses essoufflements... Et si quelqu'un lui parlait calotte, il songeait immédiatement à son pénis, un renvoi automatique à cause, sans doute, du mot décalotter.

Feu sur la calotte, feu dans les culottes, ouais...

Charlotte lui avait conseillé à plusieurs reprises l'ablation du prépuce, cet amour de peau qui enserrait son gland avec une douceur incomparable. Elle n'avait pas osé parler de circoncision, mais sa culture juive — non, non, elle n'était pas croyante, elle se prétendait athée, rationnelle, même si elle se jetait tous les matins sur les pages de l'horoscope — n'était sans doute pas étrangère à cette suggestion. Elle ne trouvait pas ça hygiénique, « même si tu le *décalottes* pour le laver, tu comprends, c'est un milieu humide et fermé, propice au développement des germes, un truc pas net, quoi », et l'obligeait à se récurer le gland à chaque fois qu'ils envisageaient de faire l'amour, comme chez les putes, à cette différence que les putes se chargeaient elles-mêmes des mesures prophylactiques. Il avait perdu la plupart des guerres face à Charlotte, mais il se faisait un point d'honneur à gagner la bataille du prépuce. Il n'allait tout de même pas sacrifier ce petit bout de lui-même à presque cinquante balais ! Est-ce que le vagin n'était pas non plus un milieu humide et fermé propice aux germes ? Est-ce que les bouches n'étaient pas non plus des milieux humides, fermés et propices aux germes ? Et pourtant il pénétrait et embrassait Charlotte sans l'obliger à se désinfecter les muqueuses. Il la soupçonnait, en réalité, de s'abriter derrière le paravent de l'hygiène pour échapper à la fellation, une corvée qu'elle prodiguait avec une exaspération maladroite, comme bon nombre de femmes. Un collègue de Marc, un hétérosexuel notoire pourtant, lui avait raconté qu'il s'était laissé tenter par un travesti au bois de Vincennes et que, depuis cette expérience, il ne confiait plus jamais ce genre de tâche à une femme : « Si tu as envie d'une vraie pipe, je te jure, fais comme moi : va voir un mec ! »

Le village ne comptait, outre l'église, qu'une mairie, qui servait également d'école ainsi qu'une dizaine de maisons. La neige n'avait pas fondu mais, après avoir glissé sur les toits traditionnels de pierres plates pourtant peu inclinés, elle s'était accumulée en congères le long des murs. Marc se secoua pour chasser les vestiges de sommeil accrochés à ses épaules et sa nuque. Il avait mal dormi dans la chambre que lui avaient préparée la mère et la fille, « l'ancienne chambre de Jésus », une pièce glaciale et lugubre où flottait une curieuse odeur minérale. Il s'était réveillé en sursaut à plusieurs reprises au cours de la nuit, croyant entendre une respiration saccadée, persuadé que quelqu'un se tenait tout près du lit. Il avait allumé la lampe de chevet, mais la lumière de l'ampoule n'avait rien révélé d'autre que le parquet en mauvais état, une table d'écolier avec son banc et son encrier, un gigantesque crucifix de marbre et des ombres figées, étirées sur les murs et le plafond clairs.

Il ne lui aurait pas déplu de découvrir la fille, Pierrette, au milieu de la chambre. Il lui avait semblé qu'il ne la laissait pas indifférente, qu'elle le regardait avec intérêt, mais une part un peu trop optimiste de lui-même le poussait à croire que les femmes, et en particulier les jolies femmes, ne savaient pas résister à son charme. C'était d'autant moins crédible qu'il virait implacablement au vieux-moche avec ses traits empâtés, son coussin abdominal, ses petites manies et ses envies de tranquillité. Peut-être l'imagination était-elle la seule manière de posséder des hommes vieillissants, du moins ceux dont la pensée demeurait plus vigoureuse que la chair ?

Il n'avait revu Pierrette que le matin, au petit déjeuner, emmitouflée dans une robe de chambre bon marché qui, sur elle, semblait tout droit sortie de l'atelier d'un grand couturier. Fou ce que cette fille donnait de la classe à la moindre frusque. À l'inverse de Charlotte, qui se cherchait désespérément une allure en s'affublant des tenues les plus sophistiquées, les plus coûteuses, et parfois les plus ridicules. La mère, elle, avait pris son petit déjeuner depuis bien longtemps. Enfouie dans une canadienne plus qu'élimée et trop grande pour elle, elle s'affairait déjà à rentrer du bois pour alimenter la cuisinière et la cheminée. Pas de grille-pain dans la maison : on piquait une fourchette dans une large tartine de pain de campagne qu'on posait sur le seuil de la cheminée à quelques centimètres des braises. Le résultat était une rôtie au goût de feu de bois autrement savoureuse que la baguette fraîche ou l'insipide pain de mie carbonisé par les résistances électriques.

« Je crois bien que vous ne pourrez pas aller à Mende aujourd'hui, avait dit la mère. Ils disent, à la radio du coin, que les routes sont pour l'instant impraticables. Mais, en faisant attention, vous pourrez pousser jusqu'à Perdrieux, le village de l'école de Jésus. Et interroger son ancienne institutrice, si le cœur vous en dit.

— Ouais, mais on est mercredi, et l'hebdo boucle demain soir, avait grommelé Marc. Et comment je vais faire, moi, pour taper et envoyer mon papier ? »

… Et le dîner hyper-important chez des amis d'amis de Charlotte, et la soirée restau-cinéma promise aux filles, et le rendez-vous avec le plombier arrêté depuis des mois, et les factures à régler, et les milliers de rigoles urgentes qui grossissaient le cours indispensable d'une vie ?

La mère s'était retournée pour désigner le PC flambant neuf tapi comme un monstre assoupi dans la pénombre sous l'escalier.

« Y a ce qu'il faut ici. On est connectées à Internet, vous savez. Je suppose que votre journal aussi.

— Vous supposez bien… »

Il s'était retenu d'ajouter : si vous, vous êtes connectée à Internet, alors n'importe qui sur cette terre est connecté à Internet, même les Esquimaux, même les Papous. Presque aussitôt, il avait pris conscience de la stupidité de sa réaction : non seulement elle n'était pas drôle, mais elle n'était probablement pas juste. Ce genre de pensée masquait un réflexe de supériorité, un sentiment d'appartenance à l'élite, la pire de toutes, l'intellectuelle, la cynique, celle qui se figure avoir des idées et des réponses sur tout, celle qui se dresse, le flambeau à la main, pour dessiller les yeux de ces masses dont elle se gausse, celle qui se dispute les drames du moment avec une férocité de hyènes, celle qui jette les anathèmes et qui, en même temps, se vautre sous les tables princières pour recueillir les honneurs et les miettes.

Son téléphone portable sonna au moment où il garait le 806 devant la mairie.

Charlotte…

« … T'as passé une bonne nuit, toi ? Moi pas, j'ai du mal à dormir quand t'es pas là, et puis, il fait une de ces chaleurs, je te rappelle qu'on a un dîner ce soir, je ne voudrais pas le manquer, le mari de Maud, tu sais, la copine de Jacotte, tu te souviens de Jacotte ? le mari de Maud est l'architecte d'intérieur dont tout le monde parle, un mec super important, c'est lui qui s'est occupé du nouveau siège social de… »

Super important pour Charlotte, attachée de presse pour un mensuel féminin qui consacre justement son cahier central à la décoration intérieure, comme tous les ans à la même époque. Charlotte et ses amis excellaient dans cet art très parisien de mêler les sens et les affaires, les petits fours et les confidences sur canapé, les pétards et les potins, les lignes de coke et les colonnes des comptes, la légèreté des bulles et la futilité professionnelle. Ils se fichaient de la déontologie comme de leur première gorgée de champagne tiède. Chaque article, chaque dossier du mensuel de Charlotte, qui tirait quand même à deux cent mille exemplaires, visait à draguer les grands fonds publicitaires, une pratique qui n'avait pas l'air de leur poser le moindre problème de conscience, comme s'ils avaient établi, une fois pour toutes, que le mot n'était qu'un instrument au service du produit, que le commerce était la forme la plus achevée de la communication. Évidemment, Marc et ses confrères tiraient à boulets rouges sur ces enfants de p... apier des multinationales, sur ces p... ourris de la profession à qui, pourtant, la commission du CNJ renouvelait sans sourciller les cartes de presse. Marc s'était empressé de montrer la photo de Charlotte à ses confrères afin de recueillir un bouquet de commentaires flatteurs sur la jeunesse triomphante de sa conquête, mais il s'était bien gardé de leur révéler qu'elle bossait pour un torchon luxueux publié par la filiale éditions/presse d'un mastodonte pharmaceutique.

Évidemment.

« Écoute, les routes sont encore enneigées et je ne sais pas si...

— ... Ton ex a encore appelé ici pour te rappeler que tu dois emmener tes filles au restau et au ciné, elle est total chiante, ton ex, pourquoi elle t'appelle pas directement sur ton portable ? pourquoi faut toujours que ça tombe sur moi, hein, hein ? ... »

Parce que je ne suis pas fou au point de lui donner mon numéro de portable, rétorqua intérieurement Marc. Cette omission faisait partie des minuscules lâchetés qui tramaient l'ordinaire de son existence. Il ne tenait pas à être dérangé à tout propos par une ex qui ne s'était jamais remise de leur séparation — et, bon Dieu, ça fait un bien fou de savoir qu'une femme ne peut pas se remettre d'une séparation avec vous ! Elle s'était bien essayé à quelques aventures, mais les nouveaux n'avaient pas supporté la comparaison avec l'ancien, ni intellectuelle, ni sexuelle, du moins c'est ce qu'elle lui avait bredouillé entre deux pleurnicheries téléphoniques.

Puisque tout est foutu, puisqu'on dégèle,
Qu'est-ce qu'on attend pour couler en elles,
Feu sur la calotte, feu dans les culottes, ouais…

« … T'écoutes du rap, maintenant ?

— C'est la radio qui…

— … me disait justement que Taj Ma Rage est vraiment une ordure, un sale petit macho qui n'hésite pas à cogner sur les femmes, et pas que sur la sienne, l'autre jour, il était à l'émission d'Omer, tu sais, OMT, *Omer m'a Tuer*, l'émission la plus prescriptrice du PAF maintenant, eh ben, il paraît qu'il s'est montré total odieux, qu'il a insulté les techniciens et les musiciens du plateau, il aurait dit à la partenaire d'Omer, tu sais, la brune, ben si, celle que tu trouves super mignonne, qu'il l'aurait bien baisée si elle était un peu moins conne, en direct, tu te rends compte, s'il croit que c'est comme ça qu'il va redresser l'image du 93, en plus, il a les dents en or, toutes, c'est une horreur, vraiment aucune classe… »

Marc laissa s'écouler le torrent, les yeux rivés sur les mouvements d'une femme qui, à l'aide d'une pelle, s'affairait à dégager la neige dans la cour de l'école/mairie. Avec sa doudoune jaune vif, son pantalon beige et ses bottes d'un vert tonitruant, elle avait l'allure d'un oiseau des îles échoué sur la banquise. Elle creusait une allée entre l'entrée de ce qui était sans doute la salle de classe et le portail en fer forgé qui donnait sur la rue.

« ... À ce soir, appelle-moi dès que tu es à Paris, d'accord ? tu me manques, je t'embrasse. »

À peine Charlotte eut-elle raccroché que les quatre notes de la sonnerie du portable retentirent de nouveau. Marc soupira, attendit que le numéro du correspondant s'affiche sur le minuscule écran à cristaux liquides : l'appel venait du central téléphonique de l'EDV, pouvait donc émaner de n'importe quel emmerdeur, secrétaire, confrère, rédacteur en chef adjoint, BJH en personne... Il laissa se déclencher la messagerie vocale au bout de quatre sonneries puis referma son appareil et le glissa dans sa poche. Ils commençaient sans doute à s'affoler à l'hebdo, mais, asphyxié par le débit de Charlotte, il n'avait envie d'entendre personne d'autre pour l'instant. De même il coupa le moteur du 806 et la radio. Les décibels rayaient le silence de l'Aubrac comme une averse de clous rouillés. Il sortit du monospace et, happé par la froidure mordante, se dirigea vers le portail de la cour de l'école.

« Je préfère vous prévenir tout de suite, monsieur, je n'aime pas votre revue, que je trouve racoleuse, à la limite du vulgaire. Vous faites exactement le même travail que les journaux à sensation, sauf que vous, vous essayez de vous abriter derrière un paravent de respectabilité, d'éthique ! »

Marc encaissa la salve sans broncher. L'institutrice, nettement plus petite que lui, dardait sur lui un regard d'une clarté difficilement soutenable. Elle avait retiré sa doudoune jaune et révélé, en dessous, un pull rose pétard du plus bel effet. Elle consacrait probablement une bonne partie de ses loisirs et de ses moyens à dénicher dans d'invraisemblables boutiques les vêtements les plus criards et les moins assortis. Elle portait les cheveux très courts et teintés d'un acajou qui avait viré à l'orange. On lui aurait donné entre quarante et cinquante balais, et pourtant, Marc était persuadé qu'elle était plus âgée, une sorte d'autorité naturelle dans les gestes et la voix qui la désignait comme une grande ancienne. Elle l'avait invité à entrer dans la salle de classe, chauffée par un vieux poêle à fuel, après qu'il lui avait présenté sa carte et expliqué brièvement les motifs de sa visite.

« Vous n'êtes pas venu dans l'Aubrac à la recherche de la vérité, monsieur, reprit-elle, mais parce que là-bas, dans vos sphères, on a décidé que Jésus Maingrot était un sujet de moquerie ou, pire, un danger public, n'est-ce pas ? »

Elle avait rapproché une chaise du poêle, posé ses gants de laine humides sur le dossier, puis tendu ses mains aux doigts carrés et noueux au-dessus de la plaque brûlante. Marc comprit qu'il ne gagnerait rien à jouer au plus fin avec une vieille fille dotée d'une intelligence redoutable et qui se fichait des jeux de séduction et autres préambules comme de ses premières rides. Elle était de ces esprits lucides, retors et insensibles aux sirènes du monde qui n'offraient pas beaucoup de prises.

« Mon journal m'a envoyé ici pour, disons, essayer d'en apprendre un peu plus sur lui, sur son enfance.

— Pourquoi cet intérêt soudain ? Cela fait deux ans et demi que Jésus Maingrot dispense son enseignement…

— Enseignement ? J'ai seulement entendu parler de… prétendus miracles. »

Elle s'assit sur la chaise et allongea les jambes, qu'elle avait épaisses et courtes. Un ordre méticuleux régnait dans la salle de classe, tables parfaitement alignées, vitres et carrelage brillants, tableau d'un noir immaculé, cartes et dessins fixés avec un souci visible de la symétrie sur les murs vert amande. Marc aurait parié que les gosses issus de cette salle à la fin du CM2 étaient solidement armés pour affronter la sixième.

« Dans vos sphères, ça ne peut pas être autre chose que de "prétendus" miracles, murmura l'institutrice, les yeux dans le vague, comme si elle s'adressait à elle-même. Parce que les miracles dérangent les certitudes, parce que les miracles entraînent un nouvel ordre et démontrent toute l'absurdité des jeux habituels du pouvoir.

— De quel pouvoir parlez-vous ? Nous, à l'EDV...

— La création et l'entretien de dépendances, monsieur. Votre journal, par exemple, n'est nullement indispensable à la vie, vous n'avez donc pas d'autre choix que de créer et d'entretenir des dépendances. C'est la définition même des organismes parasites. »

Marc se sentit dans la peau d'un écolier recevant une leçon de morale et se mordit l'intérieur des lèvres pour réprimer son agacement.

« Nous offrons un point de vue à nos lecteurs. Dans une démocratie, l'indépendance et la pluralité de la presse sont...

— ... Des leurres ! Vous appartenez à une entité qui n'a aucune justification vitale, dont la seule obsession est de survivre.

— Peut-être, mais nous avons gardé notre indépendance. »

Elle leva sur lui un regard pénétrant qui le fit frissonner de la tête aux pieds.

« Je ne vois pas devant moi un homme indépendant.

— Qu'est-ce que vous en savez ? »

Elle ne répondit pas, mais elle le dévisagea avec, sur les lèvres, un sourire à la fois ironique et compatissant. Il fut traversé par l'envie de tourner les talons et de sortir en claquant la porte — on a sa dignité, merde ! —, mais une voix intérieure lui intima de rester et de retirer sa parka. Il saisit machinalement son paquet de cigarettes avant de prendre conscience que son interlocutrice ne tolérait sûrement pas qu'on enfume sa salle de classe.

« Vous m'offrez une cigarette ? »

Marc se demanda s'il avait bien compris, puis, constatant qu'elle avait tendu la main dans sa direction, il lui donna une cigarette et son briquet.

« Vous... fumez ? »

Elle rejeta un volumineux nuage de fumée avant de lui rendre le briquet et de répondre :

« De temps en temps.

— Ça fait longtemps que vous êtes en poste ici ?

— Bientôt trente ans. »

Marc alluma à son tour une cigarette et, par les fenêtres, observa le village enseveli sous la neige.

« Comment peut-on passer trente ans de sa vie dans un trou pareil, n'est-ce pas ? » reprit-elle.

Il tressaillit : exactement la question qu'il venait de se poser...

« Je suis originaire de la région parisienne, mais je me suis habituée au calme, au silence, au froid, et j'ai connu des années très heureuses, ici. Même quand Edmond, l'homme qui m'a poussée à demander ma mutation dans l'Aubrac, m'a plaquée comme une vieille chaussette pour marier une fille du coin. Je n'ai jamais été mère mais j'ai eu une multitude d'enfants...

— Dont Jésus ? »

Elle eut une moue qui creusa les rides de son visage et la vieillit tout à coup d'une dizaine d'années.

« Vous êtes un vrai journaliste, vous, hein ? Vous ne lâchez jamais le morceau. Jésus est sans conteste celui qui m'a marquée le plus, aux sens propre et figuré. Normal, sans doute, pour quelqu'un qui s'appelle Marie-Ange ! »

Marc ébaucha un sourire. En creusant, il trouverait bien un Joseph dans les parages, ainsi qu'une étable, des bergers, un bœuf, un âne et trois rois mages en vadrouille.

« Il était comment, Jésus ? Plus intelligent que les autres ? Différent des autres ?

— Différent bien sûr, ne serait-ce que par ses origines. Je suppose que sa mère vous a déjà raconté qu'il est originaire d'une tribu amérindienne de Colombie. Et puis par son comportement. Il avait des facilités exceptionnelles et d'excellentes notes, mais, chez lui, ça ne comptait pas vraiment.

— Qu'est-ce qui comptait ?

— Le bien-être de ses camarades. Et le mien. » Elle ajouta, devant le regard interrogateur de Marc : « Les miracles dont nous parlions tout à l'heure. Il a ressoudé quelques jambes cassées, guéri une invraisemblable quantité de grippes, de gastro-entérites, une méningite foudroyante...

— Comment pouvez-vous affirmer qu'il est le seul… responsable de ces guérisons ? »

Elle écrasa sa cigarette dans un petit pot de verre, se leva, s'approcha d'une fenêtre et marqua une longue pause.

« J'étais condamnée, dit-elle enfin d'une voix si basse que Marc dut se concentrer pour l'entendre. Un cancer du pancréas. Une maladie qui, lorsqu'on la détecte, ne vous laisse plus que trois ou quatre mois à vivre. Je m'apprêtais à quitter le village pour commencer une chimiothérapie quand Jésus est venu me voir avec sa mère et sa sœur. C'était un soir de mai, je sens encore l'odeur du lilas. J'ai toujours aimé l'odeur du lilas. Il m'a demandé de m'allonger sur le canapé et m'a posé les mains sur le ventre pendant, je ne sais pas exactement, peut-être deux heures. J'ai ressenti une chaleur si forte que j'ai perdu connaissance. Quand je me suis réveillée, le lendemain matin, ils étaient là tous les trois, penchés sur moi, Jésus, sa mère et sa sœur. Il a dit : "Je reviens de la maison de toutes les lois, de tous les esprits. J'ai prié là-bas pour que ton mal s'en aille. Et on m'a écouté." Il avait alors neuf ans. Neuf ans. Sa mère, sa sœur et lui sont partis, et moi, je suis restée deux jours sur le canapé, sans force. Puis, le troisième, je me suis sentie assez vigoureuse pour me lever. »

Elle se retourna et, les yeux dans le vague, contempla une table au bout d'une allée.

« Qu'est-ce qu'ils vous ont dit, à l'hôpital ? demanda Marc après quelques minutes de silence.

— Je ne suis jamais retournée à l'hôpital. J'aurais dû, au moins pour faire constater ma guérison, mais j'avais peur, une peur stupide, que la maladie revienne si je revoyais le professeur qui m'avait donné trois ou quatre mois à vivre.

— Il existe bien d'autres cas de rémission spontanée…

— Qu'est-ce qu'une rémission spontanée, sinon un miracle sans intercesseur ? La science répugne à se pencher sur le mystère de la rémission spontanée par crainte d'y découvrir un reflet cruel de sa propre inutilité. Certains vont à Lourdes, d'autres prient, d'autres font des pèlerinages, d'autres enfin n'ont pas besoin de croyance pour entrer dans ce que Jésus Maingrot, maintenant Vaï-Ka'i, appelle la maison de toutes les lois, de tous les esprits.

— Cette notion, la maison des esprits, on dirait un truc de sorcier… »

Un sourire éclaira le visage austère de l'institutrice.

« Vous n'êtes pas si loin de la vérité. Jésus a effectué un voyage en Colombie à l'âge de sept ans. Un retour aux sources. La maison de tous les esprits est une vision chamanique, une approche sacrée de l'Univers. J'ai… comment vous dire ça sans que vous sautiez au plafond ?… J'ai expérimenté moi-même, juste après ma guérison et en plusieurs autres occasions, cette dimension universelle de la trame, ce pacte reliant tous les êtres dont parle Vaï-Ka'i. Pendant quelques instants, j'ai eu conscience d'appartenir à un tout, je me suis fondue dans la mémoire du monde, j'ai séjourné dans cette maison de toutes les lois et de tous les esprits, j'ai baigné dans un amour éternel, infini... »

Les paroles de son interlocutrice, prononcées avec une extrême douceur, ébranlèrent Marc, mais, plus encore, son visage transfiguré, rayonnant, comme si elle revivait l'expérience qu'elle était en train de décrire. Il lui sembla tout à coup que les limites de la salle de classe se déformaient, se reculaient, s'évanouissaient dans le brouillard et la neige, qu'un souffle s'infiltrait sous ses vêtements et tentait de le soulever du sol. Il s'agrippa à une table et alluma une cigarette comme il se serait jeté sur une bouée de sauvetage.

Il avait franchi les portes de la perception une trentaine d'années plus tôt, un périple dans les bas-fonds de son inconscient, une nuit d'épouvante à se rouler dans ses pires cauchemars, et cela avait commencé exactement de la même façon, par cette distorsion des formes, des perspectives, par cette sensation de légèreté, de dispersion, de désintégration. On lui avait dit que, même s'il n'en avait pris qu'une seule fois, le retour d'acide pouvait se déclencher des années et des années plus tard, et il pensa que sa mémoire avait justement choisi cette salle d'une école d'un village perdu de l'Aubrac pour évacuer les résidus nauséabonds de son voyage.

« J'étais athée et je le suis restée, ajouta l'institutrice. Je ne crois pas en Dieu ni au diable, mais, depuis le jour où le petit Jésus Maingrot est entré dans cette classe, je sais, oui, je sais, que le comportement de chacun d'entre nous a une influence sur le reste, sur le tout. C'est ce que vous devriez rappeler sans cesse dans vos journaux au lieu de participer vous-mêmes à la fragmentation du monde. Au lieu d'effilocher la trame. »

Cramponné à la table, le cœur patraque, en proie au vertige, Marc ne songea pas à protester. Il n'avait plus qu'une envie désormais, foutre le camp, rouler jusqu'à Mende, prendre le premier train pour Lyon, sauter dans le TGV de Paris, retrouver Charlotte. Charlotte et sa jeunesse, Charlotte et ses amis, Charlotte et sa frivolité, Charlotte et ses commérages, Charlotte et son odeur, Charlotte et ses petits seins, Charlotte et sa pauvre sensualité, Charlotte et sa phobie des germes.

Charlotte et l'automne moite.

Charlotte et une toute petite part de ses certitudes.

Lucie 2

Lucie ne vivait plus que pour les messages quotidiens de Barthélemy. Elle lisait et relisait ses courriers jusqu'à ce que les lignes se brouillent, elle se sentait désirée par correspondance, elle frémissait, tremblait, jouissait sous la caresse des mots. Jamais personne, pas même ce salaud de Jérémy à ses rarissimes moments de tendresse, n'avait produit sur elle un tel effet. Elle débordait de vie, mangeait de bel appétit, dévalait les escaliers quatre à quatre, sifflotait dans le métro, se surprenait à inventer des excuses aux mecs qui se frottaient contre elle dans la rame bondée, trouvait de la beauté à tout le monde, en tout lieu, à tout moment, y compris aux voyeurs qui larguaient cent cinquante euros pour passer une heure en tête-à-tête, enfin en tête à seins, en tête à cul, en tête à chatte avec elle sur le sex-aaa-strip// cyberlive.

Elle se dévêtait, s'écartelait et se caressait sans plus de réticence sous l'œil rond de la netcam, s'imaginant qu'elle dévoilait ses faces cachées à l'intention du seul Barthélemy. Avec, pour résultat inattendu d'augmenter de façon sensible ses connexions, donc ses revenus, comme si sa bonne humeur piégeait irrésistiblement les rôdeurs au bout de leur souris.

À chaque fois qu'elles se croisaient dans la salle de maquillage, Martha lui affirmait qu'elle avait rajeuni de cinq ans. Les filles papotaient de tout et de rien après chaque connexion et, entre deux conversations sur les meilleurs produits de maquillage et les pires obsessions des hommes, Lucie avait demandé aux autres si elles avaient entendu parler d'un certain Vahi-Kahi, un guérisseur. Elle avait été très étonnée de constater qu'elles le connaissaient pratiquement toutes, que l'une d'entre elles, Sophie, une fille distante dans la vie et brûlante sur le Net, avait même assisté à l'une de ses conférences dans une salle minable du cinquième arrondissement de Paris.

À la question qui avait fusé de toutes les lèvres en même temps : comment il est ?, Sophie avait répondu, après un moment de silence, qu'il était tellement beau qu'on ne pouvait le décrire avec des mots. Il ne fallait surtout pas croire ce que racontaient certains journaux, que c'était un charlatan qui profitait de la crédulité des foules pour leur extorquer leur argent, que des parents indignes lui confiaient leurs jeunes enfants pour qu'il couche avec eux, que ses guérisons n'étaient que des trucs d'illusionnistes préparés avec des complices, qu'il prêchait un retour à la morale et la restriction les libertés individuelles, non, non, il ne fallait rien croire de tout ça parce que, quand on l'avait vu de ses propres yeux, on était comme… comme…

Les yeux dans le flou, Sophie avait observé un nouveau temps de pause. Les voyants rouges de deux cabines s'étaient allumés simultanément, celles de Martha et de Lucie, mais, sachant qu'elles disposaient encore des trois minutes nécessaires à la validation de la transaction, elles avaient attendu le dernier moment pour s'enfermer en compagnie de leur client.

« Comme quoi ? s'était impatientée Martha, vêtue d'un tailleur BCBG, la main sur la poignée de la porte de sa cabine.

— Comme… réconciliée avec soi-même », avait fini par répondre Sophie.

La pendule indiquait une heure du matin quand on sonna à la porte de l'appartement de Lucie. Elle venait tout juste de rédiger sa réponse au dernier courrier de Barthélemy et de cliquer avec allégresse sur le symbole de l'expédition. Comme depuis deux mois maintenant, il régnait sur Paris une chaleur moite, et Lucie était sortie de la douche sans s'essuyer ni se rhabiller, dans l'espoir de prolonger la sensation de fraîcheur.

Elle se demanda qui pouvait bien se pointer à cette heure-ci. Personne ne connaissait son adresse hormis ses employeurs, ses collègues du sex-aaa-strip//cyberlive et quelques membres de sa famille. Elle ne serait pas trahie par la lumière en tout cas, elle avait éteint lorsqu'elle avait ouvert en grand la fenêtre de son studio : elle avait passé plus de sept heures en ligne, pas question d'offrir gratuitement son corps aux regards des occupants des immeubles voisins. Elle enfila son peignoir et se rapprocha de la porte à pas hésitants, silencieux. Comme elle n'était pas équipée de judas, elle s'efforça de détecter des bruits dans le silence nocturne.

« Ouvre, Lucie, je sais que t'es là ! »

La voix éraillée avait transpercé le bois et s'était enfoncée dans son plexus solaire comme une lame ébréchée.

Jérémy.

Elle lui avait laissé son adresse sur son répondeur quelques semaines plus tôt afin qu'il lui rapporte les deux ou trois bricoles qu'il avait oublié de jeter sur le palier.

« Qu'est-ce que tu veux ?

— J'passais juste te dire un petit bonjour… »

Une intuition souffla à Lucie de ne pas ouvrir, puis elle se dit que l'occasion était trop belle de lui déverser sur la tête toutes les rancunes qu'elle avait accumulées depuis leur séparation, déverrouilla la porte, l'entrouvrit, faillit la refermer quand elle découvrit trois silhouettes sur le palier éclairé par la minuterie, se rassura en constatant qu'il y avait une femme.

« Lucie, putain ! Ça fait plaisir ! »

Jérémy, qui puait l'alcool à plein nez, essaya de l'enlacer par la taille. Elle se déroba, se demanda comment elle avait pu le trouver beau, ou même simplement médiocre, tant il lui paraissait moche à cet instant, avec ses cheveux gras, ses yeux globuleux, ses joues et son nez gagnés par la couperose, son ventre flasque et ses mains moites. Elle n'aimait pas le regard dur de l'autre homme, un type d'une quarantaine d'années aux cheveux ondulés et grisonnants, vêtu d'une veste et d'un pantalon brillants qui comprimaient tant bien que mal ses débordements. La fille, une métisse de vingt-cinq ans, aurait pu être superbe sans une absence totale d'expression qui donnait à son visage ultramaquillé une rigidité de masque de cire. De son short très court s'évadaient deux jambes interminables et ses bottes argentées à talons épais en dénonçaient encore la finesse. Jérémy poussa la porte sans laisser à Lucie le temps de s'interposer et s'engouffra dans le couloir qui donnait sur le studio.

« Eh, je t'ai pas invité à entrer...

— Juste un petit moment, Lucie, quoi ! En souvenir du bon vieux temps. »

L'homme au costume brillant et la métisse s'avancèrent à leur tour dans le couloir. Lucie n'eut pas d'autre choix que de s'effacer. Elle eut le pressentiment, pourtant, qu'une ribambelle d'ennuis venait de forcer le seuil de sa porte.

Ils s'assirent tous les trois sur les bords du lit défait, un « queen » qui occupait une bonne partie des vingt mètres carrés du studio.

« T'es pas mal installée, ma grande, on dirait que ça roule pour toi », ânonna Jérémy.

Les deux écrans, celui de l'ordinateur portable et celui de la télé, découpaient dans la pénombre des fenêtres de lumière vive qui déposaient des reflets bleutés, changeants, sur les murs et le plafond. Lucie alluma l'ampoule du plafond, éteignit la télé et traversa la pièce pour s'asseoir sur l'un des deux tabourets du coin-cuisine. Il ne lui restait plus qu'à prendre son mal en patience. Elle ne craignait pas grand-chose de Jérémy, un minable sous ses airs de matamore, un rustre assez lâche pour l'avoir flanquée dehors sans un mot d'explication, mais l'autre homme l'inquiétait, et en particulier la brutalité avec laquelle il l'évaluait du regard.

« Rien à boire dans cette putain de turne ? grogna Jérémy.

— Un fond de Martini, c'est tout ce qui me reste…

— On n'est pas venu là pour se soûler la gueule. »

L'autre homme se leva après avoir lâché ces quelques mots d'un ton sans réplique et retira sa veste. Son ventre distendu torturait le bas de sa chemise, visiblement trop petite, et martyrisait les boutons dans leurs œillets. Sous la lumière violente de l'ampoule, que Lucie se promettait depuis le premier jour d'habiller d'un lustre, il apparaissait nettement plus épais et menaçant que dans l'éclairage lunaire du palier.

« Vous… vous êtes venus pour quoi, exactement ? demanda Lucie.

— C'est à dire, Joe, que tu vois ici, enfin, lui aussi, il t'a déjà vue, tu sais, sur ton putain de site, il te trouve vachement bien roulée, il aimerait bien… enfin, tu vois ce que je veux dire, il aimerait bien… et moi aussi, j'aimerais bien… »

Jérémy rythmait ses explications de mouvements latéraux de tête et de grimaces qui se voulaient expressives et ne réussissaient qu'à le rendre un peu plus grotesque. Le visage fleuri d'un rictus, le dénommé Joe s'était approché de Lucie et accoudé au bar étroit séparant le coin-cuisine du reste du studio. Elle respirait maintenant, à petites inspirations paniquées, son odeur, un mélange lourd, suffoquant, d'alcool, de sueur et d'eau de toilette.

« Ce que ton petit ami veut dire, dit Joe d'une voix dure, c'est que je veux te baiser et que lui, en échange, il veut baiser ma gonzesse.

— Allez vous faire mettre, bande de connards ! Il a oublié de me demander si j'étais… »

La gifle claqua sur la joue de Lucie avec une telle force que sa tête partit en arrière et heurta la cloison dans un bruit mat. Des aiguilles chauffées à blanc lui transpercèrent le crâne, des lucioles étincelantes, piquantes, fourmillèrent sous ses paupières. À demi inconsciente, elle entendit vaguement deux voix graves s'entrelacer, puis l'une d'elles ordonner à une certaine Magali… ou Mélanie… de fermer la fenêtre et de tirer les rideaux. Elle fut ensuite soulevée de son tabouret, transportée sur une courte distance, jetée sans ménagement sur une surface à la fois dure et souple qu'elle identifia comme son lit. On lui glissa quelque chose entre les lèvres, une sorte de sphère ronde et lisse qui lui emplissait toute la bouche et l'empêchait de proférer le moindre son. Des lanières de cuir lui comprimèrent les joues et l'arrière du crâne. La tête sur le côté, les cils emperlés de larmes, elle vit la métisse et Jérémy s'embrasser et s'arracher mutuellement leurs vêtements, elle vit le ventre blanc et mou de Jérémy s'écraser contre le ventre brun, plat et musclé de la métisse, la jambe liane de la métisse s'enrouler autour du tronc épais de Jérémy, les doigts souples de la métisse se faufiler entre les cuisses velues de Jérémy, les lèvres luisantes de Jérémy s'arrondir autour des mamelons sombres de la métisse… Elle perçut un mouvement dans son dos, voulut se retourner, mais une serre s'abattit sur sa nuque et la maintint allongée sur le ventre.

« Tu te rases la chatte, hein ? Tu joues les pucelles, hein ? Tu excites les mecs sur ton putain de site, hein ? Tu vas recevoir la punition que tu mérites, ma fille ! Papa va t'en mettre une bien grosse ! »

L'homme entrecoupait ses vociférations de halètements et de grognements. Elle essaya de capturer les yeux de Jérémy, mais celui-ci avait la bouche et les mains trop pleines de la métisse pour songer à lui accorder un regard. Ce petit salaud l'avait troquée comme un vulgaire morceau de viande, comme si, depuis qu'elle bossait sur le site, elle était tombée dans le domaine public, comme si elle était devenue une poupée virtuelle qu'on pouvait s'échanger entre hommes comme les gosses s'échangent leurs images de papier dans les cours de récréation. Elle apercevait le masque brun et résigné de la métisse allongée sur la moquette, la fatalité avec laquelle elle accueillait les coups de boutoir de Jérémy, les vagues molles, écœurantes, qui parcouraient l'enveloppe de graisse de Jérémy. En temps ordinaire, il aurait joui en deux ou trois minutes avec un couinement de rat, mais l'alcool entraînait chez lui une trique nerveuse, douloureuse, une rétention de l'éjaculation qui pouvait parfois se prolonger pendant des heures.

Les doigts de Joe écartèrent sans ménagement les lèvres sèches de Lucie pour faciliter l'intromission d'un objet dur et volumineux. Elle crut d'abord qu'il s'amusait à lui fourrer une barre chauffée à blanc dans le vagin. La première vague de douleur passée, elle se rendit compte que le pal monstrueux et brûlant qui la déchirait de part en part était bel et bien le sexe de son bourreau. Le souffle coupé, elle s'agita, tenta de le désarçonner, mais il l'empêcha de regimber d'une série de claques sur la nuque et, pesant sur elle de tout son poids, continua de s'enfoncer en elle.

Lorsqu'un rayon de lumière se glissa entre les rideaux et la réveilla, Lucie n'avait toujours pas changé de position. Elle resta un moment aux prises avec la sensation qu'un buisson d'épines lui avait poussé dans le bas-ventre.

Elle avait fini par s'assoupir au fond de son puits de souffrance. Le dénommé Joe n'était pas seulement doté d'un engin démesuré, mais d'une énergie inépuisable. Si la métisse et Jérémy s'étaient endormis une fois leur affaire faite, Joe, lui, avait continué à la besogner sans relâche, avec méthode, passant autant de temps dans son vagin que dans son anus. Elle abhorrait la sodomie, qu'elle assimilait à une profanation, à un avilissement, et qu'elle avait eu la faiblesse de concéder à tous ses amants, sauf à Jérémy, qui ne la lui avait jamais réclamée. Elle aurait été incapable de dire à combien de reprises son bourreau avait éjaculé, au moins cinq en tout cas, et avec une telle générosité qu'elle avait mariné toute la nuit dans une mare gluante. Ils étaient partis au petit matin après lui avoir retiré le bâillon sphérique de la bouche. Elle avait vu s'éloigner trois silhouettes grises, incertaines, elle avait croisé le regard lointain et insaisissable de Jérémy, elle y avait lu quelque chose comme de la pitié, des remords, à moins encore qu'elle ne les eût rêvés.

La sonnerie pourtant harmonieuse du téléphone lui vrilla les tympans. Elle prit vaguement conscience que le répondeur se déclenchait, qu'une voix féminine hachée, inquiète, succédait à sa propre voix et au signal sonore :

« Lucie ? Lucie ? C'est Martha. Qu'est-ce que tu fous ? Il est presque dix heures… Tu te rappelles que tu étais de permanence au strip à partir de neuf heures ? Les jumeaux sont furax… »

Leurs employeurs n'étaient vraiment pas des jumeaux avec leurs dix ans de différence, mais ils portaient les mêmes costumes Armani ou Boss, les mêmes chaussures Weston, les mêmes cravates, les mêmes chemises, les mêmes chaussettes et la même tristesse, comme s'ils achetaient tout en double. Bien que les filles n'eussent jamais surpris le moindre geste équivoque entre eux, elles les considéraient comme un véritable couple.

Le bras tremblant de Lucie rampa avec une lenteur exaspérante vers la base du téléphone sans fil, posée à côté de l'ordinateur portable sur la petite table coincée dans un angle.

« Lucie ? Lucie ? Réponds si t'es là… »

Les doigts de Lucie agrippèrent le téléphone. À chacun de ses mouvements, la douleur se déployait en vagues cinglantes entre ses jambes et au bas de ses reins. Des taches de sang s'étaient épanouies sur les draps comme des coquelicots géants. Le dénommé Joe n'avait pas jugé nécessaire de s'encombrer d'une capote, non par négligence, mais parce qu'il œuvrait en tortionnaire, en soldat, que c'était sa façon à lui de propager le mal.

« Allô ? Lucie ? T'es là ? »

Toujours allongée sur le lit, Lucie laissa échapper l'appareil, qui retomba entre son épaule et sa joue.

« Lucie, réponds, merde ! »

Lucie saisit le téléphone et le cala entre son oreille et ses lèvres. Comme ses mâchoires endolories lui interdisaient de balbutier le moindre mot, elle n'eut pas d'autre ressource que d'éclater en sanglots.

« Qu'est-ce qui se passe ? Lucie ? Lucie ? Bon, je saute dans la bagnole et j'arrive. D'accord ? J'arrive. »

Elle n'eut pas le courage de reposer le téléphone sur sa base après que Martha eut raccroché. Elle entrevit son reflet dans le miroir qu'elle avait acheté deux semaines plutôt et simplement posé contre le mur, au pied du lit, en attendant que quelqu'un veuille bien le fixer. Des marques bleues zébraient ses flancs et ses épaules, du sang coagulé maculait l'intérieur de ses fesses et le haut de ses cuisses, des traces rougeâtres sabraient son menton et ses joues. Elle ne pouvait pas montrer à Martha une image d'elle aussi misérable, elle devait se remuer, se doucher, aérer le studio, changer les draps. Elle essaya une première fois de se lever, mais ses jambes se dérobèrent et elle retomba de tout son poids sur le lit. Il lui semblait qu'elle avait avalé des couteaux et que leurs lames la cisaillaient de l'intérieur, lui tranchaient les nerfs et les muscles. Elle attendit que la douleur se disperse pour amorcer une deuxième tentative, réussit à se redresser, à poser les coudes sur la table de l'ordinateur, ramena les jambes sur le côté pour déplacer son centre de gravité et faire passer le poids de son corps sur sa hanche et la face externe de sa cuisse.

Les vibrations engendrées par ses mouvements avaient suffi à sortir l'écran de l'ordinateur de son état de veille. Grimaçante, elle posa machinalement les doigts sur le pavé tactile et déplaça le curseur sur l'icône du courrier électronique. Elle atterrit dans sa boîte, là où s'affichaient en file tous les messages de Barthélemy, les seuls qu'elle n'avait pas jetés à la poubelle. Elle cliqua ensuite sur la petite enveloppe symbolisant la réception, puis, épuisée, en larmes, se rallongea sur le ventre pendant que la connexion s'établissait dans une succession caractéristique de notes prolongées et grésillantes.

Elle entendit le signal sonore annonçant l'absence de messages nouveaux dans sa boîte. Barthélemy n'avait pas écrit et, même s'il était encore tôt, que son silence n'avait rien d'alarmant, elle sombra dans une eau noire et froide qui répandit de l'amertume sur ses plaies. La virtualité, cette virtualité qu'on présentait comme la forme la plus aboutie de la communication humaine, ne l'avait pas préservée de la brutalité ni des déceptions.

Le réel renvoyait d'elle un reflet brisé, une image en miettes.

Yann 2

Le jeu des questions-réponses se prolongeait maintenant depuis plus de cinq heures, et Yann, éreinté par la journée passée sur les routes, en arrivait à maudire les hommes et les femmes qui s'entassaient dans le vieux cinéma mis à la disposition de l'association Sagesse Desana par une petite municipalité nichée dans le vignoble de Loire-Atlantique. L'assistance, nombreuse comme toujours, ne semblait guère pressée de vider les lieux. Elle se nourrissait avec avidité de la présence de Vaï-Ka'i, assis en tailleur sur un canapé habillé d'un drap blanc, sans songer un seul instant que lui aussi, et malgré une résistance hors du commun, avait besoin de repos. Il n'avait pourtant pas accompli de miracles, il n'avait pas imposé les mains sur les paraplégiques alignés au pied de la scène ni sur les malades des premiers rangs, dont certains en phase terminale.

Les gens n'avaient pas encore compris que le Maître-esprit n'était pas une machine à distribuer les miracles. Nul n'aurait pu prédire ce qui allait se passer lorsque Vaï-Ka'i se présentait sur scène, quelle tournure prendrait la conférence, quels sujets seraient abordés, quelles personnes en ressortiraient ulcérées, quelles autres seraient touchées par sa grâce. Parfois il se lançait dans un long monologue sur un thème particulier, comme les différences entre le temps linéaire des Occidentaux et le temps circulaire des anciennes traditions, parfois il attendait en silence que quelqu'un veuille bien lui poser une question, parfois encore il se dirigeait vers un malade ou vers un enfant, lui imposait les mains pendant quelques instants, puis se promenait dans les allées en fixant avec attention chacun des participants comme pour le graver à jamais dans sa mémoire.

Le côté imprévisible des interventions de Vaï-Ka'i avait dérouté, voire irrité Yann les premiers temps. Malgré sa fréquentation assidue des raves, malgré sa consommation effrénée de pilules d'amour et autres alliés chimiques, Yann restait un cérébral, et le choix de ses études, Sciences-Po, était révélateur de ce besoin de comprendre, d'ordonner, de trier les éléments pour en dégager des lignes cohérentes. Lui qui avait toujours essayé de réduire au maximum la part d'irrationnel dans son existence n'avait toujours pas réussi à analyser la pulsion qui l'avait poussé à se lancer dans l'aventure du Maître-esprit. L'hypothèse de Myriam, l'attirance des contraires comme deux aimants ou deux particules de charge opposée, ne le satisfaisait pas, ou alors les adversaires de Vaï-Ka'i, de plus en plus nombreux, de plus en plus virulents, auraient expérimenté un phénomène identique d'attraction — mais l'acharnement n'était-il pas une autre facette de l'attraction ?

En première année de fac, Yann avait pris une carte de membre du parti des Néo-écologistes, ou Nécologistes, afin de suivre la filière militante, de s'engager dans l'une des voies qui conduisaient à la place forte politique. Par affinité, bien entendu, mais également par calcul : il était convaincu que la cause écologique finirait par s'imposer dans les années à venir, que ses organes politiques, bien que minoritaires et tiraillés pour l'instant, deviendraient rapidement les acteurs majeurs de la scène publique, comme en Allemagne et dans certains pays nordiques. À ceux qui, comme ses parents, embourbés dans les illusions des années 1970, l'accusaient de sacrifier ses idéaux à son ambition, il rétorquait qu'il était temps de concrétiser les projets, et non plus de simplement les rêver.

Puis, après deux années de fièvre militante, après une liaison éprouvante avec la responsable de l'antenne locale, il y avait eu les messes techno, l'alcool, les pilules de toutes les couleurs, la litanie des copines du moment, cette panne de voiture sous la chaleur écrasante de Provence, la rencontre avec Vaï-Ka'i, avec Myriam, un double coup de pied dans la fourmilière de ses certitudes. Il avait mis son sens de l'organisation, forgé par deux années de militantisme, au service d'un homme qui s'ingéniait à lui arracher ses couches rationnelles comme on pèle un oignon. Les difficultés relationnelles qu'il avait expérimentées au sein du Nécolo restaient dans le domaine du connu, et même de l'archi connu, frictions caractérielles, querelles de pouvoir, conflits dogmatiques, procès d'intentions et jalousie ordinaire, tandis que le Maître-esprit plongeait sans cesse ses proches dans des situations paradoxales, déstabilisantes, qui ne leur laissaient pas le temps de s'enfermer dans un quelconque système de pensées. Et Yann en ressentait parfois de la lassitude, de la frustration, de la colère même, comme cette nuit devant cette foule qui ne se décidait pas à partir. Assis dans les coulisses en compagnie des autres accompagnateurs du Maître-esprit, il trépignait de rage sur sa chaise à chaque fois qu'une voix s'élevait dans le public pour poser une question en général insignifiante. Il voyait, dans les yeux de ses condisciples, une attention béate proche de l'adoration qui renforçait par contraste sa propre exaspération. Était-il donc le seul, lui, le premier disciple, lui, le fondateur de l'association Sagesse Desana, lui, la pierre angulaire de l'organisation, à être soumis au besoin de sommeil et à la tentation de tout envoyer balader ?

Myriam était partie se coucher depuis longtemps. Il méprisait et enviait cette faculté qu'elle avait d'obéir à des envies aussi primaires qu'aller se coucher quand elle était fatiguée, manger quand elle avait faim, boire quand elle avait soif, faire l'amour quand elle en ressentait le désir... Il ne pouvait se contenter de la version basique de l'existence, à la fois par choix esthétique et par peur de manquer un événement essentiel dans la page d'histoire qui était en train de s'écrire. Vaï-Ka'i ne lui avait jamais promis quoi ce que fût le concernant, ni privilège ni grâce particulière, mais, même s'il ne voulait pas se l'avouer, il était persuadé qu'il retirerait un bénéfice de cette disponibilité, de cette vigilance de tous les instants, quitte à bouffer de la mauvaise humeur, comme cette nuit où la fatigue posait un joug blessant sur sa nuque et ses épaules.

Quelqu'un demanda si la chaleur anormale de cet automne n'annonçait pas une catastrophe imminente, une question qui revenait chaque soir, comme si l'inconscient collectif n'avait pas encore réussi à se débarrasser de ses frayeurs millénaristes.

La montre de Yann indiquait une heure du matin. Il pesta intérieurement tout en nettoyant ses lunettes : ils en avaient encore pour un bon bout de temps avant de regagner l'hôtel, situé à une quinzaine de kilomètres dans la zone industrielle du bourg le plus proche. Le dérèglement climatique fournissait à Vaï-Ka'i un prétexte tout indiqué pour revenir sur l'un de ses thèmes de prédilection, la toile d'araignée cosmique de la mythologie desana, une légende qui expliquait de manière symbolique que tous les hommes étaient reliés sur ce monde et à ce monde. Les religions pratiquant l'exclusivité, donc l'exclusion, avaient eu leur utilité à certaines périodes de l'histoire, mais elles devaient maintenant être abandonnées comme de vieilles défroques. Les temps étaient venus de réconcilier l'humanité avec l'espace et le temps, de la réinsérer dans la trame, de sceller le pacte avec l'ensemble des espèces issues du serpent double, de reconquérir la totalité du monde, d'entrer dans la maison de toutes les lois, de tous les esprits, de tous les possibles.

Yann avait demandé à plusieurs reprises à Vaï-Ka'i ce que signifiait exactement l'expression « maison de toutes les lois et de tous les esprits ». Était-ce une autre manière de décrire la conscience collective humaine, ou l'ordre divin, ou la sphère inconsciente contenant les mythes et les religions, ou encore le jeu permanent d'échanges, d'interactions, dont la toile informatique n'était qu'une illustration grossière ?

« Tout cela à la fois, et plus encore, avait répondu le Maître-esprit. C'est le centre et le bord d'où partent tous les fils, la substance même des fils, les rayons et les reflets des rayons, l'endroit où la terre se modèle, où le temps se génère... »

S'il avait tant bien que mal saisi le concept, Yann ne l'avait jamais expérimenté de façon directe, contrairement à certains membres de la Sagesse Desana qui prétendaient baigner de temps à autre dans l'unité fondamentale décrite par Vaï-Ka'i. Il ne les croyait pas, il les soupçonnait de la pire des tricheries, celle qui pousse à se berner soi-même. Trahis tôt ou tard par leur comportement, ils étaient seulement grotesques, pathétiques, un peu comme des chercheurs d'or qui brandissent de vulgaires cailloux brillants en hurlant à la cantonade qu'ils ont découvert le filon. Il avait retrouvé, dans l'association, les mêmes types de comportements et de rapports sociaux que dans l'antenne nécolo d'Aix. Les vieilles histoires étaient venues se greffer sur les idées neuves, la répartition des compétences avait très rapidement viré au règlement de comptes, au jeu de massacre, et il avait fallu qu'il use de toute son autorité de premier disciple pour chasser les éléments les plus perturbateurs et restaurer l'ordre. Vaï-Ka'i n'était pas intervenu dans leurs querelles, comme si les individus, les pions, importaient peu dans le fond, ou plutôt comme s'il s'accommodait parfaitement des uns ou des autres. Une forme d'indifférence ou d'ingratitude qui avait froissé l'orgueil de Yann. Il s'en était ouvert à Myriam, qui avait réagi d'un tonitruant :

« Qu'est-ce qu'on s'en tape ! Si j'ai bien compris son enseignement, ce qui compte, c'est d'être bien dans le moment présent, avec ou sans lui. Et moi, j'ai envie d'être plus souvent avec toi ! »

Yann n'envisageait pas, pas pour le moment en tout cas, de couper les liens avec le Maître-esprit. Il n'avait pas sacrifié presque trois ans de sa vie pour rien. Pas question de prendre le moindre risque de passer à côté de la révélation finale. Il ne voulait pas donner raison à ses parents et à son frère aîné, qui, chaque fois qu'il les avait au téléphone ou leur rendait visite, lui ressassaient que son intérêt pour son pseudo-guérisseur n'était qu'une passade, une foucade, comme ses études, comme son engagement politique, comme tout ce qu'il entreprenait. Et surtout, même si les autres disciples n'étaient pas tous tragiquement incompétents, il s'estimait encore indispensable à la gestion de l'association, à l'organisation des tournées de conférences, à la diffusion de la parole du Maître-esprit par conséquent.

« Yann ? »

Il sursauta, rouvrit précipitamment les yeux, aperçut deux femmes vêtues avec recherche. Elles se serraient dans la coulisse en compagnie de Geoffrey, l'un des derniers arrivés dans l'association, qui compensait son manque d'expérience par une bonne volonté parfois touchante et le plus souvent horripilante.

« Elles doivent repartir, elles veulent te parler, elles sont de Télé Max, tu sais, la chaîne de télé, murmura Geoffrey sans reprendre sa respiration.

— Marita Kœsler, productrice, dit l'une d'elles, une brune en s'avançant vers Yann la main tendue.

— Aude Versans, assistante d'Omer », dit l'autre en s'approchant à son tour.

Elles avaient les mains fermes, les sourires francs et les gestes énergiques de celles à qui aucun obstacle ne résiste. Il donnait une cinquantaine d'années à la brune qui cherchait désespérément à en paraître trente-cinq. Ses vêtements noirs et sa coiffure courte, s'ils soulignaient la minceur de son corps, faisaient saillir les angles et la dureté de son visage. L'autre se promenait réellement aux alentours de la trentaine, cachait ses rondeurs sous un ensemble ample et coloré, portait des cheveux châtain clair rehaussés de mèches blondes et tirés au cordeau de chaque côté de son visage lisse et plein de poupée.

« Vous êtes le responsable de l'association Sagesse Desana ? demanda Marita Kœsler.

— Sur le plan administratif seulement, répondit Yann en réprimant un frisson. Sans lui (il désigna Vaï-Ka'i au centre de la scène), rien de tout ça n'existerait.

— Sans doute, sans doute, mais on nous a dit qu'il fallait s'adresser à vous pour toutes les questions concernant les médias. »

Yann lança un coup d'œil à Geoffrey : le « on » en question ouvrait des yeux de hibou et affichait l'un de ces sourires béats censés illustrer le bonheur ineffable d'être le disciple du Maître-esprit. Quand comprendrait-il, cet idiot, que la béatitude n'est pas acceptable quand elle n'est pas naturelle ? Ne se rendait-il donc pas compte qu'il évoluait sous le regard acéré de deux professionnelles de l'audiovisuel ?

« Nos rapports avec les médias sont assez simples, dit-il d'un ton qui se voulait à la fois léger et sérieux. Des journalistes viennent nous voir, nous posent des questions et rédigent des papiers orduriers ou simplement ironiques sans jamais tenir compte de nos réponses.

— Nous sommes justement venues vous offrir la possibilité de répondre à vos détracteurs », intervint Aude Versans.

Elle avait accentué sa phrase d'un clignement de faux cils qui, dans la pénombre de la coulisse, avait donné une touche d'humanité à son regard d'un bleu métallique. Plusieurs disciples se tournèrent vers eux et leur firent comprendre, d'un froncement des sourcils, d'une moue désapprobatrice, que leur bavardage perturbait la conférence du Maître-esprit. Yann en aurait volontiers étranglé deux ou trois, histoire de leur rappeler les notions élémentaires de hiérarchie, mais il jugea plus opportun de diriger ses deux interlocutrices vers la porte dérobée qui donnait sur le parking.

Les lueurs rougeoyantes des cigarettes éclairaient furtivement de petits groupes répartis entre les voitures. Aucune autre lumière ne brillait dans la nuit balayée par un souffle tiède, humide, chargé d'odeurs. Les façades claires des maisons resserrées autour de l'église affleuraient l'obscurité comme des rochers la surface d'une eau trouble. Les flaques abandonnées par l'averse rageuse du crépuscule semblaient ouvrir des bouches de vide sur le bitume défoncé.

Yann détestait ces nuits où humidité et chaleur semblaient se liguer pour accélérer la décomposition du monde. Cette moiteur malsaine n'était pourtant que la conséquence d'une évolution, d'une adaptation, la réponse climatique de la Terre aux actes de l'humanité, aux déchirures de la trame. Tant que les partis écologiques comme le Nécolo ne prendraient pas en compte la dimension sacrée de la Création, leurs propositions, leurs projets, leurs actions resteraient inopérants, illusoires. Il ne s'agissait pas, selon le Maître-esprit, d'une croyance, d'une sornette mystique ou d'une sentence morale, mais d'une approche réaliste, raisonnable, la seule peut-être qui permettrait à l'humanité d'échapper à la destruction qui lui semblait promise. Il fallait d'urgence réconcilier la pensée fragmentée de la science et la vision unificatrice des mythes premiers, le respect et la gratitude infinis pour la mère nourricière. Vaï-Ka'i illustrait souvent son propos avec cet extrait d'un article de George Wald, prix Nobel de biologie :

Les dernières années nous ont permis de comprendre comme jamais auparavant la profondeur de la parenté liant tous les organismes vivants... Ainsi chaque vie a une parenté avec toutes les autres, et cette parenté est beaucoup plus forte que nous ne l'avons jamais imaginée.

N'était-ce pas une définition comme une autre du pacte liant toutes les espèces, du serpent double ?

Les deux femmes allumèrent une cigarette et la grillèrent aux trois quarts avec cette avidité effrénée des fumeurs sevrés de tabac depuis plusieurs heures.

« Connaissez-vous OMT ? » demanda Aude Versans en recrachant une interminable guirlande de fumée.

Yann secoua la tête. Elles commençaient à l'irriter, sans trop savoir pourquoi, peut-être cette façon qu'elles avaient de le fixer comme des zoologistes observant un animal inconnu. Il percevait la voix lointaine et douce de Vaï-Ka'i entre les froissements du vent et les bourdonnements des petits groupes dispersés sur le parking. Les murs du vieux cinéma auraient mérité un rafraîchissement, mais il serait bientôt démoli et remplacé par une salle des fêtes flambant neuve et nettement plus pratique, du moins c'est ce que lui avait confié le maire du village, un viticulteur dont une cousine avait été guérie de sa sclérose en plaques par le Maître-esprit.

« Omer M'a Tuer, précisa Marita Kœsler. Vous connaissez sans doute Omer ? »

Yann acquiesça d'un mouvement de menton. Tout le monde, en France, avait entendu parler au moins une fois dans sa vie du phénomène Omer, un présentateur venu de la radio et dont les émissions délibérément provocantes, voire scandaleuses, avaient d'abord conquis le public des adolescents avant de drainer une audience de plus en plus large. Ses insolences, ses outrances verbales et physiques lui avaient valu des déboires avec le CSA, le monde politique et certains de ses invités, mais l'Audimat, lui, n'avait cessé de grimper, au point que Télé Max, une grosse chaîne privée, lui avait confié une émission de prime time et, par la même occasion, la mission implicite de redresser une audience en chute libre.

« M'a tuer avec *er*, ajouta Aude Versans. Je suppose que vous savez pourquoi... »

Son visage blanc et sans relief flottait comme une méduse sur une mer de ténèbres. À chaque fois qu'elle tirait sur sa cigarette, dans un bruit horripilant de succion, le filtre se barbouillait de son rouge à lèvres sombre, presque noir. Yann admit son ignorance d'un haussement d'épaules.

« L'affaire du Marocain accusé d'avoir assassiné sa patronne. Il y avait d'écrit sur le mur : Omar m'a tuer. Avec du sang et la faute d'orthographe. Les flics ont cru que c'était elle, la victime, qui avait eu le temps de...

— Un simple jeu de mots, coupa Marita Kœsler, une intervention énergique qui lui valut un regard vénéneux de sa consœur. Un jeu de mots limite mauvais goût, mais un titre super accrocheur. Près de quarante pour cent de part d'audience à chaque émission. On peut affirmer que OMT est actuellement le prime time le plus porteur du PAF. Vous en connaissez le principe ? »

Nouveau haussement d'épaules de Yann.

« Les sujets qui prêtent à la polémique, dit Aude Versans.

— Ce que veut dire Aude, renchérit Marita Kœsler, c'est qu'Omer reçoit chaque semaine un invité à la personnalité controversée et, pendant une heure et demie, lui donne la possibilité de s'expliquer, de convaincre. Ça peut être un homme ou une femme politique, un auteur sulfureux, une astrologue, une vedette du show-biz, un leader religieux, bref, il ne s'interdit aucun sujet...

— L'invité se retrouve face à un panel de contradicteurs. Pas comme dans ces pseudo-talk-show où animateurs et invités s'accordent pour éviter les questions dérangeantes...

— Omer tient à ce qu'il n'y ait aucun tabou, que son invité puisse répondre sur tous les sujets. À la fin, on procède au vote des téléspectateurs pour savoir si l'invité a su les convaincre...

— Omer souhaiterait recevoir votre Va... » Aude Versans écrasa sa cigarette d'un coup de talon rageur, à peu près comme elle aurait écrabouillé un scorpion. « Vahi-Kahi...

— Pas tout de suite, rassurez-vous. Le planning d'OMT est booké jusqu'au 24 février de l'année prochaine...

— Certains donneraient très cher, croyez-moi, pour passer chez Omer. Mais il n'accepte pas tout le monde, question d'éthique...

— Sûrement pas les néonazis par exemple, ni les racistes déclarés...

— Ni les révisionnistes, ou ce genre de tarés...

— Qu'est-ce que vous en pensez ? »

Yann dut se secouer pour reprendre pied dans la réalité. Le numéro de duettistes de ses interlocutrices avait soulevé une tempête de pensées sous son crâne, une spirale vertigineuse qu'il parvint à briser en accrochant son regard aux aspérités du mur du vieux cinéma. Pour que ces deux amazones aient accepté de se déplacer dans un village paumé du vignoble nantais, il fallait vraiment qu'Omer tienne à la présence de Vaï-Ka'i sur son plateau, il fallait vraiment que le Maître-esprit ait pris de l'importance durant ces deux dernières années, il fallait vraiment que sa réputation ait franchi les cercles habituels des sympathisants et des convaincus, il fallait vraiment que Sagesse Desana soit reconnue comme un mouvement indispensable, incontournable.

Il se retint à grand-peine d'éclater de rire. Si elles avaient su dans quelles conditions s'étaient déroulées les premières interventions de Vaï-Ka'i, elles ne se seraient pas crues obligées d'afficher cet air pompeux censé donner un tour officiel à leur démarche. Si elles avaient vu le Maître-esprit se baigner nu dans les calanques, rire comme un enfant sans raison apparente, dormir dans l'odeur suffocante d'une ancienne bergerie, cueillir des mûres dans les buissons, danser sous la pleine lune, s'adresser à une poignée de garçons et de filles complètement défoncés, elles auraient sans doute rencontré les mêmes difficultés que lui à garder leur sérieux. En même temps, il ne pouvait s'empêcher de ressentir de l'orgueil d'avoir été traité en égal par ces deux émissaires de la puissance médiatique.

« Vous auriez pu vous épargner ce déplacement, dit-il après quelques secondes de silence. Nous serons dans la région parisienne dans une quinzaine de jours.

— C'est que nous devons nous y prendre longtemps à l'avance pour booker le planning, dit Aude Versans.

— Et Omer tenait absolument à avoir votre réponse avant de prévoir éventuellement quelqu'un d'autre, ajouta Marita Kœsler.

— Je ne peux pas m'engager sans l'accord de Vaï-Ka'i, dit Yann.

— Bien sûr, bien sûr…

— En ce cas, si vous avez la patience d'attendre la fin de la conférence, vous aurez votre réponse. »

Elles se consultèrent du regard et hochèrent la tête avant d'allumer une cigarette avec une étonnante symétrie. Pendant une seconde ou deux, leurs visages éclairés par les flammes des briquets se découpèrent dans l'obscurité comme des masques démoniaques.

Yann songea à Myriam, plongée dans le sommeil des anonymes pendant que des décisions capitales se prenaient dans le creux des nuits malades. Il repensa à la question qu'elle lui avait posée quelques jours plus tôt : l'aventure devenait palpitante, et maintenant moins que jamais il n'était prêt à renoncer à *tout ça*.

Mathias 3

Le couple de flics qui faisait face à Mathias grillait cigarette sur cigarette, elle surtout, une femme râblée dont la coiffure ambrée, sophistiquée, évoquait le poil frisotté d'un cocker au sortir d'un toilettage. L'âcre fumée qui noyait la petite salle lui irritait les yeux, les narines et la gorge.

Rien ne s'était déroulé selon les usages : les flics ne l'avaient pas bouclé en cellule en attendant de le déférer au parquet, ils lui avaient passé les menottes, une cagoule, et l'avaient trimballé pendant quelques instants en voiture avant de le conduire dans des sous-sols habillés de béton brut et divisés en minuscules bureaux. Là, on lui avait retiré sa cagoule, sa ceinture et ses lacets, on l'avait enfermé dans une sorte de remise équipée de chiottes à la turque et on lui avait servi un petit déjeuner, café et croissants, qu'il avait ingurgité sans se faire prier. Puis il avait attendu toute la journée, roulant dans le flot de ses pensées, essayant de reconstituer les événements de la nuit et de comprendre à quel moment il avait perdu le fil. Depuis le début sans doute, depuis le rendez-vous avec Roman au Smalto. Le Lynx ne l'avait encore jamais doublé, mais quelque chose dans cette affaire suait la manipulation, la trahison.

Le soir, une femme lui avait apporté deux sandwiches ainsi qu'une bouteille d'eau gazeuse (comme si les flics connaissaient ses préférences en matière de boisson) et une couverture pour la nuit. Il avait réussi à dormir une ou deux heures en dépit de l'odeur prononcée d'urine, de la dureté du béton, en dépit des frottements de ses joues hérissées de barbe sur son blouson de cuir roulé en boule.

Le couple était entré dans la remise vers neuf heures du matin avec du café, des croissants et des cigarettes. Lui, cheveux en brosse, entre trente-cinq et quarante ans, costume et mine chiffonnés, allure de sportif ; elle, la trentaine dilatée, dynamique, vêtements décontractés, féminité en berne en dépit — ou à cause — de la coiffure cocker. Ils avaient mangé et bu en sa compagnie, puis fumé une première cigarette en le dévisageant avec une insistance agaçante.

« Moi, c'est Cathy, et lui, c'est Blaise », attaqua la femme.

Étrange préambule : les flics n'avaient pas pour habitude de se présenter par leur prénom. Mathias vida son gobelet et, écœuré par l'amertume du café, le reposa sur la table étroite qui le séparait de ses deux interlocuteurs. Il repéra les bosses des pistolets sous la veste de l'homme et sous le sweat-shirt de la femme. Une fraction de seconde, il s'imagina bondir par-dessus la table, renverser la femme, lui piquer son flingue, sortir de ces sous-sols en se servant d'elle comme d'un bouclier…

À quoi bon ? La nuit l'avait désavoué, les flics l'avaient repéré, il était devenu l'un de ces maudits des rues qui n'étaient plus en sécurité nulle part. Ce dont il avait le plus envie, en fait, c'était d'un bain brûlant et de sous-vêtements propres.

« Et toi, t'es Mathias Sirimenko, reprit l'homme. Une petite ordure qui vient de buter trois personnes, et pas mal d'autres avant elles.

— Disons que nous n'avons pas les preuves formelles pour les autres, dit la femme. Mais, avec un minimum de boulot, après la vérification de tes récents déplacements et quelques coups de fil à l'étranger, on devrait pouvoir t'en coller un paquet sur le dos. »

Ils se turent, se renversèrent sur leurs chaises et, les mains croisées sous la nuque, donnèrent à leurs paroles le temps de s'imprimer dans le cerveau de Mathias. Il reconnaissait bien là les méthodes des flics auxquels il avait eu affaire lors de ses errances d'adolescent, similaires d'ailleurs à celles du Lynx ou des autres charognards de l'illégalité, comme si les uns et les autres n'avaient pas d'autre choix que de se ressembler comme des frères. Ils ne l'avaient pas coffré parce qu'ils avaient un contrat à lui soumettre, et ils entamaient la négociation par la menace, histoire de bien lui remettre en mémoire les rapports de force et de donner davantage de poids à leur proposition. Mathias décida d'adopter le même profil impassible que face à ses commanditaires habituels.

« C'est le maximum qui t'attend, Mathias Sirimenko, la perpétuité avec une peine incompressible de trente ans, affirma l'homme — Blaise — avec un petit sourire vicieux. Je peux t'assurer que les blondinets dans ton genre plaisent énormément en cabane. Quand tu en sortiras, tu seras devenu un petit vieux ratatiné, avec le cul tellement troué que tu seras obligé de lui fourrer en permanence des tampons pour le garder propre ! »

Mathias frissonna mais s'efforça de ne rien montrer de son trouble : il se tailladerait les veines avec les dents plutôt que de devenir ce genre de loque humaine.

« On te connaît mieux que tu crois, Mathias, poursuivit la femme — Cathy. On sait que tu n'aimes pas les hommes, ni vraiment les femmes d'ailleurs. La seule chose qui te fasse réellement bander, c'est de loger une balle dans le crâne de ceux qu'on te demande de tuer, pas vrai ? »

Mathias ne parvint pas cette fois à masquer sa stupeur ni à maîtriser le tremblement de sa jambe gauche. Il n'avait jamais parlé à personne des plaisirs intimes liés à sa profession, hormis, peut-être, à Johanna, une adolescente en fugue qui avait habité avec lui pendant sept ou huit semaines et qui s'était glissée dans ses draps à plusieurs reprises. Elle, en retour, lui avait confié qu'elle assistait à des messes noires dans les cimetières et à d'autres cérémonies occultes où le sang coulait sur les peaux claires. Comme il avait refusé de l'accompagner à une assemblée satanique, elle était partie en claquant la porte, le trouvant bien ordinaire, bien « nul pour un mec qui se la pétait avec ses flingues ». Il s'était demandé s'il ne devait pas la rattraper et l'éliminer avant qu'elle n'aille raconter à tout le monde qu'elle avait couché avec un tueur, puis il avait estimé, à tort sans doute, que personne ne la prendrait au sérieux.

« Ça te plaît de jouer avec la vie des autres, hein, Mathias ? lança Blaise. Mais voilà, la loi ne le permet pas. La loi est peut-être mal faite, mais c'est la loi. *Dura lex, sed lex*.

— T'es passé du mauvais côté de la ligne, Mathias, renchérit Cathy. Sûr, ton avocat plaidera les circonstances atténuantes, mais comme t'auras pas les moyens de t'en payer un bon... »

Elle se redressa et prit une voix grave, solennelle, et sa coiffure à cet instant évoquait, en version caramélisée, les perruques ridicules des avocats anglais qui péroraient dans les séries télévisées :

« La mère de mon client est morte d'un cancer alors qu'il venait tout juste d'atteindre ses sept ans, son père et ses sœurs ont été mitraillés dans leur petit pavillon de banlieue six ans plus tard, puis, livré à lui-même, mon client a traîné de foyer en foyer, de fugue en fugue, de bande en bande, a participé à ses premiers cambriolages, utilisé ses premières armes, commis ses premiers meurtres...

— De toute façon, pas un jury sur cette putain de terre n'accordera de circonstances atténuantes à un petit salopard de ton espèce !

— Une autre possibilité serait de rendre justice tout de suite, là, sans un procès qui coûte la peau des fesses au contribuable. La plupart des gens approuveraient cette solution, œil pour œil, dent pour dent, balle pour balle. Je sors mon pétard et je te fais un trou comme tu fais à tes victimes, dans le cœur ou entre les deux yeux, ni vu ni connu. On plaiderait la légitime défense et personne, non, personne ne s'en formaliserait. »

Ils se turent à nouveau et l'examinèrent avec une attention de mangoustes couvant des yeux un cobra. Leur ballet d'intimidation avait eu sur lui l'effet inverse de celui qu'ils avaient escompté. S'ils se croyaient ainsi obligés de gonfler le poil et de montrer les dents, c'était qu'ils manquaient d'assurance, qu'eux, les soi-disant représentants de l'ordre, l'avaient rejoint du mauvais côté de la ligne.

« Il y a encore une possibilité », souffla Blaise.

Le regard vrillé sur Mathias, il alluma une cigarette et laissa filer un long moment de silence qui instaura un climat de tension dans la petite pièce embrumée. Mathias s'évertua à respirer lentement, profondément, mais ses nerfs, déjà électrisés par le manque de sommeil, la lumière au néon et l'âpreté de la fumée, vibraient à l'intérieur de lui comme les cordes d'un instrument désaccordé. Son esprit était aussi gris, aussi sale, que les murs, le plafond et le sol. L'odeur d'urine, lourde, suffocante, dominait à nouveau les senteurs refroidies, déjà rances, du café et des croissants au beurre. La pensée de Mathias se focalisa sur Johanna, cette gamine à la peau blême qui s'était donnée à lui avec une mollesse boudeuse et fuyante. Il ne se souvenait pas s'être confié à quelqu'un d'autre qu'elle. Comment était-elle entrée en relation avec les flics ? Avait-elle été ramassée dans une cérémonie satanique et l'avait-elle balancé dans l'espoir d'échapper à la machine judiciaire ?

« L'autre possibilité, c'est que tu ne vas pas en tôle, personne ne te troue le cul et tu continues à faire ce que tu aimes, lança Cathy.

— Mais sous notre contrôle, ajouta Blaise.

— Nous avons besoin de... d'agents sûrs pour infiltrer certains groupes extrémistes.

— Pour faire un peu de ménage au besoin.

— Évidemment, comme nous n'avons pas une confiance aveugle dans le genre humain...

— À force de le fréquenter...

— Et vu les saloperies dont il est capable, nous n'aurons pas la naïveté de te laisser partir dans la nature comme ça.

— Tu as entendu parler des bracelets électroniques ? »

Mathias émit un grognement qui pouvait passer pour un acquiescement.

« Tu seras équipé d'un bracelet électronique, dit Cathy. Pas un de ceux qu'on passe autour de la cheville ou du poignet, celui-là, on le colle sous la peau...

— Un bracelet d'un genre nouveau, renchérit Blaise. Miniature. En ADN de synthèse. Gros comme un quart de grain de riz. Un truc qu'on a expérimenté sur les animaux et qu'on commence à tester sur les humains.

— Il sera relié en permanence à la fréquence d'un satellite de surveillance. Et à notre réseau informatique.

— Si bien qu'on pourra te localiser et te retrouver dans n'importe quelle partie du globe, à n'importe quel moment. »

Blaise se leva, fit quelques pas dans la pièce, écrasa sa cigarette dans un gobelet. Mathias aperçut la crosse luisante de son pistolet dans l'entrebâillement de sa veste. Sa première réaction fut un tremblement de colère et de dégoût. Ils lui offraient de vivre comme un chien en laisse plutôt que de croupir dans la honte et la misère des loups en cage. Des bribes d'une fable de La Fontaine lui revinrent en mémoire, *le Loup et le Chien*, l'un des rares vestiges d'une scolarité en berne.

« Tu ne sauras pas où nous t'aurons injecté le mouchard, reprit Blaise. Ou tu pourrais faire comme ces fauves pris au piège, ronger le membre coincé dans les mâchoires.

— Il faudrait que tu te ronges les deux bras et les deux jambes, et encore !

— Tu ne le repéreras jamais, même en prenant des radios de tout ton corps. »

Ils voulaient faire de lui un cafard, une balance pareille à ces enculés-de-ta-mère qui infiltraient les bandes et les attiraient dans les nasses. Il avait assisté une fois au châtiment d'un mouchard éventé, un beur qu'il connaissait de vue et dont il n'aurait jamais pu supposer qu'il était passé du mauvais côté de la ligne. Les autres l'avaient roué de coups et laissé pour mort dans la cave d'un immeuble, dénudé, lacéré à coups de couteau les arcades sourcilières, le nez et les lèvres éclatés. Un malaise avait retenu Mathias de prendre part au lynchage auquel les filles de la bande s'étaient jointes avec une jubilation et une férocité sans borne. L'écœurement l'avait saisi devant cette hystérie collective, la haine pour le traître s'était transformée en pitié, sa répulsion s'était tournée vers les autres, vers sa famille des rues qui s'acharnait sur un corps déjà sans vie.

C'était cette nuit-là, sans doute, qu'il avait pris conscience de la cruauté des communautés humaines et décidé d'entrer en solitude.

« Voilà le choix, Mathias, reprit Cathy. Soit on te boucle normalement en cabane pour un minimum de trente ans...

— Mais, tel qu'on te connaît, tu auras du mal à supporter la détention et tu ne survivras pas plus de cinq ans...

— Soit tu acceptes de bosser avec nous. Et quand je dis nous, ça veut dire nous deux, Blaise et moi. Tu n'auras pas d'autre interlocuteur, sauf si l'un de nous deux t'en présente un nouveau. Nous communiquerons en direct, par bon vieux téléphone ou par messages texto. Pas de courrier ni de téléphone cellulaire, ça laisse des traces.

— Nous te fournirons tout, instructions, vêtements, argent, armes. En dehors de tes ordres de mission, tu garderas ta liberté de mouvement.

— Liberté conditionnelle, tout de même. Tu ne seras pas autorisé, par exemple, à tuer pour ton propre compte, faut tout de même pas déconner. »

La première vague d'indignation passée, Mathias envisagea les choses sous un autre angle. Puisque toutes les communautés humaines se valaient, puisqu'elles étaient toutes également abjectes, pourquoi faire des préférences, pourquoi privilégier un côté ou l'autre de la ligne ? Le code des rues n'était qu'un ersatz de mythologie entretenu par une poignée de caïds qui s'engraissaient sur le dos de gosses livrés à eux-mêmes, qui se rangeaient derrière l'honneur pour s'assurer de la loyauté de leurs petits sujets éblouis par leurs dents en or, leurs costars brillants et leurs bagnoles allemandes flambant neuves.

« Qu'est-ce que t'en dis, Mathias ? » demanda Cathy.

Il fixa le plafond pour échapper pendant quelques instants à la pression soutenue de leurs regards.

« Pourquoi moi ? finit-il par bredouiller.

— T'as l'air de quelqu'un d'assez efficace, répondit Blaise.

— Vous n'en avez pas chez vous, des mecs efficaces ?

— Ils sont occupés à d'autres tâches. On ne manque pas de boulot dans la maison. »

Mathias compléta de lui-même la réponse : et puis, ça nous évite de nous salir les mains, ça libère de la place dans les prisons engorgées, et, au cas où les choses tournent mal, on n'a pas de perte à déplorer.

« Vous auriez pu intervenir plus tôt l'autre nuit, hein ? Cette femme, vous auriez pu m'empêcher de la tuer, pas vrai ? »

La manière dont Blaise et Cathy se consultèrent du regard le conforta dans cette hypothèse.

« C'est vous qui avez donné ce coup de fil pour leur dire que j'étais sur leur palier. Vous étiez déjà dans la cour, peut-être même dans l'escalier ou dans les combles. Vous avez attendu que je finisse le travail pour intervenir, hein ? »

Le mutisme qu'ils s'obstinaient à garder était plus éloquent, plus accablant, que des aveux détaillés et signés.

« Vous vous êtes servis de moi pour la tuer, sa mort vous arrangeait.

— Disons qu'elle arrangeait un certain nombre de personnes... » Cathy écrasa rageusement sa cigarette dans le gobelet déjà débordant de mégots et en alluma une autre sans même paraître s'en apercevoir. « Des personnalités politiques et médiatiques auraient pu se retrouver dans de sales draps...

— Ça a un rapport avec Roman ? Avec le Lynx ? Avec les réseaux pédophiles ? »

Blaise pointa l'index sur la tête de Mathias.

« Je vois que ça carbure sec, là-dedans ! On t'a dit ça pour te prouver notre bonne volonté et engager avec toi une vraie relation de confiance, mais c'est déjà trop, et ça s'arrête là. À l'avenir, vaudrait mieux pour tout le monde que tu te montres moins curieux et nous moins bavards.

— Je n'ai pas encore dit que j'avais un avenir avec vous.

— Moi je crois que si. T'es bien trop futé pour laisser passer ta chance.

— Admettons que j'accepte : ce serait quoi, le premier travail ?

— Intégrer un groupe d'activistes musulmans, dit Cathy. La branche française d'un mouvement appelé le Jihad international. »

Mathias éclata d'un rire nerveux qui s'acheva en une quinte de toux.

« Vous m'avez bien regardé ? J'ai vraiment pas le physique de l'emploi !

— Détrompe-toi, fit Blaise. La Russie est en pleine décomposition. Un terreau rêvé pour tous les extrémistes. Les nostalgiques du stalinisme, du tsarisme, mais aussi les fanatiques religieux, orthodoxes et musulmans. Le Jihad international compte déjà dans ses rangs une poignée de Russes convertis à l'islam. Personne ne s'étonnera de...

— Je suis peut-être d'origine russe mais je ne sais pas le parler, objecta Mathias.

— Pas grave, du moment que tu apprends quelques prières en arabe. »

Des frissons parcoururent l'échine de Mathias, déjà gagné par la fièvre de l'action. Le cauchemar de l'enfermement s'éloignait, et avec lui, son cortège de perspectives lugubres. Ces deux-là l'avaient sans doute manœuvré, amené exactement là où ils le désiraient, mais ils lui offraient un espace où il pouvait encore respirer, bouger, survivre.

« Et puis quelqu'un sera chargé de te préparer le terrain, intervint Cathy. Tu auras une quinzaine de jours pour mémoriser les versets principaux du Coran avec un professeur d'arabe.

— Comme tu seras anesthésié pour recevoir ta chaîne électronique, on en profitera pour faire le reste.

— Le reste ? »

Mathias entrevit, derrière un écran de fumée, le sourire froid de Blaise.

« La circoncision. »

Marc 3

La neige, à nouveau tombée sur l'Aubrac, avait rendu les routes impraticables, mais Marc avait pu regagner sans encombre la maison de la mère et de la sœur de Jésus Maingrot. Le mercredi soir, comme la mère l'y avait invité, il avait utilisé leur ordinateur pour rédiger et expédier son article, un texte de sept feuillets dont la mollesse avait hérissé le poil de J.J. Frélion, le rédacteur en chef adjoint en charge du dossier.

« BJH veut sa peau, à ce trou-du-cul ! avait-il éructé au téléphone. C'est un charlatan, tu comprends ! Un mec qui joue avec les espoirs et le fric de milliers de gogos ! Putain, à lire ton papier, on a presque l'impression de se trouver en face d'un saint homme ! »

Marc n'avait pas eu l'impression, pourtant, de rédiger une hagiographie express du Christ de l'Aubrac. Il avait semblé infuser une bonne dose d'ironie dans son texte, laisser planer un doute d'autant plus vénéneux que subtil.

Cependant, lorsque Frélion lui en avait relu quelques passages de sa voix cassée par l'abus de cigare, il avait dû admettre, en son for intérieur, qu'il s'était laissé influencer par la famille et l'institutrice de Jésus. On attendait davantage d'agressivité, là-bas, dans l'antre des quarante violeurs, on parlait polémique, offensive, hallali, pas visite touristique du plateau de l'Aubrac. Faisant les cent pas dans la neige molle qui habillait la cour intérieure de la ferme, Marc avait promis d'injecter davantage de fiel dans son papier. Il avait dit à son correspondant qu'il était bloqué par les intempéries mais s'était bien gardé de préciser qu'il était hébergé par la mère et la sœur de celui-là même qu'on lui ordonnait de démolir.

Curieuse expérience, quasi schizophrénique, que d'être l'un des acteurs du lynchage médiatique du fils et du frère de deux femmes qui vous accueillent avec ce sens de la générosité propre aux gens qu'on dit petites ! Il ne croyait pas aux mots assassins qui s'alignaient sur l'écran et qui, pourtant, jaillissaient hallucinés de son esprit, de ses doigts, du Marc pressé comme un citron rendant ses ultimes gouttes, terrorisé à l'idée de perdre ses trente-cinq mille francs de salaire, ses privilèges, son ancienneté, son studio de l'Île-Saint-Louis et la jeune femme qui lui permettait d'entrer dans la vieillesse à reculons.

Charlotte, justement, avait appelé, furibonde :

« ... fait chier, Marc ! au moins trois semaines que ce dîner était programmé, et, toi, tu t'arranges pour le rater, je sais, t'es pas vraiment responsable, mais on dirait quand même que tu l'as fait exprès, tant pis, j'irai seule, mais ça fait vraiment con d'arriver seule, surtout que j'avais promis que tu viendrais, et que Conrad, ben si, l'architecte, le mari de Maud, était total content de rencontrer un journaliste de l'EDV, il le lit toutes les semaines, figure-toi, l'EDV, c'est son hebdo de chevet, il voulait te parler d'un truc, je ne sais plus quoi au juste, et ton ex, tu devrais la prévenir avant qu'elle me tombe encore sur le râle... »

Elle voulait dire râble.

Elle avait rappelé vers deux heures du matin, encore plus furieuse, alors qu'il venait tout juste de plonger dans un sommeil inquiet, fébrile :

« ... Conrad était total déçu de ton absence, ça a foutu mon dîner en l'air, j'avais vraiment l'air d'une conne, merci encore pour ce coup-là, je sais, c'est pas ta faute, j'ai été obligée de l'inviter au restau un soir de la semaine prochaine, lui et Maud, pour rattraper le coup, t'as intérêt à être là, je vais me coucher, je serai chez moi si tu veux me joindre, je suis crevée, je t'embrasse... »

Elle l'avait encore réveillé à sept heures du matin :

« ... passé une nuit de merde (crachotements)... me demande si on devrait pas (grésillements)… je t'entends plus (normal, il n'avait pas encore ouvert la bouche)… je raccrrrr… »

À la suite de quoi Marc avait coupé son portable. Les perturbations atmosphériques lui fournissaient un prétexte idéal pour s'autoriser une période d'abstinence téléphonique. Les odeurs de café et de pain grillé avaient traversé le plancher et l'avaient invité à descendre. Les sourires chaleureux de la mère et de la fille, en bas, lui avaient rappelé qu'il était un foutu salopard, qu'il avait bien mérité du cercle des quarante violeurs.

Sous sa plume, Jésus Maingrot était devenu un « petit paysan d'un plateau désolé à l'intelligence redoutable, manipulatrice, qui a très vite compris comment tirer parti de la crédulité de ses semblables. Il a emprunté son nouveau nom, Vaï-Ka'i, à sa tribu d'origine, les Desanas de Colombie, ainsi qu'une mythologie approximative qu'il saupoudre d'une pincée d'écologie, très porteuse à notre époque, et d'une poudre de perlimpinpin mystico-new-age. Quant à ses miracles, il nous paraît pour le moins étrange qu'il les accomplisse toujours en l'absence des médias ou de témoins dignes de foi. De sorte que l'hystérie propre à ce genre de manifestation nous empêche d'avoir une vue claire, osons le mot rationnelle, de phénomènes rarement observables et finalement jamais observés… »

Les deux femmes qui lui servaient le petit déjeuner s'étaient, quant à elles, métamorphosées en « une paysanne de nos campagnes profondes telle qu'on les connaissait au milieu du XXe siècle, dure au mal, revêche, incapable en tout cas d'appréhender le battage fait autour de son fils adoptif, et une pauvre fille victime d'un virus à la naissance et dont le mutisme et le handicap cérébral soulèvent en nous cette question inévitable : si le soi-disant Christ de l'Aubrac accomplit des guérisons miraculeuses, pourquoi, oui, pourquoi n'a-t-il pas posé le regard et les mains sur sa propre sœur adoptive ? »

J.J. Frélion s'était manifesté juste après avoir reçu le papier corrigé et juste avant l'appel de Charlotte de deux heures du matin. Il avait exprimé sa satisfaction d'un bruit de gorge dont personne au journal n'avait encore réussi à déterminer s'il s'agissait d'une éructation, d'un gargouillis ou d'un rire.

« Bon boulot, Marc, juste quelques bricoles à corriger, pas le temps de te le renvoyer pour le BAT, trois fois rien, rassure-toi, vachement aimé le coup de la sœur handicapée, ha, ha, ha, le genre d'infos qui sensibilisent, qui sonnent authentiques. »

Marc fixait le lut gris et bas posé au-dessus des collines blanches. Des flocons épars folâtraient entre les bourrasques, annonciateurs de nouvelles chutes de neige. Le bulletin météo de la radio locale avait recommandé aux voitures non équipées de chaînes de s'abstenir de rouler. On avait déjà recensé une trentaine d'accidents graves sur le réseau routier de l'Aubrac. Les chasse-neige avaient entrepris de déblayer les grands axes, mais il faudrait attendre deux jours, peut-être trois, avant que les routes soient de nouveau praticables.

Par un de ces détours ironiques dont il est gourmand, le destin condamnait Marc à rester en compagnie des deux femmes qu'il avait maltraitées avec *ses* mots en se servant de *leur* ordinateur. Il avait brossé d'elles une caricature grossière, minable, telle qu'on les croquait dans les couloirs de l'EDV, où l'important n'était pas la vérité, mais la cohérence sarcastique, où le trait déformé, grossi, tenait lieu de ligne éditoriale. Il avait utilisé les clichés les plus lourdingues, les plus éculés, en sachant qu'ils combleraient à la fois les exigences de sa direction et les attentes d'un lectorat constitué en majorité de cadres et de professions libérales. Ceux-là avaient besoin de se resserrer autour de proies aisément identifiables, archétypales, et quoi de plus évidemment dérisoire que ces deux femmes dénichées dans le fin fond du plateau de l'Aubrac, une paysanne à l'ancienne flanquée d'une jolie simplette, la mère et la sœur adoptives d'un escroc messianique originaire de la forêt amazonienne ? Il ne les avait pas seulement trahies, elles et l'institutrice de Jésus, mais aussi ses propres tantes plantées dans leur terreau natal, toutes ces femmes et tous ces hommes dont la seule hérésie était de vivre en dehors des coteries minuscules qui se figuraient régir le monde.

Vous vous dites géants, vous les gnomes,
Qu'avez-vous fait du Jardin des hommes ?
Un chant pour vos chiens et vos armes,
Des champs sous les crues de sang et de larmes,
liquide, liquidation, destination le fond,
déluge, déluge, déluge…

Marc comprenait maintenant les raisons pour lesquelles BJH avait lâché ses molosses sur les mollets de Vaï-Ka'i : il tentait tout simplement de récupérer un phénomène dont l'ampleur avait jusqu'alors échappé à l'ensemble des médias, pas seulement de le récupérer d'ailleurs, mais de l'enrayer, de l'anéantir, de mesurer l'influence de son hebdo sur une opinion de plus en plus volatile. La rapidité et la diversité des échanges sur la Toile concouraient à la disparition des publications généralistes qui ne faisaient pas l'effort de s'adapter, d'occuper une niche éditoriale précise, pointue. L'EDV avait survécu à la révolution informatique en cassant son image de revue intellectuelle, austère, en choisissant la politique de la dénonciation, de la curée, en jouant les corbeaux à l'échelle nationale, en flattant les bas-instincts d'un lectorat impatient de découvrir la cible du vendredi matin. Les leaders d'extrême droite avaient essuyé les premières attaques, histoire de justifier la position à gauche de l'EDV, puis les rejetons dévoyés de familles princières, insignifiantes mais terriblement vendeuses, puis les hauts responsables de l'Église catholique, coupables de malversations financières et sexuelles, puis les hommes et femmes politiques de la droite parlementaire, puis des personnalités des médias, de la télévision principalement, puis, depuis peu, des hommes et des femmes politiques de gauche... Poursuivi en justice à peu près toutes les semaines, l'EDV sortait le plus souvent victorieux des tribunaux, car, contrairement aux colporteurs de ragots de la presse à scandale ordinaire, BJH ne lançait pas ses meutes à l'aveuglette. Ses dossiers étaient si précis, si bien documentés, que ses nombreux détracteurs l'accusaient de les obtenir directement des ministres de l'Intérieur des deux bords. Les procès ne coûtaient donc pas grand-chose à BJH, qui les surnommait, avec son franc-parler d'ancien grouillot : « les écrans publicitaires judiciaires, les plus juteux, les gratuits, les meilleurs... »

Marc sortit à plusieurs reprises pour vérifier l'état de la petite route qui passait devant la ferme. Sous la première couche de neige molle, se tendait un verglas aussi épais et glissant que la surface d'une patinoire. La mère de Jésus possédait bien une voiture, une vieille Renault remisée sous un appentis et emmitouflée dans une bâche kaki, mais elle ne disposait pas de chaînes. Et, sans chaînes, hors de question de parcourir les quarante kilomètres qui le séparaient de Mende. Marc avait essayé à plusieurs reprises de joindre l'agence de location de véhicules, mais ses appels étaient restés sans réponse, signe que les employés eux-mêmes n'avaient pas réussi à gagner leur lieu de travail.

Il reçut un léger choc entre les épaules, quelque chose glissa avec douceur sur le coton huilé de sa parka. Pierrette, la sœur de Jésus, ramassait de la neige dans la cour et la roulait en boule avec un grand sourire. Elle était sortie de la maison sans refermer la porte, sans songer non plus à passer un manteau ni même un pull. Son visage et ses mains étaient si pâles qu'ils se confondaient avec la blancheur environnante, que sa chevelure blonde et sa robe de coton beige semblaient passées sur une silhouette invisible. Elle ne portait ni chaussures ni chaussettes, ses jambes nues se plantaient dans la neige comme des stalagmites de glace. Elle se redressa et lui lança une deuxième boule, qu'il n'eut pas le réflexe d'esquiver et qui lui cingla le menton, la bouche et le dessous du nez. Il lui sembla entendre son rire silencieux, quelque chose comme un halètement rauque. Elle le provoquait à la manière d'un gosse qui invite un adulte à partager ses jeux. Elle lui rappelait ses filles à l'âge de neuf ou dix ans, ce mélange d'affection, d'ingénuité, de provocation et d'impudeur qui les enveloppait de trouble. Voilà ce qu'elle était, sans doute, une fillette dans un corps de femme, l'explication probable du regard perpétuellement neuf qu'elle ouvrait sur le monde. Il se rappela qu'il l'avait imaginée dans ses bras et en conçut un bref sentiment d'abjection, un peu comme s'il avait osé se représenter avec une de ses filles dans son lit.

Son ex lui avait souvent demandé comment il trouvait ses filles, comme si elle voyait en elles des rivales, comme si elle craignait qu'il ne cède aux sirènes de l'inceste, une tentation éternelle et un sujet en vogue depuis quelques années. Cette suspicion avait largement contribué à envenimer leurs rapports. Ce n'est qu'après leur divorce qu'elle lui avait avoué ce qui s'était passé entre son propre père et elle bien avant sa puberté. À la suite de cette confession, il avait pris conscience qu'il ne connaissait pratiquement rien de la femme qui avait partagé vingt ans de sa vie, qu'ils avaient vécu tous les deux en solitaires, en ex, emmurés dans leurs interdits, incapables de s'engager sur le chemin épineux qui les menait l'un à l'autre. Il n'avait jamais cherché à comprendre pourquoi elle s'intéressait si peu aux choses du sexe, pourquoi elle pleurait, parfois, lorsqu'ils faisaient l'amour, pourquoi elle passait des heures dans la salle de bains à essayer de nettoyer une saleté qui ne voulait jamais partir. Non, il n'avait rien deviné, rien vu d'autre que ses propres désirs, ses propres frustrations, son propre nombril. Il avait jugé équitable de collectionner les maîtresses, les occasionnelles qui lui donnaient ce qu'on lui refusait dans la chambre légitime, la fête partagée des corps, le salaire de la sueur. Il avait suggéré à l'ex d'entreprendre une analyse ou une quelconque thérapie, mais elle avait repoussé le conseil avec une violence presque haineuse. Il en avait déduit qu'elle se complaisait dans son secret, et il s'était engagé avec un peu moins de remords dans sa relation avec Charlotte.

Laquelle n'était guère plus généreuse que l'ex. Elle ne pleurait pas lorsqu'il se vautrait sur elle, mais ses traits se départaient rarement d'une impassibilité que bon nombre d'hommes auraient jugée humiliante. De même, la sécheresse de sa peau remarquablement ferme interdisait les froissements voluptueux, les suintements délicieux au creux des ventres, des aisselles ou des aines, les frottements des épidermes qui s'aspiraient comme des ventouses. Lui avait besoin de baigner dans la sueur partagée pour se sentir tout à fait homme. Un analyste lui aurait certainement affirmé qu'il recherchait le ventre de sa mère dans sa relation avec ses maîtresses. Il emmerdait les analystes, ces pilleurs de symboles qui s'étaient institués les maîtres de l'inconscient avec une morgue qui les entraînait dans d'absconses querelles de chapelles.

Pierrette lui lança une troisième boule, puis une quatrième. Il commença à les éviter, pas seulement pour entrer dans le jeu mais parce que des coulées glacées se faufilaient dans son cou et sur son échine. Elle riait en silence entre chaque salve, ses yeux noirs brillaient d'une joie intense, vibrante. Condamnée à la solitude, elle profitait de la présence du visiteur pour partager ses récréations avec lui. Marc se pencha à son tour et puisa, dans ses mains en coupe, un peu de neige qu'il arrondit et polit pendant quelques secondes avant de la projeter sur Pierrette. Elle ne fit rien pour l'esquiver, la reçut en pleine face, bascula en arrière, se releva sans lui laisser le temps de s'inquiéter et lui adressa un sourire complice. Ils se poursuivirent un long moment dans la cour, se réfugièrent dans les innombrables recoins de la ferme, se bombardèrent de gerbes de neige qu'ils ne cherchaient plus à tasser. Il retrouva un peu de cette insouciance pure qui s'était évanouie le jour où il était entré dans un collège crasseux tenu par des prêtres aux soutanes et aux mines noires. Ils rentrèrent dans la maison quand leurs vêtements furent trempés, non seulement la robe de Pierrette, mais également le pull et le pantalon de Marc sous sa parka. La mère s'était absentée, depuis peu sans doute car les flammes brillaient clair et haut dans la cheminée.

Pierrette se planta devant le feu et fit passer sa robe par-dessus sa tête. Elle ne portait rien en dessous, et son impudeur ainsi que la blancheur de sa peau saisirent Marc qui, gêné, papillonna des yeux, les posa tour à tour sur l'escalier, sur l'ordinateur, sur la table de la cuisine, sur les tommettes avant de revenir à elle par de petites approches sournoises. En d'autres circonstances, il aurait interprété son attitude comme une invitation. *Tenté par la sœur du Christ*, un titre qui lui aurait valu son pesant de compliments, là-bas, dans l'antre rugissant des quarante violeurs.

Le corps immobile de Pierrette ne lui faisait pas le même effet que celui des femmes qui s'étaient dévoilées à son intention avec, le plus souvent, leur seule bonne volonté en guise de savoir-faire. Il n'était pas taraudé par l'un de ces désirs tyranniques qui dirigeaient son énergie vers son bas-ventre, il s'emplissait d'une émotion bouleversante, d'un ravissement qui l'amenait au bord des larmes. Il avait déjà expérimenté ce genre d'exaltation autrefois, à l'âge de six ou sept ans, cette sensation d'être emporté si profond en lui-même qu'il semblait n'y avoir aucun retour possible. Il avait suffi d'un rayon de soleil, d'un souffle parfumé, du friselis des ramures, de l'enchantement d'une nuit paisible pour déclencher cette désincarnation lente, douce, ineffable, pour plonger au cœur d'une spirale fascinante qui ressemblait étrangement à l'idée qu'il se faisait de la mort.

« Faites donc pas attention, elle ne voit le mal dans rien. »

La mère, portant une brassée de bûches, referma la porte qui donnait sur l'arrière. Exactement l'inverse de nous, qui cherchons le mal partout, songea Marc. Il se rendit compte qu'il pleurait à chaudes larmes. Toujours nue, d'une impudeur magnifique, Pierrette le fixait par-dessus son épaule. Il lut un désespoir absolu, effrayant, dans ses yeux noirs. Bien que son visage n'eût rien perdu de sa pureté, elle incarnait en cet instant toute la souffrance du monde.

Il se demanda s'il n'y avait pas un moyen d'arrêter l'EDV avant sa distribution dans les points de vente. Bien sûr que non. La machine continuait de tourner grâce aux lâches de son espèce.

Lucie 3

Ses blessures ayant été jugées superficielles, Lucie ne resta en observation à l'hôpital qu'une journée et une nuit. Cependant, un grand professeur en gynécologie mit à profit son court séjour pour l'examiner devant une coterie d'étudiants en médecine. En plus d'une nausée tenace, elle ressentit une véritable humiliation à être exposée les jambes écartées devant cette couvée de futurs praticiens qui venaient à tour de rôle manipuler le spéculum et fourrer le nez dans ses orifices. Ils ne la regardaient pas comme un être humain, mais comme un symptôme vivant, comme, selon les propres mots du mandarin, « une excellente illustration des lésions que peuvent provoquer des rapports trop violents, trop fréquents, ou trop… disons, disproportionnés ». Il ponctua ses paroles d'un petit rire de gorge sans songer un seul instant qu'il s'exprimait justement devant une femme traumatisée par des rapports violents et disproportionnés. Et les carabins de rire eux aussi, comme s'ils devaient calquer leurs réactions sur celles de leur mentor pour augmenter leurs chances d'obtenir leur diplôme.

La médecine était apparue à Lucie comme une fabrication à grande échelle de singes savants. Même elle qui avait l'habitude d'exhiber son corps dans le cadre du sex-aaa-strip//cyberlive, elle refusait d'être un simple quartier de viande destiné à l'édification des blouses blanches. Il y avait une forme de chaleur humaine, de dignité dans ses prestations sur la Toile, dans ses relations avec les clients, elle ne rencontrait que froideur et mépris dans cette chambre d'hôpital, un endroit où auraient dû régner compassion et respect. Les « lésions sans gravité des muqueuses vaginale et anale » dont se rengorgeait le mandarin se transformaient en véritables tortures lorsqu'il lui fallait aller aux toilettes. L'acidité de l'urine provoquait entre autres des brûlures insupportables, à pleurer, à hurler, à se cogner la tête contre les murs. Et puis, elle n'avait toujours pas reçu les résultats de l'analyse sanguine et ne savait donc pas si cette ordure de Joe lui avait transmis le... la maladie terrible dont elle n'osait pas prononcer le nom. À chaque fois qu'elle s'en inquiétait auprès d'une infirmière ou d'un quelconque interne de passage, soit on ne prenait pas la peine de lui répondre, soit on lui intimait de patienter, soit on l'envoyait promener d'un « on n'a pas que de vous à s'occuper ! » qui la laissait frémissante de colère et de détresse sur son lit.

Le seul rayon de lumière dans la grisaille ambiante avait été le coup de téléphone de Martha et des autres filles du sex-aaa-strip//cyberlive. Martha se désolait de ne pas avoir pu rester plus longtemps en sa compagnie après l'avoir conduite à l'hôpital, mais les jumeaux n'auraient pas accepté qu'elle s'absente deux heures de plus, tu sais comment ils sont, ces salauds, ils ne songent qu'au fric, je pense de plus en plus que nous devrions ouvrir notre propre site, c'est quand même pas si compliqué, merde !

Martha rêvait à haute voix bien entendu. Les hackers les plus performants trimaient maintenant pour les organisations mafieuses qui, en quelques années, avaient étendu leur hégémonie sur des secteurs entiers du Net, éradiquant le fléau du piratage avec une efficacité qui manquait cruellement aux gouvernements empêtrés dans leurs propres filets législatifs, aux divers CEI (comités d'Éthique informatique), aux industries de la musique et du livre. Tout nouveau site indépendant à contenu pornographique était immédiatement repéré par les spécialistes informatiques des pieuvres qui se partageaient le marché du X. Ensuite, le choix était simple : soit le site reversait un pourcentage de son chiffre d'affaires au tentacule qui contrôlait son territoire, soit il disparaissait, purement et simplement. Quant aux petits malins qui décryptaient les sécurités pour détourner photos et films à leur profit, ils se faisaient de moins en moins nombreux depuis qu'ils avaient reçu, dans leur boîte électronique, des images de cadavres affreusement mutilés avec cette légende : *Et si le prochain, c'était toi ?*

Lucie n'avait prévenu personne de sa famille, ni ses parents, à la retraite depuis quatre ans dans le sud de la France, ni son frère, installé depuis près de dix ans à La Rochelle avec femme, maîtresse et enfants, encore moins sa sœur, convertie au catholicisme intégriste par son dentiste de mari, mère de quatre filles et vivant à la lisière des banlieues huppées de l'Ouest parisien. Elle ne leur avait jamais parlé de son nouveau boulot par crainte de leurs réactions, elle leur avait simplement annoncé qu'elle travaillait désormais dans le domaine informatique. Ils lui reprochaient déjà, à mots couverts, d'être la seule célibataire de la famille, la branche morte, elle ne se voyait pas en plus leur avouer qu'elle gagnait sa vie en se montrant nue sur le Net. Elle n'avait plus envie de se rendre à ces réunions de famille où l'on feignait de célébrer le plaisir des retrouvailles, de resserrer des liens de plus en plus distendus. De la tiédeur originelle du foyer il ne restait que des braises mourantes déjà enfouies sous une épaisse couche de cendres.

Alors que l'infirmière lui avait demandé de libérer la chambre avant dix heures, un interne vint lui rendre visite avec, sous le bras, une chemise rouge qui contenait les éléments de son dossier. Debout près du lit, elle s'agrippa aux barreaux de la tête métallique et suspendit sa respiration. Elle n'avait encore jamais rencontré cet interne mais elle décela, dans ses yeux bleus, dans son sourire, une touche d'humanité qui la réconforta.

« Bonjour, madame... »

Il souleva un coin de la chemise.

« ... Cerfeil. Lucie Cerfeil, c'est bien ça ? »

Le mouvement de tête un peu brutal de Lucie fit frissonner les vêtements de papier qu'on lui avait enfilés après son admission et qui ne dissimulaient pas grand-chose de son corps — une manie.

« Vos analyses sanguines n'indiquent aucune contamination, madame Cerfeil. Ni séropositivité ni hépatite ni aucune autre forme d'infection. C'est plutôt une bonne nouvelle, non ? »

Il l'enveloppa d'un regard pétillant de curiosité et de bienveillance.

« Ça veut dire que je n'ai pas le... le... »

Les nerfs et les muscles de Lucie se relâchèrent d'un seul coup. Incapable de tenir sur ses jambes, elle se posa du bout des fesses sur le bord du lit.

« Le SIDA ? Eh non ! Vous allez pouvoir rentrer chez vous tranquillement. Continuez à prendre les antibiotiques pour prévenir les éventuelles infections. Le reste n'est qu'une question de cicatrisation. Elle sera forcément un peu lente étant donné l'humidité de... du milieu, mais vous la favoriserez en faisant le moins de mouvements possible. Inutile de vous recommander de vous abstenir de rapports sexuels jusqu'à votre prochaine visite, dans trois semaines, vous trouverez le jour et l'heure exacts du rendez-vous dans le dossier. Je vous ai aussi préparé une ordonnance avec des antalgiques. N'hésitez pas à en prendre si les douleurs sont trop fortes lorsque vous urinez ou allez à la selle. Et... euh, si vous avez besoin de soutien psychologique, on vous donne là-dedans plusieurs adresses agréées. »

Il posa la chemise sur la table de chevet et la salua d'un mouvement de tête avant de sortir de la chambre. Lucie attendit quelques minutes avant de se relever et de se diriger d'un pas chancelant vers le placard où Martha, prévoyante, avait rangé son sac à main, ses chaussures, ses sous-vêtements, une robe, un pull cardigan au cas où il ferait froid et un parapluie.

Dans l'escalier de la station de métro, Lucie décida de se rendre au sex-aaa-strip//cyberlive plutôt que de rentrer chez elle. Elle devait d'urgence rassurer les jumeaux sur son état de santé, leur promettre de reprendre le travail dès que possible, aujourd'hui même s'ils le souhaitaient. Les rôdeurs du Net ne disposaient pas de spéculum pour vérifier l'intérieur de ses orifices, ils ne feraient donc aucune différence avec la Lucie, ou la Manuella, d'avant. Elle dissimulerait les bleus avec du fond de teint, elle s'efforcerait de surmonter ses douleurs physiques et morales pour aider ces pauvres types à oublier leur solitude, leur misère affective et sexuelle. Elle était certaine d'y parvenir, même si, malgré les antalgiques, chacun de ses pas réveillait les douleurs lancinantes plantées dans ses chairs.

Et puis, elle n'avait pas envie de regagner tout de suite son studio, d'être confrontée aux draps tachés de son sang et du sperme de son bourreau. Son cauchemar l'y attendait, voire peut-être cette ordure de Joe lui-même. Il connaissait son adresse, il pourrait revenir la harceler à n'importe quel moment du jour et de la nuit. Elle ne porterait pas plainte cependant, consciente que les flics hausseraient les épaules lorsqu'elle leur indiquerait sa profession, comme si se foutre à poil sur le Net équivalait à une autorisation implicite de viol, mais elle donnerait son préavis le plus tôt possible, déménagerait dans un nouvel appartement et ne confierait son adresse à personne, excepté peut-être à Martha.

Au sortir de la station, il tombait une de ces averses chaudes et lourdes qui vous trempaient autant qu'elles vous faisaient transpirer. Lucie avait entendu une poignée de spécialistes affirmer à OMT, l'émission hebdomadaire d'Omer, que la France et une partie de l'Europe du Nord se transformaient peu à peu en une zone subtropicale tandis que le désert gagnait à une cadence accélérée une bande comprenant l'Espagne, l'Italie, les Balkans, l'Albanie, la Bulgarie et la Grèce, comme si le Sahara débordait de ses frontières et bondissait au-dessus de la Méditerranée pour annexer l'Europe du Sud. Elle n'avait jamais mis les pieds sur une île tropicale, mais si les tropiques signifiaient cette moiteur étouffante, cette impression de cuire à l'étuvée dans un faitout géant, alors elle n'enviait pas celles et ceux qui, comme son frère et sa femme l'année dernière, s'entassaient dans les charters à destination des Caraïbes et autres mirages paradisiaques. Elle marchait à pas lents, précautionneux, pendant qu'autour d'elle les piétons arpentaient le trottoir d'une foulée saccadée, presque hystérique. La nuit était tombée en plein jour, les voitures fendaient les rideaux de pluie tous phares allumés dans une ambiance de fin du monde. Le grondement des gouttes serrées, lourdes, étouffait la rumeur et l'exubérance habituelles du boulevard.

Elle tomba sur l'un des jumeaux, le plus jeune, dans l'entrée des bureaux, bavardant avec la standardiste-réceptionniste du matin, Josy, une brunette piquante qui parlait d'une voix forte avec l'accent du Sud-Ouest. Les lieux abritaient plusieurs entreprises réparties sur trois étages, toutes contrôlées par les jumeaux, les unes servant probablement de couvertures aux autres Dans un coin trônait une pile de revues pornographiques fraîchement livrées de l'imprimerie. Ses employeurs donnaient également dans ce qu'ils appelaient, avec emphase et un sens sans doute involontaire de la dérision, l'édition.

« Comment ça va, Lucie ? » demanda Josy.

L'expression de commisération dans les yeux noisette et la voix de la standardiste, figée derrière son comptoir, horripila Lucie. Elle ne s'était absentée que deux jours, elle n'était pas impotente, elle venait reprendre sa place comme si de rien n'était. Elle serra les dents pour ne pas trahir sa souffrance et secoua délicatement le parapluie dégoulinant avant de le replier.

« Bien, je suis prête à travailler », dit-elle en gardant les yeux rivés sur le carrelage gris maculé de gouttes et de traces de chaussures.

Elle décela de l'embarras dans le silence étiré qui ponctua ses paroles.

« Allons dans mon bureau », dit enfin le plus jeune des jumeaux.

Elle n'aima pas non plus le regard exagérément peiné de Josy, le chagrin théâtral de quelqu'un qui pénètre dans la maison d'un mort. Jamais les jumeaux ne l'avaient reçue dans leur bureau, situé au premier étage. Elle faillit s'évanouir dans l'escalier tournant, raide, et, sans le secours de la rampe, elle n'aurait sûrement pas atteint le palier. Une sueur froide plaquait le coton de sa robe sur ses épaules, sa poitrine et son ventre. Elle s'assit avec précaution sur la chaise qu'on lui désignait et, le bassin criblé d'échardes, fit face au couple reconstitué de ses employeurs, posés comme deux ombres dans le contre-jour de leur espace lumineux et hi-tech.

« On ne pensait pas que tu te repointerais aussi vite, Lucie, fit le plus âgé en glissant ses doigts écartés dans son épaisse chevelure grise. Martha nous a dit que tu avais salement morflé. On pensait que... tu avais chopé une saloperie, tu sais par les temps qui courent...

— On est contents, vraiment, que tu t'en sois tirée aussi bien, ajouta le plus jeune avec son sourire le plus aiguisé de faux-jeton. Tu vas pouvoir te refaire rapidement une santé.

— Les bonnes places ne manquent pas pour une gagneuse de ton espèce.

— Martha nous a présenté une fille hier, une petite black de dix-huit ans. On l'a mise à l'essai. Le résultat a dépassé tout ce qu'on pouvait espérer.

— Elle est jeune, tu comprends, exotique, super résistante, foutue comme une déesse, d'une souplesse incroyable, aucun tabou, capable de passer douze heures sur le site sans rechigner. Tu sais comment sont les jeunes, prêtes à tout pour gagner du fric, vite, beaucoup. »

Claquements de doigts pour souligner le propos.

« Le problème, tu vois, c'est qu'on n'a plus assez de place pour tout le monde au sex-aaa, reprit le plus jeune en allumant une cigarette.

Tu étais plutôt une bonne, une battante, Lucie, mais on ne veut pas courir le moindre risque après ce qui s'est passé, tu comprends ? Tu fais peur à voir tellement t'es pâle. Le mieux, c'est que tu prennes du repos, que tu ailles te faire bronzer quelque part et que tu reviennes nous voir dans... je sais pas moi, deux ou trois mois, quand tu te sentiras vraiment rétablie.

— On a pensé, les filles et nous, t'offrir un petit cadeau pour ton départ. »

Le plus âgé tendit un paquet-cadeau par-dessus le bureau de verre aux tubulures de chrome. Lucie s'en empara d'un geste machinal. Elle avait l'impression que cet entretien ne la concernait pas, que cette femme meurtrie, défaillante, trahie par une amie et jetée comme un vieux chiffon évoluait sur une scène lointaine, abstraite. Martha s'était empressée de refourguer une autre fille aux jumeaux, avec, sans doute, un petit intéressement à la clef, mais Lucie n'avait même pas la présence d'esprit de la détester. Elle n'était pas vraiment étonnée, d'ailleurs, de découvrir Martha en reine du double-jeu, elle dont la sollicitude excessive, exubérante, l'avait parfois abasourdie, parfois intriguée et parfois exaspérée. Les amitiés sincères n'ont pas besoin de démonstrations outrancières pour se nouer, pour s'étalonner. À bientôt trente-trois ans, Lucie n'avait jamais eu de véritable amie, ni de véritable amant, et, davantage que les comportements de ses « employeurs » et de sa « meilleure copine », davantage que la perte de son emploi et de ses dernières illusions, cette constatation la clouait de tristesse sur les montants métalliques de sa chaise.

Ce n'est que trois quarts d'heure plus tard, une fois enfermée à double tour dans son studio de la rue Montgallet, qu'elle s'effondra en sanglots sur ces draps sales qu'elle n'eut ni la volonté ni la force de changer. Elle pleura longtemps, sans doute plus d'une heure, évacuant enfin cette souffrance et cette rage qu'elle avait stupidement gardées pour elle dans le bureau des jumeaux. Elle s'en voulait de ne pas leur avoir craché sa colère et son dégoût à la face, mais elle n'avait jamais su lâcher ses émotions au moment où elles la visitaient. Elle était sortie de la pièce, puis du bâtiment sans dire un mot, sans verser une larme, sans accorder un regard aux ombres croisées dans les couloirs, dans la cour intérieure et sous le porche, murée dans son orgueil, sa souffrance et sa détresse. Elle ne se souvenait pas avoir pris le métro, et, pourtant, elle se voyait sortir de la station Montgallet et affronter la pluie blessante sans penser à ouvrir son parapluie. L'appréhension s'était liguée à la douleur pour transformer la montée de l'escalier en un chemin de croix. Elle tremblait tellement qu'elle avait dû s'y reprendre à quatre fois pour glisser la clef dans la serrure. L'odeur qui rôdait dans son studio lui avait sauté au visage comme une balle, sang, sexe et sueur refroidis ; elle évoquait un lendemain de bataille, tout comme le désordre de la pièce et le silence épais, lugubre, imperméable à la rumeur de la ville.

Elle se releva, se dévêtit et resta longtemps sous la douche sans que l'eau brûlante ne réussisse à délayer la boue de ses pensées. Puis il lui fallut vider sa vessie, et sa miction, désespérément longue, lui arracha des glapissements. Elle enfila son peignoir, consentit enfin à s'occuper des draps, les bouchonna dans le tambour de la machine à laver, ajouta une dose massive de lessive, sélectionna l'option prélavage, choisit une paire de draps propres dans les étagères supérieures de la penderie, refit le lit en s'immobilisant toutes les trente secondes pour laisser passer les élancements les plus virulents.

Elle s'allongea enfin, tira une couverture sur elle et, les yeux fixés sur l'ampoule nue et sale du plafond, fuma une cigarette en dérivant sur le fil nauséeux de ses pensées. Elle pouvait vivre quelques temps sans travailler. Elle avait mis de côté deux cent mille francs — combien en euros ? Incapable de convertir… — voire plus, en trois ans de présence au sex-aaa. Peut-être le temps était-il venu d'imiter ses parents et son frère, de quitter la région parisienne, surpeuplée, polluée, dévoreuse d'énergie et de fric, et de s'installer en province ? Se servant de Paris comme d'un point central, elle recensa les diverses régions de France sur une carte imaginaire. Pas question de regarder vers le haut, vers le nord. Elle n'aimait pas le Nord, qu'elle n'avait jamais visité mais qu'elle éliminait d'emblée à cause de sa mauvaise réputation. Elle ne connaissait personne qui eût choisi de s'y installer de son plein gré, et, même si elle n'était pas justifiée, c'était une raison suffisante à ses yeux. L'Est non plus ne lui disait rien, trop froid, bien que la neige n'y fût pas tombée depuis plusieurs années. Et puis il y avait la proximité de l'Allemagne, avec laquelle elle ne se sentait aucune affinité.

Restaient l'Ouest et le Sud. Comme elle avait une excellente mémoire des cartes, elle se représenta les autoroutes qui partaient de Paris, du cœur, à la façon d'artères qui se ramifiaient pour irriguer un grand corps. Elle suivit d'abord l'autoroute de l'Ouest, qu'elle avait emprunté l'année dernière pour aller rendre visite à son frère. Les panneaux indicateurs défilèrent dans son esprit comme si elle était encore au volant de la voiture de location, Bordeaux, Nantes, Orléans… Chartres.

Chartres !

Elle se redressa sur son lit avec une telle vivacité que la douleur jaillit de son bassin comme un animal débusqué et lui mordit furieusement les muqueuses. Elle ne prêta aucune attention aux larmes qui s'écoulaient de ses yeux.

Chartres. Barthélemy.

Elle avait oublié Barthélemy ! La souffrance, l'hébétude l'avaient purement et simplement occulté de ses pensées, sans doute parce que les derniers plantés étaient les premiers déracinés lors des grands bouleversements. Elle s'assit devant la petite table et posa les doigts sur les touches de son ordinateur toujours en veille.

Elle hésita : elle ne pouvait tout de même pas se raccrocher à un garçon d'à peine dix-huit ans. Avait-il seulement dix-huit ans ? N'avait-il pas menti sur son âge ? Que savait-elle de lui hormis qu'il prétendait avoir été guéri de sa paraplégie par Vahi-Kahi ? Les filles du sex-aaa, ces salopes qui s'étaient détournées d'elle comme on s'écarte d'une séropositive — elle n'avait même pas ouvert leur cadeau, le prix de leur trahison —, avaient essuyé des déceptions cuisantes à chaque fois qu'elles avaient rencontré leurs correspondants en chair et en os. De guerre lasse, Lucie finit par cliquer sur l'onglet réception de sa boîte électronique.

Qu'est-ce qu'elle risquait ? Elle avait déjà tout perdu.

Yann 3

Myriam ne dormait pas quand Yann s'introduisit dans leur chambre d'un hôtel de la périphérie de Blois. La conférence de Vaï-Ka'i, organisée dans une église déconsacrée des environs de la ville, s'était prolongée jusqu'à quatre heures du matin. Les questions avaient cette fois fusé en cinq langues, français, anglais, allemand, italien et... lituanien, pour lequel on n'avait pas trouvé d'interprète dans la salle, si bien que les deux auditeurs lituaniens avaient fini par s'exprimer dans un mélange de français et d'anglais à couper au couteau qui avait déclenché l'hilarité générale.

Entre deux fous rires, le Maître-esprit avait abordé un thème qu'il n'avait fait qu'effleurer jusqu'à présent : le nomadisme, qu'il reliait au temps circulaire, cyclique, à la spirale mythique et cosmique, et qu'il opposait à la sédentarité, au temps linéaire, séquentiel, unidirectionnel, générateur de ce progrès « horloger » sur le point d'anéantir la race humaine. Non qu'il préconisât un retour à l'errance tribale des temps du néolithique, il parlait d'un nomadisme spirituel, d'un détachement progressif des biens de ce monde, de l'abandon de cette notion de propriété, de frontières, qui avait dressé les hommes les uns contre les autres tout au long des siècles. Il avait cité à plusieurs reprises, et en soulignant les mots de petites tapes sur le micro, cette phrase célèbre qu'on attribuait généralement au chef indien Seattle :

Ce n'est pas la terre qui appartient à l'homme, mais l'homme qui appartient à la terre.

La plupart des points douloureux du globe, les plaies purulentes, étaient liés selon lui à des revendications de territoires, sacrés ou non : les Balkans, où la Serbie réclamait comme sienne et sainte la province du Kosovo, Israël, où deux peuples se disputaient le désert et l'eau au nom d'un Dieu exclusif et vindicatif, le Tibet, ce toit pur et paisible du monde annexé par la Chine, l'Inde et le Pakistan qui se déchiraient le Cachemire, la corne orientale de l'Afrique, Soudan, Éthiopie, Érythrée...

Et vous, César, Napoléon, Adolphe, Joseph, Bill,
Vous les soldats, les conquérants de l'inutile,
Qu'avez-vous fait du Jardin des hommes ?
Des chemins de folie qui retournent à Rome,
Des arcs de triomphe, des monuments aux morts,
Des chaînes, des barbelés, des miradors,
Ouais, bébé, mon canon est pointé,

Ouais, je crève d'envie de t'occuper,
Déluge, déluge, déluge...

Myriam se redressa sur un coude. Le drap glissa sur son épaule et dévoila un de ses seins. Une braise de désir s'alluma en Yann, que la fatigue transformait en une pelote de nerfs à vif. Le miroir en pied plaqué contre un mur lui renvoyait une image hésitante dans la semi-pénombre. La chambre ressemblait comme une sœur insipide à celles de tous les hôtels deux ou trois étoiles de France, la neutralité faite peinture claire, moquette beige et bois blanc.

« Yann ? »

Quand Myriam employait ce ton d'imploration péremptoire, c'était en général pour lui jeter à la face un seau débordant de reproches. Il était pourtant entré dans la pièce sans faire de bruit après avoir salué Vaï-Ka'i et les autres d'un simple mouvement de tête dans le couloir.

« Tu ne dors pas ? »

Question stupide : il ne l'aurait pas posée si elle avait dormi.

« J'en ai marre, Yann. »

Elle s'assit contre la tête du lit, l'air boudeur, les bras croisés sur la poitrine. Il ne parvint pas à savoir si les rougeurs de ses yeux étaient dues au manque de sommeil ou aux larmes.

« De quoi ?

— Qu'est-ce que tu peux me les gonfler quand tu fais semblant de ne pas comprendre ! »

Yann se fendit d'un long soupir, retira ses lunettes, se frotta l'arête du nez, s'assit sur le côté du lit, entreprit de délacer ses chaussures. Il avait envie de dormir en cet instant, éventuellement de faire l'amour, surtout pas de subir une litanie de récriminations cent fois déballées, cent fois retournées. Pourquoi fallait-il toujours qu'elle choisisse des heures impossibles pour se lancer dans ce genre d'entreprise ? Pourquoi fallait-il qu'elle ramène tout à elle, à sa petite personne, pendant que le monde s'apprêtait à vivre sa mue la plus importante depuis la révolution industrielle ?

« J'en ai marre de tout ça, reprit-elle en écartant les bras. Marre de ces chambres d'hôtel, marre d'être toujours sur les routes, marre de voir toujours les mêmes têtes !

— Vaï-Ka'i l'a dit à la conférence de ce soir : nous devons apprendre à être des nomades. Des êtres qui ne possèdent rien, qui ne s'attachent à rien. Et puis tu ne verrais pas toujours les mêmes têtes si tu venais aux…

— Et moi, j'en ai ras le cul de t'entendre toujours débiter les mêmes généralités ! Pour une fois dans ta vie, essaie de faire ce qui te passe par là (elle pointa l'index sur le bas-ventre de Yann) et par là (elle désigna son cœur) plutôt que par là (elle indiqua sa tête). »

Elle se leva et disparut dans la salle de bains. Quand elle en revint, quelques minutes plus tard, Yann s'était déshabillé, glissé dans le lit, et avait fermé les yeux en espérant qu'elle lui ficherait la paix. Les draps étaient imprégnés de son odeur, cette odeur qui l'avait rendu fou de désir les premiers mois de leur liaison et qui, maintenant, était devenue synonyme de conflits, de frottements épineux. Il se rappela que, quelques mois, quelques semaines, quelques jours plus tôt, il avait la ferme et intime conviction que Myriam était la femme de sa vie. Dingue ce que le temps cavalait vite dans le sillage du Maître-esprit, à croire qu'il avait le pouvoir de l'abolir de la même manière qu'il effaçait les maladies. Il avait guéri deux personnes ce soir, une femme d'une cinquantaine d'années atteinte, selon elle, d'un cancer incurable et un garçon de six ou sept ans dont la mère avait manifesté sa reconnaissance avec un enthousiasme excessif, embarrassant. S'il ne doutait pas des pouvoirs de Vaï-Ka'i, Yann se posait des questions sur la validité des témoignages. Le désir de croire, d'être admis dans le cercle grandissant des adorateurs du Maître-esprit, poussait peut-être certains à s'inventer des maladies dont, ensuite, ils se prétendaient délivrés par miracle. C'était en quelque sorte un effet placebo inversé, qui générait des maladies imaginaires pour provoquer l'intercession miraculeuse, une hypocondrie rédemptrice. Les ennemis de Sagesse Desana, dont l'Ordre des médecins, s'appuyaient en grande partie sur cette tendance à l'hystérie mentale pour tourner en dérision les prodiges de Vaï-Ka'i : les hommes et les femmes qui se déclaraient miraculés n'avaient jamais été malades, preuve en était qu'ils n'avaient jamais été admis dans les hôpitaux ; or, guérir les bien-portants était à la portée de n'importe quel charlatan, CQFD.

Yann fut enveloppé de l'odeur et de la tiédeur de Myriam qui se glissait à son tour dans les draps. Elle resta assise, le dos appuyé contre la tête du lit, garda le silence mais se mit à marteler le matelas à coups de talon. Elle ne s'arrêterait pas tant qu'il n'aurait pas réagi, tant que les hostilités n'auraient pas repris. Il résista encore un peu, puis, excédé, se redressa, frappa le bois du lit du plat de la main avec une telle violence que le claquement retentit avec la force d'une explosion dans la paix nocturne. Tremblant de rage, il fut à deux doigts de saisir Myriam par le bras et de la projeter contre le mur. Ces poussées de violence, qu'il avait toujours réussi à enrayer, se montraient de plus en plus pressantes, de plus en plus effrayantes, et il craignait, selon les paroles de Vaï-Ka'i, de pratiquer une énorme déchirure dans la toile le jour où elles le déborderaient.

Myriam le considéra avec une moue ironique.

« Je te préfère encore comme ça, en mec incapable de se contrôler, plutôt qu'en disciple modèle.

— Ce que je voudrais maintenant, c'est dormir ! Dormir, merde ! Est-ce que c'est trop demander ?

— Mon pauvre vieux, ça fait presque trois ans que tu dors !

— C'est toi qui me dis ça ? Toi qui files te coucher tous les soirs à neuf heures ? »

Elle repoussa les draps à coups de pied jusqu'à ce qu'elle eût découvert leurs deux corps. De petits courants frais léchèrent la peau de Yann. Comme avait dit le réceptionniste au moment où ils étaient venus prendre possession des chambres, « fallait vraiment que ce soit un drôle de temps pour vous obliger à mettre la clim en novembre. On dirait que les émigrés ont fini par ramener leur… ». Mollement partisan de la préférence nationale, il avait préféré se taire en apercevant Vaï-Ka'i, qui, avec ses yeux bridés et sa peau mate, n'avait rien d'un Européen certifié d'origine.

« Je ne me couche pas à neuf heures, je me fais chier dans la chambre à partir de neuf heures, nuance ! J'espère toujours que tu vas sortir avant la fin de ces putains de conférences pour venir me rejoindre et passer un peu de temps avec moi…

— Encore une fois, si tu veux passer du temps avec moi, tu n'as qu'à m'y accompagner, à ces putains de conférences !

— La vie n'est pas une conférence ! »

Il reprit son calme d'une longue inspiration et s'astreignit à parler d'une voix posée.

« La tournée se termine dans trois semaines. Dans trois semaines, nous aurons tout le temps de nous…

— C'est maintenant que je veux parler, pas dans trois semaines.

— Pourquoi... »

Il s'assit à ses côtés, fut émerveillé une nouvelle fois par la longueur et la finesse de ses jambes. Les jambes étaient sans doute la partie de son corps qu'il préférait. Il adorait les voir fuser d'une mini robe ou d'un short très court, à la fois féminines et assez sportives pour que se découpent les muscles.

« Pourquoi est-ce que tu m'obliges à choisir entre toi et lui ?

— Je ne t'oblige à rien. Je pensais que... »

Elle haussa les épaules. « Quelle importance ? Je vais suivre les conseils de Vaï-Ka'i, retourner moi aussi au nomadisme.

— Traduction ? »

Elle le fixa en biais, et ses yeux lancèrent des éclats vaguement menaçants dans la pénombre de la chambre.

« Ça veut dire que je ne pars pas avec vous demain matin. »

Bien qu'il eût maintes fois imaginé cette scène au sortir de leurs disputes, Yann eut l'impression de recevoir un coup de poing au plexus solaire.

« Et... tu comptes aller où ? »

Le hochement de tête de Myriam décrocha les larmes perlant à ses cils.

« Je ne sais pas encore. D'abord voir ma mère, peut-être.

— Tu ne m'as pas dit que vous étiez fâchées depuis plus de quatre ans ?

— Une mère, en principe, ça vous garde toujours une place dans son cœur. Surtout une mère juive ! Je suis encore une petite fille, Yann Collet, j'ai besoin de me blottir dans des bras, et, actuellement, je n'en vois pas d'autres que les siens.

— Tu veux vraiment lâcher tout ça ?

— Tout ça, quoi ? »

Il se leva et fit les cent pas dans la chambre, fébrile, incapable de se pénétrer de la réalité, de la gravité de cette scène.

« Vaï-Ka'i, Sagesse Desana, tout ce qui est en train de se passer, tout ce que nous avons réalisé.

— Nous n'avons rien réalisé, Vaï-Ka'i ne nous appartient pas.

— Tu ne vois donc pas que le monde entier est en train de le reconnaître ? On vient de partout pour l'entendre, les médias le sollicitent, les radios nationales se l'arrachent, il va passer en février dans l'émission d'Omer. Tu n'as pas envie d'être au cœur des événements ? De marcher à ses côtés pour le soutenir, pour le protéger ?

— D'abord, il n'a pas besoin de protection. Ensuite, j'appelle ça du mercantilisme spirituel.

— Tu traites Vaï-Ka'i de… marchand ? »

Elle se leva à son tour et vint se planter en face de lui, le corps luisant de sueur, des mèches collées à ses tempes et à ses joues par les larmes.

« Pas Vaï-Ka'i, idiot, toi ! TOI ! Toi qui attends ce moment depuis le début ! Toi qui te tiens dans son ombre pour recevoir ta récompense ! Comme les charognards de la gloire ! Ce sont les mêmes que les chercheurs de miracles. Ils se tiennent là, les marchands du temple, ils essaient de s'acheter un avenir ou un bienfait en échange de leur dévotion. »

Parfaitement conscient qu'il souriait jaune, Yann tenta de se donner une contenance. Il n'avait plus d'autre choix que d'en appeler à la méchanceté pour la rabaisser, pour rétablir l'équilibre.

« Tu n'es pas très bien placée pour me parler de charognards de la gloire, Myriam Azerlé. Moi je n'ai pas couché avec je ne sais combien de crétins de la télé pour me creuser un trou sous les projecteurs ! »

Elle marqua le coup d'un affaissement de la tête, comme couchée par une gifle, puis se figea dans l'observation soutenue d'une serviette éponge roulée en boule au pied du lit. Yann aurait voulu reprendre ses paroles avec les mains, comme on rattrape des papillons échappés d'une boîte.

« C'est vrai, j'ai eu ce rêve de gloire, murmura-t-elle d'une voix basse, vibrante, sans relever la tête. Il m'a au moins appris à dissiper les illusions, à reconnaître les hommes qui ne vivent que pour leur ambition. Et j'ai le regret de te dire que tu en fais partie, Yann Collet. Tu es un possédant de la pire espèce, de ceux qui essaient de capturer l'esprit. Au moins, les crétins de la télé sont clairs avec leurs désirs et avec les moyens de les réaliser. Ils se servent de tout pour arriver, de leur tête, de leur queue s'il le faut, et, crois-moi sur parole, certains s'en servent avec un sacré talent. »

Hors de lui, la bouche entrouverte, Yann leva le bras mais suspendit son geste à mi-course. La mise en doute de ses performances sexuelles était l'un de ses points sensibles, comme la plupart des hommes, et elle savait parfaitement appuyer là où ça faisait mal, à cet endroit précis et faible où les certitudes mâles s'effilochaient, se déchiraient. Il se raccrocha comme il le put aux souvenirs des joutes magnifiques qu'ils avaient livrées les premiers temps de leur liaison. Elle le fixait avec une attention d'araignée observant les soubresauts d'un insecte emberlificoté dans ses fils.

« Que tu le croies ou non, j'aime Vaï-Ka'i, j'aime l'homme et j'apprécie sa parole, reprit-elle avec une douceur étonnante. La seule question que je te pose, que je *me* pose, est : est-ce que nous gardons notre liberté par rapport à tout ça ? Est-ce que nous pouvons renoncer à tout ça ? »

Yann alla chercher ses lunettes sur la table de chevet et les chaussa d'un geste mal assuré. Il se sentait perdu sans elles, comme un enfant privé de sa couverture ou de son jouet fétiches.

Myriam lui apparut avec une netteté soudaine, presque dérangeante, dans l'obscurité de la chambre caressée par une invisible source lumineuse. Aussi belle, nue et impudique qu'à leur première rencontre dans la piscine de ce mas écrasé de soleil.

« Tu me l'as posée l'autre jour et je ne t'ai pas encore donné ma réponse, dit-il d'une voix dont il s'appliqua à recouvrer la fermeté. Premièrement, tu n'as pas le droit de me demander de renoncer à quoi que ce soit. Deuxièmement, je ne suis pas prêt à renoncer à tout ça. Sagesse Desana a encore besoin de moi, Vaï-Ka'i a encore besoin de moi, et je ne compte pas manquer une seule de ses conférences, tu m'entends ? Pas une seule ! »

Elle eut une réaction inattendue puisqu'elle s'avança vers lui, lui retira ses lunettes, l'enlaça par la taille et l'embrassa avec fougue. Ils basculèrent sur le lit et s'aimèrent comme aux premiers jours. Yann s'enivra à nouveau de son odeur, savoura l'acidité de sa bouche, de sa sueur, se joignit sans résistance au ballet de ses mains, de ses lèvres et de son ventre.

Quand il se réveilla aux alentours de onze heures, Myriam n'était pas dans le lit. Vaguement inquiet, il se leva, se précipita dans la salle de bains, ne l'y trouva pas. Il présuma qu'elle était descendue prendre le petit déjeuner. Elle se débrouillait toujours pour se faire servir, soit dans la chambre, soit dans la salle commune, même lorsque l'heure était dépassée depuis un bon bout de temps. La porte entrebâillée du placard attira son attention. Les deux sacs de Myriam avaient disparu, il ne restait plus un seul de ses vêtements sur les étagères et dans la penderie. Il s'habilla en toute hâte, le corps engourdi, encore vibrant de leur étreinte furieuse de l'aube, et descendit à la réception en pestant contre la lenteur de l'ascenseur.

Une femme corpulente, avenante, avait remplacé l'homme maigre et sinistre de la veille derrière le comptoir. Il n'eut pas le temps d'ouvrir la bouche qu'elle désigna une enveloppe glissée dans un casier derrière elle :

« Vous ne seriez pas monsieur Yann Collet, par hasard ? »

Il acquiesça d'un hochement de tête.

« Une jeune fille a laissé ce mot pour vous avant de partir.

— Vous savez à quelle heure elle est partie ?

— Je dirais vers six heures. »

Il saisit l'enveloppe, remercia d'un hochement de tête et, comme vidé de son sang, se dirigea d'un pas chancelant vers la porte de l'ascenseur.

Mathias 4

Mathias et son accompagnateur, un dénommé Youssouf, roulaient depuis un bon moment sur une route qui louvoyait paresseusement sur les pentes des collines de Seine-et-Marne. Ils étaient sortis de l'A4 juste après le premier péage, avaient longé la vallée du Morin jusqu'à Crécy-la-Chapelle, puis avaient suivi la direction de Tigeaux jusqu'à ce que Youssouf emprunte une départementale défoncée qui tenait par endroits du chemin vicinal.

Les pluies incessantes des jours précédents avaient provoqué des débordements et écoulements de boue qui s'étalaient en flaques épaisses sur le bitume. Les roues du 4 × 4 soulevaient des gerbes jaunâtres qui maculaient le pare-brise et obligeaient sans cesse Youssouf à actionner le lave-glace. Il n'avait pas dû décrocher plus de dix mots depuis que Jude, l'homme chargé par Blaise et Cathy de préparer le terrain, lui avait présenté Mathias. De temps à autre, son regard acéré se posait sur son passager sans qu'il fût possible à ce dernier d'y sonder la moindre intention. Mathias avait cru comprendre qu'il le conduisait dans la propriété qui servait de siège à la branche française du Jihad international. Il supposait que, sur place, on le mettrait au courant des activités du groupe, dont, d'après Blaise, le projet insensé de lancer des bombes humaines dans les parcs du complexe Disney. Grâce au mouchard implanté dans son corps et relié à un satellite, les flics auraient la possibilité de localiser la planque des terroristes et d'anticiper leurs mouvements.

Lorsque Mathias s'était réveillé de l'opération, aucune douleur, même infime, ne lui avait donné d'indication sur l'emplacement de la micropuce en ADN de synthèse, capable selon Cathy d'emmagasiner et de trier des millions d'informations simultanément. En revanche, les élancements qu'il avait ressentis au bout de son pénis et l'épreuve douloureuse qu'avait été pendant quelques jours le simple fait de passer un caleçon lui avaient rappelé avec insistance qu'on l'avait bel et bien amputé de son prépuce. Sans parler des velléités d'érection matinale, qui, elle, tenait du véritable supplice.

« Évidemment, plus on est vieux et plus c'est douloureux, avait commenté le chirurgien en contemplant son œuvre au lendemain de l'opération. Faudra éviter les dames pendant quelques temps, ou les messieurs, je ne connais pas vos préférences (il avait souligné la fin de sa phrase d'un clin d'œil grivois qui ne laissait planer aucun doute sur *ses* préférences). Et prendre des antibiotiques pour prévenir les infections. Voilà tout. »

Mathias ressentait encore quelques frémissements désagréables, mais le plus dur était passé, et surtout, son pénis avait perdu cette teinte bizarre, violacée verdâtre, qui aurait pu soulever des doutes sur l'ancienneté de l'opération et, par voie de conséquence, sur la sincérité de sa conversion. Il bandait à nouveau sans éprouver de gêne mais il regrettait de ne plus pouvoir jouer avec cette peau extensible, de ne plus pouvoir la rouler par-dessus son gland désormais découvert.

« Bientôt arrivés », marmonna Youssouf.

Le 4 × 4 s'était engagé dans une allée jonchée de flaques et bordée de grands peupliers qui menait à la propriété ceinte d'un haut mur de pierre. La pluie s'était remise à tomber, criblant les vitres de gouttes grasses et collantes. Youssouf dégagea une télécommande de la poche ventrale de son sweat-shirt et appuya sur une série de touches en s'interrompant régulièrement pour regarder le chemin. Une brèche s'ouvrit dans le mur, un portail métallique peint aux mêmes couleurs que les pierres et que les tuiles de parement du faîte.

Mathias fut surpris de découvrir une trentaine de véhicules à l'intérieur de ce qui avait autrefois été un parc et qui avait été transformé en gigantesque garage, ou plus exactement en une multitude de petits abris en tôle disséminés sur les pelouses et enfouis sous des filets de camouflage. Les toits des bâtiments se devinaient derrière les frondaisons des cèdres et des tilleuls qui témoignaient avec un dédain dégoulinant de la grandeur passée des lieux. Mathias vit peu à peu émerger une ferme de style briard, avec ses murs ocre, ses toits aux pentes accentuées, ses petites tuiles plates et brunes, sa disposition en U, ses granges et ses étables parfaitement entretenues qui encadraient la bâtisse principale, une maison de maître d'aspect massif et cossu. Des silhouettes cassées en deux, ployées par la pluie, couraient sur les allées de terre battue — les fleuves de boue — qui reliaient les différentes constructions.

Youssouf immobilisa le 4 × 4 juste devant l'entrée principale de la demeure, surmontée d'une marquise rustique, et, d'un mouvement de menton, ordonna à Mathias de le suivre. Autant l'extérieur donnait une vague impression de désolation, autant l'intérieur bourdonnait d'une activité fébrile, vibrionnante. Plusieurs dizaines d'hommes déambulaient dans l'enfilade de pièces carrelées et sombres qui partaient de la réception. Leurs voix graves s'ajoutaient aux rires, aux grincements des imprimantes, aux cliquetis des touches des claviers, au fond de musique diffusée par des haut-parleurs et aux conversations téléphoniques pour transformer les lieux en une ruche bruissante et en apparence incohérente. La plupart étaient d'origine orientale, iranienne, afghane ou encore arabe ; certains auraient aussi bien pu passer pour des Africains du Nord que pour des Italiens, des Grecs, des Turcs ou des Albanais ; d'autres, moins nombreux, venaient d'Afrique Noire ou des États-Unis ; quelques-uns enfin, plus rares, aussi blonds que Mathias, avaient le type slave, ukrainien ou balte. Jeunes pour la majorité d'entre eux, ils arboraient barbe, treillis militaire et pistolet à la ceinture, et, dans leurs yeux, brillait une lueur intense, blessante, qui traduisait leur détermination farouche, leur aspiration au sacrifice.

Youssouf s'engagea dans l'escalier monumental et droit qui se dressait au milieu de la réception. Mathias croisa une première femme sur le palier du premier étage, drapée dans un voile sombre qui ne laissait paraître que ses yeux discrètement soulignés de khôl. Il lut, dans le regard furtif qu'elle lui adressa, le désespoir poignant des êtres emprisonnés, le même, sans doute, qu'un visiteur aurait remarqué dans ses propres yeux si la machine judiciaire l'avait condamné à l'enfermement. Le rôle de taupe, de balance, auquel l'avaient réduit Blaise et Cathy valait mille fois, dix mille fois mieux que les quatre murs et le plafond bas d'une cellule. Même s'il n'était qu'un jouet dans leurs mains, même s'ils le tenaient par une saloperie de laisse électronique, il gardait l'impression —

l'illusion — de jouir du sentiment de liberté, il apercevait le ciel au-dessus de sa tête, il évoluait dans un espace qui paraissait illimité, il pouvait encore se réfugier dans la matrice de la nuit, rester à l'écoute de la rumeur intime du monde.

Blaise lui avait montré l'article du quotidien relatant la mort d'une certaine Francine Esteban, la blonde que Roman l'avait chargé d'éliminer quelques semaines plus tôt. Il avait eu un peu de mal à la reconnaître sur la photo illustrant le papier, plus jeune, plus ronde, une bouille juvénile, presque enfantine. Le journaliste créditait ce crime au compte des organisateurs et des clients des réseaux pédophiles dont Francine Esteban, la veuve d'un député assassiné, s'apprêtait à divulguer une liste de noms. Cependant, la police ne disposait d'aucune piste sérieuse, pas même d'un enregistrement, d'une disquette ou d'une trace écrite de la victime, et l'article se concluait par une dénonciation du syndrome russe, à savoir l'impuissance des autorités face aux manœuvres mafieuses et un repli inexorable de l'État de droit. Blaise avait replié le journal avec un petit sourire qui signifiait : maintenant, mon vieux, tu sais que tu ne bosses pas pour des petits rigolos !

Youssouf toqua à la porte massive que gardaient deux Noirs armés d'imitations d'AK50, les Kalashnikov les plus répandues en Orient, en Afrique et dans les pays arabes. Mathias les entendit échanger quelques mots en anglais. Des membres sans doute de la Nation de l'islam qui conquérait un à un les ghettos noirs des grandes villes américaines, instaurait un contre-pouvoir influent aux États-Unis et engendrait une véritable psychose au sein de la majorité blanche et chrétienne (à laquelle il fallait rajouter les peurs engendrées par la lèpre hispanique dans les états du Sud). La Nation, un moment éclipsée par la déferlante d'un rap outrageusement tourné vers le sexe et le matérialisme, se présentait désormais comme la seule alternative aux fléaux du crack, de la violence et de la prostitution qui gangrenaient les quartiers noirs. Blaise et Cathy avaient des avis divergents sur le phénomène : lui jugeait positive l'influence morale de la Nation, elle, en tant que femme, ne voyait pas d'un très bon œil un islam radical prendre racine dans un pays qui restait bon gré mal gré le symbole de la démocratie occidentale. Mathias pensait quant à lui que le problème ne se serait jamais posé si ce même Occident, si fier de son modèle démocratique, n'avait pas fondé une partie de sa fortune sur la déportation et l'esclavage de millions d'Africains.

Une voix sèche les invita en arabe à entrer. L'homme qui les accueillit, assis derrière un bureau imposant, portait un turban, une djellaba sombre et une longue barbe poivre et sel qui encadrait un visage émacié, cireux. Les charbons ardents de ses yeux se posèrent tour à tour sur Youssouf et Mathias. La pièce, mal éclairée, pourvue d'une cheminée au manteau de bois sculpté, ne contenait aucun autre mobilier que quatre chaises et plusieurs tapis dont les coins se chevauchaient. Un téléphone cellulaire et un ordinateur portable, posés sur le bureau, ajoutaient une touche insolite de modernisme à l'ensemble. Les bruits en provenance du rez-de-chaussée et des autres pièces de l'étage s'échouaient en vagues intermittentes dans le silence feutré.

Youssouf se fendit d'un « Allah Akbar » en guise de salut et Mathias l'imita. Son arabe n'était pas mauvais d'après le professeur, un Égyptien, qui avait passé quinze jours à lui en inculquer les rudiments : « Un peu trop guttural tout de même. Ça me rappelle ces beurs qui croient que c'est en le crachant du fond de la gorge qu'on affirme son identité ! L'arabe est la plus harmonieuse des langues quand ce sont les poètes qui le parlent ou les femmes qui le chantent. »

« Tu nous amènes une nouvelle recrue, Youssouf ? » demanda l'homme dans un français mélodieux.

La douceur suave qui enrobait sa voix ne parvenait pas tout à fait à en dissimuler le fil tranchant. Probablement un Taliban formé dans les camps iraniens ou pakistanais, expédié en France pour superviser les activités de la branche locale du Jihad international.

« Il m'a été recommandé par celui qu'on appelle Jude, fit Youssouf avec déférence.

— Jude est un ami très précieux. Nous n'avons qu'à nous féliciter de ses recommandations. L'heure approche de frapper le grand coup, et nous avons besoin de soldats.

— Le grand coup, Ali ? »

Leur interlocuteur s'abîma pendant quelques instants dans une sorte de méditation théâtrale qui, pour Mathias, empestait la manipulation religieuse à plein nez. Ce genre de dévot ne vivait pas pour le service de son Dieu, mais annexait son Dieu à son service afin de justifier son goût du pouvoir et de la cruauté. Il reprit vie tout à coup et leva les yeux sur Mathias.

« Comment t'appelles-tu ?

— Malik. Malik Abdul-Rahim. »

C'était le nom de conversion que le professeur égyptien avait proposé à Mathias.

« Roi et soldat de Dieu. Un beau programme. Bienvenue dans notre petite phalange, Malik. Youssouf va te présenter aux autres et t'apprendre ce que tu as besoin de savoir de notre organisation. »

Ce qu'un nouvel arrivant avait besoin de savoir du Jihad international tenait en une poignée de mots : obéissance aveugle aux ordres des Afghans ou des Iraniens passés en Occident par les filières diplomatiques ou économiques. Auréolés de leur prestige de gardiens de la révolution islamique, Talibans ou Pazdarans se comportaient d'ailleurs en véritables despotes. Les hommes exécutaient le moindre de leurs désirs avec une dévotion servile, que ce fût pour leur apporter un paquet de cigarettes, disputer une partie d'échecs perdue à l'avance ou changer le joint d'un robinet. Ils étaient les seuls à disposer de chambres et de salles de bains individuelles tandis que les autres se répartissaient dans des dortoirs sommaires et se partageaient les deux douches communes. Quant aux femmes qui hantaient silencieusement les couloirs et les pièces de la maison, ils les traitaient purement et simplement en esclaves. Youssouf, à qui Mathias avait demandé d'où elles venaient, avait répondu qu'elles étaient des sœurs volontaires, des servantes des soldats de la guerre sainte. De servantes bénévoles, elles étaient passées au rang de prostituées involontaires, un statut encore inférieur à celui des putains des réseaux traditionnels qui, elles, récupéraient au moins un pourcentage de l'argent que leur versaient leurs clients. Chargées du ménage, de la cuisine et du plaisir de ces messieurs, elles n'avaient pas beaucoup de temps à elles, mais Mathias les voyait parfois errer par petits groupes dans les allées détrempées du parc, toutes voilées et habillées de sombre, volées d'ombres dont les murmures se perdaient dans les friselis des ramures et le grésillement des averses. Il en dénombrait une trentaine, peut-être plus, dont certaines ne paraissaient guère avoir plus de quinze ou seize ans. Il en rencontrait parfois dans les couloirs, croisait leur regard apeuré, piégé, le même que celui des filles vendues par leurs parents au Lynx ou à un autre charognard des réseaux.

Youssouf lui avait fait visiter la maison, les bâtiments annexes, et l'avait présenté à quelques Talibans et Pazdarans dont certains l'avaient toisé d'un air à la fois hautain et pénétrant. Les écuries abritaient un arsenal impressionnant réparti dans d'anciennes stalles et gardé en permanence par une dizaine d'hommes. Fusils d'assaut flambant neufs, pistolets, bazookas, roquettes, explosifs, grenades, caisses de munitions et armes blanches tapissaient les murs, reposaient à même le sol ou s'entassaient dans des caisses en bois bourrées de flocons de polyester.

Youssouf lui avait ensuite assigné un matelas dans l'un des trois dortoirs aménagés sous les combles. Libre le reste de la journée, il avait déambulé dans le parc et dans les bâtiments, sans oublier d'effectuer les ablutions et les prières rituelles en même temps que les autres. Les repas étaient servis dans une immense salle contiguë à la cuisine et transformée en réfectoire. Les femmes se démenaient entre les tablées bruyantes, vociférantes, sans jamais réussir à contenter les uns ou les autres. La bouche sans cesse ouverte comme des oisillons mendiant leur becquée, les moudjahidine vilipendaient la paresse de leurs « sœurs », leur lenteur, leur maladresse, la mauvaise volonté qu'elles mettaient en toutes choses. Certains, les yeux hors de la tête, leur hurlaient dessus avec une telle virulence que Mathias crut à plusieurs reprises qu'ils allaient se lever pour les rouer de coups.

« Ne t'inquiète pas pour elles. Un proverbe de chez moi dit : mieux vaut affronter l'homme qui crie que l'homme qui agit. »

Mathias leva les yeux sur le Noir qui s'était adressé à lui avec un accent difficile à identifier, son voisin de table, un Soudanais peut-être, un Africain de l'Est en tout cas, membres démesurés, doigts arachnéens, sourire interminable, front immense, face et crâne glabres, noir profond de la peau accentué par le blanc de sa tunique de coton. La longueur et la finesse incarnées dans plus de deux mètres d'ébène.

« Qui t'a dit que je m'inquiétais pour elles ? marmonna Mathias.

— Tes yeux. Tes yeux me l'ont dit. Les nouveaux ont toujours la même réaction.

— Comment sais-tu que je suis nouveau ? »

Le Noir partit d'un énorme tremblement de rire qui donna l'impression qu'il allait se disloquer.

« Des blonds comme toi, il n'y en a pas tant que ça dans cette maison. On n'a aucun mal à les remarquer. Je suis Hakeem, je viens d'Ouganda.

— Malik.

— Français ?

— D'origine russe. »

Ils mangèrent pendant quelques instants le ragoût de mouton très relevé qui garnissait leurs assiettes.

« Quand les Afghans et les Iraniens en ont marre d'elles, ils les laissent à la disposition de tous, reprit Hakeem en désignant deux femmes qui passaient non loin d'eux. Tu peux en réserver une pour la nuit si tu en as envie. Il y a des pièces spéciales pour ça. Il te suffit de prendre ton tour auprès d'Ismahil. Je te le présenterai si tu veux. Ça te coûtera vingt euros. Vingt euros pour toute une nuit, c'est vraiment un prix d'ami. »

Ils finirent le repas en silence, puis la plupart des hommes se mirent à fumer en buvant leur café et Mathias, suffoqué, sortit dans le parc. La clarté argentine d'une lune presque pleine se réfléchissait dans les gouttes suspendues et dans les flaques disséminées comme des éclats de miroir au milieu des allées. Mathias ressentit à nouveau la détresse de la nuit, cette tristesse infinie qui préludait à la fin d'un cycle. Sa douceur était aussi trompeuse que la voix mielleuse du Taliban qui l'avait reçu en compagnie de Youssouf, sa tiédeur enveloppait un grand froid, un vide que les êtres humains ne parviendraient pas à combler, elle renfermait la promesse d'un holocauste sans distinction de race, de religion, de sexe ou d'âge. Une femme enveloppée de blanc fila à quelques mètres de lui comme un songe. Il crut deviner, aux plissements de ses paupières, qu'elle lui adressait un sourire. L'obscurité absorba peu à peu sa silhouette pâle.

« Celle-là, j'éviterais de la regarder ! fit une voix grave dans le dos de Mathias. Elle est réservée, à un seul homme et pour un bon bout de temps. C'est l'une des épouses d'Ali, le responsable de l'organisation française. »

Hakeem, l'Ougandais, se détacha de la nuit et s'avança vers lui, une cigarette aux lèvres. Debout, perché sur ses jambes comme sur des échasses, il paraissait vraiment immense.

« Et Ali n'aime pas qu'on regarde sa femme.

— Je ne faisais aucun mal, objecta Mathias.

— Ici, ce n'est pas toi qui décides de ce qui est bien et de ce qui est mal.

— Non, c'est le prophète, le Coran. »

Hakeem hocha la tête d'un air dubitatif.

« Pas le Coran, l'interprétation qu'on en fait.

— J'ai l'impression que tu n'es pas toujours d'accord avec l'interprétation qu'en font certains, avança Mathias.

— J'ai été envoyé ici pour apprendre, et j'ai déjà appris à garder mes opinions pour moi.

— Qui t'a envoyé ?

— Les frères musulmans d'Ouganda. Nous serons bientôt prêts à prendre le pouvoir avec l'appui du Soudan.

— Les Iraniens, les Afghans, ce sont eux qui dirigent toutes les révolutions islamiques, non ? »

Hakeem tira sur sa cigarette, rejeta un volumineux ruban de fumée, lança un rapide coup d'œil par-dessus son épaule avant de répondre.

« Tu n'as pas remarqué qu'il y avait des Américains parmi nous ?

— Rien d'étonnant. Ce sont des frères de la Nation de l'islam.

— Je dirais plutôt... »

D'un autre regard furtif, Hakeem s'assura que personne ne les écoutait.

« Des... émissaires du gouvernement américain.

— Je croyais que les États-Unis d'Amérique étaient notre ennemi principal, le Grand Satan ?

— Ça, ce sont les fables qu'on sert aux médias et aux populations. Les Américains vont toujours là où se trouvent leurs intérêts. Et si leur intérêt est de soutenir une révolution islamique quelque part dans le monde, ils n'ont aucun scrupule à le faire. Les Talibans n'auraient jamais accédé au pouvoir sans l'appui des Pakistanais, donc des Américains. Le contrôle des pipe-lines, de l'acheminement du pétrole, tu comprends ?

— J'ai pourtant entendu dire que... le Jihad avait l'intention de lancer des bombes humaines dans les parcs Disney.

— Sûrement de simples rumeurs pour entraîner la police française sur de fausses pistes. Je soupçonne également les services secrets français d'avoir noyauté l'organisation, d'une manière ou d'une autre. »

Mathias ressentit une violente morsure au bas-ventre mais s'appliqua à maîtriser son souffle et à rester impassible. Les hommes sortaient de la maison par petits groupes et se répandaient dans les allées en bavardant et en riant. Les fenêtres et la porte ouverte de la maison vomissaient des flots de lumière qui s'étiraient en langues étincelantes sur les pelouses et les allées.

« Tu en as parlé aux autres ? »

Hakeem haussa les épaules.

« À qui je pourrais me fier ? Aux Afghans ? Aux Iraniens ? Si je m'adresse au mauvais, je finirai au fond d'une fosse avec une balle dans le crâne.

— Je croyais que les moudjahidine n'avaient pas peur de la mort... »

Le grand corps d'Hakeem se raidit, ses yeux lancèrent des éclats durs, menaçants.

« Mourir pour Dieu est un honneur, mourir pour des salauds est une erreur ! J'ai choisi de rester en vie pour être utile à mon pays.

— Et pourquoi me fais-tu confiance ? »

Le regard de l'Ougandais resta un long moment baissé sur Mathias.

« Je ne te connais pas, mais tu me parais pur. »

Pur ?

Est-ce que la nuit n'avait pas condamné l'humanité parce qu'il ne restait pas un seul homme pur sur cette terre ?

Marc 4

Fondation Saint-Pierre, indiquait l'inscription directement gravée dans le linteau du porche. Marc entra dans un hall si vétuste qu'il se demanda pendant quelques secondes s'il ne s'était pas trompé d'adresse. L'odeur surtout, un mélange de papier pourri, d'urine et de légumes rances, témoignait de l'insalubrité des lieux. Située au fond d'une impasse du XVIIe arrondissement, cette pension pour anciens serviteurs de l'Église avait dû être une bâtisse somptueuse les siècles passés : pierre de taille, bas-reliefs, statues, toits d'ardoise, cour intérieure ceinte d'arcades, fontaine, chapelle aux vitraux magnifiques, elle aurait mérité que son propriétaire, l'archevêché de Paris, consacrât une partie de son budget à sa rénovation. Des sœurs vêtues de manière traditionnelle ou de robes civiles bourdonnaient dans le hall comme des abeilles affolées. L'Église ne négligeant aucune occasion de réaliser de substantielles économies, elles occupaient à titre gracieux tous les emplois de la fondation, intendantes, infirmières, cuisinières, femmes de ménage, jardinières…

D'après les renseignements que Marc avait obtenus par un informateur de l'EDV, les médecins, les pompes funèbres et les fournisseurs étaient les seuls intervenants à être régulièrement payés. Le reste, la plomberie, l'électricité, les fuites dans les toitures, l'humidité des murs, les huisseries capricieuses, les problèmes de chauffage et l'engorgement des toilettes, on le confiait à la bonne grâce de Dieu.

Difficile en tout cas d'évoquer le titre gracieux pour la réceptionniste, une femme d'une cinquantaine d'années dont le voile serré semblait extraire un suc acariâtre des replis de ses mentons et de ses joues.

« Sssque vous voulez ? » cracha-t-elle à Marc en guise de formule de bienvenue.

Il prit le temps de secouer son parapluie détrempé avant de lui répondre. Il appréciait nettement moins la tiédeur tropicale de l'automne parisien après son séjour forcé sur le plateau de l'Aubrac. Peut-être parce que, depuis son retour, il assimilait la pureté de l'air, du froid, de la neige à la pureté de Pierrette, et la moiteur de l'automne à la décomposition de ses relations avec Charlotte. Il avait fui la Lozère avec une telle hâte, lorsque les routes étaient redevenues praticables, qu'il avait oublié une partie de son esprit là-bas. Oh, bien sûr, on l'avait accueilli au journal comme un bon chien-chien de BJH, on avait apprécié son travail, on lui en avait fourni la preuve en le gardant dans l'équipe rédactionnelle tandis que dix de ses confrères s'entassaient dans la première charrette. Les quarante violeurs s'étaient retrouvés à trente, flottant dans des bureaux un peu trop grands pour eux, avec un surcroît de boulot à se répartir pour compenser les béances — on n'avait pas relevé les salaires, il s'agissait d'un simple réajustement des compétences, d'une réévaluation des potentiels, selon les experts de la boîte américaine chargée de l'audit. Pas un des restants n'avait évidemment passé un coup de téléphone à l'un des partants. On survivait entre gagnants, entre rescapés, dans cet Éden libéral que venait de rejoindre l'EDV après une résistance opiniâtre d'une vingtaine d'années.

Oh, évidemment, Charlotte s'était déclarée ravie de reprendre son ours mal léché kidnappé par la neige de l'Aubrac. Malgré le coup du dîner raté avec Conrad-ben-si-l'architecte-d'intérieur — un dîner sans cesse reporté, un serpent de mer de dîner —, elle lui avait ouvert avec générosité son appartement, son lit, ses bras et ses jambes. Il avait butiné Charlotte puisqu'elle l'y invitait, puisque les mâles sont censés obéir à ces pulsions hormonales qui font d'eux de vrais hommes, puisque le moindre doute sur leur potentiel viril peut prendre des proportions dramatiques à l'âge d'un demi-siècle.

« Sssque vous voulez ? » répéta la sœur chargée de l'accueil.

Il chercha l'enveloppe dans la poche intérieure de son imper. Il ne se souvenait plus du nom de famille de l'homme qu'il venait rencontrer. Il l'avait eu au téléphone deux jours plus tôt, et sa voix chevrotante, à peine perceptible, lui avait fait l'effet d'une flamme de bougie sur le point de s'éteindre.

« Je suis journaliste et j'ai rendez-vous avec un de vos pensionnaires, un ancien missionnaire, dit-il pour inciter son interlocutrice à la patience.

— Vous savez, monsieur, on a que ça, ici, des anciens missionnaires ! »

Elle eut un étirement pincé des lèvres qui était sans doute sa façon à elle de sourire. Un vernis d'amabilité recouvrait maintenant sa face grise, comme si elle avait reçu pour consigne de présenter un profil un peu moins poussiéreux devant les hérauts des médias. Marc trouva enfin l'enveloppe, en dégagea une feuille de papier, la défroissa avec une nervosité accentuée par l'ambiance lugubre qui régnait dans le hall.

« Le père Simon…

— Mazille ? coupa-t-elle avec une vivacité étonnante. C'est bien la première fois qu'il reçoit une visite en plus de vingt ans ! Il n'en a plus pour longtemps, vous savez.

— Le paludisme ? »

Elle se pencha vers lui avec un air de conspiratrice.

« Il ne mange pas depuis plus de... quinze ans, vous savez. »

Il recula d'un pas après avoir reçu son haleine en pleine face.

« Comment ça, il ne mange pas ?

— Il ne boit qu'un verre d'eau par jour, vous savez. Les médecins ne peuvent pas expliquer comment il a réussi à vivre si longtemps. C'est... »

Elle marqua un temps de pause pendant lequel elle maintint le visiteur prisonnier de ses yeux.

« Un miracle. »

Elle se rencogna sur sa chaise pour mieux juger des effets de sa révélation.

« Et où puis-je le rencontrer, ce... miracle ? demanda Marc au bout de quelques secondes de silence.

— Chambre 110, au premier étage. Vous venez pour quoi, au juste ? Vous voulez parler du père Simon dans votre journal ? Quelqu'un vous a déjà mis au courant ? »

Non, il ne savait pas que le père Simon avait cessé de s'alimenter depuis quinze ans. Il avait seulement reçu, dans l'abondant courrier de protestations ou de félicitations que lui avait valu son article, la lettre d'un(e) informateur(trice) anonyme, postée dans le Vaucluse, qui signalait la présence d'un certain Simon

Mazille dans cette maison de retraite du XVIIe arrondissement de Paris.

Simon Mazille, précisait la lettre, est le missionnaire qui a sauvé un nouveau-né desana des hommes de main des compagnies forestières et l'a emmené en France pour le confier à sa sœur, Louise Maingrot, qui vit sur le plateau de l'Aubrac. « Au lieu d'écrire des bêtises plus grosses que vous et qui n'amusent que vous, ajoutait son (sa) correspondant(e), vous feriez mieux d'aller à la rencontre de la vérité en rendant visite au père Simon. » L'adresse et le numéro de téléphone de la maison de retraite étaient précisés en bas de la page. Il avait donc suffi à Marc de passer un coup de fil pour prendre rendez-vous avec l'ancien missionnaire. Comme l'hebdo avait été bouclé la veille au soir (cible : Aymar de Fontans, le fondateur du parti France Unique et Souveraine ; angle : sa double vie, imagerie familiale côté château, frénésie homosexuelle côté écuries), Marc disposait de quelques heures de liberté avant le retour de Charlotte qui, vendredi oblige, avait organisé l'un de ses satanés dîners avec l'amant d'une de ses connaissances, un rocker grassouillet et velu qui prétendait connaître tous les arcanes du show-biz. Charlotte rêvait jour et nuit de côtoyer les célébrités qui traversaient parfois les pages de son magazine comme des comètes.

Taraudé par les remords, Marc avait passé une partie de sa matinée à glaner des renseignements sur la Fondation Saint-Pierre, un sinistre mouroir où les vieux serviteurs de l'Église, oubliés ou rejetés par leurs familles, exténués par des années de lutte dans des contrées où régnaient corruption, exploitation, misère et prostitution, agonisaient dans l'anonymat et le dénuement le plus complet. L'Église ne se reconnaissait pas vraiment dans ces gisants au regard brûlant de fièvre et de foi.

« Sssque quelqu'un vous a déjà mis au courant ? insista la sœur avec un regain d'agressivité.

— Merci bien, ma sœur. »

Il lui adressa son plus beau sourire et s'éloigna en la laissant s'étouffer dans sa curiosité.

« Jésus... »

Marc répugnait à égarer son regard vers le visage de l'homme étendu sur le petit lit aux barreaux métalliques et rouillés. Le père Simon n'était plus qu'un squelette habillé d'une peau parcheminée et criblée de taches sombres. L'expression mort-vivant était sans doute celle qui lui aurait le mieux convenu. Son feu vital ne brûlait plus que dans ses yeux, immenses, grand ouverts, brillant comme des fenêtres trop éclairées sur une façade en ruine. La pièce elle-même, exiguë, d'un gris lugubre, tenait davantage d'un tombeau que d'une chambre de maison de retraite. L'odeur de putréfaction paraissait directement suinter des murs et du plafond.

« Le conseil des chamans de la forêt amazonienne s'est montré naïf en prévenant les autorités ecclésiastiques de Bogota... »

Les yeux fixés sur les soulèvements réguliers de la couverture brune, Marc craignait que le missionnaire ne s'éteigne dans un dernier souffle à chacun de ses mots.

« Les prévenir de quoi ?

— De la naissance de l'homme qui allait amener le renouveau spirituel sur terre et mettre fin aux divisions humaines. Les esprits des plantes l'avaient annoncé aux chamans lors de certaines cérémonies de vision.

— Les esprits des plantes ? Un concept pas très... catholique, non ? »

Un sourire affleura les lèvres rainurées du père Simon.

« Rien de ce que je vous dirai ne vous paraîtra catholique. Je suis moi-même quelqu'un d'assez peu catholique. J'ai participé aux cérémonies chamaniques, j'ai vu le serpent cosmique, j'ai parlé avec les esprits, j'ai... vécu avec une femme desana, j'ai eu deux enfants d'elle, deux filles... »

Un voile de tristesse assombrit pendant quelques secondes les yeux du missionnaire.

« Pourquoi les avez-vous quittées ?

— Les *macheteros*, les hommes de main des compagnies forestières... Ô Dieu... Ils les ont dépecées après les avoir violées et torturées. Ils ont massacré les Desanas jusqu'au dernier. Sauf l'enfant que le conseil des chamans considérait comme le Vaï-Ka'i et qu'il a eu le temps de me confier avant de prendre la fuite.

— Quel rapport entre les autorités ecclésiastiques de Bogota et ces… macheteros ?

— C'est elle, l'Église colombienne, qui a donné son feu vert pour l'extermination des Desanas. Elle a eu peur de la prophétie des chamans et n'a pas voulu courir le moindre risque d'assister à l'avènement d'un nouveau Messie. D'un… concurrent. »

Le père Simon semblait reprendre vie au fur et à mesure qu'il s'exprimait, sa voix devenait ferme, claire, il accompagnait certaines de ses phrases de larges mouvements du bras, de claquements de doigts.

« La légitimité de l'Église, des églises, ne repose que sur la foi des fidèles. Le clergé colombien, qui redoute la puissance chamanique, a prévenu Rome du danger que faisait planer le Vaï-Ka'i sur la chrétienté d'Amérique du Sud. Rome n'a pas opposé de veto à l'extermination des Desanas. L'Amérique du Sud est le dernier bastion du catholicisme romain, pas question de l'abandonner aux sorciers amazoniens. Bien sûr, les évêques colombiens ne se sont pas sali les mains, ils ont utilisé les tueurs des compagnies forestières, elles-mêmes filiales de multinationales occidentales avides de pousser plus loin leur exploitation des ressources de la forêt. Le rapport officiel du gouvernement colombien a seulement fait état de massacres entre tribus pour d'improbables questions de rivalités territoriales... »

Marc se leva et fit quelques pas le long du lit afin de dissiper le malaise qui s'emparait de lui. Les paroles du père Simon établissaient des connexions inattendues et révélaient toute la complexité de la trame. En rédigeant ce papier complaisant et minable sur le guérisseur escroc de l'Aubrac, il avait participé lui aussi à l'extermination des Desanas de Colombie, pas à leur extermination physique, puisque, selon le missionnaire, l'Église de Colombie s'en était chargée avec l'aval de Rome, mais à la dispersion de leur pensée, de leurs connaissances, de leur héritage. Il avait participé à ce saccage de la terre organisé de façon systématique par l'Occident chrétien convaincu de sa légitimité, de sa supériorité sur les autres rameaux de l'humanité. Il avait participé à la mise en place d'une pensée hégémonique basée sur la division, la fragmentation, la vision d'un progrès mécanique et générateur de profits. Il avait trahi la confiance de deux femmes innocentes qui n'avaient pas commis d'autre faute que d'élever un enfant hors normes, un rescapé de la forêt amazonienne, le légataire d'un savoir unique. Il revoyait souvent, dans ses rêves ou dans ses pensées, le masque de douleur de Pierrette figée devant la cheminée, cette souffrance indicible qui n'altérait pas la pureté de ses traits mais ouvrait dans ses yeux des gouffres terribles.

« Comment avez-vous réussi à vous enfuir ? demanda-t-il après avoir trompé sa détresse dans l'observation d'un vieux crucifix en bois accroché au mur.

— Je suis passé au Venezuela par la forêt. Je ne sais pas encore comment. J'ai eu l'impression de bénéficier d'une protection occulte. L'enfant et moi sommes toujours parvenus à manger à notre faim, à boire à notre soif. J'ai réussi à gagner l'ambassade de France de Caracas, puis, de là, après les formalités d'adoption sur place, à retourner en France.

— Pourquoi n'avez-vous jamais recontacté votre sœur après lui avoir confié Jésus ?

— Si l'Église avait eu vent de mon histoire, si elle avait fait le rapprochement entre Jésus et le Vaï-Ka'i des prophéties chamaniques, elle aurait pu remonter la piste jusqu'à l'Aubrac. L'Église dispose d'un réseau de renseignements très efficace. Mais je restais informé par une personne de confiance…

— La même qui m'a écrit cette lettre sans doute ? coupa Marc en sortant une enveloppe chiffonnée de la poche intérieure de son imper.

— La même qui a accompagné Jésus en Colombie à l'âge de sept ans…

— Pourquoi ce voyage ? Votre sœur ne s'y est pas opposée ? »

Marc se souvint que l'institutrice de Jésus lui avait parlé de ce séjour en Colombie, mais, curieusement, il ne s'était jamais interrogé sur les motifs et les conditions d'une aventure pourtant surprenante et dangereuse pour un enfant de sept ans. Un vrai journaliste n'aurait sans doute pas négligé d'explorer cette piste, mais les chiens de BJH rongeaient seulement les os qu'on voulait bien leur jeter.

« Après l'anéantissement des Desanas, les chamans des autres tribus ont continué de se réunir en conseil. Contrairement aux apôtres fanatisés des religions du Livre, les chamans aiment échanger leurs expériences, leurs connaissances. Les uns deviennent volontiers les disciples des autres. Ils marchent parfois des jours dans la forêt pour le seul plaisir de se rencontrer et de consulter les esprits, le serpent double. Le conseil a retrouvé ma trace, ne me demandez pas comment, puis il m'a contacté et m'a fait part de son souhait de recevoir Vaï-Ka'i. La personne dont je vous parle...

— Qui ne serait pas l'institutrice de Jésus par hasard ? »

Le père Simon éluda la question d'un revers de main.

« Cette personne, donc, est allée voir ma sœur et mon beau-frère et leur a raconté qu'une commission ministérielle offrait un séjour dans leur pays d'origine aux enfants adoptés. C'est, a-t-elle affirmé, excellent pour leur équilibre psychologique. Ma sœur ne s'y est pas opposée, d'abord parce qu'elle est un esprit simple, facilement impressionné par le savoir et les directives ministérielles, ensuite parce que cette soi-disant commission lui garantissait la sécurité et le retour de l'enfant.

— Pourquoi le conseil des chamans voulait-il voir Vaï-Ka'i ? »

Une sœur infirmière s'engouffra dans la chambre, se dirigea d'une allure énergique vers le lit, tira drap et couverture et retroussa la chemise de nuit du père Simon jusqu'à la taille sans tenir compte un seul instant de la présence du visiteur.

« Il a beau ne boire qu'un verre d'eau par jour, notre miraculé souffre d'incontinence, marmonna-t-elle sans se retourner. Il faut lui mettre des couches et le changer comme un bébé. N'est-ce pas, père Simon ? »

Le missionnaire adressa un regard complice à Marc pendant qu'elle examinait sa couche. La maigreur des jambes du vieil homme avait quelque chose de fascinant et de répugnant, des branches mortes auxquelles restaient accrochées, comme des feuilles racornies, des touffes éparses de poils agglutinés.

« Bien, on a été sage. »

La sœur infirmière rabattit la chemise de nuit du père Simon, remonta drap et couverture, puis sortit de la chambre après avoir accordé à Marc un regard sans expression. Elle était encore jeune, sans doute une trentaine d'années, mais elle paraissait imprégnée de la tristesse et du délabrement des bâtiments de la fondation.

« Elle est déçue, dit le missionnaire. Elle aime me changer, me nettoyer. Je crois qu'elle est fascinée par les organes mâles. Même par ceux des vieux débris qui croupissent ici. Sans doute parce qu'elle n'a pas la possibilité d'en voir et d'en tripoter d'autres. Et d'ailleurs, si je m'oublie de temps en temps dans ma couche, c'est uniquement pour lui offrir ce petit plaisir.

— Certains pourraient vous accuser de favoriser son vice.

— L'Église toute entière est une gigantesque machine à favoriser les vices. Personnellement, je trouve son obsession plutôt innocente. Quant à moi, j'ai goûté un plaisir si pur, si merveilleux, là-bas, en Colombie, que tout m'est devenu indifférent.

— Y compris le fait de manger ?

— Je n'ai plus faim, mais je ne sais pas par quelle énergie je suis maintenu en vie.

— Vaï-Ka'i ?

— Il faudrait qu'il ait encore besoin de moi.

— Et votre famille, votre sœur, votre nièce, Vaï-Ka'i lui-même, vous ne souhaitez pas les revoir ? »

Les doigts du père Simon jouèrent pendant quelques instants avec le repli du drap. Marc crut entrevoir le grouillement furtif de cafards dans la rainure d'un mur.

« Si je veux qu'elles gardent un bon souvenir de moi, il vaut mieux qu'elles ne me voient pas dans cet état. J'ai été le maillon d'une chaîne, j'ai accompli mon temps, mais la mort s'obstine à me faire attendre. J'ai hâte pourtant de rejoindre ma femme et mes filles de l'autre côté. Elles m'attendent, je le sens, je le sais. »

Le vieil homme fut secoué par une série de spasmes qui tirèrent des grincements prolongés aux montants métalliques du lit.

« Pourquoi le conseil des chamans voulait-il voir Vaï-Ka'i ? reprit Marc après que le père Simon se fut apaisé. Vous ne m'avez toujours pas répondu.

— Pour s'assurer qu'il était bien le Maître-esprit, l'homme qui redonnerait la vie à la Terre et l'espoir à ses créatures humaines, animales et végétales. Pour le conduire à travers la transe dans la maison de toutes les lois, de tous les esprits, et parachever sa formation de Vaï-Ka'i.

— Pourquoi l'ont-ils laissé revenir en France ?

— Parce que l'Occident… l'Occident… comme Rome du temps du Christ… Les routes, vous comprenez, les voies de communication… Oh, mon Dieu, je les vois… Elles sont belles, si belles… »

Le missionnaire s'agita une dernière fois sur son lit avant de renverser la tête en arrière et de s'immobiliser après un claquement d'os et un brutal raidissement de son corps. Atterré, Marc attendit encore quelques secondes avant de se pencher sur la bouche entrouverte du père Simon, mais il fut incapable de discerner quoi que ce soit d'autre que son propre tintamarre cardiaque. La pensée saugrenue du dîner organisé par Charlotte le traversa, puis, au bord des larmes, bercé du même sentiment de tristesse que s'il avait perdu l'un de ses proches, il sortit dans le couloir et héla deux sœurs infirmières qui discutaient à voix basse devant la porte d'une chambre voisine.

Lucie 4

Lucie joua des coudes pour se frayer un passage dans l'étroite cour intérieure de la chapelle. Elle contempla pendant quelques instants les ex-voto alignés sur le mur par centaines comme des briques grises et noires. Une multitude chuchotante se pressait devant les présentoirs des cartes postales, des brochures, des médailles miraculeuses, des livres consacrés à Catherine Labouré et à saint Vincent de Paul, autre locataire sanctifié des lieux.

Toutes les races, toutes les nationalités se côtoyaient dans cette minuscule fosse de Babel coincée entre la rue du Bac, la rue de Babylone et le Bon Marché. Le couple mal fagoté qui se tenait à côté de Lucie venait d'un pays de l'Est, de Pologne sans doute. La femme d'une blondeur angélique avait des yeux bleu-or en ailes de papillon, un corps en amphore, une poitrine menue, plate, presque creuse, des hanches rondes, des jambes épaisses que boudinait un pantalon corsaire. L'homme, d'un roux enflammé, s'évasait par le ventre comme un culbuto, et son large bermuda à carreaux semblait être la pièce centrale où s'emboîtaient le bas et le haut. Le sourire insistant qu'il adressa à Lucie s'acheva en grimace après que le regard au vitriol de sa compagne lui eut incendié la joue droite.

Lucie choisit une brochure et, fendant une volée de religieuses, se faufila dans la chapelle. L'affluence était telle qu'il ne restait aucune place dans les travées, que l'assistance débordait sur les bas-côtés et le fond de la nef. Elle resta un moment bloquée près de la porte, puis exploita la confusion provoquée par le malaise d'une femme pour s'avancer dans l'allée de droite et se rapprocher du chœur, de la châsse de verre où reposait le corps de Catherine Labouré.

Elle remarqua une deuxième châsse transparente placée à gauche du transept, posée sur un socle, somptueuse, surchargée de dorures. Un rapide coup d'œil à la brochure lui apprit qu'il s'agissait du cercueil de Louise de Marillac, cofondatrice des Filles de la Charité. L'Église avait marqué la différence entre les deux saintes, entre l'aristocrate et la paysanne, comme si l'ordre terrestre continuait de sévir dans les mondes célestes. C'était pourtant à Catherine, la paysanne, qu'était apparue la Vierge, à Catherine qu'Elle avait demandé de frapper la médaille protectrice, à Catherine qu'Elle avait confié de nombreuses vies pendant la Commune, insurgés, soldats des troupes gouvernementales, enfants, femmes, vieillards... La Vierge s'adressait toujours aux esprits simples dans les cas authentifiés par l'Église d'apparitions miraculeuses.

À l'issue du petit déjeuner, un courant irrésistible avait saisi Lucie dans son studio pour l'entraîner vers cet îlot de piété dont sa sœur, grande dévote et experte en médailles miraculeuses, lui avait parlé à plusieurs reprises avec un feu surprenant dans les yeux. Elle avait passé des sous-vêtements de coton, une robe courte et fluide, un imperméable gris perle, discipliné ses cheveux blonds d'un coup de brosse désabusé, puis elle était sortie sans se maquiller ni déployer le luxe de précautions qu'elle avait l'habitude de prendre ces derniers temps.

Elle observa les visages autour d'elle, l'Antillaise dont la tête disparaissait sous un foulard blanc, le jeune Asiatique au regard impénétrable, le quadragénaire à l'allure de cadre supérieur qui fixait avec obstination la nuque d'une métisse à la peau dorée, les deux grands garçons vêtus de blazers bleu marine qui se retenaient à grand-peine de pouffer de rire, tous ces individus qui se serraient autour des mêmes symboles et qui, pourtant, étaient séparés par des gouffres. Elle demeurait incapable d'analyser les raisons qui l'avaient poussée à se mêler à cette foule bigarrée, à s'associer à un culte qui n'éveillait en elle aucun élan. De la formation religieuse succincte que lui avaient donnée ses parents, catholiques non pratiquants, elle conservait quelques bribes dans un coin de sa tête comme autant d'images pieuses, dont celle de la Vierge, une figure infiniment plus rassurante que la Sainte Trinité. Le Père, le Fils et le Saint-Esprit survivaient en elle en tant que principes vindicatifs, intransigeants, qu'elle associait spontanément au fer et au feu, aux jugements, aux bûchers, à l'enfer.

Les fidèles reprenaient sans entrain les chants et les invocations entonnés par le prêtre, un homme sans âge engoncé dans une chasuble dorée et dont la voix était en elle-même une invitation à la tristesse. Lucie reporta son attention sur l'immense fresque bleu, blanc et or qui représentait Catherine Labouré aux pieds de la Vierge et une dizaine de chérubins répartis de chaque côté des deux femmes. Les volutes d'encens, les dorures, les guirlandes de fleurs, le fer forgé des balcons, les figures géométriques qui soulignaient les arrondis des piliers et des voûtes lui donnaient la sensation de s'être glissée par mégarde dans une enluminure du Moyen Âge. À la droite du transept, juste à côté de la châsse de Catherine, se dressaient la statue de Vincent de Paul et le reliquaire contenant son cœur.

Lucie fixa avec insistance un homme jeune déguisé en boy-scout assis en bout d'une travée, mais, les yeux obstinément rivés sur l'autel, il demeura insensible à sa supplique muette. La position debout, lorsqu'elle se prolongeait, ranimait pourtant les douleurs qui somnolaient dans ses orifices et ne se réveillaient d'habitude qu'au moment des excrétions. Elle n'avait pratiquement pas bougé de chez elle les deux dernières semaines, couchée sur le dos, le nez collé sur les pages d'un livre qu'elle ne parvenait pas à lire, grillant cigarette sur cigarette entre deux échanges avec Barthélemy. Elle avait téléchargé un logiciel gratuit qui leur permettait désormais de correspondre en simultané, comme sur le sex-aaa-strip//cyberlive. Personne ne lui avait téléphoné, ni ce salaud de Jérémy ni les anciennes consœurs ni les membres de sa famille. Personne n'avait non plus frappé à sa porte comme elle le redoutait, ni cette ordure de Joe ni un autre bourreau auquel il aurait recommandé son adresse comme on se refile un bon tuyau.

Barthélemy et elle avaient décidé de se rencontrer, mais ils n'avaient pas encore arrêté la date et l'endroit. Ils progressaient l'un vers l'autre à petits pas, avec la prudence excessive de ceux qui redoutent d'aller au-devant de nouvelles déceptions. Elle lui avait dit qu'elle avait arrêté de travailler sur le Net sans lui en révéler les vraies raisons, évoquant seulement un « immense ras-le-bol, une envie de faire autre chose que de se montrer à poil pour quelques timbrés, excuse-moi, je ne te compte pas dans le lot... ». Il n'avait pas commenté sa décision, mais elle avait senti, au ton des messages qu'il lui avait adressés les jours suivants, qu'il était ravi de la savoir soustraite aux attentions lubriques des rôdeurs de la Toile.

Le prêtre annonça la fin de la messe et l'assistance commença à refluer lentement vers les portes. Avant de s'éloigner, le jeune homme habillé en scout provoqua Lucie d'un regard de biais où elle crut déceler de l'ironie, voire de la méchanceté. Elle jugea que le mépris était la seule réponse appropriée, s'assit avec précaution sur l'un des bancs libérés et observa les petits groupes qui se pressaient devant la châsse de Catherine Labouré. Dans l'allée centrale, des hommes et des femmes à genoux sur les dalles, enfin débarrassés de la mascarade officielle, priaient avec toute l'ardeur de leur foi. Elle attendit que ses élancements s'apaisent et que les curieux se dispersent pour s'approcher à son tour du cercueil transparent. Il y avait, elle en était consciente, une part de fascination morbide dans la contemplation de ce corps épargné par la putréfaction, de ce visage remodelé à la cire. Saisie d'une profonde émotion, elle leva les yeux sur la statue de la Vierge au globe d'or. Une vague amère jaillit du plus profond d'elle, la recouvrit, se retira en l'abandonnant au bord des larmes et dans l'incapacité de tenir sur ses jambes. Elle chancela, tomba à genoux sur une marche de béton et pleura pendant un temps qu'elle aurait été incapable d'évaluer. Elle qui se mordait les lèvres pour ne pas éclater en sanglots dans les salles de cinéma, elle qui n'avait jamais appris à extérioriser ses émotions, elle n'éprouvait aucune gêne à verser des larmes devant des inconnus. Personne ne lui prêtait attention d'ailleurs, les manifestations physiologiques de ce genre étant courantes dans la pénombre froissée de la chapelle. Quelques-uns pleuraient non loin d'elle, devant le reliquaire de saint Vincent, d'autres en face du chœur, d'autres encore devant la châsse de Louise de Marillac. Comme des enfants dans les bras de leur mère, ils abandonnaient tout principe, tout orgueil, toute pudeur, pour se purger de peines dont ils avaient oublié l'origine.

Quand ses larmes furent taries, Lucie s'essuya les yeux et les joues avec un mouchoir en papier, se releva, frotta ses genoux douloureux, puis, après avoir contemplé une dernière fois le visage de la Vierge, si beau, si bouleversant dans sa pureté de marbre — tandis que le visage de Catherine restait énigmatique, inquiétant, dans son hiératisme de cire —, se dirigea d'un pas léger vers l'une des deux portes restées ouvertes de la chapelle.

Demain ?

Non ; demain je peu pas. Jai # une visite médical

Pourquoi ? Je croyais que tu étais guéri ?

C(est mes parents. Ils veulent que je soi suivi par les lmédecins. Ils croit pas à Vahi-Kahi. Ils disent que c'est sulement une guérison spontané, que sa arrive des fois. Ils disent que Vahi-Kahi est un charlatan.

Pourquoi ?

Mon père travaille puoir un laboratoire pharmaseutique. Il dit qu'à cause de Vahi-Kahi, les gens vont arrêté de prendre des médicamants et vont être de plus en plus malades. Il dit qu'on devrai l'arrêté et le mettre en prison.

Tu m'as pourtant affirmé, sur le sex-aaa, qu'ils t'avaient emmené à la conférence de Vahi-Kahi, dans une grange ?

S'était pas eux. Ils étainet pas là. J'ai été avec des amis qui avait une bagnole. Ils sont passé me prendre a la maison. ME s parents l'on appris, et ils été pas contents.

Ils auraient pourtant dû être heureux que tu sois guéri.

Ils sont jamais content. Ils disent que maintenan je leur donne enciore plus de souci. Ils disent qu'il me préférai comme j'étais avant. ?

Tu veux qu'on se voit après-demain ?

Ou ?

Dans ton coin, si tu veux. Je peux louer une voiture.

Non, non. Il fau d'abord que

Que quoi ?

Rien. Je te dirai quand, et ou.

Tu veux vraiment qu'on se rencontre ?

Oui, mais fau attendre encore un peu

Tu ne veux pas me dire pourquoi ?

Quand je serai prèt.

Prêt à quoi ?

Barthélemy mit fin à leur échange sans fournir de réponse. Il lui arrivait souvent de couper la connexion en plein milieu d'une conversation, comme s'il recourait systématiquement à ce subterfuge pour éluder les questions embarrassantes. Lors des correspondances suivantes, il donnait toujours la même explication à ces interruptions brutales : la peur d'être surpris par ses parents dont il entendait le pas ou la voix sur le palier de sa chambre.

Lucie se renversa sur le lit, alluma une cigarette et contempla un moment les spirales de fumée qui s'entrelaçaient au-dessus de sa tête. Pour la centième fois depuis qu'elle était revenue de la chapelle de la rue du Bac, et bien qu'elle eût déjà vérifié à cinq reprises, elle se demanda si elle avait bien fermé sa porte à clef. Elle se sentait moins oppressée que les jours précédents, comme nettoyée d'une partie de sa boue, mais le traumatisme restait là, fiché dans la mémoire de son corps, réactivant à intervalles réguliers ce réflexe de claustration, cette obsession de la sécurité. Elle attendait d'avoir entièrement épuisé ses réserves pour quitter sa tanière et faire ses courses dans l'épicerie la plus proche. Elle ne déverrouillait les deux serrures qu'après être restée un long moment à l'écoute des bruits de l'immeuble, entrebâillait la porte avec une extrême lenteur, prête à la refermer au premier mouvement, au premier bruit, inspectait soigneusement le palier du regard, s'aventurait enfin dans les escaliers, la main plongée dans la poche de son imper et posée sur la bombe paralysante qu'elle avait achetée dans une vieille armurerie du quartier. Elle se détendait un peu dans la rue, là où la présence de passants et d'automobilistes interdisait en principe les agressions, mais l'angoisse revenait la suffoquer dès qu'elle franchissait la porte cochère de l'immeuble. Elle s'arrangeait pour porter ses courses d'une main tandis que l'autre restait agrippée à la bombe paralysante.

Elle avait failli l'utiliser contre l'occupant d'un des deux appartements du troisième étage, qui avait surgi dans l'escalier et foncé vers elle comme un buffle, tellement pressé qu'il ne l'avait aperçue et esquivée qu'au tout dernier moment. Il avait ouvert de grands yeux ébahis lorsqu'il avait découvert la bombe dans la main de cette charmante voisine qu'il avait croisée à plusieurs reprises sans lui adresser la parole — tout en essayant désespérément d'attirer son attention, trop discrètement sans doute, il était marié, père de famille, et ne cherchait pour l'instant qu'à se prouver qu'il pouvait encore séduire les jolies femmes.

« Eh, eh, eh, je ne vous veux aucun mal ! s'était-il écrié en écartant les bras et en lui décochant son sourire le plus ravageur, du moins celui qui lui avait valu d'être choisi par son actuelle épouse. Faut pas nous faire une crise de parano ! Tous les hommes ne sont pas des monstres ! Au fait, nous ne nous sommes pas encore présentés. Jean-Damien Touya, propriétaire de l'appartement du troisième... »

Il n'avait pas besoin de préciser qu'il était propriétaire, tout en lui le proclamait : sa chevelure lisse et partiellement grise, son costard entièrement gris et ses chaussures vernies, sa chemise à rayures et sa cravate à pois, ses embryons de double menton et de brioche, sa serviette en cuir ramenée d'un pays ou d'une boutique exotique, son téléphone cellulaire dernier cri qu'il exhibait comme une décoration, son air satisfait, sa façon de soupeser et d'occuper du regard.

Elle s'en était débarrassé en marmonnant trois mots d'excuse et en acceptant de serrer sa main tendue, moite et molle.

« Faudra que je vous invite à dîner un de ces jours. C'est vrai quoi, on ne se connaît même pas entre occupants du même immeuble... »

Va te faire foutre, pas envie de te connaître ! avait-elle ajouté intérieurement en s'éloignant, le souffle court, le cœur affolé, le bras gauche tétanisé par le poids des sacs, les doigts de la main droite toujours crispés sur la bombe.

Elle tenta de relancer l'échange avec Barthélemy, mais il ne répondit pas à ses sollicitations. Elle alla ouvrir la fenêtre avant d'allumer une nouvelle cigarette. Le studio empestait le tabac ainsi que l'indéfinissable parfum de l'ennui. Une pluie rageuse martelait les toits et les pavés de la cour intérieure. Elle jeta un coup d'œil machinal au thermomètre accroché au rebord de la fenêtre. Vingt-sept degrés, et on venait d'entrer dans le mois de décembre. La sueur collait son tee-shirt à ses seins et à ses omoplates. Les Noëls froids de son enfance étaient si loin désormais qu'ils semblaient n'avoir existé que dans son imagination. Elle alluma une nouvelle cigarette, saisit l'EDV qui traînait sur la table de la cuisine, retourna s'asseoir sur le bord de la fenêtre et commença à feuilleter l'hebdomadaire.

Elle l'avait acheté quelques jours après son éviction du sex-aaa, frappée par ce titre : *le Messie de l'Aubrac, ou le pseudo-gourou Desana, une escroquerie à l'échelle planétaire.* Les journalistes qui avaient monté le dossier s'étaient livrés à une attaque en règle du phénomène Vaï-Ka'i, un charlatan qui exploitait la misère et la crédulité humaines et brassait d'énormes sommes d'argent via une association nommée Sagesse Desana, elle-même située en Lozère, le département où avait grandi *Jésus* (!) Maingrot, un Messie au nom prédestiné, un Amérindien rescapé des guerres tribales amazoniennes. L'hebdomadaire démontait point par point les mécanismes de l'escroquerie, ouvrait ses colonnes aux plus grands spécialistes de la psychologie et de la médecine afin de réfuter l'argument des miracles, révélait les liens occultes entre Sagesse Desana et certaines associations issues de mouvements néonazis, présentait l'enseignement du Maître-esprit comme un mélange improbable de vieilles lunes du néolithique et de la mystique New Age à deux balles, parlait de la famille d'adoption de Vaï-Ka'i comme de deux paysannes arriérées du plateau de l'Aubrac, bref, brossait un portrait effroyable du « nouveau Messie, ou de tout autre nom aussi ridicule dont l'affublent les allumés de la Toile, ces internautes crédules, irresponsables, ces cyber-perroquets qui répercutent d'un endroit à l'autre du globe des informations qu'ils n'ont pas pris la peine de vérifier ».

Lucie s'arrêta sur la photo du Vaï-Ka'i, un homme jeune à la peau mate, aux cheveux noirs et lisses, aux yeux en forme d'amande, un être à la beauté singulière, presque irréelle. Elle ne s'était encore jamais posé la question de son authenticité, de sa sincérité. Elle s'était promenée sur plusieurs sites et forums consacrés au Maître-esprit, elle s'était enthousiasmée devant les nombreux témoignages de guérisons miraculeuses, mais cette masse d'informations, de discussions, de rumeurs, ne reposait peut-être que sur des fondements purement fantasmatiques, des désirs et des rêves projetés sur la Toile comme des éclaboussures de l'inconscient.

Elle lança sa cigarette dans la cour intérieure, contempla pendant quelques instants les rideaux de pluie, capta un regard furtif dans le contre-jour d'une fenêtre de l'immeuble d'en face, se rendit compte que ses fesses dépassaient de son tee-shirt retroussé, songea avec amertume qu'elle souffrirait jusqu'à sa mort de la maladie de l'exhibition, referma la fenêtre, tira les rideaux, jeta rageusement l'EDV sur la table.

Pourquoi Barthélemy reculait-il sans cesse le moment de leur rencontre ?

Est-ce qu'il n'était pas un de ces allumés dont parlait l'hebdomadaire, un cyber-perroquet, un escroc de l'espérance humaine ?

Est-ce qu'il n'était pas un fantasme lui aussi ?

Est-ce qu'il était tout simplement… réel ?

Yann 4

Myriam manquait à Yann bien davantage qu'il ne l'aurait pensé. L'organisation de la prochaine tournée de conférences de Vaï-Ka'i, les attaques de plus en plus virulentes de la presse, les diverses correspondances, les menaces fiscales et judiciaires avaient beau le mobiliser vingt heures sur vingt-quatre, Myriam occupait entièrement le vide creusé par son départ. Elle n'avait pas appelé depuis sa fuite de l'hôtel des environs de Blois, ni envoyé de courrier ou de courriel, elle s'était évanouie sans laisser de trace, sans leur offrir la moindre chance de réconciliation. Elle lui avait tendu quelques perches avant sa disparition, mais il ne les avait pas saisies, convaincu à tort qu'elle se désespérait seulement des routes et des chambres d'hôtels, que tout rentrerait dans l'ordre dès qu'ils auraient regagné leur nid du domaine de la Méhaignerie, le siège de l'association Sagesse Desana.

Il essayait en vain de tromper sa détresse en

se jetant corps et âme dans l'activité, il retardait jusqu'à l'inexorable le moment d'aller se coucher, de se retrouver seul dans le minuscule deux-pièces sous les toits qui résonnait encore de leurs rires, de leurs disputes, de leurs gémissements. Les paysages vallonnés de basse Lozère qu'on découvrait depuis la fenêtre de la chambre lui paraissaient désormais lugubres avec leurs arbres décharnés, leurs prés noyés et leurs écharpes de brume. L'ambiance qui régnait à l'intérieur des bâtiments, un mélange d'activité fébrile et de recueillement outrancier, lui portait sur les nerfs, tout comme l'exaspéraient les sourires niais et les mines perpétuellement extatiques des salariés de l'association, les bâtonnets d'encens qui répandaient leur fumée doucereuse un peu partout dans les couloirs et les pièces, les conflits larvés qui opposaient les adeptes du végétarisme, du respect de toute forme de vie, et les partisans de l'alimentation carnée à la mode desana. Le domaine abritait bon nombre d'hommes et de femmes qui avaient couru d'ashrams en mouvements spirituels comme autrefois les vrais routards avait « fait » les pays mythiques, l'Inde, l'Afghanistan, le Népal, la Thaïlande... Ils en avaient gardé quelques concepts fourre-tout tels que la transcendance, la réincarnation, la recherche de l'unité. Ceux-là, qui brandissaient tolérance et compassion comme des étendards, étaient probablement les esprits les plus rigides, les plus sectaires, que la terre eût jamais portés. Ils s'étaient rabattus sur Vaï-Ka'i comme ils se précipiteraient sur le prochain maître en vogue, emportant avec eux leurs bribes de connaissance, leur bazar spirituel, méditation, yoga, tantra, massages, tarots, astrologie, Yi King, cristaux, pierres précieuses, dieux, saints, chants, mantras, certitudes, habitudes, dogmes… On ne pouvait parler à leur propos de nomades, mais de pillards, de détrousseurs, de marchands du temple, de charognards de la gloire, selon l'expression de Myriam.

Se pouvait-il que lui, Yann Collet, fût l'un de ces corbeaux qui volaient dans le sillage du Maître-esprit dans l'espoir de picorer quelques miettes de sa gloire ?

Vaï-Ka'i semblait indifférent au remue-ménage qui entourait sa personne, comme un roi insensible aux rumeurs et intrigues de sa cour. Une seule chose lui importait, la diffusion de sa parole par tous les supports possibles, conférences, brochures, courriers, articles, sites Internet, cassettes vidéo, cédéroms, DVD, émissions de radio et de télévision… Un éditeur ésotérique lui avait proposé de publier un recueil de son enseignement en version électronique et papier. Il en avait immédiatement entrepris la rédaction, s'isolant des heures entières avec une jeune fille du nom d'Éléonore, dite Éléo, chargée de surveiller que le système de reconnaissance vocale retranscrivait correctement le texte sur l'écran. Yann avait ressenti un réel dépit de ne pas avoir été choisi par le Maître-esprit pour cette tâche. L'association se serait retrouvée entre des mains incompétentes, voire dangereuses, s'il avait dû consacrer tout son temps au livre de Vaï-Ka'i, mais il ne pouvait s'empêcher de jalouser Éléo, cette gamine effrontée de seize ou dix-sept ans surgie de nulle part et qui, en moins deux mois, avait réussi à se ménager une place privilégiée auprès du Maître-esprit. Il avait tout perdu en peu de temps, l'amour de Myriam et ses prérogatives de premier disciple. L'association, la Méhaignerie, la gestion, les tâches administratives consommaient désormais la majeure partie de son énergie, sans compter les initiatives désastreuses de certains disciples. La structure s'était mise en place, inexorablement, comme si l'impalpable, le verbe n'avaient pas d'autre choix que de se prolonger dans la matière en ramifications complexes, foisonnantes. Étant donné que Vaï-Ka'i réservait ses soirées aux visiteurs qui s'entassaient à parfois plus de mille dans l'une des granges aménagée en salle de conférences, c'en était bel et bien fini du temps de l'innocence, de la simplicité, du désordre intime et joyeux, des conversations à bâtons rompus, des repas partagés au bord des chemins, de la complicité, des fous rires.

Yann exploitait ses rares instants de liberté pour se promener entre les bâtiments du domaine, un ensemble du XVIIIe partiellement rénové, d'un style qui mêlait allègrement la profusion baroque et l'austérité lozérienne. Son ancien propriétaire, un homme d'une cinquantaine d'années, l'avait offert à Sagesse Desana pour remercier le Maître-esprit de l'avoir guéri d'un cancer du poumon. Yann le soupçonnait d'avoir saisi ce prétexte pour se débarrasser d'un bien qu'il n'avait plus les moyens d'entretenir, et, par la même occasion, en déposséder ses deux enfants à qui l'opposaient des relations houleuses, voire haineuses. Ces derniers avaient d'ailleurs entamé une action en justice afin de recouvrer leurs droits sur la Méhaignerie. Le procès, pour l'instant coincé dans les méandres de la justice, se tiendrait tôt ou tard, et les avocats des plaignants ne manqueraient de souligner l'irresponsabilité du père, la preuve, il se prétendait miraculé et avait fait don d'un bien familial à une secte.

Bah, ce n'était qu'un des nombreux nuages qui s'accumulaient au-dessus de Sagesse Desana comme ceux qui s'amoncelaient dans le ciel de Lozère. La vague de froid qui avait déferlé sur le versant sud du Massif central avait de nouveau cédé le terrain à une douceur humide, presque tropicale. Une haleine chaude soufflait entre les collines, chargée d'odeurs d'humus, de moisissures, de putréfaction. Les rivières et les étangs débordaient, les champs régurgitaient l'eau en flaques, en rigoles, en mares. La Terre, la mère, amorçait sa mue pour continuer d'enfanter, pour survivre.

Yann choisissait toujours le même itinéraire, le seul à vrai dire qui demeurât à peu près sec dans la mer de boue qu'étaient devenus les dix hectares du domaine. Le chemin l'emmenait au sommet d'une colline voisine et pelée qui offrait une vue imprenable sur les rochers torturés et noirs de la vallée de l'Aubépin et, de l'autre côté, sur les îlots de pierre, de tuile et d'ardoise de la Méhaignerie perdus au milieu des vagues vertes et brunes.

La sonnerie de son téléphone portable le tira de ses rêveries. Le visage de Myriam vint instantanément se superposer à l'égrènement des notes. Le cœur battant, il dégagea fébrilement l'appareil de la poche intérieure de son blouson. La déception lui pinça le ventre lorsqu'il reconnut la voix de Geoffrey :

« Faut que tu viennes, vite !

— Qu'est-ce qui se passe ?

— C'est Éléo… Éléo…

— Eh bien quoi, Éléo ?

— C'est mieux que… oh, putain, c'est mieux qu'elle te le dise elle-même. T'es où ?

— Pas loin. J'en ai pour un quart d'heure. »

Yann ne mit que dix minutes à parcourir le trajet du retour. Lui qui n'était pas très sportif, il courut sans s'arrêter jusqu'à la cour intérieure du domaine, porté par une inquiétude qui grandissait au fur et à mesure que les bâtiments grossissaient dans son champ de vision. Des silhouettes affolées se dispersaient dans toutes les directions comme des fourmis dérangées à coups de pied. Quelques-unes se dirigeaient vers les voitures stationnant dans le plus grand désordre devant les anciennes écuries.

« Qu'est-ce qui se passe ? »

On ne lui répondit pas, on ne le regarda pas, les visages étaient fermés, comme si un mauvais vent soufflait sur le domaine. Il s'engouffra dans le corps principal par la porte monumentale restée ouverte, traversa la réception déserte, les deux salons en enfilade, la grande salle à manger, se rua dans la cuisine, la pièce lumineuse et chaleureuse où les permanents de Sagesse Desana avaient l'habitude de se rassembler.

Un petit groupe bourdonnant entourait Éléo, affalée en sanglots sur une chaise. Parmi eux se tenaient les cuisiniers de l'association, un homme et deux femmes, reconnaissables à leurs tabliers gris et tachés. Les légumes abandonnés avec leurs épluchures sur le plan de travail, les sachets d'épices éventrés, les casseroles posées de guingois sur les feux, le beurre renversé, les ustensiles sales et accumulés en tas dans les éviers témoignaient de la soudaineté avec laquelle ils avaient délaissé les préparatifs du repas. Des flots de lumière grise, sale, se déversaient par les deux grandes fenêtres qui donnaient sur le jardin potager du domaine, et, au-delà, sur la masse sombre de la forêt.

Geoffrey s'avança vers Yann avec, dans les yeux, une gravité affectée inquiétante chez un béat forcené de son espèce.

« Qu'est-ce qui se passe, bordel ? » haleta Yann.

Geoffrey désigna Éléo d'un mouvement de menton.

« Demande-le-lui. »

Les autres s'écartèrent pour laisser passer Yann. Il lut de la sévérité, de l'hostilité presque, sur leurs visages renfrognés. Il s'accroupit devant la chaise d'Éléo et lui posa la main sur l'avant-bras. Elle eut besoin de quelques secondes pour prendre conscience de sa présence. Elle ne portait pas de sous-vêtement sous la minirobe à bretelles que sa position avachie retroussait sur le devant, dévoilant la pointe nacrée de sa vulve sous sa fourrure sombre. Assez jolie avec son minois rond et ses formes pleines, elle avait perdu cet air aguicheur qu'elle promenait en toutes circonstances dans les couloirs du domaine. Les joues barbouillées de maquillage, les yeux hagards, elle n'était plus en cet instant qu'une gamine effondrée, déboussolée.

« Éléo, qu'est-ce qui s'est passé ? » demanda Yann d'une voix douce.

Elle le fixa pendant quelques instants d'un air stupide, comme si elle n'avait pas compris sa question, puis elle lui répondit d'une voix hachée, entrecoupée par les sanglots et les reniflements :

« C'est... c'est Vaï-Ka'i... Il... il s'est jeté sur moi... Il m'a... Il m'a...

— Il t'a quoi ?

— Il... m'a violée... violée... »

Abasourdi par l'énormité de l'accusation, Yann se releva d'un bond, comme propulsé par ressort. Une colère dévastatrice monta en lui, qui s'associa à l'essoufflement engendré par la violence de sa course pour le suffoquer et lui voiler les yeux de rouge. Il pointa un index tremblant de rage sur Éléo.

« Impossible ! Tu mens ! »

Elle lui jeta un regard incrédule, presque haineux, avant d'être secouée par une nouvelle crise de larmes.

« Comment peux-tu être aussi dur avec elle ? protesta Marine, l'une des deux cuisinières, une femme maigre aux longs cheveux gris et à l'autorité tranchante sous des dehors fondants de gentillesse. Tu ne vois donc pas qu'elle est traumatisée ?

— Vous connaissez tous Vaï-Ka'i, et vous savez qu'il est incapable d'une chose pareille !

— Pourquoi ? Ce n'est qu'un être humain après tout », fit Arnaud, un homme d'une trentaine d'années au crâne déjà dégarni, adepte des massages, de tous les massages, surtout lorsqu'ils dégénéraient en jeux érotiques — il avait massé de nombreuses femmes et détruit une poignée de couples depuis son entrée dans l'association.

Hors de lui, Yann se tourna vers Éléo :

« Dis-leur la vérité ! La vérité, bon Dieu ! Personne ne t'en voudra ! »

Il entrevit des éclats de désespoir dans les yeux noirs de la fille, crut, l'espace de quelques secondes, qu'elle allait avouer, révéler la supercherie, disculper le Maître-esprit.

« Il s'est jeté sur moi, il m'a couchée sur le tapis, il m'a arraché ma culotte... »

Les accusations d'Éléo, plus précises, prononcées d'une voix morne, dépouillée, se fichaient comme des flèches empoisonnées dans le silence épais qui envahissait la cuisine.

« ... Il a sorti son truc, il m'a pénétrée, il m'a fait mal, je me suis débattue...

— Tu n'as pas eu l'idée de crier, d'appeler à l'aide ? coupa Yann.

— Il m'a fourré un chiffon dans la bouche pour m'empêcher de crier... Je l'ai griffé, renversé, je me suis échappée, j'ai arraché le chiffon...

— Les hurlements d'Éléo nous ont alertés, intervint Geoffrey. On l'a trouvée enfermée dans les toilettes du premier étage. Quand tout le monde a su ce qui s'était passé, ça a été la vraie panique. Y en a qui ont eu peur des emmerdes et qui ont préféré se barrer tout de suite. »

Le regard de Yann erra pendant quelques instants sur les dalles de pierre, sur les murs et le plafond gris de la cuisine avant de revenir se poser sur Éléo. Au feu de sa colère avait succédé un dépit cuisant qui le rongeait comme un acide et qui, même s'il refusait de l'admettre pour l'instant, prenait inexorablement la forme du doute.

« J'espère pour toi que tu n'as pas inventé cette histoire.

— Elle avait du sang là. » Marine désignait le bas-ventre d'Éléo. « Ça, elle n'a pas pu l'inventer, c'est moi qui l'ai nettoyée.

— Il faudrait l'emmener à l'hôpital.

— Les flics n'attendent que ça pour dissoudre Sagesse Desana et fermer le domaine », objecta Arnaud.

Yann haussa les épaules.

« Quelle importance ? Si Vaï-Ka'i l'a vraiment violée, alors je ne vois plus aucune raison de maintenir l'association. Et la meilleure façon de savoir si elle dit la vérité est de la faire examiner par des toubibs. »

Éléo s'agita sur sa chaise sans songer à rabattre sa robe sur ses jambes.

« Je ne veux pas... Je ne veux pas...

— Tu ne veux pas quoi ?

— Aller à l'hôpital.

— En ce cas, c'est ta parole contre la sienne. Et tu ne m'en voudras pas si je choisis la sienne.

— Un instant, dit Arnaud. Ce n'est pas parce que Vaï-Ka'i a eu un... moment de faiblesse qu'il faut balancer son enseignement par les fenêtres.

— Un raisonnement qui t'arrange, hein ! siffla Yann. Tu peux continuer à baiser toutes les femmes de l'association, plus les autres, sans éprouver le moindre remords puisque le Maître-esprit lui-même est incapable de maîtriser ses pulsions sexuelles !

— Je n'ai pas baisé toutes les femmes de l'association, rétorqua Arnaud d'un air pincé. Je n'ai jamais essayé avec Myriam par exemple, mais j'aurais dû. Moi, j'aurais peut-être réussi à la garder au domaine. »

Un reste de raison dissuada Yann de saisir un couteau sur le plan de travail et de le planter jusqu'à la garde dans le ventre de son interlocuteur. Il les détestait, à cet instant, ces hommes et ces femmes que les circonstances lui avaient imposés comme condisciples, comme compagnons des jours nouveaux.

« Vous ne comprenez donc pas que quelqu'un a chargé cette petite vipère de nous inoculer son venin ! cracha-t-il d'une voix vibrante de fureur contenue.

— Ah non, tu ne vas pas nous resservir cette vieille histoire de la femme et du serpent ! » lança Émilie, la deuxième cuisinière, une femme opulente d'une quarantaine d'années.

Du regard, Yann passa en revue la douzaine de membres du petit groupe.

« Vous voulez dire que vous préférez accorder votre confiance à une fille comme Éléo plutôt qu'à Vaï-Ka'i ?

— Tu n'étais pas là quand ça s'est passé, dit Geoffrey. Nous, si.

— Est-ce que vous avez vu, de vos yeux vu, Vaï-Ka'i la violer ?

— Non, mais devant certaines évidences, nous...

— Emmenons-la tout de suite à l'hôpital de Mende. Nous en aurons le cœur net. »

Joignant le geste à la parole, il saisit Éléo par le bras et la força à se relever. Elle résista, lui échappa, dégringola de sa chaise, roula sur les dalles dans une série de claquements sinistres, la robe retroussée jusqu'à la taille.

Yann glissa tout à coup dans un cauchemar. Il vit deux femmes se pencher sur le corps inerte d'Éléo, les visages environnants se métamorphoser en masques grimaçants, menaçants ; il reçut un coup au visage, qui le fit reculer de deux pas, chanceler, s'effondrer sur les légumes et les épluchures qui jonchaient le plan de travail. La joue collée sur la surface carrelée, il respira de vagues odeurs de choux et de navets, perçut un brouhaha autour de lui, un tombereau d'insultes déversées par des voix graves, aiguës, déformées, entrelacées. Quelqu'un lui porta un deuxième coup dans les reins qui lui coupa la respiration.

La trame... Elle se déchirait dans l'entourage même du Maître-esprit... Douleur vive à la mâchoire, dans le dos, mal au ventre... Il crut deviner qu'une silhouette — Geoffrey ? — empêchait son agresseur — Arnaud ? — de continuer à le frapper. Il eut une sensation de mouvement, de perte d'équilibre, de chute, atterrit la tête en avant sur une dalle grise, resta allongé sur le sol aux prises avec une souffrance et une inertie qui lui interdisaient le moindre mouvement.

Il lui fallut un peu de temps pour se rendre compte que le liquide chaud et poisseux qui lui dégoulinait sur les joues et le menton était son propre sang. Il lui sembla que la cuisine se vidait peu à peu, il entendit des rumeurs lointaines, des crissements, des claquements de portières, des grondements de moteurs.

Les disciples de Vaï-Ka'i s'étaient envolés au premier coup de vent. Comme une nuée de corbeaux. Il se retrouvait désormais seul dans un silence de tombe aux prises avec une violente envie de vomir et une immense envie de pleurer. Avec, également, un frémissement de colère contre Éléo, Arnaud, tous les autres, contre lui-même qui avait sacrifié Myriam à ses rêves de gloire. Il flotta un long moment sur des pensées houleuses, incohérentes, tenta à plusieurs reprises de se relever, y renonça, pas la force, pas la volonté, puis, alors que la pénombre noyait peu à peu la cuisine, il discerna un froissement d'étoffe au-dessus de lui.

Il découvrit un visage familier et souriant à quelques centimètres du sien. Il lut, dans les yeux noirs qui le contemplaient, un tel amour, une telle bonté que le doute semé par les calomnies d'Éléo s'effaça d'un seul coup, qu'il recouvra à la fois sa flamme et sa fierté de disciple.

« Des visiteurs sont déjà arrivés, dit Vaï-Ka'i. Nous devons les accueillir.

— Où… Où sont les autres ? murmura Yann en se redressant sur un coude.

— Quels autres ? Nous ne sommes plus que deux. Nous repartons sans cesse de là d'où nous venons, Yann, du vide, de l'invisible. La vie est un cycle éternel, un perpétuel recommencement. »

Dans un effort qui lui arracha une grimace, Yann montra la cuisine d'un ample geste du bras. La douleur lancinante qui lui vrillait le haut du crâne reléguait au second plan les élancements de son nez et de son dos. Le sang séché maculait le haut de sa chemise et une manche de son blouson. Ses lunettes gisaient un peu plus loin au milieu d'épluchures.

« Mais… Le livre ? Et Sagesse Desana ? Et tout le reste ?

— De simples mirages. Le livre, nous continuerons de l'écrire ensemble. Ce n'est pas ce que tu désirais ? »

Yann récupéra ses lunettes et embua machinalement les verres avant de les essuyer avec un torchon.

« Je ne sais plus très bien ce que je désire… »

Vaï-Ka'i eut un rire musical.

« Tu commences à désapprendre, on dirait. À renoncer. »

Yann entendit à nouveau Myriam lui demander s'il était prêt à renoncer à tout ça. Quelle folie que de vouloir s'attacher aux réalisations humaines ! Elles étaient toutes appelées à disparaître. Les conquérants, les bâtisseurs n'avaient laissé derrière eux que des ruines et des fleuves de souffrance qui n'étaient pas encore asséchés. Les grandes civilisations, les fruits de l'orgueil humain, finissaient toutes par pourrir et tomber en poussière. Et celle-ci, la plus orgueilleuse, la plus insensée de toutes, celle que l'homme qualifiait de moderne, de progressiste, d'ultime, n'échapperait pas à la règle.

Le Maître-esprit portait l'une de ses tuniques amples et blanches que lui avaient confectionnées un tailleur de ses adeptes, ainsi qu'un pagne censé rappeler ses origines amazoniennes. Dès qu'il eut chaussé ses lunettes, Yann distingua trois zébrures parallèles qui partaient du poignet gauche de Vaï-Ka'i et couraient le long de son avant-bras.

Trois marques rouges qui ressemblaient étrangement à des griffures.

Mathias 5

« Un présent avant le combat, Malik », fit Hakeem avec un large sourire en poussant une femme devant lui.

Quelques minutes plus tôt, il avait invité Mathias à s'enfermer dans une petite pièce pour, avait-il prétendu, goûter un peu de tranquillité au milieu du bourdonnement fébrile qui résonnait dans les locaux du Jihad international.

Vautré sur un vieux canapé-lit en mousse, Mathias examina l'accompagnatrice de l'Ougandais. Elle penchait la tête et ne laissait paraître d'elle, pour l'instant, que les plis de son voile et de sa robe.

« Je ne t'ai rien demandé...

— Si tu me l'avais demandé, ce ne serait plus un cadeau, mais un service, dit Hakeem en retroussant sa lèvre supérieure sur ses longues dents blanches. Elle ne te refusera rien. Profites-en. Demain, il sera peut-être trop tard.

— Et toi ? »

Hakeem écarta les bras et parut tout à coup occuper tout l'espace. La lumière feutrée de la lampe posée sur une table basse étira son ombre sur les rideaux plissés, sur les murs et le plafond enduits d'un plâtre humide, moisi.

« Moi, j'ai laissé une femme et un fils en Ouganda. Je leur dédie ma nuit. Je penserai à eux, je prierai pour eux.

— Qui te dit que je n'ai pas besoin de la nuit pour penser aux miens ? »

L'Ougandais secoua la tête avec une expression qui oscillait entre résignation et compassion.

« Tu n'es pas le genre de type à être attendu par des êtres chers. Tu es un homme seul, Malik, seul dans ta tête et dans ton cœur. J'ai pensé que la compagnie d'Hassida te tiendrait chaud pendant cette veillée d'armes. »

Mathias s'inclina autant pour remercier Hakeem que pour rendre hommage à sa perspicacité.

« Si ton désir le plus cher est de revoir ta femme et ton fils, rien ne t'oblige à participer à l'attaque de demain...

— Le jour où j'ai accepté de rejoindre le Jihad international, j'ai aussi accepté de remettre ma vie entre les mains de Dieu, murmura l'Ougandais.

— Tu ne disais pas que c'est un honneur de mourir pour Dieu et une connerie de mourir pour des salauds ? »

Hakeem leva ses mains jointes à hauteur de son front.

« Ce coup d'éclat est bon pour la cause des frères. Les Occidentaux vivront dans la crainte du Jihad, de la colère de Dieu et de ses serviteurs. Plus le cuir est vieux, plus il est rigide, et plus il faut le battre pour l'assouplir. »

Mathias se releva et tourna autour de la fille qui gardait les yeux rivés au sol et restait d'une immobilité de pierre.

« À propos d'Occidentaux, tu m'avais aussi affirmé que le Jihad n'attaquerait pas les intérêts américains...

— J'ai eu tort. Disney est un parc américain, mais les visiteurs sont pour la plupart européens et les employés, français. Et c'est une façon pour les Américains de se dissocier des révolutions islamiques aux yeux de l'opinion internationale. Une stratégie économique en vies américaines. En plus, ils sautent sur l'occasion de démontrer que l'Europe, cette vieille Europe qui s'est mise en tête de contester leur hégémonie, n'est qu'une passoire à terroristes, une puissance de pacotille. Ils ont, au contraire, très bien choisi leur cible. »

Mathias écarta les rideaux et observa le parc de la propriété où s'agitaient, aux lueurs mouvantes des torches, les hommes chargés de réviser les véhicules. Quelques étoiles brillaient entre les ramures et les nuages que chahutaient des bourrasques mugissantes. La météo avait annoncé du vent, de la pluie et des orages pour le lendemain, un temps en principe favorable au désordre, au chaos, à la terreur.

Mathias avait profité d'une navette de ravitaillement pour se rendre à Coulommiers au début de l'après-midi. Il avait faussé compagnie aux autres et appelé, d'une cabine téléphonique, Blaise et Cathy à l'un des deux numéros qu'ils lui avaient fournis. Il était tombé sur Cathy et lui avait parlé du projet du Jihad.

« Qu'est-ce que je fais ?

« Rien pour l'instant. Tu auras notre réponse ce soir. D'une manière ou d'une autre. Retiens le code : Minnie, M-I-N-N-I-E. N'oublie pas, même si les ordres te paraissent absurdes, exécute-les à la lettre. »

Mais la réponse ne lui était toujours pas parvenue, et il ne savait pas s'il devait foutre le camp ou s'embarquer dans ce raid qui avait tout l'air d'une mission suicide.

« Tu sembles avoir beaucoup d'amour pour ta femme et ton fils, reprit Mathias en se retournant. Ça ne te fait rien de savoir que, demain, des femmes et des enfants feront partie des victimes ? »

Hakeem haussa les épaules.

« Ce genre de préoccupation ne te ressemble pas, Malik. Et puis, ce qui doit arriver est écrit. Bonne nuit. À demain. »

Il sortit et referma la porte avec sa discrétion habituelle. Mathias revint près de la fenêtre et contempla le ballet des torches qui éclaboussaient de lumière les troncs des grands conifères, les cloisons ondulées des abris, les vitres luisantes des voitures, les murs des bâtiments, les flaques tendues sur les allées.

« Retire ton voile », dit-il au bout de quelques instants à la fille.

Elle s'exécuta sans protester, libérant une chevelure exubérante qui roula en torrents sombres sur ses épaules et sa poitrine. Elle leva sur lui d'immenses yeux noirs bordés de cils interminables. Ses joues et ses lèvres avaient encore les rondeurs d'une enfance qu'elle n'avait sans doute pas quittée depuis très longtemps.

« Comment tu t'appelles, déjà ?

— Hassida. » Elle baissa tout à coup la voix. « Mais certains, ailleurs, m'appellent Minnie. M-I-N-N-I-E. »

Il tressaillit, délaissa les lumières fantomatiques du parc pour reporter toute son attention sur elle.

« Tu… bosses pour eux, je veux dire Blaise et Cathy ? »

Elle désigna la porte d'un mouvement de menton.

« Parle moins fort. Il n'y a pas de micro dans cette pièce, mais les murs ont des oreilles. Je sais seulement que tu es Mathias. Et que je dois te donner tes instructions. »

Il se secoua, comme pour reprendre pied dans une réalité qui lui échappait, puis il s'approcha d'elle.

« Putain, tu as quel âge ?

— Dix-neuf. Je sais, je fais beaucoup plus jeune.

— Et tu te... tapes tous ces mecs ? »

Elle marqua un petit temps d'hésitation.

« Je n'ai pas le choix, je suis en mission. Bah, si je me débrouille bien, ce n'est qu'un mauvais moment à passer. Ce sont des grandes gueules pour la plupart. Ils jouissent au bout de deux minutes et ronflent trente secondes après.

— Comment est-ce qu'ils te tiennent ? Blaise et Cathy ?

— Je ne connais pas de Blaise ni de Cathy. Mais c'est comme pour toi, je suppose, obéir aux ordres ou pourrir en taule. J'ai fait avaler un somnifère à mon père et à mes deux frères, je les ai égorgés pendant leur sommeil, je leur ai coupé les couilles, aux trois, ils en étaient si fiers ! et je les ai jetées par la fenêtre. Les flics sont intervenus juste à temps pour empêcher les autres hommes de l'immeuble de me réduire en bouillie. Ensuite, on m'a donné le choix entre la taule et faire la pute pour les flics. Dans tous les sens du terme.

— T'es une sorte de Nikita, alors ?

— Sauf que, moi, je n'ai pas le droit de faire joujou avec les armes. Juste avec mon corps. »

Il lui fit signe de s'asseoir sur le canapé-lit, puis se laissa tomber à ses côtés sur la mousse usée. Il respira une bouffée de son parfum, une note allègre dans l'odeur lourde qui suintait des murs et du parquet.

« Pourquoi tu as égorgé ton père et tes frères ?

— C'étaient de vrais salauds. Ils ont tellement battu ma mère qu'elle en est morte. Ils ont fait passer ça pour un accident. Après, ils m'ont traitée comme leur bonniche. Et leur carpette : mes frères m'ont violée à tour de rôle. En plus ils m'avaient vendue à un vieux cousin, un mec affreux mais riche, chez qui je devais aller m'installer le jour de mes quinze ans. »

Les éclats qui enflammaient ses yeux noirs traduisaient mieux que ses propos la haine qui continuait de la consumer.

« Ça fait combien de temps que tu bosses pour les flics ?

— Presque quatre ans maintenant.

— Comment tu t'es débrouillée pour être choisie cette nuit ? Tu savais qu'Hakeem avait l'intention de m'offrir de la compagnie ?

— Nous, les femmes, nous avons un accord avec Ismahil. Nous ne lui faisons pas de difficultés s'il nous donne un jour à l'avance les noms des hommes qui ont raqué pour baiser. Ça nous permet de nous organiser, d'établir des tours. J'ai appris que l'Ougandais avait payé pour toi, je me suis portée volontaire. Je me serais arrangée autrement s'il l'avait fallu.

— Tu es ici depuis combien de temps ?

— Depuis le début. Huit mois. J'étais la maîtresse du Taliban chargé de mettre en place la branche française du Jihad international. Un vrai maniaque, un fou furieux.

— Tu as couché avec Hakeem ?

— Deux fois. Lui, c'est le plus doux de tous. Le préféré des femmes, et de loin. Les autres sont de sales brutes, y compris les blacks américains.

— Tu es née où ?

— En Libye. Mais j'avais à peine trois mois quand mes parents sont venus en France. »

Mathias suivit pendant quelques secondes la course d'une grosse araignée le long d'une lézarde du plafond.

« Alors, ces instructions ? »

Hassida changea de position sur le canapé, visiblement mal à l'aise.

« Ils ne se bougeront pas », lâcha-t-elle à voix basse.

Les yeux de Mathias revinrent se poser sur son interlocutrice après que l'araignée eut disparu dans une crevasse.

« Ça veut dire que le massacre aura lieu, ajouta-t-elle. Et que toi, tu dois te comporter comme un membre du commando. Comme un de ces cinglés. Ils ne veulent pas prendre le moindre risque d'éveiller les soupçons des chefs du Jihad. Pas maintenant.

— Ils ne seront pas plus avancés si je me prends une balle en pleine poire, objecta Mathias avec calme. Encore moins si les flics me ramassent : je pourrais parler, révéler leurs magouilles. »

Elle leva sur lui un regard dont la gravité se teintait d'ironie.

« Tu la recevrais, ta balle en pleine poire, avant même d'avoir eu le temps d'ouvrir la bouche ! Et puis tu n'es qu'une option. Si tu meurs, ils ont des solutions de remplacement.

— Ils sont prêts à aller jusqu'à combien de victimes avant de réagir ? »

Elle haussa les épaules avec une moue désabusée.

« S'ils laissent faire tout ce bordel, c'est qu'ils préparent quelque chose d'autre, quelque chose de plus important ! Et dans ce cas, les vies humaines ne valent pas grand-chose à leurs yeux ! Au contraire même, s'il y a des enfants dans le tas, ils s'en serviront pour faire pleurer les Bidochons devant leur télé.

— Donc, je pars avec le commando demain matin et je tire dans le tas ? »

Le souffle d'Hassida souleva délicatement les mèches ramenées devant sa bouche par son hochement de tête.

« On m'a dit que tu adorais ça, tuer. »

Il lui lança un coup d'œil en coin, et pour la première fois, se surprit à penser qu'elle était attirante, très attirante. Il ne chercha pas à résister au courant puissant qui l'entraînait vers elle.

« Jeter des grenades dans une foule, je n'appelle pas ça tuer.

— C'est quoi la différence ?

— Le plaisir de rôder dans la nuit, la solitude, l'attente, l'impression de se tenir en équilibre sur le fil qui te relie à ta proie.

— Moi, j'ai joui quand la lame du rasoir a tranché la gorge de mon père, que son sang m'a giclé à la figure. Réellement joui, je veux dire, mouillé ma culotte. Jamais un mec n'a réussi à me faire autant d'effet. Mon père a ouvert les yeux avant de crever, il m'a vue, il a compris, je crois, que c'était sa propre fille qui l'avait saigné comme un mouton. Il a essayé de parler, ou d'appeler au secours, ça a fait un drôle de bruit, on aurait dit un tuyau qui se vidait de son air, puis il s'est mis à trembler, comme un petit vieux atteint de la maladie de Parkinson. J'ai eu peur que les grincements de son lit ne réveillent mes frères, même si j'avais mis une bonne dose de somnifère dans leur café. Eux, je les ai tués sans aucune émotion, j'ai eu l'impression de débiter des quartiers de viande. L'idée de leur couper les couilles m'est venue après. De les expédier en enfer sans leur attirail, sans leur arrogance de mâle. C'est drôle, je n'ai jamais raconté ça à personne, ni aux flics, ni à mon avocat, ni au juge. À personne.

— Pourquoi tu me le racontes à moi ? On ne se connaît pas. »

Hassida renversa la tête en arrière et coinça les mèches les plus rétives derrière ses oreilles aux lobes déformés par de lourds pendants en argent.

« Je ne sais pas, je me sens en confiance avec toi, j'ai l'impression que tu ne juges pas.

— Peut-être, mais avec ce genre d'aveux, je pourrais avoir peur de coucher avec toi ! »

Elle eut un rire de gorge dont les éclats se fichèrent dans le bas de la colonne vertébrale de Mathias.

« Faudrait d'abord que je le veuille !

— Eh, Hakeem a raqué pour moi !

— Entre nous, c'est différent : nous sommes collègues. Rien ne m'oblige à baiser avec toi.

— Même le désir ? »

Elle se figea, comme frappée en plein vol, et le dévisagea avec une attention soudaine, oppressante.

« Qui te dit que j'ai du désir pour toi ? »

Mathias dut s'agripper de toutes ses forces à sa volonté et au dossier du canapé pour soutenir le feu de son regard.

« Moi, en tout cas, j'ai envie de toi, répondit-il, la gorge sèche.

— Je croyais que tu n'aimais pas les femmes ? Ni les hommes d'ailleurs. Que la seule chose qui te faisait bander, c'était de tuer ? »

Il desserra, d'une profonde inspiration, les mâchoires de l'étau qui lui comprimait la poitrine.

« Peut-être que j'avais pas encore rencontré la bonne fille. »

Elle se mordit les lèvres, se releva avec brusquerie, alla à son tour se poster devant la fenêtre en trois enjambées rageuses.

« Je ne suis pas la bonne fille, Mathias, murmura-t-elle. Mon corps ne m'appartient plus. Tous les salauds qui logent dans cette putain de baraque me sont passés dessus. »

Il la rejoignit près de la fenêtre, entrouvrit les rideaux, observa pendant quelques secondes le faisceau d'une torche qui se baladait près d'un cèdre sous les essieux d'une camionnette.

« La différence entre eux et moi, c'est que j'accepterai ta décision si tu ne veux vraiment pas de moi. »

Il revint s'allonger sur le canapé, ferma les yeux, s'astreignit à ne pas les rouvrir lorsqu'il entendit le froissement de sa robe et les grincements des lattes sous ses semelles. Il lui sembla qu'elle longeait le mur d'en face et se dirigeait vers la sortie.

Il n'avait pas ressenti le moindre dépit lorsque Johanna, l'adolescente boudeuse, était sortie de sa vie, seulement la crainte qu'elle n'aille parler de ses activités nocturnes devant des oreilles indiscrètes. Ils étaient pourtant restés ensemble plusieurs semaines et avaient noué un début de complicité mollement sensuelle à défaut d'une relation passionnée. Mais, là, aux bruits de cette poignée qui se tournait, de cette porte qui s'entrebâillait, de ces pas qui s'éloignaient, il sombra dans la même inertie froide, amère, que les jours ayant suivi la mort de sa mère, une indifférence douloureuse qui le fermait à la lumière du jour et le jetait dans les bras de la nuit.

Demain, il tuerait avec le cœur froid de ceux qui ont toujours vécu dans l'ombre du monde.

Marc 5

Marc n'avait pas réussi à couper à la corvée du dîner-revanche organisé par Charlotte.

Elle ne recevait pas chez elle, trop petit, pas assez prestigieux, elle exploitait son statut d'attachée de presse pour réserver une table dans l'un de ces restaurants étoilés où manger relève du rituel religieux, où boire confine à l'expérience extatique. Elle négociait sévèrement les prix en promettant au gérant un article dithyrambique dans son magazine, tirant, cher monsieur, à plus de deux cent mille exemplaires par semaine. Comme elle tenait sa parole la plupart du temps, les restaurateurs commençaient à le savoir et lui offraient leurs meilleures tables à des prix défiant toute concurrence, parfois même gratuitement. Elle comblait ainsi son goût du luxe et de l'épate sans creuser démesurément le déficit perpétuel de son compte ni de celui de Marc, leurs tonneaux des Danaïdes.

Il régnait, dans l'Ancêtre Gaulois, un établissement des environs de la Bastille, un silence de cathédrale à peine troublé par les murmures, les chuchotements, les froissements. Les éclairages savants évoquaient évidemment les lumières ambrées et discrètes des chandeliers ; les serveurs, tout de blanc vêtus, vaquaient avec une gravité d'enfants de chœur, la même mine compassée, les mêmes gestes affectés, la même fierté de servir dans un lieu consacré ; les clients affichaient le recueillement de circonstance devant les plats et le vin qu'on leur apportait en procession comme la sainte Eucharistie.

Marc détestait cette salle, son atmosphère solennelle et son décor austère.

Il détestait également la compagnie des invités de Charlotte, Conrad, ben-si-l'architecte-d'intérieur, sa femme, Maud, la copine de Jacotte, une bonne copiiiiiine donc, et un autre couple dont il avait déjà oublié les noms mais dont il avait retenu qu'elle, une anorexique, un squelette ambulant, une publicité pour rayons X, avait commis un roman historique à succès quelques mois plus tôt, et que lui, un homme onctueux, voire crémeux, nettement plus jeune qu'elle, œuvrait plus ou moins dans la production audiovisuelle.

Conrad, un beau ténébreux qui, le salaud, avait conservé tous ses cheveux, lui avait fait part de toute son admiration pour le travail des journalistes de l'EDV :

« Vous au moins vous avez su garder votre âme dans le monde de la presse écrite pourtant soumis à de terribles pressions publicitaires. »

Charlotte avait approuvé bruyamment avec une candeur indécente. L'architecte d'intérieur consultait un tas d'autres journaux, bien entendu, mais il n'accordait sa pleine et entière confiance qu'aux journalistes de l'EDV, les seuls véritables indépendants, les « derniers guerriers de la liberté de pensée » — il semblait plutôt fier de sa formule.

« D'ailleurs, c'est la même chose avec l'architecture, avait continué Conrad. Rares sont aujourd'hui les architectes qui ne sont pas soumis à la pression de grands groupes. Y compris les cabinets les plus puissants. Les contraintes budgétaires étouffent la créativité. Maintenant, quand on se lance dans un projet, on pense international, Japon, Corée, Taïwan, Chine, États-Unis, Australie, on prend le plus grand dénominateur commun, et, à force de... passez-moi l'expression, chier du passe-partout, on n'a pas d'autre choix que de tomber dans le commun, dans le vulgaire, dans le goût de chiottes ! On rajoute une touche de couleur locale pour entretenir l'illusion, mais on se retrouve, partout dans le monde, avec une esthétique générale qu'on pourrait qualifier de néo... ou plutôt de rétro-sous-stalinienne. Ce n'est pas comme ça, dans le cinéma ? Les impératifs de coproduction ne rognent pas la liberté de création ? »

Coup d'œil interrogateur au crémeux, qui lance un regard désespéré à son squelette de femme avant de se jeter à l'eau.

« Ben, faut reconnaître que quand un script tombe entre les mains de ces enc... enfin, j'veux dire, des producteurs ricains, il subit un lifting autrement plus sévère que celui de Cath... »

Une œillade assassine de l'écrivaine lui interdit de faire un faux-pas de plus dans cette direction.

« On peut dire que c'est la même chose des livres, ajoute-t-elle rapidement pour effacer l'impression pénible produite par l'intervention de l'espèce de demeuré que, quelques minutes plus tôt, elle a malencontreusement présenté comme son mari. Les éditeurs cherchent le succès à tout prix, le plus grand dénominateur commun selon votre expression, et il ne reste plus beaucoup de place pour la nouveauté, pour l'originalité. »

Marc se rappelle le titre et le sujet du roman de l'intervenante, *Jeanne ou les vices cachés de la vertu*, et se demande où elle a bien pu nicher un semblant d'originalité dans son œuvre : poser Jeanne d'Arc en clone littéraire de la Justine de Sade, la présenter comme une vierge qui se sert de son cul, de sa bouche et de ses mains pour recruter les officiers de son armée de libération, c'est ça qu'elle considère comme une nouveauté, comme une provocation ? À part quelques réactions outragées de l'extrême droite, qui s'est emparée du symbole de la Pucelle d'Orléans avec une rapacité de vautour, son bouquin n'a soulevé qu'une vaguelette mollement élogieuse chez les critiques plus ou moins inféodés aux grandes maisons d'édition — y compris le critique littéraire de l'EDV, qui roule pour deux ou trois éditeurs dans l'espoir de leur fourguer son grand œuvre pas encore achevé, et sans doute pas encore commencé.

« C'est total vrai, ça », croit bon d'approuver Charlotte.

Le grand crû, qu'elle a dégusté avec le sérieux qui convient, lui enflamme les yeux et les joues. Elle ronronne de plaisir, Charlotte, aux anges dans ce dîner où les conversations volent si haut, où la compagnie brille avec davantage d'éclat que le sapin de Noël dont elle a récemment décoré son appartement (pour toi, a-t-elle susurré à Marc, moi, comme tu le sais, je ne suis pas censée fêter Noël). Son regard passe sans cesse d'un convive à l'autre, scrute les faces pour y déceler les traces de satisfaction ou de mécontentement. Elle a enfilé une robe courte dont le décolleté plongeant dévoile la naissance de ses seins, peu volumineux mais fermes. Et naturels, contrairement à ceux de Maud qui débordent de l'échancrure de son chemisier avec une raideur estampillée silicone — et une esthétique passe-partout, calibrée, sous-stalinienne elle aussi.

Charlotte parle quelquefois d'agrandir le trou dans le fond de son tonneau en refilant une partie de son découvert à une clinique de chirurgie plastique : refaire le nez d'abord, une obsession, puis, pourquoi pas ? gonfler les seins, qu'est-ce que t'en penses ? aspirer la graisse et la cellulite, retendre les tissus, enlever les excroissances disgracieuses... Non qu'elle ait réellement besoin de tout ça, mais une femme digne de ce nom se doit de se prendre en charge et de corriger les négligences de mère nature, c'est écrit noir sur blanc dans les colonnes de son magazine. Le grand professeur consulté, garant de sérieux, s'est même fendu de dix mille euros pour étaler la photo, l'adresse et le téléphone de sa clinique sur une moitié de page.

« Ce qui serait bien, c'est que l'EDV consacre un dossier à ce problème de la mondialisation esthétique, reprend Conrad. Parce qu'elle touche finalement tous les domaines. »

Marc se demande si la toison grise et bouclée de l'architecte d'intérieur, l'arrogance faite chevelure, est naturelle. Un de ses confrères de l'EDV, dégarni lui aussi, lui a récemment affirmé qu'un grand nombre de comédiens et de vedettes du show-biz ont eu recours aux implants capillaires, « dont certains, tu ne devineras jamais... ». On se rassure comme on peut.

« Un dossier aussi complet que celui que vous avez consacré au phénomène Vaï-Ka'i par exemple, ajoute Conrad. Les gens ont besoin de temps en temps qu'on leur ouvre les yeux. »

L'intérêt des convives se concentre sur Marc comme si l'avenir de l'architecture, du cinéma et de la littérature réunis reposait désormais sur ses seules épaules. Le nom de Vaï-Ka'i le ramène instantanément dans une ferme de Lozère, devant une cheminée où se tord un feu crépitant, devant un corps de femme figé et clair comme de la glace, devant des yeux noirs qui semblent contenir toute la souffrance du monde. L'ombre livide d'un serveur file dans une allée sous le regard attentif du maître d'hôtel.

Marc allume une cigarette sans tenir compte des mines désapprobatrices de la silicone faite épouse et de l'anorexie incarnée en écrivaine. Charlotte se garde bien de l'imiter malgré l'envie furieuse qui l'en démange. Marc l'entend déjà lui faire la morale dans le vieil escalier à vis qui monte à son studio (ce soir, elle a décidé de dormir chez lui, à l'Île-Saint-Louis, plus proche de la Bastille que son appartement du quinzième, elle a tout prévu, elle a confié Gugusse, son labrador, à une amie dont la fille adôôôre les chiens) : seuls les ploucs fument en plein milieu d'un repas dans un restaurant deux étoiles ; on ne t'a jamais appris que le tabac gâtait la saveur du vin et de la nourriture ? Il gâche en tout cas l'ambiance des petits déjeuners sans étoile qu'elle enfume avec une constance et une générosité consternantes.

« Le dossier que nous avons consacré à Vaï-Ka'i est un tissu de mensonges et de conneries. »

Le calme avec lequel Marc a lâché ces quelques mots leur a conféré une puissance inouïe. Un froid polaire est subitement descendu sur la table, a gelé les traits, les expressions, les gestes. La face de Conrad, sous sa tignasse épaisse, s'est allongée de plusieurs pouces, au point que son menton frôle la nappe. Maud s'est enfin arrêtée de secouer les breloques massives et assourdissantes qui lui font des lobes de Bouddha. L'écrivaine s'est reculée sur sa chaise comme si elle se retirait très loin dans son caveau. Charlotte, elle, aimerait bien qu'un tremblement de terre ou une autre catastrophe naturelle, elle n'est pas difficile, vienne la tirer du naufrage qui se profile. Seul le producteur semble trouver un intérêt inespéré à ce dîner où jusqu'alors il faisait figure d'erreur de casting.

« Pas davantage fondé que le tissu de conneries avec lequel vous avez rhabillé Jeanne d'Arc », poursuit Marc en fixant l'écrivaine.

Elle ne bouge pas, elle le conchie du bout des faux cils comme on se débarrasse d'un insecte insignifiant. Les yeux de son mari, planqué derrière le paravent de ses mains, pétillent de jubilation.

« Les deux sont de simples fantasmes, dit encore Marc. Le fantasme de la vierge qui se métamorphose en pute. Le fantasme du bouc-émissaire, de l'homme sacrifié au nom des intérêts collectifs. Et moi, moi qui fais partie selon vous des derniers guerriers de la liberté de pensée, j'ai participé à la curée pour ne pas perdre mon boulot. Pour garder mes trente mille balles par mois et mes avantages sociaux. Pour la garder, elle (il désigne Charlotte, livide, d'un mouvement de menton), pour continuer d'oublier nos vingt-cinq ans de différence. Pour entretenir un autre fantasme, celui de la puissance, de la jeunesse éternelle.

— Ah bon ? Je n'aurais jamais pensé qu'il y avait vingt-cinq ans de différence entre vous », minaude Maud.

Les regards convergents et meurtriers de Conrad et de Charlotte lui renvoient la stupidité de son intervention. Le maître d'hôtel, à qui la tension soudaine de la table n'a pas échappé, vient prendre la température du bout de ses pincettes obséquieuses.

« Tout va bien, messieurs dames ? »

Charlotte lui répond d'un sourire crispé et le congédie d'un signe. Marc attend qu'il se soit éloigné pour reprendre :

« Parlons donc en toute liberté puisque vous admirez tant la liberté de pensée. La crédibilité professionnelle et publique dont jouit l'EDV ne repose plus que sur un passé déjà lointain. Même s'il est devenu une simple machine à démolir les réputations, une entreprise dont le fond de commerce est devenu le ragot si vous préférez, il continue d'exploiter son image pour se donner une apparence de respectabilité et maintenir ses lecteurs dans l'illusion de la vérité.

— Si vraiment l'EDV joue avec la crédulité de ses lecteurs, et j'ai du mal à le croire, on ne peut plus faire confiance en personne », murmure Conrad.

Marc écrase sa cigarette dans un cendrier tandis que Charlotte, au supplice, en allume une avec une nervosité rentrée qui rend ses mouvements maladroits et déclenche une pluie de cendres sur son décolleté.

« Tous, autour de cette table, nous sommes sous perfusion économique. Nous dépendons de structures qui elles-mêmes dépendent de structures, qui elles-mêmes dépendent de, etc., etc. Quelle confiance voulez-vous accorder à des individus ou à des groupes d'individus piégés par des structures ? Quelle confiance voulez-vous accorder à des types qui ne songent qu'à préserver leurs privilèges ?

— On peut gagner de l'argent sans être corrompu…

— Sans doute, mais il faut être prêt à renoncer à tout. À son confort, à ses habitudes, à ses certitudes. Qui, autour de cette table, accepterait de tout plaquer pour être en totale conformité avec lui-même ?

— Certainement pas moi ! s'écrie le producteur avec une spontanéité qui imprime une moue de mépris, d'horreur presque, sur l'absence de lèvres de l'écrivaine.

— Pourquoi proposer un choix aussi extrême ? objecte Conrad en brandissant un couteau à la lame luisante. On peut négocier avec les structures sans pour autant se compromettre.

— C'est exactement le raisonnement que tiennent les gens qui bossent dans les fabriques d'armes. Exactement le raisonnement de ceux qui ont enfermé les Juifs dans les wagons pendant la Deuxième Guerre mondiale. La théorie des maillons qui n'ont jamais le courage, ou la simple curiosité, de vérifier à quelle chaîne ils sont attachés. »

Marc avait l'impression désormais d'être perdu en plein milieu d'un désert de glace. Le monde, son monde, n'était plus qu'une gigantesque machine à produire des maillons. Des existences fragmentées qui coexistaient sans jamais se rencontrer, sans jamais se comprendre. Plus la science traquait les particules de l'infiniment petit, et plus l'horizon des hommes se bouchait, comme si le temps accélérait son œuvre de morcellement et précipitait l'espèce humaine dans l'impasse. Où menait la chaîne qui le reliait à l'EDV ? N'était-il donc qu'un chien dont les maîtres, tout là-haut, dans les sphères comme aurait dit l'institutrice de Jésus Maingrot, tiraient de temps à autre la laisse ?

Une chose était sûre en tout cas, la chaîne qui le reliait à Charlotte venait de se briser, définitivement. La tête baissée sur la table, elle lui adressait de temps à autre un regard de biais où s'affichait clairement la rupture.

« Vous n'êtes pas seulement un cynique, vous êtes aussi un vrai salaud, lança Conrad avec une agressivité qui lui blanchissait le visage. Comparer aux nazis tous ces gens qui essaient de s'en sortir comme ils peuvent…

— Les gens qui dénonçaient les Juifs et ceux qui bouclaient les portes des wagons n'étaient pas nécessairement des nazis, mais des types qui, eux aussi, essayaient de s'en sortir comme ils le pouvaient. De simples maillons. Vous agitez le mot nazi comme un épouvantail parce que vous refusez de vous envisager en tant que maillon, de regarder où mène votre chaîne. »

Conrad se leva et se pencha par-dessus la table pour gifler Marc, qui esquiva la main de l'architecte d'un retrait du buste. Le producteur, en revanche, n'eut pas le réflexe de se reculer quand une carafe d'eau se renversa et lui inonda le ventre et le haut des cuisses.

« Une partie de ma famille est morte dans les camps ! gronda Conrad, blême, en se rasseyant.

— Une partie de la mienne aussi », ajouta l'écrivaine d'une voix sépulcrale.

Charlotte s'abstint de renchérir bien qu'elle eût confié à Marc avoir perdu un grand-père et une grand-tante à Auschwitz.

« Je ne remets pas en cause la souffrance des victimes de l'Holocauste, mais les mécanismes qui permettent l'accouchement de telles monstruosités. Qui font de chacun d'entre nous le maillon potentiel d'une chaîne d'abominations. L'histoire n'aura aucune vertu exemplaire si nous ne prenons pas conscience qu'elle se répète en chacun de nous, comme un disque rayé. Nous nous livrons quotidiennement à toutes sortes d'injustices, des menues faiblesses qui sur le coup paraissent insignifiantes... »

Un serveur empressé apporta un linge avec lequel le producteur s'essuya en lâchant une bordée de jurons. Marc alluma une cigarette avant de reprendre.

« ... Et pourtant, elles grossissent inlassablement le cours d'un fleuve qui finit par déborder, sous la forme nazie ou sous tout un tas d'autres formes. Moi par exemple, j'ai rédigé un article bidon sur la mère et la sœur adoptives de Vaï-Ka'i. Une petite injustice, une petite faiblesse, la peur de briser la chaîne nourricière. Vous me direz que je n'ai fait que livrer deux pauvres femmes aux railleries de mes lecteurs, mais leurs rires se transformeront en hurlements, en imprécations, lorsque le fleuve...

— Vous vous donnez beaucoup d'importance, mon cher, coupa Conrad, glacial.

— Je ne m'en donne pas assez, au contraire, je me réduis en permanence à la dimension du maillon, je me satisfais trop souvent d'être un misérable bout de chaîne. »

« Putain, merde, tu l'as bien bousillé, ce dîner, je t'avais dit pourtant que c'était total important. »

Charlotte avait entamé sa litanie de récriminations avant même d'être sortie de l'Ancêtre Gaulois. Les autres avaient déserté la table depuis belle lurette, sans jeter un œil sur la carte des desserts, pressés soudain de rentrer chez eux, tu comprends, Charlotte, les enfants à récupérer, plein de trucs à finir, mais promis on se téléphone et on en reparle, de ce papier. Ils n'avaient pas salué Marc, hormis le producteur qui, avant de s'éclipser, lui avait glissé à l'oreille :

« J'ai pas très bien compris où vous vouliez en venir, mais vous avez raison sur un point : le bouquin de ma femme, c'est un vrai tissu de conneries, un truc de gonzesse, j'ai dû me le farcir jusqu'au bout et, en plus, ça ne m'a même pas fait bander. »

Ils attendaient le taxi sur le trottoir du boulevard, encore animé à cette heure-ci.

« ... Tu pouvais pas la fermer au sujet de cet article sur ce Va... machin ? on s'en fout de tes états d'âme, mon pauvre vieux, et puis, qu'est-ce qui t'a pris de balancer les nazis dans la conversation, hein, vraiment pas malin... »

La proximité des passants ne l'incitait pas à modérer le ton de sa voix que la colère envoyait se promener dans les suraigus. Il ne pleuvait pas, pour une fois, des étoiles brillaient en archipels dans un ciel à peu près dégagé. Le vent, toujours aussi chaud, emportait les ronronnements des moteurs et répandait une vague odeur d'essence et de décomposition.

Un taxi se détacha du trafic et vint s'échouer quelques mètres plus loin. Charlotte courut vers la voiture en agitant les bras pour attirer l'attention du chauffeur.

« ... Toi, tu en prends un autre, mon vieux, moi, je rentre chez moi, ne cherche pas à me revoir, ne m'appelle pas, jamais, c'est terminé entre nous, fallait pas me faire un plan foireux de ce genre, terminé, tu entends, et puis d'ailleurs... »

Elle entrouvrit la portière, se retourna et lui lança un défi du regard, la tête légèrement renversée en arrière, le dos cambré, la bouche entrouverte, les yeux brillants.

« Ça fait plus de trois mois que je baise avec Conrad. »

L'aveu laissa Marc de marbre. Qu'elle couche avec la terre entière si ça lui chante ! Cependant, il ne put résister au plaisir de la gratifier d'une dernière pique en guise d'adieu.

« Je crois qu'il aime les gros seins. Sa femme est gonflée à la silicone. Va falloir que tu passes sur la table d'opération, ma belle.

— T'es vraiment qu'un sale con !

— Et ton Conrad, un faux-cul de première ! »

Il pivota sur lui-même sans attendre la réaction de Charlotte, l'ex numéro 2 désormais, et fila d'un pas allègre dans la nuit, euphorique, délivré de quelques-unes de ses chaînes.

Lucie 5

Lucie éteignit les phares, coupa le moteur et observa la partie supérieure de la maison par-dessus le mur d'enceinte, les avant-toits pentus effleurés par les branches des arbres, la façade grise et percée d'orbites sombres.

Dix minutes plus tôt, elle était entrée dans l'unique troquet de Saint-Sauveur-sur-Eure afin de demander la direction de la Ranconnière. Le patron, un homme d'une quarantaine d'années qui suintait le vice par tous les pores de la peau, la lui avait indiquée entre deux réflexions et gestes salaces. L'irruption d'une femme, la sienne sans doute, une quinquagénaire au corps d'ourse et à la face de bouledogue, avait par chance mis un terme à ce marivaudage de très bas étage. Lucie avait traversé le village enguirlandé de ses pitoyables ornements de Noël puis parcouru trois kilomètres sur une route départementale déserte, avant d'apercevoir le panneau de la Ranconnière, un lieu-dit où se regroupaient une dizaine de constructions, modestes et récentes pour la plupart.

Comme elle ne savait pas trop quoi faire, elle alluma une cigarette. Elle avait loué une voiture et filé en direction de Chartres après avoir localisé le village de Barthélemy sur une carte. Elle n'avait pas pris le temps de la réflexion, alarmée par le silence prolongé de celui avec lequel elle avait communiqué jusqu'à six ou sept fois par jour pendant pratiquement un mois.

Elle avait retrouvé son adresse par l'intermédiaire d'un site spécialisé dans les recherches sur les particuliers, une activité en principe interdite depuis que la commission IL, Informatique et Liberté, avait déclaré illégaux les annuaires informatiques au nom du respect de la vie privée. Il n'avait fallu que vingt secondes au moteur de recherche pour afficher les coordonnées de Barthélemy Forgeat, abonné Hawabou, La Ranconnière, 28220 Saint-Sauveur-sur-Eure. On avait proposé à Lucie le numéro de téléphone pour dix euros supplémentaires. Elle avait décliné l'offre : elle n'envisageait pas de prévenir Barthélemy de sa visite, la peur idiote d'essuyer un refus, ou, plus irrationnelle encore, d'être déçue par le son de sa voix. Vingt euros les vingt secondes, soit un euro la seconde, le site interdit gagnait probablement plus d'argent que trente sex-aaa-strip//cyberlive réunis. La toile électronique, insaisissable, toujours en avance sur la cyberlice, la police cybernétique, presque impossible à contrôler par les moyens légaux, était la nouvelle carte aux trésors, l'espace où les corsaires les plus hardis pouvaient amasser des fortunes en l'espace de quelques semaines.

Lucie alluma une deuxième cigarette. Maintenant qu'elle était arrivée à destination, elle se demandait quel vent de folie avait bien pu la pousser à s'échouer dans cette campagne paumée des environs de Chartres. Le silence, les ténèbres et l'aspect de la maison s'associaient pour la clouer d'inertie sur le siège de la voiture. Elle palpa la bombe paralysante dans la poche de son imper. Le contact avec l'acier lisse et froid ne suffit pas à la rassurer. Le vent fredonnait dans les arbres, poussait des nuages obèses qui gobaient les derniers pans étoilés du ciel. Des carrés de lumière se découpaient sur les façades des maisonnettes assemblées en troupeau une cinquantaine de mètres plus loin.

Elle décida de rebrousser chemin, de retourner à Paris, de se réfugier chez elle, un cocon finalement rassurant malgré les ombres menaçantes de Jérémy et de ses acolytes, et mettre ainsi fin à une aventure qui n'aurait jamais émergé du virtuel. Les membres de la famille dispersée s'étaient donné rendez-vous chez son frère, à La Rochelle, pour les fêtes de fin d'année, mais elle ne savait pas encore si elle se joindrait à eux, pas envie de célébrations feintes, de complicités génétiquement balisées.

Alors qu'elle tournait la clef de contact, les premières gouttes crépitèrent sur la carrosserie, brouillèrent le pare-brise, résonnèrent tout autour d'elle comme une succession de coups de gong. Trop bête d'avoir fait cette route pour rien ! De renoncer maintenant ! Qu'est-ce qu'elle risquait ? De mauvaises rencontres ? Elle avait connu le pire avec cette ordure de Joe ! Même si la douleur s'était estompée, il se rappelait à son mauvais souvenir à chaque fois qu'elle s'asseyait sur la cuvette des toilettes. Les fantômes ? Elle n'y croyait pas tout en admettant la part du surnaturel dans l'existence. La déception ? La crainte la plus fondée sans doute, mais elle avait déjà vécu trop longtemps dans la virtualité, elle ressentait maintenant le besoin viscéral de plaquer un visage, un corps, de la chair sur les mots électroniques. Et puis elle se demandait pourquoi Barthélemy avait cessé de lui écrire. Elle avait hérité de sa mère, éternelle défaitiste, une propension à envisager le pire, une manière comme une autre d'amortir les déceptions. Elle se gardait bien, par exemple, d'imaginer Barthélemy en prince charmant de ses rêves réchauffés d'adolescente, elle espérait seulement qu'il ne serait ni d'une laideur ni d'une jeunesse repoussantes.

Elle remonta la capuche de son imperméable avant de sortir de la voiture. Fouettées par les rafales, des gouttes épaisses et tièdes lui cinglèrent le visage et les mollets. Quelle idiote d'avoir choisi une jupe courte et des chaussures à talons hauts pour une expédition de ce genre (elle avait estimé qu'elle devait mettre en valeur ses jambes, très fines, très jolies aux dires de ses anciens clients du sex-aaa) ! Les phares d'un véhicule balayèrent l'obscurité dans le lointain, révélèrent par intermittences les rideaux de pluie obliques et le ruban scintillant de bitume. Elle les vit changer de direction au croisement le plus proche et s'éloigner en frappant à tour de rôle les troncs des arbres alignés sur les bas-côtés. Elle attendit que les mugissements du vent absorbent le grondement du moteur pour traverser la route et s'approcher de la grille de la maison. Elle transpirait déjà sous le coton pourtant léger de son tee-shirt — elle était fière de ses seins, Barthélemy les avait appréciés, elle n'avait donc pas mis de soutien-gorge — et sous la matière synthétique de son imper.

Le vent chahutait l'imposant portail en fer forgé. Lucie observa la bâtisse au travers des montants métalliques : à demi occultée par la pluie, surgie de l'obscurité comme un vaisseau naufragé, elle datait probablement du début du XXe siècle, une de ces maisons dites de maître édifiées à la gloire de la bourgeoisie de province, un avorton de château. Quelle idée saugrenue avait traversé son premier propriétaire d'étaler sa magnificence au beau milieu de nulle part ? Ce genre de monument se nichait d'habitude dans le cœur des bourgs, à proximité des églises, au vu et au su de tous.

Lucie chercha une sonnette sur le montant du mur d'enceinte, n'en trouva pas, tourna la poignée du portail tout en poussant le vantail de l'épaule. À sa grande surprise, il pivota sur ses gonds avec un grincement prolongé. Elle lança un coup d'œil en arrière avant de se glisser à l'intérieur du parc : elle avait l'impression de pénétrer comme une voleuse dans une maison dormante, elle ressentait la même culpabilité diffuse que lors de sa première séance de déshabillage dans le bureau des jumeaux, la même sensation de franchir la ligne jaune, de rejoindre le camp des réprouvés, des damnés.

Ses talons se dérobaient sans cesse sur les cailloux fuyants de l'allée. Des branches basses claquaient comme des lanières de fouet à quelques centimètres de sa tête. Elle ne distinguait pas les détails du parc, elle devinait seulement qu'il ne gardait que des vestiges de sa splendeur passée. Les gouttes, de plus en plus violentes, hérissaient les flaques et soulevaient de minuscules gerbes de boue.

Elle avait pris la précaution de regarder la chaîne de la météo avant de partir, justement pour choisir ses vêtements. La présentatrice, une de ces créatures élevées à la silicone et bronzées aux UV qui se relayaient du matin au soir devant des cartes de toutes les formes et de toutes les couleurs, avait prédit trois jours de beau temps sur tout le pays, trois jours de répit avant le retour des intempéries. Trois jours, avait-elle susurré d'une voix insupportablement lascive, à jouir sans entrave... Jouir, comme vous l'aurez deviné — sourire entendu, dents blanches généreusement dévoilées —, de la douceur estivale en plein mois de décembre, vous vous rendez compte, une semaine avant Noël... Elle n'était pas responsable des prévisions, peut-être, mais elle n'avait pas à vendre sa pacotille avec l'air condescendant d'une pythie télévisuelle distribuant ses oracles à ses adorateurs. Encore heureux que Lucie, méfiante, eût opté pour un imperméable au lieu de son blouson en jeans !

Elle gravit à la volée les cinq ou six marches du perron et se réfugia sous la marquise de la porte d'entrée. L'eau débordait des chéneaux engorgés et encadrait l'étroit abri de rideaux changeants et bruissants. Elle secoua son imper, hésita un long moment avant de tendre la main vers la sonnette en plastique arrachée de son support et pendue au bout de son fil le long du chambranle. Malgré le tintamarre de la pluie, elle discerna avec netteté la vibration désagréable du carillon. Les pensées se bousculaient, s'entremêlaient dans sa tête : elle avait beau chercher avec l'énergie du désespoir, elle demeurait incapable de choisir un prétexte qui justifiât son intrusion nocturne. La bonne dizaine de scénarios plus ou moins plausibles qu'elle avait élaborés entre Paris et Chartres refusait avec obstination de resurgir à la surface de son esprit. Elle pourrait toujours se rabattre en dernier ressort sur le truc éculé de la panne de voiture, mais, avec une histoire aussi pauvre, elle n'aurait aucune garantie de rencontrer Barthélemy, ni même d'être invitée à entrer.

Elle s'en remit à son sens de l'improvisation et, concentrée sur les bruits, pressa une deuxième fois le bouton. Le carillon aigrelet parut se désagréger dans un silence typique des maisons creuses, abandonnées. Elle sonna encore à trois reprises, puis, certaine désormais que personne ne viendrait lui ouvrir, tourna machinalement la poignée imposante en laiton.

La porte à double battant, agrémentée de deux vitres circulaires en verre opaque, n'était pas fermée à clef. Ses gonds libérèrent un grincement de protestation qui pétrifia Lucie. Elle regretta d'avoir sans cesse reporté la deuxième pause pipi après la sortie de l'autoroute. Elle n'avait pas eu le courage d'affronter une nouvelle fois le souvenir de Joe, et les trois tasses de café qu'elle avait avalées coup sur coup dans une station-service étaient maintenant descendues dans sa vessie. Elle repoussa, elle ne sut comment, la tentation de prendre ses jambes à son cou, de mettre la plus grande distance possible entre elle et cette demeure de cauchemar, dégagea la bombe paralysante de sa poche et se faufila dans le hall. Ses yeux eurent besoin d'un peu de temps pour s'accoutumer à l'obscurité, mais elle perçut instantanément une odeur âcre qui remuait des souvenirs lointains, qui ressuscitait en elle une atmosphère suffoquante, répugnante. La porte, qu'elle n'avait pas pensé à tirer, se referma avec fracas. Elle sursauta, pivota sur elle-même, la bombe paralysante tendue à bout de bras, index crispé sur le poussoir, souffle coupé, étourdie par le galop de son cœur.

Des portes vitrées cernaient le hall, immense, dépouillé. Au fond, à gauche, se devinait l'envolée d'un escalier. Lucie explora les murs à tâtons, à la recherche d'un interrupteur, finit par en dénicher un, de ces vieux modèles en porcelaine pourvus d'un bouton pivotant.

Les ampoules en forme de flamme du lustre rococo et poussiéreux s'emplirent d'une lumière jaunâtre. Les ténèbres refluèrent en abandonnant derrière elles un carrelage ancien aux couleurs enfuies, des murs et un plafond écaillés, une multitude de photos sépias encadrées, un coffre rustique long et bas, deux fauteuils au cuir usé, des patères encombrées de vestes et de manteaux, des paires de chaussures amoncelées dans l'espace compris entre une cloison et le premier quart tournant de l'escalier.

Curieusement, l'afflux de lumière ne sécurisa pas Lucie. Au contraire même, sa frayeur se fit insistante, douloureuse, une flèche fichée en travers de son ventre et dont la pointe appuyait de plus en plus sur sa vessie. Une petite voix affolée lui serina de battre en retraite, de sauter dans la voiture, de rouler sans interruption jusqu'à Paris, mais elle ne lui obéit pas. Elle avait franchi un point de non-retour, elle n'avait plus d'autre choix, désormais, que de descendre au fond de sa peur.

Elle retira son imper sans lâcher la bombe. Malgré la tiédeur de la nuit, des frissons couraient sur ses jambes et ses bras nus. La puanteur lui pesait sur la poitrine comme une pierre, la maintenait au bord de la nausée, lui sabrait les nerfs.

« Y a quelqu'un ? »

Le silence pulvérisa sa voix, son tout petit filet de voix.

Elle décida de visiter les pièces du rez-de-chaussée, le salon, la salle à manger, un bureau. Rien d'autre que la décoration et l'ameublement vieillots qu'on s'attend à trouver dans ce genre de demeure. La cuisine et l'arrière-cuisine gardaient les traces d'une vie récente, des restes, des miettes, des plats sales et entassés dans l'évier. Le désordre profitait aux souris à en croire l'abondance des déjections qui jonchaient la toile cirée de la table et la faïence du plan de travail. L'odeur en tout cas, typique des cuisines à l'abandon, des aliments en voie de putréfaction, n'était pas la même que celle qui régnait dans le hall.

Elle crut discerner un bruit au-dessus de sa tête. Son cœur à nouveau s'emballa, son index se crispa sur le poussoir de la bombe.

« Y a quelqu'un ? »

Seul lui répondit le grondement assourdi de la pluie. Elle retourna dans le hall, résolue à inspecter les étages, coupée en deux, écartelée entre son envie de fuir et la résolution qui la poussait à continuer. D'un naturel plutôt craintif, elle n'avait jamais aimé la campagne, à cause du silence qui transformait le craquement le plus banal en vacarme assourdissant. Elle s'engagea dans l'escalier, la bombe levée au-dessus de sa tête. Elle ne se serait jamais crue capable d'affronter une épreuve aussi périlleuse que l'exploration en pleine nuit d'une maison isolée et déserte.

Elle s'avança sur le palier du premier étage, presque aussi vaste que le hall, également cerné de portes, mais en bois plein. Elle pressa l'interrupteur fixé tant bien que mal sur le mur en haut de l'escalier. Pas de lustre ni d'applique, seulement une ampoule nue au bout de son fil qui dispensait un éclairage cru. Un tapis élimé couvrait partiellement le parquet aux lattes noirâtres et tachées.

Lucie ouvrit la première porte sur sa gauche, la bombe braquée devant elle à la façon d'un pistolet. Elle s'introduisit dans une chambre aux teintes vaguement roses, meublée d'un lit défait, d'un bureau jonché de feuilles de papier et de crayons, d'étagères où s'empilaient quelques livres et BD.

Lucie grimaça en reprenant conscience de l'odeur, maintenant suffocante, presque insupportable. Elle se mit en quête de toilettes ou d'une salle de bains. Elle se fourvoya dans une pièce entièrement vide avant d'aviser une porte entrebâillée dans le coin gauche du palier ainsi qu'un panonceau de porcelaine collé sur le bois où se devinaient, à demi effacés, les mots *salle de bains*. Elle s'y précipita après avoir pressé l'interrupteur encastré dans le chambranle.

Le spectacle qu'elle découvrit l'arrêta net dans son élan. Une femme était déjà assise sur la cuvette, à demi dévêtue, la culotte tire-bouchonnée sur les chevilles. Lucie bredouilla un mot d'excuse et faillit ressortir avant de se rendre compte que la tête de la femme formait un angle insolite avec ses épaules, qu'une bouche incongrue souriait sous son menton. Elle remarqua également le sang séché qui maculait sa robe de chambre entrouverte sur l'un de ses seins affaissé et sur les plis de son ventre.

Le souvenir d'enfance lié à la puanteur remonta enfin à la surface de son esprit. Une odeur piquante de boucherie, un silence lugubre sur lequel glissaient les meuglements. Son institutrice, une végétarienne militante, avait estimé que les élèves devaient connaître la provenance de la viande servie à la cantine et avait imposé à sa classe de CM2 la visite d'un abattoir de la banlieue parisienne.

Malgré elle, Lucie baissa les yeux sur le cadavre. Il s'était affaissé sur le côté, mais la cloison, en lui bloquant la tête et l'épaule, l'avait maintenu dans sa position assise tout en accentuant la béance du cou incisé d'une oreille à l'autre. Depuis combien de temps cette femme était-elle morte ? Plusieurs jours, sans doute, à en juger par l'aspect cireux de la peau.

Lucie sentit monter la nausée, se pinça le nez et pivota sur elle-même dans l'intention de déguerpir. C'est alors qu'elle entrevit, dans la baignoire, une forme qui flottait dans un liquide épais et rougeâtre. Elle eut besoin d'une bonne dizaine de secondes pour prendre conscience qu'il s'agissait d'une tête auréolée de cheveux longs et sombres. Une adolescente de douze ou treize ans, dont les yeux grand ouverts, vitreux, la fixaient sans la voir et dont un genou émergeait comme une île. Son crâne reposait sur les robinets de la baignoire, son menton et une partie de sa lèvre inférieure restaient plongés dans l'eau teintée de son sang. Les yeux de Lucie se brouillèrent de larmes d'horreur et de dégoût. Elle eut juste le temps de se pencher vers l'avant pour vomir. Quand elle n'eut plus rien à régurgiter, elle regagna le palier où, adossée à un mur, elle fut secouée par une série de hoquets qui ravivèrent le goût de bile dans sa gorge.

Une dizaine de minutes lui furent nécessaires pour apaiser ses tremblements. Les premières gouttes d'urine, brûlantes, irritantes, imbibèrent le coton de sa culotte. N'y tenant plus, elle s'accroupit et pissa directement sur le tapis. Sa miction s'éternisa, d'autant qu'elle s'astreignit à en contrôler le débit pour éviter les éclaboussures. Et aussi, parce qu'elle avait la sensation très nette d'être épiée, matée, comme sur la Toile. Elle n'évoluait plus dans sa cabine de strip-teaseuse, dans cette prison de verre et de lumière qui la maintenait hors d'atteinte des désirs des maniaques de la Toile, c'étaient de vrais cadavres qui gisaient à côté, du vrai sang séché, de vraies plaies par lesquelles s'étaient échappées de vraies vies.

Elle entendit... — crut entendre ? — des bruits de pas à l'étage supérieur. Épouvantée, elle saisit la bombe et garda les yeux rivés sur la volée de marches étroites et tournantes qui partaient du palier et montaient vers le deuxième étage. Elle se releva, se rajusta rapidement, jeta son imper sur l'épaule et se rua dans l'escalier principal. Des coups répétés ébranlèrent le parquet au-dessus de sa tête. Quelqu'un se lançait à sa poursuite là-haut. Un de ses talons se déroba sur une marche, la déséquilibra, l'entraîna dans une dégringolade qui l'abandonna, pantelante, étourdie, sur le carrelage du hall. L'espace d'un instant, elle se demanda ce qu'elle fichait là, tout lui paraissait si irréel, si... virtuel. Le visage de la Vierge Marie lui apparut dans sa pureté de marbre.

Les bruits de pas se rapprochaient. Elle percevait désormais une respiration sifflante, haletante. La bombe paralysante lui avait échappé des mains et avait roulé jusqu'au bas d'une porte vitrée. Elle tenta de se relever, pas la force, pas le courage, vertige, élancements dans les membres, dans la colonne vertébrale, douleur aiguë à la cheville.

Une ombre se projeta et s'étira sur la moquette murale de la cage de l'escalier.

« Lucie ? »

Yann 5

La vitesse à laquelle l'idée du nomadisme faisait son chemin ne cessait de surprendre Yann.

Les adeptes de Vaï-Ka'i ne se contentaient pas d'un nomadisme conceptuel, purement spirituel, ils abandonnaient leurs habitations pour suivre le Maître-esprit sur les routes, ou, plus exactement, ils les laissaient à disposition d'autres disciples de passage dans leur ville ou dans leur village. Le symbole du serpent double (la double hélice d'ADN), tracé sur des plaques de bois, de cuivre ou de bronze, affiché sur des papiers plastifiés ou encore directement gravé sur les portes ou les murs, était le signe de reconnaissance, l'invitation à partager un espace devenu communautaire. Les visiteurs étaient seulement priés de participer aux dépenses d'eau, d'électricité, de gaz, de téléphone, et de tout remettre en ordre avant de partir. L'absence prolongée des propriétaires légaux soulevait certaines difficultés pour ce qui concernait la fiscalité et le règlement des factures, et il arrivait parfois aux nomades des temps nouveaux de passer la nuit dans un refuge dont on avait coupé l'eau, l'électricité et le téléphone. Des problèmes relationnels se posaient également avec les voisins, qui s'habituaient mal à ces défilés incessants de têtes nouvelles, à cette dépossession de l'espace privé, à cette remise en cause de leur propre légitimité de possédant. Cependant, malgré les frictions, malgré les incertitudes légales, malgré les menaces judiciaires, le mouvement allait s'amplifiant, grossi jour après jour par les appels lancés sur les forums de discussion. Et, puisqu'on était dans l'ère du portable, qu'on pouvait emmener avec soi son téléphone et son ordinateur, la chaîne ne se rompait à aucun moment, le « parc » des logements communautaires s'agrandissait, s'organisait, les adresses se multipliaient sur les sites. On ne comptait plus les hommes et les femmes qui démissionnaient de leur travail, revendaient leurs portefeuilles d'obligations ou d'actions, migraient au gré des conférences de Vaï-Ka'i affichées au jour le jour sur la Toile, s'installaient peu à peu dans l'insoupçonnable légèreté de l'errance.

Chaque soir, Yann voyait arriver au lieu du rassemblement des foules de plus en plus denses, de plus en plus enthousiastes. À l'atmosphère de ferveur religieuse des premiers temps, avait succédé une ambiance de fête, un débordement de joie, une fièvre libératrice, qu'on pouvait entrevoir par exemple dans Woodstock, le manifeste visuel et sonore des années hippies, le document culte de la génération des parents de Yann. Il avait bien essayé de tirer des statistiques sommaires de ce déferlement, mais, outre les commentaires franchement moqueurs de Vaï-Ka'i, cette tentative ne lui avait valu qu'un mal de tête carabiné et un terrible sentiment d'impuissance. Il lui fallait admettre qu'il avait perdu la maîtrise du phénomène, qu'il n'était plus qu'un fil anonyme de la trame.

Le Maître-esprit lui avait suggéré de dissoudre l'association Sagesse Desana, un instrument de mesure désormais inutile, et de renoncer au château de la Méhaignerie. Yann s'était ainsi épargné un procès avec les enfants de l'ancien propriétaire et les nombreux soucis qui allaient de pair avec la gestion du domaine. Il n'avait conservé aucune structure, pas même un embryon, abandonnant l'organisation à l'ordre invisible, à la toile d'araignée de la mythologie desana. Il ne savait pas le matin où Vaï-Ka'i donnerait sa conférence le soir, où ils mangeraient, où ils coucheraient. Chaque jour était un saut dans le vide, un acte de confiance dans le pouvoir organisateur de la trame, un défi à cette volonté permanente de tout contrôler, de tout posséder.

Myriam avait vu juste depuis le début, avec la lucidité parfois brutale de ceux qui se sont roulés trop tôt dans les épines de l'existence. Elle le hantait maintenant qu'elle ne l'habitait plus, qu'elle n'était plus qu'un bout de son passé, une parenthèse trop tôt refermée. Dans quels bras l'avait-elle oublié ? Était-elle retournée à son ancienne existence, en quête d'une célébrité qu'elle savait fallacieuse et porteuse d'amertume ?

Si l'association avait évité le procès avec les héritiers de la Méhaignerie, d'autres actions en justice se profilaient à l'horizon. Éléo, par exemple, avait porté plainte contre Vaï-Ka'i pour viol. Yann n'avait jamais osé interroger le Maître-esprit sur les griffures embarrassantes qui couraient le long de son avant-bras. Le doute revenait le harceler de temps à autre, principalement quand il accusait la fatigue ou qu'il ressentait une envie brutale de solitude et de calme. À la question qui le sapait comme une vague inlassable : Vaï-Ka'i n'était-il qu'un homme incapable de maîtriser ses pulsions ? il n'avait pas encore trouvé de réponse. Qui était réellement responsable des guérisons miraculeuses qui fleurissaient dans son sillage, le Maître-esprit ou la foi toute puissante de ceux qui venaient à sa rencontre ? Un miracle était-il une preuve de la pureté de celui qui l'accomplissait ?

À Nemours, des flics s'étaient présentés au beau milieu d'une conférence et avaient emmené Vaï-Ka'i pour un premier interrogatoire à l'issue duquel on lui avait ordonné de se tenir à la disposition de la justice. Les adversaires du Maître-esprit assemblaient peu à peu les pièces de la machine à broyer, une machine dont

Yann ne connaissait pas tous les rouages mais dont il devinait l'extrême puissance, proportionnelle au bouleversement provoqué par la révélation du serpent double. Les articles haineux tombaient à verse dans les quotidiens et les magazines. Ils parlaient d'ores et déjà de l'accusation de viol d'Éléo comme d'un fait établi et réclamaient contre le fautif une sentence exemplaire sans tenir compte un seul instant du principe fondamental de la présomption d'innocence. L'Assemblée nationale avait chargé une commission parlementaire d'enquêter sur le phénomène du néo-nomadisme qui jetait de plus en plus de familles sur les routes, de dégager la responsabilité de ce Christ de l'Aubrac et de ses disciples qui incitaient les gens à abandonner leur travail, leurs biens, leurs obligations familiales, morales et sociales. De leur côté, l'Ordre des médecins, le Mouvement rationaliste et l'ODCFI, l'Organisme de défense de la cellule familiale et de l'individu (lui-même une émanation souterraine de l'intégrisme catholique) se liguaient pour traîner le Maître-esprit devant les tribunaux sous la double accusation d'exercice illégal de la médecine et d'abus de confiance. On fourbissait déjà les témoins, des hommes et des femmes qui avaient cru en Vaï-Ka'i, vendu tous leurs biens pour le suivre, et qui, en retour, n'avaient reçu ni guérison ni révélation. Ceux-là avaient seulement tout perdu, leurs illusions, leur argent, leur temps, leur famille parfois, et on jugeait indécent que le responsable de leurs malheurs, reconnu par la communauté scientifique et médicale comme un escroc dangereux, continuât de sévir en toute impunité sur le territoire de l'Europe. Sous la plume de journalistes en mal de formules chocs, le Christ de l'Aubrac devenait la bête du Gévaudan, un monstre qu'il fallait abattre avant qu'il n'ait inoculé la rage à la moitié de la population européenne. Le phénomène s'internationalisait à une vitesse préoccupante : le système du néo-nomadisme, né dans l'Angleterre techno-new-age des années 90, gangrenait déjà l'Allemagne, le Bénélux, l'Italie, l'Espagne, les pays nordiques, les Balkans, la Grèce, et même la Suisse, le coffre-fort de l'Europe.

Yann connaissait trop bien les dessous du pouvoir pour être vraiment dupe de cette campagne de diffamation. Les vagues de calomnies déposaient cependant une écume qui s'infiltrait dans ses fêlures et rongeait ses certitudes, comme des virus chargés d'affaiblir ses défenses immunitaires. Il se surprenait à chercher les failles du Maître-esprit dans ses paroles, dans ses gestes, dans ses silences, dans ses absences. Lorsque Vaï-Ka'i imposait les mains sur une femme ou une jeune fille malade, il guettait le moindre signe qui confirmât cette tendance luxurieuse dont l'accusaient les médias. La nuit, après les conférences, il rôdait le plus tard possible aux alentours de sa chambre afin de vérifier qu'il ne recevait pas une jeune disciple immolée par des parents inconscients. Comme il n'avait rien remarqué de suspect pour l'instant, il ne lui restait plus qu'à se reprocher sa propre méfiance. Le privilège lui avait été donné de partager l'intimité d'un être dont une population grandissante saluait le caractère exceptionnel et, lui, il songeait seulement à s'assurer que les rumeurs sordides propagées par ses ennemis ne recouvraient aucune réalité. Il avait beau se promettre chaque jour de se tenir à l'écart des soupçons, ceux-ci revenaient le tourmenter à la moindre anicroche, à la première réflexion désagréable de Vaï-Ka'i — qui, d'ailleurs, ne se gênait pas pour le cribler de piques.

Le Maître-esprit, qu'il côtoyait pourtant tous les jours depuis maintenant presque trois ans, restait une énigme à ses yeux. Le livre qu'ils devaient remettre à l'éditeur dans deux mois n'avait pas avancé d'un pouce. De leurs conversations dans la voiture, il ressortait que l'enseignement de Vaï-Ka'i ne proposait pas *une* vérité, mais plusieurs, une multitude de vérités superposées, changeantes, paradoxales, loin des dogmes religieux ou des lois scientifiques qui se présentaient comme figés et mutuellement exclusifs.

« La croyance mythologique, le vécu psychologique et l'expérience scientifique sont les facettes également légitimes d'une connaissance globale, elle-même contenue dans une banque de données infinie appelée le serpent double chez les chamans de l'Amazonie et ADN chez les scientifiques. Les Occidentaux sont partis à la découverte de cette base de donnée par l'extérieur, parce qu'ils ont toujours vécu dans l'idée d'un dieu intervenant, dogmatique, d'un principe mâle, paternel. Les chamans l'ont explorée par l'intérieur, l'expérience individuelle, la connaissance intime de leur environnement. Les uns ont accusé la femme du jardin d'Éden et rejeté le concept de la déesse-mère pour mieux isoler et disséquer les mécanismes du monde. Les autres n'ont jamais cessé de regarder la Terre comme leur nourricière, et, plutôt que de chercher à la comprendre, ils ont joui de son amour comme des enfants, accepté ses bienfaits, partagé ses secrets, cette connaissance symbolisée par le serpent dans la plupart des traditions.

— Y compris dans la Bible, non ?

— Sauf que, dans la Bible, le serpent apparaît en tant que tentateur et que la relation intuitive, naturelle, à la connaissance est de ce fait condamnée. La connaissance scientifique occidentale a domestiqué une infime partie de la puissance naturelle. Elle a parcouru pratiquement tout le cycle du feu, depuis les premières braises jusqu'à la fusion de l'atome. Elle s'apprête maintenant à pénétrer dans la maison de toutes les lois, dans le cœur même du serpent, dans l'ADN. Elle ne l'investira pas avec l'humilité sacrée des chamans, elle la pillera en conquérante, en prédatrice, de la même manière que les Européens ont annexé les continents africain et américain, de la même manière que les compagnies de biotechnologie pillent le patrimoine génétique des pays du Sud. L'ADN est devenu l'enjeu majeur du XXIe siècle, le nouvel Eldorado. La science sait qu'elle tient là sa baguette magique, la possibilité d'allonger la durée de vie, de donner la jeunesse éternelle, de fabriquer des êtres génétiquement parfaits, d'égaler enfin, voire de le surpasser, son modèle divin, ce Dieu le Père qui créa l'homme à son image.

— Est-ce que ce n'est pas le rêve de tous les êtres humains ?

— Le rêve de ceux qui pensent que la mort est une fin. Le paradis de ceux qui refusent de raisonner en cycles. Le résultat de la vision d'un temps linéaire, unidirectionnel. L'aboutissement des dogmes. Un homme conditionné par la peur est attentif aux arguments des marchands du temple, des manipulateurs de la nature. La recherche forcenée du profit n'a pas d'autre explication, pas d'autre justification, que la peur. Celui qui accepte le temps comme un tourbillon sacré, cosmique, se moque bien d'amasser de l'argent ou des possessions. Le Christ disait : regardez les oiseaux du ciel, ils ne sèment ni ne moissonnent, et pourtant, votre Père céleste les nourrit.

— Le *Père* céleste, pas la Mère…

— Le Christ ne parlait pas du Père en tant qu'entité sexuée, mâle, mais, aux oreilles de ses contemporains, c'était sans doute le mot le plus commode pour désigner l'intelligence créatrice.

— Pourquoi... pourquoi les gens ordinaires, les gens comme moi, ne peuvent-ils pas entrer dans la maison de toutes les lois ? »

L'éclat de rire de Vaï-Ka'i domina pendant quelques secondes le ronronnement du moteur.

« Tu manques seulement d'humilité. La porte est étroite, et, comme la grenouille de la fable, tu te gonfles de tant de certitudes, de tant de désirs, de tant d'émotions, que tu ne peux pas la franchir. »

Les griffures d'Éléo sur l'avant-bras du Maître-esprit revinrent flotter à la surface de l'esprit de Yann. Il resta un moment silencieux, les yeux rivés sur le bitume luisant, ressassant des pensées dérangeantes. Il jeta un coup d'œil machinal au rétroviseur et observa l'impressionnante file de voitures qui s'étirait sur l'autoroute. Une pluie fine, plus froide que d'habitude, tombait sans discontinuer depuis leur départ. Devant eux, roulait le monospace des disciples qui avaient organisé cette tournée de conférences dans le nord de la France, en Belgique, aux Pays-Bas et au Luxembourg. Comme chaque matin, des hommes et des femmes avaient sollicité auprès d'Yann la faveur d'accomplir le trajet dans la voiture de Vaï-Ka'i. Comme chaque fois, il s'en était débarrassé en prétextant que le Maître-esprit et lui-même se réservaient ces quelques heures de tranquillité pour avancer sur le projet du livre.

« Qu'est-ce que je dois faire pour réussir à entrer ? finit par demander Yann sans desserrer les mâchoires.

— Pourquoi veux-tu y entrer ?

— Il me semble que c'est le but, non ?

— Le but, c'est l'enfant du temps linéaire.

— Alors pourquoi tout ça ? s'énerva Yann en levant une main du volant et en désignant les voitures sur l'autoroute.

— Je ne connais aucune réponse précise à cette question. C'est simplement le jeu auquel nous invite le présent.

— Le... jeu ? »

Il y avait des traces d'indignation dans la stupeur de Yann.

« Tu penses vraiment que tous ceux qui croient en toi, qui abandonnent tout pour toi, ont le sentiment de jouer ? Tu penses vraiment que les menaces juridiques sont un jeu ? »

Un disciple avocat l'avait prévenu que toute escapade de Vaï-Ka'i hors des limites du territoire français serait assimilée à une tentative d'obstruction à la justice. Le Maître-esprit avait balayé l'avertissement d'un revers de main.

« La plupart des hommes ont oublié les règles du jeu. Et même qu'ils participent à un jeu. C'est ce qui les rend tristes, anxieux, avides. La voilà, la réponse à ta question de tout à l'heure.

— Quelle question ? »

Mathias 6

Mathias lâcha une rafale de fusil-mitrailleur en veillant à ne toucher personne. Ses balles creusèrent une succession de trous dans le toit arrondi et translucide. Les milliers de visiteurs s'éparpillaient dans les allées qui jouxtaient la succession de tapis roulants reliant la station de RER à l'entrée du parc. Les grenades à limaille projetées par les moudjahidine avaient provoqué des dégâts considérables. Le vent pourtant violent n'avait pas réussi à dissiper la umée épaisse soulevée par les explosions. Des rps déchiquetés gisaient sur les bordures de ton dans des mares de viscères et de sang. ois hélicos tournaient au-dessus du parc mme des bourdons affolés. Des ululements sirènes déchiraient le silence retombé sur ieux après l'attaque meurtrière de la petite ange du Jihad.

utes les balles de Mathias s'étaient disper dans le vide. Il avait consacré une partie vie à exécuter des hommes et des femmes

Vaï-Ka'i ne répondit pas. Il lui arrivait souvent de planter Yann en plein milieu de ses interrogations, comme pour l'inviter à chercher lui-même les solutions, un procédé qui, évidemment, exaspérait le disciple jusqu'à ce qu'un jour les réponses se dessinent d'elles-mêmes, limpides, évidentes.

« On devrait peut-être travailler sur ce fichu bouquin, marmonna Yann. On a signé un contrat avec l'éditeur, il commence à s'impatienter. Ce serait pourtant bien de l'avoir fini avant de passer à OMT. »

Au tour de Vaï-Ka'i de lui lancer un regard stupéfait, aussitôt démenti par une amorce de sourire désarmant de candeur.

« Comment ? Tu ne t'es pas encore rendu compte que nous étions en train de l'écrire ?

— On n'enregistre rien, on ne prend pas de notes ! Avec Éléo, tu... »

Yann se mordit les lèvres, conscient qu'il risquait d'aborder un sujet qu'il n'avait pas envie d'évoquer.

« Éléo et moi n'avons pas vraiment travaillé sur le livre », murmura Vaï-Ka'i au bout de quelques minutes d'un silence tendu.

Yann eut l'impression qu'une flèche empoisonnée venait de se ficher dans ses tripes. Il rencontra des difficultés grandissantes à se concentrer sur la conduite. L'arrière du monospace, la portion d'autoroute et le pan de ciel gris se transformèrent en formes floues, en taches incolores dans le rectangle du pare-brise. Sa confiance de disciple reposait exclusivement sur l'image qu'il avait de Vaï-Ka'i. Que cette image vienne à être troublée, salie, et son édifice de croyances s'effondrerait comme un château de cartes. Que sa projection dans le Maître-esprit dévie de sa trajectoire idéale, et il redeviendrait le Yann sceptique et déjà désabusé de ses premières années d'université, le témoin cynique d'une époque aussi folle que ses vaches nourries aux farines animales ! S'il n'avait jamais posé la question qui lui brûlait les lèvres, c'était avant tout parce qu'il avait eu peur de ne pas pouvoir accepter la réponse.

La peur, encore et toujours.

« Éléo, en tant que personne, était plus importante que le livre, reprit le Maître-esprit. Elle était en elle-même un livre aux pages gribouillées, déchirées. Elle avait besoin d'attention, besoin d'amour. »

Ce besoin d'amour devait-il se solder par une tentative de viol ?

« Elle ne témoignera pas contre moi, parce que, bien qu'elle ait subi les pires violences, elle ne le supporterait pas. »

La provocation qu'il décela dans les yeux de Vaï-Ka'i bouleversa Yann.

Ils gardèrent le silence jusqu'à la sortie de l'autoroute en direction de Wattignies, dans la banlieue de Lille. Yann alluma l'autoradio et, au lieu de passer l'un des cédés favoris du Maître-esprit (musiques traditionnelles de tous les pays du monde, avec une préférence

marquée pour la musique irlandaise), il écouta d'une oreille distraite les informations dispensées par une femme à la voix sèche, presque désagréable.

Après avoir égrené les nouvelles internationales, sinistres pour la plupart, elle brossa un rapide tableau du phénomène du néo-nomadisme avant de céder la parole à un sociologue dont la voix éraillée trahissait un âge respectable. De son discours confus, il ressortait que la société devait éradiquer ce fléau le plus rapi dement possible si elle ne voulait pas s'effo drer de l'intérieur comme « une charpe rongée par les termites ». Puis, alors qu'i lançait dans un soliloque grandiloquent su apports capitaux de la démocratie occid au reste du monde, la femme l'interror passa la parole à un journaliste qui se à bord d'un hélicoptère au-dessus Disney de Marne-la-Vallée.

Yann ne saisit pas tous les l'homme, brouillés par les parasites seulement qu'un commando ter déclenché une attaque meurtrière grand parc de loisirs.

de sang-froid, mais cette boucherie lui répugnait. Qu'y avait-il de commun entre le métier de tueur et ce raid brutal et aveugle contre des milliers d'anonymes agglutinés aux portes d'un paradis factice ? Où se nichait, dans ce vacarme, le lien intime, entre le chasseur et sa proie ?

Les neuf membres du commando s'étaient glissés au milieu d'une foule sans défense, sans méfiance, le visage enfoui dans les cols relevés de leur imperméable ou de leur manteau, le fusil d'assaut calé contre la hanche, les grenades disséminées dans les poches. Les trois voitures les avaient déposés à plusieurs minutes d'intervalle à l'entrée de la gare TGV de Chessy. Ils avaient gagné à pied le Village Disney où se pressait une multitude dense malgré le temps exécrable et s'étaient engagés sur les tapis roulants en direction du parc.

L'explosion de la première grenade avait donné le signal. Ils avaient remonté les foulards sur leurs visages et déclenché le tir à tour de rôle, prenant les visiteurs entre plusieurs feux, hurlant des versets du Coran entre chaque rafale, entre chaque grenade. L'odeur de sang, entêtante, s'était peu à peu insinuée dans l'infernale odeur de poudre. Les hurlements d'agonie et de peur avaient dominé le crépitement de la pluie et les sifflements du vent.

Mathias consulta sa montre : 9 h 15.

L'heure de battre en retraite. L'attaque avait duré exactement six minutes. Pas long, mais suffisant pour provoquer le décollage immédiat des hélicos et le branle-bas de combat général. Les sirènes, de plus en plus proches, annonçaient une riposte imminente et massive des forces de l'ordre. Les trois voitures étant reparties sitôt après avoir déposé leurs passagers — aucun véhicule n'était autorisé à stationner aux abords de la gare TGV — la consigne était de se disperser, de se débrouiller pour regagner chacun de son côté la base, la ferme briarde des environs de Guérard. Une deuxième consigne, générale celle-là, voulait que chaque combattant du Jihad international se fasse sauter avec une grenade plutôt que de se laisser capturer.

Mathias observa les environs encore noyés de fumée et les autres membres du commando, postés à une vingtaine de mètres d'intervalle au bord des tapis roulants. Aucun vivant autour de lui, seulement des cadavres mutilés, des éclats de chair, d'os et de sang sur les poteaux de soutènement, sur les enseignes publicitaires des fast-foods, sur les affiches lumineuses de la dernière production Disney. Il vit le moudjahid le plus proche enjamber la rambarde et s'enfoncer en courant dans les massifs de verdure qui encadraient le passage. Il lui sembla reconnaître la haute et maigre silhouette d'Hakeem l'Ougandais. Répartis dans des voitures différentes, ils n'avaient pas eu le temps de se saluer avant le départ, ils avaient seulement pu s'échanger un sourire de complicité où flottait la tristesse prémonitoire et grave des adieux.

Les autres membres du commando s'égaillèrent à leur tour. Quelque chose dissuada Mathias de les imiter, l'intuition, peut-être, que la fuite était la pire des solutions, la réaction à laquelle tout le monde s'attendait, le piège dans lequel il ne devait à aucun prix tomber. Il lui fallait trouver autre chose, mais quoi ? Il n'avait plus le choix : il ne se ferait pas sauter avec sa grenade si les forces de l'ordre le capturaient, mais il en savait désormais trop pour que Blaise et Cathy prennent le risque de le laisser en vie. La voix moqueuse de Hassida se détacha du tourbillon de ses pensées : *Tu la recevrais, ta balle en pleine poire, avant même d'avoir eu le temps d'ouvrir la bouche, tu n'es qu'une option, ils ont des solutions de remplacement...* Le bourdonnement des hélicos, les gémissements des blessés et les hurlements des sirènes lui cisaillaient les nerfs, l'empêchaient de réfléchir.

Que faire, bordel de Dieu, que faire ?

Il n'avait même plus la possibilité de recouvrer son calme en caressant du bout des doigts la médaille familiale de la Vierge. Blaise et Cathy lui avaient juré de la lui rendre une fois sa mission achevée, mais il n'accordait aucune valeur aux promesses de ceux qui étaient devenus ses « correspondants », les marionnettistes qui manipulaient ses fils.

Son regard tomba sur l'une de ces grandes poubelles dissimulées par un décor en faux laiton, et la réponse lui apparut, lumineuse, effrayante. Il la rejeta d'abord avec l'énergie du désespoir avant de se raisonner, de capituler devant son instinct de survie. Il arracha son foulard, son manteau, les glissa dans la poubelle la plus proche et les enfouit tant bien que mal sous un tas de boîtes et de verres en carton. Les mains pleines de restes de moutarde, de graisse et de soda, il déverrouilla le cran de sûreté de son fusil d'assaut et, de la main gauche, en pointa le canon sur son épaule droite. Il hésita pendant quelques secondes avant de presser la détente. Personne n'accepte de se mutiler d'un cœur léger. La rafale, tirée à bout portant, le fit reculer de trois pas. Il y eut un petit moment de flottement avant que la douleur s'épanouisse et lui dévore tout le côté droit. Le sang déploya sa corolle chaude et floconneuse sous ses vêtements. Il serra les dents pour ne pas lâcher son arme, pour ne pas s'effondrer de tout son long sur le béton. Tenir, encore un peu. Il se rapprocha de la poubelle en chancelant, y glissa le fusil d'assaut, eut une perte de conscience, probablement de l'ordre d'une fraction de seconde, comme une microcoupure électrique, se demanda ce qu'il fabriquait là, à demi effondré sur cette poubelle d'où montait une odeur de friture froide. Puis la douleur, atroce, le ramena à la réalité, il perçut les bourdonnements des hélicos, les ululements des sirènes, il eut encore la lucidité de planquer le fusil d'assaut sous les détritus avant de s'affaisser et de glisser enfin dans l'inconscience.

Il eut besoin de temps pour se rendre compte que les sons graves qui s'entrelaçaient au-dessus de lui étaient des voix. Il lui sembla qu'on le soulevait, qu'on le transportait, qu'on l'enfermait dans un espace sombre, qu'on lui retirait ses vêtements, qu'une aiguille s'enfonçait dans son bras. Un visage était penché sur lui, une femme, aussi blonde que sa mère, les mêmes yeux d'un bleu pervenche, la même pâleur slave, la même finesse de traits, la même douceur que contrariait une tension extrême. Le déchirement obsédant de la sirène indiquait qu'il roulait à bord d'une ambulance. Les secousses réveillaient régulièrement la douleur assoupie. Elles le projetaient par bribes dans sa petite enfance, dans sa chambre du pavillon de Colombes, les couvertures remontées sur le nez, l'inquiétude dans le regard toujours tragique de sa mère. La fièvre, la joie perverse de manquer l'école, la fierté mâle d'accaparer cette femme à la fois si intime et lointaine qu'il lui fallait d'habitude partager avec son père et ses sœurs. Sa mère avait cessé de promener ses mains sur son corps depuis que sa sœur aînée avait été promue assez grande pour s'occuper de lui, pour le laver, et cette reconnaissance tactile lui manquait, cruellement. Il s'efforçait de garder les yeux fixés sur sa mère, de la contraindre à rester assise près de lui, de respirer son odeur à pleines narines, mais le sommeil finissait par le vaincre, par l'emporter, par le projeter dans un puits sans fond où se désagrégeaient tous ses repères, où se tranchaient tous ses liens.

Il se réveilla dans une pièce habillée de murs et d'un mobilier clairs. L'odeur l'informa instantanément qu'il se trouvait dans un hôpital. La douleur, à nouveau engourdie, guettait la première opportunité pour resurgir et mordre. Un bandage serré lui emprisonnait l'épaule et lui immobilisait le bras. L'extrémité du tuyau souple et translucide d'une perfusion s'enfonçait dans une veine juste au-dessus de son poignet. Des bruits lointains brisaient le martèlement monocorde des gouttes de pluie sur les vitres de la fenêtre. Une télévision suspendue le fixait de son œil neutre, insondable.

Il chercha des yeux une pendule, n'en trouva pas, observa la lumière extérieure, estima que le jour touchait à sa fin tout en admettant que la grisaille sale, persistante, pouvait très bien l'induire en erreur. Les images, les bruits, les odeurs et les sensations du raid défilèrent en rafales dans son esprit… Corps écharpés, pétrifiés, rampant sur le béton comme des insectes privés de pattes, crépitements, hurlements, gémissements, fumée, poudre, sang, impression étrange, déroutante, de basculer dans un autre temps, de tomber en chute libre dans des mondes infernaux…

Il était seul dans la pièce, signe que son stratagème avait réussi, qu'on l'avait pris pour l'une des victimes. Sa blondeur et sa pâleur angéliques ne l'assimilaient pas d'emblée à un terroriste, encore moins à un extrémiste islamiste. Restait encore la possibilité que les flics eussent posté un ou deux plantons devant sa chambre. L'irruption d'une infirmière, qui laissa la porte entrouverte sur son passage, répondit à son interrogation. Il ne remarqua pas de flics en civil ou en uniforme parmi les blouses blanches qui déambulaient seules ou en grappes dans le couloir.

« Comment vous sentez-vous ? demanda l'infirmière avec un sourire qui se voulait engageant et ne réussissait qu'à souligner l'austérité de ses traits.

— À... à peu près bien », bredouilla Mathias.

Le son de sa voix lui parut étrange, inhabituel, comme si un étranger avait exploité son inconscience pour se glisser dans son corps.

« Bien comme quelqu'un qui a reçu je ne sais combien de balles dans l'épaule ! » s'exclama l'infirmière.

Elle s'approcha du lit, une compassion théâtrale plaquée sur le visage, typique de celles et ceux dont le contact quotidien avec la misère humaine a depuis longtemps éradiqué toute velléité de miséricorde. Les fils gris de ses cheveux mi-longs, ses rides et ses cernes profonds, ses gestes las dénonçaient l'usure de ses cinquante ans.

« Certaines d'entre elles vous ont traversé de part en part, reprit-elle en inspectant le flacon suspendu et le tuyau relié à son poignet. Vous avez perdu beaucoup de sang. Mais pas au point de vous transfuser. Vous êtes de type A plus, et on risquait d'en manquer. »

Elle désigna l'épaule droite de Mathias d'un coup de menton.

« Pas joli à voir, là-dedans. De la bouillie de chair, la clavicule et l'omoplate en plusieurs morceaux. Vous êtes resté plus de cinq heures sur la table d'opération. Vous avez eu de la chance dans votre malheur : vous avez eu le docteur Blériot, le meilleur chirurgien de Meaux. »

Elle projetait les effluves d'un parfum qui, bien que discret, agressait l'odorat de Mathias.

« Cinq cents morts. Vous vous rendez compte ? Ces… salopards, excusez-moi, je ne trouve pas d'autre mot, ont laissé plus de cinq cents morts derrière eux ! Des femmes, des enfants ! À la grenade, à la mitraillette ! Des gens qui venaient simplement passer un peu de bon temps à Disney. Dans quel monde vivons-nous, Seigneur, dans quel monde vivons-nous ? »

Dans un monde qui renie les êtres humains, répondit silencieusement Mathias. Dans un monde en train de préparer sa mue, et sans doute l'extinction de cette espèce ingrate et malfaisante qui le ronge depuis la nuit des temps. Quelle importance ? Personne ne pleurera les hommes.

Déluge, néant, liquidation...

« Je ne m'estime pas spécialement rétrograde, mais je crois qu'il faut rétablir d'urgence la peine de mort. Au moins dans certains cas, comme les meurtres d'enfants, comme ce qui vient de se passer à Chessy, vous ne croyez pas ? »

Mathias, lui, la donnait depuis plusieurs années, la peine de mort, et il n'était pas certain que son officialisation changerait quoi que ce fût au destin de l'humanité. Et puis il aurait fallu exécuter ceux qui avaient été prévenus du massacre et qui l'avaient laissé se perpétrer.

L'infirmière se pencha sur lui et remit en place son oreiller. Il fut enveloppé par son odeur âcre sous le parfum aigri par la transpiration. Il entrevit la naissance de ses seins et les balconnets de son soutien-gorge par l'entrebâillement de sa blouse.

« Vous n'avez pas envie de petite ou de grosse commission ? »

Il ne comprit pas tout de suite de quoi elle parlait, puis, prenant conscience qu'il ne pouvait pas encore se lever et qu'elle devait lui glisser la cuvette sous les draps pour recueillir ses excrétions, il lui répondit par la négative d'un signe de tête.

« Je reviendrai tout à l'heure. Si vous avez besoin de moi, sonnez. Vous voyez le bouton, là ? Vous avez juste à tendre le bras gauche.

— Quelle heure est-il ? » demanda Mathias.

Elle retroussa la manche de sa blouse pour dégager le cadran de sa montre.

« Dix heures...

— Du matin ? »

Elle lâcha un petit rire qui lui rejeta la tête et les épaules en arrière, puis elle désigna la fenêtre d'un geste du bras.

« Je sais bien que le temps est détraqué, mais il ne fait pas encore nuit à dix heures du matin !

— Ça fait donc...

— Eh oui, vingt-quatre heures que vous êtes là. »

Après le déjeuner, servi à onze heures trente et composé de ces mets insipides qu'on sert en quantité industrielle dans les hôpitaux, les restaurants d'entreprise et les cantines scolaires, après le passage de l'infirmière et de sa cuvette collectrice, après le nettoyage et la désinfection en règle de ses fesses et, pendant qu'on y était, du « devant aussi », après la visite éclair du fameux docteur Blériot et de deux internes dont l'une, une brune pétulante, le regardait avec adoration, Mathias s'autorisa un petit somme rapidement interrompu par l'intrusion de deux inspecteurs de la brigade antiterroriste. Il leur fournit les réponses les plus évasives possible afin de ne pas éveiller leurs soupçons : il habitait Paris, il avait prévu de passer la journée à Disney, il n'avait pas très bien vu ce qui s'était passé il avait entendu des explosions, des coups de feu, des hurlements, il avait voulu s'enfuir, il avait reçu un choc dans l'épaule, il s'était effondré, il avait perdu connaissance... Ils n'avaient pas insisté, ils s'étaient retirés en lui précisant qu'ils pourraient de nouveau recourir à son témoignage le cas échéant, et cela, même si les membres du commando islamique ne seraient jamais jugés. Bien que cette dernière phrase l'eût plongé dans un abîme de perplexité, Mathias s'était de nouveau assoupi, sans doute l'effet des sédatifs que l'infirmière l'avait obligé à ingurgiter à la fin du repas.

Lorsqu'il rouvrit les yeux, tracassé par la sensation persistante d'être épié, il croisa un regard qu'il reconnut tout de suite malgré la brume qui lui enrobait le cerveau. Les yeux noirs et brillants d'Hassida, assise sur l'unique chaise mise à la disposition des visiteurs, étaient plantés dans les siens comme des oiseaux de proie. Sa chevelure bondissait par-dessus le col relevé de son imperméable et se répandait avec sauvagerie sur ses épaules. Elle lui parut encore plus attirante que le soir où Hakeem l'Ougandais la lui avait présentée dans la petite pièce de la ferme briarde.

« Géniale, ton idée, dit-elle avec un demi-sourire. Tu es le seul à l'avoir eue. Tu es le seul à être resté en vie.

— Tu veux dire que...

— Tu es le seul survivant du commando. Tous les autres ont été abattus par les flics ou se sont fait sauter à la grenade.

— Hakeem…

— Lui aussi. C'est le seul que je regrette. Le seul véritable être humain de cette bande de tarés.

— Qui t'a prévenue que j'étais là ? »

Elle haussa les épaules. Elle avait l'air d'une gamine qui avait piqué les fringues de sa mère pour se vieillir.

« On a épluché la liste des victimes, on a vu que tu en faisais partie et on m'a envoyée en reconnaissance. Pour vérifier que personne n'avait fait le rapprochement entre le Jihad et toi. »

Elle ne fit aucune allusion à la puce électronique, sans doute parce qu'elle ignorait son existence.

« Et si quelqu'un avait fait le rapprochement ?

— Alors je devrais prévenir mes chefs, et ils t'élimineraient.

— Tu les préviendrais ? »

Elle se pencha vers l'avant et contempla le bout arrondi de ses baskets.

« Personne n'a fait le rapprochement, murmura-t-elle sans relever la tête. Tu n'es ici que Mathias Sirimenko, une pauvre victime parmi tant d'autres. Tu peux tranquillement continuer à jouer les taupes.

— Est-ce que ceux du Jihad savent que tu es ici ?

— Ils ne savent même pas que tu es vivant.

— Je suppose également qu'on t'a chargée de me donner des instructions. »

Elle se redressa et lui lança un regard étincelant.

« Je suis venue te voir à titre professionnel, mais... »

Elle resta dans cette position pendant quelques instants avant de lui poser la main sur l'avant-bras gauche.

« ... à titre personnel, je suis vachement contente que tu t'en sois sorti, ajouta-t-elle d'une voix sourde.

— Tu n'as pourtant pas voulu rester avec moi l'autre soir. »

Elle se leva et vint se percher sur le bord du lit. Elle ne s'était pas parfumée, et il respira avec volupté son odeur dont la moiteur ambiante et la transpiration exaltaient le musc poivré.

« Le problème, c'est que tu me plais, Mathias. Beaucoup. Trop.

— Je ne vois pas où est le problème. »

Elle se pencha sur lui et lui effleura des lèvres le front et l'arête du nez.

« Les flics ont fait de moi une pute. Il n'y a rien de plus dangereux pour une pute que de... »

La fin de sa phrase se déversa dans la bouche de Mathias. Ils s'embrassèrent avec une fougue qui les enflamma comme de la paille sèche. Oubliant sa blessure à l'épaule, Mathias entreprit de serrer le corps d'Hassida contre le sien, mais la douleur se réveilla avec une brutalité telle qu'il en eut le souffle coupé, qu'il retomba, livide, sur le matelas.

« Bouge pas », chuchota Hassida.

Elle glissa la main sous les draps et la promena un long moment sur sa peau jusqu'à ce qu'il eut cessé de trembler. Puis elle s'aventura sur son sexe avec la délicatesse d'une araignée et le caressa avec une lenteur gourmande tout en lui couvrant le visage et le cou de baisers.

Marc 6

La standardiste, une femme entre deux âges, entre deux amours, entre deux emplois, adressa à Marc son sourire le plus las du lundi matin.

« Comment-allez-vous-aujourd'hui, m'sieur-Marc ? »

M'sieur Marc avait cru un temps qu'Aliénor — oui, oui, elle s'appelait Aliénor —, le draguait, ô vanité mâle, puis il s'était aperçu qu'elle roulait des yeux, des lèvres et des hanches devant tout homme qui traversait le hall des bureaux de l'EDV. Elle jetait ses derniers feux de femme mûre au seuil d'une vieillesse qui s'annonçait fatale. Elle avait toujours le nez plongé dans l'un de ces magazines qui caressaient en chaque lectrice le fantasme de la séductrice éternelle, comment rester jeune, comment sauver son couple, comment préserver une vie sexuelle harmonieuse, comment atteindre à la perfection faite femme... Ces mêmes revues se donnaient bonne conscience en publiant régulièrement des papiers à tendance chienne de garde (attention, machisme pas mort, attention, inégalités de traitements et de salaires, attention, retour en force de l'ordre moral, attention, menaces sur l'avortement, attention, respect de la parité des listes électorales...), mais, en même temps, elles multipliaient les pages de publicité et de mode avec des créatures parfaitement jeunes, lisses, calibrées pour le désir, elles entretenaient l'illusion d'un Olympe où se figeaient des déesses inaccessibles, où ni la standardiste des bureaux de l'EDV ni les autres lectrices de base, ces pauvres mortelles guettées par les bourrelets et les rides, enchaînées à des maris mufles et ronfleurs, rongées par des enfants ingrats et les soucis quotidiens, ballottées de galères financières en vacances de merde, ne seraient jamais admises.

« Pas mal. Et vous, Aliénor ? »

Marc fut traversé par la brutale envie de lui arracher son magazine des mains. Charlotte avait tenté de lui expliquer qu'il n'aimait pas la presse féminine à cause de son indécrottable côté macho, comme tous les mecs de son âge, l'éducation, ça laisse des traces, mon pauvre vieux...

Il était sans nouvelles de Charlotte depuis le dîner désastre avec Conrad-ben-si-l'architecte d'intérieur, et il lui fallait admettre que ses défauts et sa sensualité maigre lui manquaient davantage qu'il ne l'aurait imaginé. Il éprouvait même une jalousie vénéneuse à l'encontre de Conrad, ce type qui avait su garder tous ses cheveux et qui, sans doute, était pétri de toutes les qualités que les femmes jeunes apprécient chez un amant mûr, confort, expérience, savoir-faire, délicatesse, attention. Un reste de dignité lui avait interdit de céder à la tentation pourtant dévorante de prévenir la copiiiiiine Maud, l'épouse trompée. Il lui fallait se réhabituer à la solitude, cette vieille compagne des jours fades, à cette liberté soudaine qui, dans les premiers temps, se traduisait par une indécision, un désœuvrement de tous les instants. L'existence lui paraissait désormais sans saveur, sans couleur, sans odeur, une vie au rabais de célibataire, des repas froids avalés sur le pouce, des soirées à zapper comme un forcené, des petits déjeuners insipides bercés par les voix monocordes des animateurs radio. Certes, il pouvait plonger sa baguette dans son bol de café sans essuyer une remarque acrimonieuse, il pouvait éructer, flatuler, se gratter le nez ou le cul sans recevoir une flèche assassine, mais il s'enfonçait dans une inertie quotidienne qui transpirait l'ennui, qui réduisait tout désir en cendres, pas seulement le désir sexuel, mais le feu vital, la gourmandise, la curiosité, la combativité. Et quand il se masturbait afin de contrôler l'état de la mécanique, il n'obtenait rien d'autre qu'une érection mollassonne, un plaisir de rat, quelques gouttes d'un sperme étrangement fluide et un vague sentiment de dégoût. Oui, la rumeur de l'ex numéro 2 lui manquait, et aussi un peu sa voix, un peu sa bouche, un peu ses mains, un peu ses seins, un peu ses fesses, un peu son vagin.

Il avait eu le tort de confier à l'ex numéro 1 qu'il avait rompu avec Charlotte. Depuis, elle le bombardait de coups de téléphone et le relançait sans cesse pour qu'il vienne la voir à la maison, ça ferait tellement plaisir aux filles, ces mêmes filles qui se débrouillaient toujours pour rater les rendez-vous pourtant espacés avec leur père. L'ex numéro 1 était une teigneuse dans son genre, qui déguisait parfaitement son costume de bourreau sous ses haillons de victime. Elle appliquait à la perfection la tactique du harcèlement qu'elle avait utilisée un quart de siècle plus tôt pour attirer son attention, pour se glisser dans sa vie et l'emmener peu à peu dans la nasse du mariage. Il envisageait parfois de lui accorder la visite qu'elle quémandait, histoire de se contempler dans un miroir autre que le sien, de ne pas rester seul avec son reflet vieillissant, désespérant.

« J'vous-préviens-que-le-patron, il-a-pas-l'air-de-bonne-humeur, sss'matin… »

Aliénor avait lâché son info sans respirer, sur le ton de celle qui était dans la confidence, ou qui connaissait quelqu'un qui était dans la confidence.

Il ne fallait pas non plus compter sur le boulot pour enrayer la lente plongée de Marc dans la morosité. Après son papier coup d'éclat sur la famille du Christ de l'Aubrac, il était retombé dans la monotonie familière de l'EDV, il avait réintégré son humble condition de bouche-trou et laissé aux braves, aux cueilleurs de lauriers, aux violeurs hauts de gamme, le prestige des grands reportages et des dossiers brûlants. Il était retourné à son anonymat confortable, à ces rubriques fourre-tout et ingrates qui comblent les vides d'un hebdo.

Comme d'autres journalistes arrivaient, Marc salua la standardiste d'un mouvement de tête et se dirigea vers l'ascenseur. Après avoir débuté sa carrière à Saint-Denis, la forteresse banlieusarde du rap et du 93 style, l'EDV avait fini par échouer dans un bâtiment ancien, voire vétuste, du deuxième arrondissement de Paris, question de notoriété. L'immeuble ne disposant que d'un parking rabougri (dix emplacements, dont trois réservés au seul BJH, trois aux rédacteurs en chef adjoints, un au chef-comptable, un au chef de publicité), c'était une vraie gageure que de se garer dans les rues avoisinantes soumises aux débordements permanents du Sentier. Contrairement à ses confrères qui persistaient à braver les bouchons et les prunes, Marc avait fini par se résigner à prendre le métro, chose qu'on évite de faire, bien entendu, lorsqu'on appartient à l'élite de la presse écrite : quand les cocus de l'histoire s'entassent sur les quais et dans les rames de métro, les amants de la renommée, eux, se déplacent en voiture, voire en taxi.

Les trente violeurs — pas terrible *les trente violeurs*, il faudrait se creuser la cervelle pour trouver un nouveau surnom — avaient pris place autour de l'immense table ovale de la salle de rédaction. Les trois quarts d'entre eux, dont Marc, avaient allumé une cigarette en dépit des quatre panneaux d'interdiction de fumer disposés sur chacun des murs de la pièce. Les secrétaires des rédacteurs en chef adjoints passaient les plateaux jonchés de gobelets et de croissants qui vous faisaient suinter le gras rien qu'à les regarder. L'évolution, là aussi : le carton, le café sans arôme et la viennoiserie industrielle avaient supplanté la faïence, les petits noirs et les croissants artisanaux des temps héroïques.

BJH trônait au bout de l'ovale entre ses rédacteurs en chef adjoints et un inconnu à la mine austère probablement délégué par la boîte américaine d'audit. Le patron n'avait pas décoché un sourire ni un mot pendant que les journalistes emplissaient et enfumaient la salle de rédaction. Derrière les verres épais des lunettes, ses yeux luisaient comme des blocs de glace arrosés par une lumière pâle. De temps à autre, il parcourait son crâne lisse d'une main tressautante qui revenait ensuite fourrager dans les chemises — les fameux dossiers de BJH — empilées devant lui. Autant de signes d'une humeur exécrable, Aliénor ne s'était pas trompée là-dessus.

Il laissa pendant quelques minutes ses collaborateurs s'intoxiquer de caféine et de nicotine avant de réclamer le silence d'un geste du bras. La voisine de Marc, une journaliste d'une trentaine d'années, une blonde assez mignonne malgré une tendance à l'épaisseur, l'interrogea d'un coup d'œil vaguement inquiet. Il lui répondit d'une moue qui signifiait : je suis d'accord, on va en chier. Elle lui adressa un sourire appuyé avant de croiser les jambes et de se retourner vers le bout de l'ovale, vers Dieu le père. Se pouvait-il qu'elle... ? Non, il se faisait encore des idées, elle était mariée, mère de deux ou trois gosses, il l'avait vue radieuse au bras de son mec à l'occasion d'une réception donnée dans les bureaux. Et puis, à la réflexion, elle n'était pas si jolie, un embryon de double menton, sans doute des plis disgracieux au niveau de la ceinture, des cuisses et une croupe de jument, des lèvres un peu pingres. Il n'aurait pas aimé confier sa langue et son sexe à une bouche aussi avaricieuse que celle-là. Les paroles du père Simon lui revinrent en mémoire : *J'ai goûté un plaisir si pur, si merveilleux, là-bas, que tout m'est devenu indifférent*... À l'aube de la cinquantaine, Marc recherchait toujours la fusion sublime qui le délivrerait de ses obsessions médiocres.

« ... L'inverse, vous m'entendez, l'inverse de l'effet que nous avions escompté ! »

La voix tonnante de BJH ricoche sur les murs gris de la salle de rédaction. La voisine de Marc retrousse sa jupe à force de croiser et de décroiser ses jambes gainées de collants noirs. De nouvelles menaces de licenciement planent au-dessus de l'EDV, comme le confirme la présence silencieuse du vautour de la boîte américaine d'audit, et les signes de nervosité se multiplient dans la population survivante des trente violeurs. Des disputes ont éclaté la semaine dernière, on s'est jeté des insultes et du café brûlant à la face.

« Le néo-nomadisme se développe à une vitesse effrayante ! Effrayante ! C'est notre civilisation qui est en train de s'effilocher. Comme ça, bordel ! (BJH souligna ses paroles d'un claquement de doigts) Le numéro consacré au Christ de l'Aubrac, à ce... — coup d'œil sur une fiche posée à plat sur la table — ... Vaï-Ka'i comme il se fait appeler, putain de nom, n'a pas empêché son mouvement de s'étendre. Au contraire. Nous sommes débordés, pris de vitesse. Pris de vitesse, bordel de merde ! Vous savez ce que ça signifie ? »

Ses yeux errent comme deux fragments de banquise sur une mer de têtes figées.

« Ça signifie, *primo*, que nous n'avons pas bien fait notre travail, *secundo*, que si nous persistons dans cette voie, nous serons purement et simplement éliminés du jeu. Quand je dis nous, je ne parle pas seulement de l'EDV, mais de la presse en général, de notre job. De votre foutu job, mesdames et messieurs ! Si nous ne sommes pas capables de démontrer que nous avons notre place, alors nous deviendrons des dinosaures, des êtres inadaptés, condamnés à la disparition. Nous n'avons plus besoin de vous, nous avons nos correspondants personnels dans tous les pays du monde, voilà le bras d'honneur que nos lecteurs nous adresseront. Le flot d'informations coule directement dans leur salon ou dans leur lit par les robinets du Net. Alors, je vous le demande, à quoi servons-nous ? »

Les gouttes qui perlent sur le crâne de BJH captent les lumières pourtant anémiques des appliques réparties tous les trois mètres tout autour de la salle. Les trois rédacteurs en chef adjoints ont le regard sévère et le sourcil froncé de ceux qui campent du bon côté de la hiérarchie et qui envoient la piétaille se faire mitrailler pour défendre leurs positions. J.J. Frélion, le plus autoritaire des trois, le plus proche de BJH, les mains baladeuses les plus redoutées des jupes et des corsages, hoche la tête d'un air pénétré en recourbant inlassablement l'extrémité de sa moustache grise en forme de guidon.

« Je vous le demande encore une fois, à quoi servons-nous ? »

L'usage veut qu'à cet instant une âme dévouée ânonne n'importe quelle stupidité pour permettre à BJH de la reprendre au vol, de se lancer dans son numéro étourdissant de visionnaire. C'est la voisine blonde de Marc qui s'y colle. Sa jupe est maintenant retroussée jusqu'en haut des cuisses. Elle porte un col roulé noir et moulant qui met en valeur sa poitrine, plutôt généreuse, mais qui révèle également les débordements de sa ceinture abdominale. Sa bouche, quand elle s'ouvre, paraît moins avare, plus intrigante, peut-être parce qu'il en sort une voix rauque inattendue chez une femme d'apparence aussi rassurante.

« Nous sommes tous ici convaincus de notre utilité. Ou nous changerions de métier. S'il n'y avait personne pour mettre de l'ordre et de la crédibilité dans le flot d'informations, c'est la notion même d'informations qui disparaîtrait. »

Elle cherche une approbation dans le regard de ses voisins de table, y compris celui de Marc qui se défile en allumant une cigarette.

« Je ne crois pas que vous soyez ici tous convaincus de votre utilité, réplique BJH d'une voix dont le miel enrobe le fil tranchant. Je ne crois pas que vous donniez le meilleur de vous-même à l'EDV. Je crois même que la plupart d'entre vous roupillent, et ceux-là doivent se réveiller d'urgence. D'urgence. »

Les semaines précédentes, les trente violeurs avaient expédié une délégation au SNJ, le syndicat majoritaire des journalistes, afin de se renseigner sur leurs droits dans l'optique de plus en plus vraisemblable d'une deuxième vague de licenciements. Les permanents du syndicat avaient traité les trois représentants de l'EDV avec un mépris souverain, et non dénué de jubilation. Le SNJ tenait sa revanche sur les chiens de BJH qui avaient consacré, une dizaine d'années plus tôt, un dossier aux syndicats et à leurs filières, les comités d'entreprise, dénonçant les dérives politiques et les magouilles de cette nomenclature élue en principe pour défendre les intérêts du personnel. Les mois ayant suivi la parution du numéro incriminé, le nombre des adhésions, en baisse constante depuis les années 1980, avait subi une nouvelle et brutale diminution qui avait débouché sur une crise majeure dans le monde syndical. Le bon temps selon BJH, le temps où un hebdo indépendant exerçait une influence visible, palpable, sur l'opinion.

« Sur quel sujet pouvons-nous, devons-nous, prouver notre utilité, aujourd'hui ? »

Créer et entretenir des dépendances, la définition même des organismes parasites... La voix sèche de l'ancienne institutrice de Jésus Maingrot se détacha du marasme intérieur de Marc, se joignit à celle, vacillante, du père Simon, le ramena devant l'immense cheminée de la ferme de l'Aubrac, le plongea dans les yeux noirs et graves de Pierrette. *Une entité qui n'a aucune justification vitale, dont la seule obsession est de survivre*...

Les mouvements incessants des jambes de sa voisine blonde dessinaient des arabesques abstraites sur un fond noir et gris. Les notes joyeuses de son parfum sous-tendaient les odeurs enchevêtrées de cigarette et de café. Elle se chargea une nouvelle fois de répondre, comme si elle avait endossé pour cette conférence le rôle de faire-valoir du patron de l'EDV :

« L'évolution. Les évolutions plus exactement.

— Précisément. Retournons maintenant soixante-dix ou quatre-vingts ans en arrière. Moins d'un siècle, ce n'est pas si difficile ! À quoi nous trouvons-nous confrontés ?

— La crise de 29, la montée du nazisme. »

L'échange entre BJH et la voisine de Marc était si convaincant qu'il semblait avoir été répété depuis des semaines.

« Seriez-vous restés les bras croisés et la bouche cousue devant la montée du nazisme ? Auriez-vous gardé vos couilles dans vos pantalons ?

— Non, évidemment. Même pas moi. »

La saillie de la voisine de Marc, merde, comment s'appelait-elle déjà ? Sylvaine ? Liliane ? souleva une vague de rires qui emporta les faces autour de l'ovale, y compris les rédacteurs en chef adjoints, y compris BJH. Le type de la boîte d'audit, lui, n'avait pas esquissé un sourire, mais pouvait-on demander à un ennemi du débordement, à un apôtre de la maigreur sociale, de priser l'humour gras des violeurs de l'EDV ?

« Personne ne met en doute votre féminité, Lorraine ! »

Lorraine, c'est ça… Une grande voyageuse malgré ses deux ou trois gosses, une écriture étonnamment sèche et caustique pour un physique aussi rond. Marc se souvint des jeux de mots affligeants que les violeurs — et lui-même, il lui arrivait souvent de montrer l'exemple, il se serait damné pour un mauvais jeu de mots — accolaient au prénom de leur consœur, une vraie blonde de surcroît selon les renseignements obtenus par les plus aventureux ou les plus curieux — les plus vantards ?

« Aucun journaliste digne de ce nom ne serait resté passif devant l'horreur en marche.

— C'est facile à dire maintenant. Les journalistes de l'époque n'avaient pas le recul que nous avons. »

La voix, grave celle-là, avait jailli de l'autre côté de l'ovale. Elle appartenait à Jean-Jacques Bral, un des chiens de BJH les plus anciens, les plus féroces. Être attaqué par JJB dans les colonnes de l'EDV, c'était l'assurance d'être blessé par la plume la plus acérée, la plus venimeuse, de toute la presse écrite. Lui seul s'autorisait l'impertinence devant l'aréopage au grand complet de l'hebdo. On lui pardonnait d'autant plus volontiers ses audaces, ses outrances, ses insolences, que sa signature représentait un pourcentage significatif des abonnements et des ventes en kiosques. En outre, qualité rarissime, il avait su rester à sa place, il n'avait jamais revendiqué le poste de rédacteur en chef adjoint qu'aurait pu, qu'aurait dû lui valoir sa notoriété. En dehors de ça, un être humain particulièrement exécrable, un bloc de mépris pour ses semblables, misanthrope, misogyne, célibataire, adepte du velours négligé et puant, la face blafarde et dissimulée sous des mèches sales, une barbe exubérante et des lunettes teintées.

« Juste, juste, Jean-Jacques. Mais nous, nous avons tiré des enseignements de cette putain d'histoire. Et nous serions impardonnables de commettre les mêmes erreurs. Les fondamentalismes, les fanatismes prolifèrent comme des mauvaises herbes autour de nous, chrétien, juif, musulman, hindouiste…

— Ceux-là, ils sont aisément contrôlables, et parfaitement contrôlés, objecte JJB. Les révolutions fondamentalistes ne sont en général que les parties émergées de pouvoirs qui cherchent à se consolider ou à se mettre en place. La dernière attaque de Disney, par exemple, n'est qu'un épisode de la guerre souterraine que se livrent les grandes puissances par leurs milliardaires terroristes interposés. De tout temps, on s'est servi des extrémismes religieux pour envahir des territoires, pour contrôler les richesses naturelles, les populations, les frontières.

— Avec le risque non négligeable que ceux que vous croyez manipuler échappent à votre contrôle et se retournent contre vous. C'est déjà arrivé dans le passé, les exemples sont légion dans le présent, ça risque de se reproduire dans le futur.

— Je ne vois pas qui aurait eu intérêt à manipuler ce Christ de l'Aubrac, pour en revenir à lui. Ce n'est qu'un allumé parmi des centaines d'autres, parmi ceux qui prétendent communiquer directement avec Dieu, ceux qui parlent aux extra-terrestres, ceux qui réinterprètent les textes sacrés à leur convenance, ceux qui créent des religions de toutes pièces, ceux qui s'engraissent sur le New Age, ceux qui exploitent les thérapies pour…

— La grosse différence, coupe BJH, les yeux de plus en plus clairs, le crâne inondé de sueur, c'est que cet allumé passe pour accomplir des miracles, et que de plus en plus de gens suivent son enseignement. La grosse différence, c'est qu'il est en train de refaire l'histoire sous notre nez, comme Hitler et ses chemises brunes dans les années 1930.

— Ah non ! »

Ce cri, si puissant qu'il avait instauré un silence assourdissant, avait surgi de la gorge de Marc. Tous les regards convergeaient maintenant vers lui, réprobateurs ou compatissants. On le fixait déjà comme le premier condamné, comme le crétin qui avait grimpé de lui-même dans la charrette. Mal à l'aise, il se remua sur sa chaise et tira sur sa cigarette comme un forcené. Lorraine avait poussé sur ses jambes et remonté encore sa jupe pour reculer sa chaise et mettre un maximum de distance entre le paria et elle. Le reniement instantané était un exercice qui se pratiquait régulièrement dans les couloirs et bureaux de l'EDV, où la solidarité s'arrêtait aux histoires de cul, aux cafés et aux bières partagés.

L'employé de la boîte d'audit examinait Marc avec l'intérêt soudain d'un chercheur, comme s'il avait enfin mis le doigt sur le ver qui rongeait sournoisement les structures et les comptes de l'EDV depuis près de quinze ans.

Une ébauche de sourire flotta sur les lèvres épaisses et brillantes de BJH.

« Une objection, Marc ? »

Marc songea qu'il était en train de tout foutre en l'air, comme il avait perdu les ex numéro 1 et numéro 2, comme il avait perdu ses filles, comme il avait perdu ses cheveux, comme il avait perdu ses illusions. Il puisa dans l'image de Pierrette le courage de continuer, de suivre son fil intime dans le labyrinthe.

« Une interrogation, plutôt : Et si c'était Vaï-Ka'i qui était dans la vérité ? Si c'est nous qui commettions l'erreur ? Si ce monde avait un vrai, un profond besoin de changement ?

— Ne me dites pas, Marc, que cet escroc œuvre à l'amélioration du monde. Des milliers de gens abandonnent leur métier, leur maison, leurs économies, pour le suivre, et figurez-vous que c'est son... comment appeler ça ? Son... église qui en bénéficie. Le phénomène se propage maintenant sur le continent américain. Ce gars-là, c'est une crise de 29 à lui seul, la ruine, le désastre, le terreau d'où surgiront, d'où surgissent déjà, des idéologies nauséabondes. Il trimballe, je vous le rappelle, un certain nombre de casseroles, plusieurs viols ou tentatives de viol sur mineures, détournements de fond, abus de confiance, exercice illégal de la médecine, et j'en passe. Alors maintenant nous devons nous défoncer pour réussir là où nous avons échoué la dernière fois, nous...

— Et si nous lui consacrions un dossier honnête, putain ! » cria Marc.

Lorraine recula encore sa chaise jusqu'à ce que la cloison bloque son dossier. Elle prit conscience que son entrejambe s'offrait désormais à la vue de tous, serra les jambes et rabattit sa jupe sur ses cuisses. BJH sortit un mouchoir en tissu de sa poche et s'essuya le crâne d'un geste convulsif.

« Insinuez-vous que l'EDV est une entreprise... malhonnête ?

— Je ne l'insinue pas, je l'affirme. Rien de ce que nous avons écrit sur Vaï-Ka'i ne se rapproche de près ou de loin de la réalité. J'ai ridiculisé sa mère et sa sœur adoptives pour vous donner ce que vous exigiez et garder mon boulot, mais l'honnêteté m'oblige à dire maintenant que j'ai rencontré deux femmes d'une générosité, d'une simplicité rares, deux femmes qui m'ont ouvert leur porte, qui m'ont hébergé, qui m'ont nourri, qui m'ont réchauffé. L'honnêteté m'incite encore à vous dire que j'ai rencontré l'ancienne institutrice de Jésus Maingrot, une femme d'une intelligence remarquable, qui affirme elle-même que Jésus l'a guérie d'un cancer du pancréas. Je suis aussi allé voir le missionnaire qui a ramené Vaï-Ka'i en France, le père Simon, un homme extraordinaire qui est resté sans manger pendant près de quinze ans et qui est mort juste après ma visite. Des faits, des informations, des témoins dignes de foi, et pourtant vous n'en tiendrez pas compte parce que votre propos n'est pas d'approcher la vérité, mais d'abattre votre cible. Ce qui me conduit à vous poser cette autre question : où prenez-vous vos ordres, vous qui vous prétendez le seul patron de presse indépendant de France ? »

Marc percevait avec une netteté dérangeante les battements de son cœur et les froissements de la jupe et des collants de Lorraine sur le PVC de sa chaise. Autour de lui, les yeux dansaient derrière les rideaux de fumée comme des étoiles instables. Décontenancé par l'attaque, BJH tirait avec nervosité sur les manches de sa veste. Les trois rédacteurs en chef adjoints gardaient la tête baissée pour ne pas offrir leur profil au vent de sa colère. L'employé de la boîte d'audit paraissait vaguement ravi, comme si cette prise de bec entre un subordonné et son supérieur était, cette fois, une plaisanterie acceptable.

« Si vous êtes convaincu de la malhonnêteté de l'EDV, Marc, pourquoi n'avez-vous pas donné votre démission ? »

La voix calme de BJH avait incisé le silence irrespirable avec le tranchant d'un scalpel.

« Parce que je ne suis qu'un maillon. Dépendant de la chaîne. La peur, si vous préférez. De perdre mon emploi, mon salaire, mes avantages. Mes deux filles sont encore sous ma responsabilité. Vous savez sans doute ce que coûtent les maîtresses plus jeunes. La peur, rien que la peur. De vieillir, de renoncer à son confort, à ses habitudes, aux autres chaînes.

— Et maintenant que la peur est partie, je suppose que vous allez démissionner… »

Marc se renversa sur le dossier de la chaise, écarta les bras, s'étira, posa la nuque sur ses mains croisées.

« Vous allez devoir me virer. Avec tout ce que ça comporte de tracasseries, de pertes de temps, d'allers et retours chez les prud'hommes.

— Prud'hommes ? Lorsqu'un employé refuse de faire le travail pour lequel il est payé, on appelle ça une faute professionnelle.

— Vous savez bien qu'en tant que journaliste, je peux à tout moment faire jouer la clause de conscience. Ma conscience m'interdit de participer au lynchage organisé et ordurier de Vaï-Ka'i, ou de celui que vous appelez le Christ de l'Aubrac. »

Les yeux glacés de BJH accomplirent un tour d'ovale en s'attardant de temps à autre sur une tête.

« Y en a-t-il d'autres parmi vous qui ont un… problème de conscience ? »

Pas une bouche ne s'entrouvrit, pas une main ne se dressa, pas un cil ne frémit. Lorraine ressemblait maintenant à une petite fille terrorisée avec ses jambes et ses bras serrés, avec sa blondeur d'écolière et son regard qui s'égarait de l'autre côté des cloisons de la salle.

« Nous évoquerons votre… problème après la conférence de rédaction, Marc, reprit BJH, toujours aussi calme — une sérénité démentie par le tremblement de ses doigts et la recrudescence de la transpiration sur son crâne. En attendant, veuillez sortir s'il vous plaît, vous et votre conscience. Nous, nous avons encore du pain sur la planche. »

Marc se leva et, légèrement étourdi, se dirigea d'une allure chaotique vers la porte de la salle. Plus personne ne lui accordait d'attention désormais. La peur, rien que la peur d'être compromis par un simple coup d'œil.

Lucie 6

« C'est mon père qui les a tuées.

— Pourquoi ?

— Il faisait des DVD et des photos de cul avec lui et ma sœur, avec lui et des copines de ma sœur, avec des copains à lui et ma sœur. Il revendait le tout à des mecs de Chartres.

— Tu ne m'avais pas écrit qu'il travaillait pour un laboratoire pharmaceutique ?

— Il faisait ça en plus de son boulot. Ça lui rapportait un max de thunes.

— Pourquoi il les a tuées ?

— Ma mère et lui se sont engueulés l'autre soir. Elle a menacé d'aller tout raconter aux flics. »

Couchée dans des draps poisseux, Lucie observa Barthélemy, assis à califourchon sur une chaise, la tête posée sur ses avant-bras. Une douleur lancinante à la cheville, sans doute une entorse, l'odeur étouffante de décomposition, le souvenir obsédant des deux cadavres dans la salle de bains et la mollesse du sommier lui avaient valu une nuit cauchemardesque. Le manque de sommeil alourdissait son corps et engourdissait ses pensées. Un jour maussade s'invitait dans la mansarde par un Velux sillonné de gouttes. Sous les toits, la rumeur de la pluie se changeait en un martèlement frénétique, assourdissant.

Barthélemy ne ressemblait pas à l'adolescente égorgée dans la baignoire. Sa peau sombre, ses cheveux et ses yeux d'un noir profond signalaient d'emblée ses origines indiennes. Du sud de l'Inde, du Kerala, avait-il précisé, où ses parents étaient venus le chercher dans un orphelinat catholique à l'âge de six mois. Il paraissait plus âgé que ses dix-huit ans, une impression renforcée par sa maigreur et la gravité de sa voix. Il avait aidé Lucie à grimper l'escalier, l'avait installée dans sa chambre, puis, après lui avoir noué un bandage de fortune autour de la cheville, il s'était allongé à côté du lit sur des couvertures étalées et superposées. Difficile de lire ses intentions ou ses émotions dans son regard lointain, insaisissable.

« Pourquoi il ne t'a pas tué, toi ? demanda Lucie.

— Je me suis planqué.

— Pourquoi... »

Tant de questions se pressaient dans la tête fatiguée de Lucie qu'elle en avait le vertige. Il n'y avait pas d'autre décoration dans la chambre de Barthélemy qu'une médiocre reproduction d'un corps de femme dans une position grotesque. Elle avait cru le reconnaître comme étant le sien, une image probablement téléchargée au cours de son exhibition. L'ordinateur, un vieux modèle, trônait sur un bureau en pin massif criblé de marques et de taches. Une chaise roulante se tenait dans un recoin sombre comme un animal domestique attendant un signe de son maître. Le lambris qui habillait les cloisons exhalait une vague odeur de bois pourri.

« Pourquoi tu n'es pas allé prévenir la police ?

— Je suis resté planqué pendant plus d'une semaine. J'ai eu peur qu'ils m'attendent, les copains de mon père, ou encore les mecs à qui il refourguait sa camelote. Ceux-là non plus n'avaient pas intérêt à ce que je me pointe chez les flics.

— Avant, je veux dire. Pour leur dire ce que ta sœur et ses copines subissaient. »

Barthélemy se redressa et la considéra d'un air dont elle n'aurait su dire s'il était malheureux ou menaçant. Démunie de sa bombe paralysante, incapable de marcher, elle dépendait entièrement de lui, et elle n'était pas intimement persuadée qu'il n'avait rien à voir avec l'horrible massacre perpétré à l'étage du dessous.

« J'en savais rien, je te jure. C'est ma sœur qui me l'a dit juste après qu'ils se sont disputés.

— Ta sœur, elle a été adoptée elle aussi ?

— Elle est d'origine albanaise.

— Tu ne t'es jamais douté de rien avant qu'elle ne te parle ? »

Barthélemy se leva et alla se placer sous le Velux comme pour se gorger de la lumière du jour naissant.

« Je savais qu'elle et ses copines s'enfermaient des après-midi entières dans une pièce du sous-sol, mais je n'avais pas le droit d'y aller et j'ignorais que mon père ou ses copains étaient là. Eux, ils entraient par la porte de la cave. »

Il désigna la chaise roulante d'un geste du bras.

« De toute façon, avec ça, je ne pouvais pas aller partout dans la maison.

— Comment ça t'est arrivé ?

— J'ai été renversé par une voiture à l'âge de treize ans. Je revenais en vélo de chez un copain. Mes parents m'ont retiré de l'école et m'ont acheté un ordinateur. Celui-là. Il date, mais je l'ai gonflé, pas mal bricolé. Puis ils m'ont offert l'accès à l'Internet. Mon père disait que c'était capital de maîtriser l'informatique. Je crois bien qu'il comptait sur moi pour créer, protéger et maintenir un site Internet, sans doute pour vendre directement ses DVD et ses photos à un réseau de vicieux dans son genre. J'étais le pigeon idéal, coincé sur ma chaise, emprisonné dans ma chambre, pas besoin de me payer. Il n'avait pas prévu que des copains viendraient me chercher pour m'emmener à une conférence de Vahi-Kahi. Il a tiré une drôle de tronche quand il m'a vu revenir sur mes jambes.

— Pourquoi tu es resté dans cette maison ? Avec ces... ces...

— Cadavres ? Je te l'ai dit, je suis resté planqué toute la semaine de peur qu'on m'attende dehors.

— Sans boire ? Sans manger ? »

Barthélemy se retourna avec vivacité, conscient soudain que les questions de Lucie résonnaient comme des accusations.

« Tu n'as qu'à lire les témoignages de ceux qui ont été guéris par Vahi-Kahi. Certains d'entre eux sont restés sans boire ni manger pendant des mois. Quelque chose d'autre les nourrissait. Dans les forums de discussion, ils appellent ça de l'énergie pure, ou divine, ou encore l'énergie du serpent double. C'est... enfin, réel, même si on a du mal à l'expliquer. On a l'impression de planer, d'être bourré de lumière.

— Et avant ta guérison, tu faisais quoi, toute la journée, sur ton ordinateur ?

— Je visitais le monde.

— Mater les filles qui se foutent à poil devant une webcam, tu appelles ça visiter le monde ? »

Barthélemy revint s'asseoir sur la chaise, toujours à califourchon, et posa le menton sur ses bras croisés.

« Mon père, ce con, il croyait m'avoir interdit les sites de cul en installant des sécurités. J'avais une carte et un compte pour faire mes achats sur la Toile. Les sécurités, les écrans de vérification d'âge, ce sont juste des gadgets, des trucs pour rassurer les idiots dans son genre. On rentre dans tous les sites qu'on veut si on s'y connaît un petit peu. Et les comptes, y a plein de manières de les renflouer. J'ai gagné pas mal de thunes, j'ai tout dépensé dans les peep-shows. Parce que c'est là qu'il est, le vrai monde, pas sur les pages touristiques ni dans les musées. J'ai appris bien plus en allant voir ces filles qu'en suivant des cours par correspondance.

— Appris quoi ?

— L'âme humaine. Je passais tout mon temps à discuter avec elles. Elles m'écrivaient, elles me parlaient, elles étaient sincères parce qu'on n'a rien à cacher quand on est nu. »

Barthélemy avait raison sur ce point : les messages échangés entre les filles et leurs visiteurs étaient le plus souvent frappés du sceau de la sincérité. Un grand nombre d'hommes osaient confier à ces femmes dévêtues sur leurs écrans des secrets, des frustrations, des rêves qu'ils n'auraient jamais avoués à leur femme. Lucie se souvenait de confidences touchantes de la part de certains de ses clients, souvent après le premier flot de mots orduriers et l'éjaculation, comme si, désencombrés de ce désir qui les avait attirés sur le sex-aaa, ils pouvaient enfin se livrer en toute confiance, au chaud dans leur anonymat, loin des convenances et des jugements.

« Je suis tombé un jour sur ton site, ta photo m'a plu, j'ai acheté une heure avec toi, puis, après que j'ai joui, j'ai eu envie de te parler, comme avant, parce que je ne voyais plus ton corps, je voyais ton âme, ta lumière, et j'ai voulu te connaître, en vrai.

— Alors pourquoi est-ce que tu as sans cesse reculé le jour de notre rencontre ? »

Le regard de Barthélemy se perdit pendant quelques instants dans le vague.

« Je n'osais pas, j'avais peur que tu me traites comme un gosse, finit-il par répondre. Tu es vachement belle, je suis trop maigre, trop jeune, je ne sais rien de la vie. Et puis… euh, il y avait mes parents. Ils ne voulaient pas me laisser sortir. Ils disaient que j'étais encore fragile, que je devais attendre, reprendre des forces, refaire des muscles, tout le truc. Un matin, je suis quand même allé à pied jusqu'au village. J'étais tellement crevé que c'est le pharmacien, un copain de mon père, qui m'a ramené en voiture. Celui-là, je le soupçonne d'avoir participé aux séances photos dans la pièce du sous-sol. Et plus d'une fois. Après ça, mon père m'a supprimé l'ordinateur et m'a enfermé des journées entières dans ma chambre. »

Barthélemy marqua une pause, comme épuisé par le poids de ses souvenirs. Lucie mourait d'envie d'un café fort, d'une douche brûlante, de sous-vêtements propres, d'une cuvette désinfectée sur laquelle s'asseoir pour purger cette satanée vessie encore débordante.

« Ma sœur est venue m'ouvrir le soir où mes parents se sont engueulés. Elle avait piqué la clef que mon père avait laissée sur la cheminée. Elle tremblait de peur, elle disait que ma mère avait menacé mon père d'aller chez les flics et qu'il était devenu fou. C'est là qu'elle m'a tout raconté, le sous-sol, les photos, les films, les mecs de Chartres. Ensuite les parents se sont calmés, et ma sœur est redescendue. Comme je ne voulais pas qu'elle se fasse engueuler, je lui ai demandé de refermer la porte à clef. Il y a eu des bruits, des cris, et j'ai compris qu'il se passait quelque chose de grave. Je ne pouvais pas intervenir, j'étais enfermé, comme un con, pas moyen d'ouvrir cette saloperie de porte ! Le silence est revenu. Un quart d'heure plus tard, j'ai entendu mon père monter, tourner la clef dans la serrure. Il avait un grand couteau de boucher à la main. Il a essayé de me coincer sur mon lit, je me suis débattu, je lui ai échappé, je me suis planqué dans une cachette du grenier que j'étais le seul à connaître, enfin je croyais. Je suis resté là jusqu'à ce que tu arrives. J'ai... il y a un petit trou, sur le plancher, qui permet de voir ce qui se passe dans la salle de bains. Il a sûrement été percé par le propriétaire d'avant. Tu as allumé, je t'ai vue, j'ai vu les cadavres de ma mère et de ma sœur. »

Même si l'histoire de Barthélemy se tenait — en admettant qu'on puisse rester enfermé dans une planque sans boire ni manger pendant plus de sept jours —, Lucie avait la nette impression non pas qu'il lui mentait, mais qu'il occultait une partie de la vérité. Elle remua sa cheville foulée sous les draps. La douleur, toujours aussi vorace, lui arracha un long gémissement.

« Est-ce qu'il y a des toilettes à cet étage ? »

Barthélemy secoua la tête.

« Au premier et au rez-de-chaussée. Tu veux que je t'aide à descendre ?

— Tu n'as plus peur que quelqu'un t'y attende avec un couteau ? »

Barthélemy eut un sourire désarmant qui dévoila ses dents d'une blancheur éclatante et le rendit pendant quelques secondes à l'insouciance de ses dix-huit ans.

« Avec toi, je n'aurai plus jamais peur. »

— Curieux que ton père ne soit pas venu récupérer ces photos… »

Ils étaient descendus au sous-sol après avoir bu un café soluble et grignoté des gâteaux secs dénichés dans un placard. C'était Lucie qui en avait émis l'idée malgré sa cheville douloureuse, à la fois pour échapper à l'atmosphère oppressante de la maison et vérifier les dires de Barthélemy. Il leur avait fallu du temps pour accéder à la cave dont l'escalier de pierre étroit et glissant avait réclamé les plus grandes précautions. Sans l'appui de Barthélemy, plus grand et solide qu'il n'y paraissait, Lucie n'aurait même pas eu la force de franchir le couloir de trois mètres qui séparait la cuisine de l'escalier. En bas, il lui avait déniché une canne en bois qui avait appartenu à un quelconque ancêtre et que son père avait gardée comme une précieuse relique.

La pièce voûtée, aménagée comme un studio avec ses murs blancs et ses rangées de projecteurs, ne disposait d'aucune fenêtre, d'aucun éclairage naturel. Des parapluies déflecteurs et des appareils sur pied cernaient un grand lit recouvert d'un drap bleu clair, un canapé en velours vert bouteille et des fauteuils arrondis. Du matériel était soigneusement rangé sur les rayonnages en aluminium qui couraient le long d'un mur.

Des photos, des tirages Polaroïd qui servaient probablement à contrôler la lumière et l'angle de prise de vue, s'éparpillaient sur une table habillée de mélamine blanche à côté du moniteur ultraplat d'un ordinateur.

« Mado, ma sœur », souffla Barthélemy.

Il montra à Lucie la photo d'une adolescente souriante à côté d'un homme dont on ne distinguait que le haut des cuisses et les organes sexuels sous les plis du ventre flasque. Les autres tirages déclinaient tous le même thème avec quelques variantes, fillettes et hommes mûrs, fascination des contrastes, perversion de l'innocence. On ne distinguait jamais la tête des hommes, seulement leur bas-ventre ou leurs mains, comme s'ils ne se définissaient que par leur volonté de posséder, de souiller.

« C'est avec ça qu'il gravait les DVD. »

Barthélemy désignait un appareil relié par des câbles à l'écran, au scanner et à la tour de l'ordinateur. Des DVD, empilés sur une étagère, étaient encore dans leurs étuis d'emballage, d'autres portaient des étiquettes où étaient écrites, en lettres d'imprimerie, des formules telles que *A.02.FS ou J.04.EF*.

« Ceux-là sont déjà gravés, dit Barthélemy. Ils portent des noms de code. Pour les clients.

— Aucune fille n'a jamais parlé ? À ses parents ? À ses amies ? À ses professeurs ?

— Mado m'a dit que mon père et ses copains menaçaient de les tuer si elles l'ouvraient. Je crois aussi que certains parents étaient au courant, et qu'ils touchaient leur part. »

Lucie se dirigea en s'appuyant sur la canne vers le fauteuil le plus proche. L'odeur de putréfaction qui empuantissait la maison ne s'échouait dans le sous-sol qu'édulcorée, masquée par des relents indéfinissables, l'ombre des remords, peut-être, des hommes qui avaient fréquenté cette pièce. Avec son tee-shirt constellé de taches, son jean élimé et son allure dégingandée, Barthélemy aurait pu ressembler à n'importe quel garçon de son âge, mais Lucie rencontrait encore des difficultés à l'extraire de la boue qui ensevelissait la bâtisse.

« Il faut prévenir la police maintenant, murmura-t-elle d'un ton las.

— À quoi ça servirait ? »

Les sourcils froncés, elle désigna le sous-sol d'un ample geste du bras avant de s'asseoir.

« Tu ne crois pas qu'il faille arrêter tout ça ? »

Il examina brièvement une photo à la lumière d'un néon.

« Les flics arrêteront peut-être les mecs de Chartres et les copains de mon père, encore que j'en doute, mais ils n'arrêteront certainement pas *tout ça. Tout ça* est dans l'inconscient collectif humain, *tout ça* rejaillit comme de l'eau sale après des siècles et des siècles d'interdits. La Toile, c'est l'inconscient collectif humain à portée de souris, une vraie poubelle, on y trouve toutes les saloperies refoulées et accumulées depuis deux millénaires. Si tu crois que prévenir les flics changera quoi que ce soit à *tout ça*, tu te mets le doigt dans l'œil ! »

Saisie par la véhémence de sa tirade, Lucie garda les yeux rivés sur la chair gonflée et bleuâtre qui débordait de chaque côté du pansement et gagnait son pied nu. Elle n'avait pas réussi à enfiler sa chaussure, ni même le chausson que lui avait proposé Barthélemy. Aucun autre bruit ne troublait le silence du sous-sol que le bourdon grave et ténu de la pluie.

« Tu as arrêté l'école, mais tu parles comme dans un livre, dit-elle. Où as-tu appris à tenir ce genre de discours ?

— Sur les forums de discussion. Je n'y participais pas, mais je me faisais mon idée en lisant les arguments des uns et des autres.

— N'empêche que ton père est un criminel. Si on le laisse en liberté, il risque de recommencer.

— Il ne recommencera pas.

— Comment peux-tu en être aussi sûr ? »

Barthélemy plongea son regard nocturne dans les yeux clairs comme le jour de Lucie.

« Je le sais, c'est tout. Fais-moi confiance.

— Confiance ? Tu crois que c'est facile ? Je ne te connais que depuis hier soir…

— On s'est écrit souvent. Et puis, je t'ai déjà vue toute nue. »

Une rougeur imbécile enflamma les joues et le front de Lucie.

« Et alors ?

— Je ne triche pas avec une femme que j'ai vue toute nue. Je n'ai rien à te cacher moi non plus.

— Tu as… » Lucie changea de position sur le fauteuil et s'éclaircit la gorge. « Tu as tué ton père, c'est ça ? »

D'un revers de bras, Barthélemy éparpilla les photos sur la table, puis frappa le graveur d'un coup de poing.

« Il a fini par trouver ma cachette, dit-il d'une voix où frémissait une rage sourde. On s'est battus. J'ai réussi à lui piquer son couteau. Je l'ai frappé au ventre. Pas seulement au ventre. À la poitrine, au visage. Il avait l'air content de mourir. Je crois que sa vie lui faisait horreur. J'ai eu l'impression qu'il me remerciait. Son corps est toujours là-haut.

— Pourquoi tu es resté dans la cachette avec son cadavre ? »

Les yeux larmoyants, Barthélemy haussa les épaules.

« J'avais peur de ses copains, des mecs de Chartres. Et puis Vahi-Kahi dit que, quand on tue quelqu'un, on fait une déchirure dans la trame humaine... »

Une envie effleura Lucie de le prendre dans ses bras, comme un enfant. Comme l'enfant qu'elle n'avait pas eu.

« Les mecs de Chartres, comme tu dis, ils risquent de se pointer, non ? Et tous les autres, tous ceux qui participaient à...

— Dans une semaine, c'est Noël, coupa Barthélemy. Est-ce que je peux... je peux le passer avec toi ? »

Son regard était si malheureux, si implorant que Lucie acquiesça sans réfléchir d'un mouvement de tête.

« Oui, mais d'abord, qu'est-ce qu'on fait de tous ces morts ? »

Yann 6

Les disciples de Strasbourg avaient réservé un accueil chaleureux à Vaï-Ka'i. Ils l'avaient logé dans une maison bourgeoise marquée du serpent double en plein centre-ville puis, après quelques heures de repos, ils lui avaient proposé une visite commentée de la Petite France, du fameux marché de Noël et de la cathédrale en pierre rose.

« Chaque temple du pacte, humain, animal, végétal, est infiniment plus grand, plus complexe, plus précieux qu'elle », dit le Maître-esprit devant l'imposant édifice.

Yann vit les disciples strasbourgeois s'échanger des regards perplexes : est-ce que le Maître-esprit venait de leur signifier, à eux qui se montraient si fiers de leur cathédrale et de leur ville en général, que ni l'une ni l'autre n'avaient de valeur à ses yeux ? Il ne put s'empêcher d'en éprouver une joie mauvaise, revancharde, lui qui était soumis en permanence aux sarcasmes de Vaï-Ka'i, qui flottait du matin au soir dans des abîmes d'incertitude.

« Malgré l'immensité de leur orgueil, les hommes ne parviendront jamais à rivaliser avec la splendeur et la complexité de la Création, poursuivit le Maître-esprit, le regard toujours levé sur l'unique flèche de la construction.

— Qu'est-ce que vous voulez dire exactement ? s'enhardit une femme d'une cinquantaine d'années dont l'apparence soignée, voire précieuse, trahissait un attachement certain aux choses de ce monde.

— Cette cathédrale est, comme toutes les autres, un hymne à la gloire des hommes, une affirmation de leur puissance. Ou de leur sentiment de puissance. S'ils avaient vraiment voulu rendre hommage à leur Créateur, ils auraient respecté leur jardin, ils auraient découvert une cathédrale en chaque arbre, en chaque buisson, en chaque brin d'herbe, en chaque animal, en chaque être humain.

— Ce n'est pas une vision très... catholique de l'existence », objecta son interlocutrice avec une moue dubitative.

La vingtaine de personnes qui battaient le parvis luisant d'humidité devaient se tordre le cou pour entrevoir la flèche estompée par la brume. Des gouttes éparses tombaient d'un ciel noir, si bas qu'il semblait posé sur les toits des immeubles environnants. Strasbourg restait agréable en dépit du temps exécrable, de la faible luminosité et de la densité de la circulation, preuve sans doute qu'il ne faisait pas mauvais vivre dans l'agglomération alsacienne.

« La vision chrétienne de l'existence n'est pas la vision du Christ, dit Vaï-Ka'i. La vision chrétienne de l'existence, c'est celle de Paul, celle de Rome, celle des papes, des missionnaires, des fanatiques, des conquérants, des bâtisseurs. »

Il avait décidé depuis peu de ne porter en tout et pour tout qu'un cache-sexe en fibre végétale. La première fois qu'il s'était présenté dans cette tenue, dans cette absence de tenue, certains disciples s'étaient offusqués et l'avaient immédiatement renié — Yann supposait qu'ils essayaient maintenant de récupérer leur logement, leur travail et leurs économies —, d'autres avaient ingurgité la nouveauté comme une potion amère, d'autres enfin l'avaient singé, et on voyait désormais arriver aux assemblées des hommes et des femmes vêtus les uns d'un seul étui pénien, les autres d'un pagne, d'un triangle de tissu ou d'une version primitive du string. La douceur de l'hiver s'y prêtait, par chance, mais autant la nudité paraissait naturelle chez Vaï-Ka'i, autant Yann trouvait ses imitateurs grotesques dans leur chair rose et dégoulinante.

Il s'en était ouvert au Maître-esprit :

« Cesse donc de juger, avait répondu celui-ci. Tu es aussi grotesque qu'eux sous tes vêtements. C'est leur façon de réapprendre à vivre en confiance.

— Si demain tu arrivais avec un bras en moins, ils s'en trancheraient un aussitôt. Je n'appelle pas ça de la confiance, mais de la connerie.

— C'est également leur façon de me montrer leur affection.

— Tu ne cesses de répéter que nous sommes tous différents, uniques, bien qu'appartenant au même pacte. Pourquoi se croient-ils obligés de calquer tous leurs gestes sur les tiens ?

— Ils sont comme des enfants, ils commencent par imiter jusqu'à ce qu'ils entendent leur propre chant, jusqu'à ce qu'ils découvrent leur propre voie.

— Imiter de façon mécanique, adhérer sans ressentir, ce n'est pas ce qui a conduit la religion chrétienne et les autres à la haine, à la destruction ?

— Si, et c'est la raison pour laquelle *tu* ne devras laisser à ceux qui me suivent aucun commandement, aucune loi, aucune obligation, aucun rite.

— Moi ? Mais... »

Interdit, Yann avait mis un long moment à ordonner ses pensées et ses mots.

« C'est à toi de leur parler de tout ça, c'est toi qu'ils écoutent, toi qu'ils vénèrent. Tu parles comme si je devais bientôt prendre ta succession. »

Le Maître-esprit avait eu l'un de ces sourires désarmants de candeur qui le paraient d'une grâce irréelle.

« Pas tout de suite, rassure-toi. Quand mon âme se sera échappée de mon corps, quand tu auras cessé de me prendre pour ce que je ne suis pas et de te prendre pour ce que tu n'es pas. Et puis, tu ne seras pas seul. »

Yann ne s'était jamais posé la question de savoir ce qu'il adviendrait de son enseignement lorsque Vaï-Ka'i aurait quitté ce monde, et pourtant il partirait un jour, parce que le séjour dans la maison de toutes les lois ne préservait pas de la mort, au contraire, il en faisait une compagne indissociable, magnifique, aussi désirable que la vie.

« Ça veut dire quoi exactement, pas tout de suite ?

— Mon temps sur cette terre n'est pas encore fini, mais il approche de son terme. »

Des larmes de colère et de détresse avaient embué les yeux de Yann.

« Tu veux dire que tu as... vu ta mort dans l'avenir ?

— Je ne suis pas un marchand de temps. Ma mort est inscrite dans mon présent, dans la trame.

— Impossible ! Tes disciples sont maintenant trop nombreux pour qu'on essaie de te tuer.

— C'est justement parce qu'ils sont de plus en plus nombreux qu'on cherche à me tuer. »

Yann avait levé le poing comme pour frapper un adversaire invisible.

« Qui ?

— Peu importe. Je l'aime comme chacun de mes frères du serpent double, comme toi.

— Tendre la joue gauche, hein ? Si le père Simon avait tendu la joue gauche, s'il ne t'avait pas arraché des griffes des salauds qui ont massacré ta tribu, le monde n'aurait pas eu la chance de te connaître.

— Le père Simon a fait ce qui devait être fait à ce moment-là, qu'il soit béni, je ferai ce qui devra être fait le moment venu. Et les salauds, comme tu dis, sont aussi des enfants de la maison de toutes les lois, des fils indispensables de la toile.

— Mais, bordel, si tout le monde raisonnait comme toi, il n'y aurait plus de... »

Yann s'était tu avant de proférer une idiotie : si tout le monde avait raisonné comme Vaï-Ka'i, l'humanité n'en serait pas au point de s'enfoncer à jamais dans l'oubli. Depuis la nuit des temps, les hommes restaient prisonniers d'une spirale qui les entraînait dans une escalade de conflits et les rapprochait du gouffre.

« Tendre la joue gauche ne signifie pas rester passif, avait ajouté le Maître-esprit. Au contraire, c'est un geste qui réclame de la force de caractère. Il faut briser un conditionnement, se libérer du joug.

— Moi, je ne suis pas encore prêt à tendre les joues, ni la gauche, ni la droite.

— J'ai toujours su que tu étais un grand peureux ! »

Le rire espiègle du Maître-esprit avait claqué aux oreilles de Yann avec la puissance d'une gifle. Était-ce réellement à lui, l'orgueilleux, le peureux, l'ignorant, la victime consentante de ses moqueries, que Vaï-Ka'i avait demandé de prendre la relève une fois qu'il aurait quitté cette terre ?

« Tu m'en demandes trop. Je ne suis qu'un être humain…

— Pour qui te prends-tu ? Tu es encore loin de la véritable humanité. Mais tu lâches, tu coupes, tu brûles, et bientôt, il ne restera rien d'autre que ta vérité, ton fil unique et brillant dans la toile. »

Des vagues houleuses agitaient l'assistance entassée vaille que vaille dans le petit amphithéâtre de l'IUT mis à la disposition du mouvement néo-nomade de Strasbourg. On avait échangé des insultes et des coups dans le hall, devant la porte de la salle, une agressivité étonnante de la part des adeptes du Maître-esprit, confits d'habitude dans une ferveur sirupeuse.

Prévenu, Yann n'avait même pas essayé d'intervenir, laissant ce soin aux organisateurs strasbourgeois, le petit groupe dont faisait partie la femme élégante rembrunie par les remarques de Vaï-Ka'i sur le parvis de la cathédrale.

Yann était de moins en moins tenté d'intervenir en général, au point qu'il se demandait s'il n'était pas sournoisement gagné par la paresse, l'inertie ou la négligence. Débarrassé de la plupart de ses tracas, il commençait à savourer cette insouciance, ce détachement que ses parents et son frère auraient certainement appelé inconscience, inconséquence. Si gouverner c'est prévoir, alors il ne gouvernait plus rien, il se laissait porter par les événements sans chercher à les relier entre eux, à dégager de la cohérence dans cette litanie d'errances qui semblaient s'enchaîner de manière arbitraire. Il n'avait plus d'attrait pour l'organisation, pour l'analyse, pour cette obsession du contrôle à laquelle il avait si souvent succombé au sein du parti Nécolo, dans l'association Sagesse Desana et même dans sa relation avec Myriam. Un renoncement qui n'allait pas sans quelques résistances, sans quelques soubresauts. Il lui arrivait encore de prétendre se mêler des structures, des plannings, des projets, mais il battait en retraite dès qu'il se frottait aux limites et pesanteurs humaines, à ces bonnes volontés qui n'étaient la plupart du temps que des émanations de l'orgueil travesties en intentions charitables, en sentiments nobles, en guenilles humanistes.

C'était désormais la fluidité qui l'intéressait, l'accomplissement sans heurt, comme le cours d'une eau vive dévalant les pentes et s'adaptant aux reliefs. Les êtres humains dressaient sans cesse des barrages, des ordres, des lois, des dogmes, des rites, pour juguler le flot de la vie, la retenir, la transformer en eau croupie, imbuvable. Les néo-nomades n'échappaient pas à la règle : ils recréaient des structures et des hiérarchies à une vitesse alarmante, comme si, effrayés par les nouveaux espaces ouverts par le Maître-esprit, il leur fallait les baliser d'urgence avec les vieilles habitudes.

Yann ne leur en tenait pas rigueur, il était l'un d'eux, un homme dévoré par la soif de reconnaissance, une âme enfermée dans une prison de chair. Il lui suffisait de les observer pour se contempler dans un miroir grossissant à mille faces, pour prendre conscience de ses propres limites, de sa propre souffrance. C'étaient des enveloppes vides qui essayaient de se remplir de ferveur, des enfants perdus, angoissés, névrotiques, qui cherchaient leur chemin dans les ténèbres. Ils n'écoutaient pas Vaï-Ka'i, ils voletaient autour de lui comme des papillons attirés par l'aura singulière des merveilles. Yann se demandait ce qu'il resterait de cette fièvre, de ce bruissement, lorsque la lumière du Maître-esprit se serait éteinte et que le vent aurait dispersé jusqu'au souvenir de ses miracles.

« À l'occasion de Noël, dites-nous ce que vous pensez du Christ, du vrai ! » cria une voix dans les gradins de l'amphithéâtre.

Assis au bout de la table où avaient pris place Vaï-Ka'i, quatre membres de l'organisation et un journaliste des DNA, Yann observa l'intervenante, une femme vieillie par un chignon et des vêtements austères. Elle fixait le Maître-esprit avec une attention hostile, un peu comme un examinateur guettant la réponse d'un élève dont il vient de consulter le dossier scolaire.

« À quoi fais-tu allusion, femme ? Au Christ ou à l'Église du Christ ? »

Froissée par le tutoiement, auquel Vaï-Ka'i ne recourait pas de manière systématique, son interlocutrice se retrancha dans une agressivité guindée.

« À ses commandements.

— Est-ce que tu appliques ses commandements, femme ? Que sais-tu de ses commandements ? »

Elle se remua sur son siège, mal à l'aise, et changea d'angle d'attaque :

« Vous vous dites le nouveau Christ. Est-ce que vous vous rendez compte que c'est un blasphème ?

— Explique-moi ce qu'est un blasphème ? »

Elle consulta du regard les hommes et les femmes qui l'entouraient sur les gradins et dont les visages, blêmis par les faisceaux obliques des projecteurs, exprimaient la même rigidité, le même courroux rentré. Des catholiques intégristes, sans aucun doute. Yann se demanda s'ils étaient venus de leur propre initiative ou s'ils n'étaient que les tentacules d'une pieuvre tapie dans les profondeurs, les fers de lance ou les baromètres du pouvoir. Il ne se berçait d'aucune illusion : si les fanatiques d'une quelconque obédience représentaient un poids électoral important, les élus n'hésiteraient pas une seconde à les caresser dans le sens du poil. La démocratie, cette même démocratie dont les Occidentaux vantaient sans cesse le modèle, ne tenait qu'à un fil fragile, cassant, la peur obsessionnelle de perdre des voix.

La peur, toujours la peur.

« C'est un blasphème que d'avoir pris le nom de notre Seigneur ! cria la femme, soudain hargneuse, presque haineuse.

— Quel est le nom de votre Seigneur ?

— Le Christ, notre Sauveur. Lui dont nous allons célébrer la naissance dans deux jours.

— Ne savez-vous pas que chacun d'entre vous, chacun d'entre nous, est l'oint du Seigneur, l'enfant béni de la Création ? Que chacun d'entre nous est le Messie, le Christ, le Sauveur ?

— Il n'y a qu'un seul Christ, un seul Sauveur, le fils que nous a envoyé Dieu pour racheter nos fautes ! hurla un homme maigre et barbu.

— S'il ne devait y avoir qu'une seule faute sur cette terre, ce serait celle de croire au péché originel. Le Christ n'est pas venu racheter quelque chose qui n'existe pas, mais nous rappeler que nous sommes tous les enfants de Dieu, ou de la Création, ou de l'énergie fondamentale, ou de la maison de toutes les lois, quel que soit le nom qu'on veuille bien lui donner. »

Assis en tailleur sur sa chaise, Vaï-Ka'i plongea la main dans son cache-sexe et se gratta l'entrejambe avec une absence de pudeur qui ne consterna pas seulement le groupe des catholiques intégristes mais également les membres de l'organisation, et même certains disciples qui le suivaient pourtant dans chacun de ses déplacements.

« Le Christ est venu nous apprendre à regarder chacun d'entre nous comme un fil unique et indispensable de l'étoffe humaine. À accorder la plus grande importance au plus petit, au plus insignifiant d'entre nous. À contempler son prochain comme un pur reflet de soi-même. Les péchés, les règles, les absolutions, les rites, ce sont des inventions des prêtres pour couper chaque être humain de sa source et l'expulser de son jardin. Il n'y a aucune malédiction à venir au monde. Aucune malédiction, aucun démon dans la maison de tous les esprits et de toutes les lois. Le malheur, le travail, la sueur, la souffrance, nous nous sommes chargés de les apporter. Cessons donc de craindre le serpent, croquons chaque instant qui nous est donné comme la plus délicieuse des pommes, et l'arbre de la connaissance nous apparaîtra dans toute sa splendeur sans que nous ayons besoin de promulguer des lois, d'inventer des Églises, d'ériger des cathédrales.

— Qu'essayez-vous de faire ? vitupéra l'homme maigre et barbu. Détourner les croyants de leur foi ?

— Arrêtez de croire en des lendemains paradisiaques, vivez pleinement ce que vous propose l'instant, jetez votre foi aux orties. »

Un murmure indigné ponctua les paroles de Vaï-Ka'i. Le journaliste des DNA réclama le silence d'un geste du bras et approcha la bouche du micro posé sur la table. Yann avait pourtant eu l'impression qu'il roupillait durant les échanges précédents, peut-être à cause de ses paupières, si lourdes et fripées qu'elles paraissaient impossibles à soulever.

« Vous êtes originaire d'Amazonie si mes renseignements sont exacts. Pensez-vous que... euh, l'écologie particulière de cette région du globe, les techniques et les enseignements chamaniques soient réellement adaptés au monde occidental ?

— Le Christ enseignait au Moyen-Orient, et vous avez accueilli sa parole. Le Bouddha vivait en Orient, et personne ne se formalise que des Occidentaux se convertissent au bouddhisme. La maison de toutes les lois n'héberge pas seulement l'Amazonie, mais la Terre entière. L'écologie véritable ne s'arrête pas à la forêt amazonienne, elle considère la planète comme un tout, comme une entité indivisible et sacrée. »

Un étirement des lèvres creusa une succession de plis sur les joues et le menton du journaliste.

« Le Christ, Bouddha, comme l'a souligné la personne tout à l'heure, vous n'hésitez pas à vous comparer aux plus grandes figures religieuses de l'histoire humaine...

— Chacun d'entre nous est comparable aux grandes figures religieuses. On ne peut les dissocier de l'écologie humaine. »

Des malades alignés sur des fauteuils roulants attendaient au premier rang de l'amphithéâtre, certains veillés par une infirmière ou un proche. Leurs regards brillants d'espoir du début de la conférence s'étaient peu à peu ternis. Ils savaient que Vaï-Ka'i n'opérait pas de guérison miraculeuse à chaque assemblée, et la tournure polémique que prenait celle de Strasbourg ne leur laissait pas beaucoup d'espoir. Certains d'entre eux assistaient à chaque conférence du Maître-esprit depuis plus d'un an maintenant, et ils attendaient toujours qu'il baisse les yeux sur eux, qu'il étende les mains sur eux.

Yann s'en était inquiété à plusieurs reprises auprès de Vaï-Ka'i :

« Puisque tu en as le pouvoir, pourquoi ne guéris-tu pas systématiquement ceux qui croient en toi ?

— Eux ne m'en donnent pas toujours le pouvoir. Je ne peux rien faire sans leur autorisation.

— Ils veulent s'en sortir, merde ! La preuve, ils font des centaines de kilomètres pour te rencontrer !

— Ce n'est pas qu'une question de kilomètres. Les démarches ne sont parfois qu'apparentes. »

Yann nettoya ses lunettes à l'aide d'un mouchoir en papier et laissa errer son regard sur la foule entassée dans l'amphithéâtre. Comment reconnaître les démarches sincères ? Qu'est-ce qui différenciait les vrais des faux disciples ? Existait-il seulement de vrais et de faux disciples ?

« Celui qui ose se comparer au Christ ne peut être qu'un charlatan ! vociféra l'homme maigre et barbu, le poing levé.

— C'est plutôt le diable ! renchérit une femme corpulente aux cheveux gris. Ma fille et mon gendre ont tout laissé pour le suivre, leur travail, leur maison, leurs familles. Que va-t-il advenir d'eux ? Que vont devenir leurs enfants ? Des marginaux ? Des vagabonds ? »

Vaï-Ka'i écarta les bras afin d'apaiser le tumulte qui submergeait l'estrade.

« Quiconque aura laissé maison, frères, sœurs, père, mère, enfants ou champs, à cause de mon Nom, recevra beaucoup plus et, en partage, la vie éternelle. »

Bien que très calme, sa voix avait porté avec une puissance étonnante. Alors il sourit, déplia son corps souple et brun, se dirigea vers les fauteuils roulants et, sans tenir compte des chuchotements qui dévalaient des gradins, il imposa les mains sur le premier malade.

Mathias 7

Mathias se rua dans les escaliers, le souffle court, les yeux voilés de rouge.

Cela faisait maintenant cinq jours qu'il avait regagné, en bus d'abord, à pied ensuite, la ferme briarde presque déserte depuis que les responsables de la branche française du Jihad international avaient décidé de transférer les hommes et le matériel dans une propriété de l'Oise. Son statut de seul survivant du commando lui avait valu un interrogatoire serré de la part du Taliban chargé de superviser les opérations de déménagement. Son interlocuteur, un homme sec au regard halluciné, avait accueilli ses explications avec un scepticisme qu'il n'avait pas cherché à dissimuler.

« Tu aurais dû te tuer, comme les autres, Malik, avait-il lancé dans un français châtié où traînait une pointe d'accent. En prenant le risque d'être capturé vivant, c'est au Jihad tout entier que tu as fait courir un risque. Un très grand risque. »

Mathias avait juré qu'il se serait tiré une balle dans le cœur plutôt que de se laisser prendre dans le filet tendu par les flics, mais l'autre, jouant sans cesse avec le pontet de son pistolet, avait plissé les yeux, l'avait fixé un long moment d'un air soupçonneux, puis l'avait congédié d'un geste las en marmonnant que son cas serait à nouveau examiné après le déménagement. Mathias avait alors compris que le Jihad n'avait jamais envisagé le retour des hommes lancés sur le parc Disney. La mort était implicitement contenue dans l'état de moudjahid, qu'elle fût donnée par les ennemis de Dieu ou de la main même du combattant ; la mort était la clause morale, nécessaire, du pacte que Dieu avait passé avec ses soldats.

Mathias n'avait pas envie de mourir.

Pas maintenant qu'il avait trouvé Hassida et qu'ils s'aimaient avec l'énergie du désespoir dans les recoins de la ferme ou dans les sous-bois environnants. Hassida s'était arrangée avec ses sœurs pour couper à ce qu'elles appelaient entre elles la « corvée de foutre » et se consacrer tout entière à Mathias. Elle refusait désormais de servir de ventre anonyme aux membres du Jihad. Elle avait demandé à ses correspondants de les relever tous les deux, Mathias et elle, de leur mission, mais, là-haut, dans les sphères, on lui avait répondu qu'on se contrefichait de leurs états d'âme, on lui avait rappelé qu'il leur restait toujours la possibilité, s'ils le voulaient vraiment, d'écouler en cabane les trente prochaines années de leurs vies.

Les autres femmes avaient raconté à Ismahil, le maître de la corvée de foutre, le maquereau, qu'elle souffrait d'une infection vaginale, mais certains hommes la réclamaient avec insistance, et, tôt ou tard, elle ne pourrait plus se soustraire à ses devoirs de putain de Dieu. Sans compter qu'elle risquait une balle dans la nuque ou dans le cœur si on la surprenait en compagnie de Mathias : dans les rangs du Jihad, la peine capitale sanctionnait la moindre désobéissance, la moindre dissimulation, le moindre détournement.

L'ombre omniprésente du danger donnait une densité, une sensualité féroces aux étreintes de Hassida et de Mathias. Ils s'embrassaient, se caressaient, s'exploraient, se mordaient, se griffaient, se possédaient comme s'ils ne devaient plus jamais se revoir, comme si les forces d'anéantissement déferlaient déjà sur les hommes et leur jardin. Mathias marchait maintenant sur le fil qui le reliait à Hassida, un fil étincelant dont la splendeur occultait les anciennes joies, un fil qui menait du côté de la lumière, de la vie. Il n'éprouvait plus le besoin fondamental de se réfugier dans le sein de la nuit, ou alors seulement pour soustraire son bonheur à la convoitise des autres, comme on cache un trésor au fond d'une grotte sombre. Chaque matin, lorsqu'il se réveillait dans le petit dortoir aménagé dans les combles et pratiquement vide, il se félicitait d'avoir accepté les propositions de Blaise et de Cathy, il chérissait sa liberté conditionnelle, il repoussait les pensées noires qui lui promettaient le retour des jours de malheur. Il recouvrait son pansement à l'épaule de la protection étanche qu'on lui avait remise à l'hôpital de Meaux, prenait une douche rapide, s'habillait, descendait à la cuisine où il déjeunait en quatrième vitesse sous le regard attendri des femmes présentes — toutes complices des amours de leur sœur —, traversait le parc, franchissait une porte défoncée du mur d'enceinte qui donnait sur une forêt en friche.

Comme chaque jour, toujours plus matinale que lui, ou moins tranquille, ce qui revenait au même, Hassida l'attendait dans une cabane rudimentaire autrefois habitée par des gosses. Elle y amenait des couvertures qu'elle dépliait sur un sol tapissé de feuilles et qui s'imprégnaient rapidement de l'humidité déposée par la pluie persistante. Mathias découvrait dans ses bras cette rage d'aimer qu'il n'avait pas connue en compagnie de Johanna la boudeuse, ni avec aucune autre femme, une rage qui les poussait à rouler hors de la cabane, à se chevaucher dans la boue, ou encore à se rechercher avec fièvre au milieu de l'après-midi, à la tombée de la nuit, à se jeter l'un contre l'autre comme des animaux furieux dans les greniers des bâtiments annexes. Il éprouvait maintenant le pincement à la fois délicieux et douloureux de la peur. Il cessait de respirer en songeant que Hassida pouvait sortir de sa vie aussi soudainement, aussi inexplicablement qu'elle y était entrée, comme l'une de ces insaisissables héroïnes qui traversaient les légendes slaves.

Le fil qui les reliait était aussi fragile qu'un fil d'araignée.

Ce matin, Mathias s'était réveillé avec une inquiétude perchée sur sa nuque comme un oiseau de proie. Il s'était habillé à la hâte, sans se raser ni se laver, était descendu dans la cuisine, n'y avait vu ni homme, ni femme, ni le désordre habituel du petit déjeuner sur la table, avait traversé le parc sans observer les précautions d'usage et filé au lieu habituel de rendez-vous sous une pluie lourde, blessante.

Hassida ne l'y attendait pas.

Désemparé, il avait attendu un petit moment sous le toit de branchages, les yeux flottant sur les rigoles boueuses qui comblaient les rares creux encore vides. Il avait soudain perçu des cris, non pas à l'extérieur, mais à l'intérieur de lui, une douleur atroce lui avait lacéré le torse, il avait compris que Hassida était en danger à l'autre bout du fil, qu'il ressentait sa terreur et sa souffrance. Il était revenu sur ses pas en courant, giflé par les branches basses, griffé par les lanières de buissons.

Les hurlements retentirent à nouveau, très proches cette fois, et ravivèrent sa détermination. Il bondit sur le palier du premier étage et se précipita vers la porte d'où provenaient les bruits.

Une ombre fondit sur lui et le frappa au ventre avec un objet dur.

« Je serais toi, Malik, je ne ferais pas un pas de plus ! »

Ismahil, le maquereau, lui caressa les côtes avec le canon de son pistolet. Ses cheveux bouclés et sa barbe blanche, rassurants en d'autres circonstances, ne réussissaient qu'à souligner la dureté de son visage hachuré par les rides. Ses yeux étaient deux planètes sombres et brillantes sur le point de quitter leurs orbites. Chacune de ses expirations fouettait les narines de Mathias, l'enveloppait d'une odeur tiède, écœurante, de cigarette blonde.

« J'ai compté qu'à raison de trois passes par jour, tu me dois quelque chose comme deux cent cinquante euros, reprit Ismahil avec un sourire hideux. Et encore, je ne te fais pas ça au tarif de jour, deux fois plus cher normalement. »

Mathias frémit lorsqu'il identifia la voix brisée de Hassida dans les éclats du tumulte qui transperçaient les cloisons.

« Laisse-moi passer, murmura-t-il en fixant Ismahil dans les yeux.

— Ce n'est qu'une femme. Une sale petite taupe du gouvernement français, en plus.

— Qui vous l'a dit ?

— Elle-même. On l'a surprise en train de téléphoner. Elle reçoit maintenant le châtiment qu'elle mérite. »

Mathias hocha la tête d'un air abattu. Le croyant résigné, Ismahil réagit exactement comme il s'y attendait, il relâcha son attention, écarta son pistolet, plongea la main dans la poche de sa veste à la recherche de son paquet de cigarettes.

« Ça m'a fait tout drôle aussi d'apprendre ça. J'aurais jamais cru que cette petite... »

La voix d'Ismahil s'étrangla dans sa gorge. Mathias venait de le frapper à la pomme d'Adam, avec une puissance telle que les cartilages avaient craqué comme du bois mort. Un deuxième coup, au plexus cette fois, plia en deux le maître de la corvée de foutre. Le pistolet lui échappa des mains, les cigarettes s'évadèrent du paquet entrouvert et dégringolèrent en pluie sur le parquet. Mathias lui sabra encore les cervicales du tranchant de la main avant de récupérer le pistolet, un automatique MAC 50, l'arme de dotation officielle de l'armée française, un modèle déjà ancien. Il s'assura qu'il était chargé, déverrouilla le cran de sûreté et, enjambant le corps d'Ismahil, se dirigea vers la source des bruits. Par chance, les hauts responsables de la branche française du Jihad international avaient déjà emménagé dans la propriété de l'Oise et emmené avec eux leurs gardes du corps américains, formés chez les GI, d'une tout autre trempe que les moudjahidine de l'arrière-garde.

Il poussa la porte restée entrouverte et lança un coup d'œil dans la pièce. Deux hommes, l'Afghan qui l'avait interrogé et Youssouf, vêtu de son éternel sweat-shirt à capuche, s'acharnaient avec leurs ceinturons sur un corps à terre.

Hassida. Nue jusqu'à la taille. La poitrine zébrée de balafres rouges d'où perlaient des gouttes de sang. Elle remuait faiblement sur le parquet comme un insecte aux pattes arrachées. Ils la cinglaient sans relâche en l'accablant d'injures en afghan, en arabe et en français.

Averti par un craquement des lattes, le Taliban se retourna au moment où Mathias pressait la détente du MAC 50. Il se jeta en arrière, trop lentement pour esquiver la balle, qui s'engouffra sous sa cage thoracique. Emporté par son élan, il percuta violemment le mur avant de s'affaisser avec une étrange douceur, abandonnant une traînée de sang sur le papier peint rongé par l'humidité.

Youssouf lâcha son ceinturon et se rua vers la porte donnant sur une seconde pièce en enfilade, un cabinet de toilette ou une penderie. Un premier coup de feu le cueillit à la hanche mais ne suffit pas à l'arrêter dans son élan. Il fallut un deuxième impact, à l'arrière de la cuisse, pour le faucher net. Il perdit l'équilibre, tomba de tout son poids sur le parquet et roula à plusieurs reprises sur lui-même avant de s'immobiliser contre la plinthe du mur. Mathias s'assura que l'Afghan, agonisant, n'avait plus la capacité de nuire avant de s'approcher de

Youssouf, de s'accroupir près de sa tête et de lui poser la bouche du canon sur la tempe.

« Tu as une prière à faire à ton Dieu ? »

Les larmes et le regard implorant du blessé proclamaient qu'il n'avait pas envie de mourir, n'en déplût à son Dieu. Des gémissements aigus et plaintifs de chiot mouraient dans son souffle précipité, effrayé. L'index de Mathias se crispa sur la détente du MAC 50, mais quelque chose l'empêcha de tirer, pas vraiment de la compassion, plutôt la certitude que leurs fils ne se croisaient pas, pas encore. Il lui intima de garder le silence, se releva, se pencha sur Hassida et examina ses plaies, dont certaines, ouvertes par les boucles des ceinturons, n'étaient pas belles à voir. Le regard de la jeune femme glissa sur lui comme un songe. Incapable de supporter la souffrance, elle avait coupé les ponts avec ce monde, elle errait, hagarde, dans une autre réalité. Ses bourreaux s'étaient acharnés avec une férocité inouïe sur sa poitrine, et Mathias en fut tellement ulcéré qu'il faillit se retourner pour vider son chargeur dans le ventre de Youssouf.

Il réussit à redresser Hassida et à lui enfiler son tee-shirt. Elle n'opposa aucune résistance, oscillant sur elle-même comme une poupée désarticulée. Il la hissa sur son épaule, fléchit lorsque le corps inerte pesa sur ses blessures mal cicatrisées, sortit de la pièce, referma la porte derrière lui et s'avança sur le palier où

Ismahil, recroquevillé sur lui-même, essayait désespérément de reprendre sa respiration.

Personne ne s'interposa dans l'escalier ni dans la réception. Mathias entrevit les silhouettes figées de plusieurs femmes dans l'encadrement de la porte double du salon. Une fois sous la marquise de l'entrée, il observa le parc à demi occulté par les trombes d'eau. Il lui fallait maintenant sauter dans une voiture et filer à l'hôpital le plus proche, celui de Coulommiers. Le tee-shirt d'Hassida s'imbibait de sang. Le sien également, ses propres blessures s'étaient remises à saigner. Deux hommes traversèrent en courant une allée inondée et disparurent dans la grange la plus proche sans lui prêter attention.

« Qu'est-ce qu'ils lui ont fait ? »

Il tressaillit, pivota sur lui-même, tendit le pistolet dans la direction d'où avait surgi la voix, baissa le bras quand il vit s'approcher le petit groupe de femmes.

« Ils l'ont fouettée avec leurs ceintures, répondit-il, les larmes aux yeux.

— C'est ce taré de Taliban, hein ? lâcha l'une d'entre elles, Messaouda, entre ses lèvres serrées. Il me bourrait déjà de coups lorsqu'il me faisait monter. Tu... tu l'as tué ? »

Mathias acquiesça d'un hochement de tête.

« Je regrette de ne pas avoir eu le courage de l'égorger pendant son sommeil », dit Messaouda d'une voix fêlée par la colère.

Elle était encore jeune, mais les mauvais traitements infligés par les soldats du Jihad l'avaient vieillie de cent ans.

« Elle bossait vraiment pour le compte des flics ? »

Mathias ne répondit pas, conscient que son mutisme était la plus probante des réponses.

« Reste avec elle, je vais chercher une voiture. »

Messaouda se défit de son voile, remonta sa robe et, cheveux au vent, s'éloigna dans l'allée centrale du parc sans demander son avis à Mathias. La douleur à son épaule ne lui aurait pas permis d'aller bien loin de toute façon. Il posa délicatement Hassida sur les dalles de pierre de l'entrée, s'assit à ses côtés et s'efforça de ne pas s'abandonner au vertige qui s'emparait de lui, de garder un pied dans la réalité, dans le présent. Les quatre femmes restantes se placèrent devant eux et se serrèrent l'une contre l'autre de manière à former une haie compacte de voiles et de robes. Un homme passa tout près sans rien voir d'autre dans cet attroupement qu'une nouvelle preuve de la stupidité des femmes.

« Lui, c'est un vrai maniaque, murmura l'une d'elles quand il eut disparu à l'angle de la bâtisse.

— Avec moi, il ne jouit que dans le mauvais trou, ajouta une autre.

— Bah, Dieu n'a pas été très généreux avec lui, renchérit une troisième. Ce n'est pas avec ce qu'il lui a mis entre les jambes qu'il risque de nous faire mal, ni dans le bon ni dans le mauvais trou ! »

Elles rirent.

« Il n'a peut-être pas grand-chose entre les jambes, mais ça suffit à en faire un mâle », reprit la première.

La voiture, une Renault break blanche, se présenta quelques instants plus tard. Les femmes aidèrent Mathias à installer Hassida sur la banquette arrière, puis, Messaouda, constatant qu'il était dans l'incapacité de conduire, se proposa de prendre le volant jusqu'à Coulommiers.

« Je ne reviendrai pas, dit-elle aux autres, la main sur la poignée de la portière. Jamais. Les fous de Dieu peuvent bien me rechercher s'ils en ont envie. Ils m'ont déjà tuée. Des dizaines de fois. »

Bien qu'au bord de l'inconscience, Mathias se rendit compte que les larmes se mêlaient aux gouttes de pluie sur les joues de Messaouda et de ses compagnes. Elles n'avaient puisé de réconfort et de chaleur que dans l'attention de leurs sœurs durant ces longs mois et, maintenant que leur groupe commençait à s'effilocher, elles mesuraient combien leur complicité, leur solidarité, leurs regards allaient leur manquer, elles redoutaient de se retrouver séparées des autres, désemparées, avec, pour tout viatique, un profond dégoût d'elles-mêmes et des hommes.

« Toi aussi tu bosses pour les flics ?

— On peut dire ça comme ça. »

L'odeur prenante de désinfectant s'associait à la fumée de la cigarette blonde de Messaouda et aux couleurs sinistres de la salle d'attente pour lui soulever le cœur. Ses blessures à l'épaule avaient cessé de saigner, et il avait refusé de les montrer à un toubib comme Messaouda le lui avait suggéré après que les infirmiers des urgences avaient emmené Hassida. Même s'il se sentait encore un peu faible, fébrile, la douleur s'estompait et ses forces lui revenaient. Des blouses blanches et vertes s'agitaient comme des abeilles derrière les grandes vitres des différentes salles et dans les couloirs. Trois autres personnes s'étaient présentées aux urgences après l'admission de Hassida, un homme complètement ivre qui s'était ouvert le front sur le mur extérieur de sa propre maison, un gamin en judogi qui s'était fracturé le petit doigt de pied pendant son cours de judo, une femme jeune et forte couverte d'ecchymoses, probablement passée à tabac par son mec.

« T'as pourtant pas l'air d'un flic...

— J'en suis pas vraiment un, dit Mathias. J'avais le même choix que Hassida : bosser pour eux ou finir mes jours en tôle.

— En tôle ? Qu'est-ce que t'as fait ? Buté quelqu'un ?

— Plus d'un, répondit Mathias après quelques secondes de silence. C'était mon métier. »

Messaouda tira une longue bouffée de sa cigarette en le considérant d'un air pensif.

« Tu ne ressembles pas non plus à un tueur.

— À quoi ça devrait ressembler, un tueur ?

— À un mec du Jihad. Avec des yeux de fou. »

Messaouda ramena ses cheveux en arrière d'un mouvement de tête et jugula une montée de larmes. Elle aurait envie de pleurer à chaque fois que les fous de Dieu surgiraient dans la conversation, dans les pages d'un journal, dans la bouche d'un présentateur radio ou télé. Elle avait certainement cru avec sincérité que le Jihad apporterait davantage de justice, de respect et de bonheur sur cette terre. Ses illusions s'étaient fracassées sur la cruauté de ces hommes au cœur desséché.

« Et toi, comment tu t'es retrouvée dans...

— Ce merdier ? Je me foutais totalement de la religion jusqu'à ce que je tombe amoureuse d'un mec. J'avais quinze ans, j'étais en seconde, j'ai tout plaqué pour lui. Comme une conne. Ce salaud était chargé du recrutement des... »

L'irruption d'une blouse verte dans la salle d'attente l'interrompit. Un homme roux, un interne sans doute, gras, dégarni, portant l'ébauche de sa vieillesse sur ses traits empâtés. Le regard dont il enveloppa Mathias et Messaouda était méfiant, entaché de suspicion.

« La jeune femme que vous avez amenée, vous êtes bien sûrs qu'elle est majeure ?

— Elle ne fait pas son âge, mais elle est bien majeure », répondit Mathias d'un ton sec.

L'interne se fendit d'un soupir agacé et se frotta le menton hérissé de barbe.

« Vous ne connaissez personne de sa famille qu'on pourrait éventuellement contacter ?

— Elle n'a pas de famille.

— Où l'avez-vous ramassée ? Qui lui a fait ça ? »

Ce fut Messaouda qui répondit :

« Des brutes.

— Vous les connaissez ?

— Pas vraiment. C'est pour quoi, au juste, votre interrogatoire ? »

L'interne lui décocha un coup d'œil où s'affichait en grand la supériorité du savoir.

« Vous n'avez pas vu qu'il était interdit de fumer dans cette pièce, mademoiselle ?

— Et Hassida ? s'impatienta Mathias. C'est grave ? Combien de temps elle va rester ici ? »

L'interne s'accorda un long temps de pause avant de parler, manière sans doute d'inculquer les rudiments de hiérarchie à ces deux drôles d'oiseaux échoués dans son service.

« Plus longtemps que prévu, finit-il par déclarer d'un air docte (déjà docte). Elle souffre d'un traumatisme neurologique, une forme de paralysie du système nerveux. Le diagnostic est pour l'instant réservé. Personne ne peut affirmer qu'elle recouvrera un jour l'ensemble de ses facultés physiques et mentales. »

Marc 7

« Qu'est-ce que tu vas faire maintenant ? »

Par-dessus sa tasse, l'ex numéro 1 levait sur Marc des yeux de serpent fixant un rat. Ils s'étaient donné rendez-vous dans le petit troquet du XIIIe arrondissement qu'ils avaient l'habitude de fréquenter du temps maintenant lointain où ils vivaient ensemble. L'ex avait encore maigri, sa manière à elle de crier à la face du monde qu'elle n'était pas très bien dans son squelette. L'obsession de la minceur avait viré chez elle à la pathologie anorexique, et ses cheveux coupés très court, d'un noir corbeau, accentuaient les creux de son visage raviné par les manques et les rides. Les filles, qui l'avaient accompagnée jusqu'à la porte du troquet, avaient battu en retraite sitôt après avoir embrassé leur père du bout des lèvres, tant de choses à faire quand on est jeune, trimballer son ennui et son acné de rue en rue, de métro en RER, de fast-food en ciné, de patinoire en partie, de flirt en rupture. Les filles illustraient le conflit des générations en donnant dans la blondeur fade, la chair généreuse, le grignotage incessant, les fringues informes, les parfums agressifs et la bouderie systématique. Le casque du lecteur cédé vissé sur les oreilles, la plus vieille et la plus jeune écoutaient en permanence des rapeurs américains ou hexagonaux tels que Taj Ma Rage et Inik, yo.

« Je ne sais pas exactement.

— Tu toucheras des indemnités ?

— D'après l'avocat du syndicat, la démission pour clause de conscience équivaut à un licenciement économique.

— Le syndicat ? Tu ne m'avais pas dit qu'il refuserait de lever le petit doigt pour les journalistes de l'EDV ? »

Marc finit son café et alluma une cigarette. L'ex, qui n'avait pas cessé d'arrêter depuis dix ans, en piocha une dans le paquet couché sur le stuc de la table. Marc l'examina tandis qu'elle plongeait l'extrémité de sa cigarette dans la flamme du briquet, tenta de se remémorer son odeur, la texture de sa peau, le goût de sa bouche, la saveur et la douceur de son ventre, mais c'était toujours l'image, l'odeur et le goût de l'ex numéro 2 qui s'imposaient, comme un écran aux couleurs fraîches, vives, occultant les souvenirs délavés.

« Le syndicat veut avant tout la peau de BJH, dit-il. Il saute sur toutes les occasions, sur tous les conflits. Ça m'arrange : l'avocat ne me coûte pas un rond, et il m'a promis d'obtenir le paquet. »

L'ex numéro 1 fuma pendant quelques instants d'un air pensif, la tête penchée sur son épaule. Elle avait toujours ce geste réflexe de se frotter énergiquement la bouche entre chaque bouffée, vestige, sans doute, de cette époque reculée où les cigarettes roulées abandonnaient des brins de tabac sur sa lèvre inférieure. Les tendons de son cou saillaient autant que sa clavicule dont on entrevoyait la naissance sur le côté droit de son pull ras du cou.

« Je voulais dire : qu'est-ce que tu comptes faire après ? C'est quoi tes projets ? Tu es encore un peu jeune pour la retraite, non ?

— Je ne sais pas au juste. Peut-être... peut-être prendre le temps d'écrire, de... euh, concrétiser, tu sais, ce vieux projet de roman. »

Les yeux sombres de l'ex se voilèrent d'une nostalgie teintée d'ironie. Il lui avait fait le coup du roman la première fois qu'ils s'étaient rencontrés, et elle y avait cru, la conne, elle avait vu en lui un grand homme en devenir dont elle serait l'égérie, la nouvelle Elsa. Le prestige de futur romancier avait compté pour beaucoup dans sa décision de partager sa vie. Elle qui avait surtout besoin d'être rassurée, elle avait accepté les premières années de galère, l'incertitude des fins de mois et les acrobaties bancaires pour permettre à son génie de mari d'accoucher de son œuvre. Mais l'œuvre était restée à l'état de chimère, le grand romancier s'était changé en petit journaliste, la statue, effritée par la vie quotidienne, avait fini par tomber toute seule de son piédestal.

L'ex avait trouvé là de quoi nourrir sa rancune légitime envers les hommes et s'était réfugiée dans les douleurs du passé puisque le présent n'offrait rien d'exaltant. La naissance des deux filles n'avait pas changé grand-chose, si ce n'est qu'elle avait dû sortir un peu d'elle-même, déployer le minimum d'attention requis par le rôle de mère. En revanche, après l'accouchement de la deuxième, elle avait passé à la trappe l'épouse et la maîtresse, enfermée dans un autisme sexuel qu'elle brisait de loin en loin, quand Marc, cambrioleur obstiné, réussissait à forcer le coffre-fort serré entre ses cuisses. Elle se résignait alors à accueillir le visiteur, immobile, muette, rigide, comme morte, infime concession à l'équilibre conjugal, puis elle filait dare-dare dans la salle de bains se frotter avec un gant de crin, se purifier des sécrétions mâles, sueur, salive, sperme, odeur... Elle n'aurait pas dû s'étonner, sans doute, que Marc recherchât le partage du plaisir dans les bras d'autres femmes, mais, quand elle avait découvert qu'il entretenait une ou plusieurs liaisons extra-conjugales, elle avait entamé sa période de chantage au suicide en avalant une boîte entière de médicaments. La suite s'était soldée par une longue descente au divorce, traversée de crises plus ou moins violentes et de soubresauts de réconciliation. Évidemment, elle s'était vengée en le présentant à ses filles comme le Don Juan satanique, comme le parfait salaud, comme le seul coupable, une démolition systématique qui avait laissé des traces dans leurs esprits alors tendres, même si elles étaient assez grandes désormais pour comprendre que leur mère, aux réactions parfois imprévisibles, excessives, avait sa part de responsabilité dans ce champ de ruines qu'était devenue leur famille.

« Mon pauvre vieux, tu sais bien que tu ne l'écriras jamais, ce roman », ricana l'ex en écrasant sa cigarette dans le cendrier.

Curieux comme l'ex numéro 1, l'ex numéro 2 et certains de ces collègues s'accordaient pour lui donner du « mon pauvre vieux » à chaque détour de phrase. Était-il donc frappé de la malédiction du « mon vieux » décliné sous toutes ses formes ? Il jeta un coup d'œil machinal à la vitre qui lui renvoya l'image navrante d'un type de cinquante ans, d'un homme... vieillissant.

« Et pourquoi non ?

— Parce que tu n'en auras jamais les couilles. »

Fière de sa réplique, l'ex eut un petit sourire en coin qui aurait été horripilant s'il n'avait été aussi pathétique. Ce roman, c'était *son* rêve brisé, *son* grand échec à elle, elle ne supporterait pas qu'il tienne à d'autres la promesse qu'elle avait faite exclusivement *sienne*.

« Je ne parle pas de celles que tu as entre les jambes, reprit-elle en piochant une nouvelle cigarette dans le paquet de Marc. Celles-là, elles dominent pratiquement tous les mâles, humains et animaux. Aucun mérite. Mais de celles qui sont là-dedans (elle pointa l'index sur son front), de celles qui différencient les hommes ordinaires des hommes exceptionnels. Ça fait longtemps que j'ai cessé de croire que tu es un homme exceptionnel, Marc.

— La différence entre nous, c'est que je ne l'ai jamais cru, murmura Marc, plus touché qu'il ne voulait bien l'admettre par les traits de l'ex.

— Les filles aimeraient bien que tu passes Noël à la maison pour une fois.

— Les filles, ou toi ?

— Et alors ? Même si c'était moi... »

Comme à chaque fois qu'ils se rencontraient, qu'ils s'entrechoquaient, la discussion finirait par s'étouffer dans un silence vicié, lourd de frustrations. Les magazines féminins, ces marchands de bonheur à vingt balles, donnaient une multitude de recettes pour « réussir son divorce ». À les lire, les exemples pullulaient de ces familles recomposées en toute harmonie, de ces tribus où il faisait bon vivre à l'ombre des beaux-pères, des belles-mères, des demi-frères, des demi-sœurs, des ex en tous genres. Ça ne se passait pas du tout comme ça entre Marc et l'ex numéro 1, toujours cette douleur sourde de l'échec, cette blessure infectée, purulente, qui se traduisait par l'agressivité, l'incapacité de communiquer, l'incompréhension. Comme d'habitude, ils se sépareraient sans une embrassade ni aucune manifestation de tendresse, ils ressasseraient chacun de leur côté les regrets, les colères, les rancunes, puis l'ex sauterait sur le premier prétexte pour l'appeler, pour l'inviter, ça ferait tellement plaisir aux filles, il saisirait toutes les occasions, bonnes ou mauvaises, pour décliner, remettre au lendemain, à la semaine prochaine, à la Saint-Glinglin.

La sainte déglingue.

« Tu as posé une très bonne question, l'autre jour, la seule à vrai dire : où BJH prend-il ses ordres ? »

Jean-Jacques Bral mordillait le tuyau de sa pipe avec la frénésie d'un chien rongeant un gros os. Marc n'avait eu qu'à changer de troquet après le départ de l'ex numéro 1. Il avait traversé à pied une partie du XIIIe pour se rendre au Clovis, une brasserie traditionnelle située au croisement des rues d'Alésia et de la Tombe-Issoire.

Le coup de fil de JJB, trois jours plus tôt, l'avait laissé sur le cul : le journaliste vedette de l'EDV, qui ne lui avait pratiquement jamais adressé la parole dans les couloirs et les bureaux du temps pas si lointain où ils étaient confrères, sollicitait un entretien avec lui, à l'abri des regards et des oreilles indiscrets.

Tiens, voilà l'argument qu'il aurait dû balancer à l'ex une heure plus tôt : je ne suis pas si nul que tu le dis puisqu'un type comme JJB, le saint Bral lui-même, demande à me rencontrer. Marc n'avait jamais eu le réflexe de se draper dans un pan du prestige de ses interlocuteurs, ou même de l'EDV comme le lui avait implicitement demandé Charlotte en l'invitant à ce dîner naufrage avec Conrad-ben-si et la biographe licencieuse de Jeanne d'Arc.

De temps à autre le tenaillait l'envie féroce de téléphoner à Charlotte, de recevoir comme une douche bienfaisante le flot torrentueux de ses paroles, de l'interroger discrètement sur ses relations avec Conrad-ben-si, sur leur... entente au lit, histoire de se rassurer, d'étalonner ses capacités d'homme vieillissant. Il finissait toujours par renoncer, de peur d'être jeté comme un malpropre, de peur, surtout, d'être humilié par la comparaison avec un type aussi séduisant, aussi performant que l'architecte d'intérieur. Alors il s'imaginait sauter dans sa voiture, rouler jusqu'au plateau de l'Aubrac, se garer dans la cour de la ferme, frapper à la lourde porte de bois, plonger dans les yeux noirs et insondables de Pierrette. Un rêve, un nuage qui s'effilochait dans son ciel intérieur : écorché par les remords, il n'aurait jamais le courage de soutenir les regards de la mère et de la sœur du Christ de l'Aubrac. L'ex numéro 1 avait raison sur ce point, il manquait parfois de couilles.

JJB but une gorgée de bière et s'essuya les lèvres d'un revers de manche. De près, il perdait un peu de son aspect repoussant, comme si on commençait à entrevoir l'être humain sous la barbe grise, les lunettes teintées, les mèches grasses et le velours côtelé. Il avait commandé une entrecôte saignante tandis que Marc s'était rabattu sur le plat du jour, la truite aux amandes. Les cris et les courses incessantes des garçons donnaient à la brasserie pourtant à moitié vide des allures de ruche industrieuse, affolée.

« Une revue comme l'EDV ne peut pas et ne pourra jamais prétendre être la grande diseuse de vérité, reprit Bral. Encore faudrait-il qu'il y ait une seule vérité dans ce monde. Et ce n'est pas le cas : la vérité est protéiforme, changeante. Nous pouvons tout au plus donner des impressions, des perceptions, des sentiments. Ceux qui se prétendent témoins objectifs ne sont que des crétins, des naïfs, des types dangereux pour la profession.

— C'est pourtant ce qu'on essaie d'inculquer aux apprentis journalistes, l'objectivité de l'information, le refus de l'implication émotionnelle dans le rapport aux faits. »

JJB balaya l'argument d'un mouvement du bras. Sa main faillit atterrir sur le chignon de la femme blonde qui déjeunait seule à la table d'à côté.

« Conneries ! L'objectivité, c'est la méthode qu'utilise le système pour fabriquer de bons petits soldats, des cerveaux creux, de simples exécutants. Je préfère, et de loin, les notions de lucidité et, éventuellement, d'engagement.

— Éventuellement ? La lucidité sans l'engagement, ce n'est pas ce qu'on appelle le cynisme ? »

JJB eut un mouvement des lèvres autour du tuyau de sa pipe qu'on aurait pu, à la rigueur, interpréter comme un sourire.

« Je préfère de loin les cyniques aux idéalistes. Les cyniques ont un minimum de recul sur les événements, appelons ça une certaine marge de sagesse. On ne peut pas transiger avec les idéalistes. »

Marc but une gorgée de vin blanc, un peu râpeux à son goût. Il alluma une blonde pour lutter contre l'odeur insidieuse du tabac de JJB, qui commençait à lui porter sur le cœur.

« Est-ce que je dois comprendre que tu es en train de te placer dans la catégorie des cyniques et moi dans la catégorie des idéalistes ? »

JJB se laissa aller en arrière sur sa chaise en écartant les bras. Touchée cette fois, la blonde se retourna, la fourchette suspendue entre l'assiette et sa bouche, et lui décocha un regard furibond. Il la considéra avec l'air d'un maniaque de la propreté découvrant une tache de boue sur sa moquette. Estomaquée par tant de mépris, la blonde fronça les sourcils, qu'elle avait épilés, mais n'insista pas. Si elle avait dû se prendre de bec avec tous les malotrus qui avaient traversé son existence, ses jours et ses nuits n'y auraient pas suffi.

« Disons qu'il serait plus… productif de nous rejoindre sur le terrain de la lucidité.

— Productif pour qui ? Quel est ton intérêt dans cette histoire ?

— Peu importe. Je viens seulement te proposer un éclairage différent, une facette de la vérité, pour que tu saches où tu mets les pieds.

— Tu parles du Christ de l'Aubrac ? »

JJB garda le silence pendant que le serveur glissait les assiettes brûlantes devant les deux hommes. Il posa ensuite sa pipe sur la table, vida son demi de bière, ajouta du sel et du poivre sur son entrecôte, picora quelques frites avant de s'emparer du couteau et de la fourchette.

« J'ai obtenu quelques renseignements sur Jésus Maingrot, alias Vaï-Ka'i, alias le Christ de l'Aubrac, dit-il en commençant à couper sa viande. Et aussi sur le père Simon, le missionnaire qui l'a ramené en France. »

Il mâcha sa première bouchée d'entrecôte avec une grimace appliquée qui dénonçait la dureté de la viande. Marc entreprit de séparer la truite de ses écailles, une tâche délicate dans la mesure où la chair trop cuite s'effritait au moindre contact avec la fourchette.

« On n'a pas idée, en France, non, on n'a pas la moindre idée du bordel que cette histoire a foutu en Colombie et dans toute l'Amazonie, reprit JJB. Non seulement l'Église colombienne a fait massacrer les Desanas avec l'appui de Rome, mais tout un tas de charognards en ont profité pour s'engouffrer dans la brèche et poursuivre l'œuvre d'extermination des tribus amazoniennes pourtant protégées par les décrets de l'ONU : les marchands de bois, les chercheurs d'or, les pétroliers, les prospecteurs biogénétiques des mastodontes pharmaceutiques... Tous s'accordent pour organiser le pillage systématique de la forêt.

— Je ne comprends pas pourquoi le conseil des chamans a prévenu l'Église catholique de l'avènement du Vaï-Ka'i. Pas plus que je ne comprends l'attitude de l'Église. Pourquoi tient-elle compte des prophéties de sorciers, de païens ?

— L'Église est paranoïaque, comme tous les empires décadents. Elle méprise officiellement le chamanisme et tous les autres cultes primitifs, ou premiers, mais, en réalité, elle les craint comme la peste. Parce que sa légitimité ne repose que sur une base fragile et que son édifice s'effondre. Elle crève d'une sainte trouille que l'avènement d'un nouveau messie, d'un messie païen, lui donne le coup de grâce. Le Vaï-Ka'i, c'est le retour de la déesse-mère, la fin du règne des patriarches et des dogmes, c'est le retour au jardin d'Éden, au temps d'avant la faute originelle, la négation de tout ce que nous avons entrepris depuis trois ou quatre millénaires au nom d'un principe vindicatif et jaloux. Et c'est, très probablement, la seule solution pour sortir de l'impasse dans laquelle l'humanité s'est fourvoyée. »

La truite s'avérant immangeable, Marc se contenta d'un peu de riz collant saupoudré d'amandes émondées et fit passer le tout avec des gorgées de vin blanc. Derrière eux, la blonde levait désespérément le bras pour attirer l'attention du garçon qui, de son côté, feignait avec obstination de ne pas l'avoir remarquée. La salle sombre et enfumée ressemblait à une mer houleuse agitée par des courants contradictoires.

« C'est là qu'intervient le père Simon, poursuivit JJB. Missionnaire plus ou moins défroqué, converti au chamanisme, maqué avec une Indienne, père de deux filles...

— Il m'a déjà raconté tout ça, coupa Marc.

— Il ne t'a sûrement pas dit qu'il a d'abord accepté de se mettre au service de l'archevêque de Bogota contre la promesse de réintégration dans l'Église. On l'a même chargé de préparer l'attaque des hommes de main des compagnies forestières, l'assassinat du messie annoncé par les chamans. Il a compris son erreur et sa douleur quand il a découvert sa femme et ses filles découpées en petits morceaux. Il est alors allé voir le conseil des chamans pour leur proposer de mettre le Vaï-Ka'i à l'abri des tueurs.

— D'où te viennent ces tuyaux ? »

JJB prit le temps de mastiquer une nouvelle bouchée de sa viande récalcitrante avant de répondre :

« J'ai un bon pote journaliste en Colombie. Je ne connais personne de mieux informé que lui. Il nage comme un poisson entre les courants, cartels, militaires, partis, ecclésiastiques, latifundiaires, *barrios*... Comme tout le monde peut avoir besoin de lui un moment ou un autre, personne ne touche un cheveu de sa tête. Il était au courant de la démarche du conseil des chamans, des tractations entre l'Église colombienne et Rome, entre le clergé colombien et les compagnies forestières, entre l'archevêque de Bogota et le père Simon. L'armée elle-même a été lancée aux trousses du missionnaire, mais il a réussi à passer au Venezuela, nul ne sait comment. De là, on perd sa trace jusqu'à l'apparition d'un certain Jésus Maingrot, un enfant de Lozère originaire de Colombie qui se fait appeler le Vaï-Ka'i, le Maître-esprit des prophéties chamaniques.

— Comment se fait-il que l'Église n'ait pas retrouvé plus tôt la trace du père Simon ? Il a agonisé pendant plus de vingt ans dans un de ses mouroirs. »

La blonde se leva et se dirigea vers la sortie après leur avoir lancé un dernier regard rancunier. Assez forte, à l'étroit dans sa jupe et son chemisier clairs, elle s'éloigna dans un balancement de hanches plus énergique que gracieux.

« Bizarre, hein ? Il semble avoir bénéficié d'une... protection. Tout comme Jésus Maingrot d'ailleurs. Comme s'ils étaient invisibles, ou entourés de flou. Mon pote colombien y voit une intercession chamanique. Sans ça, il est fort probable que les tueurs engagés par l'Église les auraient retrouvés et éliminés tous les deux.

— Ne me dis pas que toi, tu accordes du crédit à ce genre de pouvoir ? »

JJB, le saint Bral, passait aux yeux de ses confrères et de la sphère médiatique pour un apôtre de la raison pure, un ennemi juré de la parapsychologie et de toute autre forme d'escroquerie mentale. Souvent invité aux débats télévisés malgré sa dégaine antitélégénique, il pourfendait les astrologues, les voyants et les gourous en vogue avec une virulence qui tournait parfois à l'imprécation, à l'inquisition.

« Qu'importe ce que je crois, répliqua JJB avec un haussement d'épaules. L'Église se pensait débarrassée du Vaï-Ka'i, sa résurrection l'a prise de court. L'Église catholique, et aussi d'autres confessions, le pouvoir politique, le pouvoir économique, ce sont les mêmes. Au début, on a analysé le phénomène comme une simple résurgence du mouvement hippie, un nouveau *flower power*, la renaissance du New Age assaisonné à la sauce écologique, et puis il y a eu les guérisons massives, la chaîne d'informations du Net, les sites, les forums, les assemblées, les foules, le néo-nomadisme. On s'est rendu compte que le phénomène s'attaquait aux fondements mêmes de notre civilisation : le territoire, la clôture, la frontière, la préférence. On a donc décidé d'intervenir…

— On ?

— Disons une Sainte alliance constituée d'entités dont les intérêts convergent, les sciences de pointe, les multinationales, les loges maçonniques, les cercles politiques, les pouvoirs religieux, anciens ou nouveaux, tous ceux qui promettent le paradis sous forme matérielle ou spirituelle. Ceux qui ont fait de l'homme un consommateur, un être dépendant des rites, des lois, des biens. Ceux qui, d'une manière ou d'une autre, privilégient l'avoir à l'être. C'est-à-dire presque nous tous, les maillons de la chaîne, des chaînes, pour reprendre ton expression de l'autre jour. »

Les deux hommes firent signe au serveur qu'il pouvait débarrasser les assiettes et commandèrent deux cafés.

« On a donc décidé d'éliminer Vaï-Ka'i, reprit JJB. Mais pas n'importe comment. Il ne s'agit pas d'en faire un martyr et de concourir à l'essor de son enseignement. On commence donc par brouiller son image dans les médias.

— C'est là qu'interviennent les quarante violeurs de l'EDV...

— BJH a des difficultés à rentabiliser son hebdo, la preuve, la présence permanente de cette boîte d'audit américaine. On lui file donc du fric, une véritable manne, pour commencer le boulot. C'était déjà comme ça avant, mais dans des proportions moindres : BJH, l'indépendant, prenait tout le fric qu'on lui offrait pour démolir un concurrent ou un emmerdeur.

Je te rappelle que nous avons affaire cette fois à la Sainte alliance, qui voit s'égailler ses ouailles, ses fidèles, ses consommateurs. Une Église n'existe pas sans fidèles, pas davantage qu'une multinationale n'est viable sans ses consommateurs. Comme l'EDV jouit d'une réputation d'intégrité auprès de ses lecteurs et du public en général, c'est à lui que l'alliance choisit de s'adresser en premier. Il faut une locomotive, les wagons suivront, y compris les radios et les télés. Voilà la réponse à la question : où BJH prend-il ses ordres ? Ce n'est qu'un début. Les attaques vont se multiplier, s'intensifier jusqu'à la mise à mort. »

JJB vida sa pipe de ses cendres, la bourra de tabac et craqua une allumette dont il plongea la flamme dans le fourneau. Sa barbe grise et les verres de ses lunettes rougeoyèrent pendant quelques secondes. Marc attendit qu'on lui serve son café pour allumer la sacro-sainte cigarette de fin de repas.

« Je n'en suis pas sûr à cent pour cent, mais je pense que l'attaque de Disney de l'autre jour a un rapport avec l'exécution programmée de Vaï-Ka'i. Les fanatiques islamiques feraient d'excellents coupables, tout comme, pendant deux mille ans, les Juifs ont été les coupables parfaits de la mort du Christ. »

Le serveur apporta les cafés et, après la première gorgée, amère et brûlante à souhait, Marc put enfin savourer sa cigarette.

« La Sainte alliance, elle, s'en lavera les mains, ajouta JJB. Elle a étudié l'histoire.

— Qu'est-ce que tu proposes pour empêcher ça ? »

Bral leva sur Marc un regard où brillaient des lueurs de détresse derrière les verres teintés.

« Moi ? Rien, absolument rien.

— Le terrain productif de la lucidité, hein ?

— Le simple terrain de notre rencontre. Je t'ai transmis mes informations, à toi de faire tes choix, de prendre tes décisions. Moi, je rentre chez moi, dans mon cynisme ordinaire. »

Marc leva sa tasse et souffla délicatement sur la surface fumante, noire, marbrée de mousse jaune.

« Si tu penses sincèrement que Vaï-Ka'i est la dernière chance de l'humanité, pourquoi est-ce que tu ne t'engages pas ? »

JJB tira deux bouffées de sa pipe, les yeux fixés sur le bois vernis de la table.

« J'ai... disons, un vice. Je ne peux pas m'en passer. Il me domine, il me coûte la peau du cul. J'ai besoin de fric, j'y passe mon salaire tout entier. Je sais exactement où mène ma chaîne et je ne veux pas, non, je ne veux pas m'en libérer.

— Quel genre de vice ? »

Marc vit la souffrance émerger en filigrane sur les traits hâves et crispés de JJB.

« Le genre qui pourrait me mener tout droit en tôle. Il ne s'agit pas de drogue, c'est tout ce que je peux te dire. »

Ils finirent leur café en silence, puis JJB appela le serveur, réclama l'addition, régla avec sa carte bleue et, après avoir salué Marc d'un morne « joyeux Noël », déplaça sa lourde et sombre carcasse vers la rue de la Tombe-Issoire.

Lucie 7

Les premiers visiteurs se présentèrent la veille de Noël, deux jours après que Barthélemy eut ajouté l'adresse de la Ranconnière sur les sites Internet qui proposaient, outre la désormais très longue liste des adresses néo-nomades, des renseignements pratiques sur l'entretien des logements, la législation en vigueur et la fiscalité dans chaque région d'Europe ainsi que de nombreuses astuces pour remédier aux coupures d'électricité et de gaz.

Un couple avec deux enfants en bas-âge : lui, Damien, petit, maigrelet, bavard ; elle, Cyrielle, opulente, molle, silencieuse, allaitant presque sans interruption le plus jeune de leurs enfants, âgé de huit mois. Damien disait qu'il avait rencontré Vaï-Ka'i une fois, à Toulouse, et qu'il avait ressenti une chaleur intense au plexus solaire, et dans le bassin, et au sommet du crâne, comme un réveil global de tous ses chakras, vous n'avez jamais entendu parler des chakras ? Depuis, il était empli d'une telle

elle apprenne à le regarder comme un ılte, comme un homme.

La veille, le chef du personnel des laboraıres Ellebon avait appelé pour s'enquérir des ɔtifs de l'absence prolongée d'André Forgeat, père de Barthélemy.

« Il s'est converti au néo-nomadisme, avait pondu ce dernier. Il est parti sur les routes ec ma mère et ma sœur. »

Un blanc grésillant s'était installé, qui avait ré une bonne trentaine de secondes et traduit nmense stupeur du correspondant.

« Quoi ? Lui ? Adepte de... de ce... de ce... »

Ne trouvant pas de mots assez insultants ur qualifier le Christ de l'Aubrac, le chef du rsonnel avait raccroché après avoir stipulé, une voix morne, que M. André Forgeat receait bientôt sa lettre de licenciement pour abnce non justifiée et qu'il ne devrait pas tabler r la moindre indemnité.

Lucie avait ramené la voiture de location à gence la plus proche puisqu'ils disposaient ésormais de la BMW pratiquement neuve et la Clio des parents de Barthélemy, remisées ans le garage et assurées toutes les deux squ'au mois d'avril prochain. Ils avaient également mis la main sur une centaine de milliers bons vieux francs dans le vieux coffre du lon qu'ils avaient forcé avec un pied-de-biche. es photos et les DVD qu'ils y avaient découerts, répartis dans des enveloppes cachetées,

énergie qu'il ne dormait que deux heures par nuit et que, comme elle, Cyrielle, sa femme, n'était pas toujours disponible, à cause des enfants, vous comprenez, il recherchait des partenaires féminines pour, enfin, vous savez, échanger avec intensité, quoi, explorer ces possibilités merveilleuses que la nature nous a offertes, dérouler les anneaux du serpent, à deux puisqu'il est double. Disant cela, il avait posé la main sur la cuisse de Lucie qui s'était reculée avec vivacité comme si elle avait effectivement été mordue par un serpent. Elle ne se voyait pas, absolument pas, échanger autre chose que des banalités avec ce type, et encore, s'il continuait à ce rythme, ses mots eux-mêmes deviendraient rapidement insupportables.

Barthélemy et elle avaient nettoyé la maison de fond en comble une semaine plus tôt et l'avaient aérée plusieurs jours de suite afin d'en chasser l'odeur tenace de décomposition.

Ils avaient au préalable enterré les trois corps au fond du jardin.

« Si on prévient les flics, ça va faire tout un foin, avait argumenté Barthélemy. Autant régler cette histoire nous-mêmes. Après, on mettra le signe du mouvement néo-nomade à l'entrée, et personne ne s'étonnera de leur absence. Maintenant que les gens vont toujours être sur les routes, ça va devenir presque impossible pour les flics de les localiser. »

Enterrer les cadavres n'avait rien eu d'une partie de plaisir. Parce qu'il avait d'abord fallu remuer et transporter cette chair pourrissante et puante jusqu'au fond du jardin, la nuit pour ne pas être dérangés au beau milieu de cette pénible besogne. Et malgré le foulard noué sur le visage, malgré le bon litre de parfum déversé sur sa chevelure et son cou, Lucie s'était interrompue à plusieurs reprises pour vomir, ses repas en premier, ses tripes ensuite. Barthélemy, lui, avait accompli sa part de travail sans trahir la moindre émotion, comme un vieux routier des pompes funèbres. Il s'était chargé de creuser un grand trou, puis de fabriquer les cercueils grossiers dans lesquels ils avaient enfermé les cadavres. Le corps de Mado avait été le plus pénible à manipuler, pas seulement parce qu'il leur avait échappé des mains et qu'il était retombé à trois reprises dans la baignoire, mais parce qu'il s'était métamorphosé en une chose informe, innommable, qu'il avait perdu une grande quantité de liquide dans les escaliers et qu'il avait fallu le tourner et le comprimer pour le glisser entre les planches rugueuses.

Une fois qu'ils avaient traîné les cercueils jusqu'au trou et qu'ils les avaient recouverts de terre, une fois que ses larmes de dégoût s'étaient taries, Lucie s'était sentie gagnée par une étrange euphorie. Elle avait triomphé d'une épreuve à laquelle elle ne se serait jamais crue capable de survivre quelques heures plus tôt, elle avait reculé ses frontières, elle en ressortait purifiée, renforcée.

Elle s'était attelée au nettoyage
d'un cœur léger. Le brasier qu'ils av
au milieu du jardin et qu'ils avai
avec les meubles, les papiers, le
les chaussures, les photos, tous les
les souvenirs inutiles qui enco
vieilles baraques, avait brillé, cré
avec l'appétit et l'allégresse d'un fe
avaient récuré les carrelages, les p
faïences et les murs à l'eau de Jav
sante odeur de chlore avait chassé
de la mort, et, malgré plusieurs rin
gré les courants d'air, elle continu
gner l'atmosphère de la maison, au
avaient l'impression d'évoluer dan
asséché d'une piscine. Ils avaient
leurs journées rythmées par les fo
repas, les courses dans un bourg v
pauses cigarettes. La nuit, ils ava
dans la chambre de Barthélemy, e
petit lit (avec des draps propres),
amas de couvertures dépliées à m
Épuisés, ils avaient plongé dans l
sans même avoir le courage de r
Velux entrouvert sur un ciel souven
encore moins celui de se demander s'
aller plus loin dans leur relation. Vi
il n'aurait pas déplu à Barthélemy
tre l'amour dans les bras de Lucie,
lait qu'elle se familiarise avec sa jeun
sa virginité, qu'elle se dégage de cet
sion d'être à la fois sa mère et sa gra

prêtes à la livraison, avaient fini à leur tour dans les flammes purificatrices du bûcher.

« Et si les mecs de Chartres se pointent, qu'est-ce qui se passera ? »

Barthélemy avait répondu d'un simple sourire à la question de Lucie, comme s'il avait suffi de détruire les derniers DVD pour éloigner la menace.

« Comment est-ce que vous comptez vivre ? demanda Lucie. Vous avez des bouches à nourrir. »

Assis l'un en face de l'autre à la table de la cuisine, Damien et Cyrielle se consultèrent du regard et eurent le même sourire légèrement supérieur de ceux qui savent.

« Le néo-nomadisme est un acte de confiance, dit Damien. Regardez les oiseaux du ciel, ils ne sèment ni ne moissonnent et, pourtant, leur père céleste prend soin d'eux.

— Depuis que nous avons choisi cette vie, renchérit Cyrielle, nous n'avons jamais manqué de rien.

— Au contraire même, aucune porte n'est restée fermée, la nature se met en quatre pour nous être agréable, nous ne rencontrons que des gens ouverts. »

Le regard appuyé dont il gratifia Lucie montra à quel genre d'ouverture il faisait allusion. Cyrielle le fixait avec une adoration béate qui lui permettait sans doute de gober un certain nombre de couleuvres à défaut des anneaux du serpent double.

« Avec quoi payez-vous votre essence ? insista Lucie. Et si votre voiture tombe en panne, comment payez-vous les réparations ? »

Damien se coupa une tranche de pain, puis ouvrit la boîte d'un camembert dont il préleva un bon quart. Lucie se demanda où ce corps aussi malingre pouvait emmagasiner toute la nourriture qu'il ingurgitait.

« Il nous reste encore un peu d'argent de la vente de notre appartement et des indemnités de licenciement que j'ai réussi à négocier. Il faudra bientôt abandonner voiture, essence, argent, revenir au nomadisme primitif, s'en remettre entièrement à la générosité de mère nature. C'est à partir de ce moment-là que se découvriront les disciples sincères de Vaï-Ka'i. Pour l'instant nous sommes encore dans la transition entre deux mondes.

— Vous...

— Tu. On ne se vouvoie pas entre néo-nomades.

— Ta femme et toi, je voulais dire, vous envisagez donc de retourner à la sauvagerie ? »

Damien eut un rire aigu qui resta suspendu un petit moment dans le silence de la cuisine. Cyrielle rit aussi, avec davantage de retenue, puis elle se leva pour aller jeter un coup d'œil aux enfants couchés dans l'ancien bureau du rez-de-chaussée.

« Il faut d'abord s'entendre sur le mot sauvagerie. Si sauvagerie signifie barbarie, alors notre belle civilisation a été la plus sauvage, la plus féroce, la plus meurtrière, la plus destructrice de toutes celles qui se sont succédé sur cette terre. Si sauvagerie signifie redécouverte de l'Éden primitif, de la maison de toutes les lois, des richesses du serpent double, des relations privilégiées entre la nature et ses enfants, alors, oui, bien sûr, nous envisageons de retourner à la sauvagerie. »

Lucie désigna l'ordinateur portable de Damien, un modèle ultraplat posé sur un coin de la table.

« Ça marche avec des piles, ce truc, avec l'électricité, avec les fils du câble ou du téléphone...

— Une simple prothèse. Que nous devrons abandonner le moment venu. Comme les bagnoles, les frigos, les téléphones, et cetera. Nous sommes très fiers de notre technologie, nous ne nous rendons pas compte qu'elle n'est qu'une gigantesque machine à fabriquer des prothèses. Lorsque nous aurons redécouvert le chemin de la maison de toutes les lois...

— Et si tu ne le découvres pas ? »

Damien enfourna la moitié de son bout de fromage et un morceau de pain dans sa bouche.

« Alors c'est que je n'aurai pas été capable de surmonter mes jugements, mes peurs », dit-il avant de commencer à mâcher.

Il resservit d'ailleurs l'argument à Lucie lorsque, comme elle était sortie pour fumer une cigarette avant de monter se coucher, il la rejoignit dans le jardin et lui demanda carrément si elle voulait faire l'amour avec lui. Il n'avait gardé, pour tout vêtement, que le cache-sexe à la mode néo-nomade qui ne dissimulait pas grand-chose de son érection. Elle le fixa à peu près de la même manière qu'elle aurait contemplé un crapaud vautré sur son pied. Il lui apparut particulièrement laid et vulgaire dans l'insipide clarté lunaire, à mille lieues de la pureté édénique qu'il avait défendue avec une grande ardeur et un certain talent à la fin du repas. Dominé par sa queue, comme la plupart des clients du sex-aaa, et coupé de lui-même. Un gouffre entre le discours, les apparences, la projection, et l'être, la réalité, le présent. Il se réfugiait dans un monde idéalisé pour mieux se supporter, pour mieux se justifier, et il se débrouillait pour y entraîner les siens. Le bon sauvage ne restait pour l'instant qu'un mythe.

« Va donc rejoindre ta femme, lui conseilla Lucie d'une voix où perçait un début d'agacement.

— Elle dort déjà. Les enfants la crèvent. Et moi je me retrouve avec de l'énergie à ne pas savoir qu'en faire. »

D'un geste impatient, il désigna la manifestation la plus évidente, la plus saillante, de cette énergie. Abritée sous un toit de tuiles, la terrasse jouxtait le salon et donnait sur le jardin que les pluies des jours précédents avaient transformé en un champ de labours. La lune se dévoilait par intermittences entre les nuages, ronde, pâle, environnée d'une traîne d'étoiles.

« Essaie la branlette !

— Du gâchis ! Je préfère nettement partager cette énergie avec quelqu'un. Avec toi, par exemple. »

Elle resserra machinalement les pans de la robe pourtant stricte et trop grande qu'elle avait dénichée dans une armoire et gardée comme tenue de rechange. Un réflexe stupide, elle en prit conscience. Barthélemy était parti se coucher quelques instants plus tôt après lui avoir adressé un regard à la fois implorant et complice.

« Figure-toi que, moi, je n'en ai pas la moindre envie !

— Oh, les envies, elles résultent le plus souvent des peurs, des jugements. Ouvre-toi seulement au moment présent, accepte ce que t'offre l'instant. »

Pour illustrer son propos, Damien posa la main sur la poitrine de Lucie et entreprit de lui caresser un sein. La gifle partit aussitôt, bien appuyée, sonore. Il recula de deux pas, suffoqué par la surprise, l'humiliation et la colère.

« Qu'est-ce... qu'est-ce qui te prend ? »

Lucie écrasa sa cigarette d'un talon rageur.

« J'ai fait comme tu as dit, je me suis ouverte au moment présent et j'ai pris ce qu'il m'offrait. »

D'autres néo-nomades se présentèrent le lendemain, jour de Noël. Ils affluaient pour la plupart du nord et de l'est de la France, de la Belgique et des Pays-Bas. Ils se rendaient au grand rassemblement de Lozère afin de soutenir le Maître-esprit assigné à comparaître au tribunal de Mende pour viol sur mineure au début du mois de janvier. Pour eux, il ne faisait aucun doute que la plaignante, une jeune fille du nom d'Éléonore Marcellin, avait été chargée d'attirer Vaï-Ka'i dans un piège. Manipulée par qui, ils ne le savaient pas, mais les réponses seraient certainement données à la barre. Lorsque l'ancienne disciple serait confrontée au Maître-esprit, elle n'aurait pas d'autre choix qu'avouer la vérité, admettre la machination, dénoncer les coupables.

Plus sympathiques et plus respectueux que Damien, moins extrémistes, plus pragmatiques, cette deuxième vague de visiteurs réconcilia en tout cas Lucie avec les néo-nomades. Elle baignait en leur compagnie dans une douce chaleur, comme une assemblée familiale débarrassée de ses scories, de ses spectres, unie par la joie pure des retrouvailles. Ils ne se connaissaient pas, mais, puisqu'ils partageaient le même toit, la même table, puisqu'ils adoptaient d'emblée le principe de l'entraide, puisqu'ils appartenaient tous au pacte du serpent double, ils se regardaient comme les membres d'une grande fraternité, comme les cellules d'un corps unique. Certains d'entre eux avaient renoncé à des carrières prestigieuses pour entendre la parole du Maître-esprit, avocats, professeurs, chefs d'entreprise, médecins... Ils se déclaraient ravis d'avoir abandonné leur ancienne vie et les responsabilités, les soucis, qui allaient avec. Les plus âgés disaient avoir recouvré une deuxième jeunesse, les plus jeunes, une insouciance, une joie qu'ils avaient sacrifiées trop tôt dans les couloirs des lycées et des universités. Ô, bien sûr, leur décision ne s'était pas affirmée sans provoquer quelques déchirures dans leurs familles respectives, quelques séparations, quelques divorces, quelques reniements, mais ils avaient accepté de payer le prix de ce qu'ils appelaient leur délivrance. Tous avaient rencontré Vaï-Ka'i au moins une fois dans leur existence, et tous se disaient frappés par sa beauté, par sa bonté, par l'incroyable pureté qui se dégageait de sa personne (et qui rendait si peu crédible l'accusation d'Éléonore Marcellin, la pauvre, elle faisait aussi partie de la grande trame humaine, elle avait le mauvais rôle, il fallait l'aimer, l'accepter comme un fil de la toile, aussi indispensable et brillant que les autres).

Barthélemy ne tenait pas particulièrement à évoquer sa guérison, mais, quand l'un des enfants néo-nomades, explorant la maison, tomba sur le fauteuil roulant, les autres l'interrogèrent et le prièrent de leur raconter par le détail les circonstances du miracle. Par un curieux hasard, aucun d'eux n'avait été le témoin des guérisons extraordinaires qu'on attribuait au Maître-esprit, et ils écoutèrent Barthélemy, assis sur la grande table de la cuisine, avec une attention proche de la vénération. Même s'ils avaient déjà choisi d'accorder leur confiance à Vaï-Ka'i, même s'ils s'étaient déjà lancés dans l'aventure du néo-nomadisme, ils buvaient les paroles du miraculé avec une avidité d'assoiffés. Elles les confortaient dans leur résolution, elles balayaient les derniers doutes, elles comblaient les fissures intimes entretenues par les peurs, les incertitudes, elles bordaient leur voie de balises, de signes. À la fin du discours de Barthélemy, ils se levèrent et s'enlacèrent avec une ferveur soudaine, presque frénétique, ravigotés dans leur conviction, heureux de cheminer ensemble sur la bonne route. Yohann, un colosse néerlandais d'une quarantaine d'années, souleva les enfants et les fit tournoyer au-dessus de sa tête en poussant des hurlements. Alida, une ancienne danseuse de la troupe royale de Belgique, improvisa un ballet auquel tout le monde finit par participer dans un désordre tonitruant, revigorant.

C'est ainsi que Lucie se retrouva dans les bras de Barthélemy et que, poussés par l'euphorie ambiante, ils s'embrassèrent, d'abord sur les joues, puis sur les lèvres, et, enfin, échangèrent un baiser fougueux qui appelait d'autres joutes.

Barthélemy n'était pas aussi maigre qu'il n'y paraissait. Sa peau, contre laquelle Lucie s'était frottée toute la nuit, était même douce au toucher, confortable. Il avait compensé sa maladresse par une tendresse et une attention assez surprenantes pour un garçon... pour un homme de son âge. Il avait éjaculé une première fois au moment où ils s'étaient glissés tous les deux dans le lit étroit, simplement lorsque son sexe, fin et droit, était entré en contact avec le ventre de Lucie. Elle l'avait embrassé et cajolé pour le rassurer, et il avait rapidement recouvré sa superbe. Alors il s'était mis à la renifler, à la lécher, à la caresser, comme s'il voulait s'assurer que ce corps un jour entrevu sur l'écran de son ordinateur l'avait bien rejoint dans le monde réel. La vue étant le sens le plus trompeur, le plus illusoire, il ressentait le besoin urgent de se rassurer par le toucher, l'odorat et le goût. Allongée sur le dos, immobile, dans une posture d'offrande, Lucie l'avait laissé se repaître d'elle, frissonnant sous la tiédeur de son souffle, de sa langue et ses mains. Elle avait repris l'initiative lorsque son propre désir était devenu impérieux, elle s'était glissée sous lui, puis, après avoir guidé son sexe entre ses lèvres, elle avait noué les bras sur sa nuque et croisé les jambes sur son dos. Elle l'avait englouti tout entier d'un coup de bassin et avait amorcé un lent mouvement de va-et-vient. Ils avaient joui très vite tous les deux, lui parce qu'il ne savait pas encore jouer avec la montée de son plaisir, elle parce que son corps meurtri par ce salopard de Joe avait fini sa pénitence et sautait sur la première occasion d'exulter.

Barthélemy avait eu envie de remettre ça un peu plus tard dans la nuit et, bien qu'engourdie par la fatigue et le sommeil, elle ne s'y était pas opposée. Elle s'était simplement tournée pour l'inviter à la prendre de dos, tous les deux emboîtés, une position qui invitait à l'amour paresseux, à l'amour songeur, entre veille indécise et rêve des sens.

Il se réveilla à son tour et, après s'être frotté les yeux, étiré comme un chat, il contempla Lucie avec de l'incrédulité dans les yeux. Elle se pencha sur lui, l'embrassa et dit :

« Je crois bien que je suis amoureuse de toi. Joyeux Noël, Barthélemy.

— Moi, je ne crois pas, j'en suis sûr. Tu es le plus beau cadeau de Noël qu'on m'ait jamais fait.

— Ça te dirait de... d'aller en Lozère ? »

Il se redressa et posa la tête sur sa poitrine.

« Tu as envie de rencontrer Vahi-Kahi ? »

Elle ne savait plus très bien de quoi elle avait envie, elle avait seulement le sentiment d'avoir tout à réapprendre à trente-deux ans, bientôt trente-trois. Elle larguait les amarres et le courant l'emportait ce matin vers la Lozère, vers le Maître-esprit, vers des rives incertaines. Elle qui avait toujours redouté les lendemains maigres, elle qui avait toujours eu peur de manquer, elle en éprouvait un vertige mêlé de terreur.

Puis les lèvres de Barthélemy s'écrasèrent sur les siennes, les bras de Barthélemy se refermèrent sur ses épaules, les mains de Barthélemy volèrent sur sa peau, et elle s'ouvrit sans résistance au moment présent.

Yann 7

La densité de la foule qui se déversait dans les ruelles de Mende surprit Yann. La préfecture de la Lozère n'avait jamais connu une telle affluence, même aux heures les plus chaudes du tourisme estival, même lors du passage du Tour de France dont elle avait été une des villes-étapes l'année précédente. Les néo-nomades prenaient d'assaut les rares maisons marquées du serpent double ou s'entassaient dans les hôtels de la ville et des villages environnants. Bon nombre d'entre eux s'étaient rabattus sur les campings que les municipalités avaient rouverts en catastrophe pour absorber les vagues déferlant de tous les fonds de l'Europe. Malgré la pluie persistante, la température avoisinait les vingt degrés et rendait le séjour très supportable sous les tentes ou dans les bungalows.

« Eh, oh, vont tout de même pas se plaindre, ces gens qui veulent retourner à la vie sauvage. Faudrait tout de même savoir ce qu'on veut. »

Yann voyait déambuler dans les ruelles sinueuses et décorées de Mende des hommes et des femmes vêtus de leur seul cache-sexe et chaussés de sandales à lanières. Cependant, comme tous avaient de l'argent (où ils le gagnent ? où ils le mettent ?), les commerçants de la ville accueillaient ces clients d'un genre spécial avec le sourire et les amabilités de rigueur — les commerçants acceptaient, outre les euros, les francs, les marks, les livres, les couronnes, toutes les anciennes monnaies européennes... On en faisait des gorges chaudes dans les cafés, dans les boulangeries, dans les boucheries, à la poste, sur le parvis de Notre-Dame, dans ces hauts lieux de la complainte et de la critique sociales, on se demandait quelle malédiction s'acharnait sur le département pour lui envoyer, deux siècles après la bête du Gévaudan, un Christ amateur de jeunes filles et ses milliers d'adeptes nudistes, mais, de même que la controverse sur la bête du Gévaudan avait fini par devenir un argument publicitaire, les néo-nomades représentaient une véritable manne pour Mende et les bourgs environnants d'habitude plongés dans la langueur de l'hiver.

« Vont comprendre leur douleur, les culs nus, quand le froid va redescendre sur le coin.

— Té, peuvent bien nous montrer leurs fesses du moment qu'ils ont des sous.

— Et puis, quand leur chef, là, ce Christ de malheur, moisira entre les barreaux, seront bien contents de retourner chez eux, de retrouver leur famille, leur maison, leur travail, leur confort, leur télé. On n'entendra plus jamais parler de ce Va… quelque chose, Va… nu-pieds, hein, Va-nu-pieds, c'est comme ça qu'on devrait l'appeler…

— C'est le seul à condamner, Va-nu-pieds, les autres, ses disciples, ils se sont fait rouler, on ne peut pas emprisonner les gens parce qu'ils sont bêtes, ou alors faudrait mettre en cabane tous ceux qui lisent l'horoscope le matin dans le journal, et aussi tous ceux qui se font tirer les cartes…

— En attendant, les télés, les radios et les journaux se sont déplacés, tout ce foin, c'est bon pour la ville, pour le département, imaginez l'argent que le conseil général aurait dû dépenser pour toute cette publicité, ça nous revient moins cher que le Tour de France…

— Sa mère, la pauvre, elle doit souffrir là-haut, sur le plateau…

— C'est pas sa vraie mère, il est même pas de l'Aubrac, il vient d'Amazonie, c'est un Dezaza ou quelque chose comme ça, une tribu de là-bas… »

L'audience avait été fixée le 6 janvier, date de la réouverture du tribunal, jour de l'Épiphanie. On avait envisagé un moment de statuer entre le 25 décembre et le premier de l'an, une proposition qui avait suscité une levée de boucliers. Le personnel du tribunal était à cheval sur un certain nombre de principes, dont les vacances et les fêtes de fin d'année. La justice, qui d'habitude se montrait d'une lenteur exemplaire, n'avait pas lambiné dans cette affaire. À ceux qui s'étonnaient de cette célérité, qui émettaient des doutes sur sa fameuse indépendance, on rétorquait que la Lozère n'était pas un département débordé par la criminalité, contrairement à certaines régions de France (suivez mon regard).

Yann, qui aurait souhaité rester dans le plus strict anonymat, fut reconnu par des disciples en dépit de sa casquette et de ses lunettes de soleil, abordé à maintes reprises et pressé de questions. S'il persistait à trouver ridicules les tenues néo-nomades, voire l'idée du néo-nomadisme elle-même, une interprétation radicale et sans doute excessive des paroles de Vaï-Ka'i, le nombre de personnes venues soutenir le Maître-esprit l'étonnait et l'émouvait. Ils représentaient un courant, une force que les autorités ne pourraient plus ignorer. Les voix des néo-nomades valaient bien celles des autres groupes de pression européens, chrétiens, juifs, musulmans, bouddhistes, agriculteurs, chasseurs, constructeurs de voitures, écolos, extrémistes de tous poils... Si la démocratie signifiait encore quelque chose, le pouvoir admettrait que ce déferlement populaire augurait d'un changement profond et durable dans la conscience collective, qu'il ouvrait une ère résolument nouvelle, qu'il était le point de départ d'une évolution inéluctable et nécessaire. L'humanité n'avait pas d'autre choix, si elle voulait se perpétuer, que d'accompagner la mue entamée par la maison de toutes les lois dont les bouleversements climatiques n'étaient que les prémices.

Des Américains du Nord et du Sud, des Australiens, des Africains et des Asiatiques se mêlaient à la foule des Européens qui avaient pris d'assaut la préfecture de Lozère. La voix de Vaï-Ka'i retentissait sur les cinq continents, répercutée par les réseaux du Net, cette reproduction grossière de la toile d'araignée cosmique des mythes desana. Le phénomène se propageait de boîte électronique en boîte électronique, de groupe en groupe, en dehors des circuits médiatiques officiels, journaux, radios, télévisions. Diffus jusqu'alors, confiné dans la virtualité, le bouillonnement s'était tout à coup matérialisé dans les rues de Mende et avait pris de court les autorités de la ville. Le rassemblement de Lozère, qui soulevait un certain nombre de problèmes sur les plans de l'accueil, de l'hygiène, de la nourriture et des secours médicaux, resterait sans doute dans l'histoire comme la première manifestation de masse des adeptes du Maître-esprit.

« Tu resteras ici avec ma mère Louise et ma sœur Pierrette pendant toute la durée du procès. »

Bien que le ton de Vaï-Ka'i n'appelât aucune réplique, Yann, révolté, ne put s'empêcher de protester :

« Je t'accompagne où que tu ailles ! Que tu le veuilles ou non ! »

Le Maître-esprit lui adressa un regard froid, dépourvu de la moindre trace d'humour ou d'aménité. Sa mère et sa sœur adoptives se tenaient en retrait, immobiles, près de la cheminée où rougeoyait un tapis de braises.

« Cesse donc de te croire indispensable, Yann. Tu penses vraiment que je ne peux pas me débrouiller sans toi ? »

Yann fixa les deux femmes en espérant qu'elles abonderaient dans son sens, mais elles ne lui manifestèrent pas le moindre soutien, pas même une grimace ou une lueur complice. Il ne se résolvait pas à laisser le Maître-esprit seul devant ses juges, seul devant le déferlement de haine que ne manquerait pas de susciter son procès. Les autres disciples l'avaient reconnu à Mende, il lui semblait que sa place était aux côtés de Vaï-Ka'i dans le prétoire, en première ligne face aux médias.

Une dizaine de jours plus tôt, ils s'étaient réfugiés dans la maison où Vaï-Ka'i avait passé son enfance. Dix jours de tranquillité, de rires, de bonheur simple. Depuis une semaine, aucun journaliste, aucun curieux ne rôdait dans les parages. Les fêtes de fin d'année entraient sans doute pour une bonne part dans cette trêve. Le deuxième dossier de l'EDV consacré au Christ de l'Aubrac mentionnait l'adresse précise du lieu-dit comme pour inviter ses lecteurs à se regrouper devant l'antre du charlatan. Selon la mère de Vaï-Ka'i, le mois de décembre avait vu défiler un grand nombre de curieux et de détracteurs. Les moins agressifs avaient déployé des banderoles face à l'entrée de la cour intérieure ou écrit directement sur les murs avec des bombes à peinture. Les plus virulents avaient lancé des pierres sur les carreaux, sur les tuiles, voire sur les deux femmes lorsqu'elles sortaient pour ramasser du bois ou prendre un outil dans la remise. Le boulanger, l'épicier et le boucher, qui passaient d'habitude une ou plusieurs fois par semaine, avaient cessé leurs tournées de crainte d'être eux-mêmes assimilés à la famille Maingrot et accueillis par des grêles de pierres. L'institutrice de Jésus, une vieille femme étonnamment dynamique et autoritaire, se chargeait désormais du ravitaillement, avec d'autant d'empressement qu'elle était visiblement ravie de consacrer une partie de son temps à son ancien élève. Elle livrait les courses à la tombée de la nuit, après le départ des groupes d'excités, et prolongeait ses visites jusqu'à des heures très tardives. Elle était restée en leur compagnie pour le réveillon de la Saint-Sylvestre, un repas dont le seul luxe avait été un somptueux gâteau au chocolat confectionné par Pierrette.

« C'est plutôt moi qui aurai du mal à me débrouiller sans toi, murmura Yann.

— Je ne serai pas toujours avec toi. Tu dois apprendre à grandir. »

Yann détestait les allusions incessantes du Maître-esprit à son départ. Que deviendraient-ils, tous ses disciples, en l'absence de leur guide ? Que deviendrait-il, lui, à l'étroit dans son orgueil et ses incertitudes d'homme ?

« Je te confie ma mère et ma sœur, reprit Vaï-Ka'i. Tu veilleras sur elles pendant mon absence.

— Comment... qui t'emmènera à Mende demain matin ? demanda Yann, les larmes aux yeux.

— Mme Gandois, mon ancienne institutrice. Elle restera avec moi toute la durée du procès.

— Et ses élèves ? Qui s'en occupera ?

— Elle a prévu une remplaçante. »

Cette soudaine mise à l'écart après trois ans de bons et loyaux services emplit Yann d'amertume. Il devinait ou croyait deviner que Vaï-Ka'i le préparait à leur prochaine séparation, mais il réclamait encore un peu de temps, il ne voulait pas être détaché, pas tout de suite, des liens affectifs qui l'unissaient au Maître-esprit. Et que le privilège de l'accompagner dans sa première grande épreuve revînt à d'autres que lui, à cette Mme Gandois par exemple, lui apparaissait comme une profonde, comme une terrible injustice.

« Est-ce que tu feras ce que je te demande ? » demanda Vaï-Ka'i d'une voix douce.

Yann acquiesça d'un hochement de tête. Il n'avait pas d'autre choix que se plier à la décision du Maître-esprit, mais jamais la condition de disciple ne lui avait paru aussi douloureuse. Il baissa les yeux sur le carrelage, puis, incapable de contenir ses larmes, il monta se coucher dans la minuscule pièce sous les combles que les deux femmes avaient aménagée en chambre à son intention.

Yann se demanda à quel jeu l'invitait Pierrette.

Vaï-Ka'i était parti à l'aube en compagnie de son ancienne institutrice. En dépit de l'heure matinale, un groupe d'opposants à l'Antéchrist, ainsi que le proclamaient leurs banderoles, s'étaient rassemblés devant la porte de la cour intérieure, avaient lancé des pierres sur le petit 4 × 4, brisé la vitre arrière et endommagé la portière passager. Ils avaient ensuite bombardé la ferme et les bâtiments de projectiles divers — des cailloux mais aussi des boulons, ce qui indiquait la préméditation —, comme si quelques tuiles et carreaux cassés suffisaient à interdire le règne de l'Antéchrist.

Yann les avait observés par les interstices d'un volet. Ailleurs, sur d'autres territoires, des enfants jetaient des pierres parce qu'ils n'avaient pas d'autres armes à opposer aux chars, aux grenades, aux fusils d'assaut ; ici, des individus s'acharnaient sur une bâtisse perdue du fin fond de l'Aubrac parce que la machine à broyer réveillait les fanatismes dans son sillage. Sans doute auraient-ils lapidé les femmes adultères avec la même férocité sous d'autres cieux ? Il n'y a souvent que l'espace d'une loi, d'une coutume, d'une époque, entre la haine occasionnelle et la haine ordinaire.

Pierrette ne lâchait pas la main de Yann tandis qu'ils gravissaient une colline qui dominait les champs bordés de rochers ronds et hérissés de calvaires. Elle était venue le chercher dans sa chambre après le déjeuner et l'avait entraîné dans cette balade sur le plateau de l'Aubrac. Il ne pleuvait pas malgré un plafond de nuages bas et noirs. Le silence étouffait les frémissements du vent dans les buissons et les arbres solitaires. Le froid, plus vif que sur les autres régions de France et d'Europe, restait supportable. Ils ne distinguaient plus de vache ni de bâtiment désormais, ils erraient dans un paysage austère où le minéral et le végétal célébraient d'étranges unions de formes et de couleurs.

L'humeur massacrante de Yann s'estompait peu à peu. Il n'avait pas dormi de la nuit, se demandant quelle faute il avait bien pu commettre qui lui valût la disgrâce de Vaï-Ka'i. Son goût de l'analyse lui était revenu au grand galop, mais il avait eu beau tourner et retourner les arguments, passer en revue les événements récents, majeurs ou mineurs, il n'avait pas réussi à plaquer d'explication satisfaisante sur la consigne du Maître-esprit. Il ne lui restait plus qu'à en souffrir, comme un chien abandonné par son maître, avec, contrairement au chien, un soupçon de complaisance dans son malheur. Il était descendu à l'aube avec l'espoir insensé que Vaï-Ka'i reviendrait sur sa décision, mais le Maître-esprit, qui se rendait devant ses juges vêtu de son seul cache-sexe, ne lui avait accordé ni l'attention, ni même le regard complice qu'il mendiait.

« Cet homme-là, il finira par faire ton malheur, avait vitupéré la mère de Yann au téléphone quelques jours plus tôt. Et le nôtre par la même occasion. »

Il avait rétorqué que ce n'était pas les êtres comme Vaï-Ka'i qui faisaient le malheur de l'humanité, mais toute forme de domination de l'homme sur l'homme, y compris celle des parents sur les enfants. Il avait senti le raidissement de sa mère à l'autre bout du fil.

« Je ne veux que ton bonheur.

— *Mon* bonheur à *ta* façon.

— J'ai encore le droit de te dire ce que je pense, tout de même. Je suis...

— Ma mère, je sais.

— Et je pense que tu t'es engagé sur une mauvaise voie. Ton gourou, là — tout le mépris d'une mère aux abois dans le mot *gourou* —, c'est un monstre, il viole des fillettes, il...

— Il est accusé de violer des jeunes filles. Pas condamné.

— Il n'y a pas de fumée sans feu. S'il est condamné, le scandale retombera sur toi, ta vie risque d'être...

— Il ne sera pas condamné.

— Comment peux-tu en être aussi sûr ?

— J'ai confiance en lui. »

Yann avait perçu de la souffrance dans le long blanc qui s'en était suivi.

« Pourquoi tu n'as plus confiance en moi, Yann, en nous, en tes parents ? »

Les rochers, les herbes, les buissons se revêtaient de teintes chaudes, lumineuses. Le murmure du vent, le friselis des herbes, le crépitement des premières gouttes se prolongeaient en notes harmonieuses qui se répondaient parfois et formaient un chœur à la beauté envoûtante. Yann avait l'impression d'être entré par effraction dans un autre monde. Une chaleur intense se déversait dans sa main par la main de Pierrette, se répandait dans son bras, se ramifiait dans son tronc, dans son crâne, dans ses membres. Le tumulte de ses pensées s'effaçait devant des perceptions plus claires, plus directes, comme s'il passait au travers de chaque forme, de chaque son. Il lui semblait entendre le chuchotement de Pierrette, non pas sa voix mais sa musique intime, sa couleur intérieure.

Il avait perdu toute notion d'espace et de temps. Il n'existait ni commencement ni fin dans cette dimension, seulement un sentiment d'éternité, un présent qui s'étirait, se prolongeait sans cesse. Il ne lui venait même pas à l'esprit de se demander ce qu'il fabriquait là, il le savait, depuis toujours. Il ne se promenait pas sur le plateau de l'Aubrac ni dans un autre endroit précis, il explorait la maison de toutes les lois, il marchait sur un fil de la toile desana, dans les anneaux du serpent double, sur des rayons de lumière.

Pierrette le regardait en souriant, d'une beauté, d'une bonté, d'une simplicité bouleversantes. Elle n'était pas seulement la sœur adoptive du Maître-esprit, mais celle qui, dans l'ombre, dans le silence, deviendrait la gardienne vigilante de sa parole lorsqu'il aurait quitté ce monde.

Yann fut envahi d'une joie si pure, si intense, que les éclats de son rire retentirent à l'autre bout de la toile.

Mathias 8

Mathias les repéra derrière la grande vitre légèrement teintée qui donnait sur la rue. Il entra dans le café et, bien qu'agressé par l'air enfumé, se dirigea d'un pas résolu vers le fond de salle. Casquettes à carreaux vissées sur la tête, teints rougeauds, des hommes, des anciens pour la plupart, jouaient aux cartes, parlaient fort et buvaient une piquette dont l'odeur aigre se jetait dans celle du tabac. La rumeur du marché, ponctuée de cris perçants, s'engouffrait par la porte grande ouverte.

Mathias avait dû jouer des épaules et des coudes pour se frayer un passage dans les ruelles encombrées du vieux Coulommiers. Cathy et Blaise l'attendaient, assis sur une banquette en faux cuir craquelé. Elle avait troqué sa coiffure cocker pour une coupe ultracourte qui, associée à sa chemise en jeans, avait l'inconvénient de souligner la masculinité de ses traits. Lui avait conservé les cheveux en brosse, la barbe de trois jours, la mine et le costume chiffonnés d'un gréviste de l'hygiène, du rasoir et du fer à repasser. Leur café avalé, ils grillaient leur cigarette avec l'impatience voluptueuse des fumeurs compulsifs.

La facilité avec laquelle ils l'avaient retrouvé avait rappelé à Mathias qu'ils le tenaient par une laisse électronique. La veille, un homme l'avait abordé à la sortie de son hôtel, lui avait glissé sans préambule que ses « correspondants » l'attendraient le lendemain à dix heures « tapantes » au café du Commerce, puis s'était éclipsé sans lui laisser le temps de réagir.

Avant le rendez-vous, Mathias s'était rendu, comme chaque jour, à l'hôpital et avait passé deux heures dans la chambre de Hassida, dont l'état n'avait pas connu d'amélioration notable depuis son admission. Les toubibs parlaient à son propos de coma neurovégétatif, comme si elle avait débranché son système nerveux pour fuir la douleur de la flagellation. Le problème était qu'ils ne savaient pas si elle avait les capacités de le rebrancher, et qu'eux-mêmes n'avaient pas la possibilité d'entrer en contact avec elle, puisqu'elle ne réagissait à aucune sollicitation, à aucun stimulus sensoriel, qu'elle demeurait obstinément enfermée dans sa bulle d'indifférence, réduite aux seules fonctions de base de son organisme.

Mathias s'assit sur la banquette en face de Blaise et de Cathy. Ils l'observèrent un moment sans dire un mot, noyés dans la fumée qui s'échappait en écharpes cotonneuses de leurs narines et de leurs bouches. Il interpréta leur mutisme comme une manifestation de leur mécontentement. Il n'en aurait eu strictement rien à foutre s'il n'avait pas risqué une séparation définitive avec Hassida. La mort ne l'avait jamais effrayé, que ce fût pour la donner ou la recevoir, mais à présent il y avait Hassida, il y avait un objet d'inquiétude, la peur de perdre et une envie de vivre nouvelles, féroces.

« Tu nous as déçus, Mathias, dit enfin Blaise.

— Nous pensions pourtant avoir mis les choses au clair, dit Cathy. Tu exécutais nos ordres, ou tu moisissais toute ta vie en cabane.

— Vos ordres ? releva Mathias. Lancer des grenades sur des femmes et des gosses, aller me faire flinguer dans les couloirs du parc Disney, vous appelez ça des ordres ? »

Le garçon de salle approcha avec difficulté ses cent trente kilos, sa bedaine et sa moustache tombantes pour prendre la commande de Mathias, qui opta pour une bouteille d'eau minérale tandis que Blaise et Cathy réclamaient un autre café.

« Deux choses à ce propos, reprit Blaise quand le garçon se fut éloigné. *Primo*, je ne pensais pas que tu faisais de différence entre exécuter une femme dans le quatorzième arrondissement de Paris et massacrer des femmes et des enfants à la gare RER de Chessy. *Secundo*, ce n'étaient pas *nos* ordres, mais ceux du Jihad international.

— Vous étiez au courant et vous avez laissé faire, ça revient au même.

— Pas nous, ceux qui sont au-dessus de nous, précisa Cathy. Nous obéissons aux ordres nous aussi.

— À chacun sa laisse, soupira Mathias. Vous me tenez par une saleté de puce électronique, mais vous, par quoi vous êtes tenus ? »

Pris au dépourvu, Blaise et Cathy se consultèrent du regard. Ils ne s'étaient sans doute jamais posé la question, comme s'il allait de soi qu'ils étaient des êtres libres, entièrement maîtres de leur destin.

« Il y a une différence entre toi et nous, finit par répondre Cathy. Et une grosse : nous, nous avons le choix. »

Aussi blanc et détrempé que sa chemise, le garçon revint avec la commande. Il soufflait comme un bœuf, tant le trajet entre la table et le bar représentait une épreuve physique redoutable pour quelqu'un de sa corpulence. Sa moustache pendait de chaque côté de sa bouche comme les deux pans d'une étoffe effilochée et roussie par les cigarettes sans filtre. Il se retira de sa démarche de rugbyman fatigué après avoir posé d'une main tremblante la bouteille, le verre, les tasses et leurs soucoupes sur le coin de la table.

« Le choix ? dit Mathias. La seule vraie différence entre nous, c'est que vous, vous vous débrouillez pour vous laver du sang que vous avez sur les mains.

— Oh ! Oh ! Oh ! C'est quand même pas une petite pourriture de ton genre qui va nous donner des leçons de morale ! lâcha Blaise d'une voix dure.

— Ça me rappelle une fable de La Fontaine, riposta Mathias. *Les animaux malades de la peste.* Selon que vous soyez puissants ou misérables, les jugements de cour...

— Pas la peine d'étaler ta culture, coupa sèchement Cathy. On ne s'est pas déplacés jusqu'à Coulommiers pour t'entendre réciter les fables de La Fontaine. Tu as foutu nos projets par terre en flinguant ce Taliban. Nous avions encore besoin de toi dans le Jihad.

— Qui vous a parlé de ça ?

— Nous sommes au courant, peu importe comment !

— C'est ce petit salaud de Youssouf, hein ? Je parie qu'il bosse pour vous, lui aussi ? »

Blaise se pencha par-dessus la table et, le menton posé sur ses mains croisées, fixa Mathias avec intensité.

« Maintenant, tu arrêtes de nous chier dans les bottes et tu écoutes très attentivement ce que nous avons à te dire. Tu sais ce que le Jihad a fait à la fille qui t'a aidé à transporter Hassida à l'hôpital ?

— Messaouda ? »

Blaise changea de position sans quitter Mathias des yeux.

« Ils l'ont retrouvée, ils l'ont emmenée dans leur nouveau repaire, dans l'Oise, ils l'ont violée à tour de rôle avant de la lapider, à l'ancienne, selon la Charia, puis ils ont décrété une fatwa sur ta tête et sur celle de Hassida.

— Tu imagines ce qu'ils sont capables de vous faire s'ils vous remettent le grappin dessus, intervint Cathy. Nous les avons pour l'instant aiguillés sur des fausses pistes, mais ils ont des yeux et des oreilles partout.

— Il vaut mieux, pour toi, pour Hassida et pour nous, que tu restes planqué pendant quelque temps, jusqu'à ce que les choses se calment, jusqu'à ce que nous te fassions signe.

— Et Hassida ? demanda Mathias.

— Elle sera transférée aujourd'hui dans un établissement parisien.

— Où ? »

Blaise but son café d'une traite et alluma une cigarette. Mathias se sentit gagné par un début de nausée, les odeurs entremêlées du tabac, de la piquette, du café, des transpirations. La gorgée d'eau qu'il s'octroya ne parvint pas à chasser l'amertume de sa gorge. Dehors, il dégringolait une averse rageuse semblable à ces pluies de mousson qui caractérisent les pays asiatiques, du moins est-ce ainsi qu'on les montre dans les films ou les documentaires.

« Ne compte pas sur nous pour te refiler l'adresse, dit Blaise. Tu t'y pointerais tous les jours et tu finirais par attirer l'attention.

— Si tu tiens à Hassida, vaut mieux pour elle et pour toi que tu lui fiches la paix pendant quelque temps, renchérit Cathy.

— Combien de temps ? souffla Mathias.

— Le temps qu'il faudra. Le mieux serait de l'oublier. Définitivement. Dans ta situation, tomber amoureux n'apporte que des emmerdements. La preuve, tu nous as plantés pour le Jihad.

— Vous n'auriez pas été plantés si les flics m'avaient tué à Chessy ? »

La fin de sa question se perdit dans les éclats de voix des quatre hommes assis à la table la plus proche. Deux d'entre eux se réjouissaient avec fracas du capot qu'ils venaient d'infliger à leurs adversaires tandis que ces derniers, excédés, se renvoyaient la responsabilité de la débâcle.

« C'était un risque à prendre, un risque calculé, répondit Blaise quand le niveau sonore fut redevenu normal. Question de stratégie. Quand on est sur l'échiquier, on ne peut pas avoir une vision d'ensemble.

— Qui a la vision d'ensemble ?

— Disons que nous, nous avons une vision partielle. Et que cette vision partielle incluait le massacre de Disney.

— Pourquoi ? »

Blaise expulsa une guirlande de fumée de ses lèvres arrondies.

« Des raisons, je pourrais t'en fournir des centaines, mais deux suffiront. La première est économique : cette attaque contre des intérêts américains va obliger les États-Unis, du moins officiellement, à prendre leurs distances avec les états islamiques les plus durs, ceux qui soutiennent les groupes terroristes. Et les pays européens en profiteront pour s'engouffrer dans la brèche, pour investir des marchés qui leur étaient jusqu'alors fermés. La deuxième, ce massacre entretient l'opinion publique dans la peur des islamistes.

— Dans quel but ?

— Il y en a un, forcément, mais notre vision partielle ne nous le montre pas clairement. Pas pour l'instant en tout cas. Sans doute que les stratèges détournent l'attention sur un ennemi fantasmatique pour mieux promulguer certaines lois, pour mieux faire passer les potions amères, tu sais, certaines décisions qu'on dit impopulaires. »

Mathias eut la très nette impression que Blaise lui mentait, qu'il connaissait parfaitement les tenants et les aboutissants du terrorisme islamique. Il avait utilisé ce vieux truc qui consiste à énoncer une vérité, le cynisme commercial des États européens, pour noyer le reste de son discours dans un semblant de crédibilité.

« Et mon rôle, là-dedans ?

— Tu es... tu étais notre agent de liaison, Mathias, dit Cathy. Notre taupe. Notre œil intérieur. Tu as tout foiré parce que tu es tombé amoureux de cette fille. Je te croyais d'ailleurs à l'abri de ce genre de connerie. »

Mathias observa Cathy et songea qu'elle devait être bien malheureuse pour assimiler la transanse amoureuse à une connerie. Les souvenirs de ses étreintes furieuses avec Hassida lui revinrent en foule. Il lui fut insupportable d'imaginer qu'il ne respirerait plus jamais son odeur, qu'il ne la serrerait plus jamais dans ses bras, qu'il ne toucherait plus jamais sa peau, qu'il ne boirait plus jamais sa sueur. Ses chasses solitaires dans les villes endormies lui avaient donné l'illusion d'apprivoiser la mort, l'élan qui le poussait vers Hassida lui avait entrouvert les portes de la vie.

On s'en sortira, bébé, si on s'aime,
On nagera jusqu'à l'autre rive, le nouvel Éden,
Moi, Adam, toi, Ève, comme aux premiers temps,
Sans personne d'autre que nous et nos enfants,
Déluge, déluge, déluge,
Je t'inonde, bébé,
Fin d'immonde, ouais...

Ils ne lui diraient pas où ils emmenaient Hassida, pas la peine de leur reposer la question. Il se débrouillerait pour dénicher l'adresse, il écumerait au besoin tous les hôpitaux et les cliniques de Paris. Elle avait besoin de lui, de sa présence, de sa chaleur, pour reprendre confiance dans la vie, pour accepter de briser son cocon d'indifférence. Qu'est-ce que les stratèges pouvaient comprendre à ça ? Leur vision était sans doute trop globale pour s'intéresser aux existences dérisoires de leurs pions.

« Pourquoi est-ce que vous ne m'envoyez pas tout simplement en tôle ? »

Il connaissait la réponse à cette question : Blaise et Cathy avaient beau appartenir aux légions du pouvoir, ils agissaient en toute illégalité, en dehors des juges et des lois, ils violaient cette légitimité qu'ils prétendaient représenter et défendre. S'ils décidaient de se débarrasser de lui, ils se contenteraient de lui coller une balle dans le crâne.

« Ça arrive à tout le monde de foirer, dit Blaise. À toi de nous montrer que tu peux te racheter.

— Tu resteras planqué jusqu'à ce que tu reçoives de nos nouvelles, ajouta Cathy.

— Où ?

— À Paris. Dans un studio, avec le téléphone et un peu de fric dans un coffre. »

Blaise sortit de la poche de sa veste un petit bout de papier, chiffonné lui aussi. Dehors la pluie avait redoublé de violence et la luminosité avait encore baissé d'un cran. Les joueurs de cartes s'étaient interrompus pour observer, avec une gravité soudaine, les rigoles tumultueuses qui couraient le long des trottoirs et charriaient des bouts de cartons, des canettes vides, des feuilles, des fanes de légumes.

« L'adresse et la combinaison du coffre, reprit Blaise en tendant le bout de papier à Mathias.

— Paris est l'endroit idéal pour les gens qui, comme toi, ont besoin d'anonymat », dit Cathy.

Mathias hésita, tracassé par le sentiment d'être manipulé, déplacé sur une nouvelle case. Ils ne lui proposaient pas cette planque pour lui offrir une deuxième chance comme ils le prétendaient, ils avaient besoin de lui pour accomplir une tâche dégueulasse. C'étaient des araignées, des saloperies venimeuses qui tissaient leur toile autour de lui et l'emberlificotaient dans leurs fils.

Il saisit toutefois le bout de papier, la seule façon, sans doute, de préserver ses chances de revoir Hassida.

Blaise et Cathy semèrent de la monnaie sur la table, se levèrent, rajustèrent et époussetèrent leurs vêtements saupoudrés de cendres.

« C'est bien entendu, murmura Blaise. Tu ne bouges pas de la planque jusqu'à ce qu'on t'appelle. Si tu n'as pas d'argent, il y a sur la table de quoi payer les consommations et un billet de train pour Paris.

— Tu sais de toute façon qu'on peut te retrouver où que tu ailles, crut bon de préciser Cathy. En enfer s'il le faut. »

Mathias resta un long moment à contempler la pluie battante après le départ de ses correspondants. Puis, le cœur lourd, l'esprit vide, il compta l'argent, régla les consommations, garda le surplus et sortit à son tour. Il prit la direction de l'hôpital, situé à l'extérieur de la ville, indifférent aux gouttes qui lui cinglaient le crâne et le visage. Il lui fallait s'assurer que Hassida avait bien été transférée dans un autre établissement, et, si tel était le cas, jouer de son charme près des hôtesses d'accueil pour essayer d'obtenir l'adresse.

Marc 8

L'affaire de Marc ne passerait pas aux prud'hommes avant deux bons mois. L'avocat lui avait conseillé de refuser tout arrangement à l'amiable éventuellement proposé par la direction de l'EDV :

« Il faut l'emmener à la barre, ce salaud de BJH, il ne peut pas continuer de bafouer impunément les lois, il y a une déontologie du travail en France, et particulièrement chez les journalistes... »

Marc s'était abstenu de lui répliquer que la plupart de ces mêmes journalistes, si jaloux de leurs droits corporatistes, avaient oublié depuis longtemps la charte déontologique qui définissait leurs devoirs. En attendant, l'EDV avait cessé de lui virer son salaire, et son découvert dépassait dans les grandes largeurs les cinquante mille francs autorisés par la banque. Il avait déjà reçu trois missives au ton franchement comminatoire et quatre coups de fil du directeur de l'agence bancaire qui prophétisait les pires représailles, dont l'éventuelle saisie de son studio, s'il ne trouvait pas d'urgence les moyens de combler le *déficit*. La banque est une *entreprise*, cher Monsieur, pas un organisme de charité publique, et la règle du jeu veut que vous *remboursiez* chaque mois votre *crédit*, c'est un échange, vous comprenez, un service contre un *taux d'intérêt*, ou alors, alors, alors, nous n'avons plus qu'à mettre la clef sous la porte... Marc avait réclamé un peu de patience, expliquant sa situation, promettant que le découvert serait comblé dès que le tribunal des prud'hommes aurait statué et contraint l'EDV à lui payer ses indemnités de départ. Étant donné son ancienneté, étant donné que la clause de conscience équivalait à un licenciement économique, la somme avoisinerait selon son avocat les *cent mille euros, six ou sept cent mille francs*, largement de quoi remettre le compte à flot, voire de quoi procéder au *remboursement anticipé* du crédit. Il y aurait même de *l'excédent*, et vous ne souhaitez pas que je dépose cet excédent sur un *autre* compte, n'est-ce pas ? N'est-ce pas ? Le directeur de l'agence avait bredouillé quelques phrases à peine audibles qui avaient résonné comme de plates excuses, vous comprenez, le monde de la finance est en pleine *mutation*, ma direction exige des *résultats*, et avait raccroché non sans avoir évoqué les placements très avantageux de sa banque sur les plans de la rentabilité, de la disponibilité *et* de la fiscalité. Marc n'avait jamais rencontré le gardien en chef de son argent, qui n'était pour lui qu'une voix légèrement fêlée et une respiration sifflante dans l'écouteur du téléphone. Il ne connaissait de l'agence, un espace minuscule coincé entre une boulangerie et une boutique de chaussures, que l'employée de permanence au guichet, toujours la même, une quinquagénaire qui grisonnait sous ses mèches blondes et dont le sourire commercial, devenu un tic, avait creusé des rides profondes aux commissures de la bouche.

Marc avait réduit son train de vie au strict minimum, plus de restaurants, plus de sorties, plus de bouquins, plus de revues, plus de CD, plus de téléphone portable, rien d'autre que la sainte trinité de la nourriture économique, pain-pâtes-riz, et des loisirs aussi accessibles que la marche dans les rues de Paris, la télévision, le sommeil et l'ennui. Mais l'argent continuait de filer à une vitesse effarante. Entre la pension alimentaire versée à l'ex numéro 1, les extras de plus en plus coûteux des filles, le crédit du studio, les factures d'électricité, de gaz, de téléphone, les prélèvements directs du fisc, des assurances et des charges, il avait l'impression d'être cerné par une nuée de vautours, dépecé par une armée de becs affamés, féroces. Il ne l'avait pas remarqué jusqu'alors, d'abord parce qu'il était fâché avec les relevés de compte et les chiffres en général, ensuite parce que son salaire, viré avec une régularité d'horloge, avait colmaté tant bien que mal les brèches, mais, maintenant, maintenant qu'il ne recevait plus d'un côté ce qu'il continuait de donner de l'autre, il prenait conscience du nombre effarant de charognards qui s'engraissaient sur sa carcasse.

Quelle importance ? Les vautours laisseraient bientôt blanchir son squelette après l'avoir nettoyé de ses derniers lambeaux de chair. Il était désormais un maillon isolé, improductif, une dépouille déjà creuse. Condamné parce qu'il n'avait plus la force ni l'envie de se battre, qu'il n'était plus motivé par des mirages tels que la richesse, la performance, le mieux, l'appartenance à l'élite, le vieux rêve du surhomme revu, corrigé et remodelé par les publicitaires.

Sa fibre paternelle elle-même était distendue, effilochée. Il avait manqué sa relation avec ses filles, et un reste d'honnêteté le conduisait à penser que ce n'était pas entièrement la faute de l'ex numéro 1. Il avait été le parfait père absent vilipendé par les psy-spécialistes, le père autiste, incapable de communiquer, de transmettre un héritage (quel héritage ?), le père pension, le père porte-monnaie, le père fantôme qu'on ne voit pas, qu'on n'entend pas, qu'on n'embrasse pas.

Un exemple ? Il avait cédé à la supplique de l'ex numéro 1 et passé Noël en « famille ». Anticipant la décision favorable des prud'hommes, il s'était torturé les méninges pour acheter des cadeaux qui fissent réellement plaisir à l'ex et aux filles. Il avait choisi un lecteur CD haut de gamme pour l'aînée, un téléphone portable plus un forfait de six mois pour la cadette et une ravissante montre-bijou pour leur mère. Si l'ex avait manifesté son contentement avec une hystérie embarrassante, les filles ne s'étaient pas départies de leur air maussade après avoir ouvert leurs paquets. Tout juste s'étaient-elles fendues d'un remerciement crispé du bout des lèvres, puis elles s'étaient éclipsées avec des copains qui les avaient klaxonnées avec insistance dans la rue, laissant leurs parents en tête-à-tête au milieu des papiers déchirés. Elles avaient de bonnes raisons de lui en vouloir, d'accord, mais pourquoi se croyaient-elles obligées de jouer les chipies odieuses, culpabilisantes, les caricatures de filles traumatisées par la démission du père ? Déboussolé, Marc avait commis l'irréparable en acceptant de rester à la maison et de se glisser dans le lit de l'ex numéro 1.

Avec l'ex numéro 1.

Il regrettait d'avoir eu la faiblesse de faire l'amour avec elle, désir poussif, baisers réchauffés, caresses bâclées, érection mécanique, éjaculation rapide, rejet silencieux quand elle s'était serrée et frottée contre lui, comme autrefois. « Mon plus beau cadeau de Noël », avait-elle ronronné. Lui préférait le portefeuille en cuir d'une banalité pourtant affligeante qu'elle lui avait offert au pied du sapin.

La tête des filles lorsqu'elles avaient découvert leur père le lendemain matin attablé devant le petit déjeuner — étant donné l'heure, on pouvait parler de déjeuner. L'étonnement avait déplissé leurs mines des lendemains d'excès et, si elles ne s'étaient pas montrées beaucoup plus gracieuses que la veille, elles avaient décroché quelques mots tels que « passe-moi la confiture, encore du café, je prends la salle de bains, t'as pas un peu de fric, il faut que j'achète ça, et puis ça... » La distribution de billets avait valu à Marc une augmentation de son découvert et un « tu devrais venir plus souvent à la maison » qui lui avait laissé un arrière-goût de moisi dans la gorge.

Il n'était pas retourné depuis chez l'ex numéro 1 en dépit des trois ou quatre coups de téléphone qu'elle lui passait par jour et des messages dont elle inondait son répondeur.

La sonnette criarde le tira en sursaut de ses rêveries. Il pensa immédiatement que l'ex numéro 1 était venue le débusquer dans son studio puisqu'il ne daignait pas répondre à ses convocations. Pris au dépourvu, il décida de jouer les absents, puis il se souvint qu'il avait malencontreusement laissé son parapluie mouillé dans le couloir et, la mort dans l'âme, alla ouvrir la porte.

Il fut surpris, très surpris, de découvrir Charlotte sur le palier. L'ex numéro 2 n'avait pas changé depuis leur séparation, mais elle était à un âge où le temps n'avait pas encore de prise, où quelques semaines ne laissaient aucune trace. Elle portait un béret vert pomme, un bornber brillant et une minijupe plissée d'où s'évadaient ses jambes fines, gainées de collants noirs, achevées par des chaussures à bouts carrés et talons paquebot. Le tout était probablement censé illustrer la créativité débridée des nouveaux empereurs de la haute couture, mais, sur l'ex numéro 2, la fameuse *mixed-fashion* dont les chroniqueuses de mode faisaient leurs choux gras ne laissait qu'une vague impression de carnaval de bas étage.

« Je ne te dérange pas ? »

Il s'effaça pour l'inviter à entrer. Elle se défit de son bomber, exhiba un curieux tee-shirt pour lequel il n'existait sans doute pas d'adjectif approprié, sortit son paquet de cigarettes de son sac faux croco et en alluma une avant de se laisser choir dans l'un des deux fauteuils du studio (des Kratz, hyper design, Marc les avait achetés sur son conseil, un prix d'ami, mille euros les bouts de cuir inconfortables coincés entre des tubes métalliques), comme avant, comme lorsqu'elle revenait d'un de ces cocktails qui rythmaient son existence frénétique d'attachée de presse. Elle désigna d'un geste las la vieille machine à écrire posée sur la table circulaire à côté d'une ramette de papier, d'un stylo et d'un dictionnaire flambant neuf.

« Tu t'es mis à écrire ? »

Il s'assit en face d'elle et, à son tour, alluma une cigarette.

« Je me suis installé devant une feuille blanche, ce n'est pas tout à fait la même chose.

— J'ai appris que l'EDV t'avait viré. »

Elle avait prononcé ces quelques mots en l'enveloppant d'un regard de commisération appuyée qui l'agaça.

« Je n'ai pas été viré, j'ai eu, disons, une divergence de vue avec BJH. On appelle ça une clause de conscience. »

Il faillit rajouter : mais, évidemment, les clauses de conscience ne concernent pas les journalistes des revues féminines appartenant à des pieuvres pharmaceutiques qui ne cherchent qu'à fourguer leurs antirides, leurs crèmes hydratantes et leurs autres produits de beauté à leurs lectrices coincées entre leurs rêves princiers et leur réalité de merde.

« À cause de ce mec, là, Vaï machin ?

— Vaï-Ka'i. J'ai refusé de participer à son lynchage médiatique.

— Pourquoi ? »

Elle se redressa, écarta une mèche rebelle d'un geste impatient, tira comme une forcenée sur sa cigarette avec cet infime bruit de succion qui avait toujours hérissé Marc.

« Dis-moi d'abord ce qui me vaut l'honneur de ta visite. »

Elle haussa les épaules. Son mouvement dévoila une bande de peau bronzée UV entre la ceinture de sa jupe et le bas du tee-shirt, qui se portait ultracourt selon le dernier oukase des timoniers de la (haute) couture.

« Je ne sais pas exactement, je me suis inquiétée pour toi quand j'ai appris qu'on te virait de l'EDV, je me suis demandée si tu n'avais besoin de rien, si tu n'étais pas tombé en dépression, ou quelque chose comme ça, tu vois, il paraît que les mecs de cinquante ans, excuse-moi de te rappeler ton âge, rassure-toi, je ne te considère pas comme vieux, il paraît que les mecs de cinquante ans, donc, dépriment quand ils perdent leur boulot, alors, quand ils se séparent de leur maîtresse par-dessus le marché, il y a des risques, enfin, j'ai pensé que tu... enfin, est-ce que tu vas bien ? »

Marc écrasa sa cigarette dans le cendrier et se leva pour faire du café, la boisson favorite, avec le champagne, de l'ex numéro 2.

« Je ne peux pas répondre à cette question, dit-il en versant le café moulu dans le filtre. Ça veut dire quoi, aller bien ? Si c'est être heureux en amour, je ne vais pas très bien. Si c'est avoir un compte en banque bien garni, je ne vais pas très bien. Si c'est passer ses vacances à Saint-Martin ou sur la dernière île à la mode, je ne vais pas très bien...

— Donc, tu ne vas pas bien ? »

Elle avait posé cette question avec une sorte d'avidité dans la voix, dans le regard, comme si elle puisait du réconfort dans les malheurs de son ancien amant, ce quasi-quinqua qu'elle avait abandonné sur un trottoir quelques semaines plus tôt. Un simple problème, peut-être, de vases communiquants.

« Et toi ? lança-t-il avec un soupçon d'inquiétude qu'il s'efforça de ranger sous un ton badin. Ça se passe comme tu veux avec ton architecte d'intérieur ?

— Conrad ? Oh, lui, c'est déjà de l'histoire ancienne, figure-toi qu'il ne supportait pas de tromper sa femme.

— C'était… bien avec lui ? »

Marc se mordit les lèvres. Question stupide. Bien sûr qu'un type comme Conrad baisait comme un dieu, bien sûr qu'il appartenait à cet Olympe où n'étaient pas admis les journalistes mortels en délicatesse avec leur âge, leurs finances et leur conscience.

« À vrai dire, ça a été trop bref entre nous pour que je puisse en juger.

— Comment ça, trop bref ? Tu m'as dit l'autre jour que ça faisait plus de trois mois que vous couchiez ensemble. Trois mois, c'est suffisant pour se rendre compte, il me semble ? »

Elle disparut dans un dernier nuage de fumée avant de se lever à son tour et de le rejoindre dans le coin cuisine. Quatre lampes allumées, dispersées, rehaussaient la lumière grise et sale du jour qui entrait par la fenêtre, pourtant grande en regard des trente-cinq mètres carrés du studio. Les meubles donnaient une touche de modernisme aux poutres apparentes et aux murs habillés d'un crépi rustique. Marc ne s'était jamais résolu à repeindre les poutres et les murs en laqué blanc comme Charlotte le lui avait suggéré à maintes reprises.

« Conrad est, comment dire, un cérébral, il aime les jeux érotiques raffinés, compliqués, les fantasmes, mais il ne passe que rarement à l'acte si tu vois ce que je veux dire, c'est un artiste, un mec barré dans sa tête, un petit peu trop compliqué à mon goût, moi, je ne suis pas une intellectuelle, je suis une femme total simple, enfin je crois, et toi, qu'est-ce que t'en dis ? je ne demande pas la lune, juste un peu de chaleur humaine, quoi, qu'on fasse un peu attention à moi... »

Elle n'avait pas cherché à dissimuler les larmes qui lui étaient venues aux yeux. Un tel constat d'échec aurait dû réjouir Marc — connaissant l'ex numéro 2, il y avait fort à parier que le tableau était nettement plus désastreux qu'elle voulait bien le reconnaître —, mais il ne souleva en lui qu'un vague soulagement sitôt dissous dans un océan d'indifférence. Autant les premiers jours il avait souffert du manque de Charlotte, autant sa présence aujourd'hui montrait que leur relation n'avait pas d'avenir, ni même de passé. Il s'était servi d'elle pour repousser le spectre du vieillissement, elle s'était blottie dans le giron d'une figure masculine supposée protectrice, le père ou tout autre archétype à la mode psy-quelque chose. Il n'y avait que l'échec au bout de leur aventure, parce que leurs besoins divergeraient, tôt ou tard, qu'elle ne l'empêcherait pas de vieillir et qu'il ne l'empêcherait pas de grandir.

Ils attendirent en silence que le café finisse de passer dans un grondement de horde au galop, puis Marc le servit dans les tasses en forme de pyramide inversée « total branchées » qu'elle lui avait offertes l'année précédente. Ils retournèrent s'installer dans les fauteuils Kratz (merveilles de la technologie contemporaine, le cuir tendu entre les tubulures murmurait *kratz, kratz, kratz* à chacun de leurs mouvements), burent le café brûlant à petites gorgées et fumèrent une cigarette sans dire un mot, comme au bon vieux temps où, hors des cocktails et autres réjouissances nocturnes, leur couple s'enlisait tout doucement dans l'ennui.

« Qu'est-ce que tu vas faire maintenant ? » demanda Charlotte.

La même question, au mot près, que l'ex numéro 1.

« J'attends le conseil des prud'hommes. Après ça, je n'en ai pas la moindre idée.

— Tu as des pistes ? Des contacts ?

— Rien. Le syndicat m'a promis de me trouver quelque chose.

— Mais toi, tu as envie de quoi ?

— Je ne sais pas si j'ai encore des désirs.

— Et... de moi ? »

Charlotte avait projeté son buste vers l'avant et redressé ses petits seins qui se promenaient en toute liberté sous le coton bariolé de son tee-shirt. Marc la considéra d'un œil froid : non, il n'avait plus de désir pour elle, non, il ne pouvait pas le lui avouer, oui, c'était une situation embarrassante dont ils devaient se sortir tous les deux sans ouvrir de nouvelles blessures.

« Je suis dans une période de ma vie où je n'ai plus de certitude, reprit-il après une longue hésitation. Je ne peux plus rien t'offrir de ce que tu désires. »

Elle vida sa pyramide inversée et joua pendant quelques secondes avec le filtre de sa cigarette barbouillé de rouge à lèvres.

« Qu'est-ce que tu peux savoir de mes désirs ? »

Pas grand-chose, il devait le reconnaître. Ses parures d'attachée de presse survoltée recelaient des aspirations profondes, sincères, auxquelles il n'avait jamais eu accès. Piégée par le paraître, prisonnière des regards, comme tout le monde, elle avait enfoui au plus profond d'elle la Charlotte bouleversante, la Charlotte pure, fragile, aimante, qui se fichait pas mal des cocktails et des modes.

« Rien de plus, je suppose, que ce que tu peux connaître des miens. »

Toujours difficile d'avouer à une femme qu'on n'accepte plus de se contempler dans le miroir qu'elle vous tend. La muflerie, sans doute, facilitait les séparations.

« Écoute, Marc, je sais que c'est fini entre nous, je l'ai cherché, je ne reviendrai pas là-dessus, je voudrais seulement que... enfin, rien ne t'y oblige, hein, j'aimerais qu'on passe une dernière nuit ensemble, histoire de ne pas se séparer sur un malentendu, sur un truc moche… »

C'est donc ce qu'ils firent, même si Marc persistait à flairer un piège dans la proposition de l'ex numéro 2. Ils passèrent leur dernière nuit ensemble dans le studio. Ils se mirent au lit après un dîner frugal, une douche rapide (elle se garda bien d'exiger le rituel de décalottage et de récurage du gland) et une consommation effrénée de cigarettes. Ils firent l'amour avec une tendresse qu'ils ne se soupçonnaient pas, comme si, maintenant qu'ils n'avaient plus rien à craindre l'un de l'autre, ils pouvaient enfin se montrer tels qu'ils étaient, et non comme ils se croyaient obligés d'apparaître à l'autre. Et c'est là, dans le vide de leur séparation imminente, dans cette étreinte sans avenir, qu'ils se rejoignirent enfin.

Le lendemain, quand Marc se réveilla, Charlotte était partie. L'odeur de sexe froid qui imprégnait les draps tièdes raviva des frémissements sur sa peau. Il ne la reverrait sans doute jamais, mais il n'en éprouva aucun chagrin, aucun regret. En un geste machinal, il saisit la télécommande et alluma la télévision, posée sur la commode de style anglais qu'elle avait dénichée deux ans plus tôt chez un antiquaire du Marais (trois mille euros le meuble, les Anglais cherchaient visiblement à rallumer la guerre de cent ans…).

La litanie d'informations, la sinistrose habituelle, tout allait mal dans le monde, guerres tribales en Afrique, situation explosive au Proche-Orient, nouvelle marée noire en perspective sur les côtes de Normandie, pollutions nucléaires, chimiques, détérioration du climat.

Et puis, une image de Vaï-Ka'i quasiment nu sur les marches du tribunal de Mende, ses milliers de disciples qui déferlaient dans les rues de la préfecture lozérienne, le commentaire à la fois sarcastique et grivois du journaliste, une interview de BJH en personne, promu chevalier blanc du monde rationnel, grand pourfendeur du Christ-escroc de l'Aubrac.

Piqué par un aiguillon, Marc repoussa les draps et se précipita dans la salle de bains. Des événements importants se déroulaient à Mende.

« À toi de faire tes choix, de prendre tes décisions », avait dit JJB.

Le temps était venu de retourner sur le plateau de l'Aubrac et d'affronter le regard de Pierrette.

Lucie 8

Barthélemy avait eu beau visiter tous les sites néo-nomades de la Toile, il n'avait pas trouvé de chambre disponible dans les très rares maisons des environs marquées du signe du serpent double. Il avait fini par replier, d'un geste rageur, l'ordinateur portable connecté à un réseau cellulaire que Lucie et lui avaient acheté à Chartres avant de prendre la route de la Lozère. Les hôtels étant tous pleins à Mende et dans les villages proches, ils avaient passé leur première nuit lozérienne dans la BMW au pied du causse. Mais les sièges couchés, même ceux des berlines allemandes de luxe, ne valant pas un bon lit, ils s'étaient réveillés brisés par les courbatures, chiffonnés par le manque de sommeil et l'humidité, avec une énorme envie de douche brûlante et d'un café fort.

Ils avaient pris leur petit déjeuner dans un troquet du boulevard du Soubeyran, où des vieux accoudés au comptoir avaient commenté à leur façon l'événement qui valait à la ville une agitation inhabituelle en ce début de janvier. Du Christ de l'Aubrac lui-même, ils ne disaient pas grand-chose, comme si, après tout, ce drôle d'Indien élevé en Lozère était tout à fait digne des miracles qu'on lui attribuait et dont ils seraient peut-être les bénéficiaires un jour. Et puis, qu'on croie aux forces occultes ou pas, on ne badine pas avec le surnaturel, des fois que le surnaturel vous tomberait dessus. Ils se défoulaient donc sur les adeptes, sur ces zozos qui se baladaient le cul nul — Seigneur, des nudistes avec des téléphones et des ordinateurs portables — entre les pierres ocre jaune de Mende et dont certains, boudiou, osaient entrer les fesses à l'air dans la cathédrale Notre-Dame.

« Notre-Dame, elle n'en a rien à fiche de leurs tristes lunes, elle a bien autre chose à s'occuper, il y a tellement de misères sur ce monde. »

À plusieurs reprises, Lucie et Barthélemy avaient eu du mal à étouffer leur fou rire tandis qu'ils égrenaient les expressions savoureuses avec un accent à la fois rocailleux et chantant. Le patron du bistrot, un homme d'une cinquantaine d'années déjà aussi sec et gris qu'un vieux tronc, les avait observés d'un air soupçonneux du haut de son comptoir et avait fini par leur demander s'ils en étaient eux aussi, de ces fadas qui adoraient le Jésus de l'Aubrac. Lucie, embarrassée, s'était sentie obligée de nier avec véhémence, mais Barthélemy, lui, avait affirmé bien haut que Vahi-Kahi l'avait guéri de sa paralysie et que lui, en retour, il était venu lui montrer son soutien dans le procès merdique qu'on lui intentait. Alors les vieux s'étaient resserrés autour d'eux et les avaient mitraillés de questions :

« Qu'est-ce que tu avais au juste ? Comment ça s'est passé ? Comment il fait pour guérir ? Qu'est-ce que tu as senti ? Ça coûte combien ? Est-ce que c'est vrai qu'il peut aussi guérir le SIDA et le cancer ? S'il est aussi gentil que tu le dis, pourquoi il a jamais guéri sa sœur adoptive, la pauvre, là-haut sur le plateau de l'Aubrac ? »

Lucie avait laissé Barthélemy se dépêtrer avec ses réponses, gagnée par l'agacement, sans doute plus irritée par sa propre attitude, par la promptitude avec laquelle elle avait renié Vaï-Ka'i, que par la curiosité insatiable des vieux Lozériens. Ceux-là ne demandaient qu'à renouer avec des croyances fortes après le brusque déclin de leur religion, catholique ou protestante, qu'à se barder d'espoir avant d'affronter la mort, et Barthélemy ne demandait qu'à les convaincre avec toute la fougue de sa jeunesse. Lucie se découvrait encore dépendante des regards, des jugements, comme du temps où elle s'exhibait sur le sex-aaa, toujours cette hantise de déplaire, cette peur panique d'être dédaignée par le monde comme par un client mécontent. À vrai dire, elle ne comprenait pas encore les raisons qui l'avaient poussée à se joindre au rassemblement de

Mende. Elle n'avait jamais rencontré Vaï-Ka'i, elle n'avait jamais envisagé de devenir sa disciple, elle s'était seulement laissé happer par le flot des néo-nomades qui avaient investi la maison de la Ranconnière la veille de Noël, par leur enthousiasme, par leur joie d'appartenir au serpent double, au grand pacte des espèces.

Ils trouvèrent une chambre en milieu de journée. Ils n'eurent pas besoin de chercher d'ailleurs, une dame s'adressa à eux alors qu'ils faisaient le plein d'essence à la station d'un centre commercial :

« Vous chercheriez-t-y pas une chambre, des fois ? J'en loue, té. À cinq petites minutes d'ici. Tout près de la tour des Pénitents — *péniteinggs*. Cent euros la nuit, ou six cent cinquante francs, petit déjeuner inclus. On paie d'avance. »

Comme ils ne se voyaient pas passer une deuxième nuit dans la voiture, ils acceptèrent malgré le prix élevé sans même se demander pourquoi cette femme, une robuste quadragénaire à la voix forte, s'était adressée à eux — leur plaque minéralogique peut-être. Passés les premiers jours de récriminations, certains habitants de Mende avaient décidé d'exploiter les avantages de cette affluence plutôt que d'en subir les inconvénients (tout comme l'année précédente, lors du passage du Tour de France). Ils proposaient donc à la location les chambres vides de leurs appartements ou de leurs maisons. Au tarif fort puisque les adeptes de Vahi-Kahi, ces drôles de zozos, ces soi-disant nomades, étaient prêts à payer n'importe quel prix pour loger dans des conditions acceptables. Les panneaux *à louer*, le plus souvent rédigés au feutre sur des bouts de carton, fleurissaient sur les grilles des balcons ou sur les encorbellements des maisons.

Située au deuxième étage d'une bâtisse ancienne proche de la tour médiévale des Pénitents, exiguë, sombre, propre, la chambre disposait d'un coin douche, d'un lavabo, d'une télévision, mais pas de toilettes, que Lucie et Barthélemy devaient partager avec les clients des deux autres chambres.

« Le petit déjeuner est servi entre sept et neuf heures, du matiingg, hé, vous l'aurez biengg compris, après c'est trop tard, comprenez, j'ai pas que ça à faire, moi, té, combiengg de temps vous comptez rester ? »

Lucie et Barthélemy se lavèrent avec volupté bien que l'eau demeurât obstinément tiède, et ensemble, un exercice qui n'était recommandé ni pour les économies d'énergie ni pour les parois en PVC de la cabine. Ils achevèrent dans le lit ce qu'ils avaient entrepris sous la pomme de douche, mouillés, marbrés de traces de savon ou de shampooing. Barthélemy progressait vite dans la joute amoureuse et chassait définitivement du corps de Lucie les spectres grinçants de Joe et de Jérémy. Comme le sommeil en retard s'était ajouté à la fatigue d'une journée sur les routes, ils s'endormirent serrés l'un contre l'autre dans les odeurs entremêlées de savon, de sueur et de sexe.

À leur réveil, en fin d'après-midi, Barthélemy demanda à Lucie si elle... enfin, tu sais, les vieux en ont parlé ce matin, on n'a jamais pensé aux capotes, tu es sûre, pour...

« Le SIDA ? Le test à l'hôpital était négatif. Comme, depuis, tu es mon premier homme et que je suis ta première femme... »

Ils fêtèrent la nouvelle par une nouvelle étreinte, brève, furieuse, pantelante, puis ils se douchèrent, toujours à l'eau tiède mais séparément cette fois, se rhabillèrent et sortirent dans les vieilles ruelles de Mende noyées sous un crachin tenace et hantées par des escouades de CRS armés jusqu'aux cheveux. Alors qu'ils flânaient dans la rue de la Jarretière, un passage si étroit que les toits semblaient se rejoindre au-dessus de leurs têtes, une rumeur enfla, des cris et des bruits de pas précipités retentirent entre les murs rapprochés, des silhouettes débouchèrent des rues environnantes et les entraînèrent vers une place cernée de façades jaunes aux volets rouges ou blancs.

Un homme vêtu d'un long étui pénien et juché sur le rebord d'un bac de fleurs hurla que l'action en justice menée contre Vaï-Ka'i s'interrompait puisqu'on avait retrouvé son accusatrice morte dans sa chambre d'hôtel.

Morte ?

Suicidée, selon le disciple à la peau blanche et ruisselante. Elle avait choisi la fuite plutôt que la confrontation avec le Maître-esprit. Elle avait payé sa trahison de sa vie, mais les véritables coupables, les auteurs de la machination, resteraient impunis.

La place était désormais noire de monde malgré la pluie persistante, et les rares voitures avaient le plus grand mal à se frayer un passage dans cette multitude compacte, détrempée et figée. Les escouades de CRS se rassemblaient déjà à l'angle des rues de l'Abbaye et de la République. Sans doute les autorités jugeaient-elles que la réunion spontanée d'un certain nombre d'adeptes du Christ de l'Aubrac en plein cœur de la vieille ville équivalait à une émeute ?

L'atmosphère n'était pourtant pas à l'émeute, mais à la consternation. Les disciples avaient attendu depuis des lustres la confrontation entre Vaï-Ka'i et son accusatrice, persuadés que l'opinion publique découvrirait à l'occasion les manipulations sordides auxquelles se livrait le pouvoir. Le rassemblement de Mende aurait dû concourir au triomphe du serpent double, sceller la réconciliation avec la terre nourricière, il n'accoucherait que de non-dits, d'hypothèses jetées comme des os aux médias enragés. Le suicide d'Éléonore Marcellin tombait à point nommé pour entretenir l'équivoque : Vaï-Ka'i ne serait jamais lavé des soupons, pire même, il se trouverait bien quelque voix, quelque analyste pour insinuer que le décès de la fille arrangeait bougrement les affaires du charlatan et que, partant de là, on pouvait raisonnablement envisager qu'*on* l'aurait *aidée* à se suicider. Quand il s'agit de défendre leurs intérêts, voyez-vous, les sectes sont prêtes au pire, dérober les archives dans les palais de justice, corrompre la classe politique, éliminer les témoins gênants... Le tout serait asséné avec un aplomb qui frapperait les calomnies du sceau de la vérité.

Les CRS entreprirent de disperser la foule, de restituer la place de la République et les rues avoisinantes à ses voitures et sa tranquillité familières. Leur charge prit de court les disciples de Vaï-Ka'i qui, affolés, s'égaillèrent en tous sens, se bousculèrent, se renversèrent, se piétinèrent. Barthélemy cala son ordinateur entre son coude et sa hanche, saisit Lucie par la main et, louvoyant avec agilité entre les courants contradictoires, l'entraîna en direction de la rue d'Aigues-Passes. Les ordres, les hurlements, les gémissements, le crépitement des semelles, les ahanements et les chocs sourds des matraques s'abattant sur les crânes s'associèrent aux fumigènes pour transformer le centre-ville jusqu'alors paisible en un véritable champ de bataille.

Au bord de l'inconscience, Lucie n'avait plus d'autre sensation que de heurter des corps à la dérive, d'être ballottée par des flots tumultueux et maintenue à la surface par la poigne de fer de Barthélemy. Sa jupe courte flottait autour d'elle comme une corolle insaisissable. Elle avait perdu ses chaussures, qui s'étaient dérobées à plusieurs reprises et dont les fines lanières de cuir avaient fini par se rompre. Elle courait pieds nus sur le bitume ou les pavés glissants des routes et des trottoirs. Elle avait déjà entrevu des « manifestations dispersées par les forces de l'ordre » à la télévision, mais jamais elle n'avait senti sur sa nuque le souffle de ces hommes casqués, masqués, effrayants dans leur anonymat. Barthélemy s'engagea, à la suite d'autres fuyards, dans une succession de ruelles qui les conduisirent devant l'ancienne synagogue. Ils s'engouffrèrent sous le porche gothique et se réfugièrent dans la cour intérieure entourée de galeries et de colonnades. Là, tandis que la rumeur s'échouait dans le silence des vieilles pierres, ils reprirent leur souffle, penchés vers l'avant, les mains posées sur les genoux, les muscles tétanisés par la soudaineté et la violence de l'effort.

Sans le bras secourable de Barthélemy, Lucie se serait effondrée sur les pavés. Les battements précipités de son cœur cognaient jusque dans ses pieds en sang. Elle n'avait pas couru aussi vite et longtemps depuis les cours de gym au lycée, et les cigarettes n'avaient pas arrangé sa condition physique. La douleur à sa cheville s'était réveillée. Elle se demanda ce qu'elle foutait dans cette cour du bout de Mende, au milieu de ces hommes et de ces femmes aux peaux luisantes. Comme si elle avait franchi une porte temporelle, qu'elle s'était subitement fourvoyée dans une autre époque, dans une autre vie. Hier encore, elle prenait le métro pour se rendre comme chaque matin au sex-aaa, elle papotait avec les filles, elle s'enduisait les seins de crème, elle se rasait le pubis, choisissait son prénom et sa tenue du jour, se déshabillait dans la chaleur rassurante de sa cabine, se pliait aux désirs de ses clients anonymes, saisissait l'enveloppe posée sur sa table de maquillage… Hier encore, et pourtant, elle avait le sentiment qu'une éternité la séparait de ces gestes familiers, rassurants, de cette chaîne d'habitudes, de repères. Elle savait qu'elle ne pouvait plus revenir en arrière et elle était trop épuisée, trop délabrée, pour se demander s'il s'agissait d'une bonne ou d'une mauvaise nouvelle. À son âge, elle n'avait toujours pas appris à diriger son existence. Ses parents, son frère et sa sœur lui serinaient inlassablement qu'elle n'acceptait pas de grandir, qu'elle se laissait porter par le vent comme un moineau. Sa liaison avec un garçon de dix-huit ans et cette virée en Lozère semblaient leur donner raison.

La rumeur de la charge des CRS s'estompa au bout de quelques minutes. Lucie attendit que son souffle s'apaise pour sortir une cigarette de son sac et l'allumer sous le regard désapprobateur d'un homme maigre dont le pagne dénoué pendait piteusement le long de sa cuisse.

« Je me demande pourquoi ces tarés ont chargé, dit Barthélemy. On n'a pourtant rien fait de mal.

— Comme ils ne peuvent pas coincer le Maître-esprit, ils s'en prennent à ses disciples, lança une femme à bout de souffle.

— Et ça ira de mal en pis, ajouta l'homme maigre en nouant les lanières de son pagne. Les autres n'accepteront pas le changement de bon cœur. C'est comme ça au début de chaque ère nouvelle. »

Et ses yeux fiévreux, son air déterminé, presque exalté, proclamaient sa volonté d'accompagner Vaï-Ka'i jusqu'au bout de son chemin, quel qu'en fût le prix à payer.

Le lendemain matin, alors que les disciples se rassemblaient de nouveau par petits groupes dans les rues et sur les places de Mende, le bruit courut que le Maître-esprit, disculpé des charges retenues contre lui, s'apprêtait à donner une conférence sur le causse qui dominait la ville.

La veille au soir, les chaînes de télévision avaient abondamment commenté les événements de la journée, le suicide de la jeune plaignante, l'émeute des disciples du Christ de l'Aubrac, l'intervention des forces de l'ordre, qui avait fait quelques blessés légers chez les néo-nomades — et chez les CRS, n'allez surtout pas croire que ces prétendus pacifistes tendent la joue gauche quand on leur frappe la joue droite. Le ton sarcastique du présentateur avait ulcéré Lucie qui se reposait en compagnie de Barthélemy dans leur chambre. Elle avait vu les CRS s'acharner à coups de matraque sur les corps à terre, hommes, femmes et enfants. Ce bellâtre aux dents blanches confortablement installé dans son bocal lumineux, ce gendre idéal qui s'invitait tous les jours dans les foyers français, réduisait la peur et la douleur d'une multitude agressée à quelques égratignures bénignes, à quelques réflexions égrillardes et stupides. Elle n'avait jusqu'alors jamais douté de la probité des hérauts de la lucarne, comme si son caractère magique rendait l'image incompatible avec l'idée même de tricherie, mais la différence flagrante entre les événements de Mende et leur compte rendu médiatique dénudait tout à coup son incroyable naïveté télévisuelle.

Combien de couleuvres, minuscules ou énormes, avait-elle avalées depuis qu'elle était en âge de s'intéresser à d'autres programmes qu'aux dessins animés ? Couleuvres, les reportages sur les guerres lointaines qui ensanglantaient la planète, sur les révolutions, sur les charniers ? Couleuvres, l'innocuité des nuages radioactifs, des plantes transgéniques, des alicaments, des vaccins, des farines animales ? Couleuvres, les droits de l'homme, les négociations de paix, l'ingérence humanitaire ?

Couleuvres, les statistiques, les déclarations de l'ONU, de l'OMS, de l'OCDE, du FMI, de tous ces organismes qui œuvraient au « mieux-être » de l'humanité ? Couleuvres, les discours politiques, les promesses électorales ? Les satellites, les réseaux informatiques, la liberté individuelle ?

En qui, en quoi pouvait-elle désormais placer sa confiance ?

Elle s'était serrée contre Barthélemy comme une petite fille cherchant à se rassurer dans les bras de son père. Elle s'était endormie presque aussitôt, en sécurité dans sa chaleur, brisée par la fatigue de la nuit précédente et de sa course folle dans les ruelles de Mende.

« Ils se donnent tous rendez-vous sur le causse. »

La lumière de l'écran en ADN de synthèse teintait de bleu clair le visage de Barthélemy adossé à la tête du lit. Lucie se leva, écarta les rideaux et observa la place du Blé sur laquelle donnait la fenêtre. Des silhouettes à demi effacées par la pluie maussade se dirigeaient d'une allure soutenue vers les boulevards extérieurs.

« Dans la forêt domaniale. On peut y aller à pied d'après le site. Si tu veux rencontrer Vaï-Ka'i, c'est le moment ou jamais. »

Lucie se retourna, contempla Barthélemy, son corps mince et sombre qui tranchait sur le blanc des draps, eut envie de lui, songea qu'elle devait d'abord enfiler un vêtement pour aller aux toilettes situées au bout du couloir, décida finalement de s'y rendre comme elle était, en nouvelle émule de Vaï-Ka'i, en fille de la création exempte du péché originel.

Une heure plus tard, après s'être douchés et habillés, ils descendirent prendre le petit déjeuner au rez-de-chaussée en compagnie des autres clients, tous adeptes du Maître-esprit, mais à des degrés divers à en croire leurs tenues. Les néo-nomades purs et durs avaient adopté les tenues amazoniennes, étuis péniens ou cache-sexe pour les hommes, pagne plus ou moins ample pour les femmes. Les convertis plus récents mélangeaient les vêtements et les parures amazoniennes. Les autres, comme Lucie et Barthélemy, avaient gardé leurs fringues occidentales mais se différenciaient des « sédentaires » — ainsi les néo-nomades surnommaient-ils les réfractaires à l'enseignement du Maître-esprit — par une flamme dans le regard qui reflétait l'éclat du serpent double.

La cafetière en main, leur hôtesse se promenait parmi les tables avec une impatience révélatrice de sa gêne. Elle ne regrettait pas d'avoir exploité la situation pour leur soutirer cent euros par nuit, les sous, il faut bien les chercher là où ils sont, mais ces gens tout nus dans sa maison la rendaient nerveuse, elle qui répugnait à se déshabiller une fois par an devant le gynécologue.

« Je me demande si c'est biengg hygiénique, té, de s'asseoir sans culotte sur des chaises de paille.

— C'est parce que vous assimilez le corps à la saleté, au péché.

— Hé bé, le corps, il est pas toujours propre, ça c'est sûr. J'en connais même qui sont dégoûtants.

— La seule faute, c'est de croire à la faute.

— Le vrai Jésus, il est venu racheter nos péchés, mais le vôôôtre là, qu'est-ce qu'il est venu faire par ici ?

— Nous délivrer de l'idée de la faute originelle, nous réconcilier avec notre mère nature, avec ses enfants, avec les autres espèces du pacte.

— Qué pacte ? Je comprends rien à rien de ce que vous dites, boudiou. Ceux qui veulent rester pour une nuit de plus, il faut qu'ils payent maintenant. Cent euros, ou six cent cinquante francs la chambre. »

Lucie et Barthélemy sortirent de la maison après s'être acquittés du montant réclamé par leur hôtesse. Ils n'eurent pas besoin de demander où se trouvait la forêt domaniale de Mende, il leur suffit de suivre, au sortir de la rue d'Angiran, le flot de piétons qui, sans se soucier de la pluie, traversaient la place Charles-de-Gaulle et se dirigeaient en une colonne ininterrompue vers les flancs embrumés du causse.

Yann 8

La foule continuait de se masser dans l'immense clairière dominée par une butte sur laquelle avaient pris place Vaï-Ka'i, son ancienne institutrice, sa sœur Pierrette et Yann. De là, on avait une vue somptueuse sur la ville malgré le crachin aux mailles serrées qui dégoulinait des nuages bas. Les deux flèches de la cathédrale, la grande et la petite, jaillissaient de l'océan de toitures grises comme des geysers d'ocre. Des milliers de disciples affluaient par les sentiers qui sillonnaient entre les pins noirs d'Autriche, promenades traditionnelles des habitants de Mende, s'agglutinaient au pied de la butte où s'épanouissaient des parapluies aux couleurs vives, s'asseyaient à même la terre imprégnée d'eau et rapidement transformée en boue.

Malgré ces conditions météorologiques détestables, Yann ne distinguait aucune trace d'impatience sur les traits, aucun geste agressif, aucun signe d'énervement. La charge des forces de l'ordre de la veille, admise par les autorités comme « une regrettable erreur », avait laissé des plaies et des bosses sur les visages et les corps, mais elle n'avait pas réussi à chasser des environs de Mende les néo-nomades venus du monde entier proclamer leur soutien au Maître-esprit. Elle les avait au contraire renforcés dans leur détermination, soudés autour des frères et des sœurs du pacte expédiés dans les différents hôpitaux de la région avec un membre brisé ou un traumatisme crânien. La « regrettable erreur » ne renvoyait pas seulement à la brutalité inqualifiable des forces de l'ordre, elle dénonçait la stratégie inepte des autorités : on sait depuis longtemps que les martyrs font davantage pour une cause que des légions de prosélytes.

Yann, qui s'était frotté aux épines des partis politiques, trouvait invraisemblable que des responsables dignes de ce nom fissent preuve d'un tel aveuglement. Non, ce n'était pas si invraisemblable dans le fond : les dirigeants du monde avaient beau célébrer les vertus pédagogiques de l'histoire, organiser d'incessantes commémorations à l'échelle locale, régionale, nationale et internationale, ériger des monuments, des mausolées, des musées à la gloire du passé, ils retombaient immanquablement dans les mêmes travers, prisonniers de mécanismes si profonds qu'ils ne pouvaient les remarquer à moins de changer radicalement leur mode de pensée. Presque tous pliaient l'histoire à leur convenance afin de protéger leurs intérêts personnels ou les intérêts de leur communauté.

Or, Yann était persuadé que l'histoire n'aurait de vertu exemplaire que si elle concernait l'humanité dans son ensemble et dans le moment présent. L'extermination d'un peuple comme celui des Desanas de Colombie ne ferait progresser la cause humaine que si on regardait l'humanité comme un tout. Ou d'autres massacres seraient perpétrés sur les cinq continents dans l'indifférence de ceux que cette souffrance ne concernait pas. Si chacun des hommes prenait conscience d'être en permanence relié aux autres fils, alors il ressentirait chaque secousse, chaque vibration sur la toile, il cesserait de se battre pour *son* lopin de terre, pour *ses* croyances, pour *sa* souffrance, pour *ses* richesses, pour *son* passé, pour *son* avenir, il accepterait de partager la générosité infinie du présent, de vivre en parfaite intelligence avec les autres espèces du pacte. Tant qu'elle resterait un instrument de pouvoir et de division, l'histoire serait le vent qui continuerait de souffler sur les braises de la dispersion et de la haine.

Arrivé la veille au soir avec Pierrette, Yann avait rejoint Vaï-Ka'i et Mme Gandois dans la maison mise à leur disposition par Thomas, un disciple paysan des environs de Mende. Située au pied d'un causse, la ferme, une bâtisse austère de pur style lozérien, présentait cet avantage appréciable d'être isolée et presque impossible à localiser sans l'aide d'un habitué, si bien qu'il n'avait pas été très difficile de semer les prédateurs de l'image à l'affût des moindres déplacements de Vaï-Ka'i. Quatre jours de suite, à l'issue des interrogatoires préliminaires, on avait installé, à la tombée de la nuit, un jeune homme qui ressemblait vaguement au Maître-esprit dans une voiture chargée de balader les chasseurs d'image et, avec la complicité du juge, un magistrat proche de la retraite que cette agitation semblait franchement divertir, on avait escorté le vrai Vaï-Ka'i jusqu'à une porte dérobée du palais de justice, on l'avait poussé dans le Trafic Renault de Thomas qui avait tranquillement regagné la ferme par des routes secondaires. Aucun des photographes ou des journalistes n'avait éventé le stratagème. Les seules photos du Maître-esprit qui s'étaient étalées à la une des quotidiens, nationaux ou régionaux, le montraient en train de gravir les marches du palais de justice entouré d'une haie de disciples.

Yann n'avait pas pensé rejoindre Vaï-Ka'i aussi tôt. Il avait accepté l'idée de ne le revoir qu'à l'issue du procès, qui aurait dû se prolonger une quinzaine de jours si son accusatrice n'avait pas été découverte morte dans sa chambre d'hôtel. Contrairement à beaucoup de disciples, il restait convaincu qu'Éléo avait bel et bien choisi de se suicider plutôt que d'affronter le regard de celui qu'elle avait trahi. Le Maître-esprit ne lui avait-il pas lui-même affirmé qu'elle ne témoignerait pas contre lui parce qu'elle ne le supporterait pas ?

Yann avait apprécié son séjour chez la mère et la sœur de Jésus, même si l'étrange promenade à laquelle l'avait convié Pierrette s'était soldée par deux jours pleins de délire fiévreux. Deux jours pendant lesquels il avait flotté entre douleur et folie. Les deux femmes s'étaient occupées de lui, Pierrette surtout, dont la beauté surnaturelle semblait ouvrir une porte sur un autre monde. Il avait d'abord ressenti pour elle un attrait physique, brutal, qui, au sortir de sa fièvre, s'était changé en une admiration respectueuse. Elle ne parlait pas, elle exprimait bien davantage avec ses yeux, son sourire, ses gestes, que la plupart de ceux qui avaient l'usage de leur voix. Il avait le sentiment qu'elle n'était pas vraiment muette d'ailleurs, mais qu'elle avait délibérément choisi de demeurer dans le silence. Remis sur pied, il avait participé aux travaux quotidiens de la maison, fendu les bûches, nettoyé les murs extérieurs de leurs tags, remplacé les tuiles et les vitres cassées, réparé les dégâts occasionnés par les « âmes charitables » ainsi que les appelait maman Louise, la mère de Jésus. Le soir, comme il n'y avait pas grand-chose à faire, il montait se coucher, laissant Pierrette seule face à l'ordinateur. Il l'avait parfois retrouvée le lendemain matin dans la même position, devant l'écran toujours allumé, comme si elle n'avait pas bougé, comme si elle n'avait pas besoin de sommeil.

Et puis, le vendredi en début d'après-midi, elle l'avait pris par la main et conduit devant la vieille Renault de la famille.

« Tu veux qu'on aille quelque part ? »

Elle avait acquiescé d'un hochement de tête.

« Où ? »

Elle l'avait regardé avec intensité, et la réponse s'était dégagée d'elle-même, limpide.

« À... Mende ? Tu veux qu'on aille rejoindre Vaï-Ka'i ? »

Elle avait eu un sourire éloquent.

« Mais, est-ce qu'il est d'accord ? Et puis, même s'il était d'accord, comment le saurais-tu ? »

Elle s'était penchée sur lui et l'avait embrassé sur la joue avec un de ces halètements rauques qui lui tenaient lieu de rire. Il s'était laissé convaincre sans plus de résistance, d'abord parce qu'il était très difficile, voire impossible, de s'opposer aux désirs de Pierrette, ensuite parce que lui-même mourait d'envie de se rendre dans la préfecture lozérienne.

« Tu sais au moins où le trouver ? »

Elle avait dégagé la bâche qui recouvrait la voiture, s'était assise sur le siège passager et avait bouclé sa ceinture.

« On ne dit pas au revoir à ta mère ? »

Elle lui avait fait comprendre d'une mimique qu'elle s'en était déjà chargée.

« On ne prend pas de trousse de toilette ? De vêtements de rechange ? »

Elle avait désigné le portail ouvert de la cour intérieure d'un geste péremptoire. Il avait hoché la tête et s'était installé au volant. La voiture avait démarré au quart de tour, à sa grande surprise — la mécanique était apparemment en meilleur état que la carrosserie.

À aucun moment, il ne s'était inquiété de la direction sur les voies étroites et torturées du plateau de l'Aubrac. Les tronçons de routes s'étaient emboîtés l'un dans l'autre comme des certitudes. De même, il lui avait suffi de se laisser guider par sa voix intérieure sur les chemins vicinaux pour arriver à la maison de Thomas. Vaï-Ka'i les avait accueillis à l'entrée de la cour de la ferme, vêtu d'un pagne, indifférent au crachin. Pierrette avait bondi hors de la voiture pour se jeter dans ses bras. Le Maître-esprit avait paru heureux, sincèrement heureux, de revoir Yann.

« Moins vous posséderez, plus vous serez riches, et plus vos frères et vos sœurs du serpent double seront riches. Comme toutes les mères, la terre est généreuse, elle donne sans compter, elle chérit chacun de ses enfants. Ceux qui refusent de la partager avec leurs frères et leurs sœurs du serpent double, ceux-là entraînent l'ensemble de l'humanité sur le chemin de la pauvreté. Vouloir posséder une partie de quelque chose qui nous est donné dans son entier revient à tarir peu à peu la source. »

Bien qu'il ne disposât ni de micro ni de porte-voix, la voix de Vaï-Ka'i se prolongeait d'un bout à l'autre de la clairière et planait comme un gigantesque oiseau au-dessus de Mende. Combien étaient-ils à l'écouter ? Yann avait du mal à en évaluer le nombre. Des dizaines de milliers sans doute. Le crachin avait cessé de tomber, et un rayon de soleil, encore incertain, se glissait entre les déchirures des nuages chahutés par les rafales d'un vent chaud. L'atmosphère était au recueillement, non pas à la gravité compassée qui caractérise certains lieux de culte, mais à l'attention fervente d'une gigantesque fête de famille. Ils venaient de tous les pays, de tous les milieux, de toutes les religions, pour entendre une voix leur révéler ce qu'ils savaient déjà au plus profond d'eux, qu'ils étaient enfants de la même mère, qu'ils partageaient le même ADN, qu'ils étaient des fils indispensables et brillants de la toile cosmique, que la porte du présent ouvrait sur un autre ordre, sur une autre connaissance.

« Mesurer, expliquer, fragmenter le monde revient à diviser pour régner. Et jamais notre monde n'a été aussi divisé : ce sont maintenant les gènes qu'on isole, qu'on mélange, qu'on achète et qu'on vend sans tenir compte de la Création dans sa globalité, de la vision primordiale du temps. Les voici, les nouveaux marchands du temple, les manipulateurs de la nature, les trafiquants des richesses du serpent double, les violeurs du pacte qui lie les espèces. »

Yann apercevait dans le lointain les éclats scintillants des casques des CRS déployés autour de la clairière. Plusieurs centaines de silhouettes immobiles et sombres qui n'attendaient qu'un ordre, un prétexte, pour s'enfoncer à coups de matraques dans le ventre de cette multitude silencieuse.

« Mais les marchands du temple ne prospèrent que parce qu'ils ont transformé leurs frères et leurs sœurs en clients, en consommateurs. Ils offrent l'abondance, la jeunesse éternelle, la satisfaction des sens. Ils proposent à chacun d'entrer de son vivant dans le paradis promis par les religions. Jadis, les hommes achetaient leur immortalité par des rites, ou par une existence pieuse, et les prêtres, les spécialistes, les gardiens de la connaissance sacrée, les maintenaient dans leur ignorance afin d'assurer leur propre prospérité. Maintenant, maintenant que la science s'est élevée sur le socle des anciennes religions, les hommes espèrent accéder à l'immortalité par la manipulation des gènes, par la maîtrise des puissances de l'infiniment petit, et les marchands accroissent sans cesse leur emprise sur leurs clients. »

Assise à ses pieds, Pierrette contemplait son frère adoptif avec de l'adoration dans les yeux. Yann n'avait encore jamais lu une confiance aussi entière, aussi absolue, dans le regard de quelqu'un. C'était bien plus qu'un amour fraternel qui les liait, un amour inconditionnel qui relevait d'une autre nature, d'une autre dimension. Le bleu s'affirmait dans la grisaille du ciel, les rayons de soleil tombaient en colonnes oniriques sur la clairière, sur les pins noirs de la forêt domaniale, sur le moutonnement des toits de Mende.

« Nous pouvons échapper à la recherche destructrice des paradis religieux ou matériels, nous pouvons cesser de courir après des chimères, de chasser les lendemains enchanteurs, nous pouvons jeter nos croyances sur la nécessité d'appartenir à l'élite, nous pouvons décider de ne plus rien acheter aux marchands du temple. Plus rien. Ni gène, ni aucun autre rêve d'immortalité. »

Un hélicoptère effectua une série de passages au-dessus du causse comme un bourdon surexcité avant de disparaître dans la brume qui coiffait les collines voisines.

« Nous avons le pouvoir de dire non, un pouvoir immense. Non à ceux qui réduisent l'existence en pièces détachées, en fragments, non à ceux qui règnent en divisant, non à ceux qui confondent le bonheur et la possession, non à ceux qui cherchent à soumettre le temps. Nous avons le pouvoir immense de retrouver la nature sacrée de la vie, de plonger dans le tourbillon splendide et infini des cycles, de regarder la mort non plus comme une fin, comme une perte, mais comme une nécessité aussi indispensable et magnifique que la vie. Nous avons le pouvoir immense d'entrer dans l'instant présent, délivrés de nos chimères, de nos peurs, de nos rites, de nos désirs. L'instant présent est la porte de la maison de toutes les lois, l'entrée de la caverne qui renferme le trésor du serpent double, la racine de l'arbre de la connaissance. On ne trouve pas l'immortalité dans la maison de toutes les lois, mais l'éternité, la force vitale, unificatrice. Les chercheurs d'immortalité essaient d'enfermer la totalité du monde dans les enveloppes physiques, mais c'est la nature de la matière que de dépérir, de disparaître. Faits de poussière, nous retournerons à la poussière. Les chercheurs d'immortalité ne peuvent s'opposer à l'amour tout-puissant de leur Mère nature, ou elle les balaiera comme elle a déjà balayé tant de civilisations bâties sur des rêves de gloire. Nous avons le pouvoir immense d'accepter l'amour de notre Mère nature, de se plier à ses exigences, de dialoguer avec elle. Regardez les oiseaux des champs, ils ne sèment ni ne moissonnent et pourtant, leur Père céleste, ou leur Mère céleste, les nourrit. Observez les lis des champs, ils ne peinent ni ne filent, et, je vous le dis, Salomon lui-même dans toute sa gloire n'a jamais été vêtu comme l'un d'eux. Cherchez d'abord le royaume et la justice de Dieu, et tout vous sera donné par surcroît. Entrez d'abord dans la maison de toutes les lois, et cessez de vous inquiéter du lendemain. Les marchands, aussi puissants soient-ils, ne font que vous vendre une part infime du trésor qui gît au fond de la caverne, au fond de chacun de vous. Ils vous proposent une poignée de gènes alors que chacun d'entre vous détient la richesse entière du serpent double, ils vous vendent des instruments de communication grossiers en comparaison des fils délicats et brillants de la toile cosmique, ils vous vendent des véhicules bruyants et sales sans explorer les modes de déplacement fabuleux dans les secrets de la trame, ils vous vendent des désirs au rabais puisqu'ils n'ont pas accès eux-mêmes à l'humanité véritable. »

Yann se rappela que Pierrette l'avait conduit dans la maison de toutes les lois, qu'il avait exploré pendant quelques instants ce royaume jadis évoqué par le Christ de Nazareth. Il n'en avait pas mesuré toute l'importance jusqu'alors, sans doute parce que les deux jours de fièvre l'avaient complètement vidé de ses forces. Lorsque Vaï-Ka'i lui avait ordonné de rester près de sa sœur et de sa mère adoptives, il avait pris pour une mesure de disgrâce ce qui était une faveur exceptionnelle. Sans Pierrette, il n'aurait jamais trouvé la porte, il serait passé à côté d'une expérience fabuleuse, il n'aurait pas eu cet avant-goût de l'autre humanité, la véritable, l'unie. Il vit qu'elle l'observait, lui rendit son sourire, puis leva sur le Maître-esprit un regard où brillait une confiance nouvelle.

« Ça fait longtemps…

— Tu es là depuis le début ?

— Trois jours. Je partage une piaule avec quelqu'un. Elles coûtent la peau des fesses à Mende.

— Quelqu'un ?

— Un ami homosexuel. Toujours aussi jaloux, hein ? Rien à craindre de lui, les femmes ne lui font aucun effet. »

Yann sourit. Il s'abstint de s'en défendre, mais il n'avait pas conçu l'ombre d'un soupçon ou d'une quelconque jalousie en posant cette question. La tempête de souvenirs qui s'était levée en lui réveillait des sensations qu'il avait cru à jamais oubliées.

« Tu n'as pas changé.

— Et si pourtant. Tu n'as rien remarqué ? »

En dehors d'un visage qui lui semblait plus plein, plus rond, Yann ne décelait pas de changement notable, ni dans la coiffure, ni dans les traits, ni dans la silhouette de Myriam. Elle s'était dirigée tout droit vers lui alors que la foule commençait à se disperser dans le calme et que Vaï-Ka'i étendait les mains sur les corps allongés ou assis devant lui. Les roues des chaises s'enlisant dans la boue, des hommes s'étaient chargés de transporter les malades ou les blessés jusqu'au pied de la butte. « Je ne fais pas de miracles pour qu'on me prenne pour ce que je ne suis pas, disait souvent le Maître-esprit, mais pour montrer à chacun que la maison de toutes les lois est aussi la maison de toutes les possibilités. » À ceux qui l'accusaient d'entretenir ce vieux rêve d'immortalité qu'il pourfendait avec tant de vigueur dans ses discours, il répondait que la guérison n'est pas la promesse d'une jeunesse perpétuelle, mais un simple retour à l'équilibre.

Yann secoua lentement la tête, empli d'une émotion inexplicable et soudaine qui le chavira. Myriam écarta les pans de sa veste et désigna, sous son tee-shirt, un ventre légèrement arrondi.

« Je suis enceinte.

— Depuis combien de temps ? »

Elle marqua un temps d'hésitation. Derrière elle, un malade esquissait un pas fragile sur ses jambes tremblantes comme un poulain nouveau-né. La clairière, transformée en mer de boue, se vidait de ses occupants entre les haies figées des CRS.

« Depuis que je t'ai quitté. Je... j'avais arrêté la pilule depuis plusieurs mois. Je sais, j'aurais dû t'en parler. J'ai hésité, mais j'ai pris la décision de le garder, même si tu n'en veux pas.

— Ça veut dire que...

— Tu vas bientôt être père, Yann. »

sensuelle dans sa robe blanche tendue par ses formes pleines.

« Je... C'est-à-dire que... c'est moi qui l'ai transportée à l'hôpital de Coulommiers. Là-bas, on m'a dit qu'elle avait été transférée dans votre clinique. Je venais simplement prendre de ses nouvelles. »

L'hôtesse hocha la tête, se pencha vers l'avant, tapa sur les touches d'un clavier d'ordinateur et leva les yeux après avoir consulté son écran.

« Je suis vraiment désolée, monsieur, je n'ai pas de Hassida sur la liste des personnes séjournant à la clinique.

— Attendez. Essayez... essayez *Nadia. Nadia Khademi.* »

Ce nom lui était venu de la même manière que, la veille, celui de la clinique Soubeyrand : chuchoté par la voix intérieure, comme si quelqu'un avait pris possession de lui et lui soufflait la solution à chaque fois qu'il se heurtait à une difficulté. Il ne s'en était pas vraiment tracassé jusqu'à présent, obnubilé par son désir de retrouver Hassida, mais, dans le hall de cette clinique, ces suggestions mentales commencèrent à l'inquiéter.

« On peut dire que vous avez retrouvé la mémoire au bon moment, vous ! s'exclama l'hôtesse après avoir pianoté avec agilité sur les touches de son clavier. J'ai bien une Nadia Khademi dans l'unité des comas prolongés. Au cinquième étage, chambre 512. Vous pouvez

Mathias 9

Après son installation dans le petit appartement du dixième arrondissement dont Blaise et Cathy lui avaient donné l'adresse, il fallut dix jours à Mathias pour retrouver Hassida. Le mérite ne lui en revint pas. Alors qu'il poursuivait inlassablement sa tournée des hôpitaux et des cliniques dans Paris, il entendit, ou s'imagina entendre, un nom soufflé par une « voix » : *Soubeyrand.*

Il crut avoir été interpellé par quelqu'un, s'immobilisa sur le trottoir, mais il n'aperçut aucun autre piéton dans la petite rue, il était seul au milieu des voitures en stationnement. Une illusion sonore, sans doute. Il décida de ne pas y prêter attention, puis la « voix » se manifesta à plusieurs reprises au cours de la journée, pendant qu'il déjeunait dans un restaurant indien du passage Brady, pendant qu'il conversait avec une hôtesse d'accueil de l'hôpital de la Salpêtrière, pendant qu'il se rendait d'un bout à l'autre de Paris en métro, pendant qu'il se frayait un passage au milieu des grappes de touristes sur le trottoir de la rue Blanche…

Soubeyrand… Soubeyrand… Soubeyrand… Un leitmotiv qui, comme un moustique agaçant, revenait sans cesse le piquer.

Le lendemain matin, tandis qu'il se dirigeait d'une allure de somnambule vers la minuscule cabine de douche, il eut une intuition. Il se précipita sur le Bottin aux pages défraîchies qui servait de support à la base du téléphone et l'ouvrit à la rubrique hôpitaux et cliniques. Le nom d'une clinique lui sauta aux yeux : *Soubeyrand*. Un établissement spécialisé dans les comas prolongés, situé dans le XXe arrondissement, tout près du Père-Lachaise à en croire le plan sommaire et minuscule inséré dans l'encart.

Il s'y précipita sans se laver ni prendre son petit déjeuner. Sans chercher à savoir non plus d'où surgissait cette voix intérieure. Dix jours de recherches harassantes et vaines dans les hôpitaux de Paris avaient fini par lui laminer le moral, et il lui fallait vérifier d'urgence qu'il ne s'agissait pas d'un délire, d'une erreur ou d'une stupide coïncidence.

Immeuble bourgeois, façade en pierre taillée, Mathias se demanda s'il ne s'était pas trompé d'adresse. Les plaques discrètes alignées sur le montant de l'un des murs étaient les seuls éléments qui évoquaient le monde médical : urgences, maternité, chirurgie, neurologie…

Dans la cour, nettement plus spacieu aurait pu le supposer en s'engouffrant porche, les ambulances, les véhicules du caducée et les camions du SAMU co rent à Mathias qu'il était bien arrivé à l que Soubeyrand.

Il se doutait que Hassida y avait été a sous un autre nom, mais il n'avait a aucune stratégie lorsqu'il s'avança vers l'un hôtesses d'accueil, une métisse aux yeux d aux cheveux tressés et au sourire aven On ne se bousculait pas dans le hall étroit, bre, clair, et l'hôtesse, une Antillaise com l'indiquèrent les traces d'accent créole da sa formule de bienvenue, ne semblait p aussi pressée qu'ailleurs de se débarrasser d visiteurs.

« Bonjour, répondit Mathias avec son plu franc sourire. Une jeune fille d'origine libyenn a dû être admise dans votre clinique il y a de cela une douzaine de jours. Un coma neurovégétatif faisant suite à de mauvais traitements.

— Son nom, s'il vous plaît ?

— Je la connais sous le seul prénom d'Hassida, mais je ne suis pas certain que…

— Vous n'êtes pas quelqu'un de la famille, pas vrai, ou vous vous rappelleriez son nom tout entier. »

Elle le dévisageait sans une once d'agressivité, la tête penchée sur le côté, les bras croisés, un petit sourire vissé au coin des lèvres,

aller la voir, mais, vous savez, elle ne réagit à aucune sollicitation. »

Une infirmière le pria d'attendre lorsqu'il frappa à la porte de la chambre 512 : elle s'affairait à nettoyer Hassida — Nadia ? — et, en même temps, à la masser sur tout le corps pour essayer de réveiller et d'entretenir sa sensibilité tactile, du moins c'est ce qu'elle expliqua à Mathias après qu'elle eut achevé sa tâche et qu'elle l'eut autorisé à entrer.

« Ses plaies physiques sont en voie de guérison, pas de problème de ce côté-là, c'est la blessure morale qui ne veut pas cicatriser. J'ai des patients, dans cette unité, qui sont plongés dans le coma depuis plus de dix ans. Les autres hôpitaux et cliniques nous les envoient quand ils ne savent plus qu'en faire. On les maintient en vie, on les nourrit, on les soigne jusqu'à ce qu'ils décident de partir, définitivement. Ils ne se réveillent pratiquement jamais. Pour un d'eux qui revient à la conscience après avoir joué les légumes pendant plusieurs années, combien d'entre eux meurent à l'issue d'un acharnement thérapeutique bien pire, à mon avis, qu'une peine de prison ? Je sais que ce n'est pas facile pour la famille, que, comme on dit, tant qu'il y a de la vie, il y a de l'espoir, mais je pense qu'on ferait mieux de les aider à s'en aller tout de suite. Ça peut choquer venant de quelqu'un dont le métier est de s'occuper d'eux, mais c'est justement parce que je suis en contact avec eux tous les jours, parce que je les lave et les masse tous les jours, que je peux me permettre de vous donner mon opinion. Je sens, c'est difficile à expliquer, comme un terrible malheur à être enfermé dans un corps qui s'entête à vivre. »

L'infirmière, une femme sans âge, pressa affectueusement l'avant-bras de Mathias avant de sortir. Il resta pratiquement toute la journée à contempler le visage inexpressif de Hassida, indifférent aux hurlements des sirènes qui déchiraient de temps à autre la rumeur sourde de la clinique, se demandant s'il devait faire tout ce qui était en son pouvoir pour la ramener à la vie ou, au contraire, l'aider à mourir. La mort, il l'avait assez souvent donnée pour savoir qu'elle pouvait être rapide, facile, comme un fil qu'on tranche.

Le Glock ne pesait pas plus qu'un portefeuille dans la poche intérieure de son blouson, mais il le percevait avec une netteté dérangeante au travers des étoffes. Il l'avait trouvé dans le coffre de l'appartement, posé en évidence sur une liasse épaisse de billets de cent euros.

Son Glock.

Matériau composite ultraléger, le dernier cri des armes de poing, une maniabilité et une précision exceptionnelles. On l'avait visiblement placé dans ce coffre à son intention, pour l'inviter à renouer avec ses anciennes habitudes. Blaise et Cathy, ses anges gardiens, ses marionnettistes, ne l'avaient pas remis par hasard en face de son ancien compagnon d'ivresses nocturnes : en récupérant son Glock, Mathias avait également réendossé ses vêtements de tueur. Les stratèges prévoyaient sans doute de le déplacer sur une nouvelle case, de le lancer sur une nouvelle cible. Il glissa la main dans la poche intérieure de son blouson et palpa la crosse du pistolet. Il souffrirait comme un damné s'il perdait définitivement Hassida, mais il ne pouvait pas la laisser s'étouffer à tout petit feu dans sa prison de chair. L'avait-elle guidé depuis les limbes où elle errait ? Étaient-ce les pensées lointaines de sa belle endormie qui s'étaient échouées dans son esprit comme des soupirs ?

Il ne savait pas s'il était conditionné par les confessions de l'infirmière, mais il lui semblait percevoir le malheur autour du corps inerte de Hassida, un vautour invisible et vorace qui se nourrissait de son inertie, de ses tourments, de son agonie. L'aimer, c'était lui vouloir du bien, la délivrer de ses chaînes, lui épargner une fin misérable. Il avait déjà tué par plaisir, qu'est-ce qui l'empêchait de tuer par amour ? Il tira à demi le Glock hors de sa poche intérieure et déverrouilla sans même s'en rendre compte le cran de sûreté.

L'irruption de l'infirmière l'empêcha de mettre son projet à exécution. Il eut tout juste le temps de remiser son arme dans sa poche. Il s'aperçut alors, à sa grande confusion, que des larmes roulaient sur ses joues. Elle lui entoura les épaules d'un bras compatissant. Le froissement du Nylon sur le cuir de son blouson l'horripila, il se contint pour ne pas la repousser violemment. Elle puait la vieille femme, la charogne, le malheur sur pied ; la conséquence, sans doute, d'une existence entière consacrée à l'entretien des morts vivants.

« Il vous faut partir maintenant, dit-elle d'une voix douce. Les visiteurs doivent quitter la clinique à cinq heures.

— Combien de temps vous allez la garder ? »

Elle haussa les épaules.

« Aucune idée. Ça dépendra d'elle. Si son organisme s'acharne ou non. Mais, ne vous inquiétez pas : on ne la mettra jamais dehors. La clinique est subventionnée par l'État. On y effectue d'importantes recherches sur le coma.

— Vous vous servez d'elle comme d'un cobaye, hein ?

— On n'a pas d'autre choix que d'expérimenter les nouveaux médicaments et les nouvelles technologies sur les patients.

— Vous n'êtes pas d'accord avec ça, n'est-ce pas ? »

Un sourire amer plissa les lèvres de l'infirmière.

« Ce que pense une femme comme moi n'a aucune espèce d'importance aux yeux du monde médical. »

Elle le poussa doucement vers la porte de la chambre. Il sortit sans résistance, se promettant qu'il reviendrait dès le lendemain pour mettre fin au calvaire de Hassida.

Le soir, effondré sur son lit, il regarda OMT l'émission d'Omer sans y prêter vraiment attention. Il avait parcouru la distance entre la clinique Soubeyrand et la rue Blanche à pied, indifférent aux trombes qui martelaient le bitume et les carrosseries. Il s'était acheté des chips mexicaines et des cornes de gazelle dans une épicerie arabe. Il avait entrevu des prostituées qui fumaient sous des porches en levant un regard excédé sur le ciel. La pluie était nettement plus redoutable pour leurs affaires que la mauvaise conscience, les descentes de flics ou le prix des passes. Vêtues de shorts ultracourts, de chemises nouées sur des ventres parfois débordants, de collants qui paraissaient directement découpés dans des filets de pêche (fournis avec les bottes montantes), elles lui adressèrent des mimiques et des clins d'œil qui se voulaient aguichants mais qui, chez lui, produisaient l'effet inverse.

La vulgarité ne l'avait jamais fait bander. Roman, le Lynx, lui avait parfois proposé des filles fraîchement débarquées des pays de l'Est, certaines très jeunes et jolies, mais il avait suffi d'un détail, un maquillage un peu trop voyant, un vêtement un peu trop moulant, une moue un peu trop appuyée, pour le réfrigérer. Cette phobie de la vulgarité avait contribué à forger sa réputation d'homme indifférent au sexe, hétéro ou homo, dans les cercles mafieux qui contrôlaient les réseaux de prostitution. Et l'avait bien arrangé dans le fond, car, mieux que personne, ses anciens commanditaires savaient que le fric et le cul étaient les moyens les plus efficaces de détourner quelqu'un de ses obligations contractuelles. Un tueur incapable de résister à l'appel de sa braguette n'était pas un partenaire très fiable.

Le verbiage outrancier d'Omer irritait et fascinait Mathias en même temps. Il se demandait comment un être humain pouvait débiter autant de mots à la minute. D'un roux tonitruant, coiffé avec un pétard savant, vêtu d'une chemise et d'un pantalon aux couleurs criardes, Omer coupait sans cesse la parole à ses interlocuteurs, une grossièreté, une impolitesse, une violence verbale qui auraient valu les foudres du CSA à n'importe quel autre animateur télé ou radio. Face à lui, une femme très maigre, habillée de noir, assise sur une sorte d'estrade qui ressemblait à un box d'accusé. Elle avait écrit un roman historique où Jeanne d'Arc, la Pucelle d'Orléans, usait généreusement de ses charmes pour recruter les officiers de son armée de libération.

« En gros, rappela Omer, vous affirmez dans ce livre qu'elle couchait avec tous ses officiers plus le roi plus l'évêque et même avec certains de ses soldats, une vraie salope, quoi ! »

À la gauche du plateau, alignés sur deux rangs à la façon des membres d'un jury d'assises, les historien(ne)s, académicien(ne)s et autres intellectuel(le)s du panel de contradicteurs ressemblaient à des mannequins empruntés au musée Grévin. L'animateur et ses invités semblaient vivre sur des plans temporels différents, l'un bougeant un peu trop rapidement pour les autres. Une coprésentatrice à la beauté fracassante et au décolleté vertigineux tentait de temps à autre de tempérer l'ardeur et la grossièreté d'Omer, mais ses interventions n'avaient aucune espèce d'importance, elle n'était qu'un élément du décor, une pause sexy et rafraîchissante au milieu de ce déluge de mots, de plans, de couleurs et de pubs.

Mathias zappa, faillit éteindre la télé à plusieurs reprises mais, poussé par un courant inexplicable, revint sans cesse s'échouer sur les rives hallucinées d'OMT. Les invités avaient compris qu'ils avaient intérêt à sortir de leur torpeur s'ils voulaient mettre en valeur leur dernière production (le hasard faisant bien les choses, ils étaient tous venus avec une dernière production, avec une « actualité »). Ils accéléraient le débit, se coupaient la parole, s'invectivaient, s'injuriaient sous le regard goguenard d'Omer, qui les avait amenés exactement là où il le voulait, sur le terrain de la polémique, de l'outrage, de l'excès. Il jubilait visiblement, l'homme cathodique, silencieux pour une fois, promenant ses yeux de hibou sur ses invités échevelés et braillards. Eux, les intellectuels, les érudits, offraient à quarante pour cent de la population française le spectacle d'un combat de coqs dans une basse-cour. L'écran n'était plus qu'un tumulte d'où se détachaient de temps à autre des insultes, des menaces, des anathèmes, où, par un renversement des rôles assez pervers, le présentateur inculte et frénétique se posait maintenant en parangon d'intelligence et de raison.

Mathias finit ses chips, ses cornes de gazelle, et, légèrement écœuré, alla prendre une douche. Lorsqu'il revint s'allonger sur le lit, Omer donnait le résultat du vote des téléspectateurs :

« À soixante-deux pour cent, vous pensez que Jeanne d'Arc était une vraie salope, une Marie-couche-toi-là, et vous donnez raison à notre amie Régine Abrer qu'on applaudit bien fort, mesdames et messieurs, s'il vous plaît ! »

S'en suivit un plan inutilement long et cruel sur les perdants du jour, les contradicteurs, les historien(ne)s qui s'étaient présentés comme les champion(ne)s du sérieux, de la crédibilité ; un autre plus court sur le visage de la triomphatrice, la romancière, toujours aussi sinistre dans sa maigreur et ses vêtements noirs ; un troisième, insistant, sur le décolleté de la coprésentatrice ; un quatrième sur Omer qui annonçait le programme des semaines à venir.

Un nom retint l'attention de Mathias : le Christ de l'Aubrac. Vahi-quelque chose. Un faiseur de miracles dont le procès pour viol sur mineure s'était interrompu faute d'accusatrice.

« On l'a retrouvée morte dans sa chambre d'hôtel juste avant la confrontation, précisa

Omer. Elle se serait suicidée selon les premiers éléments de l'enquête, mais, ici, à OMT, croyez-moi, mesdames et messieurs, personne ne peut échapper au cours de la justice populaire, de *votre* justice. Nous recevrons donc, dans un mois et demi, celui que ses adeptes appellent le nouveau Messie ou le Vaï-Ka'i dans la langue de sa tribu d'origine, et je vous prie de croire, mesdames et messieurs, que le panel de contradicteurs sera l'un des plus brillants qui ait jamais pris place sur ce plateau.

— Nous remercions nos invités, également fort brillants, d'aujourd'hui, conclut la coanimatrice avec un sourire aussi profond que son décolleté. Nous remercions Régine Abrer de s'être prêtée au jeu, et nous vous remercions, vous qui nous faites l'amitié et l'honneur de nous regarder chaque semaine.

— Merci salut à la semaine prochaine même heure même chaîne ! »

Mathias ne s'endormit pas tout de suite après avoir éteint la télévision. Il attendrait encore un mois et demi avant d'aider Hassida à se libérer de son corps : le Christ de l'Aubrac, ou Vahi-Kahi, ce faiseur de miracles qui allait bientôt être jeté en pâture à Omer et à son cirque télévisuel, avait peut-être le pouvoir de la ramener à la vie.

Marc 9

Marc était revenu de Lozère bouleversé par ce qu'il y avait vu, par ce qu'il y avait entendu. Il lui avait fallu une nuit de voiture pour se rendre à l'ancienne ferme du plateau de l'Aubrac, où il n'avait rencontré que la mère adoptive de Jésus. La vieille femme n'avait fait aucune allusion à l'article de l'EDV. Elle lui avait offert le petit déjeuner et confié que Pierrette était partie à Mende en compagnie de Yann, le disciple préféré de son fils.

Malgré sa fatigue, Marc avait aussitôt pris la direction de la préfecture lozérienne. En arrivant aux abords de l'agglomération, bloqué par un barrage de CRS et un flot ininterrompu de piétons, il avait abandonné la voiture sur le bord de la route, interrogé un disciple de Vaï-Ka'i, aisément identifiable à son étui pénien — d'une longueur insolite qui traduisait ou la foi ou l'orgueil de son possesseur —, puis il avait décidé de se mêler à la foule et de grimper sur le causse afin d'y écouter le sermon du Maître-esprit. Comme il n'avait pas prévu de parapluie ou d'imperméable, le crachin persistant l'avait trempé jusqu'aux os. Il n'avait pas eu la possibilité de se rapprocher du pied de la butte où avaient pris place Vaï-Ka'i et Pierrette, il avait dû se contenter de les apercevoir de loin, à l'horizon d'une mer de têtes immense et curieusement calme. Imitant les autres, il s'était assis par terre et, après que s'était dissipée la crainte initiale de salir ses vêtements, il avait fini par apprécier le contact prolongé avec la boue. Des hommes et des femmes de tous âges s'étaient dévêtus autour de lui, comme pour se séparer des dernières couches qui empêchaient le contact avec les éléments. Puisqu'ils étaient trempés de toute façon, que leurs vêtements étaient déjà maculés de terre, autant renouer avec la joie puérile d'évoluer nus dans le sein de la Mère céleste. Et ils lui avaient semblé tellement enchantés, tellement libres, ces fils et ces filles de l'Éden, que Marc n'avait pas résisté longtemps à l'envie de les imiter. Il avait à son tour retiré ses chaussures, ses chaussettes, son pantalon, sa chemise, son tee-shirt, puis son caleçon après une dernière hésitation. Ses complexes s'étaient d'un seul coup évanouis, comme si, en s'offrant à la pluie, au vent, à la terre, il s'acceptait enfin tel qu'il était, avec sa calvitie galopante, sa couche de graisse, ses extra-systoles, ses rhumatismes, les dysfonctionnements du seuil de la vieillesse. Une femme assise à ses côtés lui avait souri, et il l'avait trouvée belle avec ses seins tombants, ses jambes épaisses, ses grosses joues et ses cheveux dégoulinants. Belle parce qu'elle était une merveille de la puissance créatrice, un fragment accompli du serpent double, une organisation de particules incroyablement cohérente. Belle parce qu'elle semblait ravie de se retrouver au milieu de la famille humaine sans qu'aucun excès d'honneur ou d'indignité ne la cloue à une quelconque échelle hiérarchique. Belle parce qu'elle mordait dans l'instant présent comme dans une pomme aux joues rouges.

La voix de Vaï-Ka'i avait retenti au-dessus d'eux, si claire et nette qu'ils s'étaient demandés où les organisateurs avaient bien pu cacher le micro et les haut-parleurs. Chacun des mots du Maître-esprit s'était enfoncé dans le cœur de Marc comme une lame de feu. C'était comme s'il recevait toutes les réponses aux interrogations formulées plus ou moins clairement qui avaient jalonné sa vie depuis le début de son adolescence jusqu'à ce jour. Les questions tombaient d'elles-mêmes parce qu'elles n'avaient plus besoin de réponses, parce qu'une plénitude grandissait en lui qui comblait les manques et balayait les doutes. Il ne s'agissait pas de certitudes, encore moins d'une quelconque agitation mentale, mais d'un sentiment profond, paisible, d'être relié, à la fois unique et empli du tout, à la fois indispensable et indissociable.

Il ne s'était pas rhabillé tout de suite à la fin du discours de Vaï-Ka'i, il avait prolongé l'envoûtement de l'instant au milieu des autres disciples, étourdi par les caresses du soleil renaissant, revigoré par la chaleur de ses rayons. Il n'avait prêté aucune attention à la rumeur persistante qui avait annoncé la charge des CRS. Les forces de l'ordre n'avaient pas bougé d'ailleurs, comme engourdies elles aussi par l'atmosphère ensorcelée de la clairière.

Il n'avait pas revu Pierrette. Il n'était pas venu en Lozère pour elle, finalement, mais pour entendre le Maître-esprit, pour s'offrir à son verbe. Pourquoi demander pardon aux femmes qu'il avait trahies quelques semaines plus tôt ? Elles baignaient dans l'amour tout-puissant du fils et du frère, il n'y avait pas de place en elles pour le ressentiment, pour la rancune, pour les blessures.

« Où ça ? En Lozère ? »

Marc crut déceler une lueur d'intérêt dans les yeux écarquillés de Tonya, sa fille aînée. Jeanne, la cadette, avait déjà planté les dents dans le sandwich informe qu'elle serrait entre ses deux mains sans pour autant éviter d'en perdre des morceaux à chaque bouchée. Il les avait invitées à déjeuner en leur laissant le choix du restaurant, et, fort heureusement pour ses finances à l'agonie, elles l'avaient entraîné dans un fast-food bruyant et saturé d'une lourde odeur de friture. Elles ne s'étaient pas encore départies de leur air maussade depuis qu'elles avaient débouché de la station de métro, fermement décidées à culpabiliser le géniteur distrait qu'elles n'avaient jamais réussi à considérer comme leur père. Le ciel étant coincé sur le bleu depuis deux jours, elles étaient venues toutes les deux habillées de longs tee-shirts qui leur descendaient jusqu'aux genoux et de jeans troués de manière artistique. La femme commençait à chasser l'adolescente chez Tonya, qui avait perdu un peu de ses rondeurs, la majorité de ses boutons et cette mine perpétuellement exaspérée qu'elle arborait comme l'étendard de son mal de vivre.

Lorsqu'elle lui avait rappelé qu'elle allait devenir majeure à la fin de l'année, Marc avait eu l'impression de se réveiller en sursaut d'une éclipse de dix-huit ans. Il la voyait encore émerger, bout de chair luisant et chiffonné, d'entre les cuisses écartées de sa femme, il se voyait, lui, au bord de l'évanouissement, submergé par les odeurs de désinfectant, de sueur, de merde et de sang, et il se réveillait en face d'une femme sur la terrasse de ce minable fast-food perdu dans l'anonymat de Paris.

Que connaissait-il d'elle en dehors des anecdotes rapportées par l'ex numéro 1, de ses carnets scolaires médiocres, de ses fréquentations douteuses ? Que savait-il de ses révoltes, de ses aspirations, de ses souffrances, de ses joies ?

Et que savait-il de Jeanne, la cadette, qui s'enfonçait dans une adolescence épaisse, boulimique, qui consacrait la majeure partie de son temps à s'enlaidir de toutes les façons possibles ? Bien que présent dans la salle d'accouchement, il n'avait pas vraiment vu naître la deuxième, pas davantage qu'il ne l'avait vue grandir. Il était passé à côté d'elle, tout simplement, comme si, en coupant son cordon (il avait joué les compagnons modèles tels qu'on les fantasme dans les revues féminines, il avait lui-même coupé le cordon), il avait également tranché le fil intime qui les reliait. Quelques-uns de ses confrères de l'EDV, divorcés ou non, évoquaient leur paternité comme la part la plus accomplie de leur existence, d'autant que leur progéniture, évidemment précoce, brillante, ne leur donnait que des motifs de satisfaction. Il n'y a rien de plus inhibant que ces parents qui vous en foutent plein la vue avec leurs gosses, avec la splendeur de leurs gosses, avec le génie de leurs gosses, avec la réussite de leurs gosses, et Marc, complexé, avait caché ses filles comme une maladie honteuse, comme un reflet de son propre ratage.

L'ex numéro 2 elle-même les trouvait… comment dire ?… pas assez… trop… enfin, pas très intéressantes, mais ça vient sans doute de leur âge, ou de leur mère, en tout cas, je ne veux pas qu'elles viennent avec nous, elles vont nous gâcher le week-end… Marc les avait sacrifiées sur l'autel du paraître, de la performance, ce culte de l'élite qu'avait évoqué Vaï-Ka'i dans la clairière du causse de Mende. Elles réclamaient seulement d'être regardées, reconnues, aimées, comme tous les enfants du monde, brillants ou médiocres, beaux ou laids. Si leur père ou leur mère n'était pas capable de les accepter, alors qui les aiderait à s'accepter elles-mêmes, à accepter les autres ?

« En Lozère ? répéta Jeanne, la bouche encore à moitié pleine. Ça avait quelque chose à voir avec Vaï-Ka'i ? »

Marc s'efforça de masquer sa surprise en grignotant quelques frites déjà froides.

« Vous connaissez Vaï-Ka'i ? »

Elles se consultèrent du regard par-dessus leurs sandwiches.

« Faudrait être sourde pour ne pas en avoir entendu parler, marmonna Tonya. On tombe dessus dès qu'on allume la télé ou la radio. On en a même discuté avec notre prof de philo la semaine dernière. »

Marc se rappela qu'elle était passée en terminale littéraire malgré une première plus que poussive et des notes moins que moyennes au français du bac. L'intervention désespérée de l'ex numéro 1 avait évité l'humiliation du redoublement pourtant préconisé par le conseil de classe.

« Il en dit quoi, votre prof de philo ?

— Elle, c'est une femme. Elle se dit écolo, elle est même engagée dans un mouvement du genre *Greenpeace*, mais elle trouve que Vaï-Ka'i et son idée du nomadisme sont des dangers pour l'Occident.

— Pourquoi ?

— Elle dit qu'un changement brutal peut entraîner une crise grave et nous conduire tout droit à la catastrophe. Comme la crise économique de 1929 a débouché sur la Deuxième Guerre mondiale. Elle dit que les enseignements de Vaï-Ka'i ne sont pas adaptés à l'Occident, que c'est à l'intérieur de nos propres valeurs, de notre propre histoire, que nous devons trouver les solutions.

— Et les miracles ? Elle en pense quoi ?

— Que c'est la même chose qu'à Lourdes : les malades se guérissent tout seuls grâce à leur foi, ou grâce à l'énergie dégagée par l'hystérie collective, enfin, un truc comme ça. »

Marc se décida enfin à mordre à son tour dans la chose ronde et informe qu'on lui avait présenté comme un *chicken burger*, information confirmée sur l'emballage en polyester. Il lui fut difficile de discerner le goût du poulet dans les saveurs édulcorées de sucre, de pain de mie, de mayonnaise, de fromage, de cornichon et d'oignon qui se mélangèrent dans son palais. Le nombre d'adultes assis, seuls ou entre eux, dans la salle l'avait étonné tandis que les filles et lui faisaient la queue devant une caisse, preuve que la clientèle des fast-foods ne se recrutait pas uniquement chez les enfants et les adolescents en mal de sucre et de mauvaises manières.

« Mais qu'est-ce que vous en pensez, vous ? »

Les filles se consultèrent de nouveau du regard. Elles passaient leur temps à se chamailler, à se plaindre l'une de l'autre (rapports circonstanciés de l'ex numéro 1), mais, face à leur père, elles recouvraient instantanément leur complicité, leur solidarité de sœurs, et elles s'interrogeaient à cet instant pour savoir si elles devaient l'inclure dans leur cercle, dans leurs confidences.

« Je suis allée le voir une fois avec des potes dans un bled des Yvelines, finit par dire Tonya. Il y a trois mois et demi de ça. On y allait au début pour se marrer, pour se foutre de la gueule d'une de ses adeptes, une terminale un peu conne qui est arrivée une fois au bahut fringuée comme une Indienne d'Amazonie, les seins et les fesses à l'air, je te raconte pas le scandale. »

Elle dévisageait son père avec intensité, guettant chacune de ses réactions avant de passer à la phrase suivante.

« On a assisté à sa conférence, on l'a vu guérir des gens, et euh... comment dire ? ça nous a bluffés, on est devenus plus ou moins ses disciples.

— Hein ? »

Se méprenant sur le sens de l'exclamation de Marc, les deux filles rentrèrent aussitôt dans leur coquille, mine fermée, regard défiant, mèches dissimulatrices.

« Vous en avez parlé à votre mère ?

— T'es dingue ! Déjà qu'elle flippe à propos de tout et de rien, on ne va tout de même pas lui dire qu'on a l'intention de se convertir au nomadisme !

— Ah, parce que c'est votre intention ? »

Tonya haussa les épaules, finit son burger et avala une gorgée de soda.

« Non, oui, enfin, on sait pas. Moi et mon copain, on voudrait… »

Elle s'interrompit, s'apercevant, au regard éberlué de Marc, qu'elle venait de balancer sans la moindre précaution oratoire une information délicate pour l'oreille d'un père.

« J'ai un copain depuis plusieurs mois, Tristan, il s'appelle. On voudrait, Tristan et moi, s'essayer à la vie néo-nomade. Il est déjà majeur mais, moi, je dois encore attendre septembre.

— Qu'est-ce que tu entends au juste par la vie néo-nomade ? »

Les filles se décrispaient peu à peu. Le ton et le regard de Marc n'étaient pas ceux d'un père retranché derrière son autorité légale, ils exprimaient un intérêt sincère, du moins en apparence.

« On en a déjà discuté avec des néo-nomades, ils nous ont expliqué comment ça se passait. On suivra le Maître-esprit dans ses déplacements, on couchera là où on pourra, dans les maisons marquées du serpent double, dans les granges ou dans la nature.

— Et vous mangerez comment ? Avec quoi vous paierez l'essence ?

— Tristan a bossé pendant trois ans. Il a mis du fric de côté. Et moi je vais essayer de travailler aux mois de juillet et d'août.

— Et après ? Quand vous serez à court ?

— On partira à l'aventure, on verra bien. Mieux vaut ça de toute façon que se faire chier toute sa vie à amasser des trucs qui servent à rien. »

Marc désigna les plateaux couverts des débris de leur repas — et on pouvait vraiment parler de débris puisque les Américains eux-mêmes, les inventeurs et promoteurs du concept, surnommaient le fast-food la *junk-food*.

« Et tout ça ? Ton confort ? Ton ordinateur ? Tes bouquins ? Ton lecteur CD ? Le rap ?

— Ben, l'ordi, c'est un portable, avec le Net, on a accès à toutes les bibliothèques du monde, et Tristan a un lecteur CD dans la bagnole...

— Un jour, il vous faudra aller plus loin. Le nomadisme, c'est renoncer à toute forme de vie sédentaire et à toute la technologie qui va avec. Un jour, il vous faudra abandonner les bagnoles, les maisons, l'argent, l'électricité, les ordinateurs, la télévision, le chauffage, l'eau chaude à volonté, le frigo, les CD, les crèmes, les shampooings, les fast-foods, inventer une autre forme de relation avec l'environnement. Apprendre à vivre dans l'environnement, à en tirer sa subsistance quotidienne.

— Ça ne me fait pas peur. Du moment qu'on est bien.

— Le bien-être, c'est d'abord une question d'état d'esprit.

— Possible, mais quand tu regardes le monde et ses problèmes, tu t'aperçois que les gens, avec tout leur confort, ils vont pas dans la bonne direction, que le temps est venu d'essayer autre chose.

— Ils sont beaucoup au lycée, à penser la même chose ?

— Plein ! Et plus les profs et les parents essaient de démonter Vaï-Ka'i, plus on est nombreux. On communique déjà avec des disciples du monde entier par le Net. Le mouvement s'étend en Amérique, en Australie, en Asie, en Afrique... Les gens en ont assez d'être pris pour des oies qu'on gave. Tu connais pas cette vieille chanson ? *Foules sentimentales, attirées par les étoiles les voiles, que des choses pas commerciales...* Je ne me souviens plus du nom du chanteur. Les gens revendent leurs maisons, ou ils les marquent du serpent double, ils vident leurs armoires. C'est notre vrai pouvoir, papa, notre seule force. Le monde actuel est fondé sur la pyramide de la possession : plus tu possèdes et plus tu te rapproches du sommet. Mais, si ceux de la base se retirent du jeu, alors la pyramide ne tient plus, elle s'effondre. »

Jeanne finissait consciencieusement les frites froides qui jonchaient les trois plateaux. Elle ne perdait pas une miette de la conversation, comme le montraient les coups d'œil inhabituellement vifs qu'elle jetait de temps à autre à sa sœur et son père.

« Quand votre prof de philo parle de guerre ou de catastrophe, elle annonce précisément la réaction de ceux qui se tiennent au sommet de la pyramide, dit Marc. Ils ne renonceront pas facilement à un système dont ils sont ou se croient les maîtres. Ils ont besoin d'avoir pour se donner le sentiment d'être. Ils ont déjà condamné le Maître-esprit, et ils harcèleront ses disciples, ils feront planer une menace permanente pour les inciter à rentrer dans le rang, ils…

— C'est toi qui dit ça ? coupa sèchement Tonya. Toi qui a écrit ce… ces conneries sur la mère et la sœur de Vaï-Ka'i ? »

Marc alluma une cigarette sous le regard sévère d'une jeune mère assise à la table d'à côté. Il n'avait pas prévu que les reproches viendraient de sa propre famille. Les fils de la toile d'araignée desana étaient agencés de manière plus subtile qu'il ne l'avait supposé. Il s'expliquait maintenant l'attitude particulièrement désagréable de ses filles à l'occasion du Noël « familial ». Elles ne lui reprochaient pas seulement ses insuffisances de père, elles l'accusaient d'avoir participé à la curée médiatique orchestrée contre le Christ de l'Aubrac. Le mouvement lancé par Vaï-Ka'i s'était introduit dans chaque foyer à la façon d'un virus *via* les ramifications du Net, et il rongeait désormais les cellules familiales, les fondements mêmes de la société occidentale.

« J'ai eu la trouille de perdre mon boulot, dit-il. J'ai regretté d'avoir écrit ce papier, mais je ne pouvais plus revenir en arrière.

— Ça t'a pas empêché de te faire virer ! »

Jeanne était intervenue à sa manière, toute de brutalité provocante.

« J'avais appris quelques trucs sur Vaï-Ka'i, et j'étais en désaccord avec la ligne éditoriale du patron du journal.

— Quels trucs ?

— J'ai rencontré, juste avant sa mort, le missionnaire qui l'a sauvé des macheteros des compagnies forestières et ramené en France... »

Il leur raconta l'aventure du père Simon, sans omettre la version du correspondant colombien de Jean-Jacques Bral et donc, la responsabilité du missionnaire dans l'extermination des Desanas.

« Pourquoi est-ce que tu as dit tout à l'heure qu'ils avaient déjà condamné Vaï-Ka'i ? demanda Tonya à la fin de son récit.

— Je l'ai appris par un informateur. C'est marrant d'ailleurs, il utilisait les mêmes mots que toi. Il parlait de la Sainte alliance de ceux qui promettent le paradis sur terre. De ceux qui privilégient l'avoir à l'être. Il m'a dit que l'alliance avait décidé d'éliminer Vaï-Ka'i. Le dossier dans l'EDV n'était que la première station de son chemin de croix. Puis il a parlé de l'attaque du parc Disney par les intégristes musulmans. Je ne comprends pas encore le lien entre les deux, et je ne sais pas non plus quelles seront les autres stations, mais je vais essayer de m'informer.

— Comment pourraient-ils tuer un homme qui vit en permanence dans la maison de toutes les lois ? »

Tonya, puis Jeanne piquèrent une cigarette dans le paquet de Marc. Il eut beau fouiller sa mémoire, il ne se souvint pas les avoir vues fumer un jour. Elles étaient de parfaites inconnues à ses yeux, déjà adultes et nettement plus évoluées que ce qu'elles laissaient paraître.

« Je suppose que la trame ne se tisse pas toujours de la façon qu'on imagine », murmura-t-il.

Lucie 9

Lucie et Barthélemy ne revinrent pas à la Ranconnière après leur escapade lozérienne. Ils apprirent, par l'intermédiaire des sites consacrés aux adresses nomades, que des visiteurs occupaient la maison et que, jusqu'à ce jour, les factures continuaient d'être payées grâce au système de participation et de retrait automatiques mis en place par les spécialistes du réseau. Ils décidèrent de se joindre au groupe de plus en plus imposant qui suivait le Maître-esprit dans chacun de ses déplacements.

Une véritable caravane s'ébranla de Mende quatre jours après l'abandon des poursuites judiciaires à l'encontre de Vaï-Ka'i. Les médias, qui pullulaient dans la préfecture lozérienne, n'avaient rien répercuté des paroles du Christ de l'Aubrac sur le causse. Rien non plus sur la vingtaine de guérisons qui avaient suivi son sermon. La seule chose qui retenait l'attention de la presse écrite et audiovisuelle était la mort suspecte d'Éléo, la jeune accusatrice, un suicide présenté de plus en plus ouvertement comme un meurtre. Les reportages se multipliaient sur la famille d'Éléo, sur la douleur des parents d'Éléo, on voyait pleurer en gros plan la mère d'Éléo et la sœur d'Éléo, on découvrait la chambre d'Éléo, on interrogeait les amies d'enfance d'Éléo, et, à la fin du reportage, les yeux dans la France profonde, le ou la journaliste posait la question rituelle : à qui, oui, à qui profite le crime d'Éléo ?

Lucie et Barthélemy avaient pu mesurer les effets du matraquage médiatique aux réactions de leur hôtesse de Mende. Elle ne les avait pas fichus à la porte — cent euros la chambre, elle n'était pas du genre à tuer la poule aux œufs d'or —, mais elle leur avait lancé des réflexions de plus en plus agressives en leur servant le petit déjeuner.

« Votre Jésus, là, ils disent à la télé que non seulement il viole les jeunes filles, même pas majeures, boudiou, mais qu'en plus il les tue pour les empêcher de parler. C'est un vrai monstre que cet homme-là. Pire que la bête du Gévaudan — *Gévôôôdaingg*. Il ne tiendrait qu'à moi, té, je lui couperais la tête, comme dans l'ancien temps — *annciaiiingg temgggps*. Vous avez pas d'autre chose à faire, malheur, que d'écouter un bandit pareil ? Vous avez l'air de gens normaux pourtant — *pourtaiiinggt*. Je vous conseille de retourner chez vous avant que ça tourne au vinaigre, c't'affaire-là. »

Ils n'avaient pas suivi le conseil de l'hôtesse. Eux se trouvaient sur le causse pendant le sermon de Vaï-Ka'i, tout près de la petite butte où le Maître-esprit s'était installé en compagnie d'un jeune homme et de deux femmes, une ancienne et une plus jeune à la beauté irréelle. Ils avaient ressenti au milieu de cette foule silencieuse un bien-être, une chaleur, qu'on ne pouvait pas expliquer avec les mots. Serrés l'un contre l'autre, trempés comme des soupes, ils avaient vécu une expérience magique, un moment de grâce qui leur avait donné l'impression de décoller du sol et de tutoyer le ciel. Non, ils n'avaient vraiment pas l'envie de retourner chez eux — quel chez eux, d'ailleurs ? —, ils cherchaient à prolonger par tous les moyens ce sentiment exaltant d'être enfin délivrés de la pesanteur du monde et ils présumaient qu'ils auraient de fortes chances de renouer avec cette ivresse des cimes en restant dans le sillage de Vaï-Ka'i.

Ils se rendirent à l'assemblée d'Aix-en-Provence où des centaines de manifestants s'opposèrent à la venue du Maître-esprit. Des disciples furent frappés à coups de poing sous le regard impavide des forces de l'ordre déployées de chaque côté de l'entrée de la salle, un gymnase vétuste. Lucie eut toutes les peines du monde à empêcher Barthélemy, excédé, de foncer sur les deux types qui les traitèrent elle de « sale pute » et lui « de petit enculé de raton ». Des hommes aux faces brutales, aux regards durs, aux muscles saillants, visiblement soudoyés pour provoquer, casser, meurtrir.

Ce soir-là, après que les manifestants se furent dispersés et qu'on eut pansé les plaies heureusement bénignes, Vaï-Ka'i déclara qu'ils seraient, ses disciples et lui, objets de persécutions jusqu'à ce que le serpent double ait fini de tracer son chemin dans les esprits et les cœurs. Il apaisa l'atmosphère électrique qui régnait sur le gymnase par des paraboles pleines d'humour qui déclenchèrent des vagues d'hilarité dans l'assistance. La joie, la légèreté, l'errance, voilà les réponses qu'ils devaient apporter à la haine, la pesanteur, l'immobilisme.

« Connaissez-vous l'histoire de cet homme qui consacra la plus grande partie de son existence à accumuler les richesses et les biens ? C'est l'histoire de la plupart d'entre nous, n'est-ce pas ? C'est l'histoire de notre monde, de notre civilisation. Il tomba gravement malade et se rendit alors compte que, comme il n'était pas pharaon, il n'emporterait pas ses maisons dans sa tombe, ni ses objets précieux, ni son portefeuille d'actions, ni sa collection de voitures, ni même ses maîtresses. Il décida de distribuer, avant de mourir, l'ensemble de ses biens à ceux qui passaient devant sa porte. Une action qui le soulagea à un point tel qu'il guérit spontanément alors que les médecins ne lui donnaient plus que quelques semaines de sursis. Mais ses proches et les hommes de loi le poursuivirent pour incapacité mentale, pour irresponsabilité, et parvinrent à reconstituer l'ensemble de ses biens dispersés. Désormais sous la garde vigilante de son épouse et de ses enfants, notre homme tomba à nouveau malade et mourut en quelques jours. Les hommes de loi vous accuseront vous aussi d'incapacité mentale. Ils ont établi que l'accumulation de richesses, ou son contraire, l'extrême dénuement, était les critères exclusifs de la bonne santé mentale des êtres humains. Soit vous possédez, soit vous rêvez de posséder, il n'existe pas selon eux d'autre alternative. Rappelez-vous la parole de Jésus de Nazareth : il est plus difficile à un riche d'entrer dans le royaume des cieux qu'à un chameau de passer par le chas d'une aiguille. Les hommes de loi vous poursuivront, vous persécuteront pour vous empêcher de passer par le chas de l'aiguille, de franchir la porte de la maison de toutes les lois. Ils ont bâti toute leur existence sur l'idée de la possession, ils se sont à ce point identifiés à leurs richesses, à leur avoir, à leur paraître, qu'ils ne peuvent même pas supporter l'idée de la générosité infinie de leur Mère céleste. Ils cesseraient de se sentir riches sans les moins riches et les pauvres autour d'eux, ils cesseraient de se sentir puissants sans les subalternes et les moins que rien en dessous d'eux, ils cesseraient de se sentir privilégiés sans les malheureux parmi eux. Ainsi, comme les hommes de loi et les proches de notre histoire, ils feront tout pour maintenir les choses en l'état, les élus dans leurs paradis, les médiocres dans leur médiocrité, les misérables dans leur misère. Ainsi l'Occident établit-il son hégémonie sur le monde, il pille ses colonies, il maintient dans la pauvreté les trois quarts de l'humanité, il place ses pions à la tête des États, il attise les convoitises, les haines, il provoque des guerres, il garde pour lui seul l'accès aux richesses naturelles. L'Occident refuse le partage parce qu'il est dominé par l'idée de fragmentation, de division. Les événements de cette nuit ne sont que les prémices de la réaction des hommes de loi. Si vous décidez de me suivre, il vous faut maintenant vous préparer à affronter les vagues déferlantes du mépris et de la haine. Ceux d'entre vous qui abandonneront n'auront rien à se reprocher. Ils garderont au fond d'eux cette toute petite flamme qui tôt ou tard se transformera en brasier. Nous devons être forts maintenant, non pas à la manière des hommes de loi et de leurs soldats, mais encore plus ouverts sur le présent, encore plus adaptables, encore plus confiants dans l'amour de notre Mère céleste. »

Le lendemain, à Marseille, profitant du temps presque estival qui s'installait sur la région, les disciples avaient prévu de recevoir le Maître-esprit en plein air, dans un camping qui appartenait à l'un d'eux et dont le panneau d'entrée s'ornait d'un gigantesque serpent double.

Vêtues pour la plupart de vieux maillots de l'OM, des silhouettes masquées, cagoulées, armées de battes de base-ball ou de barres de fer surgirent de nulle part et semèrent la panique dans les rangs des néo-nomades. Pas l'ombre d'un policier pour les en empêcher, pas l'ombre d'une caméra ou d'un micro pour témoigner de l'extrême violence de l'attaque. L'espace de quelques minutes, ce ne furent que vrombissements, crissements, vociférations, hurlements, gémissements, odeurs d'essence, de bitume et de sang. La mobilité des assaillants, leur précision, leur organisation évoquaient ces bandes aguerries qui se disputaient le contrôle de banlieues livrées à elles-mêmes. Leurs voitures jaillissaient à toute allure des ruelles environnantes, fonçaient dans la multitude, freinaient brutalement avant de percuter un obstacle, mur, trottoir, poteau, grille, vomissaient leurs passagers qui, sans un mot, se déployaient et commençaient à frapper.

Bousculée, Lucie tomba sur le trottoir et perdit le contact avec Barthélemy entraîné par le flot vers l'entrée du camping. Comme tous les autres, ils avaient laissé leur voiture sur un parking géant situé quelques centaines de mètres plus loin, tout près des docks. Barthélemy joua des coudes et des épaules pour revenir en arrière, mais ne parvint pas à se dégager de la cohue.

Il vit une silhouette masquée et équipée d'une batte s'approcher de Lucie étendue sur le trottoir. Il poussa un hurlement de détresse lorsque la batte s'éleva au-dessus des têtes. Il n'apercevait plus le corps de Lucie, mais, aucun doute, c'était bien elle que l'agresseur avait visée, sans retenue dans son geste, comme il se serait acharné sur un vulgaire pare-brise. Fou de colère et d'angoisse, Barthélemy parvint à résister au courant, puis, accroché au montant d'une clôture métallique, il attendit que la foule se disperse pour rebrousser chemin. L'agresseur de Lucie remontait déjà dans la voiture aux vitres teintées qui l'attendait en poussant des ronflements rageurs.

Certains des corps ensanglantés qui jonchaient le trottoir et la route remuaient faiblement, d'autres restaient totalement immobiles, comme morts. L'attaque n'avait duré qu'une poignée de minutes, mais elle avait causé des ravages considérables dans les rangs des disciples de Vaï-Ka'i. Barthélemy courut vers Lucie, couchée en chien de fusil à cheval sur le trottoir et sur la route, sa jupe courte remontée sur ses hanches comme une couverture dérisoire. Elle faisait partie de ceux qui ne bougeaient plus. Les larmes aux yeux, gémissant, il se pencha sur elle et examina la plaie sanguinolente qui s'ouvrait de sa tempe jusqu'en haut de sa mâchoire. Du sang sourdait de son oreille et des commissures de ses lèvres. Il posa la tête sur sa poitrine et constata que son cœur battait encore, à un rythme très faible, comme un moteur sur le point de s'étouffer.

Lucie, ô mon Dieu…

Il la revit apparaître la première fois sur l'écran de son ordinateur. La certitude d'avoir trouvé la femme de sa vie, son âme-sœur, celle qui apaiserait la douleur de ses blessures secrètes. Une évidence dans le regard, dans l'attitude, même dans le corps. Il avait bandé comme un âne, c'est sûr, quand elle s'était déshabillée et qu'elle s'était caressé les seins, il avait joui, un peu précipitamment, quand elle s'était assise sur la cuvette, mais, même après l'évanouissement de son désir, il lui avait fallu la retenir, la capturer, par tous les moyens.

Son regard était tombé sur la vieille chaise roulante qui avait appartenu à la grand-mère et qui lui servait de siège de bureau. Il avait lu deux ou trois bricoles sur le Christ de l'Aubrac en se promenant sur le Net et il s'était lancé dans son histoire de guérison miraculeuse sans se douter qu'un jour la réalité viendrait habiller son mensonge. Ensuite, bien sûr, il avait dû étoffer son récit pour le rendre crédible : après avoir vérifié sur le Net que Vaï-Ka'i était bien passé dans les environs de Chartres, il s'était basé sur les rapports des vrais miraculés pour élaborer son propre témoignage. Et Lucie avait marché, si bien même qu'elle lui avait proposé de le rencontrer, en chair et en os. Il avait commencé à paniquer : si elle se pointait à la Ranconnière, comme elle l'envisageait, elle risquait de découvrir son mensonge. Et aussi sa famille.

Sa famille…

Un père qui, après avoir usé et abusé de sa fille adoptive, l'avait utilisée comme actrice principale dans ses productions pornographiques. Un despote qui gérait son commerce clandestin d'une poigne de fer, qui interdisait formellement à ses partenaires et à ses clients, y compris aux mecs de Chartres, d'entrer en contact avec lui, qui fixait le prix de ses « œuvres », qui décidait de la fréquence et du mode de livraison. Une sœur qui avait pris goût au « cinéma » au point de jouer les vedettes à la maison, de rater l'école un jour sur deux et d'emmerder le monde avec ses caprices. Une mère névrosée qui passait la moitié de son temps à boire et l'autre moitié à dormir, abrutie d'alcool, de remords et de médicaments. Barthélemy n'avait jamais eu l'idée d'aller tout raconter aux flics parce qu'il touchait lui-même un peu de fric en servant de temps en temps d'intermédiaire avec les clients et que, sur les conseils de son père, il bossait sur le site Internet depuis plus d'un an après avoir quitté la seconde et s'être initié tout seul au monde informatique.

Il avait décidé de les tuer, tous les trois, parce qu'ils lui pourrissaient l'existence et qu'ils risquaient de lui faire rater la femme de sa vie. Il avait aiguisé la lame de son couteau sur l'antique meule abandonnée dans l'une des dépendances de la maison, et, un soir, il était passé à l'action, profitant de l'absence provisoire de son père parti boire un coup chez son ami le pharmacien vicieux de Saint-Sauveur-sur-Eure. Il ne s'était pas attendu à trouver sa mère et sa sœur toutes les deux dans la salle de bains. Sa mère, ivre morte, s'était probablement assise sur la cuvette sans même remarquer que Mado était encore dans son bain.

« Tu viens jouer avec moi ? » avait minaudé Mado.

Pour elle le sexe était un jeu comme un autre, un jeu auquel elle participait depuis l'âge de trois ou quatre ans. Il s'était approché d'elle, le couteau planqué dans son dos. Il avait marqué un temps d'hésitation : pourquoi la tuer elle ? En quoi était-elle responsable de la vie sordide qu'on lui faisait subir ? Elle s'était soulevée de l'eau pour exhiber son corps droit et glabre avec un sourire provoquant. Elle était pervertie à jamais, il n'y avait qu'une manière de la sortir de là : il avait détendu le bras comme un ressort, avec une rapidité et une précision stupéfiantes. La lame avait ouvert la gorge de Mado d'un seul coup. Elle était restée un moment tendue au-dessus de l'eau, incrédule, avant de retomber comme une masse dans la baignoire déjà rougie de son sang.

La mère, elle, n'avait pas vu venir sa mort. Lorsqu'il l'avait saisie par la nuque, elle lui avait lancé un regard misérable, un regard qui quémandait de l'affection, de la compassion, derrière le rideau vitreux de l'ivresse. Il l'avait égorgée sans hâte, sans émotion, puis il l'avait calée avec douceur contre le mur pour la maintenir en position assise.

Il n'avait pas eu le temps de se réjouir ou de se lamenter, il avait entendu claquer la porte d'entrée et résonner le pas caractéristique de son père sur le carrelage de la réception. Pris de panique, il avait grimpé l'escalier quatre à quatre, s'était enfermé dans sa chambre, avait tiré le verrou et était resté à l'écoute des bruits...

Barthélemy sentit le poids d'un regard sur sa nuque et se retourna. Aveuglé par le soleil, il eut besoin de quelques secondes pour cerner les contours de la silhouette qui se dressait au-dessus de lui. Puis, quand il l'eut reconnue, il se prosterna devant elle et lui couvrit les pieds de larmes.

« Je ne mérite pas d'être ton disciple, balbutia-t-il. Prends ma vie s'il le faut, mais, elle, ramène-là à la vie, je t'en supplie, elle n'a rien fait de mal.

— Je n'ai pas le pouvoir de te juger, dit Vaï-Ka'i d'une voix douce. Encore moins celui d'échanger les vies. Toi seul as la capacité de relier les fils, de réparer les déchirures de la trame.

— Comment ? Comment ? »

Barthélemy avait l'impression que toute l'amertume de son corps et de son âme, tout le mépris qu'il avait de lui-même, se déversait en cet instant par ses yeux, par sa bouche, par ses pores. Pourrait-il un jour retrouver la sérénité merveilleuse qu'il avait goûtée sur le causse en compagnie de Lucie ?

Vaï-Ka'i s'accroupit devant lui et lui posa la main sur l'épaule. Barthélemy entrevit, au milieu d'autres silhouettes, la vieille femme au visage sévère, la jeune femme à la beauté irréelle et le disciple à l'allure d'étudiant qui s'étaient tenus aux côtés du Maître-esprit sur la butte.

« Si toi tu ne te pardonnes pas, répondit Vaï-Ka'i, personne ne le fera à ta place. Le présent ne juge pas, car il n'a pas d'autre référence que son propre mouvement. Le passé juge, et la projection dans le futur engendre des désirs, des déceptions, des décalages qui préparent le jugement. Débarrasse-toi de tout ce qui pourrait te détourner du moment présent.

— Comment ? Comment ? Je suis un menteur... Un assassin... J'ai tué... tué ma famille... »

Vaï-Ka'i lança, autour de lui, un regard dont il exagéra l'étonnement.

« Je ne vois pas de menteur ni d'assassin près de moi. Pas dans le moment présent. Je ne vois qu'un homme brisé par le chagrin, désespéré à l'idée de perdre la femme qu'il aime. »

Un sourire enfantin éclaira le visage du Maître-esprit. Une pensée se superposa au désespoir de Barthélemy, futile, presque irrévérencieuse dans les circonstances : il avait la même couleur de peau que Vaï-Ka'i, ce brun foncé pour lequel bon nombre de Blancs se damnaient pendant des heures sous les rayons d'un soleil de moins en moins filtré, de plus en plus destructeur.

« La maison de toutes les lois m'a entendu, reprit le Maître-esprit. Sois rassuré, la femme que tu aimes ne mourra pas. »

Yann 9

Yann ne parvenait pas à détourner le regard du garçon à la peau sombre prostré aux pieds de Vaï-Ka'i. L'enfance émergeait de ses traits bouleversés par le chagrin. Il venait pourtant de reconnaître publiquement qu'il avait assassiné les membres de sa famille, un aveu tellement énorme qu'il était difficile, voire impossible, de mettre en cause sa véracité. Malgré lui, Yann s'était attendu à voir le Maître-esprit prendre du recul, se dissocier de ce disciple compromettant, mais c'était exactement l'inverse qui s'était produit, Vaï-Ka'i s'était accroupi, lui avait posé la main sur l'épaule, lui avait parlé avec une douceur qu'il n'employait pratiquement jamais avec ses proches.

Yann en éprouvait un dépit qu'il jugeait indigne. Un peu comme si l'instituteur distribuait les bons points au cancre et négligeait son meilleur élève. Car, il avait beau s'en défendre, il ne pouvait s'empêcher de se considérer comme le meilleur élève et d'en attendre une récompense. Il espérait quelque chose, il se projetait vers l'avant, un comportement qui l'éloignait du moment présent, et, par conséquent, de cette excellence à laquelle il prétendait, mais ses anciens mécanismes de pensée, comme des disques rayés, se remettaient automatiquement en route et le renvoyaient à ses jugements, à ses manques, à ses frustrations, à ses limites. Une part de lui restait conditionnée par le passé comme la plupart des hommes restaient attachés à leurs possessions. Il n'admettait pas que Vaï-Ka'i regardât le jeune assassin avec autant, voire davantage d'amour que ses disciples proches. Dans ces circonstances au moins, Yann aurait souhaité qu'il appliquât une préférence, qu'il établît une hiérarchie.

Est-ce que tu serais prêt à renoncer à tout ça ?

Myriam lui avait griffonné une adresse et un numéro de téléphone sur un bout de papier avant de redescendre du causse.

« Je t'aime toujours, Yann, et lui et moi — elle avait désigné son ventre —, nous t'attendrons autant de temps qu'il le faudra. »

Ils s'étaient embrassés avec la fougue des premiers temps avant de se séparer à regret. Il n'était pas encore prêt à renoncer, à partager le trésor qu'il avait amassé dans l'ombre du Maître-esprit. Il restait ce premier de la classe qui avait besoin de savoir les autres embourbés dans leur médiocrité pour se coiffer seul des lauriers.

Le Maître-esprit semblait indifférent aux corps qui gisaient sur le trottoir et la rue. Il concentrait toute son attention sur le jeune homme qui levait sur lui un regard où brûlaient un chagrin et un espoir immenses. Le soleil brillait de tous ses feux dans un ciel d'un bleu étincelant, la brise tiède répandait une odeur de bitume surchauffé, de sel, de sang, d'herbes aromatiques et de fuel. La mer scintillait entre les toits rouillés des entrepôts, les cheminées des bateaux et les grues des docks. En arrière-plan, la ville étendait sa grisaille sur les collines parsemées de taches de végétation roussie par les premières chaleurs. On venait tout juste de passer la mi-janvier, et la température atteignait déjà les vingt-cinq degrés. Les spécialistes du réchauffement climatique prévoyaient un déferlement de tornades sur l'Europe de l'Ouest jusqu'au mois de juin et abreuvaient les populations de consignes : clouer des protections de bois sur les fenêtres et les portes, se réfugier dans les sous-sols aux premiers coups de vent, ou, à défaut, s'allonger sous une table ou tout autre surface dure, éviter les fils électriques jonchant le sol, ne pas allumer de flamme près des canalisations de gaz...

Les disciples, encore sous le choc, se répandaient maintenant de chaque côté de la route pour s'occuper des blessés, plus d'une centaine, dont les gémissements sourds s'envolaient dans le silence comme des prières fragiles.

Vaï-Ka'i et ses accompagnateurs, Mme Gandois, Pierrette et Yann, venaient tout juste de pénétrer dans le camping quand l'attaque s'était produite. Des vrombissements, des crissements, des hurlements avaient interrompu leur discussion avec le propriétaire des lieux, un homme jovial d'une cinquantaine d'années, et le petit groupe qui avait organisé l'assemblée. Le Maître-esprit s'était dirigé presque en courant vers la sortie du camping et avait fendu les rangs de ses disciples qui, affolés, se bousculaient dans tous les sens. Il avait débouché sur la route au moment où les agresseurs remontaient dans leurs voitures et se dispersaient dans un vacarme d'orage et une odeur de gomme brûlée. Rejoint quelques instants plus tard par Yann et les autres, il avait marché entre les blessés comme s'il cherchait quelque chose, puis il s'était immobilisé en face du jeune homme au physique d'Indien prostré devant le corps ensanglanté d'une femme.

« L'amour, dit Vaï-Ka'i toujours accroupi, l'amour sincère a le pouvoir immense de réparer les déchirures de la trame. C'est la force la plus puissante dans la Création, infiniment plus puissante que les forces fondamentales qui maintiennent la cohérence de l'univers. Et puisque c'est la force qui t'anime, c'est elle qui rend cette femme à la vie, elle qui rend à la vie tous ces hommes et toutes ces femmes meurtris dans leur chair. Maintenant. »

Ayant prononcé ces mots, il saisit le jeune homme par la main et l'aida à se relever. Alors il se fit un grand silence qui absorba les murmures de la brise, la rumeur de la ville et les plaintes des blessés. Il y eut un éblouissement dans l'air immobile, un éclair prolongé et invisible.

À chaque fois qu'il y repensa par la suite, Yann présuma que les personnes présentes ce jour-là auraient décrit le phénomène de différentes manières, chacune selon ses perceptions, ses émotions, ses sentiments, ses croyances. Certaines auraient évoqué Dieu, d'autres l'intelligence créatrice, d'autres encore une manifestation des puissances surnaturelles. Lui le vécut comme une vague d'amour infini. L'espace d'une seconde, d'une fraction de seconde, mais était-il possible d'enfermer une telle expérience dans le temps ? il fut immergé dans une immensité de béatitude pure, dans un océan de félicité où les notions habituelles de plaisir, d'excitation des sens, lui apparurent pour ce qu'elles étaient, des reflets dérisoires, des échos maladroits.

Les blessés se relevèrent comme s'ils émergeaient d'une sieste et firent quelques pas hésitants. Les disciples penchés sur eux s'écartèrent en poussant des exclamations. Yann vit un sourire éclairer la face du jeune homme lorsque la femme blonde se redressa et demeura pendant quelques instants assise sur le trottoir en se demandant visiblement ce qu'elle fichait là. Elle se passa la main sur la tempe, sur la joue, sur l'oreille, mais il ne subsistait plus aucune trace du coup qu'elle avait reçu, pas même une égratignure, pas même une contusion. On ne discernait d'ailleurs plus un seul vestige de l'agression, plus une seule goutte de sang sur le bitume ou sur le ciment, plus une seule blessure apparente sur les visages ou sur les membres, rien d'autre que des hommes et des femmes légèrement étourdis mais en parfaite santé, rien d'autre qu'une ferveur mêlée de stupéfaction.

Yann revint à la charge.

« S'il n'y a pas de loi pour dissuader les criminels, alors c'est la porte ouverte à toutes les atrocités. »

En tête d'une interminable file de voitures, ils roulaient sur l'autoroute en direction de Montpellier, leur prochaine étape. Tôt le matin, Pierrette était repartie vers l'Aubrac en compagnie de Mme Gandois. « L'heure n'est pas encore venue qu'elle se révèle au monde, avait dit le Maître-esprit. Elle doit rester dans l'ombre pour l'instant. » Ce qui s'était passé aux abords du camping avait tellement marqué les esprits que la journée s'était achevée dans le silence, dans le partage de la présence et du repas offert par les disciples de Marseille. Personne n'avait songé à briser l'atmosphère enchantée par une question, une réflexion ou une récrimination. Les disciples qui ne dormaient pas au camping s'étaient éclipsés très tard dans la nuit, retardant l'heure de la séparation jusqu'à ce que le sommeil leur cloue les paupières. Vaï-Ka'i et ses proches avaient dormi dans des bungalows imprégnés d'une tenace odeur de moisissures. Au réveil, ils avaient déjeuné sur une terrasse ensoleillée d'où l'on apercevait les miroitements de la Méditerranée entre les ramures squelettiques des arbres et les lignes brisées des toits. La rosée matinale avait exalté les odeurs de thym et de romarin. Quelques disciples, dont Yann, s'étaient baignés dans la piscine du camping, rouverte et nettoyée quelques jours plus tôt par le gérant.

« Il existe des lois humaines pour neutraliser les criminels, et pourtant, la porte est déjà ouverte à toutes les atrocités, à toutes les déchirures, dit le Maître-esprit. Les lois humaines ne sont que des barrières protectrices dressées par la peur. Les lois sont les preuves de nos insuffisances, de nos carences. Si les lois humaines avaient suffi à apporter l'harmonie sur la Terre, l'humanité ne serait pas au bord de l'anéantissement.

— Mais, sans lois, sans règles, il est impossible de vivre en communauté !

— La loi humaine repose toujours sur la notion de suspicion, dans un but de conservation des acquis. Nous soupçonnons l'autre d'être un assassin, alors nous lui défendons de tuer. Nous soupçonnons l'autre d'être un voleur, alors nous déclarons que le bien d'autrui est sacré. Nous soupçonnons l'autre de convoiter notre femme, alors nous interdisons l'adultère. Mais si la mort ne nous effraie pas, pourquoi devrions-nous nous inquiéter de perdre la vie ? Un voleur ne peut rien nous prendre si nous ne possédons rien. De même, le conjoint ne nous appartient pas. Si la vie le conduit dans les bras d'un autre, nous devrions accepter son bonheur, et même nous en réjouir. Plus les hommes ont peur de perdre, plus ils inventent de nouvelles lois. Si j'en juge par le succès des avocats, j'en déduis que notre civilisation est gouvernée par une trouille énorme ! »

Le Maître-esprit eut un rire joyeux qui ne parvint pas à dérider Yann.

« Ce jeune disciple, là, qui ressemble à un Indien, c'est un danger public, non ? Il a dit qu'il avait massacré sa famille et, s'il recommence à tuer, nous aurons une grosse part de responsabilité dans...

— Il ne tuera plus. Mais s'il lui arrivait de tuer à nouveau, nous devrions l'en aimer davantage. Sa condamnation ne réparerait pas la déchirure dans la toile, au contraire, elle l'agrandirait. C'est ce que nous faisons en rejetant les criminels ou ceux qui ne respectent pas les lois humaines : nous agrandissons les déchirures. Et, vois comme les choses sont étranges, en temps de guerre les hommes peuvent tuer en toute légalité. Plus ils tuent, et plus on les aime, plus on les célèbre, plus on les honore. Certaines religions promettent même le paradis à leurs adeptes qui exterminent les incroyants, les infidèles, les païens. J'en conclus que les lois humaines sont des instruments qu'on adapte au gré des circonstances, des intérêts, des cultures. Qu'elles n'ont donc aucune fiabilité, aucune... légitimité. En revanche, si les hommes retrouvent le chemin de la maison de toutes les lois, ils oublieront leur peur, et, avec elle, le besoin de se protéger.

— Il y a aussi des lois dans ta maison !

— Les lois intangibles de la vie, Yann. Les lois de l'acceptation, de l'amour. »

Les mains crispées sur le volant, Yann observa le paysage rocailleux qui bordait l'autoroute. De temps à autre, au détour d'un virage, ils entrevoyaient le bleu étincelant de la Méditerranée derrière les haies ajourées de pins maritimes. Plus de deux ans et demi s'étaient écoulés depuis que sa route avait croisé celles de Vaï-Ka'i et de Myriam au milieu d'un paysage identique. Un temps très court qui, pourtant, occupait l'espace d'une éternité.

« On risque les pires emmerdes avec les flics, marmonna-t-il. Déjà qu'ils nous cherchent sans arrêt des poux dans la tête. On devrait lui demander de partir, au moins pour quelques temps.

— Si nous ne sommes pas capables de l'accepter, Yann, c'est toute l'humanité que nous rejetterons. Nous sommes aussi responsables que lui de ses crimes.

— Ce mec ne représente pas toute l'humanité, merde !

— Chaque être humain représente un fil de la toile et la toile tout entière. Comme une goutte dans l'océan, à la fois unique et porteuse du tout. En refusant un seul fil, c'est toute la toile que nous refusons. Ce que vous faites au plus petit d'entre nous, c'est à Moi que vous le faites.

— Lui, il a tranché des fils, putain, il a abîmé la toile !

— Et tu voudrais qu'en plus nous tranchions son fil ? Que nous concourions également à fragiliser la trame ? »

Yann observa Vaï-Ka'i d'un regard en coin. Le Maître-esprit avait maigri ces derniers temps, ses yeux paraissaient s'être agrandis dans son visage creusé. Il fallait presque le supplier pour qu'il daigne manger quelque chose et boire un demi-verre d'eau de temps en temps. Et pourtant il émanait de lui une énergie de plus en plus dense, presque palpable, une chaleur et une lumière dans lesquelles ceux qui l'approchaient avaient envic de se blottir.

Un fragment de soleil échoué sur terre.

Et lui, Yann Collet, il avait le privilège inouï d'être en permanence arrosé de ses rayons.

« Ça vaut pour les criminels de guerre ce que tu dis ?

— Si nous ne sommes pas capables de voir l'être humain dans le criminel de guerre, alors nous serons incapables de voir la tentation criminelle dans l'être humain. Nous sommes tous des criminels de guerre potentiels. Et parfois pour de très bonnes raisons. La Révolution française, par exemple, a exterminé les populations de l'Ouest au nom des grands principes de liberté, égalité, fraternité. Les nazis ont exterminé les Juifs au nom de l'homme parfait, de la race supérieure. Nous pouvons tous succomber à l'appel des grands idéaux, nous pouvons tous plonger dans les gouffres qui se creusent entre la réalité et le fantasme. Jamais l'être humain ne se montre aussi destructeur que lorsqu'il agite le spectre des lendemains enchanteurs. Combien de peuples convertis de force ou massacrés au nom d'un Dieu unique, dans l'espoir d'un paradis futur ? Combien de tribus décimées au nom d'une supériorité illusoire ? »

Ils s'arrêtèrent pour faire le plein d'essence dans l'une de ces stations anonymes qui offrent tous les services à des prix défiant l'idée même de concurrence. Les véhicules de l'immense caravane s'entassèrent comme ils le purent dans les allées et sur les côtés du parking. Les clients qui se servaient aux pompes ou qui sortaient des boutiques eurent la surprise de se retrouver au milieu d'une foule d'hommes et de femmes très peu vêtus, ornés pour certains de colliers, de peintures, de fleurs séchées ou de tatouages. Ils auraient pu croire qu'une horde d'Indiens avait débarqué dans le sud de la France si ces Indiens-là n'avaient pas été aussi blancs de peau, blonds ou châtains de cheveux, équipés d'ordinateurs, de téléphones portables et de cartes de crédit. Et si c'était un camp de nudistes en goguette ? Non, les nudistes ne portaient pas de cache-sexe, ni de pagnes de peau, ni d'étuis péniens qui se promenaient comme d'étranges proues flottantes au-dessus du bas-ventre de leurs propriétaires. Quelqu'un établit le lien entre ce débordement de culs nus et le Christ de l'Aubrac, celui qu'ils appelaient le nouveau Messie, celui qui piquait l'argent de ses adeptes pour le mettre sur un compte en Suisse, celui qui violait les enfants, celui qui avait tué la petite pour l'empêcher de témoigner à son procès... Quelques réflexions fusèrent, assez discrètes au début, car les disciples du monstre du Gévaudan pouvaient se montrer très violents, la télé l'avait encore affirmé hier soir, et, vu leur nombre imposant, il valait mieux éviter de leur chercher des crosses, mais, tout de même, se balader comme ça les couilles et les seins à l'air dans une station-service, et sous le nez des gosses...

Yann les observa, ces gens offusqués aux regards venimeux. Il s'efforça de voir l'être humain en eux, mais la vague d'amour infini qui l'avait baigné la veille s'était retirée et l'avait abandonné sur une grève jonchée de cailloux blessants.

« Il n'y a donc aucun moyen de leur ouvrir les yeux, à ces crétins ? » soupira-t-il en s'engouffrant dans la voiture.

Le Maître-esprit, qui n'avait pas bougé de son siège tout le temps de l'arrêt, lui décocha un de ces regards sévères qui tendaient entre eux des abîmes soudains et infranchissables.

« Tu observeras, Yann, que c'est exactement de cette façon que naît le criminel en chacun », dit-il d'une voix douce.

Mathias 10

Il se passait quelque chose d'étrange dans la tête de Mathias : il avait l'impression qu'il ne s'appartenait plus, que quelqu'un d'autre avait pris possession de son esprit et lui imposait sa volonté. Il ne croyait pas aux démons ou autres revenants qui avaient bercé ses terreurs d'enfant, mais il lui fallait, sinon admettre, au moins envisager le fait qu'il était passé sous le contrôle d'une entité étrangère. Cela se manifestait par des envies subites et irrépressibles, comme se rendre sur le parvis de Notre-Dame ou encore sur une tombe précise du cimetière du Père-Lachaise. Il avait beau demeurer conscient de l'absurdité de ce genre de pulsion, il n'avait pas d'autre choix que de s'y soumettre, comme si « l'entité » avait le pouvoir de bâillonner son libre arbitre, d'annihiler toute velléité de résistance : elle aurait pu lui lancer n'importe quel ordre, il aurait obtempéré sans marquer la moindre hésitation, et il n'y avait rien de plus perturbant, rien de plus effrayant que ce sentiment de perte de maîtrise, d'abandon de la souveraineté.

« L'entité » ne le harcelait pas toute la journée, ou il serait probablement devenu fou, elle s'adressait à lui de temps en temps, histoire sans doute d'éprouver la fiabilité de son véhicule. Il avait pensé à la schizophrénie, à toute autre forme de division de l'identité psychique, mais il lui semblait se souvenir que les individus victimes de dédoublement de la personnalité dressaient des barrières infranchissables entre leurs différentes vies, et lui n'avait encore jamais perdu sa lucidité. Il évoluait sur deux niveaux de conscience simultanés au long de ces courtes crises, l'un, l'envahisseur, dominant l'autre, l'occupé, et il ne savait pas s'il existait une forme de maladie mentale qui correspondît à ces symptômes. Rendu à ses pensées ordinaires le reste du temps, il espérait à chaque fois que « l'entité » l'avait définitivement déserté, qu'il avait seulement souffert d'un désordre passager dû aux possibilités ignorées du cerveau, mais il éprouvait une sensation pénible et persistante de déséquilibre, de vertige, comme s'il se trouvait en permanence au bord d'un gouffre. Il se demandait avec angoisse s'il redeviendrait un jour l'un des Mathias d'avant, le Mathias insouciant et heureux dans le ventre de la nuit, le Mathias qui fondait sur ses proies avec la volupté soyeuse du fauve, le Mathias qui brûlait ses premiers et derniers feux pour Hassida.

Chaque jour, il se rendait à la clinique Soubeyrand et passait deux ou trois heures en compagnie de sa belle endormie.

« Aucun signe d'amélioration », disait invariablement l'infirmière avec une moue navrée lorsqu'ils se croisaient dans le couloir ou dans la chambre.

Elle ajoutait deux ou trois phrases sur l'absurdité de l'acharnement thérapeutique, puis elle repartait vaquer à ses occupations avec une obstination de fourmi qui démentait ses propos désabusés.

Assis sur une chaise inconfortable, Mathias fixait le visage inerte de Hassida jusqu'à ce qu'il devienne une tache claire et encadrée de noir sur le fond blanc de l'oreiller. Puis il s'adressait à elle dans l'espoir un peu fou qu'elle percevrait sa voix, qu'elle s'en servirait comme d'un fil pour sortir de son labyrinthe. Il lui disait qu'il l'aimait, qu'il l'enlèverait bientôt de cette clinique et la déposerait aux pieds du Christ de l'Aubrac, le faiseur de miracles. Une fois qu'elle serait revenue à la vie, ils se réfugieraient dans un cocon chaud et sûr pendant la tempête finale, ils survivraient tous les deux dans l'Éden reconstitué, comme le premier homme et la première femme du rap de Taj Ma Rage. Il lui disait que la fin de cette humanité était inscrite dans le ciel, dans la nuit, dans les dérèglements du temps, mais que, comme dans la Bible, il suffisait peut-être d'une action juste pour empêcher la disparition totale des hommes. Et cette action juste, c'était l'union de leurs deux corps et de leurs deux âmes. Il lui racontait son enfance, ses histoires russes, il ne pouvait s'empêcher de pleurer et de suffoquer lorsqu'il évoquait la mort de sa mère, de rire ou de frémir en retraçant les anecdotes du temps des bandes. Jamais il ne s'était confessé de la sorte, lui le taciturne, lui l'oiseau de nuit, lui le clandestin, jamais il n'aurait cru que vider son sac représentait un tel soulagement. Il se sentait si léger, au sortir de la clinique, qu'un réflexe le poussait à s'accrocher au premier lampadaire pour ne pas être emporté par une bourrasque.

Après une embellie de quelques jours, le vent et la pluie régnaient de nouveau en despotes sur le pays, sans empêcher la température de grimper et d'approcher les trente degrés. On avait décrété l'alerte maximale sur les régions de l'Ouest où étaient annoncés cyclones et raz-de-marée. À Paris, il faisait si sombre dans les rues que les voitures roulaient en permanence avec les phares allumés. Les quais de Seine étaient fermés depuis longtemps à la circulation — ils ne seraient peut-être jamais rouverts, selon des experts —, et le niveau du fleuve atteignait déjà une cote plus que préoccupante.

En dehors de ses visites quotidiennes à la clinique Soubeyrand, Mathias restait inerte, allongé sur son lit, attendant le coup de fil de Blaise et de Cathy qui ne venait pas. Il absorbait sans y prêter attention les images qui défilaient sur l'écran de la télé et qui, involontairement, dénonçaient l'ineptie du monde. Finalement, de tout le fatras visuel et sonore vomi par la petite lucarne, c'étaient encore les conflits, les guerres, qui semblaient les moins malhonnêtes. Le reste ressemblait à une gigantesque entreprise de décervelage scandée par les rondes publicitaires. Quand on regardait certains prêtres et prêtresses de la lucarne avec le recul que procure le désintérêt, leur servilité, leur mercantilisme sautaient aux yeux et suscitaient une sorte d'écœurement auquel il n'y avait qu'une façon de mettre un terme : presser la touche rouge de la télécommande.

Mathias émergea cependant de sa nausée télévisuelle pour se souvenir qu'OMT passait chaque vendredi à 21 heures sur Télé Max. Non qu'Omer lui parût plus sincère ou moins vénal que les autres officiants de la télévision, mais il était le fil, le seul, qui le reliait au Christ de l'Aubrac et à la guérison de Hassida. Il subit pendant deux heures le verbiage hystérique de l'animateur et de ses invités : le président d'un grand club de foot se défendait d'une accusation de corruption face à un panel d'opposants composé de deux de ses anciens joueurs, du rédacteur en chef d'un grand quotidien sportif, d'un arbitre international, d'un membre de l'UEFA et de deux représentants de clubs de supporteurs. Mathias patienta jusqu'à la fin des échanges orduriers entre les différents protagonistes pour obtenir la confirmation qu'il attendait : la date du passage à OMT du Christ de l'Aubrac, le vendredi 24 février.

Après une visite à Hassida plus matinale que d'habitude, il entreprit de repérer les lieux. D'abord le trajet entre la clinique Soubeyrand et le siège de Télé Max, une construction de verre dressée comme un gigantesque miroir dans le quinzième arrondissement, non loin du parc André-Citroën. Une voiture serait nécessaire pour transporter le corps inerte de Hassida. Comme il ne disposait pas de carte de crédit, qu'il ne pouvait donc pas en louer une, il lui faudrait la voler. Avec la fermeture des quais de Seine, le plus simple serait de prendre le périphérique jusqu'à la Porte de Sèvres, puis emprunter les Maréchaux jusqu'au siège de Télé Max.

Il resta assis une partie de la journée à la terrasse d'un café d'où il pouvait surveiller l'entrée du parking souterrain de l'immeuble. Les conducteurs baissaient la vitre de leur portière et tendaient leur badge au gardien qui, d'une guérite, commandait l'ouverture de la barrière. Mathias reconnut parmi eux quelques présentateurs célèbres. Comme il avait fait le tour de l'immeuble et qu'il n'avait pas repéré d'autre entrée, il en conclut que le Christ de l'Aubrac entrerait par là lui aussi et que, s'il voulait garder ses chances de lui amener Hassida, il devrait lui-même se trouver à l'intérieur du parking avant ou après l'émission. Il n'entrevoyait pas d'autre solution. S'il enlevait Hassida et qu'il partait à la rencontre du faiseur de miracles maintenant, Blaise et Cathy, alertés par cette saloperie de laisse électronique, interviendraient sans lui laisser le temps d'atteindre son but. Le passage du Christ à Paris lui offrait une magnifique opportunité de sauver Hassida sans éveiller l'attention de ses chiens de garde. Piquer une bagnole ne poserait aucun problème. Le plus difficile serait sans doute de s'introduire à l'intérieur de ce périmètre ultraprotégé qu'était le parking de Télé Max, de tromper la vigilance du gardien et des caméras de vidéo-surveillance.

Il lui restait encore plus d'un mois pour y réfléchir.

Il s'immobilisa devant la porte d'entrée de l'immeuble restée ouverte. La pluie avait cessé de tomber depuis peu, et les nuages déchirés se faufilaient comme des voleurs dans les trouées du ciel. « L'entité » n'était en rien responsable de la brusque sensation de danger qui l'avait figé sur le trottoir. L'air vibrait d'une résonance particulière qui lui vrillait les nerfs et déclenchait en lui une sonnerie d'alarme. Une atmosphère tendue, oppressante, similaire à celle qui avait précédé l'irruption des assassins de son père et de ses sœurs dans le pavillon de Colombes, similaire à celle qui avait précédé chacune de ses exécutions.

La proximité de la mort.

Il jeta un regard furtif par-dessus son épaule. Des passants traversèrent son champ de vision, tous enfouis sous des vêtements de pluie, tous inquiétants dans leur anonymat. Il ne remarqua rien de suspect dans les voitures en stationnement, mais, même si la rue luisante semblait aussi paisible qu'à l'accoutumée, son souffle s'accéléra, son rythme cardiaque s'emballa. Il glissa la main dans la poche intérieure de son blouson et agrippa la crosse de son Glock. Une silhouette claire jaillit soudain de la pénombre du couloir et se précipita dans sa direction en hurlant des imprécations en arabe.

Mathias entrevit l'éclat d'une arme plaquée le long de la jambe de l'homme, un pistolet-mitrailleur. Des tonnes de glace lui dégringolèrent dessus. Il ne réagit pas quand l'autre leva le bras sans cesser de courir. Un vrombissement de moteur derrière lui, suivi d'un crissement de pneus, le tira de sa torpeur, l'électrisa. Il se jeta sur le côté une fraction de seconde avant que la bouche du pistolet-mitrailleur ne crache sa première salve, tomba sur le trottoir, amortit sa chute avec son bras libre et roula aussitôt sur lui-même. Des balles dégringolèrent en pluie, sifflèrent, miaulèrent, ricochèrent sur le ciment. Toujours à terre, Mathias dégagea son pistolet et déverrouilla le cran de sûreté. Le tueur avait ralenti l'allure afin de rectifier le tir. Il discerna son visage à demi découvert par l'affaissement de son écharpe blanche, un visage jeune, brun, familier. Au deuxième plan, la voiture à l'arrêt, une grosse berline noire, bloquait d'autres véhicules qui commençaient à klaxonner. Des piétons affolés couraient dans tous les sens au lieu de se plaquer au sol ou de se réfugier sous un porche.

Le tueur lâcha une nouvelle rafale. Mathias perçut la brûlure des balles qui s'écrasèrent à quelques centimètres de sa tête. Il pressa en continu la détente de son Glock en imprimant à son bras un mouvement de balayage. Il vit l'autre marquer un temps de suspension, chanceler, se traîner vers la berline noire, courbé sur lui-même, probablement touché dans la région du ventre. Le vent ne parvenait pas à chasser la violente odeur de poudre qui, malgré la brièveté de l'échange, avait submergé les lieux.

Mathias ne quitta pas des yeux la voiture jusqu'à ce qu'elle eut disparu à l'angle de la rue et attendit encore quelques secondes avant de se relever. Les battements de son cœur vibraient jusqu'au bout de ses doigts, son arme diffusait dans sa paume une chaleur intense qui se propageait dans tout son corps. Les douilles jonchaient le ciment par dizaines. Un miracle qu'aucune balle ne l'eût atteint. Un miracle, et surtout la maladresse du tireur incapable de maîtriser ses nerfs, un de ces stupides paons de banlieue qui se figurent que l'arme fait le tueur.

Mathias plaqua tout à coup des souvenirs précis sur le visage de son agresseur, la grande salle à manger de la ferme briarde transformée en réfectoire, les femmes voilées qui passent entre les tables, un jeune homme brun qui se lève pour les invectiver, les yeux enflammés par la démence, la bouche tordue par un rictus : un moudjahidin du Jihad international.

Les fous de Dieu avaient retrouvé sa trace.

La rue reprenait vie après cette brève parenthèse de fureur, les véhicules circulaient de nouveau, les piétons s'éloignaient à grands pas, pressés de sortir de la zone de turbulences, heureux de s'en tirer à si bon compte.

Mathias hésita sur la conduite à suivre. Le Jihad avait peut-être posté un ou plusieurs combattants dans son appartement. D'un autre côté, s'il ne remettait plus les pieds à cette adresse, Blaise et Cathy ne sauraient plus où le joindre, risqueraient de s'affoler, de le rechercher, de le transférer, de l'enfermer, d'entraver d'une manière ou d'une autre sa liberté de mouvement. La guérison de Hassida étant devenue sa priorité absolue, il décida de prendre le risque et, le Glock en main, s'engagea dans le couloir.

Il ne repéra aucune silhouette suspecte, ni dans la pénombre du rez-de-chaussée, ni sur le palier, ni devant l'appartement. La porte, toujours fermée à clef, n'avait pas été forcée. Il n'entra pas tout de suite cependant, il colla son oreille au panneau de bois, resta un long moment à l'écoute, essaya de discerner d'éventuels bruits suspects dans la rumeur habituelle de l'immeuble.

Ce fut la sonnerie du téléphone, criarde, prolongée, qui l'incita à précipiter les choses. Il glissa la clef dans la serrure, tourna la poignée, ouvrit la porte d'un coup de pied, se glissa dans le studio, le Glock pointé vers l'avant, se détendit en découvrant les lieux vides, se rua vers le téléphone, décrocha.

« Mathias ? C'est Blaise. Il faut que tu te barres. Immédiatement. Un de nos correspondants vient de nous avertir que le Jihad est sur tes talons.

— Ils m'attendaient dans la rue. Avec un pistolet-mitrailleur.

— Déjà ? Putain, ils nous ont pris de vitesse. Rien de cassé ?

— Moi non, mais je crois que j'ai amoché le tireur. Comment ils m'ont retrouvé ?

— Si nous avons des taupes chez eux, il n'y a aucune raison qu'ils n'en aient pas chez nous.

— Je croyais que vous étiez mes deux seuls correspondants, Cathy et toi, les deux seuls à connaître cette adresse ? »

Mathias perçut une hésitation, légère mais réelle, dans le souffle de Blaise.

« On ne maîtrise pas tout. On ne sait pas toujours ce qui se passe au-dessus de nos têtes.

— Chez les stratèges ?

— Par exemple.

— Le Jihad, il... il a retrouvé Hassida ?

— Je ne crois pas. Il est moins futé que toi, visiblement.

— Ah, vous savez pour...

— Tu as tendance à oublier que tu laisses des traces partout où tu passes. Si tu continues à rendre des visites quotidiennes à la clinique Soubeyrand, tu risques de remettre le Jihad sur la piste de Hassida. Penses-y la prochaine fois. J'ai une nouvelle adresse. Tu as de quoi noter ? »

Tout en saisissant le crayon et un bout de papier, Mathias se demanda s'il devait parler à Blaise de ces moments où l'entité prenait possession de lui. Il y renonça. D'où qu'elle vînt, la voix paraissait l'emmener vers la guérison d'Hassida, du côté de la vie, et il craignit qu'un aveu de ce genre ne les incite à lui retirer leur confiance, à mettre fin à sa liberté conditionnelle, à compromettre son projet de déposer sa belle endormie aux pieds du faiseur de miracles.

Mathias avait pris possession de son nouveau logement depuis trois heures quand l'entité se manifesta et lui ordonna de se rendre au Smalto, le rade du Lynx à Pantin. Il obtempéra comme à chaque fois après une brève et inutile révolte. Il n'était pourtant plus en affaire avec Roman ni aucun autre tentacule de la pieuvre. Dans ce milieu, une absence de plusieurs mois équivalait à une mise à l'écart définitive. La nuit était déjà tombée lorsqu'il remonta le boulevard de Magenta jusqu'à la place de la République où il héla un taxi. Il avait trouvé de l'argent liquide dans le coffre mural de la nouvelle adresse, à croire que Blaise et Cathy avaient planqué du fric dans tous les recoins de Paris.

Le taxi le déposa un quart d'heure plus tard devant la porte du Smalto. Jem le videur lui serra la main avec sa vigueur coutumière et lui répéta à six reprises au moins qu'il était super content de le revoir. Dans la salle, deux fausses blondes en string se trémoussaient plus ou moins en cadence sous les regards plus ou moins émoustillés d'une poignée de clients.

Roman était assis à sa table habituelle, toujours tiré à quatre épingles, seul avec son verre dans l'éclairage glauque des lampes de style chinois. Il eut une étrange réaction lorsque Mathias s'assit à sa table, un mouvement de recul, une lueur d'effroi dans les yeux, comme s'il se retrouvait tout à coup face à un ennemi.

Mathias s'étonna de la défiance du Lynx jusqu'à ce qu'un ordre silencieux, impérieux, relègue au second plan ses autres pensées :

Tue-le.

Marc 10

Marc décelait la patte de Jean-Jacques Bral dans les trois coups de fil anonymes qu'il avait reçus. À chaque fois ses correspondants, des hommes, l'avaient invité à explorer des pistes « sensible », « brûlante » ou « dangereuse » : l'une conduisait du côté de ministère de l'Intérieur, l'autre du côté du CNRS et des dernières avancées en matière de biotechnologie, la dernière enfin du côté de Télé Max et de son animateur vedette, Omer.

Il semblait à Marc qu'un réseau clandestin s'était constitué autour de lui pour l'épauler dans sa tentative éperdue de réhabiliter le Christ de l'Aubrac. Mais, contrairement à l'EDV, ces appuis mystérieux ne lui versaient aucun salaire, et son compte en banque accusait désormais un déficit *gargantuesque* selon le banquier qui n'hésitait pas à étaler la noblesse de ses lettres. L'avocat du syndicat l'avait également entretenu des intentions de la partie adverse : la plupart des journalistes de l'EDV avaient accepté de témoigner contre lui à la barre du tribunal des prud'hommes. Ils se chargeraient de présenter la clause de conscience arguée pour sa défense comme une simple opposition de caractère entre Marc et BJH, soit l'équivalent d'un refus de travail ou d'une démission.

« Et vous savez aussi bien que moi que la démission n'ouvre droit à aucune indemnité de départ. Ou bien il aurait fallu au préalable négocier avec BJH un licenciement économique.

— Je n'ai pas refusé d'exécuter un travail, merde, j'ai seulement estimé que l'exercice du lynchage médiatique n'était pas conforme à notre statut, à notre déontologie.

— Vous voulez sans doute parler de ce fameux dossier consacré au Christ de l'Aubrac ? Le syndicat n'aime pas BJH, qui le lui rend bien, mais il le soutient à cent pour cent dans cette affaire. Comme en temps de guerre : les anciens adversaires se serrent les coudes face à un danger commun. Votre affaire n'est pas aussi... facile à défendre que je ne le croyais, mon vieux. »

L'avocat lui donnait du mon vieux comme l'ex numéro 1 et l'ex numéro 2, signe sans doute d'une dégringolade vertigineuse dans son estime. Indice également d'un soudain armistice entre BJH et le syndicat des journalistes, d'une possibilité sérieuse que Marc soit débouté dans l'affaire qui l'opposait à l'EDV et, par conséquent, d'une Berezina financière dont il lui serait très difficile de se remettre. La banque lui saisirait son studio puisqu'il n'aurait plus la possibilité de rembourser son crédit, lui supprimerait son chéquier, sa carte, l'enverrait grossir les bataillons de plus en plus serrés des handicapés de la finance, de ces irresponsables qu'on traite comme des mendiants à qui on fait de temps à autre l'aumône d'une poignée de billets. Il ne lui resterait plus rien, plus de travail, plus d'argent, plus de biens, plus d'épouse, plus d'enfants, plus de maîtresse, plus de relations, seulement ces correspondants anonymes qui l'avaient implicitement chargé de rétablir la vérité sur Vaï-Ka'i. Ceux-là œuvraient certainement dans un but précis, mais connu d'eux seuls, et Marc avait la désagréable impression d'être un jouet entre leurs mains. Ils n'avaient pas besoin d'un chevalier sans peur et sans reproche, mais d'un électron fou, de quelqu'un qui, comme lui, était sur le point de tout perdre et de se couper de ses chaînes. Ce dénuement programmé aurait dû le rapprocher des néo-nomades, donc de sa fille aînée décidée à rejoindre leurs rangs, il engendrait pour l'instant un vertige qui ressemblait étrangement à la peur. Pas facile de lâcher les prises quand, sans être très riche, on s'est accroché toute son existence aux certitudes matérielles. Il avait beau tourner et retourner le problème dans sa tête, il ne voyait pas de quelle manière se sortir de l'impasse. Salarié depuis toujours, il n'avait pas l'âme ni les tripes d'un spéculateur. Les rares fois où il avait joué au casino, roulette ou blackjack, il avait perdu ses mises avec la régularité métronomique des poissards, et les « méga-affaires » que lui avait conseillées l'ex numéro 2, qui connaissait toujours quelqu'un qui connaissait les meilleurs placements, s'étaient immanquablement soldées par des fiascos. Tandis que certains avaient avec la fortune une relation tumultueuse, passionnée, son ménage avec l'argent avait viré à la cohabitation maussade.

Il s'était rendu à une dizaine d'entretiens d'embauche depuis son retour de Lozère, mais aucun d'eux ne s'était avéré concluant. Oh, bien sûr, les chasseurs de têtes des cabinets de recrutement, plus jeunes que lui pour la plupart, ne lui avouaient pas franchement qu'ils le trouvaient trop vieux, légèrement ringard ou furieusement *has been*, ils se contentaient de ne pas lui répondre, ni par lettre ni par téléphone, comme s'il ne valait même pas un timbre ou un coup de téléphone. À l'issue de l'entrevue, certains se fendaient d'un « je ne sais pas si vous correspondez vraiment au profil » qui lui coupait les pattes plus sûrement qu'un col de troisième catégorie. Il ne représentait plus aucune valeur économique à leurs yeux, il ne rapportait plus un sou aux marchands du temple, ils ne l'admettaient plus dans leur paradis matériel. Il en éprouva d'abord de l'amertume, puis, passés les premiers instants de détresse, il en conçut de la colère, une colère froide, lucide, qui le maintint douloureusement éveillé une grande partie de ses nuits.

Ses filles ne l'accueillaient plus avec la lippe boudeuse et la mine revêche lorsqu'il leur rendait visite dans le petit pavillon de banlieue. Leur conversation dans l'air frit du fast-food avait suffi à nouer entre eux un début de complicité qui étonnait l'ex numéro 1. Il n'hésitait plus à passer la nuit dans le lit autrefois conjugal, et l'ex, ravie, se pelotonnait contre lui avec tant d'ardeur que, malgré ses os saillants, elle finissait par lui dérober une érection, une pénétration, et l'entraîner dans des ébats distraits, paresseux, pas désagréables dans le fond.

« Tu devrais venir plus souvent. Ça fait du bien aux filles. J'ai remarqué qu'elles sont beaucoup moins agressives ces temps-ci. Et ton affaire aux prud'hommes ? Et ton bouquin ? »

Il répondait d'un « ça suit son cours » qui la contentait sans le mouiller beaucoup. Elle n'était pas prête en tout cas à encaisser la révélation du projet néo-nomade de Tonya. Il avait, à deux ou trois reprises, lancé la conversation sur le phénomène du Christ de l'Aubrac, elle s'était emportée avec une rare violence contre ce salaud qui transformait ses adeptes en individus asociaux, amoraux, dégueulasses.

« Je ne dis pas ça parce qu'ils se baladent à poil, mais j'ai entendu dire que... enfin, ils imitent leur soi-disant prophète, ils font... tu sais, *ça* avec des mineurs, et même avec leurs propres enfants. »

C'était, bien entendu, le résultat du travail de sape des médias, colporter des ragots afin d'amplifier en chacun l'écho de ses propres drames. La bonne vieille tactique du bouc émissaire : plutôt que d'affronter leurs vieux démons réveillés par les calomnies, les foules trouvent plus pratique de cristalliser leur haine sur un individu ou un groupe d'individus chargés de tous les maux.

« Aude Versans, l'assistante d'Omer. »

Marc serra la main moite de la tornade de parfum, de mèches blondes et de vêtements criards qui venait de s'engouffrer dans le minuscule bureau encombré d'un fatras de paperasses et d'objets divers. Un bon point pour elle, elle fumait comme une cheminée, si bien qu'il ne se gêna pas pour allumer à son tour une cigarette. Il avait décidé de commencer par explorer la piste de Télé Max et d'OMT, la plus abordable, la moins dangereuse à ses yeux. La facilité avec laquelle il avait obtenu ce rendez-vous avec l'assistante d'Omer semblait lui avoir donné raison pour l'instant.

« Vous travaillez pour quel news déjà ? Vous me l'avez sûrement dit, mais je ne m'en souviens plus...

— Je suis free lance, répondit Marc. Je bosse aussi bien pour des revues comme l'EDV que TV Heb ou Ciné Plus. Les coulisses d'OMT intéressent pas mal de monde. »

Aude Versans hocha la tête et se laissa choir avec une certaine lassitude sur sa chaise.

« Si ça ne vous dérange pas, j'aimerais... j'aimerais jeter un coup d'œil sur votre travail avant la publication, murmura-t-elle en rangeant quelques feuilles éparses sur son bureau. Omer est fou, fou, fou, quand il voit toutes les conneries qu'on débite sur lui. Je ne vous connais pas, vous comprenez, je ne sais pas si vous êtes... enfin, honnête. »

Marc se contint pour ne pas éclater de rire. Lui n'avait pas besoin de la connaître pour se rendre compte que l'honnêteté était la moindre de ses vertus. Il était illusoire, de toute façon, de chercher une once d'honnêteté dans un bâtiment tel que celui de Télé Max. L'air climatisé suintait la fourberie, l'hypocrisie, l'intrigue, la cruauté, dès qu'on franchissait la porte principale et qu'on fendait les petits groupes caquetants disséminés dans le gigantesque hall aux ors et marbres sous-staliniens.

« C'est une pratique de plus en plus courante, ce qui ne veut pas dire qu'elle est normale, dit Marc. Mais, d'accord, je vous enverrai une télécopie de l'article dès qu'il sera rédigé.

— Simple question de... correction, vous comprenez. Omer fait vendre des tonnes de papier, mais tous ces mensonges, tous ces ragots, ça finirait par provoquer une overdose. »

Il eut l'étrange impression, pendant quelques secondes, de l'entendre parler de Vaï-Ka'i.

« Je croyais pourtant qu'il n'y avait rien de pire que le silence ou l'indifférence dans le monde des médias. Que l'important était d'occuper le terrain, peu importe que ce soit en mal ou en bien... »

Le visage plein d'Aude Versans se plissa de ridules aux coins des yeux et aux commissures des lèvres. Marc aurait parié qu'elle s'astreignait à des régimes insensés pour perdre l'excès de poids trahi par un embryon de double menton, qu'elle faisait partie des bataillons anonymes qui consacraient une grande partie de leur existence à se battre contre leur gourmandise. Elle utilisait la cigarette en coupe-faim, comme Charlotte, comme ses filles, comme toutes ces femmes qui choisissaient de sacrifier quelques années de leur vie pour ressembler aux fantômes anorexiques des podiums de mode.

« C'est vrai et ça ne l'est pas, dit-elle. L'image d'Omer a évolué. Il était provoc à ses débuts, limite insupportable, il donne aujourd'hui dans le consensus prime time, il est un des seuls à pouvoir rassembler tous les publics, la génération rap et la génération rock, les hommes et les femmes...

— Le gendre idéal, quoi !

— Vous voulez savoir quoi au juste ? »

Le ton rogue avec lequel elle avait posé la question avertit Marc que ses vieux réflexes sarcastiques risquaient de mettre un terme prématuré à leur entretien.

« Je m'intéresse, comme je vous le disais tout à l'heure, aux coulisses de l'émission. On ne voit que le résultat, le direct hebdomadaire, mais je suppose qu'elle nécessite un énorme travail de préparation, ne serait-ce que pour le choix des sujets et des invités. Vous permettez ? »

Il dégagea de la poche de sa veste le magnéto qu'il n'avait pas osé utiliser chez la mère et la sœur de Jésus. Non qu'il en eût réellement besoin, mais il supposait que, face à une professionnelle des médias, il y gagnerait en crédibilité. Curieusement les différents interlocuteurs de Télé Max qu'il avait eus au téléphone ne lui avaient jamais demandé de se justifier, comme si chacun d'eux pensait que l'autre s'était chargé des questions et vérifications d'usage. Aude Versans elle-même n'avait pas exigé de voir sa carte de presse. Elle supposait qu'il avait franchi tous les barrages puisqu'il avait échoué dans son bureau-foutoir du cinquième étage du siège de Télé Max. En réalité, un petit baratin en forme de sésame et un minimum de ténacité avaient suffi à Marc pour s'immiscer dans les dysfonctionnements d'une grosse entreprise comme Télé Max.

À l'instant où il s'était introduit dans le bunker de verre du XVe arrondissement, il avait mis un pied dans le monde de l'architecture grandiloquente et absurde. Les hôtesses l'avaient renseigné en dépit du bon sens, et il s'était perdu dans des couloirs qui n'aboutissaient nulle part. Un jeune homme aimable, rencontré par hasard dans une sorte de no man's land de béton et d'acier, avait fini par le guider jusqu'au bureau d'Aude Versans, « pas tout à fait au cinquième puisque l'étage se situe entre le troisième et le quatrième, mais on l'a toujours appelé le cinquième... »

« Le choix des sujets dépend en grande partie de l'actualité, reprit Aude Versans après avoir allumé une cigarette. Nous ne savons pas aujourd'hui quels seront les sujets de polémique demain. Notre rôle, à moi et à la productrice, Marita Kœsler, c'est justement d'essayer de prévoir les dossiers quatre ou cinq mois à l'avance.

— De quelle façon procédez-vous ? »

Aude Versans se renversa sur sa chaise, un geste que Marc interpréta comme un début de relâchement. Il perçut une grande lassitude dans le bleu froid de ses yeux rehaussés de faux cils. Elle appartenait à une équipe chargée de maintenir coûte que coûte le taux d'audience le plus élevé de tout le PAF — et la formidable manne publicitaire qui en découlait —, une pression énorme.

« On a une équipe branchée en permanence, ou presque, sur les agences de dépêches, les sites et les forums du Net. Des jeunes pour la plupart. On les appelle les furets. Ils s'introduisent dans des sites dont ni vous ni moi ne pourrions même imaginer l'existence.

— En toute légalité ? »

Elle haussa les épaules.

« Pas toujours. Mais comme les sites ne sont pas toujours légaux, eux non plus, ça ne pose pas vraiment un cas de conscience. Les furets font le premier tri. C'est à partir de là que nous intervenons, la productrice et moi.

— Sur quels critères ?

— La polémique. Plus le sujet prête à la controverse, plus il nous intéresse. Nous recherchons des oppositions tranchées, musclées. Question de dynamique, vous voyez.

— De dynamite plutôt, non ? »

Elle eut un petit sourire presque aussitôt chassé par un début de bâillement.

« De dynamite, très juste. Marita, la productrice, n'est pas allée chercher Omer pour faire une télé molle, politiquement correcte. Au fait, vous savez pourquoi Omer m'a Tuer avec un R ?

— L'affaire Omar Rhaddad, je suppose. »

Elle parut surprise par sa réponse, déçue également de ne pas produire son effet habituel. Elle tira pendant quelques instants sur sa cigarette en le dévisageant au travers des rideaux de fumée.

« Ils ne sont pas beaucoup à connaître cette histoire, même chez vos confrères journalistes.

— Sans doute parce que nous nous empressons d'effacer les injustices de la mémoire collective. Et si vous me donniez un exemple précis pour illustrer votre propos...

— Il va paraître quand votre papier ?

— Dans deux semaines. »

Elle se redressa et consulta le planning surchargé de ratures qui occupait la moitié de la surface de son vieux bureau métallique.

« Ça devrait tomber sur le sujet du trafic d'organes. L'accusé, je veux dire la personnalité controversée, sera le patron d'une petite boîte dont la spécialité est de collecter des organes dans les pays du tiers-monde, yeux, reins, poumons, tout ce qu'il peut ramasser... Il prend les commandes des cliniques et envoie ensuite ses collaborateurs sur tous les continents avec des mallettes pleines de dollars. Comme la demande est de plus en plus forte, il gagne un fric dingue. En face de lui, il y aura deux représentants de Médecins Sans Frontière, l'ambassadeur de l'Inde en France et des spécialistes de la transplantation d'organes. Ce sont les furets qui ont trouvé le sujet sur un forum de discussion. Marita et moi, nous avons ensuite monté l'émission. Le plus dur a été de convaincre le mec de venir se défendre sur le plateau. Il a fini par accepter en comprenant que, même s'il était malmené pendant deux heures, il triplerait ou quadruplerait le volume de ses commandes tellement il y a de personnes qui attendent un organe en France.

— Il rentre dans la catégorie de ceux qui occupent le terrain à n'importe quel prix, si je comprends bien.

— Le déficit d'image ne le concerne pas. Lui, il ne passe qu'une seule fois, et il a intérêt à ce que se soit virulent, saignant si j'ose dire ! »

Marc acquiesça d'un air pénétré et laissa s'écouler quelques secondes avant d'aborder le sujet qui l'intéressait.

« Cet homme dont tout le monde parle, Vaï-Ka'i, le Christ de l'Aubrac, il doit bientôt passer chez vous, il me semble. Combien de temps ça vous a pris pour préparer sa venue ? »

Il s'était appliqué à rester naturel, détaché, mais il craignit d'avoir été trahi par le son de sa voix, et la brusque crispation des traits d'Aude Versans le confortait dans cette impression. Le grésillement pourtant à peine perceptible de la bande du petit enregistreur enfla démesurément dans le silence. Le regard bleu de l'assistante d'Omer erra sur les étagères métalliques qui couraient tout le long des cloisons et débordaient de chemises cartonnées à demi éventrées. La pièce qui lui servait de bureau n'était pas seulement exiguë, mais également lugubre, étrangement misérable en tout cas pour quelqu'un qui jouait un rôle aussi important dans OMT, l'émission phare de la chaîne.

« Ah lui, c'est différent, dit-elle enfin. Nous ne l'avons pas vraiment... choisi.

— Vous voulez dire qu'on vous l'a imposé ?

— Quelque chose dans ce genre.

— Qui ? »

Elle lui jeta un coup d'œil perplexe avant d'écraser sa cigarette dans un cendrier sur pied déjà gavé de mégots.

« Le patron de la chaîne.

— Max Angrezo ? Je crois me souvenir qu'il a de solides appuis dans le milieu politique.

— Lui ? Il est copain comme cochon avec tous les membres du gouvernement, vous voulez dire ! Remarquez, ça a bien arrangé ses affaires dans certaines… circonstances.

— Entre autres l'attribution du réseau hertzien et des passe-droits pour la création d'un deuxième bouquet numérique. »

Elle désigna le petit magnéto posé sur le coin du bureau.

« Vous devriez éteindre ça, je ne souhaite pas que ces informations sortent de cette pièce… »

Il obtempéra d'autant plus volontiers qu'elle avait l'air en veine de confidences et qu'il ne devait lui offrir aucun prétexte de mettre fin à une conversation qui, à partir de cet instant, devenait vraiment passionnante.

Lucie 10

Vaï-Ka'i n'avait pas guéri Lucie d'une blessure grave, il l'avait ramenée de chez les morts, c'est du moins l'impression qu'elle gardait de son retour à la conscience dans l'atmosphère ensoleillée de Marseille. Elle était revenue d'un voyage bien plus lointain et long que les dix minutes de coma — de non-vie — dont parlait Barthélemy. Elle ne se souvenait plus vraiment de ce qui s'était passé entre le moment où le type masqué avait abattu sa batte et celui où elle s'était réveillée, hagarde, sur le bitume ramolli par la chaleur insolite de janvier. Il lui en restait seulement des réminiscences, une sensation de mouvement, de fluidité, de libération, d'apaisement.

Ceux qui n'avaient pas eu l'occasion d'être miraculés — une écrasante majorité — la regardaient avec des lueurs d'envie dans les yeux : elle avait été touchée par la grâce du Maître-esprit et, pour ses condisciples, toujours avides de signes, elle était la preuve incarnée de la puissance infinie du serpent double. Elle ne s'estimait pas particulièrement privilégiée cependant ou, plus exactement, elle avait admis l'importance et le caractère sacré de la vie sur Terre, de la sienne mais également de toutes les autres. Elle considérait désormais que le simple fait d'avoir un esprit dans un corps était un privilège dont les hommes n'étaient pas conscients, un cadeau dont ils n'appréciaient pas la beauté et qu'ils s'acharnaient à dégrader par tous les moyens. Respirer, manger, boire, marcher, contempler les crépuscules et les aubes étaient des expériences merveilleuses, incroyables. Comme trois ou quatre heures de sommeil lui suffisaient désormais, elle se levait tôt pour assister à l'évanouissement des ombres nocturnes dans la lumière incertaine du petit jour. Parfois, lorsqu'il n'y avait plus de place dans les maisons marquées du serpent double ou dans les hôtels environnants — lesquels étaient de plus en plus nombreux à refuser leurs chambres aux néo-nomades —, elle dormait à la belle étoile en compagnie de Barthélemy. En dépit d'un ciel souvent pluvieux, elle aimait cette sensation de reposer dans le ventre de la nuit, bercée par le chœur des éléments. Elle regardait sa vie d'avant avec le recul confortable que donne la sérénité, elle revoyait son parcours hésitant et chaotique, son adolescence tourmentée, l'interruption de sa scolarité, son départ de la maison familiale, sa longue relation avec Jérémy, ses différents boulots, ses exhibitions sur le réseau, sa rencontre avec Barthélemy... Une cohérence sous-jacente se dégageait de ces bouts de chemin apparemment sans logique. Ils l'avaient conduite aux pieds du Maître-esprit après qu'un petit bourreau des rues lui avait fracassé la tempe avec une batte de base-ball. Elle se doutait que cet état ne durerait pas, qu'elle jouissait encore des traces de l'extraordinaire énergie qui s'était diffusée dans sa chair pour la ressusciter, mais cela lui importait peu dans le fond, elle renouerait un jour ou l'autre avec ces fragments de joie pure, elle serait à nouveau reliée au grand corps du monde.

Barthélemy, lui, n'était plus le même depuis la renaissance de Lucie. Une lueur s'était allumée au fond de son regard, qui brillait d'un éclat tragique. Renfrogné, il ne sortait que rarement de son mutisme, et toujours pour décocher des flèches empoisonnées. Il avait l'allure à la fois apeurée et agressive d'un animal traqué, une impression sans doute accentuée par l'atmosphère de clandestinité qui présidait désormais aux assemblées.

Deux disciples des premiers temps avaient suggéré au Maître-esprit de recourir aux méthodes des anciennes tribus technos, qui ne dévoilaient qu'au tout dernier moment l'adresse des raves afin de réduire au maximum les risques d'être localisés par les forces de l'ordre : en utilisant la même procédure pour les assemblées, on diminuerait les probabilités d'attaques concertées comme celles de Marseille et d'Aix-en-Provence. Le serpent double, tracé sur les routes ou gravé sur l'écorce des arbres, servirait de signe de ralliement. Après que Vaï-Ka'i avait entériné leur proposition, les deux disciples étaient partis à la rencontre des responsables des assemblées prévues les jours suivants. Pas question de balancer ce genre d'information sur le réseau ou par l'intermédiaire des téléphones cellulaires, le mode oral était la seule garantie de confidentialité.

Les instructions se transmettaient de bouche à oreille quelques minutes à peine avant le début des assemblées, de façon à ne pas laisser aux éventuels agresseurs le temps de se concerter. Des guetteurs se répartissaient tout autour du lieu de rassemblement, munis de sifflets et chargés de sonner l'alerte en cas d'agitation suspecte. Si le système avait connu quelques ratés les premiers temps, il était bien rôdé désormais. C'était même devenu, chaque soir, une sorte de jeu de piste qui réveillait en chacun de vieux plaisirs ludiques. Vaï-Ka'i et Yann, son plus proche disciple, partaient devant avec les organisateurs, l'adresse était révélée deux ou trois heures plus tard avec des indications sommaires. Tous ceux qui désiraient entendre la parole du Maître-esprit, les néo-nomades qui le suivaient dans chacun de ses déplacements mais aussi des sympathisants, des malades ou de simples curieux, se mettaient alors en route et remontaient la piste grâce aux signes du serpent double disséminés sur le trajet. Les assemblées ne se tenaient pratiquement plus jamais en ville, mais dans des endroits reculés, insolites, en plein air le plus souvent, parfois sous une grange ou dans une usine désaffectée. On accueillait à grands éclats de rires et à coups de klaxon les distraits qui s'égaraient en route et ne retrouvaient le gros des troupes que le lendemain matin.

La clandestinité resserrait les liens entre les disciples et frappait la parole du Maître-esprit du sceau du secret révélé. Elle tenait à l'écart en tout cas les forces de l'ordre et les bandes chargées de semer le désordre. Les médias en concluaient que le néo-nomadisme ou le « vaïka'isme » — le néologisme venait de faire son apparition dans les journaux — reconnaissait de lui-même son caractère illicite en recourant à un mode de fonctionnement jadis réservé à ces raves technos où sévissaient les drogues dures et une sexualité débridée. Affirmaient que les sectes classées comme les plus dangereuses, Moon, la Scientologie, Raël, n'étaient que des épiceries de quartier en comparaison d'une entreprise de décervelage aussi puissante que le vaïka'isme. Réclamaient une interdiction pure et simple du mouvement au nom justement de cette liberté de conscience dont étaient privés à leur insu les adeptes du Christ de l'Aubrac.

« Je crois bien qu'on est paumés... »

Les phares de la BMW éclairaient la clairière dans laquelle se jetait le chemin de terre défoncé. Cela faisait un bon moment déjà que Lucie avait perdu de vue les feux de la voiture qui la précédait. Elle avait repéré un serpent double gravé sur le tronc d'un grand chêne, puis un autre tracé à la craie sur le bitume, elle s'était engagée dans une voie qui s'enfonçait dans la grande forêt de pins, avait parcouru quelques kilomètres sans discerner d'autre signe, avait voulu revenir en arrière, s'était retrouvée sans trop savoir comment dans ce chemin en piteux état qui les avait emmenés à l'orée de cette clairière.

Les essuie-glaces peinaient à évacuer la boue et le sable accumulés sur le pare-brise. Des nuages escamotaient peu à peu la lune pleine et brillante qui s'était détachée d'un crépuscule plus long et clair que d'habitude.

Barthélemy, recroquevillé sur le siège passager, observa Lucie d'un regard en coin. Il avait encore maigri ces derniers temps, et la fièvre semblait dilater ses yeux dans son visage émacié.

« Je n'ai jamais été miraculé ! marmonna-t-il. Normal tu me diras, je n'ai jamais été paralysé ! »

Elle comprit qu'il ressentait le besoin de crever l'abcès et hocha la tête sans dire un mot.

« Tu m'as tellement plu quand je t'ai vue sur l'écran que j'ai inventé toutes ces conneries pour te retenir, pour te draguer. Le coup de la paralysie, de l'impuissance, tu as marché, putain, tu as même couru ! »

Lucie n'en était pas vraiment surprise dans le fond. S'il avait lui-même vécu l'expérience du miracle, Barthélemy aurait eu une autre attitude quand elle était revenue de chez les morts, il se serait souvenu de son séjour dans la maison de toutes les lois, il aurait de nouveau baigné dans la lumière et la sérénité du serpent double.

« C'est dingue, c'est moi qui me suis fait passer pour miraculé, et c'est toi que Vahi-Kahi a guérie !

— Pas uniquement moi. Je te rappelle que nous étions plus de cent à être blessés. »

Barthélemy se redressa avec vivacité et frappa du plat de la main la vitre de la portière. S'il ne s'était pas encore converti à la mode du néo-nomadisme, il ne portait plus désormais qu'un vieux jean tellement déchiré qu'il ne tarderait pas à rejoindre les rangs de plus en plus fournis des disciples qui allaient vêtus de leur seul caleçon ou entièrement nus. Lucie ellemême n'attachait plus d'importance aux vêtements. Elle se couvrait la plupart du temps d'un ample tee-shirt sous lequel elle ne portait rien, ou seulement une culotte de coton pendant ses règles. Elle était parfois effarée de la vitesse à laquelle s'étaient dissoutes ses anciennes préoccupations, l'obsession de la propreté, de l'hygiène, de l'élégance, de la séduction, la peur de manquer d'argent, la quête d'un idéal toujours fuyant, toujours reporté… Il lui avait suffi de quelques semaines pour être projetée à des années-lumière de la Lucie d'avant.

« Je t'ai bien baisée, Lucie ! Dans tous les sens du terme ! Putain, oui ! »

Barthélemy eut un rire aigu qui s'acheva en hoquet. Lucie éteignit les phares, coupa le moteur, allongea les jambes et s'abandonna contre le dossier du siège incliné. La nuit se déploya dans l'habitacle comme une aile sombre et rayée par les apparitions intermittentes de la lune.

« Baisée, baisée, baisée, baisée... »

Elle devinait ce qu'il allait lui dire, mais, quoi qu'il en fût, elle avait aimé être baisée par lui, elle avait joui dans ses bras avec bien plus d'intensité qu'avec les autres hommes de son existence.

« T'es une salope, de toute façon, une pute qui fait bander les mecs en se foutant à poil sur le Net. Ma sœur aussi était une petite pute. Tu sais ce que je lui ai fait ? »

Il s'agita sur le siège passager, mais elle ne bougea pas, elle ne tourna même pas la tête dans sa direction. Un fil froid et blessant se posa sur sa gorge, s'enfonça dangereusement dans sa chair, un souffle brûlant et précipité lui balaya le front, la joue, le cou.

« Je l'ai égorgée, d'un coup sec. Elle m'a regardé avec de drôles d'yeux avant de mourir. Ma mère, elle, était complètement bourrée. Elle ne s'est rendue compte de rien. »

À genoux sur le siège, penché sur elle, il transpirait à grosses gouttes et répandait une odeur âcre, inhabituelle. Elle ressentait son énervement, son désespoir, avec une acuité douloureuse, mais, malgré la pression de la lame sur sa jugulaire, elle demeurait d'un calme imperturbable à l'intérieur, comme emplie de l'apaisement de la nuit. Elle n'avait pas peur de mourir, sa première mort lui avait laissé des sensations plutôt douces, agréables. La mort était l'autre face, tout aussi somptueuse, de ce présent magnifique qu'était la vie.

« Si tu avais connu ma famille, si je ne les avais pas tués, tu n'aurais pas voulu de moi, tu m'aurais regardé comme eux, comme un monstre, tu comprends ? Maintenant, je m'en fous, j'ai eu ce que je voulais, je t'ai eue. »

Il tendit le bras et ouvrit la portière du côté conducteur. Un vent saturé de sel s'engouffra dans la voiture, des grondements réguliers s'échouèrent dans le silence nocturne. Il la saisit par le poignet, la contraignit à sortir, la suivit, se colla contre elle et lui enfonça la pointe de sa lame sous le menton.

« C'est notre dernière nuit, Lucie. Je ne supporterai pas que tu me regardes comme un monstre, mais je ne peux pas me passer de toi. Et je ne veux pas que tu ailles avec un autre. On va mourir tous les deux, toi d'abord moi ensuite. Cette fois, il n'y aura personne pour nous ressusciter. »

Tout en parlant, il la poussait vers l'avant et la forçait à avancer entre les herbes folles et les chardons. Leurs pieds s'enfonçaient dans un sable de plus en plus mou. Les nuages sombres avaient gobé la lune et les derniers archipels d'étoiles. Lucie s'enivrait des parfums de résine, de saumure et de fleurs sauvages dispersés par l'air humide. Elle discernait à l'horizon les reflets argentés et fugaces de l'océan Atlantique.

Ils n'étaient probablement pas très loin de l'assemblée qui se tenait sur la plage du phare de la Coubre. Il ne lui venait pas à l'idée d'appeler au secours cependant, pas seulement à cause de la lame qui lui charcutait le dessous du menton, mais parce qu'elle acceptait d'accompagner Barthélemy sur son chemin, parce que leurs existences se confondaient dans le moment présent. Elle n'avait pas le sentiment d'être résignée pour autant, il s'agissait d'un choix, bien plus délibéré et consenti que ses exhibitions sur le sex-aaa. Jamais elle ne s'était sentie aussi libre, aussi sereine, comme si elle marchait sur un rayon de lumière. La rumeur de l'océan et la noirceur insondable du ciel l'émerveillaient, tout comme l'enchantaient les caresses du vent sur son visage, dans ses cheveux, les odeurs qui se diffusaient dans les ténèbres en traînées entrelacées et grisantes, la chaleur vibrante du corps de Barthélemy plaqué contre le sien.

Ils traversèrent la clairière, puis, après une succession de dunes habillées d'une herbe rare et hérissées de troncs morts, ils arrivèrent au-dessus de la plage. De l'océan, retiré dans les profondeurs de la nuit, ils ne distinguaient que l'ourlet pâle et fuyant. Ils entendirent, entre les grondements des vagues, une rumeur lointaine qui évoquait l'enthousiasme d'une foule.

Combien étaient-ils, ce soir, à écouter la parole du Maître-esprit ? Dix, vingt mille ?

Lucie sentit sa peau se déchirer sous la pression accentuée de la pointe métallique.

« Pourquoi est-ce qu'on ne peut pas effacer le passé, merde ? »

La douleur n'empêcha pas Lucie d'apprécier la fraîcheur des premières gouttes de pluie qui tombèrent des nuages crevés. Une lueur vive embrasa l'horizon, figea la plage et l'océan dans une uniformité livide. Un orage s'avançait vers les terres, redoutable comme l'indiquaient les rafales de plus en plus fortes et les tourbillons de sable qui couraient sur les dunes. Sans doute l'un de ces ouragans qui ravageaient le littoral atlantique depuis plusieurs semaines. Bon nombre de villes entre les côtes charentaises et le Finistère avaient subi des dommages considérables, toitures envolées, arbres arrachés, poteaux électriques renversés, rues inondées.

Lucie ne se rendit pas tout de suite compte que Barthélemy avait jeté son couteau, s'était détaché d'elle et était tombé à genoux sur le sable. Ses gémissements la tirèrent de la fascination dans laquelle l'avaient plongée les signes avant-coureurs de la tempête. Du sang s'écoulait de son menton et s'étirait avec une douceur duveteuse sur son cou et sa poitrine. Elle se retourna et le découvrit recroquevillé sur lui-même, la tête enfouie sous ses bras croisés, secoué par les sanglots. Un coup de tonnerre ébranla le sol, deux éclairs consécutifs sabrèrent l'obscurité, la pluie se mit à tomber à verse.

Lucie retira son tee-shirt avant de se pencher sur Barthélemy et le recouvrir de son corps.

« Le passé est mort, dit-elle d'une voix forte pour dominer le fracas de l'orage. Personne ne te jugera, Barthélemy, personne ne te regardera comme un monstre si tu choisis de vivre le moment présent. »

Ils demeurèrent un long moment dans cette position, peau contre peau, souffle contre souffle, tandis que les éléments libéraient une colère effrayante autour d'eux.

Yann 10

Il pleuvait sans discontinuer depuis plus de quinze jours, mais les conditions météorologiques épouvantables n'avaient pas empêché les foules de se presser aux assemblées. Après les événements à la fois tragiques et miraculeux de Marseille, la rumeur, alimentée par le matraquage incessant des médias écrits et audiovisuels, avait précédé Vaï-Ka'i dans sa tournée des régions de l'Ouest. Des plages sans fin de l'Atlantique aux terres austères de Bretagne, des côtes de granit rose aux bocages inondés de Normandie, des populations de plus en plus nombreuses s'étaient massées sur le trajet du Maître-esprit, au point que, parfois, la caravane avait eu un mal fou à se frayer un chemin sur certains tronçons de routes, comme ces étapes du Tour de France où les coureurs se taillent un passage à coups de pédales dans le magma humain.

Les guérisons s'étaient multipliées dans le sillage de Vaï-Ka'i, et parfois même, aux dires de certains, on avait constaté des cas de rémission spontanée dans des hôpitaux, des cliniques ou des habitations situées à plusieurs dizaines de kilomètres des assemblées. Il convenait évidemment de faire un tri dans la somme de bruits plus ou moins fantaisistes qui précédaient, accompagnaient et suivaient le passage de la caravane. Le phénomène continuait de s'amplifier cependant, les adresses néo-nomades se multipliaient comme des petits pains sur le Net, les serpents doubles fleurissaient sur les bords des routes et les façades des maisons, les langues proliféraient au point que les disciples auraient pu se croire échoués dans une gigantesque fosse de Babel.

Après une courte halte dans la région parisienne, la tournée du Maître-esprit se poursuivrait dans le nord de la France, en Belgique, aux Pays-Bas, au Luxembourg, en Alsace, en Allemagne, en Suisse... On le réclamait dans toute l'Europe, jusqu'en Russie et sur les rives de la Baltique, mais aussi sur les autres continents, en Asie, en Amérique du Nord dont les émissaires se montraient particulièrement insistants. Les adeptes d'Afrique, pourtant nombreux et enthousiastes à en croire l'abondance des courriers sur le Net, n'osaient pas inviter le Maître-esprit chez eux en raison de l'instabilité politique et des guerres ethniques qui secouaient leur continent.

Vaï-Ka'i leva sur Yann un regard empli d'une tristesse inhabituelle. Ils étaient restés tous les deux seuls dans l'un des deux salons de la maison marquée du serpent double mise à leur disposition par les organisateurs de l'assemblée de Versailles. Les autres étaient partis se coucher après avoir mitraillé le Maître-esprit de questions diverses et plus ou moins saugrenues. Qu'est-ce qu'il pensait du PACS, de l'adoption par les couples homosexuels, de l'avortement, des jeux vidéos, du virtuel, des OGM, de la génétique en général, de la transfusion sanguine, des transplantations d'organes, de la croyance dans les vies antérieures, du bouddhisme, de la religion catholique, de la démocratie, du réchauffement climatique, du négationnisme, de l'astrologie, des sectes, bref, de tous ces sujets pour lesquels il n'existait pas de réponses systématiques, seulement des opinions, des intuitions, des croyances ou des dogmes ? Il les avait à chaque fois renvoyés à eux-mêmes, à leurs jugements, confrontés à leurs limites, à leur rigidité. Une opinion tranchée sur ces questions n'était selon lui que l'expression d'un esprit piégé par le passé, le reflet d'un miroir tronqué. L'homme conscient, l'homme qui vivait le moment présent n'était pas dominé ni manipulé par aucun conditionnement, qu'il fût le fruit de l'éducation, de l'émotion ou de la mémoire. Il observait sa réaction première, rejet, attirance, répulsion, indignation, fascination, comme une œuvre qui ne lui appartenait pas, il la laissait se dissoudre et, après avoir regardé et laissé se dissoudre la chaîne entière de réactions issues du conditionnement, il commençait à entrevoir l'être pur au plus profond de lui, l'être qui ne formulait aucun jugement, l'être établi dans la maison de toutes les lois et dans la diversité infinie du serpent double.

« Votre vision des événements et des difficultés se modifie selon votre état de conscience. L'homme a d'abord cru que la Terre était le centre de l'Univers, certains ont affirmé que c'était le Soleil, d'autres enfin sont venus dire que le système solaire n'était qu'un parmi des milliards d'autres dans une galaxie elle-même perdue au milieu de milliers d'autres galaxies. Avoir une opinion tranchée sur un sujet, c'est avoir la même attitude que les prêtres, édicter des dogmes, établir et consolider des pouvoirs. Votre ennemi n'est qu'un reflet de vous-même, l'autre face de ce que vous pourriez voir si vous pouviez vous dégager de votre dualité. »

Vaï-Ka'i s'installa dans sa position favorite, en tailleur, dans le profond canapé d'angle. La lumière tamisée de la lampe teintait d'ambre doré ses cheveux lisses et sa peau brune.

« Nos routes vont bientôt se séparer, Yann. »

Yann s'astreignit à sourire malgré le froid intense qui se déploya en lui.

« Ça ne me paraît guère compatible avec ton enseignement, ce que tu dis là ! Ce n'est pas toi qui prétends que parler de demain est une pure et simple perte de temps ?

— Je ne parle pas de demain, mais de maintenant. De ce que je dois te dire maintenant. Demain, il sera trop tard. »

Alarmé par la gravité du ton et du visage du Maître-esprit, Yann vint s'asseoir à son tour dans le canapé, la gorge sèche.

« Ça a un rapport avec l'émission d'Omer ?

— Un rapport indirect. Comme tu le sais, les fils finissent tous par se croiser sur notre trame.

— Alors on ne met pas les pieds à Télé Max ! De toute façon, j'ai regardé deux ou trois OMT, et je peux t'assurer qu'on ne perdra pas grand-chose si on n'y va pas. Omer n'est qu'un touilleur de merde shooté à la cocaïne et... »

Les yeux sombres de Vaï-Ka'i se tendirent d'un léger voile d'ironie qui l'incita à s'interrompre.

« Bon, d'accord, ce n'est que ma première impression de téléspectateur, reprit-il en écartant les bras. Je n'aime pas quand ça hurle dans tous les coins. En fait, la violence des conflits m'a toujours mis mal à l'aise. C'est sans doute la raison pour laquelle j'ai voulu faire de la politique : intriguer dans l'ombre, changer les choses en douceur... Il y a probablement un être humain dans Omer, mais j'avoue que j'ai eu un peu de mal à l'entrevoir.

— Nous irons à l'émission comme prévu, dit Vaï-Ka'i. Certaines choses doivent être accomplies.

— Si une seule chose doit être accomplie, c'est que tu restes parmi nous, que tu continues de nous indiquer le chemin.

— Mon temps est révolu. »

Une flambée de colère embrasa Yann.

« Il n'y a rien de figé à l'avance, n'est-ce pas ? Pas de malédiction ni de fatalité. La toile de l'araignée cosmique se forme, se déforme et se reforme sans cesse. Je te rappelle tes propres paroles, celles-là mêmes que tu as prononcées à l'assemblée de cette nuit.

— Mon départ n'est ni une fatalité ni une malédiction, mais une acceptation, une offrande. »

Incapable de contenir son exaspération, Yann se leva et tourna comme un ours en cage entre les meubles du salon. Il n'avait pas envie de se coucher bien qu'il fût près de trois heures du matin. Il n'avait pas beaucoup dormi les nuits précédentes, deux ou trois heures peut-être, et, curieusement, lui qui avait toujours eu besoin de ses huit heures de sommeil pour se sentir en forme, il n'accusait pas la moindre fatigue au réveil ni le moindre fléchissement en cours de journée. Il avait téléphoné à Myriam au sortir de l'assemblée. Avant de raccrocher, elle lui avait dit qu'elle l'aimait, qu'elle espérait bientôt le revoir, un fredonnement soyeux qui lui avait fait l'effet d'un baume.

« Les gens n'en veulent pas, de ce genre d'offrande ! Ils attendent ta présence, ta parole.

— Ils me prennent pour ce que je ne suis pas, ils se prosternent devant moi, ils se servent de moi pour remplacer leurs anciens dieux, leurs vieilles idoles. Je ne suis que leur semblable pourtant, un être de chair et de sang, un de leurs frères. Ils doivent maintenant apprendre à grandir, à chercher eux-mêmes l'entrée de la maison de toutes les lois, à trouver les réponses en eux.

— C'est ce que tu leur répètes à longueur d'assemblée !

— Ils ne m'entendent pas. Ils ont vécu comme des enfants depuis tellement longtemps qu'ils ne voient en moi que la figure paternelle, une nouvelle incarnation de leur Dieu. Ils ont besoin d'encore un peu de temps pour jeter leurs vieux vêtements, pour brûler leur Dieu de vengeance, leur Dieu de fureur et d'exclusion, pour se réconcilier avec leur monde, retrouver confiance dans leur terre, dans leur nature.

— Raison de plus pour que tu restes ! »

Le cri de Yann resta un long moment en suspension dans la semi-pénombre de la pièce. Le Maître-esprit le considéra avec une expression qui oscillait entre nostalgie et compassion.

« Si je reste, ils me réclameront toujours plus de miracles et ne s'engageront jamais sur leur propre chemin.

— Le Christ a été crucifié, et ça n'a pas empêché les chrétiens de bâtir un culte sur son nom ! »

Vaï-Ka'i eut l'un de ces gracieux mouvements de tête qui lui donnaient un charme aérien.

« Ce sera précisément le rôle de Pierrette, et le tien si tu décides de l'épauler : renvoyer inlassablement les gens à eux-mêmes, leur présenter ma mort comme une bénédiction, comme une nécessité magnifique du serpent double. De même que le serpent renaît après la mue, l'esprit se prolonge à travers le temps, le cycle se poursuit sans cesse. »

Yann se figea, frappé de plein fouet par les mots de Vaï-Ka'i : cette fois, le Maître-esprit n'avait pas employé un euphémisme tel que *départ* ou *séparation*, c'était bel et bien sa *mort* qu'il venait d'évoquer. La pluie redoubla de violence dehors, comme si la nuit libérait maintenant tout son chagrin.

« Je suis venu semer une graine, reprit Vaï-Ka'i. Il appartient aux hommes de moissonner. Voici ce qui se passera après ma mort : ceux qui auront entendu ma parole seront persécutés, mais, comme ils seront toujours plus nombreux, les marchands du temple n'auront pas d'autre choix que s'adapter. Alors viendra le temps de la récupération, du recyclage, de la dilution. On apprivoisera le phénomène puisqu'on n'aura pas réussi à l'arrêter.

— Tu dis pourtant que le futur n'est jamais écrit... »

Yann se posta devant la baie vitrée et, les larmes aux yeux, regarda tomber les rideaux de pluie. Jamais les ténèbres ne lui avaient paru si profondes, si tragiques. Le Maître-esprit lui annonçait la fin d'un cycle de trois ans qui s'était évanoui aussi vite qu'un souffle.

« Je parle ici des mécanismes de défense d'une société. Ils ont déjà fait leur preuve par le passé, ils fonctionneront cette fois encore.

L'inconscient collectif est tellement bien rôdé qu'il recourt à ses anciens automatismes dès qu'il perçoit de l'instabilité, du désordre. Pas seulement les marchands du temple mais aussi leurs clients, toujours terrorisés par la mort, toujours prêts à acheter des lendemains meilleurs, toujours tentés d'adorer le Veau d'or. Si je reste plus longtemps parmi les hommes, Yann, je deviendrai leur Veau d'or.

— Ils en trouveront un autre quand tu seras… parti.

— Ma sœur adoptive veillera à détruire les idoles, à repousser les prêtres et les dogmes, à remettre les aspirants sincères sur leur chemin, devant la porte de la maison de toutes les lois.

— Comment fera-t-elle ? Elle ne parle pas.

— Le conseil des chamans m'avait chargé de répandre la parole, elle est la gardienne du silence. Les gens qui viendront la voir n'auront pas besoin de l'entendre, mais de partager sa présence. Personne ne connaît encore la beauté de son âme, et pourtant, je te le dis, elle brille avec davantage d'éclat que le soleil. »

Yann transpirait à grosses gouttes malgré le froid dévorant qui se propageait jusqu'à l'extrémité de ses membres. Le contraste, violent, lui donnait l'impression d'être coupé en deux, de sombrer dans un abîme glacial tout en restant prisonnier de cette pièce baignée de la moiteur de la nuit.

« Elle paraît si fragile, balbutia-t-il.

— Elle a la force insoupçonnable des êtres fragiles. Elle a tellement souffert dans sa chair et dans son âme qu'elle connaît le prix de chaque chose, qu'elle déborde de compassion pour ses frères et sœurs du serpent double encore enchaînés dans leurs peines. Elle incarne cette mère aimante et universelle que les religions du Livre ont rejetée avec une telle violence, elle personnifie la réconciliation entre l'homme et sa terre, entre l'homme et le mystère de la vie.

— Ils risquent d'en faire une idole, elle aussi.

— Lorsqu'ils la rencontreront, ils accepteront de redevenir des enfants, ils renonceront à dominer cette nature qui les porte et les nourrit. Tu te souviens de cette phrase : nous aimons cette terre comme un nouveau-né aime entendre battre le cœur de sa mère ? »

Yann acquiesça d'un mouvement de tête.

« On l'attribue au chef Seattle...

— Dans le silence de Pierrette, les gens entendront battre le cœur de la terre, ils entendront couler les fleuves, courir les troupeaux, voler les oiseaux, chanter le vent, craquer les pierres, frissonner les arbres et frémir les herbes, ils comprendront qu'ils appartiennent à un tout, à un grand corps qui respire et bouge comme le leur. Mais elle aura elle-même besoin de gardiens, d'assistants qui veilleront sur elle, qui la soulageront des tâches quotidiennes, l'aideront à se consacrer à son œuvre. Est-ce que tu veux faire partie de ceux-là, Yann ? »

Yann se retourna et contempla un long moment le Maître-esprit, qui, dans l'indéchiffrable pénombre, paraissait à la fois minuscule et immense dans le canapé d'angle. Il ne songea pas à essuyer les larmes qui lui roulaient maintenant sur les joues.

« C'est que... je vais bientôt avoir un enfant. Et que je souhaite aussi m'en occuper.

— C'est la liberté de choix qui donne toute sa valeur aux actes. Sache cependant qu'il n'y aura pas de plus grande bénédiction pour un enfant que de vivre dans l'entourage de ma sœur Pierrette. »

L'aube surprit Yann debout devant la baie vitrée du salon. Vaï-Ka'i avait quitté la pièce depuis un bon moment déjà. Il n'était pas monté se coucher, il était sorti sous la pluie battante et s'était dirigé vers le bosquet qui bordait le fond du jardin. Yann avait perdu de vue la tache claire de son pagne. Il n'avait pas songé un seul instant à se lancer à sa poursuite. Il comprenait que le Maître-esprit avait besoin de se retirer dans le calme et la solitude avant d'affronter ses détracteurs dans l'émission d'Omer, avant d'affronter sa... mort.

Yann ne parvenait pas à apprivoiser l'idée qu'il serait bientôt privé de sa compagnie. Il n'y croyait pas vraiment en réalité, non qu'il doutât de la puissance prophétique de Vaï-Ka'i, mais, comme beaucoup d'hommes, il avait tendance à rejeter les éventualités qui ne l'arrangeaient pas. Il n'était pas encore prêt à renoncer à *tout ça*, selon l'expression de Myriam. La lumière de l'aube dévoilait pourtant un ciel chagrin, un ciel de deuil.

Étant donné la rareté des logements aux environs de Versailles, bon nombre de disciples avaient probablement couché dans leurs voitures ou sous des abris sommaires. Le problème se poserait de manière encore plus aiguë aujourd'hui à Paris. Où donc s'entasseraient les milliers de voitures et les dizaines de milliers de personnes qui suivaient le Maître-esprit ?

« Tu sais où est passé Vaï-Ka'i ? Il n'est pas dans sa chambre. »

Il se retourna et observa la jeune femme qui venait d'entrer dans le salon, un plateau à la main. Vêtue, ou dévêtue, à la mode néo-nomade, un corps laiteux criblé de taches de rousseur, un triangle de tissu sur le bas-ventre, un collier de bois sur les seins, des bracelets de pierre à chaque poignet, des cheveux tressés et ornés de plumes, un serpent double tatoué ou peint sur l'épaule.

« Un peu tôt pour le déranger, non ? » fit Yann.

Elle lui lança un regard surpris, presque agressif.

« Le déranger ? Mais, le Maître-esprit ne *peut pas* être dérangé.

— Et pourquoi donc ? »

Elle inspecta le contenu du plateau, une théière fumante, une tasse posée sur une soucoupe, des tranches de pain et de la viennoiserie dans une corbeille en osier, des petits pots de confiture ou de miel identiques à ceux qu'on trouve dans les hôtels.

« Quelqu'un qui vit dans la maison de toutes les lois ne peut pas être dérangé », répondit-elle d'un ton assuré.

Alors il se remémora les paroles de Vaï-Ka'i quelques heures plus tôt : ils adoraient déjà comme une idole ce grand frère venu d'Amazonie leur révéler la splendeur du serpent double.

Mathias 11

« Vous êtes venu plus tôt que d'habitude aujourd'hui, dit l'infirmière. Moi, je suis un peu en retard, je n'ai pas encore eu le temps de la nettoyer. Vous voulez bien sortir quelques minutes ? »

Bien qu'oppressé par un sentiment d'urgence, Mathias obtempéra. Hassida, au moins, serait propre lorsqu'il la déposerait aux pieds du Christ de l'Aubrac.

Il avait suivi les divers épisodes du feuilleton Vaï-Ka'i à la télévision, entre autres, la veille, l'arrivée de ses milliers de disciples à Versailles, un afflux qui avait posé d'insolubles problèmes de logement, de nourriture et d'hygiène. Il y avait fort à parier que Télé Max battrait tous les records d'audience à l'occasion du passage à OMT du Christ de l'Aubrac. La chaîne multipliait les bandes-annonces à la radio et sur le petit écran. Le portrait d'Omer s'affichait sur une multitude de panneaux publicitaires géants dans les couloirs du métro, au-dessus des grands boulevards et du périphérique. La plupart des magazines, hebdos télé, revues politiques, presse à sensation ou satirique, consacraient leur une à l'événement, souvent illustrée par une photo ou une caricature du Maître-esprit, un homme brun, menu, typé, qui paraissait presque enfantin dans sa nudité et ses expressions. La presse financière elle-même, réputée pour son austérité, dénonçait avec un très grand sérieux l'influence du néo-nomadisme sur la santé économique en général et sur les cours de la bourse en particulier. Les instituts de mesure audiovisuelle estimaient que trois français sur quatre se colleraient devant leur poste de télévision à partir de neuf heures. La seconde de publicité se négociait à des prix qui défiaient les tarifs pourtant insensés du Super Bowl américain ou de la finale de la dernière Coupe du Monde. Télé Max s'apprêtait à engranger une manne qualifiée de « premier miracle du Jésus de l'Aubrac ».

À la fin de la dernière émission, Omer avait présenté les sept personnalités qui constitueraient le panel de contradicteurs : la classe politique serait représentée par Jacques Mandelieu, député du Parti socialiste, membre de l'Observatoire sur les sectes, un homme qui s'était illustré dans le terrible bras de fer qui avait opposé la Scientologie à l'État français. Monseigneur Ducarouge, porte-parole de l'épiscopat français, se chargerait de défendre les intérêts de l'Église catholique souvent malmenée par le Christ de l'Aubrac et ses disciples. Le docteur Michelle Abler, psychiatre réputée sur le plan international, s'appliquerait à démonter les manipulations mentales auxquelles se livrent les gourous, et particulièrement les faux prophètes et guérisseurs du type Vaï-Ka'i. BJH, le patron de l'EDV, un homme bien connu pour son indépendance et son franc-parler, s'exprimerait au nom de la presse écrite. Le monde des sciences et de la recherche fondamentale, également remises en cause par les adeptes du Christ de l'Aubrac, déléguerait le professeur Pierre Estérel, biologiste, chercheur à l'INRA, partisan fervent de la modification génétique. Jean-Éric Cholin, membre influent du patronat français, P-DG aussi dynamique que médiatique d'Alfacom, un gigantesque consortium européen, serait le « marchand du temple » de service, le chevalier blanc de cette économie que les néo-nomades accusaient de tous les maux. Enfin, Martina Georges, une femme d'une cinquantaine d'années, sans emploi, viendrait témoigner de la douleur des familles qui ont vu leurs enfants se convertir au vaï-ka'isme et courir inexorablement à la ruine, aussi bien sur le plan matériel que sur le plan affectif.

« Comme vous pouvez le constater, avait conclu Omer avec un sourire de grand requin blanc, nous attendons le Christ de l'Aubrac de pied ferme, et même très ferme. Nous espérons que vous serez nombreux à nous rejoindre le

24 à neuf heures précises, même chaîne, bien entendu, salut, à bientôt ! »

Les pulsions meurtrières qui avaient traversé Mathias à la fin de la présentation n'avaient pas émané de l'entité qui avait pris possession de lui, contrairement à ce qui s'était passé au Smalto.

Il s'était montré beaucoup trop rapide pour le Lynx dans le rade de Pantin pétrifié par l'épouvante : il avait tiré son Glock de la poche de son blouson pratiquement une seconde avant que Roman ne réussisse à sortir son pistolet de son holster. Il avait pressé la détente à deux reprises, une balle dans la gorge, une autre dans le cœur, puis, sans perdre de temps, il avait couru vers la porte, louvoyant entre les tables, renversant des chaises au passage. Il avait espéré que Jem ne s'interposerait pas, mais le videur s'était mis en travers de son chemin, un flingue en main. Il n'avait pas eu d'autre choix que lui coller une balle entre les yeux pour dégager le passage, puis il avait enjambé son grand corps secoué de spasmes avant d'ouvrir la porte et de se jeter dans la rue.

La nuit, sa mère et maîtresse, l'avait pris sous son aile et l'avait soustrait aux regards des autres hommes. Ce n'est que longtemps après s'être enfermé dans le petit appartement du boulevard de Magenta qu'il s'était demandé pourquoi l'entité lui avait ordonné de tuer Roman, pourquoi, surtout, il lui avait obéi alors que le Lynx ne lui avait causé aucun tort, qu'ils étaient même liés par une forme de complicité professionnelle.

L'entité ne s'était pas manifestée depuis. Il commençait à croire qu'elle s'était servie de lui pour éliminer le Roumain et qu'elle l'avait définitivement quitté une fois son forfait accompli. Il en éprouvait un soulagement indicible, presque euphorique : elle ne l'empêcherait pas d'enlever Hassida et de l'emmener à la rencontre du Christ de l'Aubrac dans le parking souterrain de Télé Max. Le Jihad international lui non plus n'avait plus donné signe de vie bien que, contrairement aux recommandations de Blaise, Mathias eût continué à se rendre tous les jours à la clinique Soubeyrand.

« Vous pouvez y aller, dit l'infirmière en sortant de la chambre. J'ai fini. Toujours pas d'amélioration, mais le corps tient le coup. Je vous ai entendu lui parler l'autre jour, enfin, je n'ai pas entendu ce que vous lui disiez, seulement le son de votre voix. Ce n'est pas encore prouvé, mais on pense généralement que le contact régulier avec une voix familière en aide quelques-uns à sortir du coma. Je leur parle aussi, bien sûr, en les lavant, mais avec moi ils n'ont pas d'histoire, pas de passé, ça n'a sans doute pas la même efficacité. »

En veine de confidences, elle papota ainsi pendant quelques temps avant de se souvenir qu'elle avait encore une montagne de boulot, et de s'éloigner d'un pas pressé dans le couloir. Mathias entra dans la chambre, s'avança vers le lit et tira le drap du dessus. Hassida ne portait que ces vêtements de papier qui se généralisent dans les cliniques et qu'on jette comme des mouchoirs après usage. Sa peau lui parut nettement plus blanche que dans ses souvenirs, une impression en grande partie due à la lumière froide qui s'engouffrait par la fenêtre. Son visage était si détendu, si paisible, qu'il se demanda s'il avait le droit de la ramener à la surface douloureuse de la vie. Il balaya ses dernières hésitations d'un revers de main : ils ne pourraient pas s'unir si elle restait dans le coma, et l'humanité n'aurait aucune chance d'échapper à son châtiment. D'un autre côté, fallait-il laisser les hommes poursuivre leur inlassable entreprise de destruction ? La Terre ne souhaitait-elle pas porter d'autres formes de vie plus adaptées, moins dévastatrices ?

Ces interrogations s'évanouirent d'elles-mêmes lorsqu'il sortit les vêtements de son sac de sport et qu'il arracha sa tenue de papier à Hassida. Même s'il avait prévu des fringues relativement faciles à passer, un caleçon long et un tee-shirt, il avait mal évalué les difficultés soulevées par un corps sans vie qui s'affaissait d'un côté ou de l'autre dès qu'on le relâchait. Il dompta d'une pensée énergique la nervosité qui le gagnait et, après le caleçon, réussit enfin à lui enfiler le tee-shirt. Puis il lui glissa les bras sous les cuisses et les épaules, et la souleva du lit. Son inertie la rendait beaucoup plus lourde qu'il s'y était attendu. Il raffermit sa prise et s'aventura dans le couloir après être resté pendant quelques secondes à l'écoute des bruits. Il ne passait jamais grand monde dans le coin des morts vivants. Comme le disait l'infirmière, les visiteurs se lassaient très vite de converser avec des malades qui ne leur répondaient pas, à qui ils ne pouvaient même pas offrir des fleurs ou des chocolats.

Au lieu de prendre sur la droite, comme d'habitude, il se dirigea vers la gauche. Le petit ascenseur de service qu'il avait repéré deux semaines plus tôt n'arrivait pas dans le hall d'entrée, mais en face d'une porte dérobée qu'il avait ouverte avant de monter. Une issue de secours, probablement prévue pour les alertes incendie, et qui ne servait pas souvent à en juger la couche de poussière accumulée dans les rainures et les mécanismes de la serrure.

« Hé ! Hé ! Vous allez où comme ça ? »

Il entendit claquer les talons de l'infirmière sur le lino. Il respira son parfum émoussé par la transpiration avant qu'elle ne le contourne et ne plante devant lui son nez froncé, ses yeux sévères et sa mâchoire saillante. Elle brandit à hauteur de son visage le sac de sport vide qu'elle avait ramassé dans la chambre.

« Vous vous rendez bien compte de ce que vous êtes en train de faire ? »

La pensée l'effleura de reposer Hassida sur le sol et de régler d'un coup de Glock le cas de son interlocutrice. Une balle dans la tête serait la plus courte, la plus efficace des solutions au problème qu'elle posait. Cependant, comme il ressentait pour elle un début de sympathie, il essaya une autre voie :

« Vous avez entendu parler du Christ de l'Aubrac ? »

Elle eut un hochement de tête crispé qui secoua ses mèches grises et ses larges boucles d'oreille.

« On dit qu'il fait des miracles, et il est à Paris aujourd'hui. Je veux seulement lui amener Hassida. S'il ne la guérit pas, vous avez ma parole que je la ramènerai à la clinique.

— Je serai accusée de faute professionnelle grave s'il lui arrive quelque chose. Cette histoire risque de me coûter ma place.

— C'est sa seule chance, et vous le savez. Vous râlez assez souvent contre l'acharnement thérapeutique, non ?

— Peut-être, mais mon travail...

— Vous ne m'avez pas vu, vous ne savez rien. Laissez-moi seulement dix minutes avant de donner l'alerte. »

Elle se mordilla la lèvre inférieure et se dandina d'une jambe sur l'autre pendant quelques secondes.

« Je vous laisse un quart d'heure, dit-elle, les yeux dans le vague. Je ne vous demande qu'une faveur en échange : j'aimerais la revoir, entendre le son de sa voix, si votre Christ réussit à la guérir. »

Mathias acquiesça d'un grognement et se remit aussitôt en marche vers l'ascenseur. Il ne se retourna à aucun moment, ni quand il appuya sur le bouton d'appel, ni quand il s'engouffra dans la cabine exiguë. Il entrevit cependant, juste avant la fermeture de la porte coulissante, la silhouette indécise de l'infirmière figée dans la lumière ambrée du couloir.

Mathias avançait au pas sur le périphérique balayé par une pluie violente. Il avait mis plus d'une heure à parcourir la distance entre la porte de Bagnolet et la porte de Bercy. Englué dans un magma de tôle, de vitres et de phares allumés, il n'avait même pas eu la possibilité de se dégager de la file de gauche pour sortir et couper par le centre de Paris. Mais, avec la fermeture des quais, la circulation *intra muros* n'était sûrement guère plus enviable. Les conducteurs tuaient leur agressivité croissante à coups de klaxon. Certains d'entre eux lui jetaient des regards de détresse par les vitres, comme des naufragés sombrant peu à peu dans des eaux mornes. D'autres gagnaient chaque mètre de bitume par vagues d'accélérations brutales, de freinages intempestifs et de jurons inaudibles.

Les embouteillages représentaient aux yeux de Mathias le comble de l'absurdité humaine. Le spectacle des engins s'empêchant les uns les autres de rouler avait quelque chose de dérisoire, de pathétique. Le culte lui-même de la voiture lui paraissait dénué de sens. Non seulement il défigurait la nature, avec ces rubans de bitume qui sabraient la campagne et les forêts, avec ces parkings qui poussaient dans les entrailles des agglomérations comme des fleurs souterraines et vénéneuses, avec ces carcasses métalliques qui pourrissaient dans des cimetières à ciel ouvert, avec ces émanations de gaz carbonique qui nourrissaient chaque seconde l'effet de serre, mais il renvoyait chacun à ses démons individualistes, il flattait jusqu'au délire les instincts de pouvoir et de domination, il maintenait ses adeptes dans une dépendance sans cesse grandissante.

Mathias contempla Hassida qui, assise sur le siège passager et maintenue par la ceinture de sécurité, paraissait plongée dans un sommeil paisible. La pureté de son visage le réconcilia provisoirement avec l'humanité. Si le Christ de l'Aubrac consentait à la guérir, alors tout ne serait pas mauvais dans le grand corps humain, il resterait une raison d'espérer.

Un coup de klaxon l'invita à franchir l'écart faramineux de cinq mètres qui s'était creusé entre la voiture précédente et la sienne. Il se retint à grand-peine d'adresser un doigt d'honneur au crétin de conducteur qui fulminait derrière lui. Pas le moment de se faire remarquer. La voiture qu'il avait piquée dans une ruelle peu fréquentée, une Clio blanche, était d'une banalité à toute épreuve — au point que son propriétaire n'avait pas jugé utile de fermer sa portière à clef —, mais il ne s'agissait pas de s'embringuer dans une querelle qui tournerait mal et attirerait sur lui l'attention.

Il n'était pas loin de midi lorsqu'il arriva en vue du siège de Télé Max. Près de trois heures lui avaient été nécessaires pour accomplir le trajet entre la clinique Soubeyrand et le parc André-Citroën. Malgré la pluie battante, une agitation inhabituelle régnait dans le quinzième arrondissement. La circulation, bien entendu, mais également un flot serré de piétons de chaque côté du boulevard. Certains ne portaient en tout et pour tout qu'un genre de pagne ou de string, ou encore un étui pénien pour quelques hommes. Mathias avait entrevu des néo-nomades à la télé, mais leur présence dans les rues de la capitale avait quelque chose d'excentrique, comme si la jungle amazonienne s'était tout à coup matérialisée dans le grand temple parisien de pierre, de bitume et de béton. Ils marchaient sans se soucier de la pluie, la peau ruisselante, les cheveux dégoulinants, les fesses tressautantes. Ils se dirigeaient tous vers le siège de Télé Max, sans doute pour y attendre le passage du Christ de l'Aubrac.

Deux ou trois cents mètres avant d'atteindre le bâtiment de verre, Mathias fut bloqué dans un bouchon pire encore que celui du périphérique. Lorsqu'il vit passer des hommes et des femmes qui poussaient des fauteuils roulants ou portaient des corps inertes, il décida d'abandonner la voiture et de parcourir les derniers mètres à pied. Il prit Hassida dans ses bras, la recouvrit d'un plaid ramassé sur la banquette arrière et se joignit au mouvement. Un concert d'avertisseurs s'éleva derrière lui, sans doute les automobilistes coincés par la Clio immobile, mais il ne se retourna pas et, au bout d'une vingtaine de mètres, plus personne ne lui prêta attention.

Des milliers de personnes cernaient déjà le siège de Télé Max. Des haies de malades ou de paralytiques en fauteuils roulants bordaient le boulevard et les rues adjacentes. Ils avaient eu la même idée que Mathias : s'installer sur le trajet du Christ de l'Aubrac dans l'espoir du miracle. Plus il s'approcha de l'immeuble, et plus il lui fut difficile de se frayer un chemin, personne n'acceptant de céder un pouce d'un territoire chèrement conquis. Le fait qu'il porte un corps ne changeait rien à leur attitude. Au contraire, les autres le percevaient comme un concurrent, comme une chance en moins pour ceux des leurs qui attendaient l'intercession miraculeuse. À force de patience et de ténacité, il parvint à se faufiler dans les intervalles étroits entre les façades des immeubles et les trottoirs. Trempé jusqu'aux os, les bras sciés par le poids de son fardeau, il se cognait sans cesse aux baleines des parapluies et progressait à une allure désespérément lente, contraint souvent de s'arrêter, de reprendre son souffle, de décontracter ses muscles tétanisés. Il faillit à plusieurs reprises laisser tomber Hassida. Il reconnut enfin l'enseigne du café où il s'était assis quelques semaines plus tôt afin de surveiller l'entrée du parking. Le patron était en train de fermer. On devinait, derrière les verres teintés de ses lunettes, qu'il préférait sacrifier une grosse journée de recettes plutôt que permettre à ces cinglés d'adorateurs du Christ de poser leurs fesses sur ses chaises.

Une dizaine de mètres avant l'entrée du parking, la foule s'écrasait sur une triple rangée de barrières métalliques qui fermaient le boulevard et permettaient aux voitures de circuler de l'autre côté, sur la partie dégagée. Jouant des épaules et des coudes, Mathias transperça avec vigueur le magma humain jusqu'à la première barrière sans prêter attention aux protestations et aux insultes qui fleurissaient dans son sillage. Là, exténué, il assit Hassida sur le haut du montant métallique et, tout en la maintenant plaquée contre lui, il s'essuya le front et les yeux. Il entrevit la silhouette du gardien dans la guérite à demi estompée par la pénombre et les rideaux de pluie.

Hassida n'aurait aucune chance de recevoir la grâce du Christ de l'Aubrac s'ils restaient au milieu de cette foule. Les responsables de la sécurité ne prendraient pas le moindre risque de faire dégénérer ce gigantesque rassemblement en émeute et contraindraient Vaï-Ka'i à emprunter un autre itinéraire. Et puis, tant de malades se pressaient aux alentours du siège de Télé Max que, même si le faiseur de miracles passait par là, il ne pourrait pas tous les guérir en un laps de temps aussi court.

Mathias n'avait pas d'autre choix que de traverser les dix mètres d'espace dégagé qui le séparaient de l'entrée du parking. Or, même avec la pluie pour alliée, dix mètres représentaient une distance énorme dans les circonstances. Il repoussa avec l'énergie du désespoir le découragement qui le gagnait. L'occasion se présenterait, tôt ou tard, comme lors de ses veilles nocturnes. Avec ce ciel gris et bas, la nuit sa complice ne tarderait pas à descendre, à lui ouvrir la brèche.

Marc 11

Les flics vêtus de gilets brillants qui s'agitaient comme des sémaphores vérifièrent à plusieurs reprises l'identité et le carton d'invitation de Marc avant de le diriger vers le boulevard et l'entrée du parking de Télé Max.

De l'autre côté, une foule énorme s'était entassée dans le périmètre délimité par des barrières métalliques et surveillé par des CRS casqués et armés de matraques. Elle attendait sous la pluie battante depuis des heures probablement, sans se douter un seul instant qu'elle n'avait pratiquement aucune chance d'entrevoir le Maître-esprit. Télé Max, ne voulant courir aucun risque, avait envoyé une limousine et une solide escorte à Versailles. Rien ne devait détourner Vaï-Ka'i du chemin qui menait à OMT, surtout pas la faune incontrôlable de ses partisans. La limousine aux vitres teintées et blindées emprunterait l'itinéraire balisé qui conduisait directement à l'entrée du parking souterrain du bâtiment. Là, une deuxième équipe prendrait le relais et conduirait l'invité sur le plateau d'Omer.

Aude Versans avait confié à Marc que la chaîne avait obtenu la pleine et entière coopération des autorités du quinzième arrondissement ainsi que l'appui de la Mairie de Paris. C'était donc un dispositif en principe réservé aux chefs d'État en visite officielle qu'on avait mis en place, non pour préserver la vie du Maître-esprit, mais pour protéger l'événement en lui-même, garantir les intérêts du grand cirque médiatique. Il avait suffi à Max Angrezo de solliciter quelques-unes de ses relations pour obtenir ce que certaines mauvaises langues — les chaînes concurrentes — considéraient comme un inqualifiable traitement de faveur.

Marc avait mené une brève enquête sur le patron de Télé Max à l'issue de son entretien avec Aude Versans : avant de racheter la chaîne et son gouffre financier, avant de la redresser et de la hisser au tout premier rang de la hiérarchie européenne, avant de lancer des raids boursiers sur les networks ou les grands studios américains, Max Angrezo avait établi la base de sa fortune sur la vente d'armes aux pays africains. Mêlé de près ou de loin aux coups d'État qui avaient secoué l'Afrique occidentale et généré une instabilité meurtrière dans la région, plus ou moins impliqué dans les scandales politico-financiers liés à ses activités, il s'était ensuite reconverti dans le *sport business* en créant une chaîne de centres de remise en forme qu'il avait revendue, avec de confortables bénéfices, à des investisseurs du Golfe persique. De son passé de marchand d'armes, il lui était resté de solides amitiés dans le milieu politique — les mauvaises langues, les chaînes concurrentes, insinuaient qu'il avait distribué d'invraisemblables quantités de pot-de-vin à droite et à gauche afin de se ménager des alliés dans toutes les places —, si bien qu'à la surprise générale, le Conseil supérieur de l'audiovisuel lui avait attribué la reprise de Télé Max, alors publique et déficitaire, au détriment d'autres postulants pourtant plus professionnels, plus solides ou plus prestigieux. Autocrate, instinctif, intuitif, il avait viré les anciennes équipes — revenant allègrement sur sa promesse solennelle de conserver l'ensemble des effectifs — et imposé sa griffe, un savant cocktail de provocation, de vulgarité et de divertissement qui avait rapidement porté ses fruits et consacré la chaîne reine de l'audience. S'il prenait l'envie à un ou deux juges en mal d'affaires de bourdonner autour de sa personne, ceux-là se retrouvaient mutés dare-dare dans une province reculée ou dans les DOM-TOM, tant pis pour ceux qui croient encore à la séparation des pouvoirs.

Selon les correspondants anonymes de Marc, il ne faisait aucun doute que l'idée d'inviter Vaï-Ka'i dans l'émission d'Omer avait été *suggérée* par le ministère de l'Intérieur. Max Angrezo rencontrait souvent Philippe Carrel, le ministre en exercice, aux parties de chasse organisées dans sa propriété de Sologne. C'est là sans doute qu'ils avaient évoqué les problèmes grandissants soulevés par le néo-nomadisme et arrêté leur décision : quoi de mieux, pour discréditer le Christ de l'Aubrac, qu'une condamnation sans appel dans OMT, l'émission la plus populaire de tout le PAF ? Max Angrezo avait accepté avec d'autant d'empressement qu'en homme d'affaires avisé, il avait immédiatement saisi tout le parti à tirer de l'opération.

Aude Versans avait avoué à Marc que le vote public à la fin de l'émission était entièrement bidonné, décidé à l'avance selon les intérêts des uns et des autres. Il ne savait pas pourquoi elle s'était ainsi livrée à lui sans retenue. Elle avait peut-être ressenti le besoin urgent de vider une partie de son sac trop lourd de compromissions. Même si elle lui avait arraché la promesse de ne divulguer aucune de ses confidences dans les journaux, elle avait joué avec le feu, comme ces pompiers tenaillés par le désir d'allumer les incendies qu'ils sont appelés à combattre. Elle avait joui pendant quelques minutes de l'étrange pouvoir qui consiste à révéler à l'autre, à l'interlocuteur, l'importance et l'étendue de ses secrets. Elle lui avait même remis un carton d'invitation pour l'OMT consacré au Christ de l'Aubrac. Il s'était demandé, ô vanité mâle, si elle n'était pas en train de lui faire du gringue. L'irruption tonitruante de Marita Kœsler, la productrice, avait mis un terme à leur entretien. Marc se souvenait d'elle comme d'une femme sèche, autoritaire, rompue aux us et coutumes de cet univers cruel qu'était la télévision.

Avant de s'engager dans l'entrée du parking, il jeta un bref coup d'œil à la foule battue par la pluie et massée derrière les barrières. Ses filles se trouvaient quelque part dans cette marée humaine qui ne cessait de grossir. Tonya, son aînée, lui avait dit la veille au téléphone qu'elles se posteraient avec une bande de copains sur le passage de Vaï-Ka'i. L'itinéraire probable était affiché sur les sites Internet depuis Versailles jusqu'au siège de Télé Max. Il avait essayé de l'en dissuader :

« Il y aura trop de monde, vous ne verrez rien, et puis la météo annonce de la pluie toute la journée, vous aurez bien d'autres occasions de... »

Il s'était interrompu. Non, il n'y aurait peut-être pas d'autres occasions, ce n'était pas seulement une humiliation et une condamnation publiques qui attendaient Vaï-Ka'i dans les murs de Télé Max, mais également une sentence, immédiatement exécutable.

Tandis qu'il s'arrêtait devant la guérite afin de tendre son carton d'invitation au gardien, les barrières métalliques se renversèrent soudain sous la pression de la multitude, qui s'écoula comme une eau tumultueuse sur la partie dégagée du boulevard. Un cordon de CRS s'efforça aussitôt de juguler le débordement mais s'éventra à son tour sous la poussée des vagues. Des centaines de personnes se répartirent dans l'espace vide. Alors la répression s'organisa, les premiers coups de matraque dégringolèrent sur les crânes et les échines, des bombes lacrymogènes vinrent mêler leurs effluves âcres aux gouttes de pluie, le sang se dilua dans les flaques.

Marc songea avec inquiétude à ses filles, peut-être happées par le tourbillon de violence qui s'amplifiait à une vitesse alarmante le long du bâtiment.

« Grouillez-vous, bordel ! J'ai reçu l'ordre de fermer le volet métallique jusqu'à ce que ça se calme ! »

Le gardien, un homme corpulent d'une trentaine d'années, rendit son carton à Marc, actionna la barrière et commanda la fermeture du volet. Il ne resta pas longtemps penché sur le tableau électrique, deux ou trois secondes peut-être, mais il sembla à Marc voir filer des ombres sur le côté de sa voiture et disparaître dans l'obscurité. Une poignée d'audacieux avaient exploité la brève inattention du gardien pour se faufiler à l'intérieur du parking. Entièrement mobilisé par l'agitation sur le boulevard et l'abaissement du volet, l'homme en uniforme ne songeait pas à lever les yeux sur les écrans de vidéo-surveillance. La dernière image que Marc eut de lui, dans le rectangle assombri de son rétroviseur, fut celle d'une silhouette qui se laissait tomber de tout son poids sur sa chaise, comme vidée de ses forces.

L'heure approchait des premières répétitions et les spectateurs de l'émission, triés sur le volet, remplissaient peu à peu les gradins. Comme à chaque fois qu'il fréquentait un studio de télévision, le contraste entre l'envers et l'endroit du décor avait étonné Marc. Il fallait traverser une sorte de terrain vague jonché de fils, de morceaux de bois, de plaques de contreplaqué, de bouts de polyester, puis s'engouffrer dans un passage taillé dans un enchevêtrement de chevrons et de traverses avant de déboucher sur le plateau proprement dit. Là, on reconnaissait le décor familier d'OMT, un mélange de couleurs criardes parfaitement assorties aux vêtements et à la chevelure de son animateur. Une armée de chevilles ouvrières s'activait déjà autour des sièges vides et des caméras. Marc aperçut Aude Versans et Marita Kœsler en grande conversation dans un recoin du décor. Elles fumaient toutes les deux en dépit des grands panneaux d'interdiction suspendus audessus du plateau. Marc repoussa son envie d'en griller une : ce qui était permis aux unes ne l'était pas nécessairement aux autres, et il ne tenait pas à se faire remarquer. Il s'installa sur les gradins du haut à côté d'une femme dont le bronzage, la maigreur, la robe, la coiffure et les breloques en or massif provenaient en ligne droite du XVIe ou de Neuilly. Elle le jaugea d'un regard perçant et, jugeant probablement qu'il ne faisait pas partie de son monde, ou que son apparence ne valait pas un rapprochement entre leurs mondes, elle se désintéressa de lui.

Les répétitions commencèrent une heure et demie avant le début de l'émission. Par répétitions, il fallait entendre l'intervention énergique d'un gugusse chargé de chauffer la salle, d'apprendre au public à faire la claque aux moments indiqués, et seulement à ces moments-là, et de rire, si possible bien fort, aux plaisanteries d'Omer. Pour le reste, les heureux élus — car c'est un sacré privilège que d'assister à l'émission la plus regardée de tous les temps à la télévision française, vous en êtes conscients, j'espère ? Oouuiiiiiii. Comment ? Plus fort, j'entends rien ! OOOUUUIIII. C'est mieux ! — devraient songer à vider leurs vessies maintenant, surtout vous, les femmes, avec votre petite capacité, houhouhou… Comment ? Plus fort ! HOUHOUHOUHOU… parce qu'une fois l'émission commencée, il sera trop tard. Et puis, évitez de vous curer le nez, de bâiller ou de vous gratter l'entrejambe, n'est-ce pas, messieurs, hahahaha, comment ? HAHAHAHA ! N'oubliez jamais que la caméra peut à tout instant vous choper en incruste, enfin je veux dire vous prendre en gros plan, et qu'est-ce qu'elle dirait, hein, votre petite maman, qu'est-ce qu'ils diraient, vos voisins ou vos collègues, si vous vous faisiez pincer à la télé avec les doigts dans le nez ? Ou la main dans le corsage de votre voisine, hein, messieurs ? Hahahaha... Plus fort ! HAHAHAHAHA.

La voisine de Marc claquait des mains à tout rompre quand on lui demandait d'applaudir, s'esclaffait de bon cœur quand on lui demandait de rire, huait à tue-tête quand on lui demandait de manifester sa désapprobation. Elle oubliait ses airs de mondaine pour redevenir une gamine au théâtre de Guignol. Elle n'était pas la seule : hormis les deux premiers rangs, occupés par des jeunes filles aux sourires et décolletés télégéniques, le public était en grande partie composé de ces riches oisives ravies de s'encanailler dans l'antre d'Omer, le diablotin télévisuel dont elles adôôôraient les excentricités sulfureuses. Elles étaient venues assister à la crucifixion de ce Christ au petit pied comme les bourgeoises des anciens temps se pressaient devant les échafauds. Quelques hommes dans le lot, dans des tenues plus sobres, plantés comme des rochers austères au milieu d'une mer froufroutante, étincelante.

Marc se demanda pour la centième fois si la spirale de violence qui avait déferlé sur le boulevard deux heures plus tôt avait emporté ses filles. L'ex numéro 1 ignorait qu'elles s'étaient rendues au grand rassemblement des disciples de Vaï-Ka'i. Elle serait tombée des nues si elle avait appris que le passage de l'escroc de l'Aubrac, la deuxième bête du Gévaudan, concernait l'ensemble de sa petite famille, ses filles mais aussi leur père redevenu par intermittences son amant. L'ex numéro 1 consumait certainement son mal de vivre dans son pavillon planté dans une banlieue qui était en elle-même une invitation à la déprime. Sans doute était-elle devant sa télévision comme les trois quarts des Français ? Et Charlotte également, qui, conformément à sa promesse, n'avait plus donné de signe de vie à l'issue de leur dernière nuit ?

« Vous en êtes ? »

La voix rauque de sa voisine tira Marc de son engourdissement. Penchée sur lui, elle le fixait avec une curiosité insistante, comme une ethnologue aventurée en terre inconnue qui aurait rencontré un autochtone digne de son intérêt. Il respira à pleines narines son parfum hors de prix. L'aspect tendu de son visage encadré de nuages blonds contrastait avec les marques profondes qui lui encerclaient le cou. Chirurgie esthétique.

« Pardon ?

— Des disciples de ce machin-chose, là, ce Christ de l'Aubrac ? »

Elle désigna le plateau d'un ample geste du bras.

« Vous n'avez pas l'air d'apprécier tout ça... »

D'autres spectateurs s'étaient retournés et avaient levé sur Marc un regard soupçonneux.

« Je ne suis pas vraiment son disciple, dit-il, mais ce n'est pas pour autant que j'approuve ce genre de curée.

— Qui vous parle de curée ? lança un homme aux cheveux gris assis au milieu d'une rangée entièrement féminine. Il s'agit seulement de remettre ce charlatan et ses adeptes à leur place.

— Si on remettait tous les charlatans à leur juste place, il n'y aurait plus grand monde sur cette terre. »

L'arrivée des premiers invités interrompit le début de polémique. Le plateau se présentait sous la forme d'un tribunal, avec, à droite les sept fauteuils des contradicteurs placés en quinconce, au milieu le box des accusés, un siège assez étriqué et inconfortable sur lequel on devait très vite se sentir mal à l'aise, et enfin, à gauche l'estrade surélevée où trônaient Omer et sa coanimatrice.

Marc eut un petit tressaillement lorsqu'il reconnut le crâne lisse et les lunettes de BJH. Il avait pris connaissance de la liste des invités dans les journaux, mais la présence en chair et en os de son ancien patron dans ce tribunal grotesque lui rappelait qu'il devrait bientôt lui livrer une bataille sans merci dans un autre prétoire, bien réel celui-là.

L'avocat avait appelé une semaine plus tôt pour lui annoncer qu'il se dessaisissait du dossier :

« Vous comprenez, mon vieux, vous m'avez caché un certain nombre d'éléments qui m'auraient permis d'avoir une vue plus, disons, claire de votre contentieux avec l'EDV... »

Faux, évidemment. Le syndicat avait donné l'ordre à l'avocat de se retirer de l'affaire dans le cadre de sa récente réconciliation avec BJH. Ligoté par les grands groupes de presse, le syndicat avait besoin de la caution du symbole vivant de la presse indépendante pour reconquérir sa légitimité perdue. Cette nouvelle politique impliquait, bien entendu, quelques sacrifices mineurs, dont le lâchage du journaliste de l'EDV qu'il avait d'abord pris sous son aile protectrice. Marc avait donc décidé d'assurer sa défense seul, comme le droit lui en offrait la possibilité, et, à cet effet, avait commencé à plancher sérieusement sur le statut juridique des journalistes ainsi que sur les cas de jurisprudence qui concernaient la clause de conscience. Il n'avait pas appris grand-chose qu'il ne savait déjà, mais cette révision lui permettrait d'étayer ses arguments avec des articles de loi précis, ce qui le mettrait presque sur un pied d'égalité avec l'avocat de l'EDV.

Il reconnut Michelle Abler, la psychiatre qu'il avait interrogée, il y avait de cela une dizaine d'années, dans le cadre d'une enquête sur les nouvelles écoles de psychanalyse. Elle n'avait pas changé à l'exception de quelques mèches blanches dans une chevelure coupée très court. La même allure arachnéenne avec ses vêtements noirs, ses membres interminables et son regard sombre, hypnotique. Sa voix grave lui avait produit un tel effet qu'il s'était débattu pendant tout l'entretien avec un désir violent, impossible à réprimer. Elle y était certainement pour quelque chose, comme l'indiquait son petit sourire, mais cela se passait à une époque où il s'imaginait systématiquement posséder les femmes de rencontre, une obsession qui commençait à s'émousser avec le temps. Il connaissait les autres contradicteurs du panel de vue ou de réputation, Pierre Estérel, le biologiste, apôtre fervent des manipulations génétiques, monseigneur Ducarouge, le porte-parole de l'épiscopat français, Jacques Mandelieu, le député socialiste et président de l'Observatoire sur les sectes, Jean-Éric Cholin, le P-DG d'Alfacom. Seule la femme qui symbolisait les familles brisées par le fléau du vaï-ka'isme restait une parfaite inconnue à ses yeux. Elle avait eu un peu de mal à tasser sa corpulence dans la robe à fleurs sans doute flambant neuve qu'elle avait passée pour l'occasion. Elle avait la fierté intimidée et gauche des bergères qui, l'espace de quelques instants, se métamorphosent en princesses du petit écran.

Les murmures redoublèrent d'intensité quand Omer fit son entrée sur le plateau, flanqué de sa coanimatrice, suivi de près par Vaï-Ka'i et le jeune homme à lunettes que Marc avait aperçu sur la butte du causse de Mende. Difficile de trouver plus dissemblable que le couple vedette d'OMT, aux plumages sophistiqués et flamboyants, et le Maître-esprit, un homme menu et sautillant dont l'allure rappelait celle d'un Gandhi avec des cheveux et un pagne rétréci.

Omer alla saluer un à un les contradicteurs tandis que sa coanimatrice conduisait Vaï-Ka'i près du siège central et qu'un technicien installait les micros. Une hôtesse entraîna le jeune homme à lunettes vers le premier rang des gradins où une place lui avait été réservée entre deux décolletés télégéniques. Le gugusse rejoignit son poste et leva un premier panneau ordonnant au public d'applaudir.

Clapclapclapclap... Comment ? Clapclapclap-clapclap... Mieux ! Encore ! CLAPCLAPCLAP-CLAP... Bien, bien, on va vous garder... HAHAHAHAHA.

Quand Omer et sa coanimatrice eurent regagné leur estrade, la voix grave du réalisateur tomba des cieux comme celle d'un Dieu courroucé et entama le compte à rebours dans une ambiance soudain chargée d'électricité. Plus haut, des hommes et des femmes répartis sur les passerelles supervisaient les mouvements d'ensemble, accoudés aux rambardes. Le Maître-esprit s'assit en tailleur sur son siège sans se soucier de considérations esthétiques. Il paraissait à présent minuscule dans les faisceaux des projecteurs qui tombaient des cintres et ajoutaient plusieurs degrés à la température déjà étouffante. Ses cheveux lisses tombaient en pluie noire de chaque côté de son visage impassible.

Marc se souvint de l'air tragique de Pierrette devant la cheminée de la ferme de l'Aubrac. Avait-elle entrevu ce jour où son frère adoptif serait jeté en pâture aux médias comme un morceau de viande à une meute ? Avait-elle souffert de son humiliation, de sa détresse ? Avait-elle pressenti sa mort ?

Le gugusse leva à bout de bras le panneau ordonnant le silence. La tension devint épaisse, irrespirable. La voisine de Marc s'éventa d'un geste négligent de la main qui entraîna une série de tintements assourdissants dans ses breloques. Les contradicteurs du panel fixaient le Maître-esprit avec une attention féroce, un peu comme des boxeurs cherchant à prendre l'avantage psychologique dans le défi des regards.

« Générique » tonna la voix du réalisateur.

La musique agressive d'OMT dégoulina en force sur le plateau. Omer balança une dernière fois ses épaules d'un côté sur l'autre, sans doute pour se décontracter le cou, puis sa face et sa chevelure rouge pétard apparurent en gros plan sur les écrans témoins enchâssés dans les éléments du décor.

« Bonsoir mesdames et messieurs, bienvenue à OMT. »

Débit mitraillette, comme toujours. *Applaudissements*, ordonne la pancarte du gugusse. Clapclapclapclapclapclap. *Plus fort*, implorent les mains et la mimique du gugusse. CLAPCLAPCLAPCLAP. Il lève le pouce pour féliciter les spectateurs, puis rétablit le silence d'un ample mouvement du bras.

« Avec moi pour animer cette émission la toujours charmante Marianne à qui, mesdames et messieurs, vous faites, s'il vous plaît, un triomphe. »

Gros plan sur le visage souriant de la jeune femme, insert télégénique sur la naissance de ses seins, panneau, applaudissements nourris, pouce en l'air du gugusse, silence.

Pendant qu'Omer présentait les différents intervenants, Marc se demanda d'où surgirait le tueur chargé d'abattre le Maître-esprit. De ses conversations avec ses divers correspondants, il ressortait que Vaï-Ka'i ne quitterait pas vivant le siège de Télé Max. Cependant, personne n'était parvenu à savoir quel genre de tueur serait engagé ni quelle méthode serait employée. Marc caressait le mince espoir d'empêcher cette mise à mort mais, en l'absence de précisions, il risquait lui-même de recevoir une balle perdue ou d'être happé par le souffle de l'explosion. Or, malgré ses difficultés existentielles, malgré les atteintes inexorables du temps, malgré le spectre grinçant de la ruine, il n'avait pas envie de mourir.

Il n'avait pas l'âme d'un martyr.

Lucie 11

Lucie et Barthélemy avaient fait partie de ces gens que le brusque affaissement de la barrière métallique avait projetés dans la partie dégagée du boulevard. Très tôt le matin, ils s'étaient joints aux disciples désireux de proclamer leur soutien au Maître-esprit qui s'étaient massés devant le bâtiment de Télé Max. Debout une grande partie de la journée sous une pluie battante, ils avaient fini par retirer leurs tee-shirts, les essorer et, puisqu'il ne servait à rien de les remettre, ils étaient restés à demi nus sur le trottoir, vêtus elle de sa seule culotte de coton, lui de son seul short en jeans. Comme la plupart de ceux qui se pressaient autour d'eux étaient des néo-nomades, personne ne s'était offusqué de leur impudeur. Trempés jusqu'aux os, ils avaient patienté jusqu'en milieu d'après-midi, affamés, coincés contre la barrière métallique, résistant de leur mieux à la pression d'une foule de plus en plus dense.

La première rangée de barrières s'était affaissée et avait entraîné dans leur chute les deux autres alignements. Les gardiens de la paix n'avaient pas réussi à refermer la brèche assez rapidement. La multitude s'était détendue comme un gigantesque ressort. Emportés par le mouvement, Lucie et Barthélemy s'étaient retrouvés coincés entre les cordons de CRS et l'entrée du parking souterrain. Ils avaient alors imité l'exemple d'un homme blond portant un corps inerte emmitouflé dans un plaid : ils avaient exploité la présence d'une voiture immobilisée devant la barrière et l'inattention provisoire du gardien pour s'engouffrer à l'intérieur du parking juste avant l'abaissement du volet métallique.

Ils n'avaient pas cherché à suivre l'homme blond dans la semi-obscurité du premier niveau. Barthélemy avait désigné les caméras de surveillance réparties tous les cinq mètres environ, et ils s'étaient planqués derrière un pilier hors de portée des objectifs. Là, serrés l'un contre l'autre, ils s'étaient réchauffés jusqu'à ce que le désir les embrase. Condamnés à une immobilité et un silence exaspérants, ils avaient fait l'amour assis, elle à califourchon sur lui, suspendus aux grondements des moteurs et aux faisceaux des phares qui balayaient de temps à autre l'obscurité devant leur abri. Une fois les voitures éloignées, seuls les frottements de leurs chairs avaient effleuré le silence vaguement inquiétant du parking. Lucie avait rentré ses gémissements dans sa gorge et dirigé son plaisir vers l'intérieur. Elle s'était dissoute dans les bras de Barthélemy, elle avait perdu ses limites, elle s'était retirée si loin en elle-même qu'elle avait mis du temps à reprendre conscience de son corps, de la précipitation de son souffle, du tintamarre de son cœur, des frissons de sa peau.

Des effluves d'essence et d'huile chaude traversaient l'air humide. Lucie ayant perdu son tee-shirt dans la cavalcade, Barthélemy lui proposa le sien après l'avoir à nouveau essoré et étalé sur ses jambes. Elle essaya de l'enfiler, trouva insupportable le contact avec l'étoffe encore mouillée, y renonça. Les effets de sa résurrection s'estompaient peu à peu, elle redevenait la Lucie d'avant, la Lucie en proie aux doutes, la Lucie qui pensait, qui jugeait, qui éprouvait de temps à autre le besoin d'en référer aux peurs et aux figures anciennes. Elle devait à tout prix retrouver la sérénité merveilleuse qui l'avait baignée les semaines précédentes et, dans ce but, lâcher les prises, s'en remettre entièrement au présent, vivre à fond les expériences que lui proposait la toile d'araignée cosmique. La Lucie d'avant s'inquiétait dorénavant de partager la vie d'un homme — d'un adolescent... — qui avait égorgé sa mère, sa sœur et son père. La trame lui proposait d'accompagner Barthélemy dans sa quête de rédemption, et elle craignait de ne pas en avoir la force, d'être un peu trop étriquée dans sa générosité, dans sa compassion. La Lucie d'avant se demandait s'il n'était pas de son devoir de le livrer aux flics, de le mettre définitivement hors d'état de nuire. Mais le monde était en train de changer, les gens abandonnaient leurs maisons, leurs biens, leurs habitudes, les vieilles valeurs se diluaient dans les mares grossies par les pluies, le passé s'en allait dans les rigoles, dans les rivières, dans les crues, la porte s'entrouvrait sur un monde de tous les possibles, de tous les présents.

Barthélemy avait maintenant de l'appétit pour quatre, les creux de son visage se remplissaient, il lui arrivait de rire aux éclats, il lui prodiguait une tendresse qu'elle n'avait jamais rencontrée chez ses autres amants, des hommes qui n'avaient assassiné personne pourtant. Elle s'appliquait à bâillonner la Lucie d'avant, à ne voir en lui que le Barthélemy de maintenant, mais les anciennes pensées, telles des harpies, revenaient sans cesse lui rappeler qu'il avait transgressé l'interdiction majeure de prendre des vies.

Tu ne tueras pas.

Elle l'aimait pourtant, elle aimait sa présence, sa compagnie, son odeur, sa chaleur, la saveur de sa peau, la douceur de ses mains, l'habileté de sa langue, elle aimait s'emplir de son sexe et le sentir défaillir en elle.

« Hé, qu'est-ce qui… »

L'extinction subite des lumières venait de plonger le parking dans une obscurité totale. Le chuchotement de Barthélemy s'évanouit dans un silence que les ténèbres rendaient presque palpable.

« Une panne de lumière, reprit-il au bout de quelques secondes. On devrait en profiter pour foutre le camp.

— Et si le volet métallique est toujours fermé ?

— On peut sans doute passer par les bâtiments…

— Dans cette tenue ? Ils nous ficheront dehors à grands coups de pied aux fesses.

— C'est justement ce qu'on cherche, non ? »

Lucie eut un petit rire : vu comme ça…

« Je vais quand même m'habiller. Au cas où. »

Elle enfila sa culotte, puis le tee-shirt, frissonnant au contact du coton détrempé. Barthélemy la prit par la main et l'entraîna dans la nuit du parking. Ils ne distinguaient rien à deux mètres devant eux. Des piliers, des pans de murs ou des capots de voiture surgissaient de l'obscurité comme des spectres gris et figés. Ils se dirigèrent vers une veilleuse qui brillait au bout de ce qui semblait être une allée. Des bruits étouffés, des chuintements, des grincements résonnaient dans le ventre de béton traversé d'odeurs fétides.

Lucie avait l'impression de mariner dans la semence de Barthélemy. Elle détestait cette sensation d'habitude, elle s'arrangeait pour évacuer les sécrétions de ses amants avant de se rhabiller, mais, aujourd'hui, elle appréciait cette tiédeur poisseuse entre ses cuisses comme un vestige du plaisir qui l'avait emportée quelques minutes plus tôt.

L'éclat ténu de la veilleuse dégageait de l'obscurité une porte pleine et munie de gonds à ressorts, une issue de secours selon toute probabilité. Ils l'ouvrirent et s'engagèrent dans un couloir faiblement éclairé qui donnait un peu plus loin sur un escalier. Sur le palier, une deuxième porte, également pleine mais démunie de poignée, signe qu'elle n'était pas prévue pour s'ouvrir dans ce sens. Barthélemy glissa les doigts dans l'interstice entre l'arête inférieure et le sol, réussit à l'entrebâiller et l'empêcha de se refermer en la bloquant du pied. Ils traversèrent une première pièce sombre et nue, pénétrèrent dans une deuxième, éclairée celle-ci, meublée d'armoires métalliques et d'éléments de décor accotés contre le béton des murs. Des vêtements et des chaussures s'entassaient sur les étagères des armoires, bleus de travail, costumes à paillette, robes de soirée, chapeaux excentriques, sans doute entreposés depuis un bon moment à en croire les relents de poussière et de naphtaline. Ils se choisirent une tenue en pouffant de rire, une veste et un pantalon relativement sobres pour Barthélemy, une minirobe noire et discrète pour Lucie. Comme ils craignaient de se faire surprendre, ils ne perdirent pas de temps dans les essayages. Ils passèrent des chaussures — la Lucie d'avant ne put s'empêcher de juger les tennis bleu roi très mal assorties à la veste vert bouteille de Barthélemy —, traversèrent une succession de pièces, gravirent un escalier tournant, empruntèrent un large couloir qui donnait sur un hall obscur où des hommes et des femmes, assis ou debout, se pressaient en grappes devant de grands écrans de télévision.

Personne ne leur prêta attention lorsqu'ils se mêlèrent à l'un des groupes. Tous les regards étaient rivés sur la bouille énervée d'Omer dont les cheveux rouges ressemblaient à des flammes échappées de son crâne.

« Regarde, chuchota Barthélemy à l'oreille de Lucie, c'est Vaï-Ka'i. »

Le visage du Maître-esprit venait d'apparaître à l'écran. Le contraste était frappant entre sa sérénité et la crispation de l'animateur.

« Putain, est-ce qu'il va se décider à parler, ce con ? gronda un homme en chemisette assis sur une chaise pliante. Il est en train de bousiller l'émission ! Les annonceurs vont nous massacrer. »

Lucie fut révulsée d'entendre ainsi parler de l'être d'exception qui l'avait ramenée de chez les morts, qui lui avait ouvert la porte de la maison de toutes les lois, qui lui avait permis d'entrevoir la splendeur du serpent double. Elle se retint à grand-peine de cracher sa colère à la face de ces hommes et de ces femmes qui ne raisonnaient qu'en termes de rentabilité, de ces marchands du temple agrippés à leurs courbes d'audience.

« Bien, bien, bien, dit Omer, visiblement décontenancé. Puisque notre invité a choisi la stratégie du silence, et c'est son droit après tout, je passe la parole à Michelle Abler, psychanalyste, spécialiste bien connue des manipulations mentales. Madame, y a-t-il une explication à ces miracles qui semblent être la marque de fabrique du Christ de l'Aubrac ? »

Visage de la psy, cheveux noirs, courts, parsemés de mèches blanches, absence de lèvres qui donne à sa bouche une allure de blessure ou de couperet, au choix, air sévère et vaguement supérieur de celle qui détient les clefs du savoir.

« Méfions-nous des explications simplistes, répond-elle d'une voix grave. Parlons plutôt de rencontre entre les aspirations d'individus en mal de croyances et l'habileté manipulatrice d'individus en quête de pouvoir. Entre les proies et leurs prédateurs, pour utiliser une autre image. Et le mutisme de cet homme — bref gros plan sur Vaï-Ka'i —, son calme et son dénuement apparents relèvent entièrement de cette stratégie manipulatrice. Grossièrement manipulatrice.

— Mais, Michelle Abler, ça n'explique pas tous ces témoignages de personnes qui se prétendent guéries de…

— Qui se prétendent, comme vous le dites. Est-ce que ces pseudo-miraculés ne se sont pas inventé de pseudo-maladies pour expérimenter une pseudo-guérison, et donc, fournir du corps, de la chair, à leurs croyances ? Je ne parle pas, bien entendu, d'une tricherie calculée, mais d'une illusion fabriquée de toutes pièces par l'inconscient...

— Elle est bien la psy, elle est claire, elle ne jargonne pas trop », commenta une femme accroupie à côté d'un fauteuil, un mégot coincé entre les lèvres.

Lucie eut une envie brutale de fumer, s'approcha de la femme, lui demanda une cigarette. L'autre lui tendit son paquet et une pochette d'allumettes sans même lui accorder un regard.

« ... Les désirs cachés, les clefs de l'inconscient.

— On parle de cas d'hémiplégie, de paraplégie, intervint la coanimatrice. On ne peut tout de même pas les classer dans les maladies imaginaires.

— On parle, on dit, on raconte... La rumeur, voilà la meilleure alliée des manipulateurs. Je n'ai jamais rencontré personnellement d'individus guéris miraculeusement d'hémiplégie ou de paraplégie, et je parie que personne sur ce plateau non plus... »

Lucie alluma sa cigarette. L'afflux soudain de nicotine lui coupa les jambes et la transporta dans un état à la fois euphorique et légèrement nauséeux. Elle n'avait pas fumé de la journée, à cause de la pluie qui avait transformé son paquet coincé dans la ceinture de sa culotte en une bouillie de papier et de tabac, mais pas seulement : depuis que le Maître-esprit l'avait repêchée chez les morts, elle supportait de moins en moins l'odeur et le goût du tabac. Elle tira encore deux bouffées avant de tendre la cigarette à Barthélemy.

« Les rumeurs se propagent à l'échelle planétaire désormais avec le Net, avec ces milliers d'informations qui circulent sans contrôle. Et les rumeurs de phénomènes extraordinaires, comme les miracles, sont les plus répandues, les plus relayées. Tout comme, d'ailleurs, celles des virus informatiques. La version moderne de la foi et de la peur, ou de Dieu et du diable. Nous pensions avoir instauré le règne de la raison, de ces lumières léguées par les philosophes, les succès planétaires comme celui de cet individu — gros plan sur Vaï-Ka'i — nous détrompent : les humains dans leur ensemble se complaisent dans l'ignorance et restent attachés à leurs vieilles superstitions. »

Lucie lança un regard à Barthélemy qui signifiait : comment cette prêtresse du psy pouvait-elle se permettre de balancer ce genre d'affirmation devant des millions de téléspectateurs ? Pourquoi Omer n'avait-il pas invité de miraculés dans son émission ? La psy disait qu'elle n'en avait jamais rencontré, mais Lucie en avait croisé des dizaines dans le sillage du Maître-esprit. Elle-même aurait pu jurer devant la France entière qu'un gros bras de Marseille lui avait fracassé le crâne avec une batte de base-ball et que, sur l'intervention de Vaï-Ka'i, elle s'était réveillée sans une plaie ni une bosse.

Ce n'était pas une rumeur, une croyance, une superstition, mais un fait, bordel ! UN FAIT !

« Est-ce que vous avez quelque chose à répondre à ça ? » demande le présentateur à Vaï-Ka'i.

Gros plan sur le visage du Maître-esprit. Pas de réponse.

« Vas-y, Omer ! hurla une voix dans le hall. Secoue-le pour lui faire cracher quelque chose !

— Je vous rappelle, monsieur le petit Jésus de l'Aubrac, ha, ha, ha, que les téléspectateurs votent à la fin de l'émission, reprend Omer en réprimant une grimace. Vous vous pénalisez vous-même en refusant de vous défendre. Et croyez-moi, nos amis qui nous regardent ne vont pas se gêner pour vous crucifier, ha, ha, ha ! »

Gros plan sur le visage de Vaï-Ka'i. Lucie crut détecter de l'ironie dans ses yeux, dans son sourire. Il appliquait lui-même ce qu'il recommandait à ses disciples : le silence face à l'insulte. Et son mutisme, son immobilité dénonçaient par contraste l'agitation ou la nervosité de ses interlocuteurs, en particulier d'Omer, dont les saillies humoristiques et les tentatives de relance se perdaient dans un abîme sans fond.

« Ne zappez pas, nous revenons tout de suite après une toute petite page de publicité. »

Les groupes s'égrenèrent pendant les annonces publicitaires dont les sons et les couleurs criards semblaient tout droit sortis du chapeau d'un magicien bourré de LSD. Tandis que Barthélemy se laissait choir dans un fauteuil vide, Lucie s'approcha d'un mur de verre. D'où elle se trouvait, probablement au premier étage du siège de Télé Max, elle avait une vue plongeante sur le boulevard. L'immensité de la foule massée aux abords du bâtiment la sidéra. Les CRS avaient repoussé la marée humaine de l'autre côté de la digue et remplacé les fragiles barrières métalliques par un alignement de cars bleus et grillagés. Les parapluies colorés s'épanouissaient en corolles vives et luisantes sur le champ sombre de têtes.

Autour d'elle, des essaims bruissants commentaient l'émission, cruciale pour la crédibilité de leur chaîne, c'est du moins ce que semblaient signifier les bouts de phrases captés par Lucie. Jeunes pour la plupart, entre vingt-cinq et trente-cinq ans, les hommes et les femmes de Télé Max complotaient comme les soldats d'une armée prête à déferler sur le monde. Stratégie, offensive, conquête, contrôle, occupation, défense étaient les mots qui revenaient le plus souvent dans leurs bouches. Ils portaient pour uniforme la culture d'entreprise, ils partageaient les valeurs de Télé Max, ils parlaient le langage de Télé Max, ils se battaient pour un avenir médiatique entièrement revu et corrigé par Télé Max.

Et ils enrageaient contre le Christ de l'Aubrac qui, par son silence, était en train de foutre en l'air l'émission phare de la chaîne Omer avait perdu sa patate habituelle, Omer ramait, Omer pataugeait, la courbe médiamat n'avait cessé de plonger depuis le début de l'émission, les annonceurs appelaient déjà pour manifester leur mécontentement et réclamer une renégociation des tarifs. Omer devait se ressaisir. Secouer l'espèce d'inertie qui s'était abattue sur son plateau. Rallumer le feu. Foutre la merde. Éructer. Provoquer. Injurier. Redevenir le mauvais garçon que tous adôôôraient détester.

La musique clinquante du générique d'OMT chassa la voix modulée d'une potiche qui vantait les mérites d'une voiture décapotable — le marché du cabriolet avait subi un sérieux tassement avec les pluies persistantes qui tombaient sur la plus grande partie du pays.

Les grappes se reformèrent devant les écrans. Barthélemy se poussa pour faire une petite place à Lucie dans le fauteuil.

Yann 11

Bien que tracassé par un sentiment diffus d'inquiétude, Yann commençait à se détendre, voire à se divertir. Dérouté au début par le comportement de Vaï-Ka'i, qui n'avait pas prononcé un seul mot depuis le début de l'émission, il assistait en direct à une sorte de Titanic télévisuel. Les contradicteurs demandaient tous à intervenir à présent, se coupaient sans cesse la parole, comme si chacun d'eux s'estimait le seul apte à sauver le navire en perdition, une conviction qui n'était pas l'apanage des seuls chevronnés des médias, Michelle Abler, BJH, le député Mandelieu, le P-DG Jean-Éric Cholin ou monseigneur Ducarouge, mais que partageaient le professeur Estérel, dressé sur ses ergots comme un coq aux plumes ébouriffées, et Martina Georges, la téléspectatrice anonyme, la Cendrillon du prime time, défendant son morceau de gras avec une opiniâtreté de hyène, rappelant sans cesse aux autres qu'elle se contrefichait des théories plus ou moins fumeuses sur le néo-nomadisme, qu'elle, elle avait *réellement* perdu un fils, une belle-fille et deux petits-enfants, ruinés, retournés à l'état sauvage ou quasiment, que seule la douleur des familles et la souffrance des mères étaient importantes, que cet homme, là, il s'était honteusement enrichi sur le dos de ses disciples, qu'on devrait l'envoyer dans un vrai tribunal, l'empêcher de nuire, ou alors c'est qu'il n'y avait plus de justice en France.

De ce brouillamini sonore et visuel, se détachaient, comme des pièces éparses de puzzle, des mines crispées, offusquées, colériques, des yeux exorbités, des poings brandis, des phrases entrechoquées, des invectives, des hurlements. On se serait cru dans une cour d'école pendant la récréation, ou encore dans un poulailler affolé par l'intrusion d'un renard. Les plans de coupe sur le visage du Maître-esprit arrivaient à chaque fois comme des parenthèses apaisantes. Conscient de l'effet pervers de ce contraste, le réalisateur espaçait et raccourcissait les prises de vue sur Vaï-Ka'i, s'attardait sur le minois de la coanimatrice d'Omer ou sur les décolletés des potiches siliconées qui peuplaient les deux premiers rangs dcs gradins.

« En tant que président de l'Observatoire sur les sectes, laissez-moi vous dire que...

— nous enorgueillissons, à l'EDV, d'avoir combattu le Christ de l'Aubrac depuis le début. C'est le rôle de la presse écrite que de...

— protéger la famille ! Sans famille, monsieur, il n'y a plus de société. Ni les médias ni le gouvernement n'ont été capables de...

— me laisser terminer, madame. Un minimum de correction...

— me vois contraint de réclamer un peu d'ordre dans ce débat. Nous revenons après ça. »

Accalmie publicitaire. Perché au-dessus du décor, l'assistant chargé de l'ambiance roule des yeux et s'agite comme un sémaphore. Ne sachant plus s'il doit demander au public d'applaudir ou de huer, il interroge du regard Marita Kœsler et Aude Versans, figées dans l'ombre derrière une caméra. Elles ne lui répondent pas, elles ne s'intéressent pas à lui, elles fixent le drôle de petit homme brun et nu assis en tailleur sur le siège des condamnés. Il n'y a rien de pire pour une émission que le silence, l'inertie, il faut que ça bouge, que ça crie, que ça surprenne, que ça choque, que ça émeuve, que ça zappe ! Si on l'abandonne dans le vide, dans le rien, le téléspectateur change de chaîne, s'embarque dans un autre grand huit d'images, risque de s'y sentir bien, de ne plus revenir, le médiamat dégringole, les annonceurs se défilent, la direction planche d'urgence sur un nouveau concept, un truc de fureur, un truc de folie. Il n'y a rien de pire pour les promoteurs d'une émission que d'être suspendus au pouce ou à l'index du téléspectateur, un pouce levé, un pouce baissé, comme dans les gradins des cirques antiques. *Vox populi, vox dei*.

« Coucou, nous revoilou mesdames et messieurs ! »

Le sémaphore a beau se démener comme un forcené, les applaudissements restent maigres.

« Est-ce que, par miracle, notre invité aurait décidé de réagir ? »

Omer se tourne vers le Maître-esprit avec un sourire crispé. Pas de réponse.

« Il n'y aura pas de miracle aujourd'hui, pas davantage qu'il n'y en a eu autrefois, n'est-ce pas ? On pourrait peut-être demander à l'homme de science, au professeur Estérel, ce qu'il pense, lui, de la notion de miracle. La manipulation génétique ne serait-elle pas, finalement, le miracle moderne ? »

Pierre Estérel discipline ses cheveux et rajuste son costume sobre de scientifique de haut vol.

« La modification génétique est un procédé scientifique, vérifiable. Rien à voir avec les miracles. Elle est déjà utilisée avec succès dans le domaine de l'agriculture, et elle pourra sans doute dans un avenir très proche apporter de très sensibles améliorations à l'existence humaine, éradication des maladies, correction des anomalies génétiques, prolongation de la durée de vie et de la jeunesse par exemple.

— Est-ce à dire, professeur, que vous vous élevez contre le concept du tout naturel prôné par le Christ de l'Aubrac et les néo-nomades ?

— Une utopie New Age rabâchée depuis les années 1960 et dont toutes les études ont démontré l'absurdité. On n'a jamais vécu mieux dans le passé. Les conditions de vie de l'être humain se sont considérablement bonifiées avec l'avènement et l'essor du progrès scientifique. Ceux qui prétendent le contraire sont non seulement des gens malhonnêtes, mais dangereux, des escrocs de la pensée. Tant pis pour le mythe du bon sauvage.

— Vous répondez quoi à ceux qui parlent de pollution, de réchauffement atmosphérique, de dérèglement climatique, d'épuisement des ressources ? »

Moue agacée du professeur.

« Que l'avènement de la génétique, justement, est l'une des voies possibles pour régler les problèmes engendrés par la révolution industrielle...

— Et la douleur des familles, monsieur, qui la réglera ? La génétique, peut-être ? »

Regard larmoyant de Martina Georges, qui incarne à cet instant toute la douleur de toutes les familles anonymes de France.

« La psychanalyse, dit Michelle Abler.

— La foi ! intervient monseigneur Ducarouge.

— La foi ? Elle est responsable de la plupart des crimes contre l'humanité !

— Je ne peux pas vous laisser dire une chose pareille, madame.

— Les intégristes de tous bords, chrétiens, musulmans, orthodoxes, hindouistes…

— juifs…

— sont à l'origine de la plupart des conflits qui…

— extrémismes religieux, quels qu'ils soient, dissimulent souvent des enjeux politiques et économiques, lâche BJH, qui ne cesse de se caresser le haut du crâne, lisse et brillant.

— Vous n'incluez pas les véritables démocraties dans le lot, j'espère, proteste Jacques Mandelieu.

— Ni les entreprises sérieuses, ajoute Jean-Éric Cholin.

— Sérieuses ? Alfacom a fait partie des industries européennes qui ont fourni des missiles à l'Iran en dépit des résolutions de l'ONU…

— Faux, et vous le savez ! Votre journal a perdu toute crédibilité depuis pas mal de temps, et ce n'est pas en lançant ce genre d'accusation sans fondement que vous…

— Je peux vous fournir tous les documents relatifs à…

— Des faux eux aussi !

— Messieurs, messieurs, ce n'est pas l'objet du débat, s'interpose Omer.

— Il n'y a pas de débat, puisqu'il n'y a personne avec qui débattre », souffle Martina Georges, hargneuse.

Yann avait l'impression qu'un trou noir grandissait sur le plateau et rétrécissait peu à peu l'espace des animateurs et des autres invités.

Le Maître-esprit n'était pas venu participer à un débat, mais révéler au monde la vanité des polémiques, des divisions. À quoi lui aurait-il servi d'échanger avec des contradicteurs qui ne s'intéressaient pas à sa vision du monde, mais ne songeaient qu'à défendre bec et ongles leurs intérêts particuliers ou corporatistes ? Retranchés dans leurs certitudes, leurs privilèges ou leur douleur, ils n'apportaient rien à la trame humaine, ils la tiraient à eux, la déchiraient et s'en revêtaient d'un pan en prétendant l'incarner tout entière. La vision du Maître-esprit, et celle de tous ces peuples qu'on dit primitifs ou premiers, avait pourtant autant de valeur que la leur. Le serpent double n'avait pas commis d'autre crime que de parler à sa façon de génétique, de foi, de psychologie, de douleur, d'échange, de communauté, de mystère. Et d'attirer l'attention de l'humanité sur les blessures infligées au grand corps de la Terre, ce sein nourricier que certains s'arrogeaient le droit de conquérir, de sacrer, de posséder, de violer, d'éventrer, de modifier au nom d'idéaux anciens et fanatiques.

« ... Voter à l'Assemblée l'interdiction pure et simple du néo-nomadisme.

— Vous ne craignez pas, monsieur le député, de tomber sous le coup des lois européennes qui protègent la liberté de pensée et de culte ? »

C'était la coanimatrice qui venait de poser la question. Elle tentait encore de donner un semblant de direction au navire qu'Omer ne gouvernait plus. Yann discernait la capitulation dans les yeux bruns de l'animateur vedette de Télé Max. Les couleurs hurlantes de ses cheveux et de ses vêtements ne réussissaient qu'à souligner l'extrême pâleur de son teint.

« Le néo-nomadisme lui-même est illégal puisqu'il tombe sous le coup des lois que vous venez d'évoquer : il constitue une entrave à la liberté de pensée de ses adhérents, madame — gros plan sur Martina Georges — nous a très bien parlé des ravages qu'il exerce dans les familles. Quelles que soient nos divergences, nous sommes tous d'accord ici pour affirmer que le néo-nomadisme est un fléau et que son fondateur — gros plan sur Vaï-Ka'i — doit être traité comme un homme nuisible. Souvenons-nous des suicides collectifs des disciples de Jim Jones, des adeptes du Temple Solaire, des fanatiques de Wacco, et faisons en sorte, surtout, que ce genre d'horreur ne puisse jamais se reproduire. »

Les élections législatives approchaient, et Jacques Mandelieu, déjà en campagne, lançait son filet, ratissait le plus large possible, se posait en apôtre du consensus, en fédérateur des énergies. Mais les autres n'acceptèrent pas de lui abandonner le rôle de capitaine du navire. Ils passaient dans l'émission la plus regardée du PAF, ils défendraient jusqu'au bout leur parcelle de notoriété.

« Votre raisonnement est... préoccupant pour tous les êtres attentifs à leur liberté, objecta

Michelle Abler. Ce ne sont sûrement pas les solutions politiques qui résoudront les problèmes posés par les manipulateurs de masses tels que...

— La presse ! coupa BJH, yeux de glace derrière les verres épais de ses lunettes. Le rôle de l'analyse est essentiel, je ne parle pas de la psychanalyse. Et d'ailleurs, nous avons été les premiers à alerter...

— Le marché, sans lequel il n'y aurait pas d'investissements, pas de créations d'emplois, pas de valeur ajoutée, pas de recherches, pas de richesses, intervint Jean-Éric Cholin. L'économie n'est pas seulement un mal nécessaire, c'est également...

— La position qu'a toujours défendue l'Église, lança monseigneur Ducarouge. Ces accusations sont totalement infondées. Rome n'a jamais permis le massacre de la tribu desana, contrairement à ce qu'affirme...

— La génétique, la clef de notre avenir, fit le professeur Estérel. Cette analogie entre le, j'ouvre des guillemets, serpent double des mythologies anciennes et la biotechnologie me paraît pour le moins...

— Insupportable ! cria Martina Georges. Nous, à l'ODCFI, nous nous battons pour des causes...

— minable, votre distinguo entre analyse et psychanalyse ! Voilà ce que c'est que de tomber dans la presse racoleuse, vulgaire, dans...

— les nombreuses affaires sordides qui ont secoué l'Église. Nous, au moins, à Alfacom...

— on essaie de les tirer de leur misère affective et morale, on se bat sur le terrain, pas comme vous, le cul assis sur...

— les bancs de l'Assemblée nationale. Nous disposons d'un arsenal juridique, j'insiste bien sur ce...

— tissu de mensonges ! Jamais la manipulation...

psychologique. On se fiche pas mal de...

l'intérêt des familles, j'insiste, mais il me paraît...

indécent de mettre l'Église dans le même panier que...

les manipulateurs mentaux, avec le recul nécessaire que donne...

un système économique fiable, c'est un gage de...

bon sens ! Et d'ailleurs, d'où vient ce...

catastrophisme ? Tous les mouvements sectaires utilisent les mêmes...

transports en commun. L'écologie est aussi...

une vaste fumisterie ! Votre...

peur, voilà le mot-clef, voilà le...

bénéfice net...

ne parlez donc pas de...

cette obsession...

qui a fait le malheur de...

Jésus-Christ...

taisez-vous... l'histoire... manipulation... fermez-la... la décence...

S'il vous plaît...
vous-même...
S'il vous plaît...
jamais...
S'IL VOUS PLAÎT...
conneries...
S'IL VOUS PLAÎT ! »

La voix d'Omer a soudain dérapé dans les aigus et réduit les sept contradicteurs au silence. Yann lit dans leurs yeux brillants, dans leur attitude vaguement supérieure, que chacun d'eux est persuadé avoir gagné la bataille de la parcelle de notoriété. Omer, lui, affiche la mine défaite et vaguement pitoyable des perdants, et les coups d'œil fréquents qu'il lance à sa productrice évoquent ces suppliques muettes qu'un joueur vedette dans un jour sans adresse à son entraîneur.

« Mesdames et messieurs, le temps qui nous était imparti touche bientôt à sa fin, reprend l'animateur d'une voix morne. Nous allons maintenant procéder au vote des téléspectateurs. Je vous laisse, très chère Marianne, le soin de rappeler les modalités de... »

Un coup de coude de la très chère Marianne attire son attention sur l'événement inouï qui se déroule au milieu de la scène : l'homme placé sur la sellette, l'accusé vedette, le Christ de l'Aubrac lève le bras pour réclamer la parole, un geste pourtant insignifiant qui frappe le plateau de stupeur. Le couple d'animateurs et les sept contradicteurs ressemblent désormais à des marionnettes reliées par d'invisibles fils à ce bras, à cette main. Les caméras se focalisent sur le Maître-esprit, comme si ce mouvement dérisoire, survenant après plus d'une heure et demie d'inertie, était la plus spectaculaire, la plus incroyable des séquences.

« Ah, ah, ah, mais je constate que *the* miracle s'est produit ! reprend Omer. Notre petit Jésus de l'Aubrac semble avoir recou... euh... vert l'usage de la parole. Un peu tard, mais, comme on dit, mieux vaut tard que jamais ! »

Yann discerna un regain de jubilation dans la voix de l'animateur, qui, tout à coup, entrevoyait une possibilité d'éviter le naufrage, la disgrâce, la roche tarpéienne. Il ressentit également toute la tristesse de Vaï-Ka'i et se rappela que son grand frère du serpent double était d'abord un être de chair et de sang. Le Maître-esprit ne se désolait pas de son sort — il avait toujours su que son corps se dissoudrait très tôt dans l'éternité des cycles —, il ressentait une compassion infinie pour cette humanité qui refusait de se contempler en lui. Yann admit en cet instant que Vaï-Ka'i ne lui appartenait pas, que son sang était le prix à verser pour que la conscience collective intègre son reflet, son enseignement.

« Vous avez entendu toutes les accusations portées contre vous, monsieur le Christ de l'Aubrac. Qu'avez-vous à dire pour votre défense ? Je vous demanderai d'être bref, car nous sommes vraiment à la bourre. Mais ne venez pas dire que c'est de ma faute, hein ! »

Le sourire complice que Vaï-Ka'i lui adressa submergea Yann de lumière et de chaleur.

« Je vais bientôt mourir, déclara le Maître-esprit d'une voix sereine, presque enjouée. Je voulais simplement vous dire à tous, avant de vous quitter, que je vous ai tous aimés et que je vous aime toujours comme mes frères et mes sœurs très chers du serpent double. Je repars d'où je viens, où vous me rejoindrez un jour ou l'autre, dans la maison de toutes les lois. Je m'en vais avec la joie immense d'avoir partagé l'air, l'eau et la terre avec vous, avec la fierté de vous avoir connus, avec l'espoir que vous saurez renouer avec le bonheur simple d'être les enfants de la Terre, des fils de la trame. Je n'ai pas à répondre à vos accusations, car je ne me suis jamais senti accusé. Je n'ai pas à vous pardonner vos offenses, car je ne me suis jamais senti offensé. Notre civilisation périra, comme d'autres avant elle, nos valeurs changeront, telle est la loi des cycles. Ma parole elle-même n'est pas figée, puissent ceux qui l'écoutent s'en souvenir, puissent ceux qui la combattent la reconnaître. Nous ne sommes que des souffles, et pourtant, chaque souffle contient tous les vents de la Création, telle est notre grandeur, telle est notre humilité. Je m'efface, c'est le lot de tout homme que de s'effacer une fois l'œuvre accomplie, je n'en éprouve ni colère ni chagrin, je chevauche avec allégresse la puissance des cycles et je me fonds dans le flot d'éternité. Ne vous lamentez pas sur mon sort, je pars conscient et heureux. »

Après avoir prononcé ces paroles, il se leva et, dans un silence de tombe, se dirigea de son allure sautillante vers la sortie du plateau.

Actes 1

Mathias entendit des voix et des bruits de pas. Il avait exploité la brève panne d'électricité pour se rapprocher de la limousine qui stationnait dans un espace réservé au niveau moins deux. Le chauffeur, un Pakistanais ou un Indien, feuilletait un journal sous les faisceaux des lumières intérieures de l'immense voiture aux vitres teintées. Planqué derrière un pan de mur, hors de portée des caméras de surveillance, Mathias avait posé le corps de Hassida à ses pieds et soudé son regard à la porte pleine qui donnait accès au parking.

D'autres avaient profité de son initiative quelques heures plus tôt, il avait entendu les claquements précipités de leurs pas derrière lui. Il avait craint qu'ils ne se fassent repérer et que la sécurité n'ordonne une inspection fouillée du parking, mais ils s'étaient montrés discrets et, jusqu'à la panne d'éclairage, rien d'autre n'avait agité la semi-obscurité que les grondements et les phares des voitures qui circulaient dans les allées. Il était resté immobile dans un recoin de ténèbres, avec la même vigilance sereine que lors de ses veilles nocturnes, comme enveloppé de l'ombre maternelle, protectrice. Le Glock avait vibré avec une ardeur dérangeante dans la poche intérieure de son blouson. Il s'était suspendu à plusieurs reprises à l'écoute du souffle d'Hassida, dont le visage était si pâle qu'elle semblait morte.

Le chauffeur entendit les bruits, plia hâtivement son journal et remit un peu d'ordre dans sa tenue. La porte s'ouvrit et livra passage à deux personnes, le faiseur de miracles et un jeune homme à lunettes, vêtu d'un polo clair et d'un jean. Le chauffeur fit le tour de la limousine pour ouvrir la portière arrière. Mathias souleva le corps de Hassida, sortit de son abri et, le cœur battant, se dirigea à grands pas vers le faiseur de miracles.

Marc avait perdu un peu de temps à s'extraire de la cohue qui, sitôt le générique de fin d'OMT, avait submergé le plateau. La curée médiatique orchestrée contre Vaï-Ka'i se soldait par un échec cuisant en dépit de la proclamation du vote des téléspectateurs, qui condamnaient le Christ de l'Aubrac à plus de quatre-vingts pour cent. Ceux qui avaient regardé l'émission ne conserveraient pas les chiffres en mémoire, mais les paroles du Maître-esprit, qui avaient résonné avec une force inouïe au sortir de son long mutisme et dont le calme, la clarté, la simplicité avaient offert un contraste saisissant, embarrassant, avec la bouillie inaudible de ses contradicteurs. Omer, ses invités et les spectateurs, sonnés, n'avaient pas prononcé un mot après son départ. Plus prompte à réagir, la coanimatrice avait annoncé le résultat du vote dans un silence de cathédrale avant d'expédier la fin de l'émission en deux ou trois phrases d'une banalité consternée. Le gugusse avait oublié de lever ses pancartes, *debout, assis, applaudissements, silence*, et Marc n'avait pas attendu qu'on lui en donne l'autorisation pour quitter son siège et se lancer sur les talons de Vaï-Ka'i. Il avait bousculé deux ou trois élégantes qui l'avaient injurié à mi-voix, puis un premier attroupement l'avait bloqué au bord du plateau. Non loin, la productrice et Aude Versans discutaient avec Omer effondré sur une chaise :

« Si, si, Omer, tu as été bien, très bien, assurait Marita Kœsler qui tirait comme une damnée sur sa cigarette.

— Tout le monde a été bien, renchérissait Aude Versans. Sauf le principal intéressé. Il a refusé de jouer le jeu.

— Peut-être qu'on devrait songer à...

— Au différé ? »

Le regard de Marc avait croisé celui d'Aude Versans. Elle l'avait imploré, une dernière fois, de ne rien dévoiler des confidences qu'il lui avait arrachées un jour de faiblesse. Il lui avait souri, à la fois pour la rassurer et lui montrer qu'elle vivait dans un monde sans réelle importance, puis il s'était arraché de la bousculade et dirigé vers les ascenseurs.

Il croisa un couple étrange sur le palier du niveau moins deux. Elle, vêtue d'une minirobe noire, une belle femme d'une trentaine d'années, lui, à peine sorti de l'adolescence, peau sombre, cheveux et yeux noirs, type indien, veste vert bouteille, pantalon gris et tennis bleu roi. Il se demanda où il les avait déjà rencontrés, puis il haussa les épaules et se hâta vers la porte qui donnait sur le parking.

« Suivons-le, je l'ai déjà vu quelque part, suggéra Lucie après que la porte se fut refermée dans un claquement de ressort.

— Un, rien ne prouve qu'il soit un disciple de Vaï-Ka'i. Deux, rien ne prouve que Vaï-Ka'i soit descendu au niveau moins deux, objecta Barthélemy.

— Il faut qu'on le trouve, merde ! Tu as entendu ce qu'il a dit, qu'il allait mourir, et j'aimerais bien le voir une dernière fois avant son départ.

— Il n'a qu'à se ressusciter lui-même ! »

Lucie étouffa la colère allumée par la réflexion de Barthélemy et décida de suivre son intuition. Ça avait été la désolation là-haut, dans le hall, à la fin de l'émission, surtout quand Vaï-Ka'i avait prononcé son discours d'adieu. Son silence d'abord, ses mots simples ensuite avaient souligné mieux que n'importe quelle démonstration l'artifice, la vanité, voire la crétinerie d'une émission comme OMT. Lucie et Barthélemy avaient jugé prudent de s'esquiver avant que la colère des soldats de Télé Max ne se tourne contre eux.

Des ululements de sirène et des lumières clignotantes avaient perforé les murs transparents de l'immeuble. Lucie avait jeté un bref coup d'œil par les murs vitrés avant de sortir du hall. Il régnait sur le boulevard une vague ambiance de guerre : les forces de l'ordre avaient commencé à disperser la foule à coups de gaz lacrymogènes et de matraques.

Lucie entrouvrit la porte et aperçut la silhouette brune et menue de Vaï-Ka'i penché sur le corps inerte d'une jeune fille. Elle reconnut, debout en face du Maître-esprit, l'homme au visage et aux cheveux d'ange que Barthélemy et elle avaient suivi à l'entrée du parking.

Il semblait à Yann humer l'odeur de la mort dans la pénombre de ce sinistre parking. Elle ne provenait pas du corps inerte étendu sur le béton, elle imprégnait l'air humide, saturé d'une forte odeur d'essence et d'huile de moteur. Contrairement à ce qui s'était passé à leur arrivée, aucune escorte ne les avait raccompagnés à la limousine, comme si la consigne avait été donnée de laisser dorénavant le Maître-esprit seul face à ses bourreaux.

Yann ne distinguait pas de bourreau devant lui, seulement le chauffeur de la voiture, l'homme au physique de Balte ou de Russe qui s'était agenouillé pour déposer la fille aux pieds de Vaï-Ka'i, un autre homme aux tempes grises et au crâne dégarni qui n'arrêtait pas de scruter les ténèbres comme si elles dissimulaient une foule de dangers, une femme blonde qu'il avait identifiée comme l'une des miraculées de Marseille dès qu'elle avait franchi le seuil de la porte.

Le brusque départ du Maître-esprit avait frappé le plateau de stupeur. Yann s'était à son tour levé et avait traversé un décor peuplé de statues. Écartelé entre jubilation et tristesse, il n'avait pas osé échanger ses impressions avec Vaï-Ka'i, ou, plus exactement, il n'en avait pas éprouvé le besoin, il s'était contenté de rester dans sa lumière, dans sa chaleur.

Il sentait des mouvements agiter la trame autour d'eux, des fils converger dans leur direction. Le Maître-esprit avait étendu les mains au-dessus du visage de la fille inerte dont les traits figés et à demi effacés avaient quelque chose d'une épure. Le chauffeur, légèrement en retrait, avait l'œil rond et immobile d'un faucon guettant sa proie.

Mathias crut défaillir de joie quand il vit se soulever les paupières de Hassida. Puis l'ordre jaillit en lui, si tranchant qu'il assourdit son émotion et le désordre de ses pensées.

Tue-le.

Il s'y opposa, de toutes ses forces, il refusa d'exécuter le faiseur de miracles, l'homme qui ramenait Hassida à la vie. Une douleur atroce lui lamina le cerveau.

Tue-le.

Malgré lui, il glissa la main dans la poche intérieure de son blouson et empoigna la crosse du Glock. Des larmes lui montèrent aux yeux et brouillèrent sa vue. Il crut se rendre compte que Hassida, étendue sur le plaid, le regardait, le suppliait.

Tue-le.

L'humidité de ses vêtements lui parut tout à coup insupportable, tout comme l'atmosphère vaguement nauséeuse du parking. Une colère noire, effrayante, roulait en lui, battait son ventre, sa gorge et ses tempes. Il déverrouilla le cran de sûreté du Glock avant de le dégager de sa poche. Le faiseur de miracles le fixait droit dans les yeux, sans peur, sans haine, et l'ordre lui parut tout à coup acceptable, presque nécessaire. Il tira son arme d'un geste sec et en pointa le canon sur le cœur de son vis-à-vis.

Le cœur.

Le Christ ne souffrirait pas, il emporterait dans la mort la pureté irréelle de son visage.

Tue-le.

Mathias comprit cette fois d'où venait la voix et eut une réaction de révolte qui, comme une lame de sabre, le fendit du sommet du crâne à l'entrejambe. Au moment où il pressait la détente, un hurlement lui déchira les tympans.

Le hurlement de la femme blonde couvrit presque le bruit de la détonation. Comme s'il avait lui-même reçu la balle en pleine poitrine, Marc recula de deux pas. Le Maître-esprit s'effondra avec la légèreté d'une feuille morte à côté de la jeune fille qu'il venait tout juste de tirer de son coma. Des odeurs de poudre et de sang dominèrent les relents nauséabonds du parking.

Marc revit le visage bouleversé de Pierrette. Elle avait assisté, trois ou quatre mois à l'avance, à travers ses yeux à lui, à l'exécution de son frère. Il fut empli de colère contre le jeune homme blond qui fixait avec horreur le pistolet au bout de son bras tendu, puis contre lui-même, qui avait préparé cette exécution avec sa lâcheté et ses mots. Le jeune homme blond n'était qu'un maillon comme un autre de la chaîne, le plus visible sans doute, mais certainement pas le plus coupable.

Une deuxième détonation retentit, il entrevit des silhouettes gesticulantes près de la limousine, puis une fumée épaisse, irrespirable, se leva, lui piqua les yeux, la gorge, et l'obligea à se recroqueviller sur lui-même.

Lucie crut voir le chauffeur tirer sur le jeune homme blond juste avant l'apparition de la fumée. Adossée au mur, suffoquée, elle entendit des claquements de portières, des frottements, des glissements, des vrombissements de moteurs qui décrurent peu à peu et rendirent le parking à son silence désolé. Les deux détonations résonnaient en elle, et y résonneraient encore pour un bon bout de temps. La cessation du vacarme indiquerait sans doute qu'elle aurait retrouvé l'entrée de la maison de toutes les lois, qu'elle tremperait à nouveau dans le silence magnifique du serpent double. La mort de Vaï-Ka'i n'était pour l'instant qu'un mauvais rêve, un événement qui glissait entre ses pensées comme entre les mailles d'un filet déchiré. Si un être comme lui était destiné à mourir, alors combien d'autres n'étaient pas dignes de vivre ? Elle ne saurait pas pourquoi il l'avait ressuscitée, pourquoi elle et pas une autre. Elle ne parviendrait sans doute jamais à élucider le mystère, et tant mieux dans le fond : le mystère était aussi indispensable à la vie que l'air, l'eau et le feu.

La fumée se dissipa lentement, et Yann parvint enfin à distinguer à plus de trois mètres devant lui. Le corps de Vaï-Ka'i avait disparu, ainsi d'ailleurs que l'homme blond qui l'avait assassiné et la jeune fille qui s'était réveillée de son coma. Il avait beau s'être préparé au départ de son grand frère du serpent double, il perdit pied, il sombra dans une tristesse noire et glaciale qui l'imprégna jusqu'aux cellules. Cette fumée, ces bruits, ces disparitions indiquaient que les adversaires du Maître-esprit avaient préparé son exécution avec un soin minutieux, qu'ils avaient prévu d'effacer toutes ses traces, de ne rien laisser à ses proches, ni son cadavre, ni une cérémonie funèbre, ni même sa légende. Yann n'oublierait pas de sitôt le visage bouleversé du tueur après son crime, comme si une volonté supérieure l'avait contraint à commettre son geste.

« Qu'est-ce qui s'est passé ? »

Un garçon à la peau brune venait de pousser la porte et, éventant les vestiges de fumée de ses deux mains, se dirigeait vers la femme blonde prostrée au bas d'un mur.

Ils n'étaient plus que quatre dans le parking. Aucune voiture, aucun piéton, une inertie assez étrange pour un bâtiment qui abritait tant de monde.

« C'est dingue, toute cette fumée ! s'exclama Barthélemy en aidant Lucie à se relever.

— C'est tout sauf dingue, fit Marc. Les caméras ont filmé la mort de Vaï-Ka'i. Elles livreront donc un coupable idéal à l'opinion. L'écran de fumée, lui, a servi à dissimuler les véritables responsables de l'opération.

— La... mort de Vaï-Ka'i ? souffla Barthélemy.

— Le mec blond qui s'est introduit dans le parking avant nous, tu sais, celui qui portait une fille, il l'a tué d'une balle en plein cœur », dit Lucie.

Sa voix tremblait légèrement, et elle se mordait la lèvre inférieure, comme chaque fois qu'elle était sous l'emprise d'une émotion forte, mais elle ne pleurait pas, pas encore, le chagrin viendrait plus tard, quand l'absence du Maître-esprit se serait creusée, transformée en vide.

« Qu'allez-vous faire ? demanda Marc à Yann. Protester ? Exiger la vérité ? Je peux vous aider si vous voulez. »

Yann retira ses lunettes et les frotta sur son polo.

« Vous avez vu l'émission, n'est-ce pas ? La parole de Vaï-Ka'i ne m'appartient pas, pas plus à moi qu'aux faiseurs de vérité. Je ne rentrerai pas dans le jeu qui consiste à fragmenter les points de vue. Je me mettrai seulement au service de la personne qui prendra le relais du Maître-esprit.

— Pierrette ?

— Vous la connaissez ? »

Marc hocha la tête, un sourire pâle sur les lèvres.

« Je l'ai même trahie une fois.

— Une seule ?

— J'étais journaliste à l'EDV, j'ai écrit un papier ordurier sur sa mère et elle.

— J'étais bien strip-teaseuse sur le Net, fit Lucie.

— Et moi... » commença Barthélemy.

Il s'interrompit, les yeux baissés sur le sol, écrasé par l'énormité de l'aveu.

« Journaliste ? releva Yann. Vous pourriez peut-être rédiger ce bouquin que Vaï-Ka'i et moi n'avons jamais pris le temps d'écrire.

— Je n'ai jamais vécu dans son intimité, objecta Marc.

— Quelle importance ? Il vous suffira de puiser dans le trésor du serpent double.

— Si j'en ai l'accès...

— Tout le monde peut en avoir l'accès.

— D'accord, mais je vous préviens que moi, j'aime confronter les points de vue. J'ai envie par exemple de connaître les circonstances exactes de la mort de Vaï-Ka'i, ce qu'ils ont fait de son corps, de quelle façon ils ont conditionné le bourreau, qui tire les ficelles, etc. »

Ils se tenaient maintenant très près les uns des autres, comme des particules gravitant autour d'un invisible noyau, évitant de baisser les yeux sur les flaques de sang qui maculaient le béton. Les courants d'air avaient entièrement dissipé la fumée, mais l'odeur de poudre rôdait toujours dans l'ombre.

« J'aimerais aussi, si c'est possible, entrer au service de la sœur de Vaï-Ka'i, dit Lucie d'une voix hésitante.

— Elle ne refusera personne, pas même les miraculées ! » dit Yann.

Le vrombissement et les crissements d'une voiture se rapprochèrent, ses phares balayèrent par intermittences la pénombre.

« Venez, nous serons mieux dehors pour parler. »

Ils montèrent au niveau zéro par les rampes, trouvèrent le volet métallique du parking fermé, demandèrent au gardien de l'ouvrir.

« Sûrement pas, je viens tout juste de l'abaisser ! grommela ce dernier. Passez par le bâtiment. Il souffle une tempête du diable, là-dehors ! Vous n'avez rien remarqué de bizarre en bas ? Les écrans du niveau moins deux se sont brouillés tous en même temps... »

Ils ne répondirent pas, accomplirent le trajet inverse, prirent les ascenseurs, traversèrent le hall principal de l'immeuble de Télé Max, où des petits groupes épars s'échangeaient des murmures et des mines de comploteurs sous des écrans ultraplats, sortirent enfin sur la vaste esplanade qui longeait le boulevard maintenant désert.

Ils durent revenir s'abriter dans le hall après avoir parcouru à peine une dizaine de mètres : « Tempête du diable » était un doux euphémisme pour décrire un vent chargé de toute la fureur du monde, des éclairs qui se chevauchaient à une cadence effrénée dans un ciel chaviré, des grondements qui ébranlaient le sol avec la force de tremblements de terre, des trombes d'eau et de grêle qui surgissaient en vagues incessantes des béances de la nuit.

« La Terre pleure un de ses fils bien-aimés », murmura Yann.

Actes 2

Après avoir longtemps tergiversé, je me décide enfin à rédiger, sur la suggestion de Yann, ce livre témoignage, *L'Évangile du Serpent*. L'Évangile parce que la bonne nouvelle n'est pas l'apanage d'une seule religion, Serpent en référence évidente au serpent double, symbole de ce pacte ADN qui lie les espèces vivantes, mais aussi symbole de connaissance, de renaissance, de vision cyclique du temps. Je ne sais pas encore si cet ouvrage rencontrera son éditeur, mais je suis assuré de sa très large diffusion par la toile informatique, par les sites de plus en plus nombreux qui se consacrent à l'enseignement du Maître-esprit.

Si je n'ai pas eu le bonheur de partager l'intimité de Vaï-Ka'i, comme Yann, j'ai eu la chance de connaître Pierrette, sa sœur, son double silencieux. Il me faudra tôt ou tard évoquer notre première rencontre, ma trahison, ma lâcheté, un comportement exemplaire des aberrations auxquelles nous conduisent les visions fragmentées, les perceptions individualistes, séparées. Pierrette ne m'a jamais reproché cet article ordurier paru dans l'EDV, ni sa mère d'ailleurs, qui s'est éteinte dans son sommeil l'hiver dernier. Elle poursuit l'œuvre de son frère, à sa façon, toute d'amour et de compassion, immergée dans un silence qui n'est ni une fuite, ni un défaut de communication, mais une invitation à entendre et partager l'harmonie paisible de la maison de toutes les lois.

Le développement fulgurant du néo-nomadisme a pris de court les autorités politiques et religieuses du monde entier. Les signes du serpent double se multiplient sur les portes des habitations, et les mouvements migratoires des disciples de Vaï-Ka'i, de plus en plus importants, rendent difficiles, voire impossibles, les contrôles habituels — policier, informatique, fiscal — de la population. Comme l'avait annoncé le Maître-esprit avant sa mort, la ruche s'applique à récupérer le phénomène qu'elle ne peut pas enrayer. La mode néo-nomade a fait son apparition, les pagnes, les étuis péniens, les colliers de pierre, de plume, de bois, les motifs peints ou tatoués sur les visages ou sur les bras sont dorénavant monnaie courante dans les villes, et même à la campagne où l'on voit des jeunes déambuler quasiment nus sur les places des églises. Les personnes attirées par le néo-nomadisme mais qui n'osent pas franchir le pas ont désormais la possibilité de s'y essayer lors de séjours proposés par les clubs de vacances. Pendant une ou deux semaines, on les invite — contre espèces sonnantes et trébuchantes, bien entendu — à vivre nus dans un décor de jungle amazonienne, à fabriquer eux-mêmes leur toit de branchages, à chercher leur nourriture dissimulée dans les troncs d'arbre ou dans les buissons.

Caricature ? Exploitation commerciale ? Certainement, mais également une manière comme une autre d'infuser des valeurs à la fois éternelles et nouvelles dans une civilisation pétrifiée par des siècles de matérialisme — j'inclus ici les religions issues du Livre, qui ont, par leur condamnation du serpent et de la femme, conduit à l'exploitation outrancière des ressources de la Terre.

Sans doute le mystère qui plane au-dessus de la mort de Vaï-Ka'i explique-t-il en partie ce formidable engouement ? En confisquant son corps, les autorités ont commis une erreur stratégique, une de plus. Elles pensaient que l'incendie s'éteindrait de lui-même faute de souffle, elles ont provoqué un formidable appel d'air par lequel s'est engouffré le mythe. La tempête qui a suivi la mort du Maître-esprit a sévi sans interruption pendant trois jours et trois nuits. Elle a provoqué des dégâts considérables sur tout le pays et une grande partie de l'Europe, et, surtout, elle a frappé les esprits par son caractère inhabituel, quasi surnaturel. Depuis, le temps a retrouvé un semblant de normalité et d'innombrables témoignages affluent sur les sites ou dans les assemblées du serpent double : des hommes, des femmes, des enfants affirment que Vaï-Ka'i leur est apparu, en chair et en os, afin de les encourager dans leur quête de la maison de toutes les lois. Pures illusions, crient les détracteurs, fantasmes de croyants, restes de manipulation mentale, créations perverses de l'inconscient ! Pas si sûr : les témoignages, recueillis sur les cinq continents, présentent des analogies troublantes, des recoupements qui ne peuvent pas être de simples coïncidences (vous me direz qu'en tant que proche de Pierrette, il m'est impossible d'avoir des événements une vision objective ; je vous répondrai que l'objectivité n'existe pas, pas même dans la démarche scientifique). L'ubiquité *post-mortem* de Vaï-Ka'i illustre seulement une facette de son enseignement : la maison de toutes les lois est, comme son nom l'indique, le domaine de tous les possibles, de tous les paradoxes. J'ai appris qu'on avait brûlé sa dépouille — la peur de sa résurrection ? — et jeté ses cendres dans un endroit tenu secret. Quelle importance ? Les hommes qui l'ont haï et ceux qui l'ont aimé le rejoindront un jour ou l'autre dans la poussière. Aucun progrès technologique, aucune volonté inhumaine ne pourront arrêter le tourbillon essentiel des cycles.

Une relation nouvelle avec l'environnement est en train de se nouer. De petites ceintures agricoles ont fait leur apparition autour des villages ou des communautés, respectueuses des rythmes de la terre et des saisons. Bon nombre de grandes exploitations ont abandonné le culte du rendement, des engrais chimiques, des organismes génétiquement modifiés, de la production intensive pour se tourner vers une agriculture à la fois moins agressive et plus gratifiante. Les eurocrates de Bruxelles et les dirigeants des compagnies agro-alimentaires en perdent leurs rares heures de sommeil et leurs derniers cheveux. J'évoquerai à ce propos l'effondrement des marchés — la prof de philo de Tonya n'avait pas tout à fait tort en agitant le spectre de la crise de 1929 à propos du néo-nomadisme —, pas seulement des places boursières, mais également l'effritement des multinationales, des grands groupes de distribution, et la réapparition d'un commerce sain, équitable, basé sur une réelle notion d'échange.

Il me faudra également parler de Mathias Sirimenko et de ceux qui l'ont poussé à commettre ce crime. Ayant assisté à la scène, je peux affirmer qu'il avait l'air malheureux, bouleversé, au moment d'exécuter la sentence, à mille lieues du comportement habituel d'un tueur fanatique ou professionnel. J'ai reçu un début d'explication de la part de mes correspondants (je dois préciser ici que l'un d'eux, l'ancien journaliste Jean-Jacques Bral, a été retrouvé pendu dans son appartement) : on lui avait injecté une puce biologique en ADN de synthèse quelque part dans le corps, un récepteur qui ne servait pas seulement à le localiser, mais également à lui envoyer des impulsions subliminales via les satellites. Il était l'un des cobayes d'une expérimentation destinée, dans le futur, à implanter des désirs, des impulsions ou des ordres dans le cerveau de tous ceux à qui on aura injecté le même genre de puce. C'est à la fois une voie publicitaire radicale — pas difficile, par ce biais-là, de déclencher des impulsions d'achat — et l'avènement d'un totalitarisme à la Big Brother, insidieux, odieux. Je donnerai plus tard les détails de ces recherches basées sur la fréquence des ondes cérébrales et l'extraordinaire capacité de l'ADN à gérer les informations (revoilà le serpent double et une utilisation abusive de ses incomparables richesses). Quand j'aurai précisé qu'on projetait de nous inoculer les multivaccins par le biais de ces puces biologiques, on comprendra rapidement quel terrible filet nos chers dirigeants s'apprêtaient à déployer au-dessus de nos têtes — à l'intérieur de nos têtes —, et l'on remerciera encore une fois Vaï-Ka'i de nous avoir redonné le goût de l'errance, de la liberté.

L'enquête a conclu officiellement que Mathias Sirimenko appartenait à un mouvement islamiste appelé le Jihad international. Selon les autorités policières, le tueur aurait à son tour été abattu par un membre de l'organisation, un Pakistanais récemment engagé comme chauffeur de limousine par la chaîne Télé Max. Les musulmans porteront donc le chapeau de la mort du Maître-esprit, une décision destinée, je pense, à préparer dans l'opinion les prochaines mesures discriminatoires contre les minorités islamiques en Europe. Voilà donc reliées la mort du Maître-esprit et l'attaque du parc Disney dont j'ai eu tant de mal à établir la corrélation. J'ignore en revanche le sort qui a été réservé à la jeune fille que Vaï-Ka'i avait tirée de son coma. Sans doute le même que celui d'Éléonore Marcellin, l'accusatrice du Maître-esprit : soit on l'a *poussée* à se suicider, soit on l'a *aidée* à se suicider.

Un petit mot enfin pour vous parler de mes compagnons de parking, les deux autres témoins de la mort du Maître-esprit. De Yann d'abord, qui a disparu de la circulation pendant quelques mois avant de revenir un jour frapper à la maison de Pierrette avec Myriam, son épouse, et leur fille née quinze jours plus tôt. Ils vivent tous les trois dans la lumière proche de celle qu'on surnomme désormais la Madonne de l'Aubrac.

Lucie, la miraculée, vient souvent leur rendre visite, seule ou en compagnie de Barthélemy. Ce dernier s'éclipse parfois pendant des jours, harcelé par les remords, en proie à d'incontrôlables crises de violence qui nous font craindre le pire pour la vie de Lucie. Mais elle nous assure, avec un sourire désarmant, qu'elle n'a peur de rien, ni de lui ni de la mort, et qu'elle l'accompagnera jusqu'au bout sur son chemin de rédemption.

Je me joins souvent aux milliers de disciples venus du monde entier qui se pressent aux assemblées du serpent double sur le plateau de l'Aubrac. J'y ai rencontré à plusieurs reprises ma fille Tonya, que je n'ai jamais vue aussi radieuse, aussi belle. Elle m'a dit qu'elle avait informé sa mère de sa conversion au vaï-ka'isme. Mon ex-femme m'accuse à présent d'avoir entraîné *sa* fille dans cette secte qui grossit plus vite que les fleuves et les rivières gonflées par les pluies persistantes. Que lui répondre ? Comment réagira-t-elle quand Jeanne, la cadette, quittera à son tour le petit pavillon de banlieue pour se lancer dans l'aventure du néo-nomadisme ? Elle ne pourra plus rien me prendre en tout cas : le tribunal des prud'hommes m'a débouté dans mon affaire contre l'EDV, la banque m'a saisi mon studio, je n'ai plus aucun revenu, rien d'autre que le trésor du serpent double enfoui au plus profond de moi.

Yann m'a déniché une petite maison isolée aux environs de Saint-Chély ainsi qu'un ordinateur portable. Il vient de temps à autre me demander si le livre avance, si j'ai besoin de quelque chose. J'ai mis du temps à surmonter mon blocage — la crainte de ne pas être à la hauteur, sans doute —, et puis, ce matin, alors qu'un soleil radieux frappait à mes vitres, j'ai eu l'impression d'entendre un murmure au fond de moi, un fredonnement de source, et je me suis mis au travail.

Je terminerai ce préambule en disant que nous ne savons pas où nous allons mais que, quoi qu'il arrive désormais, nous restons ouverts au présent.

COLLECTION FOLIO

Dernières parutions

3516. Zola	*La Bête humaine.*
3517. Zola	*Thérèse Raquin.*
3518. Frédéric Beigbeder	*L'amour dure trois ans.*
3519. Jacques Bellefroid	*Fille de joie.*
3520. Emmanuel Carrère	*L'Adversaire.*
3521. Réjean Ducharme	*Gros Mots.*
3522. Timothy Findley	*La fille de l'Homme au Piano.*
3523. Alexandre Jardin	*Autobiographie d'un amour.*
3524. Frances Mayes	*Bella Italia.*
3525. Dominique Rolin	*Journal amoureux.*
3526. Dominique Sampiero	*Le ciel et la terre.*
3527. Alain Veinstein	*Violante.*
3528. Lajos Zilahy	*L'Ange de la Colère (Les Dukay tome II).*
3529. Antoine de Baecque et Serge Toubiana	*François Truffaut.*
3530. Dominique Bona	*Romain Gary.*
3531. Gustave Flaubert	*Les Mémoires d'un fou. Novembre. Pyrénées-Corse. Voyage en Italie.*
3532. Vladimir Nabokov	*Lolita.*
3533. Philip Roth	*Pastorale américaine.*
3534. Pascale Froment	*Roberto Succo.*
3535. Christian Bobin	*Tout le monde est occupé.*
3536. Sébastien Japrisot	*Les mal partis.*
3537. Camille Laurens	*Romance.*
3538. Joseph Marshall III	*L'hiver du fer sacré.*
3540 Bertrand Poirot-Delpech	*Monsieur le Prince*
3541. Daniel Prévost	*Le passé sous silence.*
3542. Pascal Quignard	*Terrasse à Rome.*
3543. Shan Sa	*Les quatre vies du saule.*
3544. Eric Yung	*La tentation de l'ombre.*
3545. Stephen Marlowe	*Octobre solitaire.*
3546. Albert Memmi	*Le Scorpion.*

3547. Tchékhov — *L'Île de Sakhaline.*
3548. Philippe Beaussant — *Stradella.*
3549. Michel Cyprien — *Le chocolat d'Apolline.*
3550. Naguib Mahfouz — *La Belle du Caire.*
3551. Marie Nimier — *Domino.*
3552. Bernard Pivot — *Le métier de lire.*
3553. Antoine Piazza — *Roman fleuve.*
3554. Serge Doubrovsky — *Fils.*
3555. Serge Doubrovsky — *Un amour de soi.*
3556. Annie Ernaux — *L'événement.*
3557. Annie Ernaux — *La vie extérieure.*
3558. Peter Handke — *Par une nuit obscure, je sortis de ma maison tranquille.*
3559. Angela Huth — *Tendres silences.*
3560. Hervé Jaouen — *Merci de fermer la porte.*
3561. Charles Juliet — *Attente en automne.*
3562. Joseph Kessel — *Contes.*
3563. Jean-Claude Pirotte — *Mont Afrique.*
3564. Lao She — *Quatre générations sous un même toit III.*
3565. Dai Sijie — *Balzac et la petite tailleuse chinoise.*
3566. Philippe Sollers — *Passion fixe.*
3567. Balzac — *Ferragus, chef des Dévorants.*
3568. Marc Villard — *Un jour je serai latin lover.*
3569. Marc Villard — *J'aurais voulu être un type bien.*
3570. Alessandro Baricco — *Soie.*
3571. Alessandro Baricco — *City.*
3572. Ray Bradbury — *Train de nuit pour Babylone.*
3573. Jerome Charyn — *L'Homme de Montezuma.*
3574. Philippe Djian — *Vers chez les blancs.*
3575. Timothy Findley — *Le chasseur de têtes.*
3576. René Fregni — *Elle danse dans le noir.*
3577. François Nourissier — *À défaut de génie.*
3578. Boris Schreiber — *L'excavatrice.*
3579. Denis Tillinac — *Les masques de l'éphémère.*
3580. Frank Waters — *L'homme qui a tué le cerf.*
3581. Anonyme — *Sindbâd de la mer* et autres contes.
3582. François Gantheret — *Libido Omnibus.*
3583. Ernest Hemingway — *La vérité à la lumière de l'aube.*
3584. Régis Jauffret — *Fragments de la vie des gens.*

3585. Thierry Jonquet — *La vie de ma mère!*
3586. Molly Keane — *L'amour sans larmes.*
3587. Andreï Makine — *Requiem pour l'Est.*
3588. Richard Millet — *Lauve le pur.*
3589. Gina B. Nahai — *Roxane,* ou *Le saut de l'ange.*
3590. Pier Paolo Pasolini — *Les Anges distraits.*
3591. Pier Paolo Pasolini — *L'odeur de l'Inde.*
3592. Sempé — *Marcellin Caillou.*
3593. Bruno Tessarech — *Les grandes personnes.*
3594. Jacques Tournier — *Le dernier des Mozart.*
3595. Roger Wallet — *Portraits d'automne.*
3596. Collectif — *Le Nouveau Testament.*
3597. Raphaël Confiant — *L'archet du colonel..*
3598. Remo Forlani — *Émile à l'Hôtel.*
3599. Chris Offutt — *Le fleuve et l'enfant.*
3600. Marc Petit — *Le Troisième Faust.*
3601. Roland Topor — *Portrait en pied de Suzanne.*
3602. Roger Vailland — *La fête.*
3603. Roger Vailland — *La truite.*
3604. Julian Barnes — *England, England.*
3605. Rabah Belamri — *Regard blessé.*
3606. François Bizot — *Le portail.*
3607. Olivier Bleys — *Pastel.*
3608. Larry Brown — *Père et fils.*
3609. Albert Camus — *Réflexions sur la peine capitale.*
3610. Jean-Marie Colombani — *Les infortunes de la République.*
3611. Maurice G. Dantec — *Le théâtre des opérations.*
3612. Michael Frayn — *Tête baissée.*
3613. Adrian C. Louis — *Colères sioux.*
3614. Dominique Noguez — *Les Martagons.*
3615. Jérôme Tonnerre — *Le petit Voisin.*
3616. Victor Hugo — *L'Homme qui rit.*
3617. Frédéric Boyer — *Une fée.*
3618. Aragon — *Le collaborateur* et autres nouvelles.
3619. Tonino Benacquista — *La boîte noire* et autres nouvelles.
3620. Ruth Rendell — *L'Arbousier.*
3621. Truman Capote — *Cercueils sur mesure.*
3622. Francis Scott Fitzgerald — *La Sorcière rousse,* précédé de *La coupe de cristal taillé.*

3623. Jean Giono — *Arcadie...Arcadie...*, précédé de *La pierre.*
3624. Henry James — *Daisy Miller.*
3625. Franz Kafka — *Lettre au père.*
3626. Joseph Kessel — *Makhno et sa juive.*
3627. Lao She — *Histoire de ma vie.*
3628. Ian McEwan — *Psychopolis* et autres nouvelles.
3629. Yukio Mishima — *Dojoji* et autres nouvelles.
3630. Philip Roth — *L'habit ne fait pas le moine,* précédé de *Défenseur de la foi.*
3631. Leonardo Sciascia — *Mort de l'Inquisiteur.*
3632. Didier Daeninckx — *Leurre de vérité* et autres nouvelles.
3633. Muriel Barbery — *Une gourmandise.*
3634. Alessandro Baricco — *Novecento : pianiste.*
3635. Philippe Beaussant — *Le Roi-Soleil se lève aussi.*
3636. Bernard Comment — *Le colloque des bustes.*
3637. Régine Detambel — *Graveurs d'enfance.*
3638. Alain Finkielkraut — *Une voix vient de l'autre rive.*
3639. Patrice Lemire — *Pas de charentaises pour Eddy Cochran.*
3640. Harry Mulisch — *La découverte du ciel.*
3641. Boualem Sansal — *L'enfant fou de l'arbre creux.*
3642. J.B. Pontalis — *Fenêtres.*
3643. Abdourahman A. Waberi — *Balbala.*
3644. Alexandre Dumas — *Le Collier de la reine.*
3645. Victor Hugo — *Notre-Dame de Paris.*
3646. Hector Bianciotti — *Comme la trace de l'oiseau dans l'air.*
3647. Henri Bosco — *Un rameau de la nuit.*
3648. Tracy Chevalier — *La jeune fille à la perle.*
3649. Rich Cohen — *Yiddish Connection.*
3650. Yves Courrière — *Jacques Prévert.*
3651. Joël Egloff — *Les Ensoleillés.*
3652. René Frégni — *On ne s'endort jamais seul.*
3653. Jérôme Garcin — *Barbara, claire de nuit.*
3654. Jacques Lacarrière — *La légende d'Alexandre.*
3655. Susan Minot — *Crépuscule.*
3656. Erik Orsenna — *Portrait d'un homme heureux.*
3657. Manuel Rivas — *Le crayon du charpentier.*

3692. Karen Blixen *L'éternelle histoire.*
3693. Julio Cortázar *L'homme à l'affût.*
3694. Roald Dahl *L'invité.*
3695. Jack Kerouac *Le vagabond américain en voie de disparition.*
3696. Lao-tseu *Tao-tö king.*
3697. Pierre Magnan *L'arbre.*
3698. Marquis de Sade *Ernestine. Nouvelle suédoise.*
3699. Michel Tournier *Lieux dits.*
3700. Paul Verlaine *Chansons pour elle* et autres poèmes érotiques.
3701. Collectif *« Ma chère maman... »*
3702. Junichirô Tanizaki *Journal d'un vieux fou.*
3703. Théophile Gautier *Le capitaine Fracassse.*
3704. Alfred Jarry *Ubu roi.*
3705. Guy de Maupassant *Mont-Oriol.*
3706. Voltaire *Micromégas. L'Ingénu.*
3707. Émile Zola *Nana.*
3708. Émile Zola *Le Ventre de Paris.*
3709. Pierre Assouline *Double vie.*
3710. Alessandro Baricco *Océan mer.*
3711. Jonathan Coe *Les Nains de la Mort.*
3712. Annie Ernaux *Se perdre.*
3713. Marie Ferranti *La fuite aux Agriates.*
3714. Norman Mailer *Le Combat du siècle.*
3715. Michel Mohrt *Tombeau de La Rouërie.*
3716. Pierre Pelot *Avant la fin du ciel.*
3718. Zoé Valdès *Le pied de mon père.*
3719. Jules Verne *Le beau Danube jaune.*
3720. Pierre Moinot *Le matin vient et aussi la nuit.*
3721. Emmanuel Moses *Valse noire.*
3722. Maupassant *Les Sœurs Rondoli* et autres nouvelles.
3723. Martin Amis *Money, money.*
3724. Gérard de Cortanze *Une chambre à Turin.*
3725. Catherine Cusset *La haine de la famille.*
3726. Pierre Drachline *Une enfance à perpétuité.*
3727. Jean-Paul Kauffmann *La Lutte avec l'Ange.*
3728. Ian McEwan *Amsterdam.*
3729. Patrick Poivre d'Arvor *L'Irrésolu.*
3730. Jorge Semprun *Le mort qu'il faut.*

3731. Gilbert Sinoué — *Des jours et des nuits.*
3732. Olivier Todd — *André Malraux. Une vie.*
3733. Christophe de Ponfilly — *Massoud l'Afghan.*
3734. Thomas Gunzig — *Mort d'un parfait bilingue.*
3735. Émile Zola — *Paris.*
3736. Félicien Marceau — *Capri petite île.*
3737. Jérôme Garcin — *C'était tous les jours tempête.*
3738. Pascale Kramer — *Les Vivants.*
3739. Jacques Lacarrière — *Au cœur des mythologies.*
3740. Camille Laurens — *Dans ces bras-là.*
3741. Camille Laurens — *Index.*
3742. Hugo Marsan — *Place du Bonheur.*
3743. Joseph Conrad — *Jeunesse.*
3744. Nathalie Rheims — *Lettre d'une amoureuse morte.*
3745. Bernard Schlink — *Amours en fuite.*
3746. Lao She — *La cage entrebâillée.*
3747. Philippe Sollers — *La Divine Comédie.*
3748. François Nourissier — *Le musée de l'Homme.*
3749. Norman Spinrad — *Les miroirs de l'esprit.*
3750. Collodi — *Les Aventures de Pinocchio.*
3751. Joanne Harris — *Vin de bohème.*
3752. Kenzaburô Ôé — *Gibier d'élevage.*
3753. Rudyard Kipling — *La marque de la Bête.*
3754. Michel Déon — *Une affiche bleue et blanche.*
3755. Hervé Guibert — *La chair fraîche.*
3756. Philippe Sollers — *Liberté du XVIIIème.*
3757. Guillaume Apollinaire — *Les Exploits d'un jeune don Juan.*
3758. William Faulkner — *Une rose pour Emily* et autres nouvelles.
3759. Romain Gary — *Une page d'histoire.*
3760. Mario Vargas Llosa — *Les chiots.*
3761. Philippe Delerm — *Le Portique.*
3762. Anita Desai — *Le jeûne et le festin.*
3763. Gilles Leroy — *Soleil noir.*
3764. Antonia Logue — *Double cœur.*
3765. Yukio Mishima — *La musique.*
3766. Patrick Modiano — *La Petite Bijou.*
3767. Pascal Quignard — *La leçon de musique.*
3768. Jean-Marie Rouart — *Une jeunesse à l'ombre de la lumière.*

3769. Jean Rouaud — *La désincarnation.*
3770. Anne Wiazemsky — *Aux quatre coins du monde.*
3771. Lajos Zilahy — *Le siècle écarlate. Les Dukay (tome III).*
3772. Patrick McGrath — *Spider.*
3773. Henry James — *Le Banc de la désolation.*
3774. Katherine Mansfield — *La Garden-Party* et autres nouvelles.
3775. Denis Diderot — *Supplément au Voyage de Bougainville.*
3776. Pierre Hebey — *Les passions modérées.*
3777. Ian McEwan — *L'Innocent.*
3778. Thomas Sanchez — *Le Jour des Abeilles.*
3779. Federico Zeri — *J'avoue m'être trompé. Fragments d'une autobiographie.*
3780. François Nourissier — *Bratislava.*
3781. François Nourissier — *Roman volé.*
3782. Simone de Saint-Exupéry — *Cinq enfants dans un parc.*
3783. Richard Wright — *Une faim d'égalité.*
3784. Philippe Claudel — *J'abandonne.*
3785. Collectif — «*Leurs yeux se rencontrèrent...*». *Les plus belles premières rencontres de la littérature.*
3786. Serge Brussolo — «*Trajets et itinéraires de l'oubli*».
3787. James M. Cain — *Faux en écritures.*
3788. Albert Camus — *Jonas ou l'artiste au travail* suivi de *La pierre qui pousse.*
3789. Witold Gombrovicz — *Le festin chez la comtesse Fritouille* et autres nouvelles.
3790. Ernest Hemingway — *L'étrange contrée.*
3791. E. T. A Hoffmann — *Le Vase d'or.*
3792. J. M. G. Le Clézio — *Peuple du ciel* suivi de *Les bergers.*
3793. Michel de Montaigne — *De la vanité.*
3794 Luigi Pirandello — *Première nuit et autres nouvelles.*
3795. Laure Adler — *À ce soir.*
3796. Martin Amis — *Réussir.*
3797. Martin Amis — *Poupées crevées.*
3798. Pierre Autin-Grenier — *Je ne suis pas un héros.*

3799. Marie Darrieussecq	*Bref séjour chez les vivants.*
3800. Benoît Duteurtre	*Tout doit disparaître.*
3801. Carl Friedman	*Mon père couleur de nuit.*
3802. Witold Gombrowicz	*Souvenirs de Pologne.*
3803. Michel Mohrt	*Les Nomades.*
3804. Louis Nucéra	*Les Contes du Lapin Agile.*
3805. Shan Sa	*La joueuse de go.*
3806. Philippe Sollers	*Éloge de l'infini.*
3807. Paule Constant	*Un monde à l'usage des Demoiselles.*
3808. Honoré de Balzac	*Un début dans la vie.*
3809. Christian Bobin	*Ressusciter.*
3810. Christian Bobin	*La lumière du monde.*
3811. Pierre Bordage	*L'Évangile du Serpent.*
3812. Raphaël Confiant	*Brin d'amour.*
3813. Guy Goffette	*Un été autour du cou.*
3814. Mary Gordon	*La petite mort.*
3815. Angela Huth	*Folle passion.*
3816. Régis Jauffret	*Promenade.*
3817. Jean d'Ormesson	*Voyez comme on danse.*
3818. Marina Picasso	*Grand-père.*
3819. Alix de Saint-André	*Papa est au Panthéon.*
3820. Urs Widmer	*L'homme que ma mère a aimé.*
3821. George Eliot	*Le Moulin sur la Floss.*
3822. Jérôme Garcin	*Perspectives cavalières.*
3823. Frédéric Beigbeder	*Dernier inventaire avant liquidation.*
3824. Hector Bianciotti	*Une passion en toutes Lettres.*
3825. Maxim Biller	*24 heures dans la vie de Mordechaï Wind.*
3826. Philippe Delerm	*La cinquième saison.*
3827. Hervé Guibert	*Le mausolée des amants.*
3828. Jhumpa Lahiri	*L'interprète des maladies.*
3829. Albert Memmi	*Portrait d'un Juif.*
3830. Arto Paasilinna	*La douce empoisonneuse.*
3831. Pierre Pelot	*Ceux qui parlent au bord de la pierre (Sous le vent du monde, V).*
3832. W.G Sebald	*Les Émigrants.*
3833. W.G Sebald	*Les Anneaux de Saturne.*
3834. Junichirô Tanizaki	*La clef.*

Composition Interligne.
Impression Bussière Camedan Imprimeries
à Saint-Amand (Cher), le 30 avril 2003.
Dépôt légal : avril 2003.
Numéro d'imprimeur : 031853/1.
ISBN 2-07-042352-2./Imprimé en France.

10906